李劍國輯校古小說

綠窗新話校證

〔南宋〕皇都風月主人 撰

李劍國 校證

上海古籍出版社

圖書在版編目(CIP)數據

緑窗新話校證 /（南宋）皇都風月主人撰；李劍國校證. —上海：上海古籍出版社，2024. 1

ISBN 978-7-5732-0940-5

Ⅰ. ①緑… Ⅱ. ①皇… ②李… Ⅲ. ①筆記小説—中國—南宋 Ⅳ. ①I242. 1

中國國家版本館 CIP 數據核字(2023)第 207773 號

緑窗新話校證

（南宋）皇都風月主人　撰

李劍國　校證

上海古籍出版社出版發行

（上海市閔行區號景路 159 弄 1-5 號 A 座 5F　郵政編碼 201101）

（1）網址：www. guji. com. cn

（2）E-mail：guji1@guji. com. cn

（3）易文網網址：www. ewen. co

上海展强印刷有限公司印刷

開本 850×1168　1/32　印張 22. 25　插頁 5　字數 400,000

2024 年 1 月第 1 版　2024 年 1 月第 1 次印刷

印數：1—1,500

ISBN 978-7-5732-0940-5

Ⅰ·3771　定價：118. 00 元

如有質量問題，請與承印公司聯繫

電話：021-66366565

前言

一、《緑窗新話》撰人及版本

《緑窗新話》上下二卷，題皇都風月主人。其人姓名失考，事跡不詳，皇都指南宋都城臨安（今浙江杭州市），當爲臨安府人。觀其書内容，引書較衆，喜摭女性艷事、文人掌故，而評語多有正人君子之談，則編者自非民間藝人之屬，乃都市文士也。或以爲可能是南宋臨安書會才人〔一〕，恐非是。

《新話》不載於宋人書目。宋人書提及此書者唯宋末羅燁《新編醉翁談録》，甲集卷一《小説開闢》云：「《夷堅志》無有不覽，《琇瑩集》所載皆通。動哨、中哨，莫非《東山笑林》；引倬、底倬，須還《緑窗新話》。」明人書目始有著録，見趙用賢《趙定宇書目》所載《稗統續編》目録、晁瑮《寶文堂書目》子雜類、《四明天一閣藏書目録》（《玉簡齋叢書》）歲字號厨。寶文堂目未言卷數，天一閣目注：「二本，抄。」清范邦甸等撰《天一閣書目》卷一之一《挑取備用進呈書》作《緑窗新語》一卷。按：趙萬里《校輯宋金元人詞》（一九三一年國立中央研究院歷史語言研究所排印本）輯《古今詞話》十九條，云輯自「天一閣舊藏明寫本《緑窗新話》」，駱兆平編著《新編天一閣書目》（中華書局，一九九六年版）之《天一閣明抄本聞見録》子部小説家類著録《緑窗新話》抄本，均不作《新語》。而《永樂大典》卷七三二八引有《緑窗新語・柳家婢不事牙郎》（見今本卷下），則作《緑窗新語》。

一九二七年董康在日本「赴各書鋪游覽，於細川店頭見舊鈔本《緑窗新語》二巨册，題皇都風月主人撰。所録純涉麗情，强半出《太平廣記》。每條仿《青瑣高議》目録，用章回式，亦頗新異，索值頗高。記得吴興劉氏嘉業堂有此書，乃借歸録其目焉」，載於《書舶庸譚》（中華書局，二〇一三年版）卷四上，共一百一十九條〔二〕。國内吴興劉氏嘉業堂所藏鈔本《緑窗新話》上下二卷，據譚正璧云，黄公渚借鈔，刊載於上海《藝文雜誌》〔三〕。又黄孝紓文稱：「遠在一九三四年（按：年代有誤，詳下），余與亡友夏吷庵、盧冀野合編《藝文雜誌》，曾向嘉業堂借抄，付《藝文雜誌》分期刊載。吷庵、冀野及余，並録有副本，吷庵並有考證，擬交《青鶴雜誌》登載，後以抗戰軍興未發表。」《藝文雜誌》發表本共一百五十四條，比《書舶庸譚》所載舊鈔本多三十五條。周夷（周楞伽）從趙景深處借到《藝文雜誌》，加以整理校補，一九五七年由上海古典文學出版社出版。按上海雜誌公司發行《藝文雜誌》，一九三六年分五期連載《緑窗新話》〔四〕，第一卷第二、

三、四期連載卷上，五、六期連載卷下〔五〕。第二期載《劉阮遇天台女仙》至《張俞驪山遇太真》，第三期載《韋生遇后王（土）夫人》至《周簿切脈娶孫氏》，第四期載《薛媛圖形寄楚材》至《唐明皇咽助情花》，第五期載《韓妓與諸生淫雜》至《虢夫人自有美艷》，第六期載《袁寶兒最多憨態》至《蔣氏嘲和尚戒酒》，末括號標「終」字。《虢夫人自有美艷》應與《袁寶兒最多憨態》相連，《藝文雜誌》割開，不當。周楞伽校本卷下篇目排序，乃將《藝文雜誌》兩段倒置，始於「袁寶兒」終於「虢夫人」，頗誤。

前所言及天一閣舊藏明寫本《緑窗新話》，民國間趙萬里曾用之，未見。據前引黄孝紓所言，嘉業堂藏明鈔本「係得自鄞縣天一閣」。黄孝紓稱還有德化劉氏點易堂抄本，乃殘本，來源不詳。國家圖書館藏有清鈔本《緑窗新話》二卷〔六〕，亦一百五十四條，同《藝文雜誌》本。但多有異文及脱衍譌誤，雖有可校正《藝文雜誌》本者，然其譌誤較《藝文》本尤甚。

李建軍《〈緑窗新話〉文本性質新探》（《文學遺産》二〇一九年第六期），對《緑窗新話》版本有詳細説明，云：「據《中國古籍書目》，現存兩卷明抄本兩種，一藏南京圖書館，一藏寧波天一閣（僅存卷上）；兩卷清抄本一種，兩册綫裝，藏國家圖書館。」南京圖書館所藏明抄本分上下卷，兩册綫裝，卷上卷下在目録及正文第一葉鈐有「吴興劉氏嘉業堂藏書記」朱文長方印，可見此明抄本即嘉業堂藏本，亦即《藝文雜誌》所據之本。而寧波天一閣藏明抄本（稱作閣本），一册綫裝，鈐有「四明盧氏抱經樓藏書印」及「潢川吴氏收藏圖書」兩方朱文方印。此本内容與南圖本基本一致，個别細節略有差異。李建軍云：「南圖本與閣本應該是源于同一祖本的不同版式的抄本，而南圖本更爲準確，閣本在抄寫中有少量失誤。頗可注意的是，閣本在天頭處常有眉批，在文中也有少量夾批。」按黄孝紓言嘉業堂藏明鈔本得自天一閣，而此稱天一閣藏明鈔本僅爲卷上，個别文字與嘉業堂藏本有異。據前引《四明天一閣藏書目録》，天一閣所藏抄本爲二本，而《天一閣書目》著録作一卷。一爲全帙，一爲半璧，説法不同。按趙萬里據天一閣舊藏明寫本《緑窗新話》輯《古今詞話》十九條，見於今本卷上、卷下，知其據天一閣藏本爲二卷全帙。然則天一閣《新話》藏本有二，一爲上下兩卷本，一爲上卷殘本。筆者未能親見天一閣所藏《新話》，推斷如此而已。國家圖書館藏清抄本亦分上下卷，兩册綫裝，李建軍云「格式和内容皆與南京圖書館藏明抄本完全一致，應該是源於明抄本」。

此外，明代羊洛敕里起北赤心子彙輯《繡谷春容》（《古本小説集成》影印明世德堂刊本，上海古籍出版社，一九九四年版）御集卷四、卷五《新話摭粹》，共一百七十八條（卷四八十二條，卷五九十六條）。其中鈔自《緑窗新話》者共一百二十二條，未見者僅三十二條。之所以稱《新話摭粹》，即指自《緑窗新話》摭選精華。觀其次序，亦與《緑窗新話》大體相近。而卷四《楚兒遭郭鍛鞭打》、《韓妓與諸生淫雜》與《漢成帝服謹卹膠》、《唐明皇咽助情花》同在淫戲類，卷五《虢夫人自有美艷》與《袁寶兒最多憨態》相連，同在艷色類，亦正可覘知《新話》原貌，是知周楞伽校本下卷兩部分次序顛倒。《新話摭粹》儘管非盡取《新話》，然亦可視作《新話》版本之一，價值頗大，其文字譌誤極少，遠勝於《藝文雜誌》本及清鈔本，頗可用作校勘之資。

兹將《緑窗新話》諸本篇目列表對照如下。（表一）

藝文雜誌	周校本	書舶庸譚	繡谷春容	備注
卷上				
01 劉阮遇天台女仙 出《齊諧記》	同	劉阮遇天台仙女	卷四遇仙類2 劉阮遇天台仙女	
02 裴航遇藍橋雲英 出《傳奇》	同	同	遇仙類1	
03 王子喬遇芙蓉仙	王子高遇芙蓉仙	王子高遇芙蓉仙	遇仙類5 王子高遇芙蓉仙	喬字譌
04 賢鷄君遇西真仙	同	賢鳴君遇西真仙		鳴字譌

續表

藝文雜誌	周校本	書舶庸譚	繡谷春容	備注
05 封陟拒上元夫人 出《傳奇》	同	封涉拒上元夫人		涉字譌
06 陳純會玉源夫人	同	陳純會上元夫人	遇仙類6	上元譌
07 任生娶天上書仙 出《麗情集》	同	劉阮遇天台仙女	卷四遇仙類2 劉阮遇天台仙女	當爲《續齊諧記》
08 謝生娶江中水仙 南卓《解題叙》	同	同		
09 崔生遇玉卮娘子 《幽怪録》	同	同	遇仙類4 崔生聘玉卮娘子	
10 星女配姚御史兒 出《異聞録》	同	同	遇仙類3 女星配姚御史兒	
11 邢鳳遇西湖水仙 出商芸《小説》（芸字疑誤）	同	同	遇仙類7	商芸即殷芸，出處誤

續表

藝文雜誌	周校本	書舶庸譚	繡谷春容	備注
12 永娘配翠雲洞仙	同	同	遇仙類 10	
13 德璘娶洞庭韋女 出《傳奇》	同	德麟娶洞庭韋女	遇仙類 9	麟字譌
14 錢忠娶吴江仙女	同	錢忠娶吴江女仙	遇仙類 11	
15 王軒苧羅逢西子	同	王軒苧蘿逢西子	遇仙類 12 王軒苧蘿遇仙子	
16 張俞驪山遇太真 《青瑣高議》	同	張愈驪山遇太真	遇仙類 13	愈字譌
17 韋生遇后王夫人	韋生遇后土夫人	韋生遇后土夫人	神遇類 3 韋生遇后土夫人	王字譌
18 劉卿遇康皇廟女	同	劉卿遇康王廟女	神遇類 4	
19 柳毅娶洞庭龍女	同	同		

續表

藝文雜誌	周校本	書舶庸譚	繡谷春容	備注
20 韋卿娶華陰神女 出《異聞集》	同	同	神遇類8 韋卿娶華岳神女	
21 金彦遊春遇會娘 出《剡玉小説》	同	同	奇遇類3	
22 張詵遊春得佳偶 出《湖湘近事》	同	同		
23 崔護覓水逢女子 出《本事詩》	同	同	奇遇類1	
24 郭華買脂慕粉郎	同	同	奇遇類2 郭華買脂慕麗姝	
25 杜牧之覩張好好 出《麗情集》	同	同		
26 張公子遇崔鶯鶯	同	同		

續表

藝文雜誌	周校本	書舶庸譚	繡谷春容	備注
27 楊生私通孫玉娘 出《聞見録》	同	同		
28 張浩私通李鶯鶯	同			
29 華春娘通徐君亮	同			
30 何會娘通張彥卿	同		私通類2 何意娘通張彥卿	
31 楚娘矜姿色悔嫁 出《可怪録》	同	同	私通類5 楚娘矜色悔嫁	脱姿字
32 越孃因詩句動心 出《麗情集》	同	同	私通類1	
33 伴喜私犯張禪娘 出《聞見録》	同	同	私通類3 伴喜私犯張娟娘（正文娟作禪）	
34 陳吉私犯熊小娘 同上	同	同	私通類4	周本改作出《聞見録》

續表

藝文雜誌	周校本	書舶庸譚	繡谷春容	備注
35 王尹判道士犯姦	同		私通類 6	
36 蘇守判和尚犯姦	同			
37 趙飛燕私通赤鳳 出《趙后外傳》	同	同	私通類 13 趙飛燕通燕赤鳳	周本改作出《趙飛燕外傳》
38 楊貴妃私安禄山 出《青瑣高議》	同	同	私通類 14	
39 秦太后私通嫪毐 出《史記·吕不韋傳》	同	同	私通類 15	周本作出《吕不韋傳》
40 李少婦私通封師 出《江都野録》	同	同	私通類 7 李少婦私慕封師	
44 崔徽私會裴敬中 出《麗情集》	同	同	私通類 8 崔徽私慕裴敬中	
42 碧桃屬意秦少游	同			趙萬里輯入《古今詞話》

續表

藝文雜誌	周校本	書舶庸譚	繡谷春容	備注
43 秦少游滅燭偷歡	同		私通類10	趙萬里輯入《古今詞話》
44 楊師純跳舟結好 出《古今詞話》	同	同	私通類9	
45 楊端臣密會舊姬 出《古今詞話》	同	同		
46 晏元子取回元寵	同			趙萬里輯入《古今詞話》
47 江致和喜到蓬宮 出《詞話》	同		好合類2	即《古今詞話》
48 張子野潛登池閣 出《詞話》	同		好合類3	周本改作出《古今詞話》
49 周簿切脈娶孫氏 出《青瑣高議》	同	同	好合類1	
50 薛媛圖形寄楚材	同			

續表

藝文雜誌	周校本	書船庸譚	綉谷春容	備注
51 王幼玉慕戀柳富 出《青瑣高議》	同	同	情好類 4	
52 孟麗娘愛慕蔣芾	同		情好類 2	
53 崔娘至死爲柳妻	同		情好類 5 崔女至死爲柳妻	
54 玉簫再生爲韋妾 出《唐宋遺史》	同	同	情好類 1 玉蕭再生爲韋妾	蕭字譌
55 王仙客得劉無雙 出《麗情集》	王仙客得到無雙	王仙客得劉無雙	情好類 3 王仙客得劉無雙	到字譌
56 張子埜逢謝媚卿 出《古今詞話》	同	同		
57 張倩娘魂離奔壻 出《異聞録》	張倩娘離魂奔壻	張倩娘離魂奪壻	情好類 7 張倩娘離魂奔壻	魂離字倒，奪字譌 附録注秦文

續表

藝文雜誌	周校本	書舶庸譚	繡谷春容	備注
58 韓夫人題葉成親 張碩《流紅記》	同	同	奇遇類5 韓夫人寫情禁溝	
59 謝真真識韓真卿	謝真真識韓貞卿	謝真真識韓真卿		《藝文》正文五處作貞卿
60 沈真真歸鄭還古 出《麗情集》	同	同	情好類9	
61 灼灼染淚寄裴質 出《麗情集》	同	同	情好類10	附録注秦文
62 盻盻陳詞媚涪翁 出楊湜《古今詞話》	盼盼陳詞媚涪翁	盼盼陳詞媚涪翁	情好類8 盻盻陳詞媚涪翁	盻同盼
63 楊生共秀奴同游	同	同	惜別類(詩)2 楊生共秀奴同溺	游字譌
64 章導與梁楚雙懸 《南楚新聞》	章導與梁楚雙戀	章導與梁楚雙戀	惜別類(詩)1 章導與梁楚雙懸	戀字譌

續表

藝文雜誌	周校本	書舶庸譚	繡谷春容	備注
65 柳耆卿因詞得妓 出《古今詞話》	同	同	再會類 2　柳耆卿 因詞得姬	
66 崔郊甫因詩得婢	同	同		
67 沙叱利奪韓翃妻 出《異志》	沙吒利奪韓翃妻	沙吒利奪韓翃妻		叱字譌
68 陶奉使犯驛卒女 出《玉壺清話》	同		私通類 12	
69 曹縣令朱氏奪權 出《青瑣高議》	同	同	争奪類 1	
70 陸郎中媚娘争寵 出《麗情集》	同	同	争奪類 2	
71 漢成帝服謹恤膠 出《趙后外傳》	同	漢成帝服謹恤膠	淫戲類 1	周本改作出《趙飛燕 外傳》

續表

藝文雜誌	周校本	書舶庸譚	繡谷春容	備注
72 唐明皇咽助情花 出《天寶遺事》	同	同	淫戲類 2	
卷下 01 韓妓與諸生淫雜 出《江南野録》	同	同	淫戲類 6	
02 楚兒遭郭鍛鞭打	同	同	淫戲類 5	
03 明皇愛花奴羯鼓 此乃南唐卓《羯鼓録》	同		卷五樂藝類 5	應作唐南卓，周本改作唐南卓
04 劉濬喜楊娥杖鼓 出《古今詞話》	同	劉濬喜花奴杖鼓	樂藝類 6	花奴譌
05 薛嵩重紅線撥阮 袁郊《月譯》	同		樂藝類 14	月譯譌，周本改作出袁郊《甘澤謡》

續表

藝文雜誌	周校本	書舶庸譚	繡谷春容	備注
06 朝雲爲老嫗吹篪 楊衒之《洛陽伽藍記》	同	同	樂藝類15 朝雲爲老姬吹篪	周本作出《洛陽伽藍記》
07 白公聽商婦琵琶 白樂天《琵琶行》	同	同		樂藝類3
08 李生悟盧妓箜篌 出《逸史》	同		樂藝類4 李生悟盧岐箜篌	岐字譌
09 趙象慕非煙擫秦 出《麗情集》	同	同		
10 崔寶羡薛瓊彈箏 出《麗情集》	同	同	樂藝類7	
11 文君窺長卿撫琴 出《司馬相如傳》	同		樂藝類8	
12 錢起詠湘靈鼓瑟 出《詩話》	同	同	樂藝類13	即《古今詩話》

續表

藝文雜誌	周校本	書舶庸譚	繡谷春容	備注
13 楊妃竊甯王玉笛 出《詩話細覽》	同	同		周本改作出《詩話總龜》
14 蕭史教弄玉鳳蕭 出《列仙傳》	蕭史教弄玉吹簫	簫史教弄玉鳳簫（無出處）	樂藝類 2 蕭史教弄玉鳳簫	簫史之簫、鳳蕭之蕭譌。鳳簫與前條玉笛相對，作吹誤
15 沈翹翹善敲方響 出段安節《樂府雜録》	同	同	樂藝類 9	
16 張紅紅善記拍板 出《樂府雜録》	同	同	樂藝類 10	
17 秦少游弔鎛鐘 出秦文	秦少游文弔鎛鍾		音樂類 2 秦少游弔古鎛鍾	《藝文》脱古字，周本妄補文字 周本改作出秦少游文
18 白樂天辨華原磬 白樂天《華原磬》	同	同	音樂類 1	

續表

藝文雜誌	周校本	書舶庸譚	繡谷春容	備注
19 虜騎感劉琨胡笳 出《晉書》本傳	同	同(無出處)	音樂類4	周本改作出《晉書·劉琨傳》
20 蚩尤畏黃帝鼓角 徐廣《車服儀制》、《晉書·樂志》、《隋書·樂志》	同	同		
21 王喬遇浮丘吹笙 劉向《列仙傳》	同			
22 麻奴服將軍觱篥 《樂府雜録》	同	同	音樂類3 麻奴服將軍觱栗	觱篥、觱栗同
23 盛小叢最號善歌 出《古今詩話》	同		音樂類7	
24 永新娘最號善歌 《樂府雜録》	同	同	音樂類8 永新娘最號善唱	歌當作唱

續表

	藝文雜誌	周校本	書舶庸譚	繡谷春容	備注
25	韓娥有繞梁之聲 出《博物志》	同		音樂類5 韓娥有繞梁之音	
26	秦青有遏雲之音 沈存中《筆談》	同	同		
27	楊貴妃舞霓裳曲 出《楊妃外傳》	同		妙舞類1	
28	蜀官妓舞摇頭令 出《瓚言》	蜀宫妓舞摇頭令	蜀官妓舞摇頭令	妙舞類4 蜀宫妓舞摇頭令	官字譌。當作《瑣言》，即《北夢瑣言》
29	韋中丞女舞柘枝 出《雲溪友議》	同	同	妙舞類2	
30	康居國女舞胡旋 白樂天作歌	同		妙舞類3	
31	吴絳仙娥緑畫眉 出《南部烟花記》	吴絳仙蛾緑畫眉	吴絳仙蛾緑畫眉		娥眉、蛾眉義同

續表

藝文雜誌	周校本	書舶庸譚	繡谷春容	備注
32 壽陽主梅花粧額 出《北户録》	同		靚粧類 1	
33 茂英兒年少風流 出《盧氏雜記》	同	□茂美年少風流	艷色類 3	□茂美三字有闕譌
34 楚蓮香國色無雙 出《開中新録》	同	同	艷色類 4	
35 薛靈芸容貌絶世 出《王子年拾遺記》	同	同	艷色類 6 薛凌雲容貌絶世	凌雲二字譌
36 越州女姿色冠代 出《青瑣高議》	同	同	艷色類 5	
37 越國美人如神仙 出《王子年拾遺記》	同	同	艷色類 1	
38 浙東舞女如芙蓉 出《杜陽雜編》	同		艷色類 2	

續表

藝文雜誌	周校本	書舶庸譚	繡谷春容	備注
39 薛瓊英香肌絶妙 出《杜陽雜編》	薛瑶英香肌絶妙	薛瓊英香肌絶妙	艷色類 9 薛瑶英香肌妙絶	瓊字譌
40 麗娟娘玉膚柔軟	同		艷色類 10	
41 虢夫人自有美艷 出《楊妃外傳》	同		艷色類 7	
42 袁寶兒最多憨態 出《南部烟花記》	同	同	艷色類 8	
43 李娃使鄭子登科	同		賢行類 2	
44 蒨桃諫寇公節用	同			
45 譚意哥教張氏子 出《青瑣高議》	同	譚意哥教張氏女	賢行類 1 譚意歌教張氏子	女字譌
46 聶勝瓊事李公妻 出《古今詞話》	同	聶勝璚事李公妻	賢行類 3	璚同瓊

續表

藝文雜誌	周校本	書舶庸譚	繡谷春容	備注
47 楊愛愛不嫁後夫 蘇子美爲作傳	同	同		周本改作出蘇子美文
48 張住住不負正婚	同		守節類1	
49 姚玉京持志割耳	同		守節類3	
50 王凝妻守節斷臂 出《五代史》	同	同	守節類2	
51 鄭小娘遇賊赴江 出《玉泉子》	同	同	守節類4	
52 歌者婦拒姦斷頸	同		守節類5	
53 馮燕殺主將之妻 出《麗情集》	同	同	義勇類2	首云沈亞之歌，誤，實司空圖歌
54 嚴武薨乃父之妾 出《雪溪友議》	同	同	義勇類1	雪字乃雲字之譌

續表

藝文雜誌	周校本	書舶庸譚	繡谷春容	備注
55 曹大家高才著史	同		文史類2	
56 蔡文姬博學知音 出《列女傳》	同	同	文史類1	周本謂未注出處
57 張建封家姬吟詩 出《麗媚記》	同	同		《麗媚記》乃《麗情集》之譌
58 鄭康成家婦引書 出《啓顔録》	鄭康成家婢引詩	鄭康成家婢引詩	文史類3 鄭康成家婢引書	婦字譌
59 鄭都知醖籍巧談 出孫棨《北里志》	鄭都知醖藉巧談	鄭都知醖藉巧談（無出處）	辭令類3 鄭都知醖籍巧談	籍通藉
60 點酥娘精神善對 出《古詞話》	同	同	辭令類4	書名脱今字，周本補
61 薛濤妓滑稽改令 出《紀異録》	同	同	辭令類1	

續表

藝文雜誌	周校本	書舶庸譚	繡谷春容	備注
62 趙才卿點慧敏詞 出《古今詞話》	趙才卿點慧敏詞	趙才卿點慧敏詞	辭令類2 趙才卿點慧敏詞	點字譌
63 党家妓不識雪景 出《湘江近事》	同	党家妓不識雲景	滑稽類2	雲字譌
64 柳家婢不事牙郎 出《雲谿友議》	同	同	滑稽類3	《雲谿友議》誤，實出《北夢瑣言》
65 翠鬟以玉篦結主 出《古今詞話》	同	同	滑稽類6	
66 任昉以木刀誑妓 出《古今詞話》	同	同		
67 張才翁欲動邛守 出《古今詞話》	同	同	滑稽類5	
68 柳耆卿欲見孫相 出《古今詞話》	同	同	滑稽類4	

續表

藝文雜誌	周校本	書舶庸譚	繡谷春容	備注
69 宋玉辨己不好色 出《文選》宋	同	同	滑稽類1	周本删宋字
70 譚銖譏人偏重色 出《雲溪友議》	同	同		
71 徐令女干陳太師	同	同	滑稽類8	
72 李令妻干歸評事 出唐范攄《雲谿友議》	同	同	滑稽類7	
73 崔女怨盧郎年幾 出《南部新書》	崔女怨盧郎年紀	崔女怨盧郎年紀		幾通紀
74 張公嫌李氏醜容 出《古今詞話》	同	同		當作《古今詩話》
75 陳處士暫寄師叔 出《江南埜記》	同	同	恢諧類1 陳居士暫寄師叔	

續表

藝文雜誌	周校本	書舶庸譚	繡谷春容	備注
76 李太監傳語縣君 出《荆湖近事》	同	同	恢諧類4 李戴仁傳語縣君	《藝文》戴作載，戴通載
77 却要燃燭照四子 出《三水小牘》	同	同	恢諧類2	
78 李福虛嘸溺一甌 出《玉泉子》	同	同	恢諧類3 李福虛嘸溺一盌	
79 蘇東坡攜妓參禪 出《冷齋夜話》	同	同	恢諧類5	
80 史君實贈尼還俗 出《紀異録》	同	史君實贈己還俗	恢諧類6	己字譌
81 陳沆嘲道士啗肉 出《南唐近事》	同	陳沆嘲道士啗肉	恢諧類8	沆字譌
82 蔣氏嘲和尚戒酒 出《詩史》	同	蔣氏嘲和尚解酒	恢諧類7	解字譌。《藝文》此條下標(終)

二、《新話摭粹》疑似佚文考辨

《繡谷春容》御集卷四、卷五《新話摭粹》，共百七十八條，卷四分遇仙、神遇、奇遇、私通、好合、情好、惜别、再會、争奪、淫戲、妬忌十一類，卷五分樂藝、音樂、妙舞、靚粧、艷色、賢行、守節、義勇、文史、辭令、滑稽、恢諧、節義十三類。除從《緑窗新話》鈔録一百二十二條外，其餘五十六條是否也含有《緑窗新話》今本之外的佚文，值得研究。現將《新話摭粹》全部條目羅列如下，一一與《緑窗新話》相同條目比對，並對不見於《緑窗新話》條目的來源略作考究，疑似《緑窗新話》佚文者加△爲誌，其餘加▲爲誌。（表二）

新話摭粹			緑窗新話	
序號及類別	標目	新見條目出處考證	序號	標目
1 遇仙類1	裴航遇藍橋雲英		卷上2	裴航遇藍橋雲英
2 遇仙類2	劉阮遇天台仙女		1	劉阮遇天台女仙

續表

新話摭粹			綠窗新話	
序號及類別	標目	新見條目出處考證	序號	標目
3 遇仙類3	女星配姚御史兒		10	星女配姚御史兒
4 遇仙類4	崔生聘玉卮娘子		9	崔生遇玉卮娘子
5 遇仙類5	王子高遇芙蓉仙		3	王子喬（高）遇芙蓉仙
6 遇仙類6	陳純會玉源夫人		6	陳純會玉源夫人
7 遇仙類7	邢鳳遇西湖水仙		11	邢鳳遇西湖水仙
8 遇仙類8	任生娶上界書仙		7	任生娶天上書仙
9 遇仙類9	德璘娶洞庭韋女		13	德璘娶洞庭韋女
10 遇仙類10	永娘配翠雲洞仙		12	永娘配翠雲洞仙
11 遇仙類11	錢忠娶吴江仙女		14	錢忠娶吴江仙女
12 遇仙類12	王軒苧蘿遇仙子		15	王軒苧羅逢西子

續表

新話摭粹			綠窗新話	
序號及類別	標目	新見條目出處考證	序號	標目
13 遇仙類13	張俞驪山遇太真		16	張俞驪山遇太真
14 遇仙類14	△雍伯設漿得美婦	《類説》卷七《搜神記·設義漿》文字大同		
15 遇仙類15	△趙進士獲畫遇仙姬	節録《類説》卷五〇《縉紳脞説·南岳地仙》。原出唐末闕名《聞奇録》		
16 神遇類1	△楚王感巫山神女	節録宋玉《高唐賦》		
17 神遇類2	△賈生遇曾城夫人	《類説》卷二九《麗情集·黄陵廟詩》文略。此詳，元闕名《異聞總録》卷二與之文句大同		
18 神遇類3	韋生遇后土夫人		17	韋生遇后王（土）夫人
19 神遇類4	劉卿遇康皇廟女		18	劉卿遇康皇廟女
20 神遇類5	△鄭生遇湘浦龍女	原出唐沈亞之《湘中怨解》，唐末陳翰《異聞集》曾收入，事文均不同		

續表

新話摭粹			緑窗新話	
序號及類別	標目	新見條目出處考證	序號	標目
21 神遇類6	△蕭曠遇洛浦龍女	原出唐裴鉶《傳奇・蕭曠》，事有不同		
22 神遇類7	△趙文韶清溪得偶	節録南朝梁吴均《續齊諧記》。《類説》卷六《續齊諧記・青溪神傳》文略		
23 神遇類8	韋卿娶華岳神女		20	韋卿娶華陰神女
24 神遇類9	△李湜遇華岳神女	節録唐戴孚《廣異記・李湜》		
25 奇遇類1	崔護覓水逢女子		23	崔護覓水逢女子
26 奇遇類2	郭華買脂慕麗姝		24	郭華買脂慕粉郎
27 奇遇類3	金彦遊春遇會娘		21	金彦遊春遇會娘
28 奇遇類4	△任氏女題詩紅葉	原出後蜀金利用《玉溪編事・侯繼圖》。《類説》卷五〇《縉紳脞説・桐葉上詩》大同		

續表

新話摭粹 序號及類別		標目	新見條目出處考證	綠窗新話 序號	標目
29	奇遇類5	韓夫人寫情禁溝		58	韓夫人題葉成親
30	奇遇類6	△張生元宵會帥妾	節録北宋闕名《鴛鴦燈傳》		
31	奇遇類7	▲王生渭塘得奇遇	原出明初瞿佑《剪燈新話》卷二《渭塘奇遇記》		
32	奇遇類8	△崔生踰垣會紅綃	節録唐裴鉶《傳奇・崑崙奴》。《類説》卷三二《傳奇・崔生》文略		
33	奇遇類9	▲劉方女僞子得夫	原出不詳。事亦見明王同軌《耳談類增》卷八《劉方劉奇夫婦》		
34	私通類1	越娘因詩句動心		32	越孃因詩句動心
35	私通類2	何意娘通張彦卿		30	何會娘通張彦卿
36	私通類3	伴喜私犯張娟(禪)娘		33	伴喜私犯張禪娘

續表

新話摭粹			綠窗新話	
序號及類別	標目	新見條目出處考證	序號	標目
37 私通類4	陳吉私犯熊小娘		34	陳吉私犯熊小娘
38 私通類5	楚娘矜(姿)色悔嫁		31	楚娘矜姿色悔嫁
39 私通類6	王尹判道士犯姦		35	王尹判道士犯奸
40 私通類7	李少婦私慕封師		40	李少婦私通封師
41 私通類8	崔徽私慕裴敬中		41	崔徽私會裴敬中
42 私通類9	楊師純跳舟結好		44	楊師純跳舟結好
43 私通類10	秦少游滅燭偷歡		43	秦少游滅燭偷歡
44 私通類11	▲伍愛卿私通員茂	原出不詳。事亦見清褚人穫《堅瓠集》十集卷三《僧姦判》		
45 私通類12	陶奉使犯驛卒女		68	陶奉使犯驛卒女
46 私通類13	趙飛燕通燕赤鳳		37	趙飛燕私通赤鳳

續表

新話摭粹			綠窗新話	
序號及類別	標目	新見條目出處考證	序號	標目
47 私通類14	楊貴妃私安禄山		38	楊貴妃私安禄山
48 私通類15	秦太后私通嫪毐		39	秦太后私通嫪毐
49 好合類1	周簿切脉娶孫氏		49	周簿切脈娶孫氏
50 好合類2	江致和喜到蓬宫		47	江致和喜到蓬宫
51 好合類3	張子野潛登池閣		48	張子野潛登池閣
52 情好類1	玉簫再生爲韋妾		54	玉簫再生爲韋妾
53 情好類2	孟麗娘愛慕蔣芾		52	孟麗娘愛慕蔣芾
54 情好類3	王仙客得劉無雙		55	王仙客得劉無雙
55 情好類4	王幼玉慕戀柳富		51	王幼玉慕戀柳富
56 情好類5	崔女至死爲柳妻		53	崔娘至死爲柳妻

續表

新話摭粹			綠窗新話	
序號及類別	標目	新見條目出處考證	序號	標目
57 情好類6	△李章武會王子婦	節録唐李景亮《李章武傳》，《異聞集》曾收入		
58 情好類7	張倩娘離魂奔婿		57	張倩娘魂離奔壻
59 情好類8	盼盼陳詞媚涪翁		62	盼盼陳詞媚涪翁
60 情好類9	沈真真歸鄭還古		60	沈真真歸鄭還古
61 情好類10	灼灼染淚寄裴質		61	灼灼染淚寄裴質
62 情好類11	△楊娼善媚南越侯	事見唐房千里《楊娼傳》，然文字全異。末有小字評語，即取《楊娼傳》		
63 情好類12	△真珠乞離萬通受	《施注蘇詩》卷六、卷七、卷一九引《麗情集》佚文，與此有同者，疑原出《麗情集》		
64 惜別類(詩)1	章導與梁楚雙懸		64	章導與梁楚雙懸

續表

新話摭粹			綠窗新話	
序號及類別	標目	新見條目出處考證	序號	標目
65 惜别類（詩）2	楊生共秀奴同溺		63	楊生共秀奴同游
66 再會類 1	▲徐軍校兩妻復舊	節録南宋洪邁《夷堅志補》卷一一《徐信妻》		
67 再會類 2	柳耆卿因詞得姬		65	柳耆卿因詞得妓
68 再會類 3	▲王從事失妻復返	節録《夷堅丁志》卷一一《王從事妻》		
69 争奪類 1	曹縣令朱氏奪權		69	曹縣令朱氏奪權
70 争奪類 2	陸郎中媚娘争寵		70	陸郎中媚娘争寵
71 淫戲類 1	漢成帝服謹卹膠		71	漢成帝服謹卹膠
72 淫戲類 2	唐明皇咽助情花		72	唐明皇咽助情花
73 淫戲類 3	△山陰主戲褚彦回	原出《南史》卷二《宋本紀中》、卷二八《褚彦回傳》、卷三〇《何戢傳》		

續表

新話摭粹			綠窗新話	
序號及類別	標目	新見條目出處考證	序號	標目
74 淫戲類4	△賈皇后喜洛南吏	節録《晉書》卷三一《后妃傳上·惠賈皇后》		
75 淫戲類5	楚兒遭郭鍛鞭打		卷下2	楚兒遭郭鍛鞭打
76 淫戲類6	韓妓與諸生淫褋		1	韓妓與諸生淫雜
77 淫戲類7	△梁冀妻善作妖態	節録《後漢書》卷三四《梁冀傳》		
78 淫戲類8	△永年妻奉蓮花盃	節録北宋魏泰《東軒筆録》卷七，末有小字評語		
79 妬忌類1	△任氏妻寧死亦妬	文同南宋初孔傳《後六帖》卷一七引《朝野僉載》，原見唐張鷟《朝野僉載》卷三		
80 妬忌類2	△梁武獲鶬鶊置膳	節録《文苑英華》卷三七八楊夔《止妬》，楊夔唐末人		
81 妬忌類3	△劉瑱妹夫死猶妬	節録《南史》卷三九《劉瑱傳》		

續表

新話摭粹			綠窗新話	
序號及類別	標目	新見條目出處考證	序號	標目
82 妬忌類4	△王導驅犢車遠辱	原出《晉書》卷六五《王導傳》		
83 樂藝類1	△楊妃教宫人琵琶	節録北宋樂史《楊太真外傳》（亦題《楊妃外傳》），又參照唐胡璩《譚賓録》		
84 樂藝類2	蕭史教弄玉鳳簫		14	蕭史教弄玉鳳簫
85 樂藝類3	白公聽商婦琵琶		7	白公聽商婦琵琶
86 樂藝類4	李生悟盧岐（妓）箜篌		8	李生悟盧妓箜篌
87 樂藝類5	明皇愛花奴羯鼓		3	明皇愛花奴羯鼓
88 樂藝類6	劉濬喜楊娥杖鼓		4	劉濬喜楊娥杖鼓
89 樂藝類7	崔寶羨薛瓊彈筝		10	崔寶羨薛瓊彈筝
90 樂藝類8	文君窺長卿撫琴		11	文君窺長卿撫琴

續表

新話摭粹			緑窗新話	
序號及類別	標目	新見條目出處考證	序號	標目
91 樂藝類9	沈翹翹善敲方響		15	沈翹翹善敲方響
92 樂藝類10	張紅紅善記拍板		16	張紅紅善記拍板
93 樂藝類11	△蔡琰以識琴知名	疑本南宋孔傳《後六帖》(《孔帖》)卷六一《蔡琰聞絃絶》,末有小字評語,事見《後漢書》卷六〇下《蔡邕傳》		
94 樂藝類12	△劉麗華善彈箜篌	節録北宋郭茂倩《樂府詩集》卷六〇晉劉妙容《宛轉歌二首》引《續齊諧記》		
95 樂藝類13	錢起詠湘靈鼓瑟		12	錢起詠湘靈鼓瑟
96 樂藝類14	薛嵩重紅線撥阮		5	薛嵩重紅線撥阮
97 樂藝類15	朝雲爲老姬吹篪		6	朝雲爲老嫗吹篪
98 音樂類1	白樂天辨華原磬		18	白樂天辨華原磬

續表

新話摭粹			綠窗新話	
序號及類別	標目	新見條目出處考證	序號	標目
99 音樂類2	秦少游弔古鎛鍾		17	秦少游弔（古）鎛鐘
100 音樂類3	麻奴服將軍觱栗		22	麻奴服將軍觱篥
101 音樂類4	虜騎感劉琨胡笳		19	虜騎感劉琨胡笳
102 音樂類5	韓娥有繞梁之音		25	韓娥有繞梁之聲
103 音樂類6	△念奴有出雲之音	文同五代王仁裕《開元天寶遺事》卷上《眼色媚人》		
104 音樂類7	盛小叢最號善歌		23	盛小叢最號善歌
105 音樂類8	永新娘最號善唱		24	永新娘最號善歌
106 妙舞類1	楊貴妃舞霓裳曲		27	楊貴妃舞霓裳曲
107 妙舞類2	韋中丞女舞柘枝		29	韋中丞女舞柘枝

續表

新話摭粹			緑窗新話	
序號及類別	標目	新見條目出處考證	序號	標目
108 妙舞類 3	康居國女舞胡旋		30	康居國女舞胡旋
109 妙舞類 4	蜀宮妓舞摇頭令		28	蜀官妓舞摇頭令
110 靚粧類 1	壽陽主梅花粧額		22	壽陽主梅花粧額
111 靚粧類 2	△吴夫人傷額益妍	節録後秦王嘉《拾遺記》卷八《吴》「孫和」條		
112 靚粧類 3	△馬皇后美髮創髻	節録東漢班固等《東觀漢記》卷六《明德馬皇后傳》，末小字評語取《類説》卷二五《玉泉子》		
113 艷色類 1	越國美人如神仙		37	越國美人如神仙
114 艷色類 2	浙東舞女如芙蓉		38	浙東舞女如芙蓉
115 艷色類 3	茂英兒年少風流		33	茂英兒年少風流
116 艷色類 4	楚蓮香國色無双		34	楚蓮香國色無雙

續表

新話摭粹			綠窗新話	
序號及類別	標目	新見條目出處考證	序號	標目
117 艷色類5	越州女姿色冠代		36	越州女姿色冠代
118 艷色類6	薛凌雲容貌絕世		35	薛靈芸容貌絕世
119 艷色類7	虢夫人自有美艷		41	虢夫人自有美艷
120 艷色類8	袁寶兒最多憨態		42	袁寶兒最多憨態
121 艷色類9	薛瑶英香肌妙絕		39	薛瓊英香肌絕妙
122 艷色類10	麗娟娘玉膚柔輭		40	麗娟娘玉膚柔軟
123 賢行類1	譚意歌教張氏子		45	譚意哥教張氏子
124 賢行類2	李娃使鄭子登科		43	李娃使鄭子登科
125 賢行類3	聶勝瓊事李公妻		46	聶勝瓊事李公妻
126 守節類1	張住住不負正婚		48	張住住不負正婚
127 守節類2	王凝妻守節斷臂		50	王凝妻守節斷臂

續表

新話摭粹			綠窗新話	
序號及類別	標目	新見條目出處考證	序號	標目
128 守節類3	姚玉京持志割耳		49	姚玉京持志割耳
129 守節類4	鄭小娘遇賊赴江		51	鄭小娘遇賊赴江
130 守節類5	歌者婦拒奸斷頸		52	歌者婦拒姦斷頸
131 守節類6	▲李歌娘不從達魯	此即元陶宗儀《南村輟耕録》卷二七《李哥貞烈》		
132 守節類7	▲傅氏女夫死自溺	此即《南村輟耕録》卷二三《傅氏死義》		
133 義勇類1	嚴武斃乃父之妾		54	嚴武斃乃父之妾
134 義勇類2	馮燕殺主將之妻		53	馮燕殺主將之妻
135 文史類1	蔡文姬博學知音		56	蔡文姬博學知音
136 文史類2	曹大家高才著史		55	曹大家高才著史
137 文史類3	鄭康成家婢引書		58	鄭康成家婦引書

續表

新話摭粹			綠窗新話	
序號及類別	標目	新見條目出處考證	序號	標目
138 辭令類1	薛濤妓滑稽改令		61	薛濤妓滑稽改令
139 辭令類2	趙才卿黠慧敏詞		62	趙才卿點(黠)慧敏詞
140 辭令類3	鄭都知醞藉巧談		59	鄭都知醞籍巧談
141 辭令類4	點酥娘精神善對		60	點酥娘精神善對
142 辭令類5	▲郭順卿善調參政	節録元雪簑釣隱《青樓集·順時秀》		
143 辭令類6	▲劉婆惜巧合監郡	節録《青樓集·劉婆惜》		
144 滑稽類1	宋玉辨己不好色		69	宋玉辨己不好色
145 滑稽類2	党家妓不識雪景		63	党家妓不識雪景
146 滑稽類3	柳家婢不事牙郎		64	柳家婢不事牙郎
147 滑稽類4	柳耆卿欲見孫相		68	柳耆卿欲見孫相

續表

新話摭粹			綠窗新話	
序號及類別	標目	新見條目出處考證	序號	標目
148 滑稽類5	張才翁欲動邛守		67	張才翁欲動邛守
149 滑稽類6	翠鬟以玉篦結主		65	翠鬟以玉篦結主
150 滑稽類7	李令妻干歸評事		72	李令妻干歸評事
151 滑稽類8	徐令女干陳太師		71	徐令女干陳太師
152 恢諧類1	陳居士暫寄師叔		75	陳處士暫寄師叔
153 恢諧類2	却要燃燭照四子		77	却要燃燭照四子
154 恢諧類3	李福虛嚇溺一盌		78	李福虛嚇溺一甌
155 恢諧類4	李戴仁傳語縣君		76	李太監傳語縣君
156 恢諧類5	蘇東坡携妓參禪		79	蘇東坡攜妓參禪
157 恢諧類6	史君實贈尼還俗		80	史君實贈尼還俗
158 恢諧類7	蔣氏嘲和尚戒酒		82	蔣氏嘲和尚戒酒

續表

新話摭粹			綠窗新話	
序號及類別	標目	新見條目出處考證	序號	標目
159 恢諧類8	陳沆嘲道士啗肉		81	陳沆嘲道士啗肉
160 恢諧類9	△扈戴被水香勸盞	此即宋初陶穀《清異録》卷上《水香勸盞》		
161 恢諧類10	△魏處士嘲妓生硬（梗）	節自北宋沈括《夢溪筆談》卷一六《藝文三》。末有小字評語		
162 恢諧類11	△大壯作補闕燈檠	此即《清異録》卷上《補闕燈檠》及《黑鳳凰》		
163 恢諧類12	▲陸宅之贈妓爲尼	節録《南村輟耕録》卷二《連枝秀》		
164 恢諧類13	△李端端被譽得名	疑節録《類説》卷四一《雲谿友議·娼肆題詩》，原見《雲谿友議》卷中《辭雍氏》		
165 恢諧類14	△謝師厚嘲胥宿妓	取自南宋初期趙令畤《侯鯖録》卷三		
166 恢諧類15	△蘇東坡嘲妓肉體	即《詩話總龜》後集卷四七、《苕溪漁隱叢話》前集卷六〇引《遯齋閑覽》（北宋陳正叔撰）		

續表

新話摭粹			綠窗新話	
序號及類別	標目	新見條目出處考證	序號	標目
167 節義類1	▲王貞婦持刀自刎	節録明宋濂《文憲集》卷一一《王貞婦傳》		
168 節義類2	▲張義婦尋夫歸葬	即《文憲集》卷一一《張義婦傳》		
169 節義類3	▲銀瓶女紿嫂同溺	記朱淑真《吊銀瓶》詩，出處不詳		
170 節義類4	▲叔先雄自沉求父	《後漢書》卷八四《列女傳》有《孝女叔先雄》，然此節文字全同明朱瞻基《五倫書》卷五八《子道三・善行下・女》		
171 節義類5	▲趙氏女爲親報仇	全同《五倫書》卷五八《子道三・善行下・女》		
172 節義類6	▲趙希孟詩留裙帶	全同《五倫書》卷五八《子道三・善行下・女》，原作韓希孟，城乡韓琦女，此譌作趙		
173 節義類7	▲王氏女擊豹救父	全同《五倫書》卷五八《子道三・善行下・女》		

續表

新話摭粹			綠窗新話	
序號及類別	標目	新見條目出處考證	序號	標目
174 節義類8	▲陳淑貞絶絃見志	全同《五倫書》卷五八《子道三・善行下・女》，貞作「真」，亦見明宋濂《元史》卷二〇一《列女傳二》		
175 節義類9	▲樂羊妻逢盜自刎	全同《五倫書》卷五八《子道三・善行下・女》，原出《後漢書》卷八四《列女傳・樂羊子妻》		
176 節義類10	▲義宗妻臨難不避	全同《五倫書》卷五八《子道三・善行下・女》，原出《舊唐書》卷一九三《列女傳・鄭義宗妻盧氏》		
177 節義類11	▲希文妻罵賊被害	全同《五倫書》卷五八《子道三・善行下・女》		
178 節義類12	▲俞新妻斷髮矢志	全同《五倫書》卷五八《子道三・善行下・女》，亦見宋濂《元史》卷二〇〇《列女傳一》		

在上表中，最末的節義類非常特殊。一是它置於恢諧類之後，而不是在賢行、守節類之間，且類別與守節類相近。二是節義類十二事全出於明人書，無一出自宋人及宋前書者。更爲特別的是，在《繡谷春容》明刻本中，節義類三字用大號黑字標出，明顯與前不一致（見圖），可見節義類十二事根本就不屬於《新話摭粹》，而是附加的，故置末，只不過也用七字標目而已。

○蘇東坡嘲妓肉體
東坡嘗飲一豪士家每出侍姬十餘皆有美
色內有一善歌舞者容貌雖麗而軀幹甚偉
尤豪所鍾愛者乞坡詩公戲為四句云
舞袖翩躚影搖千尺龍蛇動歌喉宛轉聲
撼半天風雨寒
妓赧然不悅而去
節義類
○王貞婦持刃自刎
貞婦名順榮台之黃岩人歸同里楊伯瑞累
官樞密階從四品至正間天台兵亂貞婦時

除去這十二條，剩餘的一百六十六條，《王生渭塘得奇遇》等十條（標以▲者）中八條出自《青樓集》、《南村輟耕録》、《剪燈新話》等書，亦應剔除。唯再會類《徐軍校兩妻復舊》節自南宋洪邁《夷堅志補》卷一一《徐信妻》，《王從事失妻復返》節自《夷堅丁志》卷一一《王從事妻》。《夷堅丁志》約成書於孝宗淳熙五年（一一七八）〔七〕。《夷堅志補》係民國間上海涵芬樓編印《新校輯補夷堅志》，從建安葉祖榮《新編分類夷堅志》中輯出，原屬《夷堅》何志不詳。考今存《夷堅志》甲乙丙丁八十卷中無此事，則即便原在此後最早的《戊志》中，亦已及淳熙十年〔八〕，年代甚晚。《綠窗新話》採書絕大部分爲宋前及北宋書，南宋書極少。再者，考《甲志》當成於紹興三十二年（一一六二）〔九〕，到乾道二年（一一六六）年底作《乙志序》時，《甲志》「鏤板于閩、于蜀、于婺、于臨安，蓋家有其書」，流傳極廣。而檢《甲志》二十卷，中若《吴小員外》（卷四）、《葉若谷》（卷五）之人鬼之戀，《古田倡》（卷六）之士妓之情，《南陽驛婦人詩》（卷八）之女子題詩，題材均爲艷情及才女之事，頗合《緑窗新話》的取材宗旨，但均未被皇都風月主人所採，可信的解釋是其撰《新話》時《夷堅志》尚未傳世。因此，「徐信妻」和「王從事妻」這兩條，頗疑非《緑窗新話》所有。

除此十條，則剩一百五十六條。除去見於《緑窗新話》的一百二十二條，其餘三十四條（標以△者），絶大部分見於北宋及其前書，因此此三十四條可能屬於《緑窗新話》佚文。特别是其中《楊娼善媚南越侯》、《永年妻奉蓮花盃》、《蔡琰以識琴知名》、《馬皇后美髮創髻》、《魏處士嘲妓生硬（梗）》五條，末附小字評語，體式全同《新話摭粹》中見於《緑窗新話》者。其中「楊娼」條小字評語鈔《楊娼傳》，「馬皇后」條評語鈔《類説》卷二五《玉泉子》，其餘三條評語皆爲自撰。按《韓夫人題葉成親》、《李娃使鄭子登科》二條評語爲《緑窗新話》所無，可能屬原書所有，亦堪爲佐證。爲慎重穩妥起見，故此三十四條稱作疑似佚文。

《繡谷春容》編者編纂《新話摭粹》，應當掌握着一個《緑窗新話》版本。今本一百五十四條，《新話摭粹》只引一百二十二條，未見者三十二條。這三十二條，可能是摭而所棄者。若爲《新話》原有，則多達一百八十八條，是一個相當完備的版本，可惜看不到了。

《新話摭粹》分類編排，没有照顧到原書條目次序，因而原書條目的整齊對偶排列常被打破，如神遇類《趙文韶清溪得偶》與《韋卿娶華岳神女》，私通類《越娘因詩句動心》與《何意娘通張彦卿》等皆失對，殊失原貌。自然，這也可能是因爲《新話摭粹》所依據的版本條目有闕而造成的。另外，無端插入十條他書條目，與所稱「新話摭粹」不符，實自亂體例。

三、《緑窗新話》的引書及其成書年代考

《緑窗新話》係纂録前人雜著而成，條末大都注明出某某書，少數闕出處。從引書可考出其撰作的大致年代。今依時代爲序列表如下，同書條目依次一起排列。原出處有誤者逕行改正。闕注出處者以▲爲誌，並補入出處。《新話摭粹》中的疑似佚文（均無出處，以△爲誌）亦列入。（表二）

時代	作者	書名篇名	條目	備注
戰國	宋玉	《文選·高唐賦》 《文選·登徒子好色賦一首并序》	△楚王感巫山神女 宋玉辨己不好色	

續表

時代	作者	書名篇名	條目	備注
西漢	司馬遷	《史記·吕不韋傳》	秦太后私通嫪毐	
		《史記·司馬相如傳》	文君窺長卿撫琴	
	劉向	《列仙傳》卷上《蕭史》	蕭史教弄玉鳳簫	取《類説》卷三《列仙傳·弄玉吹簫》
		《列仙傳》卷上《王子喬》	王喬遇浮丘吹笙	取《類説》卷三《列仙傳·吹笙作鳳鳴》
	舊題伶玄子于	《趙后外傳》（即《趙飛燕外傳》）	趙飛燕通燕赤鳳	
		《趙后外傳》（即《趙飛燕外傳》）	漢成帝服謹卹膠	
東漢	班固等	《東觀漢記》卷六《明德馬皇后傳》	△馬皇后美髮創髻	末小字評語取《類説》卷二五《玉泉子》
	郭憲	《漢武帝别國洞冥記》卷四	▲麗娟娘玉膚柔軟	
晉	張華	《博物志》卷八《史補》	韓娥有繞梁之聲	
	干寶	《搜神記》	△雍伯設漿得美婦	《類説》卷七《搜神記·設義漿》文字大同

續表

時代	作者	書名篇名	條目	備注
晉	王嘉	《拾遺記》卷八《吴》 《拾遺記》卷七《魏》 《拾遺記》卷三	△吴夫人傷額益妍 薛靈芸容貌絶世 越國美人如神仙	
南朝宋	范曄	《後漢書·梁冀傳》 《後漢書·列女傳》 《後漢書·列女傳》	△梁冀妻善作妖態 ▲曹大家高才著史 蔡文姬博學知音	
南朝梁	吴均	《續齊諧記》	劉阮遇天台仙女 △趙文韶清溪得偶 △劉麗華善彈箜篌	
北魏	楊衒之	《洛陽伽藍記》卷四《城西·法雲寺》	朝雲爲老嫗吹篪	
隋	闕名	《八朝窮怪録·劉子卿》	▲劉卿遇康皇廟女	
	侯白	《啓顔録》	鄭康成家婢引書	

續表

時代	作者	書名篇名	條目	備注
唐	房玄齡等	《晉書·后妃傳上·惠賈皇后》	△賈皇后喜洛南吏	
		《晉書·王導傳》	△王導驅犢車遠辱	
		《晉書·樂志下》及《劉琨傳》	虜騎感劉琨胡笳	
		《晉書·樂志下》等	蚩尤畏黄帝鼓角	
	李延壽	《南史·宋本紀中》及《褚彦回傳》、《何戢傳》	△山陰主戲褚彦回	
		《南史》卷三九《劉瑱傳》	△劉瑱妹夫死猶妬	
	戴孚	《廣異記·李湜》	△李湜遇華岳神女	
	李景亮	《李章武傳》	△李章武會王子婦	
	南卓	《烟中怨解題叙》	謝生娶江中水仙	《類説》卷二九《麗情集·烟中仙》文字大同
		《羯鼓録》	明皇愛花奴羯皷	
	盧言	《盧氏雜説》	茂英兒年少風流	
	白居易	《白氏長慶集》卷一二《琵琶引并序》	白公聽商婦琵琶	

續表

時代	作者	書名篇名	條目	備注
唐	白居易	《白氏長慶集》卷三《新樂府・華原磬》	白樂天辨華原磬	
		《白氏長慶集》卷三《新樂府・胡旋女》	康居國女舞胡旋	
	牛僧孺	《玄怪録》卷四《崔書生》	崔生遇玉巵娘子	
	房千里	《楊娼傳》	△楊娼善媚南越侯	文字不同，末小字評語，乃取《楊娼傳》
	盧肇	《逸史・盧李二生》	李生悟盧妓箜篌	
	闕名	《南部烟花記》（即《大業拾遺記》）	吴絳仙娥緑畫眉	《類説》卷六《南部烟花記》摘録三段文字大同
		《南部烟花記》（即《大業拾遺記》）	袁寶兒最多憨態	取《類説》卷六《南部烟花記・司花女》
	温庭筠	《乾𦠆子・華州參軍》	▲崔娘至死爲柳妻	
	段安節	《樂府雜録》	沈翹翹善敲方響	

續表

時代	作者	書名篇名	條目	備注
唐	段安節	《樂府雜録》	張紅紅善記拍板	取《類説》卷一六《樂府雜録》《拍板》、《張紅紅》
		《樂府雜録》	麻奴服將軍觱篥	取《類説》卷一六《樂府雜録・銀字管》
		《樂府雜録》	永新娘最號善唱	取《類説》卷一六《樂府雜録・永新歌》
	段公路	《北户録》卷三《鶴子草》	壽陽主梅花粧額	
	袁郊	《甘澤謡・紅綫》	薛嵩重紅線撥阮	
	蘇鶚	《杜陽雜編》卷中	浙東舞女如芙蓉	
		《杜陽雜編》卷上	薛瑶英香肌妙絶	
	裴鉶	《傳奇・裴航》	裴航遇藍橋雲英	
		《傳奇・封陟》	封陟拒上元夫人	
		《傳奇・蕭曠》	△蕭曠遇洛浦龍女	文字不同
		《傳奇・鄭德璘》	德璘娶洞庭韋女	
		《傳奇・崑崙奴》	△崔生踰垣會紅綃	
	陳翰	《異聞集》	▲張公子遇崔鶯鶯	原出唐元稹《鶯鶯傳》，此摘録《類説》卷二八《異聞集・傳奇》

續表

時代	作者	書名篇名	條目	備注
唐	陳翰	《異聞集》	星女配姚御史兒	原唐鄭權撰，此當參考《類説》卷二八《異聞集·三女星精》
		《異聞集》	▲韋生遇后土夫人	原見《太平廣記》卷二九九《韋安道》，出《異聞録》
		《異聞集》	▲柳毅娶洞庭龍女	原唐李朝威撰，此當删節《類説》卷二八《異聞集·洞庭靈姻傳》
		《異聞集》	韋卿娶華陰神女	删節《類説》卷二八《異聞集·華嶽靈姻》
		《異聞集》	張倩娘離魂奔壻	原唐陳玄祐撰，此删《類説》卷二八《異聞集·離魂記》
		《異聞集》	沙吒利奪韓翊妻	原注出《異志》，當作《異聞集》。原見唐許堯佐《柳氏傳》
		《異聞集》	▲李娃使鄭子登科	原唐白行簡撰《李娃傳》，此删《類説》卷二八《異聞集·汧國夫人傳》
	范攄	《雲谿友議》卷中《辭雍氏》	△李端端被譽得名	疑節録《類説》卷四一《雲谿友議·娼肆題詩》
		《雲谿友議》卷上《襄陽傑》	▲崔郊甫因詩得婢	疑實據北宋詹玠《唐宋遺史》
		《雲谿友議》卷上《舞娥異》	韋中丞女舞柘枝	

續表

時代	作者	書名篇名	條目	備注
唐	范攄	《雲谿友議》卷上《真詩解》	▲薛媛圖形寄楚材	文句多有異同
		《雲谿友議》卷上《嚴黃門》	嚴武斃乃父之妾	
		《雲谿友議》卷中《譚生刺》	譚銖譏人偏重色	
		《雲谿友議》卷上《哀貧誡》	李令妻干歸評事	
	孫棨	《北里誌·楚兒》	▲楚兒遭郭鍛鞭打	
		《北里誌·張住住》	▲張住住不負正婚	
		《北里誌·鄭舉舉》	鄭都知醞藉巧談	
	孟棨	《本事詩·情感第一》	崔護覓水逢女子	
	皇甫枚	《三水小牘》	却要燃燭照四子	
	闕名	《玉泉子》	鄭小娘遇賊赴江	
		《玉泉子》	李福虛嚥溺一甌	
	楊夔	《止妬》《文苑英華》卷三七八	△梁武獲鶬鶊置膳	
	尉遲樞	《南楚新聞》	章導與梁楚雙懸	

續表

時代	作者	書名篇名	條目	備注
五代十國	後唐 王仁裕	《開元天寶遺事》卷上《眼色媚人》 《開元天寶遺事》卷下《被底鴛鴦》及卷上《助情花》	△念奴有出雲之音 唐明皇咽助情花	
	後周 王仁裕	《玉堂閑話·歌者婦》	▲歌者婦拒姦斷頸	
	南唐 龍衮	《江南野録》(即《江南野史》) 《江南野史》卷六(原作《江南埜記》)	韓妓與諸生淫雜 陳處士暫寄師叔	原書不全，此節録《類説》卷一五《江南野録·韓熙載》
	荆南 孫光憲	《北夢瑣言》 《北夢瑣言》卷四	蜀宮妓舞摇頭令 柳家婢不事牙郎	原書不全，前事見《類説》卷四三《北夢瑣言·這邊走那邊走》，後事見《詩話總龜》前集卷二二引《北夢瑣言》原注出《雲谿友議》，誤。此取《類説》卷四三《北夢瑣言·柳家細婢事賣絹牙郎》

續表

時代	作者	書名篇名	條目	備注
五代十國	後蜀金利用	《玉溪編事·侯繼圖》	△任氏女題詩紅葉	文字不同,《類説》卷五〇《縉紳脞説·桐葉上詩》大同
	後蜀何光遠	《鑑誡録》卷八《非告勒》	▲徐令女干陳太師	實取《詩話總龜》前集卷四八佞媚門引《鑑戒録》
北宋	陶穀	《清異録》卷上《水香勸盞》 《清異録》卷上《補闕燈檠》及《黑鳳凰》	△扈戴被水香勸盞 △大壯作補闕燈檠	
	秦再思	《紀異録》(即《洛中紀異録》) 《紀異録》	薛濤妓滑稽改令 史君實贈尼還俗	取《類説》卷一二《紀異録·口似没梁斗》 取自《類説》卷一二《紀異録·更没心情憶老君》,疑《緑窗新話》文字有誤
	鄭文寶	《南唐近事》卷二	陳沆嘲道士啗肉	節録《詩話總龜》前集卷三六引《南唐近事》
	樂史	《楊太真外傳》(亦題《楊妃外傳》)	△楊妃教宮人琵琶	參照唐胡璩《譚賓録》

續表

時代	作者	書名篇名	條目	備注
北宋	樂史	《楊太真外傳》(《楊妃外傳》)	楊貴妃舞霓裳曲	
		《楊太真外傳》(《楊貴妃外傳》)	虢夫人自有美艷	取《類説》卷一《楊妃外傳》中《給粉翠千緡》、《杜甫詩》
	陶岳	《湖湘近事》(即《荊湖近事》)	張詵遊春得佳偶	
		《湘江近事》(即《荊湖近事》)	黨家妓不識雪景	
		《荊湖近事》	李太監傳語縣君	取《類説》卷二二陶岳《荊湖近事・傳語縣君謝到》
	錢易	《南部新書》卷丁	崔女怨盧郎年幾	
	蘇舜欽	《愛愛歌并序》	楊愛愛不嫁後夫	
	張君房	《麗情集》	任生娶天上書仙	取任信臣《書仙傳》(《青瑣高議》前集卷二)
		《麗情集》	杜牧之覩張好好	取杜牧《樊川文集》卷一《張好好詩并序》
		《麗情集》	越孃因詩句動心	
		《麗情集》	崔徽私會裴敬中	原出唐元稹《崔徽歌序》，此取《類説》卷二九《麗情集・崔徽》

續表

時代	作者	書名篇名	條目	備注
北宋	張君房	《麗情集》	王仙客得劉無雙	原出唐薛調《無雙傳》，此與《類説》卷二九《麗情集·無雙仙客》文字多有合者
		《麗情集》	▲謝真真識韓貞卿	原無出處，疑出《麗情集》
		《麗情集》	沈真真歸鄭還古	疑原取唐盧碩《沈真真歌并序》
		《麗情集》	灼灼染淚寄裴質	節録《類説》卷二九《麗情集·灼灼》
		《麗情集》	陸郎中媚娘争寵	原出唐闕名《余媚娘叙録》
		《麗情集》	趙象慕非烟握秦	原出唐皇甫枚《非烟傳》，《類説》卷二九《麗情集·非烟》與此互有詳略
		《麗情集》	崔寶羡薛瓊彈箏	删取《類説》卷二九《麗情集·薛瓊瓊》
		《麗情集》	馮燕殺主將之妻	原應有傳，此只録歌。唐沈亞之有《馮燕傳》，司空圖有《馮燕歌》，此作沈亞之歌，誤
		《麗情集》	張建封家姬吟詩	此據《類説》卷二九《麗情集·燕子樓》而録
		《麗情集》	▲姚玉京持志割耳	原出唐李公佐《燕女墳記》，此與《類説》卷二九《麗情集·燕女墳》文字大同

續表

時代	作者	書名篇名	條目	備注
北宋	張君房	《麗情集》	△賈生遇曾城夫人	《類説）卷二九《麗情集·黄陵廟詩》文略
		《麗情集》	△真珠乞離萬通受	《施注蘇詩》卷六、卷七、卷一九引《麗情集》佚文，與此有同者
		《縉紳脞説》	△趙進士獲畫遇仙姬	原出唐闕名《聞奇録》，此節録《類説》卷五〇《縉紳脞説·南岳地仙》
	胡微之	《芙蓉城傳》	▲王子高遇芙蓉仙	
	張碩	《流紅記》	韓夫人題葉成親	《青瑣高議》前集卷五收入《流紅記》
	僧文瑩	《玉壺清話》卷四	陶奉使犯驛卒女	此取《類説》卷五五《玉壺清話·陶穀鸞膠曲》
	歐陽修	《新五代史》卷五四《雜傳》	王凝妻守節斷臂	
	詹玠	《唐宋遺史》	玉簫再生爲韋妾	原出唐范攄《雲谿友議》卷中《玉簫化》
	陳正叔	《遯齋閑覽》	△蘇東坡嘲妓肉體	《詩話總龜》後集卷四七、《苕溪漁隱叢話》前集卷六〇引

續表

時代	作者	書名篇名	條目	備注
北宋	劉斧	《青瑣高議》	▲錢忠娶吴江仙女	節録《青瑣高議》前集卷五《長橋怨》，「怨」應作「記」
		《青瑣高議》	張俞驪山遇太真	原見《青瑣高議》前集卷六秦醇《温泉記》，此似節録《類説》卷四六《青瑣高議・題驪山詩》
		《青瑣高議》	楊貴妃私安禄山	原見《青瑣高議》前集卷六秦醇《驪山記》，此節録《類説》卷四六《青瑣高議・驪山記》
		《青瑣高議》	王幼玉慕戀柳富	節録《青瑣高議》前集卷一〇柳（一作李）師尹《王幼玉記》
		《青瑣高議》	賢鷄君遇西真仙	節録《類説》卷四六《續青瑣高議・賢鷄君傳》
		《青瑣高議》	陳純會玉源夫人	取《類説》卷四六《續青瑣高議・桃源三夫人》
		《青瑣高議》	▲張浩私通李鶯鶯	《青瑣高議》别集卷四載《張浩》，文字有異
		《青瑣高議》	周簿切脈娶孫氏	原見《青瑣高議》前集卷七丘濬《孫氏記》，此與《類説》卷四六《青瑣高議・切孫氏脉》文句多合而有删節

續表

時代	作者	書名篇名	條目	備注
北宋	劉斧	《青瑣高議》	曹縣令朱氏奪權	此條文同《類説》卷四六《青瑣高議·周婆必不作是詩》
		《青瑣高議》	越州女姿色冠代	原見唐柳玭《續貞陵遺事》
		《青瑣高議》	譚意哥教張氏子	原見《青瑣高議》別集卷二秦醇《譚意歌》，此節録《類説》卷四六《青瑣高議·譚意哥記》
		《翰府名談》	▲王軒苧羅逢西子	此删節《詩話總龜》卷四六引《翰府名談》
		《翰府名談》	▲蒨桃諫寇公節用	
	沈括	《夢溪筆談》卷一六《藝文三》	△魏處士嘲妓生硬（梗）	末有小字評語
		《夢溪筆談》卷五《樂律一》	秦青有遏雲之音	
	魏泰	《東軒筆録》卷七	△永年妻奉蓮花盃	末有小字評語
	王鞏	《聞見録》	楊生私通孫玉娘	王鞏有《聞見近録》，亦名《聞見録》，疑即此書
		《聞見録》	伴喜私犯張禪孃	
		《聞見録》	陳吉私犯熊小娘	

續表

時代	作者	書名篇名	條目	備注
北宋	秦觀	《淮海集》	少游弔古鑄鍾	節録《淮海集》卷三一《弔鑄鍾文》
	僧惠洪	《冷齋夜話》	蘇東坡攜妓參禪	
	蔡寬夫	《詩史》	蔣氏嘲和尚戒酒	此據《詩話總龜》前集卷三五引《詩史》
	李頎	《古今詩話》	錢起詠湘靈鼓瑟	此據《詩話總龜》前集卷四八引《古今詩話》
		《古今詩話》	盛小叢最號善歌	原載《雲谿友議》卷上《餞歌序》，此節録《詩話總龜》前集卷四一引《古今詩話》
		《古今詩話》	張公嫌李氏醜容	此參照《類説》卷五一《本事詩·張楊醜婦》而記
	阮閲	《詩話總龜》	楊妃竊甯王玉笛	見《詩話總龜》前集卷二七引《百斛明珠》，原載樂史《楊太真外傳》
	闕名	《鴛鴦燈傳》	△張生元宵會帥妾	
	闕名	《剡玉小説》	金彦遊春遇會娘	

續表

時代	作者	書名篇名	條目	備注
北宋	闕名	《可怪録》	楚娘矜姿色悔嫁	
	闕名	《江都野録》	李少婦私通封師	
	闕名	《閒中新録》	楚蓮香國色無雙	删節五代王仁裕《開元天寶遺事》卷上《蜂蝶相隨》
南宋	趙令時	《侯鯖録》卷三	△謝師厚嘲胥宿妓	
	孔傳	《後六帖》(《孔帖》)	△任氏妻寧死亦妬	疑本《孔帖》卷一七引《朝野僉載》
		《後六帖》(《孔帖》)	△蔡琰以識琴知名	疑本《孔帖》卷六一《蔡琰聞絃絶》
	楊湜	《古今詞話》	楊師純跳舟結好	
		《古今詞話》	楊端臣密會舊姬	
		《古今詞話》	江致和喜到蓬宫	南宋陳元靚《歲時廣記》卷一二《會美婦》引《古今詞話》文詳
		《古今詞話》	張子野潛登池閣	
		《古今詞話》	張子埜逢謝媚卿	
		《古今詞話》	盼盼陳詞媚涪翁	

續表

時代	作者	書名篇名	條目	備注
南宋	楊湜	《古今詞話》	柳耆卿因詞得妓	
		《古今詞話》	劉濬喜楊娥杖鼓	
		《古今詞話》	聶勝瓊事李公妻	
		《古今詞話》	趙才卿黠慧敏詞	評語亦引《詞話》
		《古今詞話》	點酥娘精神善對	
		《古今詞話》	翠鬟以玉篦結主	
		《古今詞話》	任昉以木刀誑妓	
		《古今詞話》	張才翁欲動邛守	
		《古今詞話》	柳耆卿欲見孫相	
		《古今詞話》	▲碧桃屬意秦少游	當出《古今詞話》，趙萬里《古今詞話》輯入
		《古今詞話》	▲秦少游滅燭偷歡	當出《古今詞話》，趙萬里《古今詞話》輯入
		《古今詞話》	▲晏元子取回元寵	當出《古今詞話》，趙萬里《古今詞話》輯入
出處不詳			△鄭生遇湘浦龍女	原出唐沈亞之《湘中怨解》，《異聞集》、《麗情集》曾收入，文字不同
			邢鳳遇西湖水仙	原注出商芸《小説》，誤。邢鳳原見沈亞之《異夢録》，與此迥異，事乃宋代演化。明田汝成《西湖遊覽志餘》卷二六《幽怪傳疑》所記同此。原出不詳

續表

時代	作者	書名篇名	條目	備注
出處不詳			永娘配翠雲洞仙	
			郭華買脂慕粉郎	郭華事脱化自劉宋劉義慶《幽明録》之《買粉兒》
			華春娘通徐君亮	
			何會娘通張彦卿	
			王尹判道士犯姦	
			孟麗娘愛慕蔣芾	此條出南宋書，何書不詳
			楊生共秀奴同溺	此條出南宋書，何書不詳

在上表中，《緑窗新話》一百五十四條，注明出處者共計五十七種書，闕注出處而可考者，除去與前重複者有七種書，共六十四種書，包括了一百四十六條，其餘八條出處不明。《新話摭粹》三十八條均未注出處，除開見於《緑窗新話》引書中者，其餘引書可考者有十四種〔一〇〕，另有《鄭生遇湘浦龍女》條出處不明。二者相加，凡引書多達七十八種。大部分是志怪傳奇集及一般筆記，亦有正史（如《史記》、《後漢書》、《晉書》、《南史》、《新五代史》）、雜史（如《東觀漢記》、《江南野史》）、雜傳（如《列仙傳》）、樂録（如《樂府雜録》）、風土志（如《北户録》）、詩話詞話（如

《本事詩》、《古今詩話》、《古今詞話》)、别集總集(如《白氏長慶集》、《淮海集》、《文選》)等，搜羅較廣。其中收入裴鉶《傳奇》五條，范攄《雲谿友議》七條，陳翰《異聞集》八條，劉斧《青瑣高議》十一條，張君房《麗情集》十六條，楊湜《古今詞話》十九條〔一一〕，數量最衆。此中緣由，自然和《緑窗新話》撰旨有關，即多取女仙女神、男女艷情及詩詞有關。

唐前書較少，但如《列仙傳》、《洞冥記》、《博物志》、《趙后外傳》、《拾遺記》、《續齊諧記》、《啓顔録》等重要小説集均有採録。唐宋書所採最夥。唐五代書有三十二種(含《新話摭粹》中疑似佚文，下同)，著名小説集有《玄怪録》、《逸史》、《傳奇》、《異聞集》、《甘澤謡》、《雲谿友議》、《杜陽雜編》等。單篇傳奇文亦有引，如李景亮《李章武傳》、南卓《烟中怨解題叙》等。宋人書有三十三種，包括傳奇文《楊太真外傳》、《愛愛歌并序》、《芙蓉城傳》、《流紅記》等及小説集、雜傳記《紀異録》、《南部新書》、《麗情集》、《玉壺清話》、《青瑣高議》、《翰府名談》、《冷齋夜話》等。

《緑窗新話》引書，絶大部分出自唐代、北宋。除去年代不明者，極少數下及南宋。《新話摭粹》中的《謝師厚嘲胥宿妓》，疑乃删自趙令畤《侯鯖録》卷三。趙令畤兩宋間人，卒於紹興四年(一一三四)〔一二〕。《侯鯖録》成書不詳，但至晚不會晚於此時。則《新話》之成在紹興四年後也。《任氏妻寧死亦妬》、及《蔡琰以識琴知名》，疑本孔傳《後六帖》(即《孔帖》)。《直齋書録解題》類書類著録《後六帖》三十卷，云：「知撫州孔傳世文撰。以續白氏之後也。」孔傳紹興四年撰《東家雜記》二卷，自序署「右朝議大夫、知撫州軍州事兼管内勸農使」，則《孔帖》之編亦在此前後。自然《新話摭粹》這三條若并非《緑窗新話》文字，則可不計。《新話》許多條目實際未採録原書，而是採録、删節或參照《類説》而成，這樣的條目至少有三十餘條。曾慥《類説》編成於紹興六年〔一三〕，則《新話》之成在紹興六年後也。《新話》還引録《古今詞話》十九條。趙萬里《校輯宋金元人詞》中楊偍（湜）《古今詞話》輯記云：「楊偍（湜）《古今詞話》，明以後久佚，宋以來公私書目罕著於録。《苕溪漁隱叢話》成書於紹興戊辰，已加稱引，證之《草堂詩餘》紹興間林外《洞仙歌》後所注，知其人與胡仔爲同時。據明寫本《説郛》引《白獺髓》，知偍（湜）字景倩（按：原作曼倩）。然其里貫及書之卷數迄無考，是可憾也。」按：胡仔《苕溪漁隱叢話》前集編成於紹興十八年（一一四八），而後集成於乾道三年（一一六七）。前集未加稱引《古今詞話》，而後集屢加引用，是知其成在乾道三年之前。《草堂詩餘》後集卷上《群英詞話》載林外《洞仙歌・垂虹橋》，注引《古今詞話》云：「此詞乃近時林外題于吴江垂虹亭，世或傳以爲吕洞賓所作者，非也。」《漁隱叢話》前集卷五八亦云：「近時吴江長橋垂虹亭屋山壁上草書一詞，人亦爲吕仙作，其果然邪？」《宋詩紀事》卷五一《林外》云：「外字豈塵，晉江人。紹興三十年進士。官興化令。」而據周密《齊東野語》卷一三《林外》，垂虹亭詞作於在太學時（中稱「在上庠」，「泉南林上舍」）。南宋太學立於紹興十三年〔一四〕，而紹興十八年前已題其詞而由胡仔載入《漁隱叢話》，時間皆無抵牾。胡仔稱「近時」，《古今詞話》亦稱「近時」，故疑《古今詞話》之作與《漁隱叢話》前集約略先後成書，前集未加稱引者，似紹興十八年時楊書未成，殆成於十八年後也。南宋吴曾《能改齋漫録》卷一六《張才翁以張公庠詩爲詞》，文字與《緑窗新話》卷下《張才翁欲動邛守》頗同。惟「據雕鞍馬上」《新話》作「據征鞍無語」。《能改齋漫録》約作於紹興癸酉（二十三年，一一五三）後，二十七年前，有吴曾子吴復紹興二十七年十月一日序。疑吴曾亦採録《古今詞話》而成。參酌《古今詞話》創作年代，《緑窗新話》殆編於紹興十八年後。而據前文所考，洪邁紹興三十二年成《夷堅甲志》，《新話》未作採録，則書成殆在此前，即紹興十八年後至三十二年前也。

四、《緑窗新話》的書名、題材、編纂體例及影響

緑窗即緑紗窗，就是用緑色輕紗糊的窗户。後蜀歐陽炯《木蘭花》詞：「悶向緑紗窗下睡，睡又不成愁已至。」大概緑紗窗幽雅，故爲女子所喜。唐宋常以緑窗代指女子居室或女子。如李紳《鶯鶯歌》（金董解元《西廂記》諸宫調卷一引）：「緑窗嬌女字鶯鶯，金雀鴉鬟年十七。」權德輿《樂府》：「緑窗珠箔繡鴛鴦，侍婢先焚百和香。」張碧《美人梳頭》：「玉堂花院小枝紅，緑窗一片春光曉。」白居易《秦中吟·議婚》：「緑窗貧家女，寂寞二十餘。」張祜《楊花》：「無端惹著潘

郎鬢，驚殺緑窗紅粉人。」聶夷中《烏夜啼》：「還應知妾恨，故向緑窗啼。」韋莊《菩薩蠻》：「勸我早歸家，緑窗人似花。」蘇軾《昭君怨·送別》：「誰作桓伊三弄，驚破緑窗幽夢。」黄庭堅《次韻君全送春花》：「誰道纖纖緑窗手，磨刀剪綵喚春來。」晁補之《消息·端午》：「還堪數，緑窗纖手，朱奩輕縷，爭鬬綵絲艾虎。」凡此等等，不勝枚舉。《緑窗新話》以「緑窗」爲名，實際概括出此書題材以女子爲中心的内容特色。及明，秦淮寓客編《緑窗女史》，專記「妝樓之佳事」（《緑窗女史引》），當塗芮儒妻端淑卿著《緑窗遺稿》又《續稿》（清初黄虞稷《千頃堂書目》卷二八別集類著録），書名也都取閨中之意。《緑窗新話》所載故事大抵爲男女艶情或關涉女性之事，惟卷下《陳沆嘲道士啗肉》等九篇例外[一五]，實在是自亂體例。《新話摭粹》三十四條疑似佚文，也都無一不是女性之事。所以編者以風月主人自號，風月者，蓋指男女情愛之事，前蜀韋莊《多情》詩云：「一生風月供惆悵，到處煙花恨別離。」

《緑窗新話》故事編排頗有章法，大體爲將同類題材連排。開頭自《劉阮遇天台女仙》到《韋卿娶華陰神女》二十條，除《永娘配翠雲洞仙》爲女子遇合男仙外，其餘皆男子遇合仙子神女之事。以下大都爲人間男女之事，包括私情、婚戀、姦通及貞女、烈婦、才女、妒婦之類，男方多爲文士，女方多爲妓妾。少數事涉冥合、再生、離魂等異情。自《明皇愛花奴羯鼓》以下皆事涉樂器歌舞，亦多爲艶情。《壽陽主梅花粧額》以下則專言女性裝飾容貌之美。而就《新話摭粹》的分類來看，也大體與《緑窗新話》相似，分爲遇仙、神遇、奇遇、私通、好合、情好、惜别、再會、争奪、淫戲、妬忌、樂藝、音樂、妙舞、靚粧、艷色、賢行、守節、義勇、文史、辭令、滑稽、恢諧二十三類，頗爲細緻。

《緑窗新話》各篇皆七字標目〔一六〕。七字標目先此雖已見於今本《青瑣高議》，然今本係南宋人重編，頗疑實書坊仿《緑窗新話》所加也。七字標目凡有六式：一爲二二一二式（如《劉阮遇天台女仙》），一爲二二一二式（如《王軒苧羅逢西子》），一爲二二三式（如《楊生私通孫玉娘》），一爲三一三式（如《王子高遇芙蓉仙》），一爲三二二式（如《趙飛燕私通赤鳳》），一爲四一二式（如《韋中丞女舞柘枝》）。

這種標目方式，曾爲後世白話小説所仿效〔一七〕。且各篇標目前後兩兩相對，如《灼灼染淚寄裴質》、《盼盼陳詞媚涪翁》，《曹大家高才著史》、《蔡文姬博學知音》等等，對仗工整，前後綰聯。此種標目格式，對明清擬話本及章回小説篇名回目之設置顯然産生極大影響，如「三言」、《西湖二集》等書亦皆前後兩篇篇名相對，而「二拍」、《醉醒石》等擬話本集及許多長篇章回，則又發育爲對偶回目。甚至元雜劇之題目正名七字或六字、八字相對〔一八〕，蓋亦源於此也。

編者引録原書，皆作删節，文繁事詳者删節尤劇，只陳梗概而已。由於《類説》引書多爲節文，故而許多條目轉據《類説》。所注引書，或引書名，或舉篇名，如引張碩《流紅記》，實據《青瑣高議》。一些出處明顯有誤，如卷上《劉阮遇天台女仙》注出《齊諧記》，實出《續齊諧記》，《邢鳳遇西湖水仙》注出商（殷）芸《小説》，實爲宋人作品。《沙叱（吒）利奪韓翃妻》注出《異志》，疑爲《異聞集》之誤；卷下《張建封家姬吟詩》注出《麗媚記》，實是《麗情集》之誤。譌誤有可能是傳鈔所致，原書未必皆如此。篇末常加評語，評語附載有關資料。

宋末羅燁《新編醉翁談録·小説開闢》云：「《夷堅志》無有不覽，《琇瑩集》所載皆通。動哨、中哨，莫非《東山笑林》；引倬、底倬，須還《緑窗新話》。」表明《緑窗新話》是南宋説話人重要參考書〔一九〕。《醉翁談録》等書所著録、刊載之小説話本，以及各種戲曲，許多作品之本事可從《緑窗新話》覓見〔二〇〕。自然所採故事之原文大都存世，或亦見載於他書，不得謂皆徑取本書。然若《邢鳳遇西湖水仙》、《金彦遊春遇會娘》、《郭華買脂慕粉郎》（闕出處）等優美故事却只見於《緑窗新話》，實爲話本戲曲本事探源之珍貴資料。宋代靈怪類話本有《水月仙》、煙粉類話本有《錦莊春遊》，即飾演邢鳳、金彦事，前事又有《邢鳳此君堂遇仙傳》（《寶文堂書目》子雜）及周清源《西湖二集》卷一〇《邢君瑞五載幽期》二本。金彦事與《夷堅甲志》卷四《吴小員外》極似，殆一事之二傳或由金彦演爲吴小員外，《警世通言》卷三〇《金明池吴清逢愛愛》即據《吴小員外》改編。至於詹詹外史《情史》卷一〇《李會娘》、卷一九《西湖水仙》及《艷異編》卷二《邢鳳》、田汝成《西湖遊覽志餘》卷二六《幽怪傳疑》所載邢鳳事，文句則與《緑窗新話》全同或大同。郭華事脱化自劉宋劉義慶《幽明録》之《買粉兒》(《太平廣記》卷二七四引),不見編爲話本,然在戲曲中却久演不衰。金院本《憨郭郎》(陶宗儀《南村輟耕録》卷二五)蓋即郭華事,宋元以降「王月英」系列之戲曲皆據此敷演,王月英即賣胭脂粉女子〔二一〕。又者,《緑窗新話》卷上《王尹判道士犯姦》(闕出處)不見載於他書,而《初刻拍案驚奇》卷一七《西山觀設籙度亡魂,開封府備棺追活命》據此改編。

明人稗編常採録《緑窗新話》故事,除前文所引者,又如梅鼎祚《青泥蓮花記》卷五《湯秀奴》、《梁楚楚》(末注「右二事小説所載」),即卷上《楊生共秀奴同溺》、《章導與梁楚雙懸》,卷八《聶勝瓊》(無出處),即卷下《聶勝瓊事李公妻》,卷一三《楚楚》(無出處),即卷下《柳耆卿欲見孫相》。《青泥蓮花記》非徑採《緑窗新話》〔二二〕,轉引他書耳。再如鴆兹洛源子《一見賞心編》,所載雖皆不注出處,然與《緑窗新話》文句相較,多有大同於《緑窗新話》者。如卷四名姝類《茂英妓》即卷下《茂英兒年少風流》,重逢類《晏元妾》即卷上《晏元子取回元寵》、《崔郊婢》即卷上《崔郊甫因詩得婢》,卷六仙女類《西湖女》即卷上《邢鳳遇西湖水仙》,卷一一魂交類《李會娘》即卷上《金彦遊春遇會娘》,卷一一賢節類《勝瓊妓》即卷下《聶勝瓊事李公妻》,淫冶類《陳越娘》即卷上《越娘因詩句動心》、《何意娘》即卷上《何會娘通張彦卿》、《趙商婦》即卷上《江致和喜到蓬宮》。以上諸書雖不一定皆據《緑窗新話》採録,然亦足可見其事之爲稗家所喜道。而最爲顯著的乃是《繡谷春容》中的《新話摭粹》採録《緑窗新話》一百二十二條,高達十之八,且有三十四條疑似佚文，從而實際視作《緑窗新話》的重要版本。

五、《緑窗新話》評語的思想志趣

皇都風月主人編纂《緑窗新話》，一個重要特徵是條末常附「評曰」云云。劉斧《青瑣高議》篇末常加「議曰」、「評曰」，皇都風月主人很可能是效仿劉斧。今將《新話》及疑似佚文加評語的條目列表如下，無「評曰」二字者加▲爲誌。（表四）

序號	《緑窗新話》條目	備注	《新話摭粹》條目	備注
1	▲韓夫人題葉成親	原無評語，此據《新話摭粹》補	▲楊娼善媚南越侯	評語全取唐房千里《楊娼傳》贊語
2	柳耆卿因詞得妓		▲永年妻奉蓮花盃	
3	陸郎中媚娘争寵		▲蔡琰以識琴知名	
4	漢成帝服謹卹膠		▲馬皇后美髮創髻	評語取《類説》卷二五《玉泉子・髻名》

續表

序號	《綠窗新話》條目	備注	《新話摭粹》條目	備注
5	唐明皇咽助情花		▲魏處士嘲妓生梗	
6	韓妓與諸生淫雜			
7	楚兒遭郭鍛鞭打			
8	楊妃竊甯王玉笛			
9	蕭史教弄玉鳳簫			
10	虜騎感劉琨胡笳			
11	麻奴服將軍觱篥			
12	壽陽主梅花粧額			
13	楚蓮香國色無雙			
14	浙東舞女如芙蓉			
15	薛瑶英香肌妙絶			

續表

序號	《緑窗新話》條目	備注	《新話摭粹》條目	備注
16	虢夫人自有美艷			
17	袁寶兒最多憨態			
18	▲李娃使鄭子登科	原無評語，此據《新話摭粹》補		
19	▲王凝妻守節斷臂			
20	歌者婦拒姦斷頸			
21	薛濤妓滑稽改令			
22	趙才卿黠慧敏詞			
23	黨家妓不識雪景			
24	柳家婢不事牙郎			
25	譚銖譏人偏重色			
26	徐令女干陳太師			

續表

序號	《緑窗新話》條目	備注	《新話摭粹》條目	備注
27	崔女怨盧郎年幾			
28	陳處士暫寄師叔			
29	史君實贈尼還俗			
30	蔣氏嘲和尚戒酒			

在上表中，《緑窗新話》標明「評曰」者凡二十七條，另有一條無「評曰」二字，又有二條評語乃據《新話摭粹》補。《新話摭粹》的條目亦有三條評語。

這三十三條評語數量不算多，但思想内容涉及較廣。由於《新話》以女性生活、情感爲主體，首先是較多表達了編纂者的女性觀，表現爲以下幾點。

其一，對女性美的讚賞，女性美不惟容貌、服飾，也包含神態、情性之美。《壽陽主梅花粧額》評語列舉歷代女子廣眉、金訶子、醉粧、梅粧，皆「别爲一家之美」。《浙東舞女如芙蓉》評曰：「前輩花詩，多用美人比，如《海棠詩》曰『雨過温泉浴妃子』之類。吾謂以花比女猶可，以女比花，女豈特花也哉！」編者以爲以花比女但言美人容色之艷麗，但與花相比，美人更有體態、情感之美。《袁寶兒最多憨態》評曰：「且花之呈艷，猶且多態，袁寶兒號司花女，其多態可知矣。」這個「多態」，便是體態、情態。《薛瑶英香肌妙絶》描寫薛瑶英又名香兒，姿色妙絶，肌體絶香，編者以與「姿貌端秀，口中嘗作芙渠花香」，前身爲誦《法華經》二十年的女尼、官妓盧媚兒作比，評曰：「薛瑶英之肌香，亦人物之不凡者也。」薛瑶英的「不凡」，亦正在於以上數端。《魏處士嘲妓生梗》評曰「女人以柔順爲美」。東漢班昭《女誡》曾云「陰陽殊性，男女異行，陽以剛爲德，陰以柔爲用。男以彊爲貴，女以弱爲美。」正因爲美人們有諸多美處，所以「人之好色」也就不難理解。《楚蓮香國色無雙》以唐時名妓楚蓮香國色無雙，每出蜂蝶相隨爲例證，評語云「人之好色甚於蜂蝶之採花香者」，這恐怕不是譏諷好色者，而還是讚美女子之美。

其二，編者是文人，故對才女才婦表達出憐慕之情。《薛濤妓滑稽改令》評語云：「人情之皆愛者，必其物之甚美者也。」薛濤作爲妓中「甚美者」、「角然者」，在於她的「才色」，故而元微之使蜀，一見而悦，贈詩比之於卓文君。《趙才卿黠慧敏詞》謂成都官妓趙才卿在府會應命作詞，立就一闋，評語賞曰：「若才卿者，誠不易得也。」《陸郎中媚娘争寵》寫才婦余媚娘再嫁陸希聲，因陸違背不置側室及女奴的誓言，而手刃柳舜英，終就極典。評語云：「余既邀其誓盟，陸實負其終始，遂使忿不顧命，手刃美人。引詞不及其夫，自持厥咎，哀哉！」表達出對才婦的痛惜之情。

其三，與歷代傳統文人一樣，編纂者倡導女子的節義。《歌者婦拒姦斷頸》評曰：「古之大丈夫，富貴不能淫，貧賤不能移，威武不能屈。杜子美怪朝廷之士，厲名節以自矜，一旦爲利所縛，戕親戡友，向背頓於平日多矣。孰謂鄭小娘之赴江，歌者婦之斷頸，而有古烈士之風哉！一婦人女子，尚知以節義自持，爲大丈夫者，當何如哉？」《王凝妻守節斷臂》評語引歐陽修《五代史》語：「士不自愛其身，而忍辱以偷生者，聞李氏之風，宜少知媿哉！」〔一三〕都是以婦人女子的節義自持，樹士大夫的榜樣。《李娃使鄭子登科》的評語也是由女子及於士人，云：「叛臣辱婦，每出于名門世族，而伶工賤女，乃有潔白堅貞之行。豈非秉彝之良有不間耶？娃之守志不亂，卒相其夫以底于榮美，則尤人所難。嗚呼！娼也猶然，士乎可以知所勉矣。」可貴的是，編者將名門世族與伶工賤女作比，前者多「辱婦」，後者有貞行。此實爲「賤女」、娼妓正名。

其四，編者染乎時風，也發表了一些保守的女性觀念。《新話摭粹》中《蔡琰以識琴知名》評語，惋惜蔡文姬「失身虜庭，再嫁董祀」，「可謂才有餘而德不足矣」，乃是典型的宋代道學家的貞節觀。更有甚者，編者還有蔑視女性的言論。《楚兒遭郭鍛鞭打》評曰：「女子之蕩劣，出於天性，有不可得其矯揉也。」以爲女子天性放蕩，極端偏激，與前邊的譽美之詞大相徑庭，不過這大概是就事論事而已。

其五，與女性觀相涉的是婚姻觀。《崔女怨盧郎年幾》寫盧校書郎年暮娶崔氏，崔作詩述懷，有「自恨妾身生較晚，不見盧郎年少時」語。評語云：「女少老翁，自古而然。枯楊生稊，大《易》有詞。況崔、盧二姓，望族相當，官職雖卑，其德可取。崔女之賢，亦何怨言之有！」言外之意是崔氏安於這種老翁少女婚姻才是賢婦。這裏明顯表現出編纂者的門第婚姻觀念。崔、盧二姓都屬唐代五大姓，唐人看重門第婚姻，宋代門第觀念式微，看來編纂者的意識還殘存着門第烙印。

其次，就是對上層人物糜爛生活、腐敗行爲的批判，包括皇帝、貴族、官宦。《漢成帝服謹䘏膠》評語言漢成帝、唐憲帝服藥喪命之弊。《唐明皇咽助情花》評語更明確地説：「人之溺於嗜慾，於智者猶有不免。韓文公嘗勸人莫置侍姬，莫餌煖藥。而晚年寵二妾，服金石，卒以自斃。豈徒能言之，而不能行之者耶？抑亦明知其然，而情有不能禁者耶？明皇寵妃子而召亂，蓋亦溺於嗜慾者乎？」提出須戒嗜慾。《虢夫人自有美艷》評語舉申王「妓圍」、楊國忠「肉障」之事，云「驕侈如此，皆自富貴中來」，抨彈王公貴族驕侈。《徐令女干陳太師》評語引孟子語由道以求仕，抨彈官員以諂媚求官的醜惡行爲。類似的還有《新話摭粹》中的《永年妻奉蓮花盃》評語，説人之趨利奴顔婢膝，君子以爲大辱，無耻甚矣！《韓妓與諸生淫雜》寫韓熙載所蓄樂妓與其門生淫雜，而韓笑曰「不敢阻興」，評語曰：「人之所以異於禽獸者，人道立焉耳。」抨擊韓門妓客「與禽獸何異哉」。

第三，針對世人弊病提出忠告。《楊妃竊甯王玉笛》評語以世傳俗語「欲人不知，莫若不爲」告誡世人，發出醒人之論：「凡事之不循理者，雖毛髮之細，不可爲也。」《麻奴服將軍觱篥》評語稱「己有所長，在人更有所長」，爲人不可「自恃其長」，妄自尊大。《柳家婢不事牙郎》評語言治家，《蔣氏嘲和尚戒酒》評語言戒酒。用時下的話説，凡此都是具備正能量的意見。

第四，編者是都市文人，竟亦言兵。《虜騎感劉琨胡笳》評語云：「自古用兵，多用詭計。」以高祖用陳平計解平城之圍爲例，可謂紙上談兵。

最後一點是，評語引文人詩詞掌故。《韓夫人題葉成親》評語引顧況梧葉題詩之事，評曰「可謂奇矣」。《柳耆卿因詞得妓》評語引秦少游詞，評曰「秦、柳二公，得失可判矣」。《譚銖譏人偏重色》評語曰：「嘲風詠月，吾儕常事。」引白樂天《題真娘墓》而曰：「白公名賢，猶且留情。」感嘆譚銖詠真娘墓一詩「亦可謂之有特見者矣」。凡此可見皇都風月主人的文人本色。

皇都風月主人評語要點如上。宋代一方面道學（後又稱理學）興盛，乃主流思想，文人不能不受其影響。另一方面，南宋偏安一方，商業經濟繁榮，城市文化發達，尤其是臨安作爲南宋第一大都市，堪稱銷金窟。「山外青山樓外樓，西湖歌舞幾時休。」（林升《題臨安邸》）士人耽乎風花雪月，出没酒樓妓館。觀《緑窗新話》内容及評語，這兩種看似不協調的思想態度都表現在皇都風月主人身上。

六、本書的校證體例及有關説明

一九三六年《緑窗新話》由上海《藝文雜誌》連載發表後，至一九五七年，上海古典文學出版社出版周夷（即周楞伽）校補本，底本即《藝文雜誌》本。《後記》云：「在開始整理時頗感棘手，因原書分量既少，抄本又多脱字，據抄本排印的《藝文雜誌》更是亥豕滿目，不堪卒讀。好在書中每篇大都注有出處，我便根據原書來補正缺字、錯字，有些被節録得前後情節語氣不相啣接的，則録載全文，在文中用小字注明原書中文字之有無，使讀者既窺全豹，又能明瞭原書的本來面目。另外更把和每篇有關的資料附載於按語中，以供讀者參證。」對於周夷校補本，譚正璧曾批評説：「現在這個鈔本雖已有排印本，然已經過校補，已看不清原來形式，而這種校補方式是否妥當，還須斟酌研究。」〔二四〕一九九一年上海古籍出版社又出版周楞伽箋注本，改用簡體字。其《前言》中對初版本作了一番檢討，説：「今天回顧初版本，覺得有很多缺點。最突出的幾條，第一是當時只注意便於閱讀，没有保留抄本原貌；第二是所引參考資料過於繁瑣，有些其實是與原文没有多大關係的旁枝末節，有些還有失考辨，以誤傳誤；第三是没有對書中的人名地名文物典章制度加以必要的注釋，增進讀者的理解。這次重加整理，對以上三方面的缺點雖已有所改正，但恐仍有未盡善的地方，希望讀者不吝賜教。」

初版周校本根據引書原文及他書補正缺字譌字，此固爲校書必要，然於節録過甚者則常補足段落，雖於文中以雙行小字出校，但殊失原貌，未爲善法。且篇後所附載有關資料，與原文附語或易混淆，又多不詳注出處，體例亦難稱善。且文字脱譌濫補極多，甚或妄改原文。新版箋注本，體例有所改進，但仍多疏誤處。如從原版删改所補綴文字，删而未盡，留下許多與原文不同的文字，甚至删掉原有文字。原書的附録資料，新版或有删去者，蓋以爲非原文所有。如卷上《張倩娘離魂奔壻》、《灼灼染淚寄裴質》皆附秦少游詩詞，顯然是原有文字，初版皆據《淮海集》校改，但在新版中皆從正文裏删去，而録於按語中。要之，周氏疏於文獻之學，昧於校勘之術，其校洵爲劣本。雖然，周本於各條多引用資料明其源流，有裨於考證。而在當時條件下廣爲蒐羅，實屬可貴。且自周本之出，《新話》得以廣傳於世，其功自有不待言者。

本書校證，以《藝文雜誌》本爲底本。此本據嘉業堂明鈔本排印，錯譌頗多，間有闕文。所見其他鈔本，唯國家圖書館所藏清鈔本一種，但文字錯誤太多，甚或有不可思議者，可資校刊者甚少。此外南京圖書館藏明鈔本、天一閣藏明鈔本，未曾寓目，而實皆同源。《新話摭粹》乃是主要校本，遠優於《藝文雜誌》本及清鈔本，用以補闕正誤之處極衆。《新話摭粹》及清鈔本的異文或譌誤，在校記中大抵一一揭出，其意在於讓讀者對此二本的文字狀況有細微瞭解。由於

《緑窗新話》多據《類説》，所以亦常用作校資。間以其他相關文獻爲校。鑒於周校本已久行於世，其誤校濫改之處或亦在校記中揭出，以免誤人。

原書所注出處，若一書而異名者皆存其舊，如《湖湘近事》、《湘江近事》、《荆湖近事》。如有疑誤者或存疑，如《楊妃竊甯王玉笛》條注出《詩話細覽》，實爲《詩話總龜》；或徑直改正，如《柳家婢不事牙郎》條改《雲谿友議》爲《北夢瑣言》，《蜀宫妓舞摇頭令》條改《瓚言》爲《瑣言》（即《北夢瑣言》）。《邢鳳遇西湖水仙》條末注「出商芸《小説》」，亦誤，故删，唯不知是何書之誤。

原書條末評語，大都另起行，個别與正文接排，字體大小同正文。《新話摭粹》皆低兩字小字編排，本書仍同正文，唯仿《新話摭粹》低兩字，以示區别。

各條之後皆加按語，或考明出處，或引録原文，以爲對照，務求明其所據，溯其原始。此外還引録諸書對此事的相關記載，以見流傳情況。不僅引録《緑窗新話》成書前的相關材料，也引録紹興以後甚至元明書的記載，以見傳承影響之跡。

《新話摭粹》中的三十四條疑似佚文，列在《緑窗新話》下卷之後，條末注明《新話摭粹》某類。按語考證其所據，以及原始記載、故事流傳，體式與《緑窗新話》全同。

〔一〕《文史哲》二〇一六年第一期黄孝紓遺稿、齊心苑整理《〈緑窗新話〉校釋引言》云：「就『皇都』二字字面來推測，那麼皇都風月主人，可能就是南宋臨安書會中的才人，這一假設，與事實是不會有很大出入的。」

〔二〕董康未依次照鈔原目，而依原書引書次序，屬同一引書者各篇排録其下，「失題書名」者則一併録於末。

〔三〕譚正璧《話本與古劇》重訂本《緑窗新話與醉翁談録》云：「再後黄公渚先生也告訴我，《藝文雜誌》所載《緑窗新話》，係鈔本，乃是由他向嘉業堂借鈔，付《藝文雜誌》刊載的。」上海古籍出版社，一九九五年版，第一〇四頁。

〔四〕第二期目録云：「是書無撰人名氏，大約爲明以前人所著小説。日本誠有舊刊，是爲孤本，然較此抄爲少，曾就此本抄補，誠小説類之異書也。」

〔五〕周夷《緑窗新話·後記》云：「一九三五—三六年藝文雜誌曾分期刊載此書全文，共一百五十四篇，較董康所抄目録多三十五篇，當是足本，據説它所根據的是嘉業堂抄本。」第二二五頁。周楞伽箋注《緑窗新話·前言》則云：「一九三五年上海《藝文雜誌》曾據抄本分兩期刊載全文。」上海古籍出版社，一九九一年版，第四頁。説法均有誤。

〔六〕國圖所藏清鈔本，係關静博士告知，她並多次去國圖借閲此書，逐字與《藝文雜誌》對照，一一鈔録異文，提供於我。特誌於此，以表謝意。

〔七〕《丁志》缺序，卷一七《甘棠失目》、《薛賀州》皆爲淳熙三年，而《薛賀州》末注「後二年薛致仕」，蓋成於淳熙五年。見拙著《宋代志怪傳奇敘録》增訂本，中華書局，二〇一八年版，第六〇五—六〇六頁。

〔八〕見《宋代志怪傳奇敘録》增訂本第六〇六頁。

〔九〕見《宋代志怪傳奇叙録》增訂本第六〇五頁。

〔一〇〕表中所標注出處，有些條目文字差别較大，如《楊娼善媚南越侯》、《真珠乞離萬通受》等，姑不計。

〔一一〕趙萬里輯《古今詞話》（《校輯宋金元人詞》），據天一閣抄本《緑窗新話》輯入十九事。其中晏殊《晏元子取回元寵》、秦少游二事（《碧桃屬意秦少游》、《秦少游滅燭偷歡》）闕出處，趙萬里輯入。《古今詞話》作者，趙萬里作楊偍，然《苕溪漁隱叢話》後集卷三九引《古今詞話》作楊湜。唐圭璋編《詞話叢編》據之改作湜。（中華書局，一九八六年版，第一六頁。）按：楊氏字曼倩，（《説郛》卷二五《白獺髓·富春坊火》：「楊曼倩《古今詞話》中亦有此詞。」）《説文》水部：「湜，水清見底也。」曼，美也，倩，男子美稱。偍則言行動弛緩。《荀子·勸學篇》：「難進曰偍。」唐楊倞注：「偍與提、媞皆同，謂舒緩也。」《郡齋讀書志》地理類著録楊湜《春秋地譜》十二卷。是則作湜爲是。

〔一二〕見孔凡禮點校《侯鯖録·點校説明》，中華書局，二〇〇二年版，第六頁。

〔一三〕見曾慥《類説序》。

〔一四〕見《宋史》卷一五七《選舉志三》，南宋李心傳《建炎以來繫年要録》卷一四五、卷一四九。

〔一五〕餘八篇爲：《秦少游弔古餺鐘》、《白樂天辨華原磬》、《虜騎感劉琨胡笳》、《蚩尤畏黄帝鼓角》、《王喬遇浮丘吹笙》、《麻奴服將軍觱篥》、《韓娥有繞梁之聲》、《秦青有遏雲之音》。

〔一六〕只有《新話摭粹》中《趙進士獲畫遇仙姬》例外。

〔一七〕今存宋元話本七字標目者頗少，如《夔關姚卞弔諸葛》、《陳可常端陽仙化》、《皂角林大王假形》、《福禄壽三星度世》（見程毅中輯注《宋元小説家話本集》，人民文學出版社，二〇一六年版），明世始蔚成風氣。

〔一八〕如《元曲選》李文蔚《燕青博魚》，題目「梁山泊宋江將令」，正名「同樂院燕青博魚」，此七字；關漢卿《玉鏡臺》，題目「王府尹水墨宴」，正名「温太真玉鏡臺」，此六字；馬致遠《漢宫秋》，題目「沉黑江明妃青冢恨」，正名「破幽夢孤雁漢宫秋」，此八字。

〔一九〕前引黄孝紓謂《緑窗新話》是「説話人的底本」，其説則失當。

〔二〇〕參見譚正璧《話本與古劇·緑窗新話與醉翁談録》。

〔二一〕凡有宋元戲文《王月英月夜留鞋》（《南詞叙録·宋元舊篇》）、《王月英胭脂記》（《傳奇彙考標目》别本）、無名氏雜劇《王月英元夜留鞋記》（《古今雜劇》）、元曾瑞雜劇《才子佳人誤元宵》（《録鬼薄》）、明邾經雜劇《胭脂女子鬼推門》（《録鬼簿續編》）、徐霖傳奇《留鞋記》（《金陵瑣事》）、童養中傳奇《胭脂記》（《古本戲曲叢刊初集》）等。

〔二二〕《青泥蓮花記采用書目》無《緑窗新話》。

〔二三〕見《新五代史》卷五四《雜傳第四十二》序論。

〔二四〕譚正璧《話本與古劇》，第一〇四頁。

目録

緑窗新話卷下

《緑窗新話》疑似佚文……

緑窗新話卷上

劉阮遇天台仙女〔一〕

剡縣劉晨、阮肇，入天台山採藥。因失道路，糧盡。望山頭有桃，取食之。下澗飲水〔二〕，見一瓢〔三〕流出，中有胡麻飯屑。二人曰：「去人不遠。」因行。度一山，出大溪，見二女，容貌絶妙。便喚劉、阮姓名，問：「郎來何晚？」因邀過家。廳館各有帳幔，七寶瓔珞。左右青衣，都無男子。須臾，下胡麻飯、山羊脯，設甘酒。有數仙女將桃至，云來慶女壻。歌舞作樂。日向暮，仙女各去。劉、阮止宿，行夫婦之道。留十五日，求還，女曰：「來此皆宿福所招，與仙女交接，流俗何所樂哉？」遂住半年。天氣常如二三月。求歸不已，女令諸仙女作樂〔四〕送出。及歸家鄉，並無相識。乃詢得七代子孫，傳聞〔五〕上祖入山不出。後失二人所在。《續齊諧記》〔六〕

〔一〕仙女　原作「女仙」，據董康《書舶庸譚》卷四上、《繡谷春容》御集卷四《新話摭粹》遇仙類改。

〔二〕下澗飲水　周楞伽校本前增「乃」字。按：周校本一九五七年版全文據《續齊諧記》增補。

〔三〕瓢　《繡谷春容》作「栖」。

〔四〕樂　《繡谷春容》作「歌」。

〔五〕聞　原作「聲」。據國家圖書館藏清鈔本及《繡谷春容》改。

〔六〕續齊諧記　原作「齊諧記」，誤。按：《齊諧記》南朝劉宋東陽無疑撰，已佚，佚文中無此條。實出梁吴均《續齊諧記》，今改。詳見附録。

按：唐李翰《古本蒙求》卷中《劉阮天台》，北宋唐慎微《重修政和經史證類備用本草》卷二四《胡麻》，南宋王象之《輿地紀勝》卷一二《台州·仙釋》及《景物下·劉阮洞》，金王朋壽《重刊增廣分門類林雜説》卷一五均引《續齊諧記》此條。南宋曾慥《類説》卷四《續齊諧記·天台仙女》亦載（此據明嘉靖伯玉翁舊鈔本，天啓刊本誤入卷六《傳記》，即劉餗《隋唐嘉話》），題《劉晨阮肇》）。《古本蒙求》文詳，云：

漢明帝時永平十五年，剡縣有劉晨、阮肇，入天台山採藥，迷失道路，糧食乏盡。望山頭有一桃樹，二人共取桃食，如覺少健。下山，得澗水飲之，并各澡洗。又見蔓菁菜從山腹流出。次又有一杯流出，中有胡麻飯屑。二人相謂曰：「去人不遠。」因各入水，水深四尺許。行一里，又度一山，出大溪，見二女子，顔容絶妙。便喚劉、阮姓名，如有交舊歡悦。問曰：「劉郎等來何晚？」因邀過家。廳館服飾，無不精華。東西各有床帳帷幔，七寶瓔珞，非世所有。左右侍直青衣，竝皆端正，都無男兒。須臾，下胡麻飯、山羊脯，食之甚美。又設甘酒。又有數仙客，投三五桃子至女家，云：「來慶女婿。」各出樂器，歌調作樂。既向暮，仙女各還去。劉、阮就所邀女宿，言語巧美。又行夫婦之道。住十五日，求還，女曰：「今來至此，皆是宿福所招，得與仙女交接，流俗何可樂？」遂住半年。天氣和適，常如二三月中。百鳥哀鳴，能不悲思，求去甚切。女云：「罪根未滅，使君等如此。」更喚諸仙女作絃歌，共送劉、阮。云：「從此山東洞口去不遠，至大道。」隨其言，果得還家鄉。都無相識，鄉里怪異。乃驗七世子孫，云：「傳聞上世祖翁入山不出，不知所在。」今乃是既無親屬栖宿，欲還女家，尋山路不獲。至太康八年，失二人所在。

此當接近《續齊諧記》原文，《緑窗新話》乃節録，然文句相合者甚多。元趙道一《歷世真仙體道通鑑》卷七《劉晨》亦與此文句大同。

宋末羅燁《新編醉翁談録》辛集卷一「神仙嘉會類」《劉阮遇仙女于天台山》，文字大同於《續齊諧記》而有删略，文云：

剡縣有劉晨、阮肇，二人入天台山採藥，迷失道路，粮盡。望山頭有桃，共取食之，便覺稍健。乃下山澗飲水，見蔓菁菜及有一杯流出，中有胡麻飯屑。二人相謂曰：「此去人不遠。」因過水，行一里，又度一山，出大溪，見二女，容貌絶妙，世所未有。便唤劉、阮姓名，如舊曾相識者。問：「郎等來何晚？」因邀過家。廳堂亭館，服飾精華。東西兩畔，各鋪設床帳帷幔，七寶瓔珞，非世所有。左右青衣端正，都無男子。須臾，下胡麻飯、山羊脯，甚美。又設甘酒。俄有數仙女，將三五桃至，云：「來慶女婿。」各出樂器，歌調作樂。日向暮，數仙女各還去，但留所邀二仙女在焉。劉、阮二人各隨一仙女就東西兩處同宿，行夫婦之道，極人間之歡。留十五日，劉、阮求還，仙女曰：「來也者皆宿福所招，得與仙女交接，俗間有何所樂？」遂留住半年。天氣和適，常如二三月。劉、阮聞百鳥哀鳴，悲思求歸甚切。仙女曰：「罪根未滅，使君等如此。」乃唤諸仙女，共作樂歌吹，送劉郎、阮郎去。遂教劉、阮從此山洞口出，不遠可至大路。劉、阮隨其言，得還家鄉。並無相識者，鄉里人皆異之。乃根問得七代子孫，云：「傳聞上祖入山不出，不知何在。」既無親屬，欲再還仙女家，尋山路不獲。後失二人所在。

劉阮事原載於南朝劉宋劉義慶《幽明録》，唐釋道世《法苑珠林》卷三一、歐陽詢《藝文類聚》卷七、白居易《六帖》卷五、《太平御覽》卷四一又卷九六七、北宋吴淑《事類賦注》卷二六有引。今據《珠林》（中華書局點校本、周叔迦等《法苑珠林校注》），參酌諸書引録如下：

漢永平五年，剡縣劉晨、阮肇，共入天台山取穀皮（取穀皮三字據《御覽》卷九六七補），迷不得返。經十三日，糧乏盡，飢餒殆死。遥望山上有一桃樹，大有子實，而絶巖邃澗（此句據《御覽》卷四一及卷九六七補），永無登路。攀緣藤葛，乃得至上。各噉數枚，而飢止體充。復下山，持杯取水，欲盥嗽，見蕪菁葉從山腹流出，甚鮮新。復一杯流出，有胡麻飯糝。相謂曰：「此必去人徑不遠。」（以上十字據《御覽》卷四一補）便共没水，逆流行二三里，得度山。出一大溪邊，有二女子，姿質妙絶。見二人持杯出，便笑曰：「劉、阮二郎捉向所失流杯來。」晨、肇既不識之，緣二女便呼其姓，如似有舊，乃相見忻喜（此二字據《御覽》卷四一補）。而悉問來何晚，因邀還家。其家銅（《御覽》卷四一作筒）瓦屋，南壁及東壁下各有一大牀，皆施絳羅帳，帳角懸鈴，金銀交錯。牀頭各有十侍婢。敕云：「劉、阮二郎經涉山岨，向雖得瓊實，猶尚虚弊，可速作食。」食胡麻飯、山羊脯、牛肉，甚甘美。食畢行酒。有一群女來，各持五三桃子，笑而言：「賀汝婿來。」酒酣作樂。劉、阮忻怖交并（此句據《御覽》卷四一補）。至暮，令各就一帳宿，女往就之。言聲清婉，令人忘憂。至十日後，欲求還去。女云：「君已來是，宿福所牽，何復欲還耶？」（以上二十三字據《御覽》卷四一補）。遂停半年。氣候草木，常是春時，百鳥啼鳴，更懷悲思，求歸甚苦。女曰：「罪牽君，當可如何！」遂呼前來女子，有三四十人，集會奏樂，共送劉、阮，指示還路。既出，親舊零落，邑屋改異，無復相識。問訊得七世孫，傳聞上世入山，迷不得歸。至晉太元八年，忽復去，不知何所。

《太平廣記》卷六一《天台二女》即劉、阮事，談愷刻本、《四庫全書》本等注出《神仙記》，唯明鈔本作《搜神記》。又南宋陳景沂《全芳備祖》前集卷一一《桃》、謝維新《古今合璧事類備要》別集卷四二《噉桃止饑》引作《搜神記》（《事類備要》搜譌作摻），祝穆《古今事文類聚》後集卷二五《劉阮採桃》亦引，無出處。三書文字與《廣記》大同而多删略，首有「漢永平中」一句。《廣記》文曰：

劉晨、阮肇入天台採藥（明沈與文野竹齋鈔本及清孫潛校宋本作取穀皮），遠不得返。經十三日，饑甚（此字據孫校本補）。遥望山上有桃樹，子熟，遂躋險援葛至其下，噉數枚，饑止體充。欲下山，以杯取水，見蕪菁葉流下，甚鮮妍。復有一杯流下，有胡麻飯焉。乃相謂曰：「此近人矣。」遂渡山，出一大溪，溪邊有二女子，色甚美。見二人持杯，便笑曰：「劉、阮二郎捉向杯來。」劉、阮驚。二女遂忻然，如舊相識，曰：「來何晚耶？」因邀還家。東南二壁各有絳羅帳，帳角懸鈴，上有金銀交錯。各有數侍婢使令。其（明鈔本、孫校本作具）饌有胡麻飯、山羊脯、牛肉，甚美。食畢行酒。俄有群女持桃子，笑曰：「賀汝婿來。」酒酣作樂。夜後各就一帳宿，婉態殊絶。至十日求還，苦留半年。氣候草木常是春時，百鳥啼鳴，更懷鄉，歸思甚苦。女遂相送，指示還路。鄉邑零落，已十世矣。

按：《珠林》所引末云：「至晉太元八年（三八三），忽復去，不知何所。」時在干寶之後（干寶卒於東晉成帝咸康二年，即三三六年），然《蒙求注》及《歷世真仙體道通鑑》皆作「太康八年（二八七）」，則在干寶前。劉、阮東漢永平五年（六二）或十五年入天台，歸來已歷七世或十世，則作太康、太元均有可能。《神仙記》不知何人何時作，而作《搜神記》者，唯《廣記》明鈔本等三種，且相承襲，頗疑書名有誤。

裴航遇藍橋雲英

裴航傭舟于襄漢間〔一〕，同舟樊夫人，國色也。航賄〔二〕其婢裊烟，達〔三〕詩曰：「同舟胡越猶懷思〔四〕，況遇天仙〔五〕隔錦屏。倘若玉京朝會去，願〔六〕隨鸞鶴入青冥。」夫人曰：「幸無諧謔〔七〕，與郎君少有因緣〔八〕，他日必爲配偶〔九〕。」答詩曰：「一飲瓊漿百感生〔一〇〕，玄霜擣盡見雲英。藍橋便是神仙宅〔一一〕，何必區區〔一二〕上玉京。」後經藍橋驛，渴甚。茅舍老嫗緝麻，航揖之，求漿。嫗曰：「雲英，擎〔一三〕一甌漿來。」航接〔一四〕飲之，真玉液也。航憶樊夫人「雲英」之句〔一五〕，謂嫗曰：「小娘子艷麗過〔一六〕人，願娶之，可乎〔一七〕？」嫗曰：「我老病〔一八〕，神仙遺藥，欲得玉杵臼擣之。然欲娶此女〔一九〕，但得玉杵臼，其餘無所須〔二〇〕。」航月餘〔二一〕，果獲杵臼。嫗曰：「有如是信〔二二〕，吾豈惜此女哉！」遂〔二三〕吞藥，曰：「吾入洞，爲裴郎具帷帳〔二四〕。」俄見大第，仙童侍女引航入帳。後將妻入玉峰洞中爲上仙〔二五〕。出《傳奇》

〔一〕間　此字原無，據《繡谷春容》遇仙類補。南宋曾慥《類説》卷三二《傳奇·裴航》無此字。

〔二〕賄　清鈔本及《繡谷春容》作「賂」，《類説》同。按：裴鉶《傳奇·裴航》、《醉翁談録》辛集卷一「神仙嘉會類」《裴航遇雲英于藍橋》亦作「賂」。

〔三〕達　《繡谷春容》作「達之」。《類説》無「之」字。

〔四〕同舟胡越猶懷思　「胡」原作「吴」，《繡谷春容》同。「思」《繡谷春容》作「想」。按：《傳奇·裴航》作「同爲胡越猶懷想」，《類説》、《醉翁談録》作「同舟胡越猶懷思」，周校本據改。吴越相鄰，似以胡越爲是，據改。

〔五〕仙　《醉翁談録》作「妃」。

〔六〕願　原譌作「頭」，據《繡谷春容》、《類説》改。按：《傳奇·裴航》、《醉翁談録》亦作「願」。

〔七〕幸無諧謔　《類説》作「幸無以諧謔爲意」上有「妾有夫在漢南」一句，《醉翁談録》同。按：《傳奇·裴航》亦有此二句。

〔八〕與郎君少有因緣　《類説》作「緣郎君小有因緣」，《醉翁談録》作「然亦與郎君有小小因緣」。

〔九〕配偶　《繡谷春容》作「匹偶」。《類説》、《醉翁談録》均作「姻懿」。

〔一〇〕一飲璚漿百感生　「璚」原譌作「璠」，據清鈔本改。《繡谷春容》及《類説》作「瓊」，字同。按：《傳奇·裴航》、《醉翁談録》亦作「瓊」。「感」原譌作「歳」，據《繡谷春容》及《類説》改。按：《傳奇·裴航》、《醉翁談録》亦作「感」。

〔一一〕宅　《類説》及《傳奇·裴航》作「窟」。

〔一二〕區區　《類説》及《傳奇·裴航》、《醉翁談録》作「崎嶇」。

〔一三〕擎　《繡谷春容》作「捧」。按：《類説》及《傳奇·裴航》、《醉翁談録》作「擎」。

〔一四〕接　此字原無，據《繡谷春容》補。按：《傳奇·裴航》、《醉翁談録》亦有此字。

〔一五〕憶樊夫人雲英之句　《類説》無此八字。

〔一六〕過　《類説》及《傳奇·裴航》、《醉翁談録》作「驚」。

〔一七〕願娶之可乎　「娶」《繡谷春容》作「妻」。《類説》作「願娶如何」。

〔一八〕我老病　《類説》作「老病有此女孫」。

〔一九〕神仙遺藥欲得玉杵臼擣之然欲娶此女　《類説》作「神仙遺藥一刀圭，得玉杵臼擣百日方就，若娶此女」。

〔二〇〕其餘無所須　《類説》作「其餘金帛，吾無所用」，《醉翁談録》同。

〔二一〕航月餘　《類説》作「航悵悵而去，月餘」。

〔二二〕信　周校本一九五七年版據《傳奇·裴航》補作「信士」，一九九一年版「士」作□，不知何故。

〔二三〕遂　原譌作「逐」，據《繡谷春容》改。

〔二四〕帷帳　「帷」原譌作「惟」，據《繡谷春容》及《類説》、《醉翁談録》改。按：《傳奇·裴航》作「帳幃」。

〔二五〕後將妻入玉峰洞中爲上仙　「妻」原作「妻小」，據《繡谷春容》、《類説》删「小」字。按：末節「嫗曰有如是信」至此，《類説》文繁，見下引。

按：《傳奇》乃晚唐傳奇小説集，三卷，裴鉶撰。原書已散佚。此篇載於《太平廣記》卷五〇神仙門五十，題《裴航》，文長不録。《艷異編》卷四《裴航》，源出《廣記》。又余象斗《萬錦情林》卷二《裴航遇雲英記》、林近陽及馮夢龍《燕居筆記》卷七《裴航遇雲英記》、胡文焕《稗家粹編》卷五《裴航遇雲英記》、鳩兹洛源子《一見賞心編》卷六僊女類《雲英傳》，皆同《艷異編》而別擬篇名。詹詹外史《情史》卷一九情疑類《雲英》，引自《傳奇》，亦據《廣記》，文字有所删略。冰華居士《合刻三志》志幻類及《雪窗談異》卷七《稽神録·玉杵臼》，亦即《裴航》。洪楩《清平山堂話本》所收《藍橋記》，則改編爲話本。《類説》卷三二《傳奇·裴航》係節文，宋末羅燁《新編醉翁談録》辛集卷一《裴航遇雲英于藍橋》亦此篇之節文，較長，均據《傳奇》原文節録。本書此條文字多同《類説》，疑有參考。兹將《類説》全文鈔録於下：

裴航傭舟于襄漢，同舟樊夫人，國色也。航賂婢裊烟，達詩曰：「同舟胡越猶懷思，况遇天仙隔錦屏。倘若玉京朝會去，願隨鸞鶴入青冥。」夫人曰：「妾有夫在漢南，幸無以諧謔爲意。緣郎君小有因緣，他日必爲姻懿。」答詩曰：「一飲瓊漿百感生，玄霜擣盡見雲英。

藍橋便是神仙窟，何必崎嶇上玉京。」後經藍橋驛，渴甚。茅舍老嫗緝麻，航揖之求漿。嫗曰：「雲英。擎一甌漿來。」航飲之，真玉液也。航謂嫗曰：「小娘子艷麗驚人，願娶，如何？」嫗曰：「老病有此女孫，神仙遺藥一刀圭，得玉杵臼，搗百日方就。若取此女，但得玉杵臼，其餘金帛，吾無所用。」航恨恨而去。月餘，果獲杵臼，挈抵藍橋。嫗襟帶間解藥，航即搗之。嫗夜收藥内室，航窺之，有玉兔持杵，雪光耀室。百日足，嫗呑藥曰：「吾入洞爲裴郎具帷帳。」俄見大第，仙童侍女引航入帳，諸親多神仙中人。有一女子，云是妻姊，曰：「不憶鄂渚同舟抵襄漢乎？」左右云是雲翹夫人，劉綱天師之妻，爲玉皇女史。航將妻入玉峰洞中。服絳雪瑶英之丹，超爲上仙。

王子高遇芙蓉仙〔一〕

王君迥，字子高〔二〕。家延女客。既夕酒罷，見一女子，華冠盛服，坐廳西。君怪，問之，答曰：「少頃至君寢。」君惧〔三〕，不敢寢。困〔四〕甚欲臥，忽有人自帳中挽其衣，乃適〔五〕見之女，已脱衣而臥。君惧欲去，女曰：「我以冥契，當侍巾櫛。」因强歡事，君惧不從。天明，女去。後三日復至，君與之合。問女何族，女曰：「我周太尉之女，名瓊姬〔六〕。」自是朝去暮來。一日，出藥與君服，又遺詩曰：「陰魄陽精寶鍊成，服之一日可長生。芙蓉闕下多仙侶，休羨人間利與名。」一夕〔七〕，君〔八〕夢瓊道服而至，曰：「我居處幽僻，君能一往否？」君喜而從之，但覺其身飄飄然。須臾，至一殿庭。有女流道粧百餘人立庭下。殿上有美丈夫，朝服而坐，命君登樓。樓額題曰「碧雲」，見軒楹皆依山臨水。明日瓊來，君語其夢，瓊笑曰：「芙蓉城也〔九〕。」

〔一〕王子高遇芙蓉仙　「高」原作「喬」，《書舶庸譚》著録同，「喬」字誤。據《繡谷春容》遇仙類改。按：《繡谷春容》前行有「奇遇類」三字，實爲衍文，奇遇類在後。

〔二〕字子高　原譌作「書子喬」，據《繡谷春容》改。清鈔本亦作「字」。

〔三〕惧　原譌作「埧」，據清鈔本及《繡谷春容》改，下同。

〔四〕困　清鈔本譌作「因」。

〔五〕適　原譌作「邊」，據清鈔本及《繡谷春容》改。

〔六〕姬　原譌作「嫗」，據《繡谷春容》改。

〔七〕夕　原作「日」，據《繡谷春容》改。

〔八〕君　原譌作「喬」，據《繡谷春容》改。周校本改作「高」。

〔九〕芙蓉城也　《繡谷春容》前多「美」字，疑衍。

按：此條無出處，乃節自北宋胡微之《芙蓉城傳》。原文已佚。南宋王十朋集注《東坡先生詩集注》卷四載《芙蓉城并引》，作於元豐元年（一〇七八）。引云：「世傳王迥子高與仙人周瑶英游芙蓉城。元豐元年（按：原誤作三年，任居事注云：「時元豐元年戊午，先生在徐州作。」《施注蘇詩》卷一四作元年）三月，余始識子高，問之信然。乃作此詩，極其情而歸之正，亦變風止乎禮義之意也。」趙次公注云：「按：胡微之作《王子高傳》，子高，虞部員外郎正路之次子，載其所遇周事甚詳。人用其傳爲《六么曲》。先生詩中稍涉其事，今畧取之。」注中引《子高傳》五節。又卷一八《生日王郎以詩見慶次其韻并寄茶二十一片》趙次公注：「世傳王子立之兄子高，與仙人周瑶英游芙蓉城，見先生本詩。」

《古香齋袖珍十種》本南宋施元之注《施注蘇詩》卷一四《芙蓉城》注云：「胡微之作《王子高芙蓉城傳》略……」凡引胡微之《芙蓉城傳》四節（按：原十一節），邵長蘅按云：「《芙蓉城傳》，施氏注散入句下。王注録之亦不詳。蘅未見全傳，又無他本可校，兹從施氏句注中掇拾出之，未免句字脱落，殘闕多有。而先生是詩大概采用其意，不可略也，乃附著之如此。」其注較前注爲詳。又卷二〇《生日王郎以詩見慶次其韻并寄茶二十一片》注云：「胡微之《芙蓉城傳》，爲王迥子高作。子高遇仙人周瑶英事，見十四卷。王郎字子立，子高其兄也。」

《一見賞心編》卷六僊女類《芙蓉女》亦此文，然多異辭，疑其自行增改。今據《緑窗新話》及以上二書注所引互校輯録《芙蓉城傳》如左，《賞心編》文句姑且亦予保留。（輯文收録拙作《宋代傳奇集》，中華書局二〇一八年版。）

王君迥，字子高，虞部員外郎正路之次子。行西城道上，遇青衣曰：「君東齋有客，候君久矣。」君歸，家延女客。既夕酒罷，見一女子，華冠盛服，坐廳西。君怪，問之，答曰：「少頃至君寢。」君疑其爲妖也，正色遠之，女亦徐逝。君懼，不敢寢。更深困甚，視窗户掩闔，欲臥。及入解衣，聞屏幃間有喘息聲，忽有人自帳中挽其衣，乃適見之女，已脱衣而臥。君懼欲去，女曰：「我於人間嗜欲未盡，緣以冥契，當侍巾幘。是以奉尋，非一朝一夕之分也。君毋避。」因强歡事，君懼不從。天明女去，衾枕之屬，餘香不散。後三日復至，君與之合。固問之曰：「汝何氏族？當實爲我言之。」女曰：「我周太尉之女，名瑶英。」自是朝去暮來，凡百餘日。一日，出藥與君服，又遺詩曰：「陰魄陽精寶鍊成，服之一日可長生。芙蓉闕下多仙侣，休羨人間利與名。」一日，周語君曰：「即預朝列。」君曰：「何謂朝列？」曰：「朝帝也。」不言其詳。由此倏去，不來者數日。忽一夕，夢周道服而至，謂君曰：「我居幽僻，君能一往否？」君喜而從之。但覺其身飄然，與周同舉。須臾過一嶺，及一門，珍禽佳木，清流怪石，殿閣金碧相照。遂與君自東箱門入，循廊至一殿亭，甚雄壯。下有三樓，相視而聳，亦甚雄麗。廊間半開，周忽入，君少留。須臾，周與一女郎至，周曰：「三山之事息乎？」曰：「雖已息，奈情何！」於是拊掌而去。逡巡東廊之門，門啟，有女流道裝而出者百餘人，立於庭下。俄聞殿上卷簾，有美丈夫一人，朝服憑几，而庭下之女循次而上。少頃，憑几者起，簾復下，諸女流亦復不見。周遂命君登東箱之樓，上有酒具。憑欄縱觀，山川清秀。梁上有碑，題曰「碧雲樓」，其字則《真誥》飛天之書、八龍雲篆。君未及下，有一女郎復登是樓，年可十五，容色嬌媚，亦周之比。周謂君曰：「此芳卿也，與我最相愛。」芳卿蓋其字耳。夢之明日，周來，君語以夢。周笑曰：「芳卿之意甚勤也。」君問何地，周曰：「芙蓉城也。」曰：「憑几者誰？三山之事何謂？」周皆不對。君曰：「芳卿何姓？」曰：「與我同。」君感其事，作詩遺周云。虞曹公狀其事以奏帝。春花秋月，悽愴悲泣而去。周臨別，留詩云：「久事屏幃不暫閑，今朝離意尚闌珊。臨行惟有相思淚，滴在羅衣一半斑。」

文中周女之名，《緑窗新話》、《賞心編》作「瓊姬」。南宋趙彦衛《雲麓漫鈔》卷一〇云：「舊有周瓊姬事，胡徽（微）之爲作傳。」亦作「瓊姬」。明郭勛編《雍熙樂府》卷一三載無名氏曲《禿廝兒》中云：「謝瓊姬不嫌王子高，同跨鳳，宴蟠桃，吹簫。」易周姓爲謝，名則同。而《東坡先生詩集注》、《施注蘇詩》則作「瑶英」。南宋王銍《默記》卷上亦云：「世傳王迥遇女仙周瑶英事，或言非實，託寓而爲之爾。」究竟胡微之《芙蓉城傳》此女原名爲何，觀東坡親詢王子高，而趙、施注引傳文皆作瑶英。頗疑胡傳流傳中誤作瓊姬耳。

王子高遇合仙女事，宋人頗傳。葉夢得《避暑録話》卷上云：「世傳王迥芙蓉城鬼仙事，或云無有，蓋託爲之者。迥字子高，蘇子瞻與迥姻家，爲作歌，人遂以爲信。余澹清老云：王荆公嘗和子瞻歌，爲其兄紫芝誦之。紫芝請書于紙，荆公曰：『此戲耳，不可以訓。』故不傳。猶記其首語云：『神仙出没藏杳冥，帝遣萬鬼驅六丁。』」

前引《雲麓漫鈔》云：「王迥字子高，族弟子立（按：子立爲胞弟），爲蘇黄門婿，故兄弟皆從二蘇游。子高後受學於荆公。舊有周瓊姬事，胡徽（按：當作微）之爲作傳，或用其傳作《六么》，東坡復作《芙蓉城詩》，以實其事。迥後改名蘧，字子開，宅在江陰。予曩居江陰，常見其行狀，著受學荆公甚詳。」

王明清《玉照新志》卷一云：「王子高遇芙蓉仙人事，舉世皆知之。子高初名迥，後以傳其詞偏國中，於是改名蘧，易字子開。與蘇、黄游甚稔，見於尺牘，東坡先生又作《芙蓉城詩》，云決别之時，芙蓉授神丹一粒，告曰：『無戚戚，後當偕老於澄江之上。』初所未喻。子開時方十八九，已而結婚向氏，十年而鰥居，年四十再娶江陰巨室之女，方二十年。合巹之後，視其妻則倩盼冶容，修短合度，與前所遇無纖毫之異。詢以前語，則惘然莫曉。而澄江，江陰之里名也，子開由是遂爲澄江人焉。服其丹，年八十餘，康强無疾。明清壬午歲（按：紹興三十二年，一一六二）從外舅帥淮西，子開之孫明之謕在幕府，相與游從，每以見語如此。此事與《雲谿友議》玉簫事絶相類。子開趙州人，忠穆翾之孫，虞部員外郎正路之子。仕至中散大夫，晚守濡須（按：指無爲軍），祠堂在焉。賀方回爲子開挽詩，詞云：『我昔官房子，嘗聞忠穆賢。』又云：『和璧終歸趙，干將不葬吳。』今乃印在秦少游集中。明之子即爲和寧也。少游没於元符末，子開大觀中猶在，其誤明矣。」所謂娶江陰女狀類周瑶英，純係謊言，而又飾其污行。《續資治通鑑長編》卷四七一元祐七年（一〇九二）載：「藼初任通判，元祐五年因病背瘡乞致仕。二年之後復乞從官，兩浙路轉運司因其爲『執政親戚』（按：時蘇轍爲尚書右丞），奏許再任，堂除知秀州。御史中丞鄭雍上言云：『藼之爲人尤爲污下，常州江陰縣有孀婦，家富於財，不止巨萬。藼利高貲，屈身爲贅婿。貪污至此，素爲士論所薄。』哲宗詔以藼知無爲軍。王藼將再娶之江陰富孀，誇飾爲周瑶英再世，藼之污下亦甚矣！

王子高遇仙宋時被播入樂章，趙次公、趙彦衛皆言《六幺曲》歌其事，趙次公注《芙蓉城》引有《六幺曲》「夢中共跨青鸞翼」、「一簇樓臺」二句。朱彧《萍洲可談》卷一云：「朝士王迥，美姿容，有才思。少年時不甚持重，間爲狎邪輩所誣，播入樂府，今《六幺》所歌『奇俊王家郎』者，乃迥也。元豐中，蔡持正舉之可任監司，神宗忽云：『此乃奇俊王家郎乎？』持正叩頭謝罪。」張舜民《畫墁録》云：「或薦王迥於荆公，介甫唯唯，既而曰：『奈奇俊何！』客不喻，或哂曰：『此介甫諧也。』王迥字子高，有遇仙事，《六幺》云『奇俊王家郎』也」。《宋朝事實類苑》卷六五引《魏王語録》（按：魏王趙頵，英宗第四子）載：「公在政府，蜀人蘇軾往見公，公因問軾云：『近有人來薦王迥，其爲人如何？學士相識否？』軾云：『爲人奇俊。』公不諭軾意。後數日公宴，出家妓，有歌新曲《六么》者，公方悟軾之言。蓋歌有『奇俊王家郎』也。既而公語諸子云：『蘇軾學士文學過人，然豈享大福德人也？』」此《六幺》爲宋雜劇，周密《武林舊事》卷一〇載官本雜劇段數中有《王子高六幺》一本。

逮乎明，田汝成《西湖遊覽志餘》卷一五《方外玄蹤》略載王子高、周瑶英事，又全録東坡歌，末稱：「子高故居，後爲錢唐尉司，而北郭税務側，有片石，周益公題曰『奇俊』，相傳爲王子高石也。」以王子高爲錢唐人，附會出故居及周必大所題王子高石，真好事之甚！

賢鷄君遇西真仙〔一〕

賢鷄君魯敢，因行西城道上，遇青衣曰：「君東齋有客，伺君久矣。」乃歸。至〔二〕庭際，見女子弄薤花陰〔三〕。君疑狐怪〔四〕，正色遠之，女亦徐去。月餘，飛空而來，曰：「奴，西王母之裔，家於瑶池西真閣。」恍如夢中。引君同跨彩鸞〔五〕，在廣寒光碧虚中〔六〕。四顧瓊林，爛若金銀世界。曰：「此瑶池也。」藍波碧浪〔七〕，珠樓玉閣〔八〕，紅光翠靄〔九〕。命君升西真閣〔一〇〕。見千萬紅粧，珠珮玎璫〔一一〕，霞冠霓裳〔一二〕。一人特秀〔一三〕，女〔一四〕曰：「此吾西王母也。」久之，紫雲娘亦至〔一五〕。須臾，觥籌遞舉，霞衣吏請奏《鸞鳳和鳴曲》，又奏《雲雨慶仙〔一六〕期曲》。酒酣，復入一洞，碧桃艷杏，香凝如霧。女顧謂君〔一七〕曰：「他日與君〔一八〕雙棲於此。」是夕，同宿於五雲帳中。次早，君辭歸，諸仙舉樂而別〔一九〕。

〔一〕賢鷄君遇西真仙　《書舶庸譚》著録，「鷄」譌作「鳴」，據《類説》卷四六《續青瑣高議・賢鷄君傳》改。

〔二〕至　明天啓六年刊本《類説》卷四六《續青瑣高議》作「步」。

〔三〕弄蕋花陰　《類説》作「揉英弄蕋，映身花陰」。

〔四〕君疑狐怪　「疑」原譌作「異」，據清鈔本及《類説》改。「怪」《類説》作「妖」。

〔五〕鸞　《類説》作「麟」。

〔六〕在廣寒光碧虚中　《類説》無「廣」字，疑衍。周校本删此字。按：《類説》下有「臨萬丈絶壑，陟蟠桃嶺」九字。

〔七〕藍波碧浪　「碧」《類説》作「烟」，周校本同。按：《類説》下有「瀲灧萬頃」四字。

〔八〕珠樓玉閣　《類説》下有「玲瓏千疊」四字。

〔九〕紅光翠靄　《類説》下有「間」字，又有「若虹光掛天，雨脚貫地」九字。

〔一〇〕命君升西真閣　《類説》下有「曰：『嘗見紫雲娘誦君佳句。』語未畢」十三字。

〔一一〕玎璫　《類説》作「丁當」。音義同，象聲詞。《類説》下有「星眸丹臉」四字。

〔一二〕霞冠霓裳　原校：「霞冠霓句，原本脱一字。」「裳」字原脱，據《類説》補。《類説》作「霞裳」，亦脱字。

〔一三〕秀　《類説》作「秀麗」，下有「艷發其旁」四字。

〔一四〕女　《類説》作「西真」。

〔一五〕紫雲娘亦至　《類説》下有「西真曰：『此賢鷄君也。』」八字。

〔一六〕仙　《類説》作「先」，當譌。

〔一七〕女顧謂君　《類説》作「西真」。

〔一八〕與君　《類説》下有「人間還」三字。

〔一九〕「是夕」五句　《類説》省作「君乃辭歸」。

按：此條原無出處。《類説》卷四六《續青瑣高議》有《賢鷄君傳》，即此文。《續青瑣高議》北宋劉斧撰，乃《青瑣高議》續書。原書不存。《類説》係節文，而此文乃又節自《類説》，觀文可知也。結末「是夕，同宿於五雲帳中。次早，君辭歸，諸仙舉樂而别」數句，《類説》只「君乃辭歸」四字，疑今本文字有闕耳。

封陟拒上元夫人〔一〕

封陟居於少室，夜將午，忽見輜輧自空而下，覩一仙姝，斂袵而揖，曰：「某本上仙，謫居下界。伏見郎君清潔，特謁光容〔二〕，願侍箕箒。」陟正色曰：「某本孤介貞廉，不敢當神仙之命。」姝留詩而去。後七日又至，巧言白陟，陟又正色而不回意。後七日夜，又至，曰：「逝波難駐，紅日易頹。我有還丹，能延君壽。」陟又怒曰：「我不欺暗室，爾是何精妖，苦相淩逼？」侍衛謂姝曰：「小娘子回車，此木偶人，豈神仙配偶耶？」輜輧出户，珠翠嚮空。後二年，陟爲泰山所追，使者束〔三〕以巨鏁，押至幽府。忽遇上元夫人遊泰山，俄見仙騎，召使與囚俱來。陟仰窺，乃昔日仙姝。姝索狀判曰：「封陟操堅，實由朴戇，難責風情，更延一紀。」使者去鏁，陟遂跪謝，良久蘇息。出《傳奇》

〔一〕封陟拒上元夫人　《書舶庸譚》著録，「陟」譌作「涉」，據《傳奇·封陟》改，見附録。

〔二〕容　周校本一九九一年版譌作「榮」。

〔三〕束　清鈔本譌作「乘」。按：《傳奇》作「束」。

按：此出裴鉶《傳奇·封陟》，見《太平廣記》卷六八。文長不録。此爲節録。明陸楫編《古今説海》説淵部別傳十四據《廣記》採入，改題《少室仙姝傳》，後又收入《艷異編》卷四仙部、汪雲程《逸史搜奇》戊集九，《逸史搜奇》題去「傳」字。《一見賞心編》卷六僊女類改題《上元夫人》，文字有刪改。《醉翁談録》己集卷二「遇仙奇會」《封陟不從仙姝命》（未具出處），文句與《廣記》頗異，殊乏文采，且多有增改之詞。封陟故事宋代市井流傳，宋官本雜劇段數有《封陟中和樂》（《武林舊事》卷一〇），頗疑此乃據宋代民間話本節録。今録《醉翁談録》本如下：

封陟，字少登，居少室山。一夕，天氣清亮，月明如晝。忽睹一仙姝，淡粧進前，顧揖曰：「久聞美，願執箕箒。」陟曰：「君子固窮，寧敢思濫？請神仙回車，无相瀆也。」□□□詩曰：「謫居蓬岳別瑶池，春媚煙花有所思。久稔高名先德望，願操箕箒奉屏幃。」後七日復來，又獻詩曰：「弄玉與夫皆得道，劉綱兼室盡登仙。君能仔細窺朝露，須逐雲車拜洞天。」觀其詩了，陟又曰：「《詩》云：『娶妻如何，匪媒不得。』《易》曰：『君子非幣之交不親。』所以然者，正欲名分之正也。今輒與仙姝講好，人其謂我何？毋勞再三。」後七日又至，曰：「君能相容，即能致君壽比大椿，瞳方兩目（原譌作日），仙上靈府，任意追遊。莫種槿花，休敲石火。」陟怒曰：「失身陷義，雖生奚益？我不欺暗室，何苦相陵？」仙姝嘆曰：「所以致懇，爲是青牛道士苗裔。此時一失，又六百年。此子大是忍人。」又留詩曰：「蕭郎不顧鳳樓人，雲澁回車淚臉新。愁殺蓬萊歸去路，難窺旧苑碧桃春。」又曰：「好留住，他日相逢，悔之已暮。」後三年，陟病卒，爲太山所追。道遇仙騎，清道甚嚴，曰：「上元夫人遊太岳。」陟仰視金輅中，乃是昔日求偶仙姝者。夫人索追狀，曰：「若論封陟无情，合與滅没。然一見之日，不能忘情。」乃以大筆判曰：「封陟性雖執迷，操甚貞潔，實由朴實，難責風情，宜延一紀。」良久乃蘇。

《類説》卷三二《傳奇·封陟》亦節文，然與本書所節不同，知本書非據《類説》。《類説》文云：

封陟居少室山，一仙姝願侍箕箒。陟曰：「固窮終不思濫，神仙幸早回車。」姝留詩曰：「謫居蓬島别瑶池，春媚烟花有所思。爲愛君心能潔白，願持箕箒奉屏幃。」後七日復來，詩曰：「弄玉有夫皆得道，劉綱兼室盡登仙。君能仔細窺朝露，須逐雲車拜洞天。」後七日又至，曰：「能遣君壽，倒三松柏，瞳方兩目，仙山靈府，任意追遊。莫種槿花，休敲石火。」陟怒曰：「我不欺暗室，是何妖精，苦相凌逼？」姝嘆曰：「所以懇禱者，爲是青牛道士苗裔。此時一失，又六百年。此子大是忍人。」又留詩曰：「蕭君不顧鳳樓人，雲漢（原作瀋，據《四庫全書》本改）回車淚臉新。愁殺蓬瀛歸去路，難窺舊苑碧桃春。」乃曰：「好住，好住，無異日追悔。」後三年，陟病卒，爲太山所追。道遇仙騎，清道甚嚴，曰上元夫人遊太嶽。陟仰視金輅中，乃昔求偶姝也。夫人索追狀曰：「不能無情。」以大筆判曰：「封陟性雖執迷，操甚堅潔，實由朴憩，難責風情，宜延一紀。良久乃蘇。

陳純會玉源夫人〔一〕

陳純遊桃源，凡〔二〕九日，糧盡困卧。忽見水流巨〔三〕花片，純取食之，因下利，覺身輕，行步愈快〔四〕。忽遇青衣，曰：「此三源〔五〕夫人之地。上府玉源，中府靈源，下府桃源。後夜中秋，三仙將會於此，君可待之。」至其夕，俄水際有臺閣相望，有仙童召純。純即〔六〕往，見三夫人坐絳殿上，衆樂並作。玉源請純登殿，叙禮畢，引純過〔七〕西臺翫月。酒至數行，玉源謂純曰：「近世中秋月詩，可舉一二句。」純乃曰：「莫辭終夕看，動是隔年期。」桃源曰：「未見得便是中秋。」於是三夫人各吟詩〔八〕。純和曰：「秋静夜尤静，月圓人更〔九〕圓。」玉源笑曰：「書生〔一〇〕便敢亂生意思。」純曰：「和韻偶然耳。」玉源曰：「天教會合，必非偶然耳。」因命酌，言語褻狎，遂〔一一〕伸繾綣。將曉〔一二〕，同舟而至玉源之宫云云〔一三〕。

〔一〕陳純會玉源夫人　《書舶庸譚》著録，「玉」譌作「上」。

〔二〕凡　原譌作「犯」，據清鈔本及《繡谷春容》遇仙類改。

〔三〕巨　原譌作「回」，據《繡谷春容》改。按：《類説》卷四六《續青瑣高議·桃源三夫人》亦作「巨」。

〔四〕快　周校本作「疾」。

〔五〕三源　「三」原作「玉」，據《繡谷春容》改。按：陳葆光《三洞群仙録》卷九《陳純鶴嘔》引《青瑣》、《一見賞心編》卷六仙女類《玉源夫人》亦作「三」。三源指玉源、靈源、桃源。

〔六〕即　周校本脱此字。

〔七〕過　《繡谷春容》作「登」。

〔八〕詩　清鈔本爲闕字。

〔九〕更　原作「未」，據《繡谷春容》改。按：《類説》亦作「更」。

〔一〇〕書生　周校本一九九一年版前增「此」字。

〔一一〕狎遂　清鈔本譌作「押近」。

〔一二〕曉　原作「晚」，當譌，據清鈔本及《繡谷春容》改。

〔一三〕同舟而至玉源之宫云云　「云云」前原有「請」字，清鈔本同，據《繡谷春容》删。周校本一九九一年版妄改作「同舟而去，有頃即至玉源之宫」。

按：此條原無出處。《類説》卷四六《續青瑣高議·桃源三夫人》即此，今録如左：

陳純至桃源，愛其山水秀艷，乃裹糧，沿溪而行。凡（原譌作九）九日，至萬丈（明伯玉翁舊鈔本作仞）絶壁下。夜聞石壁間人語。純糧盡困卧（原作卧困，據舊鈔本改），聞有美香，流巨花十餘片，其去甚急。純速取，得一花，面盈尺，五萼，乃食之。渴甚，飲溪水數斗，下利三日，行步愈疾。有青衣採蘋岸下，曰：「此桃源三夫人之地。上府玉源，中府靈源，下府桃源。後夜中秋，三仙相會於此。」其夕，水際樓閣相望，有童曰：「玉源夫人召。」純往，見三夫人坐絳殿中，衆樂並作。玉源請純曰：「近世中秋月詩，可舉一二句。」純曰：「莫辭終夕看，動是隔年期。」桃源曰：「意思雖佳，但七月十五夜月亦可。」玉源乃作詩曰：「玉兔步虚碧，冰輪碾太清。」靈源和曰：「不是月華别，都緣秋氣清。」桃源曰：「九秋今又半，萬里一輪懸。」純曰：「秋静夜方静，月圓人更圓。」玉（此字原脱，據《四庫全書》本補）源笑曰：「此書生好莫與仙葩食，教異日作枯骨，如何敢亂生意思？」純曰：「和韻偶然耳。」將曉，同舟而下，有頃即至。瑣窗朱閣，非人世所有。玉源戒純：「慎無入南軒，當不利於子。」純竊往焉。軒中有玉笛，純取吹之。忽見人物山川，乃其鄉里，子呼他人爲父，妻呼他人爲夫，方宴聚語笑，久之不見。純嘔一卵於地，化爲紅鶴飛去。仙來，見純責曰：「不聽吾戒，今不能救矣，莫非命也。後三十年當復來此（原作此來，據舊鈔本改），宜内養真元，外崇善行。」以舟送純歸。

《類説》係節文。又北宋阮閲《增修詩話總龜》前集卷四五神仙門下引《青瑣集》，南宋陳元靚《歲時廣記》卷三二《入桃源》引《青瑣高議》，陳應行《吟窗雜録》卷五〇《雜詠》、陳葆光《三洞群仙録》卷九《陳純鶴嘔》引《青瑣》。《一見賞心編》卷六仙女類《玉源夫人》，無出處。以上諸書均可供本文校補。今據諸書復校録如下，庶幾近於原文也。輯文曰：

陳純，字元樸，莆田人。因遊桃源，愛其山水秀絶，乃裹糧沿溪而行。凡九日，至萬仞絶壁下，夜聞石壁間人語。純糧盡困卧，忽聞有美香，流巨花十餘片，其去甚急。純速取得一花，面盈尺，五萼，乃食之。渴甚，飲溪水數斗，因下利三日，覺身輕，行步愈疾。有青衣採蘋岸下，乃詰之，曰：「此桃源三夫人之地。上府玉源，中府靈源，下府桃源。後夜中秋，三仙將會於此，君可待之。」至其夕，俄水際有樓閣相望，有仙童曰：「玉源夫人召。」純往見。三夫人坐絳殿中，衆樂並作。玉源請純登殿，叙禮畢，引純過西臺翫月。酒至數行，玉源謂純曰：「近世中秋月詩，可舉一二句。」純言一聯云：「莫辭終夕看，動是隔年期。」桃源曰：「意思雖佳，但不見中秋月，作七月十五夜月亦可，未見得便是中秋。」玉源因作詩曰：「金風時拂袂，氣象更分明。不是月華别，都緣秋氣清。一輪方極滿，群籟正無聲。曉魄沉烟外，人間萬事驚。」靈源和曰：「高秋渾似水，萬里正圓明。玉兔步虚碧，冰輪輾太清。廣寒低有露，桂子落無聲。吾館無弦彈，棲烏莫要驚。」桃源詩曰：「金吹掃天幕，無雲方瑩然。九秋今夕半，萬里一輪圓。皓彩盈虛碧，清光射玉川。瑶樽何惜醉，幽意正緜緜。」玉源謂純曰：「子能繼桃源之什乎？」純乃賡曰：「仙源嘗誤到，羈思正蕭然。秋静夜方静，月圓人更圓。清樽歌越調，仙棹泛晴川。幽意知多少，重重類楚綿。」玉源笑曰：「此書生好莫與仙葩食，教異日作枯骨，如何敢亂生意思！」純曰：「和韻偶然耳。」玉源曰：「天數會合，必非偶然耳。」因命酌，言語褻狎，遂伸繾綣。將曉，同舟而下，有頃，即至玉源之宫。瑣窗朱閣，非人世所有。玉源戒純曰：「君慎無入南軒，當不利於子。」純竊往焉。軒中見案間有一玉笛，純取吹之。忽見人物山川，乃其鄉里，子呼他人爲父，妻呼他人爲夫，方宴聚語笑。久之不見。純不覺嘔一卵於地，化爲紅鶴飛去。仙來，見純責曰：「不聽吾戒，今不能救矣，莫非命也！後三十年當復來此，宜内養真元，外崇善行。」以舟送純歸。

任生娶天上書仙〔一〕

曹文姬，本長安娼女〔二〕。資質艶麗，尤工翰墨，時人號爲「書仙」。長安豪傑之士，輸金求爲偶者無算。女曰：「欲偶吾者〔三〕，必先投詩，吾當自擇。」有岷江任生，投詩曰：「玉皇殿上〔四〕掌書仙，一染塵心謫九天。莫怪濃香薰骨膩，霞衣曾惹御爐烟。」女得詩，大笑〔五〕曰：「此〔六〕真吾夫也。」遂以爲偶。自此春朝秋夕，微吟小酌，如是五歲。後因三月，相與送春對飲，女〔七〕題詩曰：「仙家無夜〔八〕亦無秋，紅日清風滿翠樓。況是〔九〕碧霄歸路穩，可能同駕五雲虬？」吟畢，泣曰：「吾本上天書仙〔一〇〕，以情愛謫居人寰〔一一〕二紀。吾欲歸，子可偕行。」俄聞仙樂飄空，見朱衣吏持一玉版，且曰：「李長吉新撰《白玉樓記》就，天帝召汝寫碑。」女與生拜命，舉步騰空而去。出《麗情集》

〔一〕任生娶天上書仙　《繡谷春容》遇仙類題《任生娶上界書仙》。

〔二〕本長安娼女　周校本據《青瑣高議》前集卷二《書仙傳》末增「也」字。按：周校本據《青瑣高議》改處尚多，不再出校。

〔三〕欲偶吾者　按：《青瑣高議》作「皆非吾偶也」。

〔四〕上　原作「前」，平仄失調，據《繡谷春容》改。按：《青瑣高議》前集卷二《書仙傳》亦誤作「前」，清鈔本、紅藥山房鈔本均作「上」。

〔五〕大笑　《繡谷春容》作「大喜」。按：《青瑣高議》作「喜」。

〔六〕此　此字原無，據《繡谷春容》補。按：《青瑣高議》亦有此字。

〔七〕女　《繡谷春容》無此字。

〔八〕夜　《繡谷春容》同，疑誤。《青瑣高議》作「夏」。

〔九〕是　《繡谷春容》作「有」。按：《青瑣高議》作「有」。

〔一〇〕上天書仙　按：《青瑣高議》作「上天司書仙人」。

〔一一〕以情愛謫居人寰二紀　「謫」原譌作「讀」，據《繡谷春容》改。按：《青瑣高議》「人」作「塵」。

按：《麗情集》，北宋張君房編，原二十卷（據南宋晁公武《郡齋讀書志》小説類），已散佚。南宋佚名編《錦繡萬花谷》前集卷一七《書仙》、《古今事文類聚》後集卷一七《書仙》、《古今合璧事類備要》前集卷五三《寄掌書仙》，皆引《麗情集》，文字簡略，《事文類聚》尤簡。《萬花谷》引曰：「長安中有娼女曹文姬，尤工翰墨，爲關中第一，時號爲書仙。有任生者，投之詩曰：『玉皇前殿掌書仙，一染塵心下九天。莫怪濃香熏骨膩，雲衣曾惹御爐煙。』」《事類備要》同。《青瑣高議》前集卷二《書仙傳》，無撰人，考爲任信臣作。《麗情集》當取此記。今據筆者輯校《宋代傳奇集》引録全文如下：

曹文姬，本長安娼女也。生四五歲，好文字戲。每讀一卷，能通大義，人疑其夙習也。及笄，姿豔絶倫，尤工翰墨。自牋素外至於羅綺窗户，可書之處必書之，日數千字，人號爲書仙，筆力爲關中第一。當時工部周郎中越、馬觀察端，一見稱賞不已。家人教以絲竹宮商，則曰：「此賤事，吾豈樂爲之！惟墨池筆塚，使吾老於此間足矣。」由是藉藉聲名，豪貴之士，願輸金委玉求與偶者，不可勝計。女曰：「皆非吾偶也。欲偶吾者，請先投詩，當自裁擇。」自是長篇短句，艷詞麗語，日馳數百，女悉無意。有岷江任生，客于長安，賦才敏捷，聞之喜曰：「吾得偶矣。」或問之，則曰：「鳳棲梧而魚躍淵，物有所歸耳。」遂投之詩曰：「玉皇殿上掌書仙，一染塵心謫九天。莫怪濃香薰骨膩，霞衣曾惹御爐烟。」女得詩，喜曰：「此真吾夫也，不然，何以知吾行事耶？吾願妻之，幸勿他顧。」家人不能阻，遂以爲偶。自此春朝秋夕，夫婦相攜，微吟小酌，以盡一時之景。如是五年。因三月晦日，送春對飲，女題詩曰：「仙家無夏亦無秋，紅日清風滿翠樓。況有碧霄歸路穩，可能同駕五雲遊？」吟畢，嗚咽泣曰：「吾本上天司書仙人，以情愛謫居塵寰二紀。」謂任曰：「子亦先世得道仙人，謫於人世。吾於子有宿緣，故吾得託於子。吾將歸，子可偕行乎？天上之樂勝於人間，幸無疑焉。」俄聞仙樂飄空，異香滿室。家人驚異共窺，見朱衣吏持玉版，朱書篆文，且曰：「李長吉新撰《玉樓記》就，天帝召汝寫碑，可速駕無緩。」家人曰：「李長吉唐之詩人，迄今僅三百年，焉有此説？必妖也。」女笑曰：「非爾等所知，人世三百年，仙家猶頃刻耳。」女與生易衣拜命，舉步騰空，但見雲霞爍爍，鸞鶴繚繞，于時觀者萬計。以其所居地爲書仙里。長安小隱永元之善丹青，因圖其狀，使余作記。時慶曆甲申上元日記。（載筆者輯校《宋代傳奇集》，中華書局二〇一八年版。）

《歷世真仙體道通鑑》後集卷六採入此傳，題《曹文姬》，前引《書仙傳》文字有據之補綴者。又明梅鼎祚《青泥蓮花記》卷二《記玄·曹文姬》（題注《書仙傳》，末注《青瑣高議》），吴大震《廣艷異編》卷一一伎女部及《續艷異編》卷六妓女部《書仙傳》，均即此傳，後二書删末「長安小隱」云云。《情史》卷一九情疑類《書仙》略有删節。《一見賞心編》卷六仙女類《書仙女》，文字與《緑窗新話》大同，而復語多修飾。

謝生娶江中水仙

越溪有漁者楊父，一女絶色，年十四。能詩，每吟不過兩句〔一〕。人問：「胡不終篇？」答曰：「無柰情思纏繞，至兩句即思迷，不復爲繼。」有謝生求娶，父曰：「吾女爲詞〔二〕，多不過兩句，子能續之，稱吾女意，則妻矣。」乃命女奴示其篇，曰：「珠簾半牀月，青竹滿林風。」謝續曰：「何事今宵景，無人解與同？」女喜曰：「天生吾夫。」遂偶之。後七年，夫婦每相樂，必對泣，多欲引泛江湖。春日，女忽題曰：「春盡花隨盡，其如自是花。」謝曰：「何故爲此不祥之句？」女曰：「君且續之。」謝曰：「從來説花意，不過正〔三〕容華。」女曰：「逝水難駐，千萬自保。」即以首枕生膝而逝。謝感傷。後二年，江

上煙波溶洩〔四〕，見女立於江中，曰：「吾本水仙，謫居人間，今復爲仙。後倘思郎，復謫下矣。」南卓《解題叙》

〔一〕句　清鈔本下衍「曰」字。

〔二〕詞　周校本一九九一年版作「詩」。

〔三〕正　周校本一九五七年版作「此」，按：《類説》卷二九《麗情集·烟中仙》作「此」，周校本當據此而改。一九九一年校本譌作「比」。

〔四〕洩　周校本據《類説》改作「曳」。

按： 沈亞之《沈下賢文集》卷二《湘中怨解》，末云：「元和十三年，余聞之於朋中，因悉補其詞，題之曰《湘中怨》，蓋欲使南昭嗣《烟中》之志爲偶倡也。」昭嗣，南卓之字。《類説》卷二九《麗情集》節本有《烟中仙》一篇（南宋施宿《嘉泰會稽志》卷一九《雜記》載此事，全同《類説》）。秦觀《淮海居士長短句》卷下《調笑令十首并詩》其九詠此事，題《煙中怨》。亞之仿作題《湘中怨解》，似南卓原作題《烟中怨解》。曰解者，蓋亦同《湘中怨歌》之叙韋敖《湘中怨歌》本事，乃配《烟中怨歌》而爲之解題也。

原文不存，兹據《類説》節文校録如下：

越漁者楊父，一女絶色。爲詩不過兩句。或問：「胡不終篇？」答曰：「無奈情思纏繞，至兩句即思迷不繼。」有謝生求娶焉，父曰：「吾女宜配公卿。」謝曰：「諺云：『少女少郎，相樂不忘；少女老翁，苦樂不同。』且安有少年公卿耶？」翁曰：「吾女詞，多兩句，子能續之，稱其意，則妻矣。」示其篇曰：「珠簾半床月，青竹滿林風。」謝續曰：「何事今宵景，無人解與同？」女曰：「天生吾夫。」遂偶之。後七年春日，楊忽題曰：「春盡花隨盡，其如自是花。」謝曰：「何故爲不祥句？」楊曰：「吾不久於人間矣。」謝續曰：「從來説花意，不過此容華。」楊即瞑目而逝。後一年，江上烟光溶曳，見楊立江中，曰：「吾本仙，謫居人間。後倘思之，即復謫下，不得爲仙矣。」

《情史》卷一二情媒類《楊越漁》所載亦此事，稱女名楊越漁，詩多四句，不知所據。兹將《情史》所載亦録下備考：

越漁者，楊翁女也。容貌美麗，爲詩不過兩句。或問：「何不終篇？」答曰：「無奈情思纏繞，至兩句即思亂不勝。」有謝生求娶，父曰：「吾女宜配公卿。」謝曰：「諺云：『少女少郎，相樂不忘；少女老翁，苦樂不同。』安有少年公卿耶？」翁曰：「吾女詞，多兩句，子能續之而稱其意，則妻矣。」遂以女詩示謝。女詩云：「珠簾半牀月，青竹滿林風。」謝續云：「何事今宵景，無人解與同？」又詩云：「春盡花隨盡，其如自是花。」謝續云：「從來説花意，不過此容華。」女覽詩，歎曰：「天生吾夫也。」遂爲夫婦。多引泛江湖，唱和爲樂。後七年春日，楊忽題詩二句云：「明月易虧輪，好花難戀春。」謝訝曰：「何故作此不祥語？」女曰：「君且續之。」謝應聲云：「常將花月恨，并作可憐人。」女曰：「逝水難駐，千萬自保。」即以首枕生膝而逝。

崔生遇玉巵娘子〔一〕

崔書生，不知何許人也。偶於東周〔二〕邏谷口，見一女郎〔三〕，姿態艷麗，願爲夫婦。生因具聘娶之，兩情好合。崔母私謂生曰：「新婦妖美，必是狐媚，恐傷〔四〕於汝。」女已潛知之，曰：「妾本欲侍箕箒，便望終天，尊夫〔五〕人待以狐媚，是不能容〔六〕，明日〔七〕便行矣。」翌早，辭崔〔八〕母而去。生追至谷口〔九〕，忽失所在。後有胡僧曰：「君所納妻〔一〇〕，乃〔一一〕王母第三女玉巵娘子也。若住一年，舉家必仙矣。」生歎恨而已。《幽怪録〔一二〕》

〔一〕崔生遇玉巵娘子 《繡谷春容》遇仙類「遇」作「聘」。

〔二〕東周 牛僧孺《玄怪録》卷四作「東州」。陳應翔刻本《幽怪録》及《類説》卷一一《幽怪録·王母女玉

（原乙作玉女）卮娘子》、《三洞群仙録》卷一一《玉卮娘子》引《幽怪録》、《錦繡萬花谷》別集卷一三《玉卮娘子》引《幽怪録》、《稗家粹編》卷五仙部《崔書生》作「東周」。按：東州、東周皆指洛陽，東周都洛陽，故云。

〔三〕女郎　《繡谷春容》作「女娘」。

〔四〕傷　《繡谷春容》作「害」。

〔五〕夫　清鈔本作「大」。

〔六〕是不能容　周校本一九九一年版脱此句。

〔七〕日　周校本作「晨」。

〔八〕崔　此字原無，據《繡谷春容》補。

〔九〕谷口　周校本作「邏谷口」。

〔一〇〕妻　原作「妻妾」，據《繡谷春容》删「妾」字。周校本一九九一年版未删。

〔一一〕乃　周校本無此字。

〔一二〕録　清鈔本譌作「緣」。

按：唐牛僧孺《玄怪録》卷四（十一卷本）有《崔書生》一篇，《太平廣記》卷六三《女仙八》引全文。明余象斗《新刻芸窗彙爽萬錦情林》卷一、林近陽《新刻增補燕居筆記》卷七、馮夢龍《增補批點圖像燕居筆記》卷七據《廣記》採入，易題《崔生遇仙記》，《一見賞心編》卷六仙女類題《玉卮傳》。又四十五卷本《艷異編》卷六《崔書生》，亦輯自《廣記》。《情史》卷一九情疑類亦自《廣記》採入，題《玉卮娘子》，有所删略。《稗家粹編》卷五仙部《崔書生》，蓋據傳本《玄怪録》。原文頗長，不録。

此條節自《幽怪録》，文字頗簡，删削甚多。《類説》所節更簡，文曰：

有崔書生，於東周邏谷口，見一女郎，具聘娶之。崔母曰：「新婦妖美，必是狐媚，傷害於汝。」女曰：「侍奉箕箒，便望終天（原作身，據嘉靖伯玉翁舊鈔本改），而尊夫人待以狐媚，明日便行矣。」明日入山，遂失所在。後有胡僧曰：「君（原作若，據舊鈔本改）所納妻，王母第三女玉卮娘子。若住一年，舉家必仙矣。」崔生嘆恨不已。

星女配姚御史兒〔一〕

唐御史姚生〔二〕，有子三人。年〔三〕皆及壯，頑駑不肖，命講學於中條山。忽一夜，見一婦人，稱夫人，曰：「吾有三女，可配君子。」乃爲三子各創一院，指顧而就。翌日，有輜軿至，三女自車而下，年皆十七八，態貌〔四〕異常。是夕合巹。夫人曰：「但百日不泄於人，令君長生度世，位極人臣。」三人曰：「某等愚懵〔五〕，扞格〔六〕難成，何以致貴？」夫人敕地上主者〔七〕召孔宣父。須臾，冠劍而出。宣父拜跪甚恭，夫人微勞問之，曰：「吾三壻新〔八〕學，君傳〔九〕導之。」宣父指六籍篇目〔一〇〕，了然開悟〔一一〕。又命周尚父示〔一二〕以玄女兵符、玉璜祕訣，三子又得之無遺。其父訝其神氣秀發，占對閑雅〔一三〕，疑爲鬼魅所惑，鞭掠詰問，三子具道本末。姚素館一碩儒，云〔一四〕：「吾見織女、婺女、須女星皆無光，是三女星精降在人間，將福三子。今泄天機，免禍幸矣〔一五〕。」姚遽再遣三子歸山，則三女邈如不相識。夫人〔一六〕曰：「子不用吾言，既泄天機，當與子訣。」因〔一七〕以湯飲三子，昏頑如故〔一八〕。出《異聞録》

〔一〕星女配姚御史兒　《繡谷春容》遇仙類「星女」作「女星」。

〔二〕唐御史姚生　周校本下增「罷官」二字，蓋據《神仙感遇傳》。

〔三〕年　此字原無，據《繡谷春容》補。按：《神仙感遇傳》有此字。

〔四〕態貌　《繡谷春容》作「態度」。周校本脱「態」字。按：《類説》卷二八《異聞集·三女星精》亦作「態度」。

〔五〕懵　《繡谷春容》作「蒙」。按：《類説》亦作「蒙」。

〔六〕扞格　原作「性格」，《繡谷春容》同，當誤，據《類説》及《神仙感遇傳》改。扞格，抵觸。

〔七〕地上主者　原作「地藏王者」，據《繡谷春容》改。按：《類説》天啓刻本亦作「地上主者」，明嘉靖伯玉翁舊鈔本作「左右」。

〔八〕新　周校本作「欲」。

〔九〕傅　周校本作「其」。

〔一〇〕宣父指六籍篇目　《類説》及《神仙感遇傳》下有「示之」二字。

〔一一〕悟　清鈔本作「悞」。按：「悞」同「誤」，作「悞」非也。

〔一二〕示　此字原無，據《繡谷春容》補。按：《類説》及《神仙感遇傳》亦有此字，周校本據補。

〔一三〕占對閑雅　「占對」《繡谷春容》作「應對」，義同。按：《類説》及《神仙感遇傳》作「占對」。周校本譌作「瞻對」。「閑」清鈔本譌作「聞」。

〔一四〕姚素館一碩儒云　「素」原譌作「索」，據《繡谷春容》改。素，平素。「碩」清鈔本譌作「願」。按：《神仙感遇傳》作「姚素館一碩儒，因召而與語。儒者驚曰」，周校本據改。

〔一五〕免禍幸矣　周校本據《神仙感遇傳》前增「三子」二字。

〔一六〕夫人　周校本據《神仙感遇傳》下增「讓之」二字。

〔一七〕因　周校本作「乃」。

〔一八〕昏頑如故　周校本據《神仙感遇傳》增改作「既飲，則昏頑如故，一無所知」。

按：此條出《異聞録》，即《異聞集》，晚唐陳翰編。原書散佚，南宋朱勝非編《紺珠集》卷一〇《異聞集》、《類説》卷二八《異聞集》皆爲摘録。《紺珠集》所摘題《三女降星》，曰：

總章中，姚氏三子讀書中條山。忽有老婦呼夫人，攜三女配之。召宣父指教六籍，周公授以玄女兵符、玉璜秘訣，莫不神識開悟，學業異常。父詰之，具以實告。疑其妖魅，不遣詣。訪之術士，術士矍然曰：「比見織女、婺女、須女星無光，豈其精降？」遽遣還山，則三女已不相顧。夫人飲三子以湯，昏頑如故。

《類説》題《三女星精》，文字較詳，文曰：

姚御史三子，頑駑不慧，命講學於中條山。忽見一婦人，稱夫人，携三女配之。玉顔紺髮，態度非常。夫人曰：「但百日不泄於人，令君長生度世，位極人臣。」三子曰：「某等愚蒙，扞格難成，何以致貴？」夫人敕地上主者（「地上主者」伯玉翁舊鈔本作「左右」）召孔宣父，須臾，冠劍而至。宣父拜參甚恭，夫人微勞問之，曰：「吾三婿新學，君傅導之。」宣父指六籍篇目示之，了然開悟。又命周尚父示以玄女兵符、玉童秘訣。其父訝其神氣秀發，占對閑雅，疑爲鬼魅所憑，鞭掠詰問，具通本末。一生云：「吾見織女、婺女、須女星俱無光，是三女星精降在人間，將福三子。今泄天機。免禍幸矣。」姚遽遣三子歸山，三女邈如不相識。夫人曰：「子不用吾言，既泄天機，當見與子訣。」因以湯飲三子，昏頑如故。（原文有譌誤，據嘉靖伯玉翁舊鈔本改。）

觀其摘文，與《緑窗新話》多有相合，疑於《類説》或有参考。

杜光庭《神仙感遇傳》亦採之，見明正统《道藏》本卷三，題《御史姚生》，止於「復坐舉言，則皆文」，以下闕。《道藏》本首云：「御史姚生，失其名。鄭州刺史鄭權叙云……」是知原作者爲鄭權。《異聞集》蓋亦取鄭權原作。《太平廣記》卷六五亦引《神仙感遇傳》，題《姚氏三子》，乃全文。《廣記》本後又收入《古今説海》説淵部別傳二十五、秦淮寓客《緑窗女史》卷一〇神仙部星娥門(託名元吾衍)、《逸史搜奇》丁集七、《一見賞心編》卷七星精類、《情史》卷一九情疑類，分別改題《姚生傳》、《三女星傳》、《姚生》、《三星傳》、《織女婺女須女星》。《合刻三志》志幻類、《雪窗談異》卷七《稽神録》，託名唐雍陶，中《三女星》，文同《説海》。

邢鳳遇西湖水仙

邢鳳，字君瑞，居西洛〔一〕。有堂名曰「此君」，水竹清幽，常憩息其間。一日，獨坐堂中，見一女子，穿竹陰而來。鳳〔二〕欲避之，女遽呼曰：「邢君瑞，何必迴避，妾有詩奉獻。」曰：「娉婷少女踏春陽〔三〕，何處春陽不斷腸。舞袖弓彎渾忘了〔四〕，羅幃虚度五年霜。」鳳以詩挑之，曰：「意態精神畫亦〔五〕難，不知何事別仙壇。此君堂上雲深處，應與蕭郎駕彩鸞。」女曰：「吾心子意，彼此皆同。柰數未及期，事在五年之後，君當守官錢塘〔六〕，西湖岸上，鳳皇〔七〕山傍，有〔八〕妾所居，有情不棄，千萬相尋。」言訖不見。後五年，鳳果隨兄鎮錢塘。遂具舟楫，出西湖，欲尋舊約。忽聞荷花中鳴榔而歌，見舟中一女子，呼曰：「邢君瑞，可謂有信君子。妾乃西湖中水月仙也。千里相尋，足見厚〔九〕意。」鳳挽其舟，忽沉水中。後人見鳳常往來湖上，意〔一〇〕爲水仙也。

〔一〕西洛　周校本作「西湖」，疑據《西湖遊覽志餘》改，見附録。按：西湖乃其後事。西洛，即洛陽，在東京開封之西，北宋爲西京。

〔二〕鳳　此字原無，據《繡谷春容》遇仙類補。周校本作「將」。

〔三〕娉婷少女踏春陽　「娉婷」《繡谷春容》作「婷娉」，義同。「春」《繡谷春容》作「青」，下同。按：戰國尸佼《尸子·仁意》：「春爲青陽，夏爲朱明。」

〔四〕了　《繡谷春容》作「却」。

〔五〕亦　原譌作「不」，據《繡谷春容》改。

〔六〕錢塘　「塘」原作「唐」，據《繡谷春容》改，下同。按：秦置錢唐縣，唐改「唐」爲「塘」。

〔七〕鳳皇　《繡谷春容》作「鳳凰」，字同。

〔八〕有　《繡谷春容》作「乃」。

〔九〕厚　《繡谷春容》作「真」。

〔一〇〕意　清鈔本及《繡谷春容》作「想」。

按：本條末注「出商芸《小説》」，括號注「芸字疑誤」，疑原意爲「商字疑誤」。清鈔本無此四字。商芸即殷芸，宋人避宋太祖趙匡胤父弘殷諱改殷爲商。殷芸乃南朝梁人，《隋書·經籍志》小説類著録《小説》十卷，注：「梁武帝敕安右長史殷芸撰。」《舊唐書·經籍志》、《新唐書·藝文志》小説家類亦有殷芸《小説》十卷。原書不傳，輯本有魯迅《古小説鉤沉·小説》、余嘉錫《殷芸小説輯證》（《余嘉錫論學雜著》，中華書局，一九七七年版）、周楞伽《殷芸小説》（上海古籍出版社，一九八四年版）。本條注誤，今删。

邢鳳原見中唐沈亞之《異夢録》（《沈下賢文集》卷四《雜著》），作於元和十年（八一五）。晚唐鄭還古《博異志》曾採入，題《沈亞之》。唐末陳翰嘗採入《異聞集》，見《太平廣記》卷二八二引，作《異聞録》，改題《邢鳳》，與亞之原作文字有異，蓋傳鈔所致。兹將《異夢録》全文校録如左：

元和十年，亞之以記室從隴西公軍涇州，而長安中賢士，皆來客之。五月十八日，隴西公與客期，宴於東池便館。既坐，隴西公曰：「余少從邢鳳游，得記其異，請語之。」客曰：

「願備聽。」隴西公曰：「鳳，帥家子，無他能。後寓居長安平康里南，以錢百萬，質得故豪家洞門曲房之第。即其寢而晝偃，夢一美人，自西楹來，環步從容，執卷且吟。爲古裝，而高鬟長眉，衣方領，繡帶脩紳，被廣袖之襦。鳳大説，曰：『麗者何自而臨我哉？』美人笑曰：『此妾家也，而君客妾宇下，焉有自耶？』鳳曰：『願示其書之目。』美人曰：『妾好詩，而常綴此。』鳳曰：『麗人幸少留，得賜觀覽。』於是美人授詩，坐西床。鳳發卷，示其首篇，題之曰《春陽曲》，終四句。其後他篇，皆累數十句。美人曰：『君必欲傳之，無令過一篇。』鳳即起，從東廡下几上取綵牋，傳《春陽曲》。其詞曰：『長安少女踏春陽，何處春陽不斷腸。舞袖弓彎渾忘却，羅衣空换九秋霜。』鳳卒詩，請曰：『何爲弓彎？』曰：『妾傅年父母使教妾爲此舞。』美人乃起，整衣張袖，舞數拍，爲弓彎狀，以示鳳。既罷，美人泫然良久，即辭去。鳳曰：『願復少賜須臾間。』竟去。鳳亦覺，昏然忘有記。鳳更衣，於襟袖得其詞，驚眎，復省所夢。事在貞元中。後鳳爲余言如是。」是日，監軍使與賓府郡佐，及宴客隴西獨孤鉉、范陽盧簡辭、常山張又新、武功蘇滌，皆歎息曰：「可記。」故亞之退而著録。……

《詩話總龜》前集卷三四引《脞説後集》亦載邢鳳、王炎事，則北宋張君房《縉紳脞説》後集亦採此篇。云：

沈亞之嘗言：邢鳳寓居長安平康里第，晝夢一婦人，自楹而來，古粧高髻，作《陽春曲》

曰：「長安少女翫春陽，何處春陽不断腸。舞袖弓腰渾忘却，蛾眉空帶九秋霜。」鳳曰：「何謂弓腰？」曰：「昔年父母教舞，作此弓彎狀。」舞罷辭去，鳳亦尋覺。

唐段成式《酉陽雜俎》前集卷一四《諾皋記上》云：「元和初，有一士人失姓字，因醉卧廳中。及醒，見古屏上婦人等悉於牀前踏歌，歌曰：『長安女兒踏春陽，無處春陽不斷腸。舞袖弓腰渾忘却，蛾眉空帶九秋霜。』其中雙鬟者問曰：『如何是弓腰？』歌者笑曰：『汝不見我作弓腰乎？』乃反首，髻及地，腰勢如規焉。士人驚懼，因叱之，忽然上屏，亦無其他。」情事絶類《異夢録》，乃其事之譌傳。

《錦繡萬花谷》前集卷三引《異聞録》：「邢鳳之子，夢一婦人歌《踏春曲》曰：『踏陽春，人間二月雨和塵。陽春踏盡秋風起，愁盡人間白髮人。』」《古今合璧事類備要》前集卷一三、《歲時廣記》卷一《踏春歌》、《東坡先生詩集注》卷一三《和王勝之三首》其一趙次公注及《施注蘇詩》卷二二同詩注、《山谷外集詩注》卷二《戲詠江南土風》史容注亦引，《歲時廣記》作《異聞録》，餘皆作《異聞集》。按此歌實出北宋錢易《洞微志》，見《紺珠集》卷一二《洞微志・天麥毒》、南宋葉廷珪《海録碎事》卷一七引《洞微志・天麥毒》及張杲《醫説》卷五引《洞微志》，乃後周顯德中齊州人事，此爲邢鳳事之演化。《紺珠集》云：「顯德中，齊州有人病狂，每歌曰：『踏陽春，人間二月雨和塵。陽春踏盡秋風起，腸斷人間白髮人。』」

南宋説話人增飾邢鳳事，大改舊貌。《新編醉翁談録》甲集卷一《小説開闢》著録小説話本靈怪類有《水月仙》，殆即明晁瑮《寶文堂書目》子雜之《邢鳳此君堂遇仙傳》，該話本已亡。《緑窗新話》此篇疑即節自話本，其事捏合亞之《異夢録》及《湘中怨解》而成。《西湖遊覽志餘》卷二六《幽怪傳疑》亦載之，事同《新話》。《艷異編》卷二一水神部《邢鳳》、《一見賞心編》卷六仙女類《西湖女》、《情史》卷一九情疑類《西湖水仙》，文同《西湖遊覽志餘》。明周清源撰《西湖二集》卷一四《邢君瑞五載幽期》，據《西湖遊覽志餘》演飾。《西湖遊覽志餘》文曰：

宋時，有邢鳳者，字君瑞，寓居西湖。有堂曰「此君」，水竹幽雅，常宴息其中。一日獨坐，見一美女，度竹而來。鳳意爲人家宅眷，將起避之，女遽呼曰：「君瑞，毋避我，有詩奉觀。」乃吟曰：「娉婷少女踏春陽，無處春陽不斷腸。舞袖弓彎渾忘却，羅衣虚度五秋霜。」鳳聽罷，亦口占挑之曰：「意態精神畫亦難，不知何事出仙壇。此君堂上雲深處，應與蕭郎駕彩鸞。」女曰：「予心子意，彼此相同。奈夙數未及，當期五年，君來守土，相會於鳳凰山下。君如不爽，千萬相尋。」言訖不見。後五年，鳳隨兄鎮杭，乃思前約，具舟泛湖。默念間，忽聞湖浦鳴榔，遥見一美人駕小舟，舉手招之，曰：「君瑞，信人也。」方舟相叙曰：「妾西湖水仙也。千里不違約，君情良厚矣。」君瑞喜躍過舟，蕩入湖心，人舟俱没。後人常見鳳與採蓮女遊蕩於清風明月之下，或歌或笑，出没無時焉。

永娘配翠雲洞仙

劉永娘，家以造花爲活。因積雪凍餒，母令買燒餅止飢。遇一婆婆覓餅，以〔一〕與之。次日來謝，因出一〔二〕小絹軸付永娘，曰：「夜静可自展視〔三〕，則隨意所欲。」永娘如其言，但見神光滿室，軸中畫洞府〔四〕樓閣，名之曰「翠雲之洞」。洞傍有五色雲，書曰「五雲車」。永娘意欲步雲，雲即隨起。至一所〔五〕，燈火燦〔六〕然。有青衣引入殿上，有一郎君對坐，其容〔七〕迥别，曰：「此仙宫也。吾與小〔八〕娘子有夫妻之分，故得至此。」須臾，婆婆引入宫内，遍觀樓臺，杯盤羅列。酒數行，二三美人起，與永娘同郎君〔九〕講合巹之禮。飲罷，入洞房，成匹偶。及早，覺身已在其家。自是每興念，即到洞房。後遂爲〔一〇〕仙去。

〔一〕以 《繡谷春容》遇仙類無此字。

〔二〕一 原作「二」，《繡谷春容》作「一」，疑是，據改。

〔三〕展視 《繡谷春容》作「展開視之」。

〔四〕洞府　此二字原無，據《繡谷春容》補。

〔五〕所　《繡谷春容》作「處」。

〔六〕燦　《繡谷春容》作「熒」。

〔七〕容　原譌作「客」，據《繡谷春容》改。

〔八〕小　《繡谷春容》無此字。

〔九〕君　原無此字，據《繡谷春容》補。

〔一〇〕爲　原無此字，據《繡谷春容》補。

按： 此條無出處，他書未見有引。

德璘娶洞庭韋女〔一〕

鄭德璘經洞庭，歷湘陰。道中〔二〕遇一老叟，棹葉舟，鬻菱芡。德璘行李有松醪，請一飲，叟吟詩謝之。德璘及歸，復過洞庭，有醝賈韋生同宿湖畔。次曉，與撑舟相隨，抵湘陰。韋生有一女，垂釣於水窗，德璘以紅綃〔三〕題詩，惹其釣絲而去。女收得，繫紅綃于臂，即和詩，以紅牋寫，抛向德璘舟中。彼此凝情，無計通好。翌早，各張帆而去。將暮，見漁人曰：「早〔四〕來賈客舟，已没於洞庭。」德璘悲惋，遂作《吊江姝》詩酹而投之〔五〕。水神得之，持獻水府。水府君〔六〕曰：「德璘昔有恩義相及。」遂召溺者，搜韋女臂，得紅綃〔七〕，亟命攜送鄭生。時夜將半，德璘覺有物拍舟，秉炬起而視之〔八〕，乃韋女也，繫臂紅綃尚在。及曉，方能言府君〔九〕活我之意。後復遇前鬻菱叟，韋氏熟認，乃是水府君，因拜謝之。出《傳奇》

〔一〕德璘娶洞庭韋女　《書舶庸譚》著録「璘」譌作「麟」。

〔二〕中　《繡谷春容》遇仙類譌作「夕」。

〔三〕綃　原作「絹」，下處同，後兩處作「綃」，《繡谷春容》皆作「綃」，據改。按：裴鉶《傳奇·鄭德璘》作「綃」。

〔四〕早　《繡谷春容》作「旦」。

〔五〕酹而投之　「酹」下原有「之」字，據《繡谷春容》删。周校本「投之」下增「水」字。按：《傳奇·鄭德璘》作「酹而投之」。

〔六〕水府君　《繡谷春容》無「水」字，下文有。按：《傳奇·鄭德璘》無「水」字，然下文云「向者水府君言」。

〔七〕綃　清鈔本作「縝」，當誤。

〔八〕秉炬起而視之　《繡谷春容》前有「德璘」二字。

〔九〕府君　《繡谷春容》作「水君」。

按： 此條節自裴鉶小説集《傳奇》，原文頗長，不録。《太平廣記》卷一五二《鄭德璘》，末注出《德璘傳》，《太平廣記引用書目》作《鄭德璘傳》。朝鮮成任編《太平廣記詳節》卷一一作出《傳奇》。成任編《太平通載》卷一九引《太平廣記》。《類説》卷三二《傳奇》節録《鄭德璘》，《紺珠集》卷一一《傳奇》節録《松醪香》。蘇軾《仇池筆記》卷上《酒名》云：「裴鉶《傳奇》亦有酒名松醪春。」南宋吴曾《能改齋漫録》卷六《事實·松花酒》云：「裴鉶《傳奇》載酒名松醪春。」《分門集注杜工部詩》卷一三及《補注杜詩》卷二六《撥悶》蘇軾注，《五百家注昌黎文集》卷三《感春四首》其四樊汝霖注，《山谷詩集注》卷一三《戲答史應之三首》其一任淵注並有節引，皆出《傳奇》。南宋委心子《分門古今類事》卷五《德璘巴陵》注出《靈異傳奇》，或即裴鉶《傳奇》之異稱。是則裴鉶撰成《鄭德璘傳》，曾單行於世，待其乾符中在成都編訂《傳奇》，遂收入書中。《古今説海》説淵部别傳六收入本篇，題《鄭德璘傳》，無撰人。後又收入《艷異編》卷二水神部、《逸史搜奇》丙集五、《稗家粹編》卷四水神部、《增補燕居筆記》卷九、《情史》卷八情感類。

《類説》節本所摘與本書不同，文曰：

鄭德璘家長沙，往江夏省親。將返，有醝賈舟同宿洞庭湖畔。韋氏女水窗中垂釣，德璘以紅綃題詩曰：「纖手垂鈎對水窗，紅蕖秋色艷長江。既能解珮投交甫（原譌作蛟府，據《四庫全書》本改），更有明珠乞一雙。」以紅綃繫鈎，女收得之。及明，順風張帆而去。將暮，漁人曰：「賈客巨舟没于洞庭。」德璘悲惋，爲《弔韋姝》詩，曰：「洞庭風勁荻花秋，新没青娥細浪愁。淚滴白蘋君不見，月明江上有輕鷗。」酹而投之。水神持詣水府，府君曰：「德璘異日吾邑明宰。」召主者送韋女于鄭生。女視府君，一老叟也。德璘夜半覺有物觸舟，拯之，乃韋女，遂納爲室。後數年，果爲巴陵令。至洞庭，有老叟曰：「昔日水府活爾性命。」韋氏謝曰：「父母在水府，可省覲否？」叟曰：「可。」須臾舟没，然無所苦。父母居止，與世人無異。曰：「所溺之物皆至此。但無火化所食，惟菱芡耳。」俄船出湖畔。

錢忠娶吴江仙女〔一〕

錢忠流落兩浙，愛吴江水鄉風物，盡日吟賞，多與採蓮客、拾翠女相隨於江渚之間〔二〕。忠私慕一女子〔三〕，年可方〔四〕及笄，女亦時復偷覷，若有睠睠之意〔五〕。一日，忠乘酒興曰：「吾〔六〕與子相從江渚間許時，吾甚慕子之色。」女曰：「我〔七〕意亦然。家君乃隱淪〔八〕客，常獨釣江上〔九〕，尤好吟咏。子能爲詩，以動其心，妾可終身奉〔一〇〕箕帚，不然，未可知也。」忠喜，乃爲詩數章，令持去。數日方至，曰：「翁〔一一〕愛子之詩，吾二人事〔一二〕諧矣。」忠一見女〔一三〕，情不自禁，乃抱入舟中雲雨。方罷〔一四〕，忽聞〔一五〕船外人聲，匆匆而别〔一六〕。然〔一七〕忠終不知其所居。一日，忠晚步江岸，過小橋，遇女於橋上，相顧而笑〔一八〕。次早，女遣人送詩與忠，忠〔一九〕遽辭里人，泛舟深入煙波，不知所往。

〔一〕錢忠娶吴江仙女　《書舶庸譚》著録「仙女」作「女仙」。

〔二〕江渚之間　《繡谷春容》遇仙類「江」作「洲」。按：《青瑣高議》前集卷五《長橋怨（記）》作「洲」。「之間」周校本一九九一年版脱此二字。

〔三〕子　《繡谷春容》無此字。按：《青瑣高議》亦無。

〔四〕方　《繡谷春容》無此字。周校本一九九一年版無此字。

〔五〕若有睠睠之意　周校本作「若睠睠有意」。按：《青瑣高議》前集卷五《長橋怨（記）》作「女亦若睠睠有意」，周校本據改。

〔六〕吾　此字原無，據《繡谷春容》補。周校本據《青瑣高議》亦補。

〔七〕我　《繡谷春容》作「吾」。周校本據《青瑣高議》亦改作「吾」。

〔八〕隱淪　周校本據《青瑣高議》改作「隱綸」。綸，音「倫」，釣絲。按：《青瑣高議》明張夢錫刻本作「隱淪」。《李太白文集》卷一四《送岑徵君歸鳴皋山》：「奈何天地間，而作隱淪客。」

〔九〕常獨釣江上　《繡谷春容》「常」作「嘗」，「嘗」通「常」。「江」周校本據《青瑣高議》改作「湖」。
〔一〇〕奉　周校本據《青瑣高議》下增「君」字。
〔一一〕曰翁　原誤作「翁曰」，據《繡谷春容》乙改。
〔一二〕事　《繡谷春容》作「之事」。
〔一三〕女　《繡谷春容》無此字。
〔一四〕方罷　原譌作「之羅罷」，「之」字連上讀，「羅」乃「罷」字形譌而重出，據《繡谷春容》改。周校本存「之」字而改「羅」爲「事」。
〔一五〕聞　原作「見」，據《繡谷春容》改。
〔一六〕「忠一見女」至此　《青瑣高議》無此數句。
〔一七〕然　周校本脱此字。
〔一八〕相顧而笑　周校本據《青瑣高議》下補「同行者頗疑焉」一句。
〔一九〕忠　原譌作「能」，據清鈔本及《繡谷春容》改。

按：此條未注出處。其文乃節自《青瑣高議》前集卷五《長橋怨》，注「錢忠長橋遇水仙」。《施注蘇詩》卷二二《贈梁道人》注引《青瑣集·長橋記》：「贈採蓮公詩：『八十仙翁今釣客，一綸一艇一漁蓑。』」觀文無怨意，篇名當以《長橋記》爲是。殆緣篇末詩云「長橋千古月，不復怨春風」而誤改「怨」字也。原文較長，不録。

王軒苧羅逢西子〔一〕

唐王公遠軒，因〔二〕游苧羅山，問〔三〕西施遺蹟，留詩石上曰〔四〕：「嶺上千峰秀，江邊細草春。今逢浣溪石，不見浣溪人。」回顧，見一女子，素衣瓊佩，謂軒曰：「妾自吴宫還〔五〕越國，素衣千載無人識。當時心比金石堅，今日爲君堅不得。」軒知其異，又貽詩曰：「佳人去千載，溪山久寂寞。野水浮白烟，巖花自開落。猿鶴〔六〕舊清音，風月閒樓閣。無語立斜陽，幽情入〔七〕天幕。」西子曰：「詩美矣，未盡妾之所寄也。」乃答詩曰：「高花巖外曉相憐〔八〕，幽鳥雨中啼不歇。紅雲飛過大江西，從此人間怨風月。」既暮已散，期來日會於水濱。翌日軒往，西子已在焉。自是留逾月，乃歸。有郭素者，聞其事，亦遊苧羅，留詩泉石間，莫知其數，寂無所遇〔九〕。無名子嘲之曰：「三春桃李若〔一〇〕無言，却被斜陽〔一一〕鳥雀喧。借問東鄰効〔一二〕西子，何如〔一三〕郭素學王軒。」聞者莫不〔一四〕大笑。

〔一〕王軒苧羅逢西子　《繡谷春容》遇仙類題作《王軒苧蘿遇仙子》。

〔二〕因　原譌作「困」，據清鈔本及《繡谷春容》改。按：《翰府名談》作「因」，見附録。

〔三〕問　原作「聞」，據《繡谷春容》改。問，探訪。按：《翰府名談》作「問」。

〔四〕留詩石上曰　按：周校本此句前有「感國色埋塵」一句，乃據明李卓吾《枕中十書》中《篔窗筆記》（二卷）增益，且「留」字作「題」。其餘濫改之處頗多。且一九九一年校本下文自「軒知其異」至「西子已在焉」一節全脱，其粗疏可知。以下不再出校。

〔五〕還　原作「離」。按：《雲谿友議》卷上《苧蘿遇》作「還」，是也。明梅鼎祚《才鬼記》卷七《西施》引《翰府名談》亦作「還」。據改。

〔六〕鶴　《翰府名談》作「鳥」。

〔七〕入　原譌作「大」，據《繡谷春容》改。按：《翰府名談》作「入」。

〔八〕高花巖外曉相憐　「高」，《繡谷春容》作「嬌」。按：《翰府名談》作「高」，「憐」作「鮮」。

〔九〕寂無所遇　原譌作「宋無遇」，據《繡谷春容》改。按：《翰府名談》作「寂無所遇」。

〔一〇〕若　《翰府名談》作「苦」。

〔一一〕却被斜陽　清鈔本作「都被邪陽」。

〔一二〕効　原譌作「放」，據《繡谷春容》改。按：《翰府名談》作「效」，字同。

〔一三〕如　原譌作「知」，據《繡谷春容》改。按：《翰府名談》作「如」。

〔一四〕莫不　《繡谷春容》無此二字。按：《翰府名談》亦無。

按：此條原無出處，查出北宋劉斧《翰府名談》。原書二十五卷，已佚。《詩話總龜》卷四八奇怪門引《翰府名談》，本條即據此而載，唯有删節。《翰府名談》曰：

唐王軒，字公遠。因遊苧羅山，問西施之遺迹，留詩於石上曰：「嶺上千峰秀，江邊細草春。今逢浣溪石，不見浣溪人。」回顧，見一女子，素衣瓊珮，謂軒曰：「妾自吴宫離越國，素衣千載無人識。當時心比金石堅，今日爲君堅不得。」軒知其異，又貽詩曰：「佳人去千載，溪山久寂寞。野水浮白烟，岩花自開落。猿鳥舊清音，風月閑樓閣。無語立斜陽，幽情入天幕。」西子曰：「子之詩美矣，不盡妾之所寄也。」乃答軒詩曰：「高花岩外曉相鮮，幽鳥雨中啼不歇。紅雲飛過大江西，從此人間怨風月。」既暮已散，期來日會於水濱。翌日軒往，則西子已在焉。又相與飲。軒詩曰：「當時計拙笑將軍，何事安邦賴美人。一似仙葩入吴國，從兹越國更無春。」西子見之，怨慕久之。又曰：「雲霞出没群峰外，鷗鳥浮沉一水間。一自越兵齊振地，梦魂不到虎丘山。」既夜乃散。異日，又相遇而留者，逾月乃歸。郭素聞王軒之事，遊苧羅，留詩於泉石間，莫知其數，寂無所遇。無名子嘲之曰：「三春桃李苦無言，却被斜陽鳥雀喧。借問東鄰效西子，何如郭素學王軒。」聞者大笑。

元佚名《異聞總録》卷三引《翰府名談》，文同《緑窗新話》，惟「其異」作「其意」，「若無言」作「苦無言」。《一見賞心編》卷一〇冥緣類《苧蘿女》，亦據《緑窗新話》而載，依其例，文字有所增改。文曰：

唐王公遠軒，因遊苧蘿山，弔西施遺跡，留詩石上曰：「嶺上千峰秀，江邊細草春。今逢浣溪石，不見浣溪人。」回顧，見一女子，素衣瓊佩，徐步而前，謂軒曰：「妾自吴宫離越國，素衣千載無人識。當時心比金石堅，今日爲君堅不得。」軒知其異，又貽詩曰：「佳人去千載，溪山久寂寞。野水浮白塵，巖花自開落。猿鶴舊清音，風月閑樓閣。無語立斜陽，幽情入天幕。」西子曰：「詩美矣，未盡妾之所寄也。」乃答詩曰：「嬌花岩外曉相憐，幽鳥雨中啼不歇。紅雲飛過大江西，從此人間怨風月。」日暮而散，期來日會於水濱。翌日軒往，西子已在焉。自是留連，而逾月乃歸。後有郭素者，聞其事，亦遊苧蘿，留詩泉石間，不可勝紀，終寂無所遇。無名子嘲之曰：「三春桃李若無言，却被斜陽鳥雀喧。借問東鄰效西子，何如郭素學王軒。」聞者大笑。

《才鬼記》卷七《西施》亦引《翰府名談》，文同《詩話總龜》，惟「離越國」作「還越國」，「一似仙葩」作「一自仙葩」。

《翰府名談》所記，乃脱化自唐范攄《雲谿友議》卷上《苧蘿遇》，文曰：

王軒少爲詩，寓物皆屬詠。頗聞《淇澳》之篇。遊西小江，泊舟苧蘿山際，題西施石曰：「嶺上千峰秀，江邊細草春。今逢浣紗石，不見浣紗人。」題詩畢，俄而見一女郎，振瓊璫，扶石笋，低佪而謝曰：「妾自吴宫還越國，素衣千載無人識。當時心比金石堅，今日爲君堅不得。」既爲鴛鸞之會，仍爲恨别之詞。後有蕭山郭凝素者，聞王軒之遇，每適於浣溪，日夕長吟，屢題歌詩於其石，寂爾無人，乃鬱怏而返。進士朱澤嘲之，聞者莫不嗤笑。凝素内恥，無復斯遊。澤詩曰：「三春桃李本無言，苦被殘陽鳥雀喧。借問東隣效西子，何如郭素擬王軒。」

《太平廣記》卷二五七《嘲誚五》引《雲谿友議》，題《朱澤》。《類説》卷四一《雲谿友議·題西施石》，係節文。

張俞驪山遇太真〔一〕

西蜀張俞，留題〔二〕驪山二絶云：「金玉樓臺插碧空〔三〕，笙歌〔四〕遞響入天風。當時國色并春色，盡在君王顧盼中。」又云：「玉帝樓前〔五〕鏁碧霞，終年培養牡丹芽。不防野鹿踰垣入，啣出宫中第一花。」俞後宿温湯，夢碧衣童子曰：「吾海仙之侍者〔六〕，被命召子。」俞曰：「仙何人也？」童子曰：「蓬萊第一宫太真〔七〕也。」引至見仙，仙曰：「驪山題詩甚佳〔八〕。」俞避席俛謝。仙入御浴，命解衣入浴。浴罷，攜手入後院，對榻而寢。俞曰：「願得共榻。」仙曰：「宿契未合，後二紀，待子於伊水〔九〕。」取百合香遺之。俞明日，戲爲詩曰：「昨夜過温泉，夢與楊妃浴。同歡一笑〔一〇〕間，千生萬生〔一一〕足。想得唐明皇，暢哉暢哉福〔一二〕。」《青瑣高議》

〔一〕張俞驪山遇太真　《書舶庸譚》著録「俞」譌作「愈」。

〔二〕題　原作「詩」，據《繡谷春容》遇仙類改。按：《類説》卷四六《青瑣高議·題驪山詩》及《青瑣高議》前集卷六秦醇《温泉記》亦作「題」。

〔三〕金玉樓臺插碧空　「插」原作「掃」，據《繡谷春容》改。按：《類説》及《青瑣高議》亦作「插」，周校本據改。《類説》「玉」作「碧」，字重，當誤。

〔四〕歌　《類説》及《詩話總龜》前集卷四九奇怪門下引《青瑣集》作「簫」。

〔五〕前　《類説》及《才鬼記》卷八《温泉記》（末注《青瑣高議》）作「臺」。

〔六〕吾海仙之侍者　「侍」《繡谷春容》作「使」。按：《類説》及《青瑣高議》、《才鬼記》作「侍」。又按：自「俞後宿温湯」至此，周校本一九九一年版據《青瑣高議》改作「俞後宿温湯市邸，才合眼，見二碧衣童，曰吾乃海仙之侍者」。一九五七年版據《青瑣高議》全文增改。

〔七〕太真　按：《類説》及《青瑣高議》、《詩話總龜》、《才鬼記》下有「妃」字。

〔八〕引至見仙仙曰驪山題詩甚佳　周校本一九九一年版據《青瑣高議》增改作「少頃，至一宫，童引俞升殿，左右贊拜。仙賜坐，曰驪山所題之詩甚佳」，下文仍有增改，不再出校。一九五七年版則據《青瑣高議》增補全文。

〔九〕伊水　按：《類説》及《青瑣高議》、《才鬼記》作「渭水之陽」。

〔一〇〕笑　按：《類説》及《青瑣高議》、《才鬼記》作「宵」。

〔一一〕千生萬生　按：《類説》明嘉靖伯玉翁舊鈔本「萬生」作「萬死」。《青瑣高議》、《才鬼記》作「平生萬事」。

〔一二〕暢哉暢哉福　「福」字原脱，據《類説》及《青瑣高議》、《才鬼記》補。《繡谷春容》作「暢哉天下樂」。

按： 此條原出《青瑣高議》前集卷六秦醇《温泉記》，文長不録。《類説》卷四六《青瑣高議·題驪山詩》係節文，而詳於《緑窗新話》本文，疑《新話》乃又節自《類説》。《類説》文曰：

西蜀張俞，留題驪山二絶云：「金碧樓臺插碧空，笙簫遞響入天風。當時國色并春色，盡在君王顧盻中。」「玉帝樓臺鎖碧霞，終年培養牡丹芽。不防野鹿踰垣入，啣出（伯玉翁舊鈔本作去）宫中第一花。」俞後宿温湯，夢碧衣童子曰：「吾海仙之侍者，被命召子。」俞曰：「仙何人耶？」童曰：「蓬萊第一宫太真妃也。」引至一宫，仙子曰：「驪山題詩甚佳。」俞避席俛對（舊鈔本作謝）。仙入御浴，湯影沉沉，甃搖（原作成，據舊鈔本改）龍鳳。命俞解衣入浴，相去數步。浴已，携手入後院。俞曰：「今見仙之姿艷，一禄山安能動志也？」仙愧曰：「事係天理，幸無見詰。」俞曰：「明皇今在何地？」曰：「明皇乃高真，今治玉羽川，在潭、衡間。」乃命徹去盃盤，對榻而寢。俞曰：「願得共榻。」仙曰：「宿契未合，後二紀，待子於伊水。」取百合香遺之。俞明日戲爲詩曰：「昨夜過（原作遇，據舊鈔本改）温泉，夢與楊妃浴。敢將豫讓炭，輒對卞和玉。同歡一宵間，千生萬生（舊鈔本作死）足。想得唐明皇，暢哉暢哉福。」

《一見賞心編》卷一〇冥緣類《驪山女》，蓋據《緑窗新話》，文字微有增改，曰：

西蜀張俞，遊驪山，悵然感懷，題詩二絶云：「金玉樓臺插碧空，笙歌遞響入天風。當時國色并春色，盡在君王顧盼中。」又曰：「玉帝樓前鎖碧霞，終年培養牡丹芽。不妨野鹿踰垣入，啣出宮中第一花。」俞後宿温泉，夢碧衣童子曰：「吾海仙之使者，被命召子。」曰：「仙何人也？」童子曰：「蓬萊第一宮太真是也。」引至見仙，仙曰：「驪山題詩甚佳。」俞避席俯謝。仙入御浴，命俞亦解衣入浴。浴罷，携手入後院，對榻而寢。俞曰：「願得共榻。」仙曰：「宿契未合，後二紀，待子於伊水。」取百合香遺之。明日，戲爲詩曰：「昨夜過温泉，夢與楊妃浴。同歡一笑間，千生萬生足。想得唐明皇，暢哉天下樂。」

韋生遇后土夫人〔一〕

京兆韋安道，早出，至慈惠里。有兵仗，如帝者之衛。有飛傘玲瓏，下如玉女之飾〔二〕。有後騎一宫監，指里之西門曰：「公自此去，當〔三〕自知矣。」安道如其言叩門〔四〕，有朱衣吏出曰：「后土夫人相候已久。」引至一大城，又〔五〕西乃黄河、汾水。其北有大門，衛從羅〔六〕立。殿中微聞有環珮之聲。宫監贊曰：「夫人與公，冥數合爲匹偶。」引入對坐。須臾進饌，樂人奏《雙合〔七〕鳳曲》。於是儐〔八〕相引安道入帳，合巹成親，夫人尚處子也。翌日，夫人〔九〕願見舅姑。安道二親，見之驚愕，舍人〔一〇〕使安道致詞，請去之。夫人曰：「舅姑有命，安〔一一〕敢不從？」明日，夫人被法服，居大殿，召天下國王悉至。最後一人，云是大羅天女〔一二〕，視之，乃天后也。夫人延天后上〔一三〕，曰：「乞〔一四〕與安道錢五百萬，官五品〔一五〕。」

〔一〕韋生遇后土夫人　「土」原譌作「王」，據《繡谷春容》神遇類改。下同。

〔二〕下如玉女之飾　周校本上增「傘」字。按：《太平廣記》卷二九九引《韋安道》（出《異聞録》）：「傘下見衣珠翠之服，乘大馬，如后之飾。」亦有「傘」字。

〔三〕當　原作「適」，據清鈔本及《繡谷春容》改。按：《韋安道》及《異聞總録》卷二作「當」。

〔四〕門　《繡谷春容》及《異聞總録》作「户」。

〔五〕又　《繡谷春容》及《異聞總録》作「城」。按：《韋安道》作「又」。

〔六〕羅　原譌作「擺」，據《繡谷春容》及《異聞總録》改。按：《韋安道》作「羅」。

〔七〕合　《繡谷春容》無此字。

〔八〕儐　原譌作「嬪」，據《繡谷春容》及《異聞總録》改。按：《韋安道》作「儐」。

〔九〕夫人　《異聞總録》下有「入」字。

〔一〇〕舍人　原作「命人」，據《繡谷春容》及《異聞總録》改。按：《韋安道》云：「京兆韋安道，起居舍人真之子。」舍人即指安道父。

〔一一〕安　《繡谷春容》及《異聞總録》無此字。

〔一二〕天女　《繡谷春容》作「仙女」。按：《韋安道》及《異聞總録》作「天女」。

〔一三〕夫人延天后上　《異聞總録》作「夫人向天后言」。

〔一四〕乞　《繡谷春容》無此字。

〔一五〕官五品　《異聞總録》末有「而歸」二字。

按：此條原無出處。原文載《太平廣記》卷二九九，題《韋安道》出《異聞録》，即陳翰《異聞集》。原作者失考，原題作《后土夫人傳》。南宋葉夢得《避暑録話》卷三云：「唐人至有爲《后土夫人傳》者，今所在多有爲后土夫人祠，而揚州爲盛，皆塑爲婦人像。」胡仔《苕溪漁隱叢話》後集卷一八引《藝苑雌黄》亦云「唐人作《后土夫人傳》」。明陸采編《虞初志》卷三《韋安道傳》、《艷異編》卷一神部《韋安道》、《一見賞心編》卷八神女類《后土夫人傳》、《情史》卷一九情疑類《后土夫人》，均據《廣記》。文長不録。

元佚名《異聞總録》卷二據《緑窗新話》載入，文句微異。

劉卿遇康皇廟女〔一〕

劉子卿，居廬山。門徑瀟灑，芳圃名花，四時接續〔二〕。一日，有五采雙蝶，來遊花上，其大如燕。子卿愛玩珍賞，終日忘歸，而蝶亦回翔花間不去。是夜，風清月淡，子卿獨步庭下。見花陰有二女，宛若神仙〔三〕。子卿怪問，女曰：「感君愛花間之物，故來相謁，君子豈有意乎〔四〕？」子卿延入坐，遂同登亭臺望月。迤邐命燭，入燠館閑〔五〕玩，咲語〔六〕諧謔。見有牀榻濟楚，一女執子卿之手，咲問：「共誰〔七〕寢？」子卿曰：「專設榻以待娘子。」答曰：「今宵讓于〔八〕姊，後夜當奉枕席。」於是辭歸，只留一女同寢。未曉即去。次夜復同至，姊曰：「今宵與妹。」自是夜夜同至〔九〕，遞相歡狎〔一〇〕。一日，子卿偶過〔一一〕廬山，見康皇廟二神女，容貌相似。是夕，二女同至辭別，其後再不復至〔一二〕矣。

〔一〕劉卿遇康皇廟女　《書舶庸譚》著録「皇」作「王」。

〔二〕四時接續　周校本一九九一年版本下增「文帝元嘉二年春」一句。按：周校本一九五七年版本據《神女傳》增補全文。所謂《神女傳》乃僞書，載《合刻三志》志奇類，題唐孫頠輯。後又載託名明楊循吉《雪窗談異》卷四、清蓮塘居士《唐人説薈》第十二集、馬俊良《龍威秘書》四集、顧之逵《藝苑捃華》、俞建卿《晉唐小説六十種》。該書乃雜纂《廣記》所引神女事而成，共六條。其中《康王廟女》即《廣記》卷二九五神門五引《八朝窮怪録・劉子卿》，文有刪削。周校本一九九一年版本即據舊本補綴，而下文脱闕甚多。凡此均不再出校。

〔三〕仙　清鈔本爲闕字。

〔四〕君子豈有意乎　「意」下原有「來」字，據《繡谷春容》神遇類刪。按：《廣記》無此字。清鈔本無「乎」字。

〔五〕閑　原作「間」，據《繡谷春容》改。

〔六〕咲語　《繡谷春容》作「語笑」。

〔七〕共誰　《繡谷春容》作「誰共」。

〔八〕于　《繡谷春容》無此字。

〔九〕姊曰今宵與妹自是夜夜同至　以上十二字《繡谷春容》無。

〔一〇〕狎　清鈔本譌作「狹」。

〔一一〕過　原作「遇」，據《繡谷春容》改。按：《廣記》作「過」。

〔一二〕至　此字原無，據《繡谷春容》補。

按：此條無出處。《太平廣記》卷二九五引《八朝窮怪録·劉子卿》，即此事。《八朝窮怪録》似爲隋人撰。《稽神異苑》亦載此事。《稽神異苑》十卷，舊題南齊焦度撰，殆即陳人焦僧度撰（見拙著《唐前志怪小説史》重修訂本，人民文學出版社，二〇一一年，第五七三頁）。原書不存。《類説》卷四〇有節録，中《康王廟神女》曰：

《六朝録》曰：劉子卿居廬山，有五彩雙蝶，來遊花上，其大如燕。夜見二女子，曰：「感君愛花間之物，故來相詣，君子豈有意乎？」子卿曰：「願伸繾綣。」一女曰：「感君。今宵讓姊，餘夜可知。」次夜，姊曰：「昨夜之歡，今留與汝。」自是每旬一至者數月（嘉靖伯玉翁鈔本作年）。廬山有康王廟，泥塑二神女，容貌如二婦人。

據此，《八朝窮怪録》此文當亦採自《六朝録》或《稽神異苑》。《廣記》所引《八朝窮怪録·劉子卿》文備，今逐録如下：

宋劉子卿，徐州人也，居廬山虎溪。少好學，篤志無倦，常慕幽閑，以爲養性。恒愛花種樹，其江南花木，溪庭無不植者。文帝元嘉三年春，臨翫之際，忽見雙蝶，五彩分明，來游花上，其大如鷰。一日中，或三四往復。子卿亦訝其大。凡（原譌作九，據明鈔本、孫潛校本改）旬有三日，月朗風清。歌吟之際，忽聞扣扃，有女子語笑之音。子卿異之，謂左右曰：「我居此溪五歲，人尚無能知，何有女子而詣我乎？此必有異。」乃出户，見二女，各十六七，衣服霞煥，容止甚都。謂子卿曰：「君常怪花間之物，感君之愛，故來相詣，未度君子心若何？」子卿延之坐，謂二女曰：「居止僻陋，無酒叙情，有慙於此。」一女曰：「此來之意，豈求酒耶？況山月已斜，夜將垂曉，君子豈有意乎？」子卿曰：「鄙夫唯有茅齋，願申繾綣。」二女東向坐者笑謂西坐者曰：「今宵讓姊，餘夜可知。」因起，送子卿之室，入謂子卿曰：「郎閉户雙棲，同衾並枕。來夜之歡，願同今夕。」及曉，女乃請去。子卿曰：「幸遂繾綣，復更來乎？一夕之歡，反生深恨。」女撫子卿背曰：「且女妹之期，後即次我。」將出户，女曰：「心存意在，特望不憂。」出户，不知蹤跡。是夕，二女又至，宴好（此字據明鈔本、孫校本補）如前。姊謂妹曰：「我且去矣。昨夜之歡，今留與汝。汝勿貪多娱（原譌作誤，據明鈔本、孫校本改），少惑劉郎。」言訖大笑，乘風而去。於是同寢。卿問女曰：「我知卿二人非人間之有，願知之。」女曰：「但得佳妻，何勞執問。」乃撫子卿曰：「郎但申情愛，莫問閑事。」臨曉將去，謂卿曰：「我姊妹（此字原無，據明鈔本、孫校本補）實非人間之人，亦非山精物魅。若説於郎，郎必異傳，故不欲取笑於人世（原作代，當爲唐人傳鈔避諱改）。今者與郎契合，亦是因緣，慎跡藏心，無使人曉。即姊妹每旬更至，以慰郎心。」乃去。常十日一至，如是數年會寢（明鈔本、孫校本作合）。後子卿遇亂歸鄉，二女遂絶。廬山有康王廟，去所居二十里餘。子卿一日訪之，見廟中泥塑二女神，并壁畫二侍者，容貌依稀，有如前遇，疑此是之。

柳毅娶洞庭龍女

柳毅下第，歸湘濱，至涇陽，見婦人牧羊，曰：「妾洞庭龍君小女，嫁涇川次子。爲婢〔一〕所惑，毀黜〔二〕至此。聞君將還，託寄尺書。」毅至洞庭，三擊橘社，有武夫揭水，引毅進見。一人披紫執圭，毅曰：「昨至涇川，見愛女牧羊。」取書進之。洞庭君泣曰：「老夫之罪，使孺弱罹害〔三〕。」須臾〔四〕，宫中皆哭。有赤龍長萬餘丈，擘天飛去。俄而紅粧笑語，君曰：「涇水囚至。」乃宴毅於碧雲宫，會戚張樂。宴罷辭去。毅後娶盧女，類龍女，歲餘而生一子。妻曰：「予即洞庭君女也。涇上之辱，君能救之，此時誓報。龍壽萬歲，與君同之。」後涉南海，莫知其跡。

〔一〕婢　周校本下增「妾」字。按：《太平廣記》卷四一九《柳毅》（注出《異聞集》）作「婢僕」。《類説》卷二八《異聞集·洞庭靈姻傳》作「婦」，伯玉翁舊鈔本及《四庫全書》本作「婢」。

〔二〕黜　原譌作「點」，據《廣記》、《類説》改。

〔三〕害　原譌作「客」，據《廣記》及《類説》舊鈔本改。

〔四〕臾　原譌作「叟」，據《廣記》及《類説》改。

按：此條未注出處。原文載於《太平廣記》卷四一九，注出《異聞集》，題《柳毅》。文字頗長，不録。《類説》卷二八所摘《異聞集》題曰《洞庭靈姻傳》。宋人書引此事多作《洞庭靈姻傳》，如胡穉《箋注簡齋詩集》卷一八《遊南嶂同孫信道》注引《異聞録·洞庭靈煙（姻）傳》，《施注蘇詩》卷一四《起伏龍行》注引《洞庭靈姻傳》，同書卷三四《題毛女真》注引《異聞集·洞庭靈姻傳》，李壁《王荆公詩箋注》卷三六《舒州七月十七日雨》注引《洞庭靈姻傳》，郎曄《經進東坡文集事略》卷二《洞庭春色賦》注引《洞庭靈姻傳》，凡此皆可證原題《洞庭靈姻傳》，《廣記》改題耳。《廣記》所引傳末云「隴西李朝威叙而歎曰」，知作者係李朝威。

明清稗集多收入《柳毅傳》，《一見賞心編》卷八神女類改題《洞庭龍女傳》。《新編醉翁談録》辛集卷二「神仙嘉會類」有《柳毅傳書遇洞庭水仙女》，乃此傳節文，删餘小半。《緑窗新話》文句與《類説》所摘《異聞集·洞庭靈姻傳》多合，疑删取《類説》而成，惟删節過劇。今録其文，以資比對：

儀鳳中，柳毅下第，將歸湘濱。至涇陽，道左見一婦人牧羊，曰：「妾洞庭龍君小女也。嫁涇川次子，爲婢（原作婦，據伯玉翁舊鈔本改）所惑，日以厭薄。又得罪於舅姑，貶黜至此。洞庭相遠，信耗莫通。聞君將還，託寄尺書。洞庭之陰有大橘焉，曰橘社。君擊樹三聲，當有應者。毅許之。因問：「子牧羊何用？」女曰：「非羊也，雨工也，雷霆之類。」毅視之，飲齕甚異，而大小毛角，與羊無間。毅曰：「他日洞庭幸無相避。」後至洞庭，果有橘樹，三擊而止。有武夫（原譌作父來，據舊鈔本改）揭水，引毅以進。見千門萬户，奇花珍木，夫（原譌作父，據舊鈔本改）曰：「此靈虚殿也。」白璧柱，青玉牀，珊瑚簾，琥珀棟，君王方幸玄珠閣，與太陽道士講論火經。頃之，見一人被紫執圭，毅曰：「昨至涇川，見愛女牧羊，風鬟雨鬢，所不忍視。」取書進之。洞庭君泣曰：「老夫之罪，使孺弱罹横害（原譌作書，據舊鈔本改）。公陌上人也，而能急之。」須臾，宮中皆慟哭，君曰：「疾告（以上四字原作疾君曰，據舊鈔本改）宮中，無遣有聲，恐爲錢塘所知。」毅曰：「何人？」曰：「家弟也。昔長錢塘，以勇過人。堯遭洪水九年，乃此子一怒也。邇與天將失意，震其五山，上帝令縻繫於此。」

詞未罷，有赤龍長萬餘丈，千雷萬霆，激繞其身，擘天飛去。俄而祥風慶雲，融融怡怡，幢節玲瓏，簫韶（原譌作韻，據舊鈔本改），紅粧千萬，笑語熙熙。中有一人，自然蛾眉，明璫滿身，綃縠參差，即前寄書者也。君笑曰：「涇水之姻至矣。」一人被紫執圭，即錢塘也。告其兄曰：「向者辰發靈虛，巳至涇陽，午戰於彼，未還於此。」君曰：「所傷幾何？」曰：「六十萬。」「害稼乎？」曰：「八百里。」「無情郎安在？」曰：「食之矣。」乃宴毅於碧雲宫，會賓筵，張廣樂。贈毅珠璧，埋没坐側。錢塘作色曰：「猛石（原譌作君，據舊鈔本改）可裂不可卷，義士可殺不可羞。愚有衷曲，一陳於公。可則俱逸雲霄，否則皆夷糞壤。涇陽婺（舊鈔本作之）妻，欲求託高義，世爲親賓。」毅曰：「始聞君跨九州，懷五嶽，洩其憤怒。復見斷金鏁，折玉柱，赴其急難。此真丈夫，奈何不顧其道，以威加人？毅之質，不足以乘王一甲之力，敢以不伏之心，勝王不道之氣。」錢塘逡巡致謝，與毅結爲知心友。宴罷，辭别而去。毅後兩娶皆亡，鰥居金陵。娶盧氏，貌類龍女，歲餘生一子。妻曰：「予即洞庭君女也。涇上之辱，君能救之。此時誓心，永以爲報。洎叔父論講之後，悵望成疾。父母欲嫁於濯錦小兒，某閉户剪髮，以明無意。值君累娶繼謝，獲奉閨房。勿以他類，遂爲無心。能（當作龍）壽萬歲，今與君同之。」復徙居南海，狀貌不衰。同歸洞庭，莫知其跡。（按《四庫全書》本《類説》異文頗多。）

韋卿娶華陰神女〔一〕

韋子卿舉孝廉，至華陰廟。飲酣，遊三女院〔二〕。見其姝麗，曰：「我擢第回，當娶三娘子爲妻。」其春登第，歸次渭北，見一〔三〕黄衣人曰：「大王遣命。」子卿愕然。俄見車馬憧憧，廊宇嚴麗，丈夫〔四〕金章紫綬。酬對既畢，擇日就禮。後七〔五〕日，神曰：「可遣矣〔六〕。」妻曰：「吾乃神女，固〔七〕非君匹。君到宋州，刺史必嫁女與君，君但娶之，勿洩吾事，事露兩不相益。」子卿至宋州，刺史果與議親，乃〔八〕遂娶之。神女嘗訪子卿，曰：「君新獲佳麗，不可得新忘舊〔九〕。」後刺史女抱疾，治療不效。有道士妙解〔一〇〕符禁，曰：「韋郎身有妖氣，愛〔一一〕女所患，自韋而得。」以符攝子卿鞫之，具述本末。道士飛黑符追〔一二〕神女，曰：「罪雖非汝，然爲神鬼〔一三〕，敢通生人之路〔一四〕！」因懲責，乃杖三〔一五〕下。後踰月，刺史女卒。子卿忽見神女曰：「囑君勿洩，懼禍相及，今果如言。」神女叱左右曰：「不與死手〔一六〕，更待何時！」從者〔一七〕拽子卿捶朴之，其夜遂卒。

出《異聞集》

〔一〕韋卿娶華陰神女　《繡谷春容》神遇類「陰」作「岳」。

〔二〕三女院　原作「二女院」，《繡谷春容》同。《異聞總録》卷二作「三女院」。《類説》卷二八《異聞集·華嶽靈姻》作「諸院」，下文云「至三女院」，下文「二娘子」亦作「三娘子」。按：唐戴孚《廣異記》之《華嶽神女》（《太平廣記》卷三〇二引）載華嶽第三女爲士人某妻，《王勳》（《廣記》卷三八四引）載王勳悦華嶽第三女，卒而爲其夫。皆爲第三女，是知唐人關於華嶽神第三女傳説頗多，作「二女」當誤，今改，下同。

〔三〕一　《類説》作「二」。《異聞總録》作「一」。

〔四〕廊宇嚴麗丈夫　《異聞總録》誤作「美麗夫人」。

〔五〕七　《異聞總録》誤作「二十」。《類説》作「七」。

〔六〕神曰可遣矣　「遣」《繡谷春容》作「還」，《類説》作「歸」，清鈔本譌作「遇」。《異聞總録》作「韋曰可返矣」。

〔七〕固　《繡谷春容》作「因」，當譌。《類説》、《異聞總録》作「固」。

〔八〕乃　清鈔本作「必」。《繡谷春容》及《類説》、《異聞總録》無此字。

〔九〕舊　《類説》、《異聞總録》作「故」。

〔一〇〕有道士妙解　《繡谷春容》作「有道善解」，脱「士」字。

〔一一〕愛　《異聞總録》作「此」。

〔一二〕追　原譌作「迨」，據《繡谷春容》及《類説》、《異聞總録》改。

〔一三〕然爲神鬼　「然」《異聞總録》作「緣」。「鬼」清鈔本譌作「見」。

〔一四〕生人之路　「人」字原脱，小字校：「生下似有脱字。」《繡谷春容》亦脱。據《類説》補。《異聞總録》亦無「人」字，作「生路」。

〔一五〕三　《異聞總録》作「五」。

〔一六〕不與死手　「手」原譌作「乎」，《繡谷春容》譌作「子」，據《四庫全書》本《類説》、《異聞總録》改。按：與手，動手痛打之謂。「與死手」即下死手。《新輯搜神後記》卷六《會稽老黄狗》：「二人各敕子弟，令與手。」《宋書》卷九五《索虜傳》：「泰之（劉泰之）等至，虜都不覺，馳入襲之，殺三千餘人，燒其輜重。……諸亡口悉得東走，大呼云：『官軍痛與手。』虜衆一時奔散。」《資治通鑑》卷一八五《唐紀一·武德元年》：「賊徒喜譟動地，化及（宇文化及）揚言曰：『何用持此物出，亟還與手。』」胡三省注：「與手，魏齊間人率有是言，言與之毒手而殺之也。」

〔一七〕者　原譌作「此」，據《繡谷春容》及《類説》、《異聞總録》改。

按：《類説》卷二八節録《異聞集》，此篇題《華嶽靈姻》，原文已佚。此條蓋删節《類説》而成。《異聞總録》卷二亦載，文字與《綠窗新話》大同，蓋取《新話》而成。《東坡先生詩集注》卷二七《章質夫寄惠崔徽真》趙次公注云：「《華嶽雲烟傳》：『雲髪垂耳。』」「雲烟」乃「靈姻」之譌，知傳名作《華嶽靈姻傳》。五代何光遠《鑑誡録》卷一〇《求冥婚》有云「議者以華嶽靈姻咸疑謬説」，亦舉稱其題。原作者失考。

兹將《類説·華嶽靈姻》全文逐録如左：

韋子卿舉孝廉，至華陰廟。飲酣，遊諸院。至三女院，見其姝麗，曰：「我擢第回，當娶三娘子爲妻。」其春登第，歸次渭北。見二黄衣人曰：「大王遣命（《四庫全書》本作迎）韋郎。」子卿愕然。又曰：「華嶽金天大王也。」俄見車馬憧憧，廊宇嚴麗。見一丈夫，金章紫綬。酬對既畢，擇日就禮。女子絶艷，真神仙也。後七日，神曰：「可歸矣。」妻曰：「我乃神女，固非君匹。使君終身無嗣，不可也。君到宋州，刺史必嫁女與君，但娶之。我亦與君絶，勿洩吾事，事露即兩不相益。」子卿至宋州，刺史果與論親，遂娶之。神女嘗訪子卿曰：「君新獲佳麗，相應稱心。」子卿躕躇不自安，女曰：「戲耳。已約任君婚娶，豈敢反相恨耶？然不可得新忘故。」後刺史女抱疾，二年治療罔效。有道士妙解符禁，曰：「使君韋郎身有妖氣，愛女所患，自韋而得。」以符攝子卿鞫之，具述本末。道士飛黑符追神女，女曰：「某女子之身，深處深閨。婚嫁之事，父母屬配。」道士又飛赤符召嶽神，責曰：「君以嶽鎮之尊，何事將女嫁與生人？仍遣使君女病？」神曰：「子卿願娶吾女，自知非人之匹，令其别娶。尊師詳此一節，豈有圖害之意耶？」拂衣而去。道士告神女曰：「罪雖非汝，然爲神鬼，敢通生人，畧示（原譌作無，據《四庫》本改）懲責。」乃杖三下，而斥去之。後踰月，刺史女病卒。子卿忽見神女曰：「囑君勿洩，懼禍相及，今果（原作未，據《四庫》本改）如言。」祖而示曰：「何負汝，使至是乎？」子卿視之，三痕隱然。神女叱左右曰：「不與死手，更待何時？」從者拽子卿捶扑之，其夜遂卒。

金彦遊春遇會娘

金彦與何俞出城西〔一〕遊春，見一庭院華麗，乃王太尉錦莊，遂入〔二〕，買〔三〕酒坐閣子上，彦取二絃軋之，俞取簫管合奏。忽見亭上有一女子，出曰：「妾亦好此樂。」令僕子〔四〕取蜜煎勸酒。俞問姓氏，答曰：「姓李，名會娘。」二人次日復往，其女又出。二人請同坐飲酒，咲語諧謔。女屬意於彦，情緒正濃。忽報太翁至，女驚忙而去。自此兩情無緣會合。次年，清明又到〔五〕，彦思錦莊之事，再尋舊約〔六〕。信步出城，行入小路。忽聽粉牆間有人呼聲，熟視〔七〕，乃會娘也。引彦入花陰間，少叙衷情。雲雨纔罷，會娘請隨彦歸去。彦遂借一空宅居之，朝夕同歡。月餘，俞拉〔八〕訪錦莊，忽遇老嫗哭云〔九〕：「會娘因二人同飲，得疾而死久矣。」彦歸，詰會娘，答曰：「妾實非人也。爲郎君當時一顧之厚，遂有今日。郎君不以生死爲間，妾之願也。」出《剡玉小説》

〔一〕城西　《繡谷春容》奇遇類無「西」字。按：下文云王太尉錦莊。南宋孟元老《東京夢華録》卷六《收燈都人出城探春》：「收燈畢，都人争先出城探春。州南則玉津園外學，方池亭榭。玉仙觀轉龍灣西去，一丈佛園子、王太尉園……」袁褧《楓窗小牘》卷下：「汴中園囿亦以名勝當時……州南則玉津園，西去一丈佛園子、王太尉園、景初園。」周城《宋東京考》卷一〇《園》：「王太尉園、一丈佛園子，俱在城西南。」

〔二〕遂入　此二字原無，據《繡谷春容》補。

〔三〕買　周校本據《情史》卷一〇情靈類《李會娘》改作「貫」，殊爲無謂。

〔四〕出曰妾亦好此樂令僕子　以上十字《繡谷春容》無，蓋脱去。

〔五〕又到　《繡谷春容》無此二字。

〔六〕約　《繡谷春容》作「好」。

〔七〕熟視　清鈔本「視」譌作「是」。周校本據《情史》下增「之」字。

〔八〕拉　周校本一九九一年版改作「往」。

〔九〕哭云　《繡谷春容》作「泣曰」。

按：《剡玉小説》不見著録。浙江剡溪以藤造紙，稱作剡藤、剡紙，極爲名貴。唐李肇《國史補》卷上：「紙則有越之剡藤苔牋……」舒元輿《悲剡溪古藤説》（《文苑英華》卷三七四）：「歷見言書文者，皆以剡紙相夸。」皮日休《二遊詩》：「宣毫利若風，剡紙光於月。」（《松陵集》卷一）皇甫枚《非煙傳》云非煙寫詩於金鳳牋酬趙象，象又以剡溪玉葉紙賦詩以謝。剡玉，即指剡紙，言其潔白如玉。稱「剡玉小説」者，似謂書於剡溪玉葉紙之小説，言其華美也。

《情史》卷一〇情靈類有《李會娘》，取自本條。《一見賞心編》卷一一魂交類《李會娘》據《緑窗新話》改寫，語句多有贈飾，今引録於下：

金彦，美丰姿，與友人何俞出城遊春。遥望一庄院華麗，中有山亭，竹樹箐葱，池謝（當作榭）幽絶，詢之途人，乃王太尉錦莊也。遂入，携酒坐亭上宴樂。彦取二絃軋之，俞取簫管合奏。忽見一女子，玉顔花媚，輕裾風飄，徘徊亭下久之。彦、俞因與之叙禮，叩其姓氏。答曰：「姓李，名會娘。即庄翁之子婦也。」次日復往，其女又出。二人邀坐同飲，笑語諧謔，極盡其歡。女屬意於彦，情緒正濃。忽報庄翁回，女驚忙而去。自此兩情怏怏，無緣會合。次年清明，彦思，復尋舊好。信步出城，行入小路。忽聽粉墻間有人呼聲，熟視，乃會娘也。引入花陰間，少叙衷曲。雲雨纔罷，會娘請隨彦歸去。彦遂借一空房居之，朝夕同歡。月餘，俞拉訪錦庄，忽遇老嫗泣曰：「會娘因與二君同飲，得疾而死久矣。」彦歸，詰會娘，答曰：「妾身雖亡，妾魂未散。爲郎君當時一顧之厚，遂有今日。郎君不以生死易心，妾之願也。」

《新編醉翁談録》卷一《小説開闢》著録小説話本，煙粉類中有《錦莊春遊》，即演此事。

張詵遊春得佳偶

張詵，少篤學，未嘗出書齋。因春感物，遂動遊賞之興，同友人趙伯謨、王季肅出城，買舟遊西湖。迨晚，二友别袂。詵酒酣足倦，因憩足於王員外茶肆，不覺困睡。員外問其僕，曰：「張宅小官人。」員外曰：「莫是向來曾與吾家花不如小娘子議親者？」僕云：「正是。」須臾，睡覺。員外見詵精神俊秀，具酒延之，聯騎送歸。其家復宴待員外，因面議親事。隨即命媒，一言而合，具禮成親。一見花不如小娘子，艷色傾城，光容絶代。兩情好合，恩愛日隆，行須比肩，坐則疊股。後詵登第，仕至湖北幕官。雖在公府，無心政事。夫妻一意歡〔一〕宴，遂相繼卒于任所。出《湖湘近事》

〔一〕歡　清鈔本作「飲」。

按：《湖湘近事》不見著録。考《類説》卷二二有陶岳撰《荆湖近事》，書名近似。《四庫全書總目》雜史類收陶岳《五代史補》五卷，提要云陶岳字介立，潯陽人。《五代史補》有自序，作於宋真宗大中祥符五年（一〇一二）。

又者，宋初曹衍撰有《湖湘神仙顯異》三卷、《湖湘靈怪實録》三卷、《湖湘馬氏故事》二十卷，均佚。衍，衡陽人。後周顯德中武安軍節度使周行逢據湖南，衍屢獻文章不得進用，退居鄉里教授。後投衡州刺史張文表，辟爲幕職。太平興國初，石熙載知潭州薦之，時已老耄。獻其書及詩三十章，首乃《鷺鷥》、《貧女》二絶，託意乞恩。太宗召試學士院，授將作監丞，又除東宫洗馬，監泌陽酒税。（見拙著《宋代志怪傳奇叙録》增訂本。）觀《湖湘近事》亦以「湖湘」爲題，與曹衍三書一體，分類而記湖湘之事。而張詵仕至湖北幕官，夫妻終老於湖北。故疑《湖湘近事》或出其手，亦未可知也。

崔護覓水逢女子

博陵崔護，清明日，遊〔一〕都城南，得居人莊〔二〕，花木叢萃，寂若無人。叩門久之〔三〕，有女子問：「誰耶？」答曰：「姓崔名護。尋春獨行，酒渴求飲。」女〔四〕以杯水至，開門命坐，獨倚小桃，斜〔五〕盼佇立，屬意殊厚〔六〕。崔辭去。來歲清明，忽思之，經〔七〕尋舊會，但見門扃，遂題詩左扉上曰：「去年今日此門中，人面桃花相映紅。人面不知何處去，桃花依舊咲春風。」後數日復往，聞其中哭聲，問之，有老父曰：「君非護耶？吾女自去年因進水與君，恍惚若有所失。及前日見左扉字，遂病而死。」崔請入哭之，尚儼然在牀。崔舉其首枕股，曰：「某在斯，某在斯。」須臾開目，半日乃活。老父大喜，以女歸之。出《本事詩》

〔一〕遊　周校本作「獨游」，據《本事詩》增「獨」字。

〔二〕叩門久之　清鈔本上有「於」字，當衍。

〔三〕得居人莊　原脱譌作「得人生」，據《繡谷春容》奇遇類補改。按：唐孟啓《本事詩·情感》作「得居人莊」。

〔四〕女　周校本一九五七年版本下有「人」字，一九九一年版改作「入」。按：《本事詩》之《歷代詩話》本作「入」，《津逮祕書》本作「入」。

〔五〕斜　《繡谷春容》譌作「叙」。

〔六〕屬意殊厚　周校本據《本事詩》改作「而意屬殊厚」。按：周校本所改，殊爲無謂，以下尚有多處，不再出校。

〔七〕經　《繡谷春容》作「徑」，二字相通。按：《本事詩》作「逕」，與「徑」同。

按：此條節自晚唐孟棨《本事詩·情感第一》，原文曰：

博陵崔護，姿質甚美，而孤潔寡合。舉進士下第。清明日，獨遊都城南，得居人莊。一畝之宫，而花木叢萃，寂若無人。扣門久之，有女子自門隙窺之，問曰：「誰耶？」以姓字對，曰：「尋春獨行，酒渴求飲。」女入，以杯水至，開門設牀命坐。獨倚小桃斜柯佇立，而意屬殊厚。妖姿媚態，綽有餘妍。崔以言挑之，不對，目注者久之。崔辭去，送至門，如不勝情而入。崔亦睠盼而歸，嗣後絶不復至。及來歲清明日，忽思之，情不可抑，逕往尋之。門牆如故，而已鎖扃之。因題詩於左扉曰：「去年今日此門中，人面桃花相映紅。人面祇今何處去，桃花依舊笑春風。」後數日，偶至都城南，復往尋之。聞其中有哭聲，扣門問之，有老父出曰：「君非崔護邪？」曰：「是也。」又哭曰：「君殺吾女。」護驚起，莫知所答。老父曰：「吾女笄年知書，未適人。自去年以來，常恍惚若有所失。比日與之出，及歸，見左扉有字，讀之。入門而病，遂絶食數日而死。吾老矣，此女所以不嫁者，將求君子以託吾身。今不幸而殞，得非君殺之耶？」又特大哭。崔亦感慟。請入哭之，尚儼然在牀。崔舉其首枕其股，哭而祝曰：「某在斯，某在斯。」須臾開目，半日復活矣。父大喜，遂以女歸之。

《太平廣記》卷二七四情感門引《本事詩》，題《崔護》。《艷異編》卷二〇冥感部一、《稗家粹編》卷六冥感部、《情史》卷一〇情靈類均據《廣記》輯入，題《崔護》。《一見賞心編》卷四奇逢類

《城南女》，文字多有增飾。

《類説》卷五一《本事詩》節録此段，題《桃花依舊咲春風》，文字不及本書詳，然文句多合，疑本書摘録此事，嘗參考《類説》。其文曰：

博陵崔護，清明日，遊都城南，得居人庄。扣門久之，有女子問：「誰耶？」以姓字對，曰：「尋春獨行，酒渴求飲。」女以盃水至，獨倚小桃，意屬殊厚。崔辭去。來歲清明，忽思之，徑往，題詩門（此字據伯玉翁舊鈔本補）扉曰：「去年今日此門中，人面桃花相映紅。人面秖今何處去，桃花依舊笑春風。」後數日復往，聞其中哭聲。問之，有老父曰：「君非崔護耶？吾女自去年，恍惚若有所失。及見左扉有字，遂病而死。」崔請入哭之，尚儼然在床。崔舉其首枕其股，曰：「某在斯，某在斯。」須臾開目，半日復活。老父大喜，以女歸之。

《紺珠集》卷九《本事詩》亦摘録《崔護》，與《類説》不同，今據明天順刊本録之：

崔護風姿甚美，清明日遊城外。叩一門求飲，有一女以杯漿遺護，意屬甚厚。明年思其人，復往叩門，久無人應。因書一絶于門云：「去年今日此門中，人面桃花相映紅。人面不知歸何處（《四庫全書》本作「何處去」），桃花依舊咲春（《四庫》本作「東」）風。」後數日復往，則聞哭聲。遂叩門問之，一老父出曰：「子非崔護耶？」曰：「是。」父曰：「子殺吾女。

吾女自去年清明後，若有所失。比見門扉題字，遂至絶食。」而崔亦感慟，請入視之。因大呼曰：「護在斯，護在斯。」女遂復生。老父即以此女歸崔護也。

郭華買脂慕粉郎〔一〕

郭華，家富好學，求名不達，遂負販爲商。游京城，入市〔二〕，見市肆中一女子美麗，賣胭脂粉。華私慕之，朝夕就買。經半年，脂粉堆積房内〔三〕，財本空竭。此〔四〕女疑之而問曰：「君買此脂粉，將欲何用？」答曰：「意相〔五〕愛慕，恨無緣會合，故假此覿姿容耳。然每一歸，必形諸夢寐。」女悵然有感，曰：「郎君果有意相憐，妾豈木偶人耶？明日〔六〕父母偶往親戚處會宴，妾托疾守家。君可從東街多景樓側小門直〔七〕入，即我屋後花園也〔八〕。有〔九〕小亭寂静，可叙綢繆。」如〔一〇〕期，華已遇親友留飲，至則二鼓矣〔一一〕。女久〔一二〕候不來，乃留一鞋而入。華視門扃，扉左得鞋，哽愴歸去，以口吞之，氣噎而絶〔一三〕。翌早〔一四〕，主人見華尚有餘息，於喉中得鞋。又見胭〔一五〕脂粉多，遂挑鞋於粉肆詢之。其父問女，女不敢隱。父乃同主人歸店視之，華已甦矣。遂命主人爲媒，因嫁爲夫婦〔一六〕。」

〔一〕郭華買脂慕粉郎　《繡谷春容》奇遇類「粉郎」作「麗姝」。
〔二〕入市　《繡谷春容》無此二字。
〔三〕内　清鈔本譌作「曰」。
〔四〕此　《繡谷春容》無此字。
〔五〕相　原作「欲」，據《繡谷春容》改。周校本作「相」。
〔六〕日　《繡谷春容》作「夕」。
〔七〕直　清鈔本作「且」。
〔八〕即我屋後花園也　《繡谷春容》作「即我屋舍花園」。
〔九〕有　《繡谷春容》作「中有」。
〔一〇〕如　周校本作「及」。
〔一一〕華已遇親友留飲至則二鼓矣　「留飲」原作「因話」，據《繡谷春容》改。「則」字原無，據《繡谷春容》補。周校本作「華因遇親友話，至已二鼓矣」。
〔一二〕久　《繡谷春容》無此字。
〔一三〕氣噎而絶　「噎」《繡谷春容》作「咽」。咽，同「噎」。「絶」清鈔本作「死絶」。
〔一四〕早　原譌作「限」，據清鈔本及《繡谷春容》改。周校本作「晨」。
〔一五〕胭　《繡谷春容》無此字。
〔一六〕因嫁爲夫婦　《繡谷春容》作「因以嫁之」。

按：此條無出處。郭華事脱化自劉宋劉義慶《幽明録》之《買粉兒》（《太平廣記》卷二七四引）。《艷異編》卷二〇冥感部一、《情史》卷一〇情靈類之《買粉兒》，均自《廣記》採入。《廣記》文曰：

有人家甚富，止有一男，寵恣過常。遊市，見一女子美麗，賣胡粉，愛之。無由自達，乃託買粉，日往市，得粉便去，初無所言。積漸久，女深疑之。明日復來，問曰：「君買此粉，將欲何施？」答曰：「意相愛樂，不敢自達。然恒欲相見，故假此以觀姿耳。」女悵然有感，遂相許以私，尅以明夕。其夜，安寢堂屋，以俟女來。薄暮果到，男不勝其悦，把臂曰：「宿願始伸於此！」歡踴遂死。女惶懼，不知所以，因遯去，明還粉店。至食時，父母怪男不起，往視，已死矣。當就殯斂。發篋笥中，見百餘裹胡粉，大小一積。其母曰：「殺我兒者，必此粉也！」入市遍買胡粉，次此女，比之，手跡如先。遂執問女曰：「何殺我兒？」女聞嗚咽，具以實陳。父母不信，遂以訴官。女曰：「妾豈復恡死，乞一臨尸盡哀。」縣令許焉。徑往，撫之慟哭曰：「不幸致此。若死魂而靈，復何恨哉！」男豁然更生，具説情狀。遂爲夫婦，子孫繁茂。

《新編醉翁談録·小説開闢》著録小説名目神仙類有《粉合兒》，疑與此有關，而又涉及神仙。元陶宗儀《南村輟耕録》卷二五《院本名目》，《衝撞引首》有《憨郭郎》，疑即郭華事。郭華事宋元明戲曲屢採之。明徐渭《南詞叙録・宋元舊篇》著録《王月英月下留鞋》，《傳奇彙考標目》別本著録《王月英胭脂記》，皆爲宋元戲文。《古今雜劇》有無名氏雜劇《王月英元夜留鞋記》。鍾嗣成《録鬼簿》著録曾瑞雜劇《才子佳人誤元宵》。《録鬼簿續編》著録明邾經雜劇《胭脂女子鬼推門》。明徐霖有傳奇《留鞋記》（莊一拂《古典戲曲存目彙考》卷九）。童養中有傳奇《胭脂記》，今存，載《古本戲曲叢刊》。

杜牧之覩張好好

杜牧之在江西時，張好好以善歌來入樂籍。後別三年，於洛陽城東重覩好好，題詩贈之曰：「君爲豫章姝〔一〕，十三纔有餘。翠茁鳳出〔二〕尾，丹蕚蓮含跗〔三〕。高閣〔四〕倚天半，明江蘸碧虚〔五〕。此地試君唱，特使華筵鋪。主公顧四座，始訝亦躊躇〔六〕。吴娃起引贊〔七〕，徘徊映長裾〔八〕。盻盻乍垂袖，一聲如〔九〕鳳呼。衆音不能遂〔一〇〕，裊裊生〔一一〕雲衢。主公再三嘆，謂言天下姝。贈之天馬錦，副以水犀梳〔一二〕。自此每相見，三日以〔一三〕爲踈。旌旆或〔一四〕東下，笙歌隨舳艫。身外作〔一五〕塵土，樽前極歡娱。飄然集仙客，諷詠〔一六〕欺相如。聘之碧瑤佩，載以紫雲車。洞閉水聲遠，月高蟾影孤。爾來未

幾歲，散盡高陽徒。洛陽重相見，綽約〔一七〕爲當壚。門館慟哭後，涼風生座隅。灑盡離襟〔一八〕淚，短歌聊一書。出《麗情集》

〔一〕姝　清鈔本譌作「妹」，下同。

〔二〕出　杜牧《樊川文集》卷一《張好好詩并序》（上海古籍出版社一九七八年點校本）作「生」，周校本同。

按：周校本全詩多據《樊川文集》改，一九五七年版本且據《樊川文集》補綴。以下不再出校。

〔三〕丹蕚蓮舍淤　《樊川文集》作「丹葉蓮含跗」。

〔四〕閣　原作「明」，當譌，據《樊川文集》改。

〔五〕明江蘸碧虛　《樊川文集》作「章江聯碧虛」。

〔六〕亦躊躇　《樊川文集》作「來踟躕」。

〔七〕引贊　「贊」原譌作「替」，據《樊川文集》改。按：引贊，謂酒宴倡導飲酒。

〔八〕徘徊映長裾　「裾」原譌作「裙」，據《樊川文集》改。《樊川文集》作「低徊映長裾」。

〔九〕如　《樊川文集》作「雛」。按：《四部叢刊初編》景印明鈔本作「離」。毛滂《調笑》亦作「離」，見附録。

〔一〇〕遂　《樊川文集》作「逐」。

〔一一〕生　《樊川文集》作「穿」。

〔一二〕水犀梳　「犀」原譌作「屏」，據《樊川文集》改。按：五代趙崇祚編《花間集》卷一二李珣《南鄉子》：

「攏雲髻，背犀梳。」北宋李獻民《雲齋廣録》卷七《錢塘異夢》：「斜插犀梳雲半吐。」

〔一三〕以 《樊川文集》作「已」。

〔一四〕或 《樊川文集》作「忽」。

〔一五〕作 《樊川文集》作「任」。

〔一六〕詠 《樊川文集》作「賦」。

〔一七〕綽約 《樊川文集》作「婥婥」。

〔一八〕離襟 《樊川文集》作「滿衿」。

按：《類説》卷二九《麗情集》有《張好好》，云：「杜牧佐沈傳師在江西，張好好十三，始以善歌來入樂籍中。公移鎮宣城，復好好宣城籍中。後二歲，爲沈師著作雙鬟納之。」南宋潘自牧《記纂淵海》卷一〇六引《麗情集》：「張好好以善歌，爲沈述師著作以雙鬟納之。」《古今合璧事類備要》前集卷五四《妾名好好》引《麗情集》文同。此皆節文，甚簡。《紺珠集》卷九《本事詩》亦有《張好好》（今本無），云：「杜牧《贈張好好詩序》云：『牧侍沈公傳師幕在江西，時好好年十三，以善歌入籍。後一年，公鎮宣城，復置好好宣籍中。又二歲，爲沈著作述師以雙鬟納之。又二歲，於洛陽東城復見好好，感舊作詩三十韻以贈之。」（《四庫全書》本）

《麗情集》取自杜牧《樊川文集》卷一《張好好詩并序》，文曰：

牧大和三年，佐故吏部沈公江西幕。好好年十三，始以善歌來樂籍中。後一歲，公移鎮宣城，復置好好於宣城籍中。後二歲，爲沈著作述師以雙鬟納之。後二歲，於洛陽東城重覩好好，感舊傷懷，故題詩贈之。君爲豫章姝，十三纔有餘。翠茁鳳生尾，丹葉蓮含跗。高閣倚天半，章江聯碧虛。此地試君唱，特使華筵鋪。主公顧四座，始訝來踟躕。吴娃起引贊，低徊映長裾。雙鬟可高下，纔過青羅襦。盼盼乍垂袖，一聲雛鳳呼。繁絃迸關紐，塞管裂圓蘆。衆音不能逐，裊裊穿雲衢。主公再三嘆，謂言天下殊。贈之天馬錦，副以水犀梳。龍沙看秋浪，明月遊東湖。自此每相見，三日已爲踈。玉質隨月滿，艷態逐春舒。絳脣漸輕巧，雲步轉虛徐。旌旆忽東下，笙歌隨舳艫。霜凋謝樓樹，沙暖句溪蒲。身外任塵土，罇前極懽娱。飄然集仙客（著作嘗任集賢校理），諷賦欺相如。聘之碧瑤珮，載以紫雲車。洞閉水聲遠，月高蟾影孤。爾來未幾歲，散盡高陽徒。洛城重相見，婥婥爲當壚。怪我苦何事，少年垂白鬚。朋遊今在否？落拓更能無。門館慟哭後，水雲秋景初。斜日掛衰柳，涼風生座隅。灑盡滿衿淚，短歌聊一書。

《麗情集》所取當爲全文，《緑窗新話》摘録耳。

北宋毛滂《調笑》亦詠張好好。毛滂《東堂詞》輯本有闕，此據《全宋詞》第二册（中華書局，一九六五年版）。詩曰：「半天高閣倚晴江，使君宴客羅紈香。一聲離鳳破凝碧，洞房十三春未央。沙暖鴛鴦堤下上，煙輕楊柳絲飄蕩。佩瑶棄置洛城東，風流雲散空相望。」詞曰：「相望，楚江上。縈水繚雲聞妙唱，龍沙醉眼看花浪。正要風將月傍，雲車瑶佩成惆悵。衰柳白鬚相向。」

張公子遇崔鶯鶯

張君瑞寓蒲之普救寺，崔氏亦止兹寺，光艷動人，張惑之。崔婢紅娘曰：「何不求娶焉？」張曰：「若待納采問名，索我於枯魚之肆矣。」婢曰：「君試爲情詩以亂之。」張遂綴《春詞》，以授婢達之。崔答其題篇曰《明月三五夜》，詞曰：「待月西廂〔一〕下，迎風户半開。拂牆花影動，疑是玉人來。」二月既望，張踰牆攀樹，達于西廂，户果半開。張謂得之矣，至則儼請無及亂，張自失而退。數夕，忽紅娘斂衾攜枕，引崔氏至。斜月晶熒，疑若仙降。自是歡好幾月〔二〕。崔小字鶯〔三〕。

〔一〕廂　原作「廊」，下文作「廂」。按：元稹《鶯鶯傳》作「廂」，據改。周校本亦改。

〔二〕幾月　周校本據《鸎鸎傳》改作「幾一月」。

〔三〕鶯　《鸎鸎傳》作「鸎鸎」。「鸎」「鶯」字同。

按：此條無出處。唐元稹撰《鶯鶯傳》，載於《太平廣記》卷四八八《雜傳記五》。唐末陳翰《異聞集》亦收此傳，《類説》卷二八《異聞集》節本改題《傳奇》，明嘉靖伯玉翁舊鈔本則題《會真記》。《緑窗新話》此條即節録《類説》而成。《麗情集》亦採録此傳。《紺珠集》卷一一《麗情集・環者還也》云：「崔鶯寄張生信，有玉指環，云環者還也。」此外引用甚多，如南宋陳與義撰《增廣箋注簡齋詩集》卷二〇《詠水僊花五韻》胡穉箋：「元稹《鶯鶯傳》：唐貞元中，張生惑中表妹崔鶯鶯，因綴《春詞》，託其婢紅娘喻情。崔答詩有皇夕之期，後遂奔焉。張乃賦《會真詩》三十韻，稹又續賦三十韻。見張君房《麗情集》。」又南宋王楙《野客叢書》卷一七《二李詩》，《東坡先生詩集注》卷二一《張子野年八十五尚聞買妾述古令作詩》李厚注及卷二五《再和楊公濟梅花十絶》其六趙次公注，《施注蘇詩》卷八《張子野年八十五尚聞買妾述古令作詩》王十朋注及卷二九《再和楊公濟梅花十絶》其六注，北宋黄庭堅《山谷詩集注》卷九《考試局與孫元忠博士竹間對窗夜聞元忠誦書聲調悲壯戲作竹枝歌三章和之》其二任淵注，北宋周邦彦《片玉集》卷一《風流子》劉良注，又卷二《憶舊遊》注、卷五《四園竹》注，何士信《增修箋注妙選群英草堂詩餘》前集卷上周美成《憶舊遊》注，後集卷下康伯可《應天長》注，《古今事文類聚》後集卷一六，宋末元初蔡正孫《詩林廣記》後集卷三，皆亦引《麗情集》。觀《箋注簡齋詩集》注，引作《麗情集・元稹〈鶯鶯傳〉》，則《麗情集》所載蓋元稹《鶯鶯傳》全文（《麗情集》原書二十卷）。

《鶯鶯傳》中張生無名，而《緑窗新話》稱張君瑞。考《野客叢書》卷二九《用張家故事》云：「唐有張君瑞遇崔氏女於蒲。崔小名鶯鶯，元稹與李紳語其事，作《鶯鶯歌》。」董解元《西廂記》（《董西廂》）亦稱張珙字君瑞。《野客叢書》卷一七《二李詩》曾引《麗情集》，頗疑此條亦引自《麗情集》，若然則《麗情集》殆據市井説話而出其名。崔張故事宋代民間頗傳，南宋趙令畤撰鼓子詞《商調蝶戀花》（《侯鯖録》卷五），序云：「至今士大夫極談幽玄，訪奇述異，無不舉此以爲美話。至於倡優女子，皆能調説大略。」《新編醉翁談録・小説開闢》羅列説話人小説話本，傳奇類首爲《鶯鶯傳》。所謂張君瑞即出民間説話。《緑窗新話》多引《麗情集》，則此條亦節自《麗情集》也。

楊生私通孫玉娘

玉娘姓孫氏，隨父守官姑蘇。父不禄，遂居城中。年笄，議親不成。東隣有楊曼卿，亦業儒，有爲執柯者，而母氏不許。兩情感動，眼約心期。時七夕，玉娘賂隣婦，以詩與曼卿曰：「牛郎織女本天仙，阻隔銀河路杳然。此夕猶能相會合，人間何事不團圓。」曼卿得詩，喜不自勝，許以十五夜爲約，因和詩曰：「玉質冰肌姑射仙，風流雅態自天然。天心若與人心合，等待月圓人亦〔一〕圓。」玉娘歡〔二〕愜不寐。待到十五夜，沐浴匀妝，候母氏就寢，乃潛啓便門以候之。須臾，曼卿自西牆攀枝而下。荒忙迎入室，喜懼交集，解衣並枕，極其歡愛。後歲餘事覺，解送王提刑，判曰：「佳人才子兩相宜，置福端由禍所基。永作夫妻諧汝願，不勞鑽穴隙相窺。」二人拜謝而退，遂偕老焉。出《聞見録》

〔一〕亦　原譌作「未」，周校本一九五七年版據《聞見録》改作「已」。按：作《聞見録》誤，實據《新編醉翁談録》乙集卷一「煙粉歡合」《静女私通陳彦臣》。周校本一九九一年版改作「亦」。按：《一見賞心編》卷一一淫冶類《連倩女》（無出處）作「亦」（見附録）。今從《醉翁談録》。

〔二〕歡　清鈔本上有「勸」字，蓋爲「歡」字之譌，而又重出「歡」字，

按：此條注出《聞見録》。北宋至南宋紹興中王鞏、趙槩、邵伯温、張綱等皆有《聞見録》，其存本及佚文未見有此事。宋人書多引王定國（王鞏字）及邵伯温《聞見録》（或《見聞録》）。王書《四庫全書總目》小説家類題《聞見近録》，記事下訖宋神宗，邵書亦在小説家類，有紹興二年自序。王鞏乃文人，與蘇軾、黄庭堅交往甚密，邵伯温乃儒者，傳入《宋史》卷四三三《儒林傳三》。

今姑斷爲王書。《新編醉翁談録》乙集卷一「煙粉歡合」中有《静女私通陳彦臣》，情事與此類似，而人物姓名不同，情事亦大爲豐富，蓋據此敷演，今録之備參：

静女者，乃延平連氏簪纓之後。早孤，喜讀書。母令入學，十歲涉獵經史。及笄，議婚不成。鄰居有陳彦臣，亦業儒。有執柯者，而母堅不許。自是兩情感動，而彦臣往來，時復相挑，静女愈屬意焉。因七夕乞巧之夜，静女輒以小紅牋題詩一首，賂鄰居之婦而通殷勤。詩曰：「牛郎織女本天仙，隔涉銀河路杳然。此夕猶能相會合，人間何事不團圓？」彦臣得詩，感念若不勝情，許以十五日夜來過。乃和詩一首，復托鄰婦以達其意。詩曰：「玉質冰肌姑射仙，風流雅態自天然。天心若與人心合，等待月圓人已圓。」静女接詩，喜而不寐。待到十五夜，千方萬計欲媽媽之先睡，而候其來也。至一更許，挨門而入，欵意相通，自天而下，事諧雲雨，何異神仙。静女乃復填一詞以記。詞云：「朦朧月影，黯淡花陰，獨立等多时。只恐冤家誤約，又怕他、側近人知。千回作念，万般思憶，心下暗猜疑。驀地偷來廝見，抱着郎、語顫聲低。輕移蓮步，暗褪羅裳，携手過廊西。已是更闌人静，粉郎恣意憐伊。霎时雲雨，半餉歡娛，依舊兩分飛。去也回眸告道：「待等奴、兜上鞋兒。」自後兩意懸懸，匪朝伊夕。至八月十五夜，中秋月色澄徹，桂子飄香。賞月宴罷，静女忽憶彦臣「月圓」之語，俟媽媽熟睡後，挨門而出，潛身夜竄。適值彦臣與朋舊賞月方歸，欲酣未酣，倚門獨立。驀地相通，情倍等美，非天作之合而何？携手相同歸，雖生死不顧也。」媾歡畢，靜女索筆，題詩于寢房之右云云，詩曰：「來时嫌殺月兒明，緩步潛身暗裏行。到此衷腸多少恨，欲言猶怕有人听。」至夜分，彥臣執手送歸。挨門而入，遂爲媽媽覺之。自後禁制稍嚴，而靜女含泪，亦不敢出入也。靜女既爲禁制，不許踰梱。忽一夕，彥臣伺其隙，而潛往靜女之家，遂講好，以叙前歡。彥臣問：「夜來曾有夢否？」靜女曰：「无。」彥臣曰：「何无情也！」靜女乃口占一詞，名《武陵春》：「人道有情須有夢，无夢豈无情？夜夜相思直到明，有夢怎生成？　伊若忽然來夢裏，鄰笛又還驚。笛裏聲聲不忍聽，渾是斷腸聲。」二人忘情，不覺語言爲母氏所聞。遂親捉獲了，因解官囚之。王剛中，探花郎及第，不數年出爲福建憲臺。出巡，首到延平，撞獄引問彥臣、靜女因依。一直招認，並无逃隱，兩處合欵，更无異辭，而又供狀語言成文。王剛中遂問靜女：「能吟此竹簾詩否？」靜女遂口占一詩，詩曰：「緑筠擘破條條直，紅線經開眼眼奇。爲愛如花成片段，置令直節有參差。」王剛中見其詩，甚爲稱賞。時值蛛絲網一胡蝶於簷頭，剛中指示彥臣云：「汝能吟此爲詩乎？」彥臣遂便吟詩，詩曰：「只因賦性太猖狂，遊遍名園切盡香。今日誤投羅網裏，脱身惟仗探花郎。」當時剛中拍手称賞，問：「汝願爲夫妻否？」答曰：「萬死一生，全賴化筆。」剛中即判云：「佳人才子兩相宜，置福端由禍所基。永作夫妻諧汝願，不勞鑽穴隙相窺。」

《一見賞心編》卷一一淫冶類《連倩女》，與静女事同而文略，且多異辭，不知所據。今亦録之，以爲比對。文曰：

連倩女，延平人。嚴父早逝。母能詩，常教女以音律。有鄰居儒生陳彦臣，往來其家，每挑戲之。時七月七夕，倩女題詩寄生曰：「牛郎織女本天仙，阻隔銀河路杳然。今夕猶能相會合，人間何事不團圓？」生得詩，約以十五夜，乃和其韻曰：「玉質冰肌姑射仙，風流雅態自天然。天心若與人心合，等待月圓人亦圓。」至期，彦臣果至，倩女遂與通焉。日久事洩，其家人捕送憲副王剛中。剛中指竹簾令倩女賦詩，女即口占云：「緑筠劈破條條直，紅線經回眼眼奇。爲愛如花成片段，致令直節有參差。」剛中撫掌大笑，援筆判曰：「郎才女貌兩相宜，致禍端爲福所基。從此兩人相配合，免勞鑽穴隙相窺。」即日命遣媒納采，行夫婦禮。魚水交歡，恩愛日洽，行須比肩，坐須疊股。後彦臣登第出仕，雖在公府，无心政事。夫妻一意，歡宴偕老。時人目剛中爲王方便云。

末節所云「魚水交歡，恩愛日洽，行須比肩，坐須疊股。後彦臣登第出仕，雖在公府，无心政事。夫妻一意，歡宴偕老」，與《緑窗新話》所引《湖湘近事》（《張詵遊春得佳偶》）末所云「兩情好合，恩愛日隆，行須比肩，坐則疊股。後詵登第，仕至湖北幕官。雖在公府，無心政事。夫妻一意歡宴，遂相繼卒于任所」文句多同，不知何故。

明陳耀文《花草稡編》卷七《小令》載趙秋官妻《岐陽郵亭》云：「人道有情還有夢，無夢豈無情？夜夜思量直到明，有夢怎教成？　昨夜偶然來夢裏，鄰笛又還驚。笛韻悽悽不忍聽，總是斷腸聲。」末注：「一作連倩女寄陳彦臣。」又卷二二《長調》載鄭雲娘《兜上鞋兒・寄張生》：「朦朧月影，黯淡花陰，獨立等多時。只怕兔家乖約，又恐他、側畔人知。千回作念，萬般思想，心下暗猜疑。　驀地得來厮見，風露下、語顫聲低。　輕移蓮步，暗卸羅衣，携手過廊西。正是更闌人静，向粉郎、恣意矜持。　片時雲雨，幾多歡愛，依舊兩分離。　報道情郎且住，待奴兜上鞋兒。」末注：「一作連氏倩女寄陳彦臣。」然《連倩女》無此詞，而見於《静女》，惟文字有異。

《花草稡編》卷六《小令》又載鄭雲娘《寄張生》云：「一片冰輪皎潔，十分桂魄婆娑。不施方便是如何，莫是嫦娥妬我。　雖則清光可愛，奈緣好事多魔。仗誰傳與片雲呵，遮取霎時則箇。」注附張生寄雲娘詞云：「一望朱樓巧小，四邊繡幕低垂。箇人活脱似楊妃，倚遍闌干十二。　最苦兩雙情眼，難禁四隻愁眉。無言回首日沉西，不道一聲安置。」卷二二《小令》又載張生《寄鄭雲娘》：「杏火無煙燒斷腸，織成春恨，切柳絲長。　當時誰是種花郎，却不教、柳近杏花傍。　柳道不須忙，春深須是，有絮飛揚。　等閒撲着杏腮香，恁時節選，甚隔池塘。」《花草稡編》卷七「鄭雲娘」下注《雲娘傳》，不知何人作。

張浩私通李鶯鶯

張浩既冠未娶，家財鉅萬。致一花園，奇花異卉，無不畢萃。一日，同友人共坐宿香亭下，忽見一美女，對牡丹而立。浩私念，得娶此女，其福非細，遂前揖問之。女曰：「妾乃君家東隣也。偶父母不在，特啓隙户，借觀盛圃奇花。然更有衷情，倘不嫌醜陋，願奉箕箒。」浩喜出望外。女曰：「君果見許，願求一物爲定。」浩遂解紫羅綉帶，女以擁項香羅，令浩題詩。攜手花陰，略叙倉卒之歡，女遂歸去。一日，忽有老尼惠寂，謂浩曰：「君之東隣李氏小娘子鶯鶯致意，令無忘宿香亭之約。」自此常令惠報傳密意。時當初夏，鶯鶯密附小柬，夜静踰牆，相會於亭中。鶯鶯曰：「奴之此身，爲君所有，幸終始成之。」

按：本條無出處。《青瑣高議》別集卷四載《張浩》一篇，題注「花下與李氏結婚」，未著撰人。目録中此篇注「新增」二字，疑《青瑣高議》原無此篇，南宋人重編《青瑣高議》而增入，原出何人何書不詳。本條即此事，係節文，文句情事差異頗大，中云「一日同友人共坐宿香亭下」，

《青瑣高議》作「一日與廖山甫閑坐」，不云宿香亭。又稱老尼惠寂，李氏小娘子鶯鶯，此則老尼、李氏俱無名。疑《緑窗新話》節自他書。

今將《青瑣高議・張浩》全文録下：

張浩，字巨源，西洛人也。蔭補爲刊正。家財巨萬，豪於里中，甲第壯麗，與王公大人侔。浩好學，年及冠，洛中士人多慕其名。貴族多與結姻好，每拒之曰：「聲迹晦陋，未願婚也。」第北構圃，爲宴私之所。風軒月榭，水館雲樓，危橋曲檻，奇花異草，靡所不有，日與俊傑士遊宴其間。一日，與廖山甫閑坐。時桃李已芳，牡丹未坼，春意浩蕩。步至軒東，有方束髮小鬟，引一青衣倚立。細視，乃出世色，新月籠眉，秋蓮著臉，垂螺壓鬢，皓齒排瓊，嫩玉生光，幽花未艷。見浩亦不避。浩乃告廖曰：「僕非好色者，今日深不自持，魂魄幾喪，爲之奈何？」廖曰：「以君才學門第，結婚於此，易若反掌。」浩曰：「待媒成好，當逾歲月，則我在枯魚肆矣。」廖曰：「但患不得之，苟得之，何早晚爲恨？君試以言謔之。」浩乃進揖之，女亦斂容致恭。浩曰：「願聞子族望姓氏。」女曰：「某乃君之東鄰也。家有嚴君，無故不得出，無緣見君也。」浩乃知李氏耳。曰：「敝苑幸有隙館，欲少備酒殽，以接鄰里之懽，如何？」女曰：「某之此來，誠欲見君。今日幸遇，願無及亂即幸也。異日倘執箕帚，預祭祀之末，乃某之志。」浩曰：「若得與麗人（原譌作「不與儷不」，據馮夢龍《警世通言》卷二九《宿香亭張浩遇鶯鶯》改)偕老,即平生之樂,不知命分如何耳。」女曰:「願得一物爲信,即某之志有所定,亦用以取信於父母。」浩乃解羅帶與之,女曰:「無用也,願得一篇親筆即可矣。」浩喜,詢其年月,曰:「十三歲。」乃指未開牡丹爲題,作詩曰:「迎日香苞四五枝,我來恰見未開時。包藏春色獨無語,分付芳心更待誰?碧玉蔀中藏蜀錦,東吴宫裏鎖西施。神功造化有先後,倚檻王孫休怨遲。」女閲之益喜,曰:「君真有才者,生平在君,願君留意。」乃去。浩自茲忽忽如有所失,寢食俱廢。月餘,有尼至,蓋常出入浩門者。曰:「李氏致意:近以前事託乳母白父母,不幸堅不諾。業已許君,幸無疑焉。」至明年,牡丹正芳,浩開軒賞之,獨歎。乃剪花數枝,使人竊遺李,曰:「去歲花未坼,遇君於闌畔,今歲花已開,而人未合。既爲夫妻,竊相(此字原闕,據民國精刻本補)見,亦非亂也,如何?」李復遣尼曰:「初夏二十日,親族中有適人者,父母俱去,必挈同行,我託病不往,可於前苑軒中相會也。」浩大喜,嚴潔館宇,預備酒醴以俟。至望後一日,前尼復至,曰:「李氏遺君書。」浩開讀,乃詞一首,云:「昨夜賞月堂前,頗有所感,因成小闋,以寄情郎。」曲名《極相思》,曰:「紅疎翠密晴暄,初夏困人天。風流滋味,傷懷盡在,花下風前。後約已知君定,這心緒、盡日懸懸。鴛鴦兩處,清宵最苦,月甚先圓?」至期,浩入苑待至。不久,有紅絪覆墻,乃李踰而來也。生迎歸館。時街鼓聲沉,萬動俱息,輕幕摇風,疎簾透月。秋水盈盈,纖腰婣婣，解衣就枕，羞淚成交。浩以爲巫山、華胥之遇，不過此也。天將曉，青衣復擁李去。浩爲（此字據民國精刻本補）詩戲曰：「華胥佳夢惟聞説，解佩江皐浪得聲。一夕東軒多少事，韓郎虚負竊香名。」不數月，李隨父之官，李遣尼謂浩曰：「俟父替回，當成秦晉之約。」李去二載，杳然無耗。及浩叔典郡替回，謂浩曰：「汝年及冠，未有室，吾爲掌婚。」浩不敢拒。叔乃與約孫氏，亦大族也。方納采問名，會李父替回。李知浩已約婚孫，李告父母曰：「兒先已許歸浩，父母若更不諾，兒自死而已。」一夕，李不見，父母急尋之，已在井中矣。使人救之，則喘然尚有餘息。既甦，父曰：「吾不復拒汝矣。」遣人通好，浩以約孫氏（原作「浩□□孫自」，據民國精刻本改補）。李曰：「自有計。」一日，詣府陳詞曰：「某已與浩結婣素定，會父赴官，洎歸，則浩復約孫氏。」因泣下，陳浩詩及箋記之類。府尹乃下符召浩，曰：「汝先約李而復約孫乎？」浩曰：「非某本心，叔父之命，不敢拒耳。」尹曰：「孫未成娶，吾爲汝作伐，復娶李氏。」遂判曰：「花下相逢，已有終身之約；道中而止，欲乖偕老之心。在人情深有所傷，於律文亦有所禁。宜從先約，可絶後婚。」由是浩復娶李氏。二人再拜謝府尹，歸而成親。夫婦恩愛，偕老百年。生二子，皆登科矣。

《新編醉翁談録》甲集卷一《小説開闢》著録小説話本名目，傳奇類中有《牡丹記》，當演此事，張李訂情私會皆關涉牡丹，故以爲題。《寶文堂書目》子雜類著録有《宿香亭記》。《警世通言》卷二九《宿香亭張浩遇鶯鶯》,或即據《宿香亭記》改編。中有宿香亭、李鶯鶯、尼惠寂等名,全同《緑窗新話》(而廖山甫者則同《青瑣高議》),疑《緑窗新話》所據之未删本殆即《牡丹記》或《宿香亭記》也。戲曲演此事者,有清徐于室輯《南曲九宫正始》引「元傳奇」《張浩》,存殘曲一支,錢南揚《宋元戲文輯佚》輯入。鍾嗣成《録鬼簿》、朱權《太和正音譜》等著録有元睢舜臣雜劇《鶯鶯牡丹記》,簡名作《牡丹記》,已佚。《傳奇彙考標目》别本第一百三十四著録顧苓《宿香亭》,注「張浩事」,亦佚。

華春娘通徐君亮

華椿年有一女,名春娘,美而麗。喜讀書,能詩。鄰居有徐君亮,年少俊爽。遊學方還,來訪椿年,椿年留飲。春娘窺見君亮,心悦慕之。君亮見春娘頻窺〔一〕,乃奉李白詩句挑之。春娘即取紅綃,寫《毛詩》「春日遲遲」〔二〕,「殆〔三〕及公子同歸」兩句,遣小玉投君亮懷中。君亮飲罷歸。次早,以彩牋題詩曰:「自從瞥見如花面,曉夜相思腸欲斷。分明咫尺遠如天,何以同心作方便?」春娘得詩,無以計相就〔四〕。一日,春〔五〕娘題詩粉壁上曰:「燕子樓中燕子飛,芹泥一點汙人衣。主人頻起嗔〔六〕嫌意,垂下珠簾不放歸。」俄而小玉浣紗〔七〕溪頭，見君亮，通〔八〕殷勤，至春娘寢室〔九〕。自是曉去暮來。數月，覺春娘乳胖，椿年生疑。一夕，獲君亮，送官。縣宰判令爲夫婦，二人拜謝而歸。

〔一〕竊　此字原脱，據《一見賞心編》卷一一淫治類《華春娘》補。

〔二〕遲遲　原誤作「遲至」，據《詩經・國風・豳風・七月》及《賞心編》改。

〔三〕殆　原誤作「逮」，據《豳風・七月》改。

〔四〕無以計相就　周校本改作「無計以相就」。

〔五〕春　原誤作「秋」，據清鈔本改。

〔六〕嗔　原譌作「慎」，據《醉翁談録》改。見附録。

〔七〕紗　原譌作「沙」，據《醉翁談録》改。

〔八〕通　此字原無，據《醉翁談録》補。

〔九〕至春娘寢室　周校本據《醉翁談録》補作「是夜，約君亮至春娘寢室，共諧歡偶」。

按：此條無出處。《新編醉翁談録》壬集卷二「題詩得耦類」《華春娘題詩遇君亮成親》，即此事，但今本中闕一大段。今録左：

開封華椿年，以吏部侍郎知齊州事。娶長安鄭氏，生一女，名春娘。年方十三，而母死。春娘皃美而艷，性喜讀書，詩才敏捷。時當春晝，乃題詩於所居之窗，詩曰（下闕）。信其无它志，更不防閑。春娘一日又於小院粉壁上題，詩曰：「燕子樓中燕子飛，芹泥一點誤沾衣。主人頻起嗔嫌意，垂下珠簾不放歸。」一日，小玉浣紗於溪頭，與君亮相遇，君亮遂使通殷勤。是夜，約君亮至春娘寢室，共諧歡偶。自是潛入潛出，暮來曉去。經數月，椿年見春娘双乳胖甚，神彩登越，遂生疑心，多方巡邏。一夕，君亮至其家，爲椿年所擒，事隸縣官。及見二人取覆，文采供狀多才。縣宰乃勸椿生，併以嫁之：「有女如此，壻復如彼，下官自作媒人。」椿年從其言，遂妻之。二人喜出望外，拜謝媒人而歸之。

《一見賞心編》卷一一淫冶類《華春娘》據《緑窗新話》採入，有所改寫，今亦録之：

華椿年有一女，名春娘，美而艷。喜讀書，能詩。鄰居有徐君亮，年少俊爽。遊學方還，來訪椿年，年因留飲。春娘窺見君亮，心甚戀戀，目不轉盼。君亮見春娘頻窺，乃微吟李白「會向瑶臺月下逢」之句挑之。春娘即取紅綃，寫《毛詩》「春日遲遲」、「迨及公子同歸」兩句，遣小玉婢投君亮懷中。君亮飲罷歸。次早，以彩牋題詩曰：「自從瞥見如花面，曉夜相思腸欲斷。分明咫尺如天遠，何似同心作方便？」伺小玉出，持箋投春娘。春娘得詩，無計相就，乃題詩於寢壁曰：「燕子樓中燕子飛，芹泥一點悞沾衣。主人頻起嗔嫌意，垂下珠簾不放歸。」俄而小玉浣紗溪頭，遇君亮，通殷勤。是夕，遂得入春娘寢室，曉去暮歸者凡數月。後爲椿年所覺，知其情竇一開，不能復禁，遂令媒議婚，成夫婦焉。

清厲鶚《宋詩紀事》八七據《彤管新編》録華春娘《贈外》詩「燕子樓中燕子飛」云云。

何會娘通張彦卿〔一〕

張俊，字彦卿，年方弱冠，思得佳偶。因元宵觀燈，出東市，見一宅前明燭，有一女子艷媚，年方〔二〕十七八，凴雙鬟立于簾下。張一顧無計〔三〕，乃就假燭尋遺珠〔四〕。女亦顧張微咲，心甚相慕。張因問雙鬟：「誰氏小娘子？」答曰：「何大夫女，名會娘。」復問彦卿姓氏〔五〕，彦卿答之〔六〕。歸至市，顧見一老嫗，曰：「適因借燭，何宅小娘子甚是相慕，老妾爲修方便，可乎？」翌早，彦卿訪〔七〕嫗。嫗入宅，通殷勤，女以詩付嫗達彦卿，曰：「憶昨燈前月下時，匆匆相見便分離。聞名恨不早相識，故使因緣會遇遲。」彦卿得詩，匿伏嫗房内。頃之，女托故至嫗家，二人相見，情意歡洽。自後〔八〕，嫗引張從西牆攀枝下，入宅内歡會。偶僕夫見牆缺枝脱，大夫恐揚家醜，因命媒，俾偕老焉。

〔一〕何會娘通張彦卿　《繡谷春容》私通類「會」作「意」，下同。

〔二〕方　《繡谷春容》作「可」。
〔三〕張一顧無計　周校本擅改作「張顧而愛慕，無計通情」。
〔四〕珠　周校本改作「物」。
〔五〕氏　清鈔本及《繡谷春容》作「字」。
〔六〕之　原作「曰」，校：「疑有脱句。」據《繡谷春容》改。周校本補作「俊，張姓」。
〔七〕訪　清鈔本譌作「訂」。
〔八〕自後　清鈔本作「自從後」，衍「從」字。

按：此條無出處。《一見賞心編》卷一一淫冶類《何意娘》即此文改寫，删末節。今録下備參：

張俊，字彦卿，年方弱冠，思得佳偶。因元宵觀燈，出東市，見一宅前燭炬煇煌，有一女艷媚，年可十七八，憑雙鬟立於簾下。張一顧無計，乃就女假燭，以尋遺物爲辭。女亦顧張，含羞偷盼，不能定情。張因問雙鬟：「誰氏小娘子？」有老嫗答曰：「何大夫女，名意娘。」復問彦卿姓字，彦卿答之。歸至市，適遇老嫗，曰：「頃郎君借燭，何宅小娘子，甚着意於君。妾爲圖方便，可乎？」彦卿曰：「能爲我得之，當謝姥以千金。」翌早，即訪嫗拜焉。嫗爲之入宅，通殷勤，女隨以詩一絶付嫗達彦卿，曰：「憶昨燈前月下時，匆匆相見便分離。聞名恨不早相識，故使姻緣會遇遲。」

楚娘矜姿色悔嫁〔一〕

開封府〔二〕葛楚娘，頗有姿色。矜己美人〔三〕，近地議親，皆不肯與。一日，有〔四〕村夫謀於媒婦曰：「聞楚娘〔五〕有色，能爲我得之，當謝子以千金。」媒往，紿〔六〕楚娘，以佳壻求婚，楚娘諾〔七〕之。及嫁歸〔八〕，乃一村夫，胡鬚〔九〕滿面難尋口，眉目巑岏〔一〇〕不似人。楚娘大〔一一〕不悦。有劣相少年嘲之曰：「可惜白米攙稗子，可惜羊肉伴冬瓜。忒煞冰人〔一二〕没些眼，泥中淹鬱一叢花。」楚娘聞之，怨恨求去。其夫詣府陳之，尹〔一三〕判曰：「夫有出妻之條，妻無退夫之理。糟糠古不下堂，買臣之妻可恥。且饒根究私情〔一四〕，二人押回本里。」出《可怪録》

〔一〕楚娘矜姿色悔嫁　《繡谷春容》私通類題《楚娘矜色悔嫁》，脱「姿」字。按：《緑窗新話》皆七字標目。

〔二〕府　《繡谷春容》無此字。

〔三〕美人　《繡谷春容》作「擇人」。

〔四〕有　此字原無，據《繡谷春容》補。

〔五〕娘　原譌作「婦」，據《繡谷春容》改。

〔六〕紿　清鈔本及《繡谷春容》作「詒」。紿、詒音義皆同，義爲欺哄。

〔七〕諾　《繡谷春容》作「許」。

〔八〕歸　《繡谷春容》無此字。

〔九〕胡鬚　《繡谷春容》作「髯鬚」。

〔一〇〕巑岏　原作「鑽頑」，據《繡谷春容》改。巑岏，高聳貌。

〔一一〕大　《繡谷春容》作「心」。

〔一二〕冰人　「冰」原譌作「此」，據《繡谷春容》改。冰人，媒人。

〔一三〕尹　此字原無，據《繡谷春容》補。尹，開封府尹。

〔一四〕私情　原校：「私字上下原脱一字。」《繡谷春容》爲「情」字，據補。

按： 此條注出《可怪録》，不詳何書。《新編醉翁談録》庚集卷二「花判公案」有《判楚娘悔嫁村夫》，事同，亦節文，曰：

開封葛楚娘，甚美貌。一日，媒婦許擇佳婿。及嫁，乃一村夫，鬚糊滿口。楚娘大不悦，怨恨求去。其夫詣府陳之，奉判云：「夫有出妻之條，妻无退夫之理。糟糠古不下堂，買臣之妻可恥。且饒根究私情，二人押回本里。」

越娘因詩句動心

陳敏夫隨兄任廣州參軍，其兄素無妻室，專寵一妾，名越娘，美貌，能詩。兄在任不禄，敏夫與越娘，搬挈還家。歸次洪都〔一〕，越娘以〔二〕詩一聯曰：「悠悠江水張〔三〕帆渡，叠叠雲山緩轡行。」命敏夫和後〔四〕。敏夫應聲曰：「今夜不知何處宿，清風明月最關情。」微寓相挑之意。越娘見詩，微咲。是夜，宿雙溪驛〔五〕。月明如晝，越娘開樽，同敏夫飲，唱酬歡洽。問敏夫：「今夜何處睡？」答曰：「廊下，圖得看月。」越娘曰：「我房門不閉，也圖得看月〔六〕。」各有餘情。夜向深，敏夫聞廊下有履聲，乃潛起看，見越娘揺手令低聲，迎進相抱，曰：「今日被君詩句惹動春心。」遂就寢。越娘乃吟詞〔七〕曰：「一自東君去〔八〕後，幾多恩愛睽離。頻凝淚眼望鄉畿，客路迢迢千里。顧我風情不薄，與君驛邸相隨。參軍雖死不須悲，幸有連枝同氣。」出《麗情集》

〔一〕洪都　《繡谷春容》私通類作「成都」。洪都即南昌，洪州治所。

〔二〕以　周校本改作「吟」。

〔三〕張　原譌作「漲」，據《繡谷春容》改。

〔四〕後　原作「是」，據《繡谷春容》改。「後」指後兩句。周校本改作「之」。

〔五〕驛　《繡谷春容》無此字。

〔六〕越娘曰我房門不閉也圖得看月　以上十三字原無，據《繡谷春容》補。

〔七〕詞　周校本一九九一年版改作「詩」，誤。按：下文詞乃《西江月》。

〔八〕去　清鈔本下衍「多」字。

按：張君房《麗情集》已佚。元陶宗儀《南村輟耕録》卷一四《婦女曰娘》引《麗情集》曰：「陳敏兄妾越娘，貌美。兄死，遂與款狎。」引文甚簡。《一見賞心編》卷一一淫治類《陳越娘》，據《緑窗新話》改寫，曰：

陳敏夫隨內兄任廣州參軍，內兄未携妻室，但以一妾隨事。妾名越娘，美貌，能詩。後內兄在任不禄，敏夫與越娘，扶櫬還鄉。次成都，越娘吟詩一聯曰：「悠悠江水張帆渡，叠叠雲山緩步行。」令敏夫續後。敏夫應聲曰：「今夜不知何處宿，清風明月最關情。」微寓相挑之意。越娘見詩，微笑。是夜，宿雙溪。月明如晝，越娘開樽，同敏夫飲，唱酬歡洽。問敏夫：「今夜何處宿？」答曰：「廊下，圖得看月。」越娘曰：「我寢門不閉，也圖得看月。」各有餘情。夜向深，敏夫聞廊下有履聲，乃潛起，見越娘摇手令低聲，迎進相抱，曰：「今日被君詩句惹動春心。」同歡枕席。越娘乃吟詩曰：「一自東君去後，幾多恩愛睽離。頻凝淚眼望鄉畿，客路迢迢千里。　顧我風情不薄，與君驛邸相隨。參軍雖死不須悲，幸有連枝同氣。」

伴喜私犯張禪娘〔一〕

張寅伯家富，有女名禪娘，年十六。買〔二〕得一妾，欲隨嫁，名曰伴喜。禪娘〔三〕留在房内，令伴寢處。伴喜所爲稱意，甚愛重。如〔四〕或沐浴，亦令側侍。伴喜由是遂啓非心。一夕睡後，大叫曰：「見一鬼青面〔五〕，掩其身。」禪娘駭畏，亟令就牀共睡。久乃玩狎，每以異事嚇之。一夕共枕，伴喜問曰：「小娘子行嫁在邇〔六〕，羅幃中事，還識之否？」答曰：「女工之外〔七〕，一無所識。」伴喜曰：「也要知大綱。妾雖女身，二形兼備。遇女則男形，遇男則復成女矣。」因以實教之。禪娘既爲〔八〕所犯，情竇一開，不能自已。後爲同房小妾發其事，械送有司，重斷而遣之。出《聞見録〔九〕》

〔一〕伴喜私犯張禪娘　「禪」，《繡谷春容》私通類作「娟」，正文作「嬋」，下同。

〔二〕買　原作「顧」，通「雇」。據《繡谷春容》改。周校本改作「願」，誤。

〔三〕禪娘　此二字原無，據《繡谷春容》補。

〔四〕如　《繡谷春容》作「之」字，連上讀。

〔五〕睡後大叫曰見一鬼青面　原作「睡後犬吠曰鬼裝一鬼青面」，有誤，據《繡谷春容》改。周校本據《醉翁談録》改作「睡後夢魘，云一鬼青面」，見附録。

〔六〕小娘子行嫁在邇　「子」字原無，據《繡谷春容》補。《繡谷春容》「邇」作「即」。

〔七〕女工之外　「外」原作「事」，據《繡谷春容》改。周校本改作「除女工之事」。

〔八〕爲　原作「得」，據《繡谷春容》改。

〔九〕聞見録　原作「見聞録」，據清鈔本改。按：前文《楊生私通孫玉娘》亦出《聞見録》。

按：《聞見録》疑即北宋王鞏（字定國）所撰者。《新編醉翁談録》丙集卷一「寶窗妙語」《致妾不可不察》，情事相似，妾亦名伴喜，惟張氏父女無名，且結局不同。今録下備參：

昔日東京南街林三娘者，爲牙婆。善談説，熟識士夫宅院。以故販雇女奴者，接踵其門。一日，有鹽商販一女奴至，年十五六，爲人潔白聰俊，舉止便捷，善解人意。牙婆見，謂（原謁作胃）客曰：「霸陵橋左張官人宅，欲得一人如此，要爲裝從之用。」乃引置其家。張之妻一見，雅合其意。張有女年十七八，母令女自試其能否，女亦喜之。議成，立名伴喜。張其爲皆稱女子之意，至於出入飲食，未嘗與离左右，湯沐澡浴之密，亦令伴喜侍側，甚愛惜之。一夕，伴喜詐爲夢魘之聲甚惡，其女亟呼覺，詢其故，應曰：「見大毛手鬼，面青眼赤，直掩其身，是以驚呼。」其女聞是言駭惧，亟令伴喜同睡於其床。後以爲常。久乃玩狎，或以異事而恐之。一夕就枕，伴喜輕語小娘子曰：「行嫁喜事在近，羅幃中事，還識之否？」其女曰：「少長深閨，誰言及此？」伴喜曰：「亦當知其大綱。」女曰：「如何？」伴喜曰：「妾雖一身，二形兼備。」女詰其故，答曰：「遇女則男形，遇男其形已復成女矣。」伴喜因以其實教之。女既知味，情竇一開，常與之合。伴喜恐將來事覺，一夕携其首飾翩然去。因得首末於崔彦能之家，故録之。使後之置妾者不可不察。

陳吉私犯熊小娘

盧叔憲娶熊判院之女，姿色絶群。因爲商致富，費用奢侈，家貲坐耗。一日，謂其妻曰：「意欲再往川蜀，兩年可歸，本息不下數萬〔一〕。」熊氏不能留，盧遂買〔二〕貨物畢集，遣陳吉看守門户，秖候宅中使喚，宿于廊〔三〕下。盧既去，越兩月。一夕，月明，熊氏領妮子惠奴，出簾前看月，問陳吉：「睡也未？」又問：「你前〔四〕隨官人入蜀，知他與誰有約？」吉〔五〕曰：「不知。」熊氏遂入，一夜睡不着。次夜，獨出廳前，巡廊而行，至吉臥所，再三詰吉：「官人在蜀，與何人期約？」吉不得已，言：「與名妓賽觀音歡好，今以〔六〕不回矣。」熊氏乃進抱吉曰：「我也不能管得。」遂爲吉所淫。私通既久，人房共寢，衣服巾履，皆熊氏爲之，惟恐其夫之歸〔七〕也。家貲爲吉傳遞，孑然赤立。明年，盧厚載而歸，熊氏首以賽觀音事責之。盧疑其有異〔八〕志，因伺察其姦狀，投牒于官。熊氏、陳吉、惠奴並送獄，鞫勘斷遣。同上〔九〕

〔一〕萬　原譌作「五」，疑「万」字之譌。據《繡谷春容》私通類改。
〔二〕買　《繡谷春容》作「貿易」。
〔三〕廊　《繡谷春容》作「東廊」。
〔四〕先　周校本作「前」。
〔五〕吉　原譌作「古」，據《繡谷春容》改。
〔六〕以　《繡谷春容》作「已」。以，通「已」。周校本改作「殆」。
〔七〕之歸　原作「歸之」，據《繡谷春容》改。
〔八〕異　原下有「爾」字，據《繡谷春容》删。
〔九〕同上　即《聞見録》。

按：此事未見他書有載。

王尹判道士犯姦

開封吴氏，蚤年喪夫，其子尚幼。因命西山觀道士黄妙修設黄籙，拔〔一〕度亡夫。百日之内，妙修常在孝堂行持。吴氏妙〔二〕年新寡，其〔三〕春心難守。妙修揣其〔四〕意，每於聲音間，寓詞挑之。令吴氏擇吉日，以白絹爲橋，當〔五〕空召請，能致〔六〕亡魂。吴氏感此言，時與妙修議論此事，情意狎昵，遂諧繾綣。妙修往來無間。其子劉達生知之，用計杜絶〔七〕。吴氏忿怒，詣〔八〕府，論子不孝。王〔九〕府尹曰：「據汝所陳，一子當寘重罪〔一〇〕，能無悔乎？若果不悔，可買一棺來請屍。」吴氏欣然而出。府尹密使人覘之，隨所見聞報覆。須臾回報，言：「吴氏咲謂一〔一一〕道士曰：『事了矣。爲我買棺入府，取兒屍。』道士欣然得之〔一二〕。」少頃，舁〔一三〕至府庭。府尹差人捉道士，送獄鞫勘，供招：「只因達生拒姦之事，故妄訴不孝以除之。」吴氏所供亦同。府尹〔一四〕釋達生，重治道士於法〔一五〕。

〔一〕拔　原譌作「投」，據《繡谷春容》私通類改。

〔二〕妙　《繡谷春容》作「少」。
〔三〕其　《繡谷春容》無此字。
〔四〕其　《繡谷春容》無此字。
〔五〕當　《繡谷春容》作「堂」，當譌。
〔六〕致　原譌作「置」，據《繡谷春容》改。
〔七〕知之用計杜絶　原作「得知其用杜絶」，校：「其用二字上，上疑有脱。」據《繡谷春容》改。周校本改作「得知其用意，設計杜絶」。
〔八〕詣　原作「訴」，據《繡谷春容》改。
〔九〕王　《繡谷春容》無此字。
〔一〇〕罪　《繡谷春容》作「刑」。
〔一一〕一　此字原無，據《繡谷春容》補。
〔一二〕得之　周校本改作「自得」。
〔一三〕舁　周校本前增「棺」字。
〔一四〕尹　《繡谷春容》無此字。
〔一五〕重治道士於法　《繡谷春容》作「而重治道士」。

按： 此條無出處。王尹判案，乃脱化自唐人李傑事。唐張鷟《朝野僉載》卷五、劉餗《隋唐嘉話》卷下、劉肅《大唐新語》卷四《政能》皆有記，《新唐書》卷一二八《李傑傳》亦略載之。五代和凝《疑獄集》卷一《李傑覘婦》、南宋桂萬榮《棠陰比事》卷上《李傑買棺》亦採其事。今將《朝野僉載》引録如下：

李傑爲河南尹，有寡婦告其子不孝。其子不能自理，但云：「得罪於母，死所甘分。」傑察其狀，非不孝子，謂寡婦曰：「汝寡居，惟有一子，今告之，罪至死，得無悔乎？」寡婦曰：「子無賴，不順母，寧復惜乎？」傑曰：「審如此，可買棺木，來取兒屍。」因使人覘其後。寡婦既出，謂一道士曰：「事了矣。」俄而棺至，傑尚冀有悔。再三喻之，寡婦執意如初。道士立於門外，密令擒之，一問承伏：「某與寡婦私，嘗苦兒所制，故欲除之。」傑放其子，杖殺道士及寡婦，便同棺盛之。

《大唐新語》文同《朝野僉載》。《隋唐嘉話》文曰：

李大夫傑之爲河南尹，有婦人訴子不孝。其子涕泣，不自辯明，但言：「得罪於母，死甘分。」察其狀非不孝子，再三喻其母，母固請殺之。李曰：「審然，可買棺來取兒屍。」因使人尾其後。婦既出，謂一道士曰：「事了矣。」俄而棺至，李尚冀其悔，喻之如初，婦執意彌堅。時道士方在門外，密令擒之。既出其不意，一問便曰：「某與彼婦人有私，常爲兒所制，故欲除之。」乃杖殺母及道士，便以向棺載母喪以歸。

明凌濛初《初刻拍案驚奇》卷一七《西山觀設籙度亡魂，開封府備棺追活命》據《緑窗新話》改編，而易王府尹爲李傑。

蘇守判和尚犯姦

靈景寺有僧，名了然，不遵戒行，常宿娼妓〔一〕李秀奴。往來日久，衣鉢爲之一空。秀奴屢絶之，僧迷戀不已。一夕，僧乘醉往，秀奴不納，因擊秀奴，隨手而斃。縣官得其實，具申府司。時内翰蘇子瞻治郡，一見大駡曰：「秃奴有此横爲！」送獄院推勘，則見僧臂上刺字云「但願同生極樂國，免教今世苦相思」之句。及見款狀招伏，即行結斷，舉筆判成一詞，名《踏莎行》，云：「這個秃奴，修行忒煞〔二〕，雲山頂上持齋戒。一從迷戀玉樓人，鶉衣百結渾無柰。　毒手傷人，花容粉碎〔三〕，空空色色今何在。臂間刺道苦相思，這回還了相思債。」判訖，押赴市曹處〔四〕死。

〔一〕娼妓　原倒作「妓娼」。《醉翁談録》作「娼妓」，見附録，據改。

〔二〕煞　《醉翁談録》作「瞅」。瞅，醜劣。

〔三〕花容粉碎　原譌作「容花粉壁」，據《醉翁談録》改。

〔四〕處　原譌作「塵」，據清鈔本及《醉翁談録》改。

按：此條無出處。《新编醉翁談録》庚集卷二「花判公案」中《子瞻判和尚遊娼》即此文，曰：

靈景寺有僧，名了然，不遵戒行，常宿娼妓李秀奴家。往來日久，衣鉢爲之一空。秀奴屢絶之，僧迷恋不已。僧乘醉往，秀奴不納，因擊秀奴，隨手而斃。縣官得實，具申州司。時内翰蘇子瞻治郡，一見大罵曰：「秃奴有此横爲！」送獄院推勘，則見僧臂上刺字云「但願同生極樂国，免教今世苦相煎」之句。及見欵狀招伏，即行結斷，舉筆判成一詞，名《踏莎行》：「這個秃奴，修行忒瞅，雲山頂上持齋戒。一從迷戀玉樓人，鶉衣百結渾无柰。毒手傷人，花容粉碎，空空色色今何在。臂間刺道苦相思，這回還了相思債。」判訖，押赴市曹處斬。

《西湖遊覽志餘》卷二五《委巷叢談》、《情史》卷一八情累類《僧了然》亦載，文字較略。西湖漁隱主人《歡喜冤家》卷一四《一宵緣約赴兩情人》據此敷演。

趙飛燕通燕赤鳳〔一〕

馮萬金，善歌，世事江都王。王孫女嫁江都中尉趙曼，金〔二〕又事曼，因與主通。曼有疾，不能近〔三〕婦人。主〔四〕有娠，恐，乃稱疾，居王宫。一産二女，歸之金，長曰飛燕〔五〕，次曰合德〔六〕，冒姓趙氏。飛燕召入宫，成帝幸之，號趙后。后所通宫奴燕〔七〕赤鳳者，雄捷能超樓閣，兼通昭儀。十月五日，宫中故事，上靈女〔八〕廟，吹塤擊鼓，連臂踏歌〔九〕，歌《赤鳳皇來曲》。后曰：「赤鳳皇來〔一〇〕爲誰來？」昭儀曰：「自爲姊來，甯爲他人來乎？」后怒，以杯抵昭儀曰：「鼠子能噬人乎？」昭儀曰：「穿其裙，見其私足矣，安在噬人乎〔一一〕？」樊嫕是昭儀姑姊〔一二〕，扶昭儀拜，泣曰：「姊甯忘共被，夜長苦寒不成寐，使合德昭儀名〔一三〕擁姊背耶？今幸得貴〔一四〕，其忍内相搏〔一五〕乎？」后抽紫玉九鵠〔一六〕釵，爲昭儀簪〔一七〕髻，乃罷。帝微聞其事，問昭儀，對曰：「后妬我耳。以漢家火〔一八〕德，故以帝爲赤鳳。」帝信之，大悅。出《趙后外傳》

〔一〕趙飛燕通燕赤鳳　原題《趙飛燕私通赤鳳》，據《繡谷春容》私通類改。按：《趙飛燕通燕赤鳳》與下條《楊貴妃私安禄山》相對。

〔二〕金　清鈔本倒作「金馮」。

〔三〕近　《繡谷春容》作「迫」。按：《趙飛燕外傳》作「近」，見附録。

〔四〕主　此字原無，據《繡谷春容》補。按：《外傳》亦有此字。

〔五〕飛燕　《外傳》作「宜主」。

〔六〕合德　原作「昭儀」，據《繡谷春容》改，《外傳》同。按：昭儀乃其入宫後之名號。《漢書·外戚列傳序》：「元帝加昭儀之號……昭儀位視丞相，爵比諸侯。」

〔七〕燕　此字原無，據《繡谷春容》補。

〔八〕女　《外傳》作「安」。

〔九〕歌　《外傳》作「地」。

〔一〇〕來　《繡谷春容》無此字。

〔一一〕乎　《繡谷春容》無此字。

〔一二〕是昭儀姑姊　原作大字正文「注昭儀姑姊」，據《繡谷春容》改。按：《外傳》作「姑妹」。

〔一三〕昭儀名　原作大字正文「注昭儀各」，據《繡谷春容》改。

〔一四〕貴　原譌作「賞」，據《繡谷春容》改。

〔一五〕搏　原作「摶」，據《外傳》改。

〔一六〕鶵　《繡谷春容》作「雛」，字同。

〔一七〕簪　原作「卷」，清鈔本及《繡谷春容》作「恭」，皆譌。據《外傳》改。

〔一八〕火　清鈔本及《繡谷春容》譌作「大」。

按： 此條注出《趙后外傳》。《趙后外傳》即《趙飛燕外傳》。今本傳末《伶玄自叙》又稱作《趙后别傳》。此傳最早載於《説郛》卷三二，明人顧元慶刊於《顧氏文房小説》，皆一卷。據顧本，《外傳》題漢江東都尉伶玄撰，《説郛》本題漢伶玄，注：「字子于，潞水人，江東都尉。」原題當與顧本同。兩漢於郡置都尉，無江東郡。《直齋書録解題》傳記類著録云「稱漢河東都尉伶玄子于撰」，原題應爲河東都尉，「江」字譌，傳末亦云子于爲河東都尉。伶玄自叙自稱字子于，潞水人。「學無不通，知音善屬文，簡率尚真，朴無所矜，揚雄獨知之」。因揚雄「貪名矯激」而不與之交，遂受揚雄詆毁。子于由司空小吏歷三署，刺守州郡，爲淮南相。哀帝時年老退休，買妾樊通德，乃樊嫕弟子不周之女。通德爲子于詳説趙飛燕姊弟故事，子于「悵然有荒田野草之悲」，通德請其作傳，於是撰《趙后别傳》。伶玄曾官都尉、國相，然其人絶不見於《漢書》等載籍。自叙復云：「子于爲河東都尉，班躅爲決曹，得幸太守，多所取受。子于召躅，數其罪而捽辱之。躅從兄子彪，續司馬《史記》，絀子于，無所收録。」班彪作《後傳》續《史記》，未完而由其子班固續之，即《漢書》。此語分明是解釋《漢書》何以無伶玄傳。班彪乃班躅從兄子，然《漢書·叙傳》班固自述世系無此人。《伶玄自叙》後附桓譚云，稱更始二年赤眉過茂陵，劉恭入茂陵卞理廬，於金藤漆匱中得伶玄書。建武二年賈子翊以書示桓譚，云伶玄是卞理之琴師。乃將伶姓釋爲優伶之伶，與伶玄自叙身份頗不合，愈使伶玄其人變得撲朔迷離矣。

觀《趙飛燕外傳》，文中人物有「禍水滅火」、「漢家火德」之語。按漢代秦後以「五德終始」之説確定漢德，或火或水或土，終西漢之世一直未能確定。雖新莽始建國元年所班《符命》中已稱「火，漢氏之德也」，然直至東漢光武帝才終定火德。是則西漢末年伶玄作此傳頗可懷疑，蓋後人僞託也。末又附荀勖校書奏云：「右伶玄《趙后傳》，竹簡磨滅，文義交錯，不可具曉。謹與臣勖書同校定相證，别删去其不可詳者，合爲一篇。其趙后、樊嫕無所終，疑玄之闕文也。」晉初泰始中荀勖領秘書監，校定群書（見《晉書》卷三九《荀勖傳》）。若此奏不僞，則傳出東漢三國間，不過荀奏及桓譚語可能皆爲僞託。從唐人及南朝詩文已引用其事典來看，或係無名氏僞造於東漢至晉宋間也。

《趙飛燕外傳》頗長，《绿窗新話》節略頗巨。兹據顧本將原文引録如左：

趙后飛燕，父馮萬金。祖大力，工理樂器，事江都王，爲（此字據《説郛》本補）協律舍人。萬金不肯傳家業，編習樂聲亡章曲，任爲繁手哀聲，自號凡靡之樂，聞者心動焉。江都王孫女姑蘇主，嫁江都中尉趙曼。曼幸萬金，食不同器不飽。萬金得通趙主，主有娠。曼性暴妒，且早有私病，不近婦人。主恐，稱疾，居王宫，一産二女，歸之萬金。長曰宜主，次曰合德，然皆冒姓。趙宜主幼（原譌作紉，據《説郛》本改）聰悟，家有彭祖方胍之書，善行氣術。長而纖便輕細，舉止翩然，人謂之飛燕。合德膏滑，出浴不濡，善音辭，輕緩可聽。二人皆出世色。萬金死，馮氏家敗，飛燕姊（原譌作妹，據《説郛》本改）弟，流轉至長安。於時人稱趙主子，或云曼之他子，與陽阿主家令趙臨共里巷。託附臨，屢爲組文刺繡獻臨，臨愧受之。居臨家，稱臨女。臨常有女，事宫省，被病歸死，飛燕或稱死者。飛燕妹弟，事陽阿主家爲舍直。常竊傚歌舞，積思精切，聽至終日不得食。待直貲服疏苦財，且顓事膏沐澡粉，其費亡所愛，共直者指爲愚人。飛燕通隣羽林射鳥者。飛燕貧，與合德共被。夜雪，期射鳥者於舍旁。飛燕露立，閉息順氣，體温舒，亡疹粟，射鳥者異之，以爲神仙。飛燕緣主家大人，得入宫召幸。其姑妹樊嫕於計反，爲丞光司帝者，故識飛燕與射鳥兒事，爲之寒心。及幸飛燕，瞑目牢握，涕交頤下，戰栗不迎帝。帝擁飛燕，三夕不能接，畧無譴意。宫中素幸者，從容問帝，帝曰：「豐若有餘，柔若無骨。遷延謙畏，若遠若近，禮義人也。寧與女曹婢脅肩者比邪？」既幸，流丹浹藉。嫕私語飛燕曰：「射鳥者不近女邪？」飛燕曰：「吾内視三日，肉肌盈實矣。帝體洪壯，創我甚焉。」飛燕自此特幸後宫，號趙皇后。帝居鴛鴦殿便房，省宫（原作帝，據《説郛》本改）簿，嫕上簿，嫕因進言：「飛燕有女弟合德，美容體，性醇粹可信，不與飛燕比。」帝即令舍人呂延福，以百寶鳳毛步輦迎合德。合德謝曰：「非貴人姊召不敢行，願斬首以報宫中。」延福還奏，嫕爲帝取后五采組文手藉爲符，以召合德。合德新沐，膏九回沈水香爲卷髮，號新髻，爲薄眉，號遠山黛，施小朱（《説郛》本作粉），號慵來粧，衣故短繡裙，小袖，李文襪。帝御雲光殿帳，使樊嫕進合德。合德謝曰：「貴人姊虐妬，不難滅恩，受耻不愛死。非姊教，願以身（《説郛》本作死）易耻，不望旋踵。」音詞舒閑清切，左右嗟賞之嘖嘖。帝乃歸合德。宣帝時，披香博士淖方成，白髮教授宫中，號淖夫人，在帝后，唾曰：「此禍水也，滅火必矣。」帝用樊嫕計，爲后別開遠條館，賜紫茸雲氣帳，文玉几，赤金九層博山爐，令（以上二字原譌作「緣合」，據《説郛》本改）嫕諷后曰：「上久亡子，宫中不思千萬歲計邪？何不時進上，求有子？」后德嫕計，是夜進合德。帝大悦，以輔屬體，無所不靡，謂爲温柔鄉。謂嫕曰：「吾老是鄉矣，不能效武皇帝求白雲鄉也。」嫕呼萬歲，賀曰：「陛下真得仙者。」上立賜嫕鮫文萬金錦二十四疋。合德尤幸，號爲趙婕好。婕好事后，常爲兒拜。后與婕好坐，后誤唾婕好褏，婕好曰：「姊唾染人紺褏。正似石上華，假令尚方爲之，未必能若此衣之華。」以爲石華廣袖。后在遠條館，多通侍郎、宫奴多子者。婕好傾心翊護，常謂帝曰：「姊性剛，或爲人構陷，則趙氏無種矣。」每泣下悽惻。以故白后姦狀者，帝輙殺之。侍郎、宫奴鮮綺蘊香，恣縱棲息遠條館，無敢言者。后終無子。后浴五蘊七香湯，踞通香沉水坐，燎降神百蘊香。婕妤浴荳蔻湯，傅露華百英粉。帝嘗私語樊嫕曰：「后雖有異香，不若婕妤體自香也。」江都易王故姬李陽華，其姑爲馮大力妻。陽華老歸馮氏，后姊弟母事陽華，陽華善賁飾，常教后九廻沉水香澤雄麝臍，内息肌丸。婕妤亦内息肌丸，常試若爲婦者，月事益薄。他日，后言於承光司劑者上官嫵，嫵拊（此字據《説郛》本補）膺曰：「若如是，安能有子乎？」教后煮美花滌之，終不能驗。真臘夷獻萬年蛤、不夜珠，光彩皆若月，照人亡妍醜皆美艷。帝以蛤賜后，以珠賜婕妤。后以蛤粧五成金霞帳，帳中常若滿月。久之，帝謂婕妤曰：「吾晝視后，不若夜眎之美，每旦令人忽忽如失。」婕妤聞之，即以珠號爲枕前不夜珠，爲后壽，終不爲后道帝言。后（此字據《説郛》本補）始加大號，婕妤奉（原作奏，據《説郛》本改）書於后曰：「天地交暢，貴人姊及此令吉，光登正位，爲先人休，不堪喜豫。謹奏上二十六物以賀。金屑組文茵一鋪，沉水香蓮心椀一面，五色同心大結一盤，鴛央萬金錦一疋，琉璃屏風一張，枕前不夜珠一枚，含香綠毛狸藉一鋪，通香虎皮檀象一座，龍香握魚二首，獨揺寶蓮一鋪，七出菱花鏡一奩，精金彄環四指，若亡絳綃單衣一襲，香文羅手藉三幅，七回光雄肪髮澤一盎，紫金被褥香爐三枚，文犀辟毒箸二雙，碧玉膏奩一合。使侍兒郭語瓊拜上。」后報以雲錦五色帳、沉水香玉壺。婕妤泣，怨帝曰：「非姊賜我，死不知此器。」帝謝之。詔益州留三年輸，爲婕妤作七成錦帳，以沉水香飾。婕妤接帝於太液池，作千人舟，號合宮之舟。池中起爲瀛洲，榭高四十尺。帝禦流波文縠無縫衫，后衣南越所貢雲英紫裙，碧瓊輕綃廣袖，坐（此字據《説郛》本補）榭上。后歌舞《歸風送遠》之曲，帝以文犀簪擊玉甌，令后所愛侍郎馮無方吹笙以倚后歌。中流歌酣，風大起，后順風揚音，無方長噏細嫋與相屬。后裙髀曰：「顧我！顧我！」后揚袖曰：「仙乎！仙乎！去故而就新，寧忘懷乎？」帝曰：「無方爲我持后。」無方捨吹，持后履。久之風霽，后泣曰：「帝恩我，使我仙去不得（原作「待」，據《説郛》本改）。」悵然曼嘯，泣數行下。帝益愧愛。后賜無方千萬，入后房闥。他日，宮姝幸者，或襞裙爲縐，號曰留仙裙。婕妤益貴幸，號昭儀。求近遠條館，帝作少嬪館，爲露華殿、含風殿、博昌殿、求安殿，皆爲前殿。後殿又爲温室、凝缸（《説郛》本作「紅」）室、浴蘭室，曲房連檻，飾黄金白玉，以璧爲表裏，千變萬狀，連遠條館，號通仙門。后貴寵，益思放蕩，使人博求術士，求匪安却老之方。時西南北波夷致貢，其使者舉茹一飯，晝夜不卧偃。典屬國上其狀，屢有光怪。后聞之，問何如術，夷人曰：「吾術天地平，生死齊，出入有無，變化萬象，而卒不化。」后令樊嫕弟子不周遺千金。夷人曰：「學吾術者，要不淫與謾言。」后遂不報。他日，樊嫕侍后浴，語甚讙。后爲樊嫕道夷言，嫕抵掌笑曰：「憶在江都時，陽華李姑畜鬭鴨水池上，苦獺齧鴨。時下朱里芮姥者，求捕獺狸獻，姥謂姑曰：『是狸不他食，當飯以鴨。』姑怒，絞其狸。今夷術真似此也。」

后大笑，曰：「臭夷何足汙吾絞乎？」后所通宫奴燕赤鳳者，雄捷能超觀閣，兼通昭儀。赤鳳始出少嬪館，后適來幸。時十月五日，宫中故事，上靈安廟。是日，吹塤擊鼓歌，連臂踏地，歌《赤鳳來曲》。后謂昭儀曰：「赤鳳爲誰來？」昭儀曰：「赤鳳自爲姊來，寧爲他人乎？」后怒，以杯抵昭儀裙曰：「鼠子能嚙人乎？」昭儀曰：「穿其衣，見其私足矣，安在嚙人乎？」昭儀素卑事后，不虞見答之暴，孰視不復言。樊嫕脱簪，叩頭出血，扶昭儀爲拜后。昭儀拜，乃泣曰：「姊寧忘共被，夜長苦寒，不成寐，使合德雍姊背邪？今日幸（原作垂，據《説郛》本改）得貴，皆勝人，且無外搏，我姊弟其忍内相搏乎？」后亦泣，持昭儀手，抽紫玉九鶵釵，爲昭儀簪髻，乃罷。帝微聞其事，畏后不敢問，以問昭儀，昭儀曰：「后妬我爾。以漢家火德，故以帝爲赤龍鳳（原作「龍鳳」，據《説郛》本删龍字）。」帝信之，大悦。帝常蚤獵，觸雪得疾，陰緩弱不能壯發。每持昭儀足，不勝至欲，輒暴起。昭儀常轉側，帝不能長持其足。樊嫕謂昭儀曰：「上餌方士大丹，求盛大不能得。得貴人足，一持暢動。此天與貴妃大福，寧轉側俾帝就邪？」昭儀曰：「幸轉側不就，尚能留帝欲。亦如姊教，帝持則厭去矣，安能復動乎？」后驕逸，體微病輒不自飲食，須帝持匕箸。藥有苦口者，非帝爲含吐不下咽。昭儀夜入浴蘭室，膚體光發，占燈燭。帝從幃中竊望之，侍兒以白昭儀。昭儀覽巾，使徹燭。他日，帝約賜侍兒黄金，使無得言。私婢不豫約，中出幃，值帝，即入白昭儀，昭儀遽隱辟。自是，帝從蘭室幃中窺昭儀，多袖金，逢侍兒、私婢，輒牽止賜之。侍兒貪帝金，一出一入不絶。帝使夜從帑益，至百餘金。帝病緩弱，大毉萬方不能救。求奇藥，嘗得昚卹膠（《説郛》本作「晝」）遺昭儀。昭儀輒進帝，一丸一幸。一夕，昭儀醉，進七丸，帝昏夜擁昭儀，居九成帳，笑吃吃不絶。抵明，帝起御衣，陰精流輸不禁。有頃，絶倒裛衣。視帝，餘精出湧，霑汙被内。須臾，帝崩。宮人以白太后，太后使理昭儀。昭儀曰：「吾持人主如嬰兒，寵傾天下，安能斂手掖庭，令争帷帳之事乎？」乃拊膺呼曰：「帝何往乎？」遂歐血而死。

楊貴妃私安禄山

楊貴妃與安禄山嬉遊。一日醉戲〔一〕，無禮尤甚，引手抓傷妃胸乳間。妃泣曰：「吾私汝之過也。」慮帝見痕，以金爲訶子遮之。後宮中皆效〔二〕之。一日，妃浴出，對鏡匀面，裙腰褪，微露一乳。帝捫弄曰：「軟温新剝雞頭肉。」禄山對曰：「潤滑初來塞上酥。」妃大笑曰：「信是胡奴只識酥。」禄山出守漁陽，白妃曰：「此行深非所樂〔三〕，别後復有相見之期乎？」妃咲而不答。禄山曰：「人但患〔四〕無心耳，苟有志，雖萬死萬生，須來見娘娘。」因抱妃泣。禄山數失禮於妃，妃晚年尤不喜，恨無計絶之。後興〔五〕兵

反，私曰：「吾非敢覬覦大〔六〕賓，但欲一見貴妃叙離索，得同懽〔七〕三五日便死，亦快樂也。」出《青瑣高議》

〔一〕醉戲　周校本據《青瑣高議》前集卷六《驪山記》前增「禄山」二字。按：周校本下文據《青瑣高議》改動尚多，不再出校。

〔二〕效　原譌作「放」，據《繡谷春容》私通類改。按：《類説》卷四六《青瑣高議・驪山記》及《青瑣高議》作「效」。

〔三〕樂　《繡谷春容》作「顧」。按：《類説》及《青瑣高議》作「樂」。

〔四〕恚　《繡谷春容》作「恨」。按：《類説》作「恚」，《青瑣高議》作「恨」。

〔五〕興　《繡谷春容》作「舉」。按：《類説》及《青瑣高議》作「興」。

〔六〕大　原譌作「天」，據《繡谷春容》改。按：《類説》及《青瑣高議》作「大」。

〔七〕懽　清鈔本譌作「權」。

按：全文見《青瑣高議》前集卷六《驪山記》，秦醇撰。文長不録。《類説》卷四六《青瑣高議・驪山記》係節文，五百二十餘字。《緑窗新話》乃節録《類説》而成，尤簡。

秦太后私通嫪毐

秦安國君，有子二十餘人。所甚〔一〕愛姬曰華陽夫人，無子。夏姬生子楚，爲質〔二〕於趙。吕不韋以千金游，事安國君及華陽夫人，立子楚爲嫡嗣。又〔三〕取邯鄲善舞者與居，有身。子楚從不韋飲，見而悦之。不韋遂獻其姬。姬自匿有身，至大期，生始皇。始皇立，尊不韋爲相國。始皇年少，太后時〔四〕私通不韋。始皇益壯，太后淫不止。不韋恐覺禍及己，乃私求太陰人嫪毐以爲〔五〕舍人，時縱倡樂。使毐以其陰關桐輪〔六〕而行，令太后聞之，以啗太后。太后聞，果欲私得之。不韋乃進嫪毐，詐令人拔其鬚眉爲宦者，遂以侍太后。太后私與通，絶愛之。有身，恐人知之，詐卜當避時，徙宫〔七〕居雍。事皆以決於嫪毐〔八〕。家僮數千人，諸客求宦爲嫪毐舍人千餘人。始皇九年，有告嫪毐實非宦者，常與太后私亂，生子二人，皆匿之。與太后〔九〕謀曰：「王薨，以子爲後。」於是始皇下吏治，具得情實。事連相國。夷嫪毐三族，殺太后所生二子，遂遷太后於雍。

出《史記・吕不韋傳》

〔一〕甚　《繡谷春容》私通類無此字。

〔二〕質　周校本作「質子」，乃據《史記》卷八五《吕不韋列傳》所增，見附録。按：以下凡據《史記》增删者不再出校。

〔三〕又　原作「之」，從上讀，據《繡谷春容》改。

〔四〕時　《繡谷春容》作「常」。

〔五〕爲　《繡谷春容》無此字。

〔六〕桐輪　「桐」原譌作「相」，據《史記》改。《正義》：「以桐木爲小車輪。」《繡谷春容》作「車」。清鈔本「相」下衍「論」字。

〔七〕宫　原譌作「官」，據《繡谷春容》改。按：《史記》作「宫」。

〔八〕以決於嫪毐　《繡谷春容》無「以」字。按：《史記》亦無。「決」清鈔本譌作「洪」。

〔九〕太后　清鈔本下衍「曰」字。

按：此條節自《史記》卷八五《吕不韋列傳》。原文曰：

秦昭王四十年，太子死。其四十二年，以其次子安國君爲太子。安國君有子二十餘人。安國君有所甚愛姬，立以爲正夫人，號曰華陽夫人。華陽夫人無子。安國君中男名子楚，子楚母曰夏姬，毋愛。子楚爲秦質子於趙。秦數攻趙，趙不甚禮子楚。子楚，秦諸庶孽孫，質於諸侯，車乘進用不饒，居處困。不得意。呂不韋賈邯鄲，見而憐之，曰：「此奇貨可居。」乃往見子楚。……呂不韋曰：「子貧，客於此，非有以奉獻於親及結賓客也。不韋雖貧，請以千金爲子西游，事安國君及華陽夫人，立子爲適嗣。」子楚乃頓首曰：「必如君策，請得分秦國，與君共之。」呂不韋乃以五百金與子楚，爲進用，結賓客。而復以五百金買奇物玩好，自奉而西游秦，求見華陽夫人姊，而皆以其物獻華陽夫人。因言子楚賢智，結諸侯賓客徧天下，常曰：「楚也以夫人爲天，日夜泣思太子及夫人。」夫人大喜。不韋因使其姊說夫人曰：「吾聞之，以色事人者，色衰而愛弛。今夫人事太子，甚愛而無子，不以此時蚤自結於諸子中賢孝者，舉立以爲適而子之。……今子楚賢，而自知中男也，次不得爲適，其母又不得幸，自附夫人，夫人誠以此時拔以爲適，夫人則竟世有寵於秦矣。」華陽夫人以爲然。承太子閒，從容言子楚質於趙者絶賢，來往者皆稱譽之。乃因涕泣曰：「妾幸得充後宮，不幸無子，願得子楚立以爲適嗣，以託妾身。」安國君許之，乃與夫人刻玉符，約以爲適嗣。安國君及夫人因厚餽遺子楚，而請呂不韋傅之。子楚以此名譽益盛於諸侯。呂不韋取邯鄲諸姬絶好善舞者與居，知有身。子楚從不韋飲，見而說之。因起爲壽，請之。呂不韋怒，念業已破家爲子楚，欲以釣奇，乃遂獻其姬。姬自匿有身，至大期時，生子政，子楚遂立姬為夫人。秦昭王五十年，使王齮圍邯鄲，急，趙欲殺子楚。子楚與呂不韋謀，行金六百斤予守者吏，得脱，亡赴秦軍，遂以得歸。趙欲殺子楚妻子，子楚夫人趙豪家女也，得匿，以故母子竟得活。秦昭王五十六年，薨，太子安國君立爲王，華陽夫人爲王后，子楚爲太子。趙亦奉子楚夫人及子政歸秦。秦王立一年，薨，謚爲孝文王。太子子楚代立，是爲莊襄王。莊襄王所母華陽后爲華陽太后，真母夏姬尊以爲夏太后。莊襄王元年，以吕不韋爲丞相，封爲文信侯，食河南雒陽十萬户。莊襄王即位三年，薨，太子政立爲王，尊吕不韋爲相國，號稱仲父。秦王年少，太后時時竊私通吕不韋。……始皇帝益壯，太后淫不止。吕不韋恐覺禍及己，乃私求大陰人嫪毐以爲舍人，時縱倡樂。使毐以其陰關桐輪而行，令太后聞之，以啗太后。太后聞，果欲私得之。吕不韋乃進嫪毐，詐令人以腐罪告之。不韋又陰謂太后曰：「可事詐腐，則得給事中。」太后乃陰厚賜主腐者吏，詐論之，拔其鬚眉爲宦者，遂得侍太后。太后私與通，絶愛之。有身，太后恐人知之，詐卜當避時，徙宫居雍。嫪毐常從，賞賜甚厚，事皆決於嫪毐。嫪毐家僮數千人，諸客求宦爲嫪毐舍人千餘人。始皇七年，莊襄王母夏太后薨。孝文王后曰華陽太后，與孝文王會葬壽陵。夏太后子莊襄王葬芷陽，故夏太后獨別葬杜東，曰：「東望吾子，西望吾夫。後百年，旁當有萬家邑。」始皇九年，有告嫪毐實非宦者，常與太后私亂，生子二人，皆匿之。與太后謀曰：「王即薨，以子爲後。」於是秦王下吏治，具得情實，事連相國吕不韋。九月，夷嫪毐三族，殺太后所生兩子，而遂遷太后於雍。諸嫪毐舍人皆没其家而遷之蜀。王欲誅相國，爲其奉先王功大，及賓客辯士爲游説者衆，王不忍致法。秦王十年十月，免相國吕不韋。及齊人茅焦説秦王，秦王乃迎太后於雍，歸復咸陽，而出文信侯就國河南。歲餘，諸侯客客使者相望於道，請文信侯。秦王恐其爲變，乃賜文信侯書曰：「君何功於秦？秦封君河南，食十萬户。君何親於秦？號稱仲父。其與家屬徙處蜀。」吕不韋自度稍侵，恐誅，乃飲酖而死。秦王所加怒吕不韋、嫪毐皆已死，乃皆復歸嫪毐舍人遷蜀者。始皇十九年，太后薨，謚爲帝太后，與莊襄王會葬茝陽。

李少婦私通封師〔一〕

李亞保再娶少婦，因與門師尼浴〔二〕，以白瓜爲誼〔三〕。婦戲曰：「男子之勢，有敵是者乎？」尼曰：「有封師者，加於是。」婦〔四〕私慕之。尼言〔五〕：「封師之術，能駈役鬼神。」婦於是佯〔六〕狂不食。尼説李曰：「夫人恐爲鬼魅所祟，可召封師。」以金陵土俗，多懼一足山魈，謂之五通聖賢〔七〕，乃召之。封師〔八〕遂朱書符籙，畫地結界，晝夜行法，惟封與尼得入室，凡百餘日〔九〕。既成姦謀，李早朝晏返，亦不之知。於是暗殺其夫。

僕舉姦事到官〔一〇〕，遂各抵罪〔一一〕。出《江都野録》

〔一〕李少婦私通封師　《繡谷春容》私通類「通」作「慕」。
〔二〕浴　原譌作「洛」，據《繡谷春容》改。
〔三〕誼　此字疑譌，《繡谷春容》字形似「媠」，不詳何字。
〔四〕婦　此字原無，據《繡谷春容》補。
〔五〕言　清鈔本作「曰言」。
〔六〕佯　原作「徉」，通「佯」。《繡谷春容》作「佯」，今從。
〔七〕聖賢　《繡谷春容》作「聖賢」。周校本删「賢」字。
〔八〕師　此字原無，據《繡谷春容》補。
〔九〕凡百餘日　周校本脱此四字。
〔一〇〕僕舉姦事到官　《繡谷春容》作「僕舉其姦」。
〔一一〕罪　《繡谷春容》作「法」。

按：此條出《江都野録》，未見著録及徵引。江都，今揚州。

崔徽私會裴敬中〔一〕

蒲女崔徽〔二〕，同郡裴敬中爲梁使蒲，一見爲動，相從累月。敬中言旋，徽不得去，怨抑不能自支。後數月，敬中密友知退〔三〕至蒲，有丘夏善寫人形〔四〕，知退爲徽致意於夏，果得絶筆。徽捧書〔五〕謂知退曰：「爲妾謝敬中，崔徽一旦不及卷中人，徽且爲郎死矣。」明日發狂，自是移〔六〕疾，不復舊時形容〔七〕而卒。出《麗情集》

元微之歌，其略曰：「崔徽本不是娼家，教歌按舞娼家長。使君知有不自由，坐在顯時立在掌。」末云：「有客名丘夏，善寫儀容得姿把〔八〕。爲徽持此謝敬中，以死報郎爲終始〔九〕。」又〔一〇〕秦少游詩曰：「蒲中有女號崔徽，輕似南山翡翠兒。使君當日最寵愛，坐中對客常擁持。一見裴郎心似醉，夜解羅衣與門吏。西門寺裏樂未央，樂府至今歌翡翠。」又《調笑令》曰：「翡翠，好容止，誰使庸奴輕點綴。裴郎一見心如醉，咲裏偷傳深意。羅衣中〔一一〕夜與門吏，暗結城西幽會。」

〔一〕崔徽私會裴敬中　《繡谷春容》私通類「會」作「慕」。

〔二〕蒲女崔徽　周校本改作「崔徽，蒲妓也」。

〔三〕知退　周校本改作「東川白知退」。按：白行簡，字知退，白居易弟。

〔四〕人形　周校本作「真」，校云「《類説》作人形」。按：原即作「人形」，周校誤。

〔五〕捧書　周校本作「持畫」，校云「《類説》作捧書」。按：原即作「捧書」，周校誤。

〔六〕移　《類説》卷二九《麗情集·崔徽》作「稱」。

〔七〕舊時形容　《類説》作「見客」。

〔八〕姿把　周校本改作「艷姿」，不知何據，疑妄改。

〔九〕終始　此二字《青泥蓮花記》卷四引《麗情集》空闕，他書未見。以上四句詩「夏」、「把」爲韻，「始」字出韻，疑此二字有誤。

〔一〇〕「元微之歌其略曰」至此　《繡谷春容》無。按：此爲附録，《繡谷春容》皆低兩字小字排，今較正文低兩格仍以大字排列。後同。

〔一一〕中　秦觀《淮海長短句》卷下作「深」。

按：此條出《麗情集》。《麗情集》多取唐宋傳奇及歌行，此事原當題作《元稹（或元微之）〈崔徽歌并序〉》，序、歌並述其事。《類説》卷二九《麗情集》摘録《崔徽》，本條同之，當據《類説》。《紺珠集》卷一一《麗情集》亦有摘録，題《卷中人》，曰：「唐裴敬中爲察官，奉使蒲中，與崔徽相從。敬中回，徽以不得從爲恨，久之成疾。自寫其真以寄裴，曰：『崔徽一旦不如卷中人矣。』」《海録碎事》卷九下引《麗情集》，文同《紺珠集》。

此外宋人書引用猶多。北宋周邦彦《片玉集》卷四《法曲獻仙音》陳元龍集注：「《麗情集》云崔徽善歌舞，慕敬中。後使丘夏畫其形容。驛使由梁郡持與敬中。」又卷八《蝶戀花·柳》第二注：「《崔徽詩》：『舞態低迷誤招拍。』」《崔徽詩》當作《崔徽歌》，「詩」字譌。

《東坡先生詩集注》卷一二《和趙郎中見戲二首》其一宋援注：「崔徽，河中倡也。以御史裴欽（按：宋人避宋太祖趙匡胤祖父諱改）中病亡，元稹爲作《崔徽歌》。」趙堯卿注：「裴欽中以興元幕使河中，與徽相從者累月。欽中使罷，徽不能從，情懷怨抑。後數月，東川幕白知退將自河中歸，徽乃託人寫真，因捧書謂知退曰：『爲妾謂裴郎，崔徽一旦不及卷中人，徽且爲郎死矣。』明日，遂疾發狂。元稹爲作《崔徽歌》，以叙其事。」又卷二七《章質夫寄惠崔徽真》宋援注：「崔徽，河中娼婦也。裴敬中以興元幕使河中，與徽相從者累月。敬中使罷還，徽不能從，情懷怨抑。後數月，東川幕白知退將自河中歸，徽乃托人寫真，因捧書謂知退曰：『爲妾謂敬中，崔徽一旦不及卷中人，徽且爲卿死矣。』元稹爲作《崔徽歌》。」

《施注蘇詩》卷一二《和趙郎中見戲》注：「《麗情集·元微之〈崔徽傳〉》云：蒲女也。裴敬中使蒲，徽一見動情，不能忍。敬中使回，徽以不得從爲恨，久之成疾。寫真以寄裴，且曰：『崔徽一旦不及卷中人矣。』微之爲作《崔徽歌》。」《崔徽傳》指《崔徽歌序》。又康熙三十八年宋犖刻本《施注蘇詩》卷一五《百步洪》注引元微之《崔徽歌》：「眼明正似琉璃缾，心蕩秋水橫波清。」

北宋陳師道《後山詩注》卷一二《送晁無咎守蒲中》任淵注：「元稹《崔徽歌序》曰：蒲女崔徽，善舞，有容艷。崔（裴字之譌）敬中嘗使蒲，徽一見爲動。敬中使罷言旋，徽不得從，狂累月。」

《山谷詩集注》卷九《出禮部試院王才元惠梅花三種皆妙絶戲答三首》其二任淵注：「元稹《崔徽歌》曰：『吏感徽心關鎖開。』」

《錦繡萬花谷》前集卷一七《崔徽》引《元集》：「崔徽，河中娼也。裴敬中以興元幕使河中，與徽相從累月。敬中歸，情懷怨抑。後東川幕白知退歸，徽乃寫真奉書，謂知退曰：『爲妾謂敬中，崔徽一旦不及卷中人，且爲郎死矣。』元稹爲作歌。」《古今事文類聚》後集卷一七《寫真寄郎》，《古今合璧事類備要》前集卷五三《寫真寄贈》，文字並同，前書未注出處，後書亦注《元集》。《元集》即元稹《元氏長慶集》，今本闕此文。《麗情集》所載元稹《崔徽歌并序》，當據《元氏長慶集》。

《青泥蓮花記》卷四《記節一・崔徽》，亦引自《麗情集》，云：「崔徽，河中府娼也。裴敬中以興元幕使蒲州，與徽相從累月。敬中使還，崔以不得從爲恨，因而成疾。後東川幕府白知退歸，徽對鏡寫真，謂知退曰：『爲妾語敬中，崔徽一旦不及畫中人，且爲郎死矣。』發狂疾卒。」末注：

「一云有丘夏善寫人形，知退爲徽致夏，果得絶筆。」又引元微之歌畧曰云云、秦少游《調笑令》云云，毛澤民詠及《冷齋夜話》云云。

今據《緑窗新話》及《類説》等，輯録《崔徽歌序》如左：

崔徽，河中娼也。善舞，有容艷。同郡裴敬中，爲興元幕察官，奉使河中。一見爲動，不能忍，與徽相從累月。敬中使罷言旋，徽不得去，怨抑不能自支，久之成疾。後數月，敬中密友東川白知退至河中。有丘夏，善寫人形，知退爲徽致意於夏，果得絶筆。徽捧書謂知退曰：「爲妾謝敬中，崔徽一旦不及卷中人，徽且爲郎死矣。」明日，發狂。自是移疾，不復舊時形容而卒。

晚唐羅虬《比紅兒詩》其五十六云：「一首長歌萬恨來，惹愁漂泊水難回。崔徽有底多頭面，費得微之爾許才？」稱長歌，原歌當爲長篇，今存只十二句。曰：「崔徽本不是娼家，教歌按舞娼家長。使君知有不自由，坐在顯時立在掌。」「眼明正似琉璃缾，心蕩秋水横波清。」「舞態低迷誤招拍。」「吏感徽心關鎖開。」「有客名丘夏，善寫儀容得姿把。爲徽持此謝敬中，以死報郎爲終始。」

秦少游《調笑令》詠崔徽，《緑窗新話》本條附録已引，見《淮海長短句》卷下。毛滂（字澤民）《東堂詞》有《調笑令》詠崔徽，文字與《青泥蓮花記》微異。詩曰：「珠樹陰中翡翠兒，莫論生小被雞欺。鸛鵲樓高蕩春思，秋缾盼碧雙琉璃。御酥作肌花作骨，燕釵横玉雲堆髮。使梁年少斷腸人，淩波襪冷重城月。」詞曰：「城月，冷羅襪。郎睡不知鸞帳揭。香淒翠被燈明滅，花困釵横時節。河橋楊柳催行色，愁黛有人描得。」

北宋僧惠洪亦作《千秋歲》詞以詠，據南宋胡仔《苕溪漁隱叢話》前集卷五〇引惠洪《冷齋夜話》云：「余兄思禹，使余賦《崔徽頭子詞》，因次韻曰……」後集卷三九則作《題崔徽真子》。今據《全宋詞》第二册録之，詞曰：「半身屏外，睡覺唇紅退。春思亂，芳心碎。空餘簪髻玉，不見流蘇帶。試與問，今人秀整誰宜對？　湘浦曾同會，手搴輕羅蓋，疑是夢，今猶在。十分春易盡，一點情難改。多少事，却隨恨遠連雲海。」

碧桃屬意秦少游

秦少游寓京師，有貴官延飲，出寵姬碧桃侑觴〔一〕，勸酒惓惓。少游領其意，復舉觴勸碧桃。貴官云：「碧桃素不善飲。」意不欲少游强之。碧桃曰：「今日爲學士拚了一醉。」引巨觴長飲。少游即席贈《虞美人》詞，曰：「碧桃天上栽和露，不是〔二〕凡花數。亂山深處水縈迴〔三〕，借問一枝如玉爲誰開〔四〕。　輕寒細雨情何限〔五〕，不道春難管。

爲君沉醉一〔六〕何妨，只怕酒醒時候斷人腸〔七〕。」闔座悉恨〔八〕。貴官云：「今後永不令此姬出來。」滿座大咲。

〔一〕觴　原譌作「觸」。據清鈔本及趙萬里輯本改。下同。

〔二〕是　《四部叢刊初編》景印明嘉靖刊本秦觀《淮海集·長短句》卷下《虞美人》作「見」。

〔三〕迴　原譌作「迴」，趙輯本作「迴」，《淮海集·長短句》作「洄」。按：「迴」、「迴」形似，當作「迴」，據改。

〔四〕借問一枝如玉爲誰開　《淮海集·長短句》作「可惜一枝如畫爲誰開」。《花草粹編》卷一二《小令》亦作「迴」。

〔五〕限　清鈔本及趙輯本作「恨」。按：《淮海集·長短句》作「限」。

〔六〕一　《淮海集·長短句》作「又」。

〔七〕只怕酒醒時候斷人腸　「醒」周校本譌作「盡」。「斷人」清鈔本及趙輯本作「逝水」，周校本據改。按：「逝水腸」不明其義，當譌。

〔八〕悉恨　原作「恨悉」，據清鈔本及趙輯本改。

按：此條無出處。趙萬里輯《校輯宋金元詞》，據天一閣抄本《緑窗新話》輯《古今詞話》十九事。本條亦輯入，案云：「《緑窗新話》引上節不注所本，以他節例之，知即從《古今詞話》出也。」《古今詞話》作者楊湜，趙萬里作楊偍，誤也。唐圭璋編《詞話叢編》（中華書局，一九八六年版）收入趙萬里輯《古今詞話》，改作楊湜。

秦少游滅燭偷歡

秦少游在揚州劉太尉家，出姬〔一〕侑觴。中有一姝，善擘〔二〕箜篌。此樂既古，近時罕有其傳，以爲絶藝。姝又傾慕少游之才名，偏屬意。少游借箜篌觀之。既而主人入宅更衣，適值狂風滅燭，姝來且〔三〕親，有倉卒之歡。且云：「今日爲學士瘦了一半。」少游因作《御街行》，以道一時之景，曰：「銀燭生花如紅豆，這好事，而今有。夜闌人静曲屏深，借寶瑟、輕輕招手。可憐一陣白蘋風，故滅燭，教相就。花帶雨、冰肌香透。恨啼鳥、轆轤聲曉，岸柳微風吹殘酒。斷腸時、至今依舊，鏡中消瘦。那人知後，怕你來僝僽〔四〕。」

〔一〕家出姬　《繡谷春容》私通類作「出家姬」。

〔二〕擘　原上有「臂」字，據清鈔本、《繡谷春容》及趙萬里輯本删。

〔三〕且　周校本作「相」。清鈔本、《繡谷春容》作「且」，趙輯本作「且相」。

〔四〕僝僽　「僽」原譌作「愁」，據清鈔本及《繡谷春容》、趙輯本改。僝僽，責罵。

按： 此條無出處。趙萬里輯本注「《緑窗新話》上引《古今詞話》」，乃據判斷而定。説見前條按語。文中《御街行》詞，實爲黄庭堅《憶帝京·私情》，見《山谷琴趣外篇》卷二：「銀燭生花如紅豆，占好事、而今有。人醉曲屏深，借寶瑟、輕招手。一陣白蘋風，故滅燭、教相就。　花帶雨、冰肌香透。恨啼烏、轆轤聲曉，岸柳微凉吹殘酒。斷腸時、至今依舊，鏡中銷瘦。那人知後，怕夯你來僝僽。」

楊師純跳舟結好

廬陵楊師純登第年，泊舟江岸。鄰舟有一姝，美而艷，與師純目色相投〔一〕，未嘗有一語之接。一日，師純乘〔二〕酒醉，徑跳〔三〕鄰舟，獲爲〔四〕一歡。因作《清平樂》詞以遺之〔五〕：「羞娥淺淺，秋水如刀剪。窗下無人自針線，不覺郎來身畔。　相將攜手鴛幃，匆匆不計〔六〕多時。耳畔告郎低語，共郎莫使人知。」後師純之官，復經故地，問其人，已生數子矣。師純感舊，再作《清平樂》以遺懷，曰：「小庭春院〔七〕，睡起花陰轉。往事舊懽離思遠，柳絮隨風難管。　等閒屈指多時〔八〕，闌干幾曲誰知。爲問春風桃李，而今子滿芳枝。」出《古今詞話》

〔一〕投　《繡谷春容》私通類作「授」。按：本書《江致和喜到蓬宮》：「與致和目色相授。」《繡谷春容》作「投」。

〔二〕乘　趙萬里輯本譌作「棄」。

〔三〕徑跳　原作「跳爲」，據《繡谷春容》改。

〔四〕獲爲　原作「徑獲」，據《繡谷春容》改。

〔五〕遺之　原作「遺」，據《繡谷春容》改。

〔六〕計　清鈔本及趙輯本作「許」，周校本據改。按：計，通「記」。

〔七〕院　清鈔本及《繡谷春容》譌作「一」。

〔八〕多時　「多」字原闕，清鈔本同，據《繡谷春容》補。趙輯本作「時□」，周校本同。按：明陳耀文《花草稡編》卷六《小令》楊師純《清平樂》作「當時」。

楊端臣密會舊姬

楊端臣嘗買一妓，契約三年而〔一〕返。而比鄰富者，賂其父母，奪而有之。端臣追恨，作《漁家傲》曰：「有個人人情不久，而今已落他人手。見説近來伊也瘦，好教受，看誰似我能撋就。　蓮臉能匀眉黛皺，相思淚滴殘粧透。總是自家爲事謬，從今後，這回斷了心先有。」詞達〔二〕妓者，復有密會，再作《漁家傲》曰：「樓鼓數聲人跡散〔三〕，馬蹄不響街塵軟。門户深深扃小院，簾不捲，背〔四〕燈盡燭紅條短。　歸路恍如春夢斷，千愁萬恨知何限。昨夜月華明似練，花影畔，算來惟有嫦娥見。」其後，主人稍知之，防閑甚嚴，絶無消息。遂作《阮郎歸》曰：「□□今日那人家〔五〕，瑣窗紅影斜。髻雲散亂不勝花，偷匀殘臉霞。　梁燕老，石榴花，佳期今已差。凭闌思想入天涯，暮雲重疊遮。」出《古今詞話》

〔一〕而　原作「二」，趙萬里校：「案：當作及。」疑當作「而」，音譌也，姑改。

〔二〕詞達　清鈔本及趙輯本作「詞逢」，周校本據改。

〔三〕散　上原衍「歡」字，清鈔本同，據趙輯本删。

〔四〕背　原作「皆」，據趙輯本改。

〔五〕□□今日那人家　原無二闕字，依詞律此爲七字句，趙輯本補作二闕字符，今從。

晏元子取回元寵〔一〕

晏元獻之子小晏，善詞章，頗有父風。有寵人善歌舞，晏每作新詞，先使寵人歌之。張子野與小晏厚善，每稱賞寵之善歌。偶一日，寵人觸小晏細君之怒，遂〔二〕出之。子野作《碧牡丹》一曲，以戲小晏，曰：「步帳〔三〕摇紅綺，曉月墮，沉烟砌。緩板〔四〕香檀，唱徹伊家新製。怨入眉頭，斂〔五〕黛峰横翠。芭蕉寒，雨聲碎。鏡華翳，閒照孤鸞戲。思量去時容易。鈿合〔六〕瑶釵，至今冷落輕棄。望極藍橋，空〔七〕暮雲千里。幾重山，幾重水。」小晏見之凄然，與子野曰〔八〕：「人生以適意爲貴，吾何咎之有？」乃多以金帛贖姬。及歸，使歌子野之詞。

〔一〕晏元子取回元寵　清鈔本「子」譌作「之」。

〔二〕遂　原作「逐」，據清鈔本及趙萬里輯本改。

〔三〕步帳　張先《安陸集·碧牡丹》作「步障」。《張子野詞·補遺》下及《花草粹編》卷一五《碧牡丹·晏同叔出姬》作「步帳」。

〔四〕板　原譌作「披」，據清鈔本及趙輯本改。

〔五〕斂　原下衍「臉」字，據趙輯本删。

〔六〕合　清鈔本及趙輯本作「盒」，字同。

〔七〕空　張詞作「但」。

〔八〕曰　此字原脱，據趙輯本補。趙校：「曰字據《道山清話》補。」《道山清話》見附録。

按： 此條無出處。趙萬里末注「《緑窗新話》上」，案云：「《緑窗新話》引上節不注所本，以他節例之，知亦從《古今詞話》出也。」

北宋王暐《道山清話》亦記此事，然爲晏殊事，非其子晏幾道。文曰：

晏文獻（按：當作元獻，晏殊謚號）公爲京兆，辟張先爲通判。新納侍兒，公甚屬意。先字子野，能爲詩詞，公雅重之。每張來，即令侍兒出侑觴，往往歌子野所爲之詞。其後，王夫人寖不容，公即出之。一日，子野至，公與之飲。子野作《碧牡丹》詞，令營妓歌之，有云「望極藍橋，但暮雲千里。幾重山，幾重水」之句。公聞之憮然，曰：「人生行樂耳，何自苦如此！」亟命於宅庫支錢若干，復取前所出侍兒。既來，夫人亦不復詰何也。

《一見賞心編》卷四重逢類《晏元妾》亦載，文字有增飾，曰：

晏元獻之子，小晏也，善詞章，頗有父風。有寵姬善歌舞，晏每作新詞，先使姬歌之。時張子野與小晏最善，每稱賞姬之善歌。偶一日，姬觸小晏細君之怒，遂出之。子野乃作《碧牡丹》一曲，以戲小晏，曰：「步帳摇紅綺，曉月墮，沉烟砌。緩板香檀，唱徹伊家新製。怨入眉頭，斂黛峰横翠。芭蕉寒，雨聲碎。鏡華翳，閑照孤鸞戲。思量去時容易。鈿盒瑶釵，至今冷落輕棄。望極藍橋，空暮雲千里。幾重山，幾重水。」小晏見之，悽然淚落，謂子野曰：「人生以適意爲貴，吾何咎之有？」遂多以金帛贖姬。及歸，令侍側，歌子野之詞，相對極歡而罷。

江致和喜到蓬宫

崇寧間，輦下上元極盛。太學生江致和，一夕，在宣德門前看燈。適會車輿上見一婦人，姿色〔一〕絶美，與致和目色相授。至夜深乃散，致和似有所失，遂作《五福降中天〔二〕》一曲，具道其意，曰：「喜元宵三五，縱馬御柳溝東。斜日映朱〔三〕簾，瞥見芳容。秋水嬌横俊眼，膩雪輕鋪素胸。愛把菱花，咲匀粉面露春葱〔四〕。徘徊步〔五〕懶，奈一點靈犀未通。悵〔六〕望七香車去，慢展〔七〕春風。雲情雨態，願暫入陽臺夢中。路隔烟霞，甚時還〔八〕許到蓬宮？」明日，致和以此詞，妄意於前日之地待之。至晚，車又來。婦人遥見致和，益增喜色〔九〕。致和密令小僕以此詞投之〔一〇〕。自後致和屢有〔一一〕所遇，約致和於曲室，以盡繾綣。婦人〔一二〕笑曰：「今日喜得君到蓬宮矣。」出《詞話》

〔一〕色　《繡谷春容》好合類作「貌」。

〔二〕天　《繡谷春容》譌作「央」。

〔三〕朱　《繡谷春容》作「珠」。

〔四〕咲匀粉面露春葱　「匀」《歲時廣記》卷一二《會美婦》引《古今詞話》作「勾」，趙萬里輯本據《新話》、《花草稡編》改。《繡谷春容》「春」作「青」。

〔五〕步　原譌作「夢」，《繡谷春容》同。據清鈔本及《歲時廣記》、趙輯本、《花草稡編》卷一六江致和《五福降中天・上元有感》改。

〔六〕悵　清鈔本下衍「七」字。

〔七〕展　清鈔本及《歲時廣記》、趙輯本作「輾」。《花草稡編》作「展」。展，謂風吹拂。《全唐詩》卷四五〇白居易《池上即事》：「清風展簟困時眠。」卷七二一李洞《送從叔書記山陰隱居》：「風展鷺行踈。」

〔八〕還　原作「遇」，據《繡谷春容》改。《花草粹編》作「還」。《歲時廣記》脱此字，趙輯本據《新話》補作「遇」，誤也。

〔九〕益增喜色　原作「增益歡喜」，據清鈔本及《繡谷春容》、趙輯本改。

〔一〇〕致和密令小僕以此詞投之　《繡谷春容》作「致和以此詞密令小僕投之」。

〔一一〕有　清鈔本作「見」。

〔一二〕婦人　周校一九九一年版譌作「婦女」。

按：此條末注《詞話》，即《古今詞話》。趙萬里《古今詞話》輯本云：「《緑窗新話》引此文，較《廣記》（指《歲時廣記》）爲詳，云（略）。」正文乃據《歲時廣記》引《古今詞話》，曰：

崇寧間，上元極盛。太學生江致和，在宣德門觀燈。會車輿上遇一婦人，姿質極美，恍然似有所失。歸運毫楮，遂得小詞一首。明日，妄意復遊故地。至晚，車又來，致和以詞投之。自後屢有所遇。其婦笑謂致和曰：「今日喜得到蓬宫矣。」詞名《五福降中天》：「喜元宵三五，縱馬御柳溝東。斜日映朱簾，瞥見芳容。秋水嬌横俊眼，膩雪輕鋪素胸。愛把菱花，笑勾（趙校：《廣記》作匀，據《新話》、《花草粹編》改）粉面露春葱。徘徊步懶，奈一點靈犀未通。悵望七香車去，慢輾春風。雲情雨態，願暫入陽臺夢中。路隔烟霞，甚時遇

（趙校：《廣記》脱遇字，據《新話》補，《稡編》作還）許到蓬宫？」

《歲時廣記》（《十萬卷樓叢書》本）卷一二上元下《會美婦》引《古今詞話》：

崇寧間，上元極盛。太學生江致和，在宣德門觀燈。會車輿上遇一婦人，姿質極美，恍然似有所失。歸運毫楮，遂得小詞一首。明日，妄意復遊故地。至晚，車又來，致和以詞投之。自後屢有所遇。其婦笑謂致和曰：「今日喜得到蓬宫矣。」詞名《五福降中天》：「喜元宵三五，縱馬御柳溝東。斜日映朱簾，瞥見芳容。秋水嬌横俊眼，膩雪輕鋪素胸。愛把菱花，笑勾粉面露春葱。徘徊步懶，奈一點靈犀未通。悵望七香車去，慢輾春風。雲情雨態，願暫入陽臺夢中。路隔烟霞。甚時許到蓬宫？」

《一見賞心編》卷一一淫冶類《趙商婦》，文有增改，云：

崇寧間，輦下上元極盛。太學生江致和，一夕，在宣德門觀燈。適會車輿上有一婦人，姿貌絶美，與致和目色相授。密審其婢，乃知爲趙商婦也。兩情眷戀，至夜深乃散。致和似有所失，歸作《五福降中天》一曲，具道其意，曰：「喜元宵三五，縱馬御柳溝東。斜日映珠簾，瞥見芳容。秋水嬌横俊眼，膩雪輕鋪素胸。愛把菱花，笑勾粉面露青葱。徘徊夢懶，柰一點靈犀未通。悵望七香車去，慢轉春風。雲情雨態，願暫入陽臺夢中。路隔烟霞，甚時還許到蓬宮？」明日，致和袖此詞，妄意於前日之地待之。至晚，車又來。婦遥見致和，益增喜色。致和遂以此詞密令小僕投之。自後致和屢有所遇，常邀至曲房綺閣，以盡繾綣。雲雨間，婦撫生微笑曰：「郎君今喜到蓬宮矣。」

《花草粹編》（《四庫全書》本）卷一六江致和《五福降中天·上元有感》：「喜元宵三五，縱馬御柳溝東。斜日映朱簾，瞥見芳容。秋水嬌横俊眼，膩雪輕鋪素胸。愛把菱花，笑匀粉面露春葱。　徘徊步懶，奈一點靈犀未通。悵望七香車去，慢展春風。雲情雨態，願暫入陽臺夢中。路隔煙霞，甚時還許到蓬宮？」

張子野潛登池閣

張先，字子野。嘗與一尼私約。其老尼性嚴，每臥於池島中一小閣上。俟夜深人静，其尼潛下梯，俾子野登閣〔一〕相遇。臨别，子野不勝惓惓，作《一叢花》詞以道其懷，曰：「傷高懷〔二〕遠幾時窮，無物似情濃。離愁正引千絲亂，更南北〔三〕、飛絮濛茸〔四〕。歸〔五〕騎漸遥，征塵不斷，何處認郎踪？　雙鴛池沼水溶溶，南北小橋〔六〕通。横看〔七〕畫閣黄昏後，又還是、新月朦朧〔八〕。沉思細恨，不如桃李〔九〕，猶解嫁東

風。」出《詞話》

〔一〕閣　《繡谷春容》好合類作「樓」。

〔二〕懷　原作「傷」，據《繡谷春容》改。按：《張子野詞》卷一《一叢花令》作「懷」。

〔三〕南北　張詞作「東陌」。

〔四〕濛茸　《繡谷春容》作「蒙茸」。按：張詞作「濛濛」。

〔五〕歸　張詞作「嘶」。

〔六〕橋　張詞作「橈」。橈，小舟。

〔七〕横看　《繡谷春容》「看」作「觀」。按：張詞作「梯横」。

〔八〕新月朦朧　張詞作「斜月簾櫳」。

〔九〕李　張詞作「杏」。

按：此條末注出《詞話》，即《古今詞話》。北宋范公偁《過庭録》云：

張先子野郎中《一叢花》詞云：「懷高望遠幾時窮，無物似情濃。離魂正引千絲亂，更南陌、香絮濛濛。嘶騎漸遥，征塵不斷，何處認郎蹤？　雙鴛池沼水橈通（按：以上闕五字），梯横畫閣黄昏後，又還是、斜月朦朧。沈思細恨，不如桃杏，猶解嫁東風。」一時盛傳。

歐永叔尤愛之，恨未識其人。子野家南地，以故至都，謁永叔。閽者以通，永叔倒屣迎之，曰：「此乃桃杏嫁東風郎中。」東坡守杭，子野尚在，嘗預宴席。有《南鄉子》詞，末句云「聞道賢人聚吴分，試問，也應傍有老人星。」蓋年八十餘矣。

《一見賞心編》卷一一淫冶類《小閣尼》，乃此事之改寫，文曰：

張先，字子野。嘗有一小尼與之私約，小尼多情，秀而文。若（按：疑當作苦）老尼性嚴寡合，每卧於池島中一小閣上，則携小尼相隨，出入必謹。是夕夜深人静，小尼潛下梯，與子野交歡。臨别時，不勝惓惓，乃製作《一叢花》詞以道其懷，曰：「傷高懷遠幾時窮，無物似情濃。離愁正引千絲亂，更南北、飛絮蒙茸。歸騎漸遥，征塵不斷，何處認郎蹤？雙鴛池沼水溶溶，南北小橋通。横觀畫閣黄昏後，又還是、新月朦朧。沉思細恨，不如桃李，猶解嫁東風。」

歐陽修《六一詞》亦有此詞，《四庫全書》本注「向誤張子野」，詞曰：

傷春懷遠幾時窮，無物似情濃。離愁正恁牽絲亂，更南陌、飛絮濛濛。歸騎漸遥，征塵不斷，何處認郎蹤？　雙鴛池沼水溶溶，南北小橋通。梯横畫閣黄昏後，又還是、新月簾櫳。沉恨細思，不如桃李，還解嫁春風。

周簿切脈娶孫氏

周默授〔一〕宜興簿，幼好方脈〔二〕。鄰有張復妻孫氏暴病〔三〕，煩默診脈。默見其妻秀艷，念無計得之，白其母，召孫飲，因語鄰好而挑之〔四〕，孫不從。默念吾且年少，孫亦妙齡，其夫極老，乃送詩曰：「五十衰翁二十妻，目昏髮白已〔五〕頭低。絳幃深處休論議，天外青鸞伴木雞。」孫答曰：「雨集枯池時漸緑〔六〕，藤籠老木一番〔七〕新。如今且説〔八〕目前景，裝〔九〕點亭臺隨分春。」默將赴官，爲簡與孫曰：「張老當先没，我願終身不娶以待。」孫答〔一〇〕曰：「無妄之言，未敢奉〔一一〕許。設或不幸，當俟他日。」後三年，默滿替歸，訪問，復以〔一二〕死，乃遣媒通好，遂娶之。合卺之夕，孫謂默曰：「期〔一三〕人之死，而欲奪其室，此何罪耶？」默曰：「老少非偶，理所必然，何罪〔一四〕之有？」孫曰：「料子之意，已萌於切脈之時〔一五〕，今日不逃子之圈圚〔一六〕矣。」默咲而不答〔一七〕。出《青瑣高議》

〔一〕授　《繡谷春容》好合類作「受」，通「授」。

〔二〕脈　《類説》卷四六《青瑣高議・切孫氏脈》作「藥」。按：《青瑣高議》前集卷七丘濬《孫氏記》作「藥」。

〔三〕鄰有張復妻孫氏暴病　「氏」字原無，據《繡谷春容》補，《繡谷春容》「病」作「疾」。

〔四〕因語鄰好而挑之　《繡谷春容》「語」作「與」。按：周校一九五七年本據《青瑣高議》補綴全文，一九九一年本於增補文字擇存少數，「挑之」下「語言試之，終不蒙對」云云即是。凡此不再出校。

〔五〕已　原作「又」，據《繡谷春容》改。按：《類説》及《青瑣高議》作「已」。

〔六〕漸緑　《繡谷春容》及《類説》作「暫緑」。按：《青瑣高議》作「漸滿」。

〔七〕番　《青瑣高議》作「飜」。

〔八〕説　《類説》及《青瑣高議》作「悦」。説，同「悦」。

〔九〕裝　《繡谷春容》作「莊」，《類説》及《青瑣高議》作「粧」，義同。

〔一〇〕答　此字原無，據《繡谷春容》及《類説》補。

〔一一〕奉　原作「善」，據《繡谷春容》及《類説》、《青瑣高議》改。

〔一二〕以　《繡谷春容》及《類説》作「已」。以，通「已」。

〔一三〕期　《繡谷春容》作「測」。

〔一四〕罪　原作「期」，據《繡谷春容》改。

〔一五〕時　清鈔本作「有時」，「有」字衍。

〔一六〕不迯子之圈圚　原作「不遽子之闤闠」，據《繡谷春容》改。清鈔本亦作「迯」。迯，同「逃」。圈圚，圈套。北宋趙長卿《惜香樂府》卷八《賀新郎》:「被傍人賺後失圈圚,經一事,長一智。」

〔一七〕「合巹之夕」至此　此節《類説》及《青瑣高議》無。

按:此條原見《青瑣高議》前集卷七丘濬《孫氏記》。《類説》卷四六《青瑣高議·切孫氏脉》亦節文,本條文句多合,惟有删節。而本條「合巹之夕」至「默咲而不答」一節,今本《青瑣高議》及《類説》均無,蓋版本不同耳。原文長,不録,兹將《類説》節文録下:

周默授宜興簿,幼好方藥。隣有張復者妻孫氏柒(原譌作「張」,據嘉靖伯玉翁舊鈔本改)病,煩一切脉。默見其妻秀艷,念無計得之,白其母召飲,接隣家好。挑之,宛不對。默念吾且少年,孫亦妙齡,其夫極老,乃折簡送詩曰:「五十衰翁二十妻,目昏髮白已頭低。絳幃深處休論議,天外青鸞伴木鷄。」孫答詩曰:「雨集枯池時暫緑,藤籠老木一番新。如今且悦目前景,粧點亭臺隨分春。」「每得子簡,急看即毁,恐彰子之惡也。因毉之功,邀而取之,市里庸人有不爲者,况士人乎?」默將之官,爲簡曰:「古詩云:『寒江後浪催前浪,浮世新人换舊人。』是老當先没也,我願終身不娶以待。」孫答曰:「無妄之言,未敢奉許(原譌作「訴」,據舊鈔本改)。人之脩短,固自有期。設或不幸,當俟他日。」後三年,默替歸。訪之,則復已死,乃遣媒與孫通好娶之。

薛媛圖形寄楚材

濠梁南楚材，嘗旅遊陳、潁間。潁守慕其儀範，將欲以女妻之。楚材其家有妻，以受知於牧守，輒諾其請〔一〕。遂以家僕馳歸，取琴書，似無歸意〔二〕。其妻薛媛，精於書畫，尤善屬文。亦頗知楚材之意，無計阻之，乃對鏡自圖其形，并裁詩四韻，急遣僕以寄之。詩曰：「欲下丹青筆，空拈〔三〕寶鏡端。已驚顏索寞，漸覺鬢凋殘。淚眼描雖〔四〕易，愁腸寫出難。恐君渾忘却，時展畫圖看。」楚材得詩及妻真，大慚，遂托辭拒潁守之請。守亦微知其家有妻，嫌其詐僞，於是遂遣斥之。

〔一〕輒諾其請　周校本據《雲谿友議》前增「而」字。

〔二〕似無歸意　「似」原作「以」。按：唐范攄《雲谿友議》卷上《真詩解》：「似無返舊之心也。」據改。周校本改作「示」。

〔三〕空拈　「空」《雲谿友議》作「先」。「拈」清鈔本譌作「招」。

〔四〕雖　《雲谿友議》作「將」。

按：此條無出處。唐范攄《雲谿友議》卷上《真詩解》即此事，然文句多有異同，文曰：

濠梁人南楚材者，旅遊陳、潁。歲久，潁守慕其儀範，將欲以子妻之。楚材家有妻，以受潁牧之眷深，忽不思義，而輒已諾之。遂遣家僕歸取琴書等，似無返舊之心也。或謂求道青城，訪僧衡岳，不親名宦，唯務玄虛。其妻薛媛，善書畫，妙屬文。知楚材不念糟糠之情，別倚絲蘿之勢，對鏡自圖其形，并詩四韻以寄之。楚材得妻真及詩範，遽有雋不疑之讓，夫婦遂偕老焉。里語曰：「當時婦棄夫，今日夫離婦。若不逞丹青，空房應獨自。」薛媛寫真寄夫詩曰：「欲下丹青筆，先拈寶鏡端。已驚顔索寞，漸覺鬢凋殘。淚眼描將易，愁腸寫出難。恐君渾忘却，時展畫圖看。」（按：《太平廣記》卷二七一《薛媛》引《雲谿友議》里語「離」作「棄」，薛媛詩「驚」作「經」。）

諸書引《雲谿友議》，文句或有異。《類説》卷四一《雲谿友議·薛媛詩》：「南楚材者，客陳、潁。潁守欲以女嫁之，楚材家有妻，重違守意，輒諾之。其妻薛媛，對鏡自圖其形，仍寄詩曰：『欲下丹青筆，先招寶鏡端。已驚顔索莫，漸覺髮凋殘。淚眼描來易，愁腸寫出難。恐君渾忘却，時展畫圖看。』」

南宋孔傳《後六帖》（《孔帖》）卷一七《南楚材妻詩》引云：「進士南楚材，始娶薛氏。後游潁川，欲別婚貴族。遣奴取琴書，以示無歸意。薛知見絶，乃自圖其形，題詩其側以寄。有云：

『恐君須忘却，時展畫圖看。』楚材大慚。」

《古今事文類聚》後集卷一四《圖形寄夫》引云：「南楚材旅遊，似無返舊之意。其妻薛媛微知其意，乃對鏡自圖其形，并詩以寄之，曰：『欲下丹青筆，先拈寶鏡寒。已驚顔索寞，漸覺鬢凋殘。淚眼描來易，愁腸寫出難。恐君渾忘却，時展畫圖看。』楚材遂歸如初。」《古今合璧事類備要》前集卷二八《圖形寄詩》引同。

計有功《唐詩紀事》卷七八《薛媛》引云：「濠梁南楚材，旅遊陳、潁，受潁牧之眷，無返舊意。其妻薛媛，寫真寄之曰：『欲下丹青筆，先拈寶鏡端。已驚顔索寞，漸覺鬢凋殘。淚眼描將易，愁腸寫出難。恐君渾忘却，時展畫圖看。』夫婦遂偕老焉。時人嘲之曰：『當時婦棄夫，今日夫棄婦。若不逞丹青，空房應獨守。』」

北宋詹玠《唐宋遺史》亦曾載此事。《紺珠集》卷五《唐宋遺史·南楚材妻詩》載：「進士南楚材，始娶薛氏。後遊潁川，欲别婚貴族，遣僕取琴書，以示無歸意。薛氏善畫而能詩，知楚材欲見絶，乃自圖其形，題詩其側以寄之。云：『欲下丹青筆，先拈寶鏡看。已驚顔索寞，漸覺鬢凋殘。淚眼描來易，愁腸寫出難。恐君渾忘却。時展畫圖看。』南得詩，大慚而退。」前引《孔帖》即節自此條，而注作《雲谿友議》。《類説》卷二七《唐宋遺史·南楚材妻詩》亦取《紺珠集》，文字微異。

《詩話總龜》（《四部叢刊初編》本）卷二六寄贈門上引《唐宋遺史》：「五代末，濠梁人南楚材，遊陳、潁間。潁守欲子（《四庫全書》本作「以女」）妻之，楚材已娶薛氏，以受潁守之恩，遣人歸取琴書之屬，似無還意。薛氏善書畫，能屬文，自對鑑圖其形，并作詩寄之，曰：『欲下丹青筆，先拈玉鑑端。意驚顔寂寞，漸覺鬢凋殘。淚眼描將易，愁腸寫出難。恐君渾忘却，時展畫圖看。』楚材見而慚焉，與之偕老。」文字與今本《雲谿友議》大同，唯作「五代末」，誤。南宋魏慶之《詩人玉屑》卷二〇《薛氏》，引《唐宋遺史》，文同《總龜》。

以《緑窗新話》此段文字與《雲谿友議》相較，實事同而文異，而《唐宋遺史》佚文亦然。故疑其非取自范書及詹書，别有所本耳。

王幼玉慕戀柳富

王真姬〔一〕，小字幼玉。美顔色，爲衡陽歌妓。一日淚下，忽思從良。會東都人柳富，豪俊〔二〕之士，幼玉〔三〕一見曰：「此爲〔四〕我夫也。」富亦有意焉。執手戀戀，兩不相捨。其妹〔五〕責之，富不復往。一日，相遇於江上，幼玉曰：「我平生所知，未嘗以身許人。我髮委地，寶之若氣〔六〕，於子無所惜。」乃剪一縷以與富。富以久客〔七〕，其親促歸，乃誓結松筠，共剪髮焚灰〔八〕，致酒中共飲〔九〕之。是〔一〇〕夕，同宿江上。翌早，執手大慟而別。富回東都，忽得幼玉書，言多病。書末有詩二句〔一一〕云：「春蠶到死絲方盡，夜燭〔一二〕成灰淚始乾。」富大傷感，回書乃足其詩以謝〔一三〕。一日薄晚，富獨坐庭外，見幼玉至，云：「吾思君得疾，今日〔一四〕化去。後日當生兖州西門張家爲女〔一五〕，君可來〔一六〕訪我。」富往彼問之，果然。出《青瑣高議》

〔一〕真姬　《繡谷春容》情好類「姬」作「奴」。

〔二〕俊　原作「傑」，據《繡谷春容》改。按：《青瑣高議》前集卷一〇《王幼玉記》作「俊」。

〔三〕幼玉　原無「幼」字，據《繡谷春容》補。按：《青瑣高議》亦作「幼玉」。

〔四〕爲　清鈔本無此字。

〔五〕妹　清鈔本譌作「姝」。

〔六〕氣　原譌作「棄」，據《繡谷春容》改。按：《青瑣高議》作「金玉」，周校本據改。

〔七〕客　《繡谷春容》作「出」。

〔八〕共剪髮焚灰　按：《青瑣高議》作「共盟焚香」，焚者香也。

〔九〕共飲　《繡谷春容》「共」作「笑」。按：《青瑣高議》作「共飲」。

〔一〇〕是　《繡谷春容》譌作「早」。

〔一一〕書末有詩二句　原作「書上有詩」，據《繡谷春容》補改。

〔一二〕夜燭　《青瑣高議》作「蠟燭」，周校本據改。按：李商隱《無題》詩：「蠟炬成灰淚始乾。」作「夜燭」、「蠟燭」者，或版本之異耳。

〔一三〕回書乃足其詩以謝　原作「回書及□詩」，清鈔本作「回書乃看詩」，皆有脱譌，據《繡谷春容》改。周校本補作「回書及續詩」。

〔一四〕日　周校本據《青瑣高議》改作「已」。

〔一五〕兖州西門張家爲女　「兖州」《繡谷春容》譌作「究州」。按：《青瑣高議》亦譌，明張夢錫刊本、清紅藥山房鈔本作「兖州」。「女」《繡谷春容》作「女子」。

〔一六〕來　《繡谷春容》作「求」。

按：此條節自《青瑣高議》前集卷一〇《王幼玉記》。撰名題「淇上柳師尹撰」。張夢錫刊本及紅藥山房鈔本皆題「淇上李師尹撰」，作者姓柳姓李，已難考知。《青瑣高議》文長不録。

孟麗娘愛慕蔣芾

蔣芾，婺州人。往行都赴省，就鵲〔一〕橋桂枝館安下待試。店前孟官人家，有女名麗娘，美姿色。每於簾後見蔣芾神儀俊偉，意私慕之。謂侍婢曰：「若得此人爲夫，平生願足。」日日窺視，無由寄情。蔣試罷便回，麗娘思之成疾，骨瘦〔二〕如柴。母問其故，麗娘具道所慕之人，言訖淚下。母告其父，父即呼店主〔三〕，問赴省者何人。主人對〔四〕曰：「但有一人，年少，姓蔣名芾〔五〕，乃婺州人〔六〕，某亦識其家。」父即令店主爲媒，星夜召至，親事不患不成。數日，果與蔣生同來，而麗娘已死三日矣。父具告其實，蔣亦惆悵而歸。其晚宿於旅舍，忽見一女子，微咲而至，言：「我麗娘也。大〔七〕人遣媒，既而追悔，始言我死，勞君遠來。」遂〔八〕共寢。次早辭曰：「我爲君而死已〔九〕，從此永訣矣。」

〔一〕鵲　《繡谷春容》情好類作「鶴」。
〔二〕瘦　《繡谷春容》作「立」。
〔三〕父即呼店主　《繡谷春容》作「父呼店主人」。
〔四〕對　此字原無，據《繡谷春容》補。
〔五〕名芾　此二字原無，據《繡谷春容》補。
〔六〕乃婺州人　《繡谷春容》作「婺州人也」。
〔七〕大　原譌作「夫」，據《繡谷春容》改。
〔八〕遂　此字原無，據《繡谷春容》補。
〔九〕已　《繡谷春容》無此字。

按：此條無出處，他書亦未見有記。文稱蔣芾往行都赴省，行都即南宋都城臨安，則此條出南宋書。

崔娘至死爲柳妻〔一〕

華州柳參軍，見崔氏女容色〔二〕絶代，因賂其青衣輕紅，欲結其〔三〕親姻，不受。他日，崔有疾，其舅王金吾，請〔四〕爲子納崔，其母諾之，續納采焉。崔〔五〕女曰：「但得如柳生足矣。」其母乃〔六〕命輕紅達意柳生，曰：「小娘子不樂〔七〕適王家，欲偷成親。」柳生乃備財禮納婚〔八〕，便挈妻於金城里居。王氏告殂，柳生同妻赴喪，金吾即擒柳生訴於官，公斷王氏先下財禮，合歸王家。經數年，崔氏不樂。一日，與輕紅同抵柳生。後王生迹尋崔氏，復訟取之，柳生以罪流江陵。後崔氏與輕紅俱殂。柳生追念，忽聞叩門，見崔氏入，曰：「吾與王氏訣矣。」自此二年，盡平生之愛。無何，王生蒼頭過門，瞥〔九〕見輕紅，説與〔一〇〕王生。王生怪之，到柳生門下窺之，見柳生坦腹，輕紅捧鏡於其側，崔氏匀粧。王生大叫，鏡遽墮地，崔與輕紅俱失所在。王生入見柳生，因言其事。相與發瘞所視之，肌肉衣服俱無腐。共掩其墳，入終南山訪道云〔一一〕。

〔一〕崔娘至死爲柳妻　《繡谷春容》情好類「娘」作「女」。

〔二〕色　此字原無，據《繡谷春容》補。

〔三〕其　原爲闕字，據清鈔本補。《繡谷春容》無此字。

〔四〕請　《繡谷春容》無此字。

〔五〕其母諾之續納采焉崔　《繡谷春容》「之」作「曰」。按：以上九字周校本無。周校本一九五七年版據温庭筠《乾𦠆子》補綴，而一九九一年本主要據本書，亦或保留舊版文字，且有改動，殊失原貌。以下不再出校。

〔六〕乃　原作「亦」，據《繡谷春容》改。

〔七〕不樂　原作「欲」，據《繡谷春容》改。按：《太平廣記》卷三四二《華州參軍》（出《乾𦠆子》）作「不欲」。

〔八〕納婚　「婚」原譌作「堉」，據《繡谷春容》改。《繡谷春容》「納」作「内」，同「納」。

〔九〕瞥　原譌作「瞽」，據清鈔本及《繡谷春容》改。

〔一〇〕與　《繡谷春容》作「于」。

〔一一〕云　《繡谷春容》無此字。

按：本條未注出處，係節自晚唐温庭筠小説集《乾𦠆子》。此書原三卷，已佚。《太平廣記》卷三四二《華州參軍》，注出《乾𦠆子》，即此條之所本。原篇文長，不録。《古今説海》説淵部别傳五十一《柳參軍傳》，録自《廣記》而易題，不著撰人。《艷異編》卷三六鬼部、《緑窗女史》卷八妖艷部鬼靈門、《逸史搜奇》庚集四、《情史》卷一〇情靈類亦據《説海》採之，《逸史搜奇》題《柳參軍》，《情史》題《長安崔女》。《合刻三志》志鬼類、《雪窗談異》卷八、《唐人説薈》第十六集、《龍威秘書》四集《晉唐小説暢觀》、《晉唐小説六十種》之《靈鬼志》，妄託唐常沂撰，中亦有《柳參軍》。《新编醉翁談録》著録宋人話本小説，烟粉類中有《柳參軍》，當演此事。

玉簫再生爲韋妾〔一〕

韋皋未仕時，寓姜使君門下館〔二〕，待之甚厚。贈小青衣曰玉簫，美而麗〔三〕。凡數年，皋歸覲，不敢與俱，乃與玉簫約，七年來〔四〕相取，因留玉指環，并贈詩曰：「黄雀啣來已數春，今朝留贈與佳人。長江不見魚書至，爲遣相思夢入秦。」皋愆期不至，玉箫嘆曰：「韋家郎不來矣。」絶食而卒。後皋鎮蜀，時祖山人有少翁之術，能致逝者精魄形見。見玉簫曰：「承經佛之力，便當托生〔五〕。後十二年〔六〕，又〔七〕爲侍妾。」後因誕日，東川盧尚書送一歌姬，年十二，名玉簫。乃〔八〕呼視之，宛然舊人，指間有玉環在焉〔九〕。出《唐宋遺史》

〔一〕玉簫再生爲韋妾　《繡谷春容》情好類「簫」譌作「蕭」。下同。

〔二〕門下館　《繡谷春容》無「下」字。周校本删此字。按：門下館即門館。

〔三〕麗　《繡谷春容》作「艶」，周校本亦改作「艶」。按：《魏書》卷一六《清河王傳》：「紹母即獻明皇后妹也，美而麗。」

〔四〕來　周校本作「復來」。

〔五〕承經佛之力便當托生　「之力」原作「力之」，據《繡谷春容》乙改。周校本據《雲谿友議》卷中《玉簫化》改作「承寫經供佛之力，旬日便當託生」。

〔六〕十二年　《繡谷春容》作「二十年」，下同，誤。按：《雲谿友議》作「十二年」。

〔七〕又　周校本據《雲谿友議》改作「再」。

〔八〕乃　周校本改作「遽」。

〔九〕指間有玉環在焉　「指間」二字原無，據《繡谷春容》補。周校本改作「中指有玉環隱起焉」。按：《雲谿友議》作「而中指有肉環隱出」。

按：此條出《唐宋遺史》。《唐宋遺史》北宋詹玠撰。著録於《祕書省續編到四庫闕書目》小説類、《宋志》别史類。又《玉海》卷四七引《書目》（《中興館閣書目》）云：「《唐宋遺史》四卷，治平四年詹玠撰。」已佚。《紺珠集》卷五《唐宋遺史》有《玉簫之約》一節，《孔帖》卷七引《唐宋遺史》、《類説》卷二七《唐宋遺史》，皆取之，《類説》微删。今録《紺珠集》如下：

韋皋未仕時，寓於姜使君門館。姜子曰荆寶，待皋甚厚。有小青衣曰玉簫，美而艷絶，即以贈皋。凡數年，皋歸覲，與玉簫約年復來，因以玉指環贈之。皋踰期不至，玉簫嘆曰：「韋家郎不來矣。」絶食而死。後皋鎮蜀，荆寶往見，問玉簫，知其已死，甚憐之。皋誕日，東川盧尚書獻歌妓爲壽，名玉簫。遽呼視之，宛然舊人，中指玉環隱起。

所引係節録，與《緑窗新話》所節不盡相同，互校可得較完之文。詹玠《唐宋遺史》此事乃取自范攄《雲谿友議》卷中《玉簫化》，近千字，文長不録。

王仙客得劉無雙〔一〕

唐王仙客，劉振〔二〕之甥，與母同歸舅氏家。有〔三〕女曰無雙，幼稚戲狎，常呼仙客爲王郎〔四〕。後無雙長成，舅氏欲廢前約。時振爲尚書租〔五〕庸使，涇原兵反〔六〕，振召仙客勾當家事，許以無雙嫁之。乃裝金帛，押領〔七〕出開遠門，振與骨肉出啓夏門。追騎至，驅向北去。仙客驚畏，走歸襄陽。後入京，訪消息，聞尚書處極刑，無雙入宮掖，惟婢採蘋在將軍王遂〔八〕宅。仙客懇告，遂薦知長樂驛。忽中使領内家〔九〕往園陵，仙客令舊使蒼頭〔一〇〕塞鴻，假爲驛吏，因見無雙，得書云：「常見敕使説，富平古押衙，人間有心人，能求之否？」仙客乃訪，厚贈金寶，具〔一一〕以實告。後半歲，古生問：「何人識無雙？」仙客以採蘋對。古曰：「借留數日。」一夕，叩門甚急〔一二〕，古生領〔一三〕一兜子入，曰：「此無雙也，今死矣，後日當活。郎君不得更居此。老夫今日報郎君足矣。」乃自刎。仙客挈無雙，變姓名，歸襄陽，偕老焉。出《麗情集》

〔一〕王仙客得劉無雙　周校本「劉」譌作「到」。按：《王仙客得劉無雙》與下條《張子埜逢謝媚卿》相對。《書舶庸譚》、《繡谷春容》情好類均作「劉」。

〔二〕劉振　薛調《無雙傳》「振」作「震」。南宋委心子《新編分門古今類事》卷一六《仙客遭變》（脱出處，《四庫全書》本作《祕閣閑談》）、《新編醉翁談録》癸集卷一《無雙王仙客終諧》及《類説》卷二九《麗情集·無雙仙客》、《施注蘇詩》卷一九《蜜酒歌答二猶子與王郎見和》注引《麗情集·無雙傳》作「劉振」。按：劉震、劉振均不載史傳。

〔三〕有　周校一九九一年本前增「舅」字。按：《無雙傳》作「震」，《醉翁談録》作「振」，皆不作「舅」。

〔四〕王郎　《無雙傳》作「王郎子」，《類説》卷二九《麗情集·無雙仙客》、《古今類事》、《醉翁談録》皆同。

〔五〕租　原譌作「祖」，據《繡谷春容》改。

〔六〕涇原兵反　原作「涇源兵」，據《繡谷春容》改補。按：《無雙傳》作「涇原兵士反」，涇原指涇州、原州。

〔七〕押領　「押」原譌作「捏」，據《繡谷春容》改。「領」周校本改作「令」，誤。按：《無雙傳》作「押領」。

〔八〕王遂　《無雙傳》作「王遂中」，周校本據改。下同。

〔九〕領内家　「家」原譌作「脊」，據《繡谷春容》改。清鈔本譌作「象」。周校本妄改作「眷」。《繡谷春容》「領」作「發」。按：《無雙傳》作「押領内家」。

〔一〇〕令舊使蒼頭　「令」原譌作「領」，據《繡谷春容》改。《繡谷春容》「舊」作「舅」。按：《無雙傳》：「熟視之，乃舊使蒼頭塞鴻也。鴻本王家生，其舅常使得力，遂留之。」作「舅」亦不誤。

〔一一〕具　原譌作「帛」，連上讀，據《繡谷春容》改。

〔一二〕急　原無此字，據《繡谷春容》補。按：《無雙傳》有此字，周校本據補。

〔一三〕領　《繡谷春容》作「令」。按：《無雙傳》作「領」。

按： 本條注出《麗情集》。《類説》卷二九《麗情集》有《無雙仙客》，本條文字與之多有合者。《麗情集》取自唐薛調《無雙傳》，見《太平廣記》卷四八六《雜傳記三》，文字頗長。後收入《虞初志》卷五、《艷異編》卷二三義俠部，均不著撰人。明凌性德刊七卷本《虞初志》題唐裴説，大謬。《綠窗女史》卷二宫闈部遺放門、《五朝小説·唐人百家小説》傳奇家、《重編説郛》卷一一二、《唐人説薈》第十一集、《龍威秘書》四集《晉唐小説暢觀》、《藝苑捃華》、《香艷叢書》六集卷三、《晉唐小説六十種》亦收，題作《劉無雙傳》，撰人唐薛調。《一見賞心編》卷一一豪俠類改題《無雙女傳》，無撰人。《情史》卷四情俠類題《古押衙》，末云「唐薛調撰《無雙傳》」，據談本《廣記》，微有刪縮。又載朝鮮編《刪補文苑楂橘》卷一，題《古押牙》，當據《艷異編》。又，《合刻三志》志奇類及《雪窗談異》卷五有《豪客傳》，自《廣記》纂輯豪俠事而成，而妄題唐杜光庭撰。凡三篇，中爲《古押衙》。《新編醉翁談録》癸集卷一《重圓故事》中有《無雙王仙客終諧》，不注出處，乃節自本傳。

《麗情集》又載《無雙歌》，不知誰作。《片玉集》卷二《浪淘沙》注引《麗情集·無雙歌》：「庭下梨花雪四垂。」（《增修箋注妙選群英草堂詩餘》前集卷上周美成《浪淘沙慢》注亦引），卷六《訴衷情》注引《無雙歌》：「紅簾如水隔神仙，月清露冷隔茶煙。茶煙未滅簾中語，一寸深心暗與傳。」是則《麗情集》傳、歌並録。

秦觀《調笑令》詠無雙，詩曰：「尚書有女名無雙，蛾眉如畫學新妝。伊家仙客最明俊，舅母惟只呼王郎。尚書往日先曾許，數載暌違今復遇。聞説襄江二十年，當時未必輕相慕。」曲子：「相慕，無雙女，當日尚書先曾許。王郎明俊神仙侶，腸斷別離情苦。數年暌恨今復遇，笑指襄江歸去。」（《淮海長短句》卷下）

張子埜逢謝媚卿

張子埜往玉仙觀〔一〕，中路逢謝媚卿。初未相識，但兩相聞名。子野才韻既高，謝亦秀色出世，一見慕悦，目色相授。張領其意，緩轡久之而去。因作《謝池春慢〔二〕》，以叙一時之遇。詞云：「繚繞重院静，聞有啼鶯到。綉被堆〔三〕餘寒，畫幕明新曉。朱檻連天闊，飛絮知多少。徑莎平，池〔四〕水渺。日長風静，花影閒〔五〕相照。塵〔六〕香拂馬，逢謝女，城南道。秀艷〔七〕過施粉，多媚生輕笑。鬭色鮮衣薄，輾玉〔八〕雙蟬小。歡難偶，春過了。琵琶〔九〕流韻，都入相思調。」出《古今詞話》

〔一〕張子埜往玉仙觀　「埜」清鈔本及趙萬里輯本《古今詞話》作「野」，字同。下作「野」。「玉仙觀」「仙」原作「山」，據清鈔本及趙輯本改。按：《御選歷代詩餘》卷一一四《詞話》引《古今詞話》、張先《安陸集》及《張子野詞》卷一、《花草粹編》卷一六均作「仙」。《苕溪漁隱叢話》後集卷二七：「《復齋漫録》云，玉仙觀在京城東南宣化門七八里間。」

〔二〕謝池春慢　「慢」字原無，趙輯本有此字，據補。按：《安陸集》及《張子野詞》、《花草粹編》、《歷代詩餘》皆有此字。

〔三〕堆　清鈔本下有一闕字，衍文也。

〔四〕池　此字原脱，據清鈔本及趙輯本補。

〔五〕閒　原作「間」，據清鈔本及趙輯本改。閒，同「閑」。

〔六〕塵　原譌作「庭」，據清鈔本及趙輯本改。

〔七〕秀艷　「秀」前原衍「季」字，據趙輯本刪。

〔八〕玉　原作□，清鈔本及趙輯本作「一」，誤，周校本據補。按：《歷代詩餘》、《安陸集》及《張子野詞》、《花草粹編》均作「玉」，據補。

〔九〕琵琶　原譌作「瑟琵」，據趙輯本改。

按：諸書引此條《謝池春慢》，文字微異，今皆録於下。

《御選歷代詩餘》卷一一四《詞話》引《古今詞話》：「子野於玉仙觀道中，逢謝媚卿，作《謝池春慢》云：『繚墻重院，閒有流鶯到。繡被掩餘寒，畫閣明新曉。朱檻連空闊，飛絮無多少。徑莎平，池水渺。日長風静，花影閒相照。塵香拂馬，逢謝女，城南道。秀艷過施粉，多媚生輕笑。鬭色鮮衣薄，碾玉雙蟬小。歡難偶，春過了。琵琶流怨，都入相思調。』一時傳唱幾徧。」（《四庫全書》本）

《安陸集》《謝池春慢・玉仙觀道中逢謝媚卿》：「繚牆重院，間有流鶯到。繡被掩餘寒，畫閣明新曉。朱檻連空（一作「雲」）濶，飛絮無（《草堂詩餘》作「舞」）多少。徑莎平，池水渺。日長風静，花影閒相照。塵香拂馬，逢謝女，城南道。秀艷過施粉，多媚生輕笑。鬭色鮮衣薄，碾玉雙蟬小。歡難偶，春過了。琵琶流怨，都入相思調。」（《四庫全書》本）

《張子野詞》卷一《謝池春慢・玉仙觀道中逢謝媚卿》：「繚牆重院時，聞有啼鶯到。繡被掩

(一作「堆」)餘寒，畫幕(一作「閣」)明新曉。朱檻連空闊，飛絮無(一作「知」)多少。徑莎平。池水渺。日長風静。花影閑相照。　塵香拂馬，逢謝女，城南道。秀艷(一作「麗」)過施粉，多媚生輕笑。鬬色鮮衣薄，碾玉雙蟬小。歡難偶(一作「遇」)，春過了。琵琶流怨(一作「韻」)，都入相思調。」(《知不足齋叢書》本)

《花草粹編》卷一六《中調》張子野《謝池春慢·玉仙觀道中逢謝媚卿》：「繚繞重院時，聞有啼鶯到。繡被堆餘寒，畫閣明新曉。朱檻連空濶，飛絮知多少。徑莎平，池水渺。日長風静，花影閒相照。　塵香拂馬，逢謝女，城南道。秀麗過施粉，多媚生輕笑。鬬色鮮衣薄，碾玉雙蝉小。歡難偶，春過了。琵琶流韻，都入相思調。」(《四庫全書》本)

張倩娘離魂奔壻〔一〕

張鎰，家于衡陽。幼女倩娘，端妙絶倫。見外甥王宙美容範，嘗戲曰：「後當以小女妻君。」會鎰有賓僚之選，女聞不樂，宙亦生恨，請〔二〕赴上國。登舟〔三〕數里，夜半，有一人岸上冉冉〔四〕而來，乃倩娘也。宙喜，倍道入蜀。居數年，生二子。倩娘思其父母，遂命舟俱歸衡陽。至州，宙先詣謝。鎰愕然曰：「倩娘病在閨中數年。」促使驗之，見倩

娘在舟中。家人以狀〔五〕告室中女，女喜而起。倩娘下車，家中女出迎，翕然合爲一體。出《異聞録》

秦少游詩〔六〕曰：「深閨女兒〔七〕嬌復癡，春愁春恨那復〔八〕知。舅兄唯有相憐意〔九〕，暗想花心臨別時。離舟欲解春江暮，冉冉離〔一〇〕魂逐君去。重來兩身復一身，夢覺春風〔一一〕話心素。」又《調笑令》曰：「心素，與誰語，始信別離情最苦。蘭舟欲解春江暮，精爽逐〔一二〕君歸去。異時攜手重來處，夢覺春風庭户〔一三〕。」秦文

〔一〕張倩娘離魂奔壻　原題《張倩娘魂離奔壻》，《繡谷春容》情好類作「張倩娘離魂奔壻」。按：下條《韓夫人題葉成親》，「離魂」與「題葉」相對。且此文原出唐陳玄祐《離魂記》，是則作「離魂」是也。據改。《書舶庸譚》「奔」譌作「奪」。

〔二〕請　《繡谷春容》譌作「情」。按：《離魂記》作「請」。《類説》卷二八《異聞集·離魂記》譌作「牘」，明嘉靖伯玉翁舊鈔本作「請」。

〔三〕舟　周校一九九一年本譌作「岸」。

〔四〕冉冉　原作「呼舟」，據《繡谷春容》及《類説》改。

〔五〕狀　《繡谷春容》無此字。按：《類説》有。

〔六〕詩　原作「詞」，據《繡谷春容》改。

〔七〕女兒　原作「兒女」，據《繡谷春容》改。按：秦觀《調笑令·離魂記》詩曰作「女兒」。見附録。

〔八〕癡春愁春恨那復　此七字清鈔本脱。

〔九〕舅兄唯有相憐意　「唯」原作「誰」，《繡谷春容》同。按：秦詩作「舅兄唯有相拘意」，疑「誰」形譌，據改。周校本據秦詩改全句。

〔一〇〕離　秦詩作「香」。周校本亦改作「香」。

〔一一〕風　原譌作「心」，據《繡谷春容》改。按：秦詩作「風」。

〔一二〕逐　秦觀曲子作「隨」，周校本據改。

〔一三〕「又調笑令曰」至「夢覺春風庭户」《繡谷春容》另起段。

按：本條末注《異聞録》，即唐陳翰《異聞集》。原書不存。《類説》卷二八《異聞集》摘録《離魂記》。原文見引於《太平廣記》卷三五八，改題《王宙》，注出《離魂記》。《廣記》本後取入《虞初志》卷一、《艷異編》卷二〇冥感部、《緑窗女史》卷六冥感部神魂門、《一見賞心編》卷一一魂交類、《稗家粹編》卷六、《增補批點圖像燕居筆記》卷八、《情史》卷九情幻類、《雪窗談異》卷二、《唐人説薈》第十五集、《龍威秘書》四集、《晉唐小説六十種》等，《艷異編》、《情史》題《張倩娘》，《賞心編》題《張倩娘傳》。《賞心編》、《情史》、《唐人説薈》、《龍威秘書》、《晉唐小説六十種》均删去末節作者自述語，《賞心編》末附秦少游詩及《調笑令》。撰名或署陳玄祐（清人避諱改作陳元祐），或不署。《虞初志》凌性德刊七卷本署爲唐韋莊，大謬。

本條文字多同《類説》而有删節，蓋本《類説》。今録於下：

張鎰家于衡陽，幼（原作「郡」，據嘉靖伯玉翁舊鈔本改）女倩娘，端麗絶倫。鎰外甥王宙，美容範，鎰嘗戲曰：「後當以小女妻君。」會鎰有賓僚之選者，欲求適之。女聞而鬱抑（舊鈔本作「不樂」），宙亦恚悵（舊鈔本作「恨」），請（原譌作「牘」，據舊鈔本改）赴上國。登舟數里，夜半，岸上有一人冉冉而來，乃倩娘也。宙喜甚，其夜遁去，倍道入蜀。居數年，生兩子。倩思其父，曰：「吾昔不能相負棄大義，而來奔君，今若何？」宙曰：「無慮。」遂命舟楫，俱歸衡陽。至州郭，宙獨詣鎰拜謝，女負恩義而奔。鎰愕然，曰：「何女也？」宙曰：「倩娘也。」鎰曰：「病在閨中數年。」宙曰：「見在舟中。」鎰使驗之，見倩娘在舟中。疾走報鎰，家人以狀告室中女，女喜而起，笑而不言。倩娘下車，家中女出迎，翕然二形合爲一體。鎰曰：「自宙行，女不言，常如醉狀，信知神魂去耳。」女曰：「實不知身在家。初見宙抱恨而去，某以睡中愴惶走及宙舡，亦不知去者爲身耶，住者爲身耶。」

秦觀《調笑令》第十首詠《離魂記》，詩曰：「深閨女兒嬌復癡，春愁春恨那復知。舅兄唯有相拘意，暗想花心臨别時。離舟欲解春江暮，冉冉香魂逐君去。重來兩身復一身，夢覺春風話心素。」曲子曰：「心素，與誰語，始信别離情最苦。蘭舟欲解春江暮，精爽隨君歸去。異時攜手重來處，夢覺春風庭户。」（《淮海長短句》卷下）

韓夫人題葉成親〔一〕

唐僖宗時，于祐晚步禁衢〔二〕，視御溝流一紅葉〔三〕，上有二句〔四〕詩云：「殷勤謝紅葉，好去到人間。」祐復題葉云：「曾聞葉上題紅怨，葉上題詩寄阿誰？」俾流入宫中〔五〕。好事者贈詩云：「君恩不禁東流水，流出宫情是此溝〔六〕。」祐後倚中貴人韓泳門館，泳曰：「韓夫人久在宫中，今出禁庭，使聘子何如？」祐曰：「貧〔七〕困書生，寄食門下，安敢復望？」泳乃〔八〕令人通媒妁，交二姓之好。既吉之夕〔九〕，韓氏於祐笥中見紅葉〔一〇〕，大驚，曰：「此吾所作。吾〔一一〕於水中亦得紅葉。」即祐所題。相對泣曰：「事豈偶然，莫非前定。」因作《感懷詩》：「一聯佳句隨〔一二〕流水，十載幽思滿素懷。今日却成鸞鳳友，方知紅葉是良媒〔一三〕。」張碩《流紅記》

昔天寶末，顧況遊禁中，見流水上梧葉，有詩一絶云：「一入深宫裏，年年不見春。聊題一片葉，寄與有情人。」況亦於上流題詩葉上云：「花落深宮鶯亦悲，上陽宮女斷腸時。帝城不禁東流水，葉上題詩欲寄誰？」後十餘日，又於杏葉上得詩云：「一葉題詩出禁城，誰人酬和獨含情？自嗟不及波中葉，蕩漾乘春取次行。」與此事殆相類。噫！可謂奇矣。

〔一〕韓夫人題葉成親　《繡谷春容》奇遇類題《韓夫人寫情禁溝》。

〔二〕衢　《繡谷春容》作「渠」。

〔三〕視御溝流一紅葉　《繡谷春容》作「得一紅葉」。按：《類説》卷四六《青瑣高議·流紅記》作「流一紅葉」，見附録。

〔四〕二句　《繡谷春容》無此二字。按：《繡谷春容》下文「詩云」前多「流水何太急，深宮盡日閑」二句，《青瑣高議》今本前集卷五《流紅記》及明張夢錫刊本、《茗溪漁隱叢話》後集卷一六引《流紅記》同。而上海圖書館藏清鈔本、清紅葉山房鈔本、《紺珠集》卷一一《青瑣高議·紅葉媒》皆無此二句。觀韓氏詩云「腸斷一聯詩」，「一聯佳句題流水」，且于祐題紅葉及好事者所贈詩亦皆爲二句，知原文只有後二句，前二句殆後人據《雲谿友議》卷下《題紅怨》所載盧渥所得紅葉詩妄添（見附録）。

〔五〕俾流入宮中　周校一九九一年本脱此句。

〔六〕好事者贈詩云君恩不禁東流水流出宮情是此溝　以上二十字《繡谷春容》無。

〔七〕貧　清鈔本及《繡谷春容》作「窮」。按：《青瑣高議》作「窮」。

〔八〕乃　周校本脱此字。按：《青瑣高議》有此字。

〔九〕既吉之夕　《繡谷春容》無此四字。

〔一〇〕韓氏於祐笥中見紅葉　《繡谷春容》作「韓氏于笥中見葉」。

〔一一〕吾　周校本下加「向」字。按：《青瑣高議》無此字。

〔一二〕隨　《青瑣高議》作「題」，《漁隱叢話》作「隨」。

〔一三〕「因作感懷詩」至此　原無，據《繡谷春容》補。下文附録原亦無，亦據《繡谷春容》補。顧況事出《本事詩》，見附録。

按：《青瑣高議》前集卷五《流紅記》，題魏陵張實子京撰。本條末注「張碩《流紅記》」，名異。觀字曰子京，碩、京，大也，疑作碩爲是。《一見賞心編》卷四奇逢類《韓夫人》，蓋本《繡谷春容》而加改易，今録如下：

唐僖宗時，有于姓名祐，晚步禁衢，見御溝流一紅葉，上有詩云：「流水何太急，深宮盡日閑。慇懃謝紅葉，好去到人間。」祐覽之，復題二句於葉上，擲水流去：「曾聞葉上題紅怨，葉上題詩寄阿誰？」須臾流入禁中。韓夫人拾覽，不勝嗟嘆。祐後倚中貴人韓泳門館，泳曰：「韓夫人久在宮中，今出禁庭，使聘子何如？」祐曰：「窮困書生，寄食門下，安敢過望？」泳乃令人通媒妁，交二姓之好。韓氏於笥中見葉，大驚，曰：「此吾所作也。然吾於水中亦得紅葉。」出以示祐，即祐所題也。二人相對泣曰：「事豈偶然，莫非前定。」因作《感懷詩》云：「一聯佳句隨流水，十載幽期滿素懷。今日却成鸞鳳友，方知紅葉是良媒。」天寶末，顧況遊禁東，坐流水邊，偶得大梧葉，上題詩一絶云：「一入深宫裏，年年不見春。聊題一片葉，寄與有情人。」況亦尋大葉題詩，擲水流去。詩曰：「花落深宫鶯亦悲，上陽宫女斷腸時。帝城不禁東流水，葉上題詩欲寄誰？」後十餘日，有客來禁東尋春，又於禁上得詩，以示況。詩云：「一葉題詩出禁城，誰人酧和獨含情？自嗟不及波中葉，蕩漾乘春取次行。」此事與此相類，亦奇矣。

《類説》卷四六摘録《青瑣高議·流紅記》，《緑窗新話》文句與之有異有合，今録之備參：

唐僖宗時，有于祐（嘉靖伯玉翁舊鈔本作「有舉子崔祐」）晚步禁衢（舊鈔本作「渠」），流一紅葉，上有二句云：「慇懃謝紅葉，好去到人間。」祐復題云：「曾聞葉上題紅怨（原作「意」，據舊鈔本改），葉上題詩問阿誰？」好事者贈詩曰：「君恩不禁東流水，流出宫情是此溝。」祐後取一宫人韓氏，於祐書笥中見紅葉，驚曰：「此吾所作。吾於水亦得紅葉。」即祐所題。得葉之初，嘗有詩云：「獨步天溝岸，臨流得葉時。此情誰會得，腸斷一聯詩。」於是相對感泣，曰：「事豈偶然，莫非前定也（「也」字據舊鈔本補）。」

題葉故事，唐人頗傳，諸書多有記述。范攄《雲谿友議》卷下《題紅怨》，所記凡二，一爲顧況事，一爲盧渥事。文云：

明皇代，以楊妃、虢國寵盛，宫娥皆頗衰悴，不備掖庭。常書落葉，隨御水而流，云：「舊寵悲秋扇，新恩寄早春。聊題一片葉，將寄接流人。」顧況著作聞而和之，既達宸聰，遣出禁内者不少，或有五使之號焉。和曰：「愁見鶯啼柳絮飛，上陽宫女斷腸時。君恩不禁東流水，葉上題詩寄與誰？」盧渥舍人應舉之歲，偶臨御溝，見一紅葉，命僕搴來。葉上乃有一絶句，置於巾箱，或呈於同志。及宣宗既省宫人，初下詔，許從百官司吏，獨不許貢舉人。渥後亦一任范陽，獲其退宫人，覩紅葉，而吁嗟久之，曰：「當時偶題隨流，不謂郎君收藏巾篋。」驗其書，無不訝焉。詩曰：「水流何太急，深宫盡日閒。慇懃謝紅葉，好去到人間。」（《四庫全書》本）

孟啓《本事詩·情感》亦載顧況事，視《雲谿友議》有增飾。文云：

顧況在洛，乘間與三詩友遊於苑中，坐流水上，得大梧葉，題詩上曰：「一入深宫裏，年年不見春。聊題一片葉，寄與有情人。」況明日於上游，亦題葉上，放於波中，詩曰：「花落深宫鶯亦悲，上陽宫女斷腸時。帝城不禁東流水，葉上題詩欲寄誰？」後十餘日，有人於苑中尋春，又於葉上得詩，以示況，詩曰：「一葉題詩出禁城，誰人酬和獨含情？自嗟不及波中葉，蕩漾乘春取次行。」

荆南孫光憲《北夢瑣言》卷九引唐末劉山甫《金溪閑談》載進士李茵事，云：

僖宗幸蜀年，有進士李茵，襄州人。奔竄南山民家，見一宮娥，自云宮中侍書家雲芳子。有才思，與李同行詣蜀。具述宮中之事，兼曾有詩書紅葉上，流出御溝中，即此姬也。行及綿州，逢内官田大夫，識之，乃曰：「書家何得在此？」逼令上馬，與之前去。李甚快悵，無可奈何。宮娥與李情愛至深，至前驛，自縊而死。其魂追及李生，具道憶戀之意。追數年，李茵病瘠，有道士言其面有邪氣。雲芳子自陳人鬼殊途，告辭而去。

《太平廣記》卷三五四《李茵》亦引《北夢瑣言》，文多異辭，亦録之，云：

進士李茵，襄陽人。嘗遊苑中，見紅葉自御溝流出。上題詩云：「流水何太急，深宮盡日閑。殷勤謝紅葉，好去到人間。」茵收貯書囊。後僖宗幸蜀，茵奔竄南山民家。見一宮娥，自云宮中侍書，名雲芳子。有才思，茵與之欵接。因見紅葉，嘆曰：「此妾所題也。」同行詣蜀，具述宮中之事。及綿州，逢内官田大人，識之，曰：「書家何得在此？」逼令上馬，與之前去。李甚快悵。其夕，宿逆旅，雲芳復至，曰：「妾已重賂中官，求（明鈔本作「永」）

得從君矣。」乃與俱歸襄陽。數年，李茵疾瘠，有道士言其面有邪氣。雲芳子自陳：「往年綿竹相遇，實已自經而死。感君之意，故相從耳。人鬼殊途，何敢貽患於君。」置酒賦詩，告辭而去矣。

又，南宋王銍《補侍兒小名録》載：

貞元年，進士賈全虚者，黜於春官。春深，臨御溝而坐。忽見一花流至全虚之前，以手接之，香馥頗異。旁連數葉，上有詩一首，筆蹟纖麗，言辭幽怨，曰：「一入深宫裏，無由得見春。題詩片葉上，寄與接流人。」全虚得之，悲想其人，涕泗交墜，不能離溝上。街吏頗疑其事，白金吾，奏其實。德宗亦爲感動，令中人細詢之，乃於翠筠宫奉恩院王才人養女鳳兒者，詰其由，云：「初從母學《文選》、《初學記》，及慕陳後主孔貴嬪爲詩。數日前，臨水折花，偶爲宫思。今敗露，死無所逃。」德宗爲之惻然，召全虚，授金吾衛兵曹，以鳳兒賜之。車載其院資，皆賜全虚焉。

南宋周守忠《姬侍類偶》卷下《鳳兒題葉》引《小名録》同此。按：《小名録》當指王銍《補侍兒小名録》，此條即鈔自王書。唐陸龜蒙撰有《小名録》，《新唐書·藝文志》雜傳記類著録五卷，今存二卷，中無此事。《補侍兒小名録》引自何書不詳，蓋唐五代或北宋書也。

與以上五事類似者，猶有後蜀金利用《玉溪編事》侯繼圖事（《廣記》卷一六〇引）。《一見賞心編》卷四奇逢類《伍氏女》，據而改寫。《玉溪編事》文云：

侯繼圖尚書，本儒素之家，手不釋卷，口不停吟。秋風四起，方倚檻於大慈寺樓。忽有木葉飄然而墜，上有詩曰：「拭翠斂雙蛾，爲鬱心中事。搦管下庭除，書成相思字。此字不書石，此字不書紙。書向秋葉上，願逐秋風起。天下有心（原作「負」，據《四庫全書》本改）人，盡解相思死。」後貯巾篋。凡五六年，旋與任氏爲婚。嘗念此詩，任氏曰：「此是書葉詩。時在左綿書，爭得至此？」侯以今書辨驗，與葉上無異也。

上述六事，除侯繼圖事外，明顯有互相因襲之跡。故南宋羅泌《路史發揮》卷六《關龍逢》中議云：「乃若爛柯、流紅、燕女等事，説各不一。大抵文人説士，喜相倣撰，以悦流俗。飽食終日，無所用心，以描前摸古，甘隨人口，而不自病其妄也。」

謝真真識韓貞卿〔一〕

歌曰：香烟不散桃花水，雲鬟霧縠元旖旎。開元天子垂拱平，清河御史栽桃李。貞卿下第秦臺歸，鹿門山下關柴扉。故人共慰羈離情，相期同作遊春行。前山密友〔二〕

雲賓至，從容咲語頻相戲。説是黃姑最嬌女，欲嫁五陵不肯許。初年十九字真真，玉〔三〕貌花顔天上春。貞卿一見心悄悄，凝神結思花前老。明朝落日〔四〕青衣至，紅綃展見真真字。書後重重別有期，期在春宵無月時。貞卿到門天未曉，真真出來〔五〕容窈窕。群仙送郎歸洞房，輕紅□〔六〕透聞天香。重重被展紅雲錦〔七〕，枕肱〔八〕不枕相思枕。朝來夜去星歲〔九〕移，雪花兩换櫻桃枝。貞卿秋賦〔一〇〕從鄉薦，莫教賤妾同秋扇。貞卿西去真真歸，愁腸斷續何人知。明朝驚起持書扎〔一一〕，邀郎別俟〔一二〕良辰發。書去邀郎郎未回，只喚韓娥催到來。須臾遞到貞卿至，仙郎下馬真真死。前會翻成《薤露》歌，謝家門館吊人多。

〔一〕謝真真識韓貞卿　「貞」原作「真」。按：文中五處作「貞」，惟末處作「真」。據改。

〔二〕前山密友　「前山」周校本改作「山前」。「友」清鈔本譌作「支」。

〔三〕玉　原譌作「王」，據清鈔本改。

〔四〕落日　周校本改作「日落」。

〔五〕來　清鈔本下衍「天」字。

〔六〕□　此闕字清鈔本作「透」，疑誤。周校本補作「微」字。

〔七〕重重被展紅雲錦　《錦繡萬花谷》前集卷一七妓妾門引《真真歌》作「重重翠被紅雲錦」。按：此句前《真真歌》有「紅玉枕高冰簟滑，凝煙戛水春雲潤」二句。

〔八〕枕肱　周校本改作「曲肱」，誤。枕肱謂枕臂而臥。按：《真真歌》作「枕肱」。

〔九〕星歲　周校本改作「歲星」，誤。星歲，歲月。下文云「雪花兩换櫻桃枝」，時經兩年也。

〔一〇〕秋賦　周校本改「賦」爲「試」，大誤，乃不明唐代科舉制度。秋賦指秋貢。經州府鄉試合格獲薦舉資格者（即舉子、舉人、進士、貢士），於秋季解送京城，明年春應禮部試。

〔一一〕扎　周校本改作「札」。扎，同「札」。

〔一二〕俟　周校一九九一年本改作「候」。俟，等候。

按： 此條原無出處，諸書未見有謝真真、韓貞卿事。所録唯歌。《錦繡萬花谷》前集卷一七妓妾門引《真真歌》四句曰：「紅玉枕高冰簟滑，凝煙戛水春雲潤。重重翠被紅雲錦，枕肱不枕相思枕。」前二句本條無。《真真歌》不知誰人作。疑原文前有序，記叙其事，原文似作《謝真真歌并序》也。《麗情集》有顧況《宜城放琴客歌并序》及《萿草春詩并序》，元稹《崔徽歌并序》，崔珏《灼灼歌并序》，劉禹錫《泰娘歌并引》，杜牧《杜秋娘詩并序》及《張好好詩并序》，李商隱《柳枝五首并序》，蘇舜欽《愛愛歌并序》等，頗疑此篇亦取《麗情集》。

沈真真歸鄭還古

太常博士鄭還古，寓東都，與柳將軍同巷。還古將調西都，柳張筵以餞，盡出家妓，謳歌薦酒，□行杯酒〔一〕。其左次三妓，容艷妖絶，鄭窺之拳拳〔二〕。柳謂鄭曰：「此沈真真，本良家子，頗好文詞，請賦詩以定情。候〔三〕博士拜命，即當送賀。」還古賦詩曰：「洞房出神仙，清聲當管絃。詞輕《白苧》曲，歌揭《碧雲》篇。既未〔四〕生裴秀，何妨乞鄭玄。不堪金谷水，横過墜樓前。」柳覽詩大喜，俾真真拜謝。還古抵京，旋拜伊闕令。馳書告柳，柳即送真真赴京迎鄭。既至〔五〕，鄭請出相見，真真飾容致拜。還古起前，遽執真真之手〔六〕，長呼〔七〕而卒。出《麗情集》

〔一〕謳歌薦酒□行杯酒　清鈔本闕字作「此」，疑誤。《繡谷春容》情好類作「薦酒行盃」。

〔二〕拳拳　《繡谷春容》作「眷眷」。

〔三〕候　《繡谷春容》作「俟」。清鈔本譌作「侯」。

〔四〕未　原作「來」，據《繡谷春容》改。

〔五〕鄭既至　《繡谷春容》無此三字。

〔六〕遽執真真之手　「遽」、「之」二字原無，據《繡谷春容》補。

〔七〕呼　《繡谷春容》作「吁」。

按：明陳耀文《天中記》卷一九《妾侍》引《麗情集·沈真真》，與此節文字大同。周校本初版蓋即據此而録。《天中記》文云：

太常博士鄭還古，寓東都，與柳將軍同巷。還古將調西都，柳盛張筵以餞，盡出家妓，謳歌薦酒行盃。有第三姬，容艷妖絶，鄭竊窺之，有眷眷意。柳謂鄭曰：「此沈真真，本良家子，頗好文辭，請賦詩以定情。候博士拜命，即當送賀。」還古賦詩曰：「洞房出神仙，清聲當管絃。詞輕《白苧》曲，歌揭《白(周本改作彩)雲》篇。既未生裴秀，何妨乞鄭玄。不堪金谷水，横過墜樓前。」柳覽詩大喜，俾真真拜謝。還古抵京，旋拜伊闕令。得重疾，馳書告柳。柳即送真真赴京迎鄭。請出相見，真真飾容致拜。還古起前，遽執真真之手，長吁而卒。

《姬侍類偶》卷下《真真屬文》，引盧碩序，似則盧碩有《沈真真歌并序》。序云：

太常博士鄭還古，寓東郡，與柳將軍同里巷。還古將赴調，柳張筵餞之，盡出家妓比上行盃。其左列次三之妓，容艷殊絶，屢顧鄭，鄭亦竊視之。柳曰：「此沈氏也，名真真。音樂之外，頗好文詞。請賦一章，以定其情。」還古即賦詩云：「洞房出神仙，清聲當管弦。詞輕《白苧》曲，歌揭《碧雲》篇。既未主裴秀，何妨乞鄭玄。不堪金谷水，重過墜樓前。」柳竟以沈歸鄭。

唐盧言《盧氏雜説》亦載此事，事有不同，《太平廣記》卷一六八引曰：

鄭還古，東都閑居，與柳當將軍者甚熟。柳宅在履信東街，有樓臺水木之盛。家甚富，妓樂極多。鄭往來宴飲，與諸妓笑語既熟，因調謔之。妓以告柳，憐鄭文學，又貧，亦不之怪。鄭將入京求官，柳開筵餞之。酒酣，與妓一章曰：「冶艷出神仙，歌聲勝管絃。眼看《白苧》曲，欲上碧雲天。未擬生裴秀，如何乞鄭玄。莫教金谷水，横過墜樓前。」柳見詩甚喜，曰：「某不惜此妓，然吾子方求官，事力空困，將去固不易支持。專待見榮命，便發遣入京，充賀禮。」及鄭入京，不半年，除國子博士。柳見除目，乃津遣（按：原作「置」，據明鈔本改）入京。妓行及嘉祥驛，鄭已亡歿，旅櫬尋到府界。柳聞之悲歎不已，遂放妓他適。

《唐詩紀事》卷四八《鄭還古》略同《盧氏雜説》，云：

還古閑居東都，將入京赴選，柳當將軍者餞之。酒酣，以一詩贈柳氏之妓，曰：「冶艷出神仙，歌聲勝管絃。詞輕《白紵》曲，欲上碧雲天。未擬生裴秀，如何乞鄭玄。不堪金谷水，横過墜樓前。」柳喜甚，曰：「專伺榮命，以此爲賀。」未幾，還古除國子博士。柳見除目，即遣入京。及嘉祥驛，而還古物故，乃放妓他適。

《情史》卷一情貞類《沈真真》，參酌諸書而有增飾，云：

鄭還古，元和初登第。寓東都，與柳尚將軍同巷。鄭調西都，柳設宴餞行，出家妓歌樂以送。内有一妓嬌美，鄭眷戀不已，柳謂曰：「此沈真真，本良家女，頗能文辭。請公一詞，以定情好。候公拜命，即當送賀。」公欣然賦云：「冶艷出神仙，歌聲勝管弦。詞輕《白苧》曲，歌遏碧雲天。未擬生裴秀，何妨乞鄭玄。不堪金谷水，横過墜樓前。」柳大喜，俾真真拜謝。鄭至京，除國子博士。柳見除目，即送真真赴約。及嘉祥驛，聞還古物故而還。柳嗟歎，遂使別居，真真守節終身。

清王初桐《奩史》卷二一引《紺珠集》「鄭還古將調西都」云云，本《緑窗新話》，而《紺珠集》并無此事，出處誤也。

灼灼染淚寄裴質

灼灼，錦城官妓也。善舞《柘枝》，能〔一〕歌《水調》，爲幽抑怨懟之音。相府筵中，與河東御史裴質座接，神通目授〔二〕，如故相識。相因夜飲，忽速召之，自此不復面〔三〕矣。灼灼以軟綃〔四〕多聚紅淚，密寄河東人。出《麗情集》

秦少游詩曰：「錦城春暖花欲飛，灼灼當筵〔五〕舞柘枝。相君上客〔六〕河東秀，自言那復〔七〕傍人知。妾願身爲梁上燕，朝朝暮暮長相見。雲收月墮海沉沉，淚滿〔八〕紅綃寄腸斷。」《調笑令》曰：「腸斷，繡簾捲，妾願身爲梁上燕〔九〕。朝朝暮暮長相見，莫遣恩遷情變。紅綃粉淚知何恨，萬古空傳遺怨。」秦文

〔一〕能　此字原無，據《繡谷春容》情好類補。
〔二〕神通目授　周校一九九一年本改作「目通神授」。
〔三〕面　原作「回」，據《繡谷春容》改。
〔四〕綃　原作「絹」，據《繡谷春容》改。
〔五〕筵　秦觀《淮海長短句》卷下《調笑令十首并詩》作「庭」，周校本據改。
〔六〕客　《繡谷春容》作「國」，當誤。
〔七〕復　秦詩作「得」，周校本據改。
〔八〕滿　《繡谷春容》作「流」。

〔九〕妾願身爲梁上燕　「梁上」二字原脱，據《調笑令》曲子補。按：《繡谷春容》無《調笑令》曲子。

按：《紺珠集》卷一一《麗情集·寄淚》云：「灼灼，錦城官妓，御史裴質與之善。裴召還，灼灼每遣人以軟紅絹聚紅淚爲寄。」《海録碎事》卷九下《寄淚》引《麗情集》同，「絹」作「綃」。《類説》卷二九《麗情集·灼灼》，文字較詳，爲《緑窗新話》所本，文云：

錦城官妓灼灼，善舞《柘枝》，歌《水調》。相府筵中，與河東人坐，神通目授，如故相識。自此不復面矣。灼灼以軟綃多聚紅淚，密寄河東人。

《片玉集》卷二《浪淘沙》注、《群英草堂詩餘》前集卷上周美成《浪淘沙慢》注引《麗情集》：「灼灼與裴質書，以軟綃聚紅淚爲寄。」

《淮海長短句》卷下《調笑令十首并詩》，中詠灼灼，詩曰：「錦城春暖花欲飛，灼灼當庭舞《柘枝》。相君上客河東秀，自言那得傍人知。妾願身爲梁上燕，朝朝暮暮長相見。雲收月墮海沉沉。淚滿紅綃寄腸斷。」曲子：「腸斷，繡簾捲，妾願身爲梁上燕。朝朝暮暮長相見，莫遣恩遷情變。紅綃粉淚知何恨，萬古空傳遺怨。」

毛滂《東堂詞》中《調笑令》亦詠灼灼。詩曰：「寒雲夜捲霜倒飛，一聲《水調》凝秋悲。錦靴玉帶舞回雪，丞相筵前看《柘枝》。河東詞客今何地，密寄軟綃三尺淚。錦城春色隔瞿唐，故華灼灼今顣頞。」詞曰：「顣頞，何郎地。密寄軟綃三尺淚。傳心語眼郎應記，翠袖猶芬仙桂。願郎學做蝴蝶子，去去來來花裏。」

韋莊有《傷灼灼》詩（蜀韋縠編《才調集》卷三），序云：「灼灼，蜀之麗人也。近聞貧且老，殂落於成都酒市中。因以四韻弔之。」詩曰：「常聞灼灼麗於花，雲髻盤時未破瓜。桃臉慢長横緑水，玉肌香膩透紅紗。多情不住神仙界，薄命曾嫌富貴家。流落錦江無處問，斷魂飛作碧天霞。」

崔班作有《灼灼歌》。《東坡先生詩集注》卷二二《九日黄樓作》趙次公注引崔班《灼灼歌》：「坐中之客皆龍虎。」《片玉集》卷一〇《迎春樂·攜妓》注引《灼灼歌》：「舞停歌罷來中坐。」（《四部備要》本）陳尚君《全唐詩補編》（中華書局一九九二年版）中册崔珏《灼灼歌》，又據陳元龍《片玉集注》卷七《玉燭新》注引崔珏詩輯「人心亦似春心逸」一句。以爲崔班即爲崔珏之誤。觀此，頗疑《麗情集》灼灼事，即採崔班（或珏）《灼灼歌并序》，《緑窗新話》所引止序耳。

盼盼陳詞媚涪翁〔一〕

涪翁過瀘〔二〕南，瀘帥留府。會有官妓盼盼，性頗聰慧，帥嘗寵〔三〕之。涪翁贈《浣溪沙》曰：「脚上鞋兒四寸羅，唇邊朱麝〔四〕一櫻多。見人無語但回波。料得有心憐宋玉，秖應無柰楚襄何。今生有分向〔五〕伊麽。」眄眄拜謝。涪翁令唱詞侑觴，眄眄唱《惜花容〔六〕》曰：「少年看花雙鬢〔七〕緑，走馬章臺管絃〔八〕逐。而今老更惜花深，終日看花看〔九〕不足。　座中美女顔如玉，爲我一〔一〇〕歌《金縷曲》。歸時壓得帽簷〔一一〕欹，頭上春風紅簌簌。」涪翁大喜。翌日，出城遊山寺。眄眄乞詞，涪翁作《驀山溪》以見意，曰：「朝來春〔一二〕日，陡覺春衫便〔一三〕。官〔一四〕柳艷明眉，戲鞦韆、誰家倩眄？烟滋露洒〔一五〕，草色媚横塘，平沙軟。雕輪轉，行樂聞絃管。　追思年少，曾約〔一六〕尋芳伴。一醉幾纏頭，過楊〔一七〕州、朱〔一八〕簾盡捲。而今老矣，花似霧中看。歡喜〔一九〕淺，天涯遠，信馬歸來晚〔二〇〕。」出楊湜《古今詞話》

〔一〕眄眄陳詞媚涪翁　周校本「眄眄」作「盼盼」。眄，同「盼」。

〔二〕瀘　原譌作「濾」，據清鈔本及《繡谷春容》情好類、趙萬里輯《古今詞話》改。

〔三〕寵　原譌作「竈」，據清鈔本及《繡谷春容》、趙輯本改。

〔四〕麝　按：秦觀《淮海長短句》卷中《浣溪沙五首》其四作「粉」。

〔五〕向　按：秦詞作「共」。

〔六〕惜花容　《繡谷春容》「花」作「春」，趙輯本作「花」。按：《花草稡編》卷一一《小令》作《惜春容》，題注

「即《玉樓春》」。

〔七〕少年看花雙鬢緑　「鬢」字原脱，據《繡谷春容》、趙輯本補。按：《花草稡編》盼盼《惜春容·侑涪翁》亦有此字。依詞律，此爲七字句。

〔八〕管絃　《花草稡編》作「絃管」。

〔九〕看　《花草稡編》作「花」。

〔一〇〕一　《花草稡編》作「同」。

〔一一〕簷　原譌作「簾」，據清鈔本及趙輯本、《花草稡編》改。《繡谷春容》作「檐」，字同。

〔一二〕春　南宋黄昇《花菴詞選》卷四黄魯直《驀山溪·春晴》作「風」。

〔一三〕便　原作「緑」，出韻，趙輯本同。《緑窗新話》校：「緑字誤。山谷集中無此詞。」清鈔本及《花菴詞選》作「便」，據改。

〔一四〕官　《花菴詞選》作「翠」。

〔一五〕烟滋露洒　《花菴詞選》作「烟勻露洗」。

〔一六〕曾約　《花菴詞選》作「走馬」。

〔一七〕楊　通「揚」。

〔一八〕朱　《花菴詞選》作「珠」。

〔一九〕喜　《花菴詞選》作「意」。

〔二〇〕「涪翁大喜」至此　《繡谷春容》無此節。

按：此條所言涪翁（黄庭堅别號）《浣溪沙》，實見於秦觀《淮海長短句》卷中，前人曾有辨。《苕溪漁隱叢話》後集卷三九《長短句》云：「苕溪漁隱曰：《古今詞話》以古人好詞，世所共知者，易甲爲乙，稱其所作，仍隨其詞牽合爲説，殊無根蒂，皆不足信也。……又《八六子》『倚危亭，恨如芳草，萋萋剗盡還生』者，《浣溪沙》『脚上鞋兒四寸羅』者。二詞皆見《淮海集》，乃以《八六子》爲賀方回作，以《浣溪沙》爲涪翁作。……皆非也。」

《青泥蓮花記》卷五《義倡傳》附録亦云：「《古今詞話》載黄一事，云涪翁過瀘，帥留府。會有官妓盼盼，性頗聰慧，帥嘗寵之。涪翁贈《浣溪沙》曰：『脚上鞋兒四寸羅，唇邊朱麝一櫻多。見人無語但回波。料得有心憐宋玉，祇因無柰楚襄何。今生有分向伊麽。』盼盼拜謝涪翁。瀘帥令唱詞侑觴，盼盼唱《惜春容》云：『少年看花雙鬢緑，走馬章臺管弦逐。而今老更惜花深，終日看花看不足。坐中美女顔如玉，爲我一歌《金縷曲》。歸時壓得帽簷攲，頭上春風紅蔌蔌。』涪翁大喜，醉飲而别。《浣溪沙》乃少游詞。」

楊生共秀奴同溺〔一〕

楊廷實〔二〕，以世賞受廣昌丞。久寓都下，留戀花衢。有散樂妓湯秀奴，一見兩情交契，海誓山盟〔三〕。生亦不顧家有雙親妻子，行與秀奴比肩，坐則疊股，日夕〔四〕貪歡，無時或棄。每相謂曰：「我二人真個可惜〔五〕，但願生同鴛被，死同棺槨〔六〕。」一日，生有家書至，促歸，謂秀奴曰：「我怎生棄你歸去？」答曰：「你有家合歸，但妾伶仃孤苦，死〔七〕甚閑事。」因泣下。生亦泣曰：「二人終不忍分離，不若同赴江而死。」秀奴曰：「妾〔八〕有意久矣，郎心肯乎？」於是以錦被作囊，盛巨石，繫於腰，相抱〔九〕沉水而死。留詩于石洲〔一〇〕上曰：「兩情恩愛別離難，共學鴛鴦豈偶然。不戀榮華世間樂，直尋快活水中仙。」又曰〔一一〕：「夫妻共死今如願，親屬輕〔一二〕拋實可憐。寄語此生無復會，殷勤重結後〔一三〕生緣。」

〔一〕楊生共秀奴同溺　「溺」原作「游」，誤，據《繡谷春容》惜別類（詩）改。

〔二〕楊廷實　《繡谷春容》「廷」作「庭」，《青泥蓮花記》卷五《記節二・湯秀奴》亦同。《青泥蓮花記》卷五《陶師兒》附録引陳方伯《杭州志》作「楊廷實」。

〔三〕海誓山盟　《繡谷春容》無此句。

〔四〕夕　原作「久」，據《繡谷春容》及《青泥蓮花記》改。

〔五〕我二人真個可惜　周校本改「二人」爲「兩個」，一九九一年本又改「真個」爲「真正」。

〔六〕棺槨　《青泥蓮花記》作「狐穴」，頗謬。
〔七〕死　原作「無」，據《繡谷春容》及《青泥蓮花記》改。
〔八〕妾　原作「吾」，據《繡谷春容》及《青泥蓮花記》改。
〔九〕抱　清鈔本譌作「胞」。
〔一〇〕洲　《繡谷春容》作「州」，義同。
〔一一〕又曰　《繡谷春容》及無此二字。
〔一二〕輕　原作「相」，據《繡谷春容》及《青泥蓮花記》改。周校本亦改。按：輕，輕易。
〔一三〕後　原作「再」，據《繡谷春容》及《青泥蓮花記》改。周校一九五七年本亦改。

按：此條未注出處。文中云楊廷實久寓都下，與秀奴赴江而死。都下當指南宋都城臨安，江則錢塘江也。原出當爲南宋書。

《青泥蓮花記》卷五《記節二·湯秀奴》採之，有刪節。云：

楊庭實，以世賞受廣昌丞。久寓都下，留戀花衢。有散樂妓湯秀奴，一見兩情交契。行與比肩，坐則疊股，日夕貪歡，無時或棄。每相謂曰：「但願生同鴛幃，死同狐穴。」一日，生家書至，促歸。秀奴曰：「汝有家合歸，妾伶仃孤苦，死甚閑事。」因泣下。生亦泣曰：「何若同赴江而死？」秀奴曰：「妾有意久矣。」於是以錦被作囊，盛巨石，繫於腰，相抱沉水而死。留詩曰：「兩情恩愛別離難，共學鴛鴦豈偶然。不戀榮華世間樂，直尋快活水中仙。夫妻共死今如願，親屬輕拋實可憐。寄語此生無復會，慇勤重結後生緣。」

下條《梁楚楚》末注：「右二事，小説所載，文義膚淺。「入馬」乃宋元間市語。聊附存之，亦差勝劉玉川而已。」（按：《梁楚楚》有「入馬交歡」語。《湯秀奴》前條爲《劉玉川娼》。）

章導與梁楚雙懸〔一〕

章導，字子誨。年少風流，留心紅粉。一日，到清泉坊名妓梁楚楚家，入馬〔二〕交懽，兩情相愛。香雲并〔三〕剪，玉體同雕，誓盡此生，毋相棄者。忽有蒼頭持至家書〔四〕，導開視，謂楚楚〔五〕曰：「家君促歸，不免暫別，秋涼便回來〔六〕，且宜將息。」因舉盃言別。楚乃暢飲，泣曰：「願飲先醉，圖得不知郎去時。」導曰：「你守孤幃，我奔長途，酒醒後，還思量否？」甯可同死，不忍輕分。」俄哽咽氣絶仆地。楚抱起，良久方醒甦〔七〕。楚曰：「郎去妾死。」導曰：「不若〔八〕同死。」又同飲，皆醉。導乃題詩于枕屏上，曰：「兩意而今惜別離，焚香發願〔九〕告神祇。一條綵索雙雙掛，願學千年連理枝。」書竟〔一〇〕，擲〔一一〕筆于地。次早日高，閉户不起，父母排闥而入，但見綵索共懸梁上，相抱而死，遂合葬焉。

《南楚新聞》

〔一〕章導與梁楚雙懸　周校本「懸」改作「戀」，蓋不明「懸」之含義，即章、梁「共懸梁上，相抱而死」也。《繡谷春容》惜别類（詩）、《書舶庸譚》均作「懸」。

〔二〕入馬　「馬」原譌作「焉」，據《繡谷春容》及《青泥蓮花記》卷五《記節二・梁楚楚》改。按：入馬，謂宿妓。

〔三〕并　《繡谷春容》作「共」。

〔四〕持至家書　原錯作「持家至書」，據《繡谷春容》及《青泥蓮花記》改。

〔五〕楚楚　原作「楚」，據《繡谷春容》及《青泥蓮花記》補一字。

〔六〕便回來　《繡谷春容》及《青泥蓮花記》作「定回」，周校本一九五七年初版據《青泥蓮花記》改。按：周校本初版大抵據《青泥蓮花記》改異文，頗乖校勘原則。不再出校。

〔七〕方醒甦　《繡谷春容》及《青泥蓮花記》作「乃甦」。

〔八〕若　《繡谷春容》及《青泥蓮花記》作「如」。

〔九〕願　《繡谷春容》及《青泥蓮花記》作「誓」。

〔一〇〕竟　《繡谷春容》及《青泥蓮花記》作「畢」。

〔一一〕擲　《繡谷春容》及《青泥蓮花記》作「棄」。

按：本條出《南楚新聞》。《新唐書·藝文志》小説家類著録尉遲樞《南楚新聞》三卷，注「唐末人」。南宋鄭樵《通志·藝文略》雜史類著録同，注：「唐尉遲樞記寶曆至天祐時事。」書已佚。諸書未見此條佚文。

《青泥蓮花記》卷五《梁楚楚》採此事，未舉引書，但言「小説所載，文義膚淺」。疑如《湯秀奴》然，亦據《綠窗新話》，文有删節。云：

章導，字子誨，年少風流。一日，至清泉坊名妓梁楚楚家，入馬交歡，兩情相愛。香雲共剪，玉體同彫，誓盡此生。忽蒼頭持至家書，導謂楚楚曰：「秋涼定回，且宜將息。」因舉栖言別，楚乃暢飲。導哽咽氣絶仆地，良久乃甦。楚曰：「郎去妾死。」導曰：「不如同死。」又同飲，皆醉。導題詩枕屏曰：「兩意而今惜別離，焚香發誓告神祇。一條彩索雙雙掛，願學千年連理枝。」書畢，棄筆於地。次早日高，閉户未起，父母排闥而入，但見懸梁相抱而死，遂合葬焉。

柳耆卿因詞得妓〔一〕

柳耆卿嘗在江淮，惓〔二〕一官妓。臨別，以杜門爲期。既來京師，日久未還，妓有異圖，耆卿聞之怏怏。會朱〔三〕儒林往江淮，柳因作《擊梧桐》以寄之，曰：「香靨深深，孜孜〔四〕媚媚，雅格奇容天與。自識伊來，便有憐才丹素〔五〕。臨岐再約同懽〔六〕，定是都把身心〔七〕相許。又恐恩情，易破難成，未免千般思慮。近日書來，寒暄而已，苦没刀刀〔八〕言語。便認〔九〕得、聽人教當，擬把〔一〇〕前言輕負。見説蘭臺宋玉，多才多藝善詞賦。試與問、朝朝暮暮，行雲何處去？」妓得此詞，遂負媿〔一一〕，竭産泛舟來輦下，遂終身從耆卿焉。出《古今詞話》

評曰〔一二〕：秦少游嘗惓一妓〔一三〕，臨别，誓闔門〔一四〕相待。後有毁之者，少游作《青門飲》〔一五〕曰：「風起雲間，雁横天末，嚴城畫角〔一六〕，《梅花》三奏〔一七〕。塞草西風，凍雲籠月，窗外曉寒輕透。人去香猶在，孤衾長閑餘繡。恨與宵長，一夜薰爐，添盡香獸。前事虛〔一八〕勞回首，雖夢斷春歸，相思依舊。湘瑟〔一九〕聲沉，庾梅信斷，誰念畫眉人瘦？一句難忘處，怎忍辜、耳邊輕咒。任人攀折，可憐又學，章臺楊柳。」姝見「任人攀折」之句，遂削髮爲尼。秦、柳二公，得失可判矣。

〔一〕柳耆卿因詞得妓　《繡谷春容》再會類「妓」作「姬」。

〔二〕惓　《繡谷春容》作「睠」，下同。《青泥蓮花記》卷七《記從一・江淮官妓》（末注《古今詞話》及柳屯田《樂章》）亦作「睠」。惓、睠義同。

〔三〕朱　《繡谷春容》、《青泥蓮花記》作「宋」。

〔四〕孜孜　柳永《樂章集》（毛晉刊《宋六十名家詞》本）及《青泥蓮花記》作「姿姿」。按：孜孜，美好貌。毛滂《東堂詞》《菩薩蠻・代贈》：「端端正正人如月，孜孜媚媚花如頰。」

〔五〕自識伊來便有憐才丹素　原校：「宋本《樂章集》作『自識伊來，便好看承，會得妖嬈心素。』」按：《樂章集》作「自識來（《青泥蓮花記》作伊）來，便好看伊，會得妖嬈心素」。周校本據改「丹」爲「心」。趙萬里《古今詞話》輯本「丹」作「心」。

〔六〕臨岐再約同懽　「岐」清鈔本及趙輯本作「歧」。「懽」《繡谷春容》作「不」，連下讀，當譌。

〔七〕身心　《樂章集》及《青泥蓮花記》作「平生」。

〔八〕没刀刀　《繡谷春容》、《青泥蓮花記》「没」作「設」。刀刀，原校：「宋本作忉忉。」按：今本《樂章集》亦作「忉忉」。刀刀、忉忉義同，亦作「叨叨」。

〔九〕認　《青泥蓮花記》作「忍」。

〔一〇〕擬把　「擬」清鈔本譌作「撫」。「把」字原無，原校：「宋本有把字。」今本《樂章集》及《青泥蓮花記》亦有此字。據補。趙輯本亦據《樂章集》補。

〔一一〕媿　清鈔本及趙輯本爲闕字。

〔一二〕評曰　按：《繡谷春容》無此二字，評語低二字以小字排列。其體例如此。以下諸條皆同。

〔一三〕妓　《繡谷春容》作「姝」。《青泥蓮花記》卷一下《記禪二・秦少游伎》引《詞話》同。《詞話》即《古今詞話》。

〔一四〕門　《繡谷春容》及《青泥蓮花記》作「户」。

〔一五〕作青門飲　清鈔本「青」譌作「之」。《繡谷春容》及《青泥蓮花記》作「作詞寄」。

〔一六〕嚴城畫角　原錯作「嚴畫城角」，據清鈔本、《繡谷春容》、《青泥蓮花記》及《花草稡編》卷二三少游《青門飲・贈妓》改。

〔一七〕奏　原作「弄」，出韻。《繡谷春容》及《青泥蓮花記》作「奏」。原校：「據《花草粹編》，『弄』爲『奏』訛。」據改。

〔一八〕虚　清鈔本、《繡谷春容》、《青泥蓮花記》及《花草稡編》作「空」。周校一九九一年本據《花草稡編》改。

〔一九〕湘瑟　「湘」原作「桐」，據《繡谷春容》、《青泥蓮花記》及《花草稡編》改。周校一九九一年本亦改。按：湘瑟，《楚辭・遠遊》：「使湘靈鼓瑟兮，令海若舞馮夷。」孟郊《泛黄河》：「湘瑟颼飀弦，越賓嗚咽歌。」（《全唐詩》卷三七七）

按：《青泥蓮花記》卷七《記從一・江淮官妓》（末注《古今詞話》及柳屯田《樂章》），文同正文。卷一下《記禪二・秦少游伎》引《詞話》，文同評語。

崔郊甫因詩得婢

唐崔郊之姑，有婢端麗，郊嘗私之。他日，姑鬻其婢於司空〔一〕于頔家，得錢四十萬。郊因寒食出遊，婢見郊立於柳陰下。郊因作詩，密以贈之，曰：「公子王孫逐後塵，緑珠垂淚滴羅巾。侯門一入深如海，從此蕭郎是路人。」人有疾郊者，録詩以示頔。頔召郊，執其手曰：「詩，公所作也，四十萬少哉，何不早言？」因以贈之。

〔一〕司空　清鈔本下衍「中」字。

按：此條無出處。此事原載於《雲谿友議》卷上《襄陽傑》中，《太平廣記》卷一七七《于頔》亦引。文云：

又有崔郊秀才者，寓居於漢上，藴積文藝，而物産罄懸。無何，與姑婢通，每有阮咸之從。其婢端麗，饒彼音律之能，漢南之最也。姑貧，鬻婢於連帥。連帥愛之，以類無雙（原注：無雙即薛太保愛妾，至今圖畫觀之），給錢四十萬，寵眄彌深。郊思慕無已，即强親府署，願一見焉。其婢因寒食來從事家，值郊立於柳陰，馬上連泣，誓若山河。崔生贈之以詩曰：「公子王孫逐後塵，緑珠垂淚滴羅巾。侯門一入深如海，從此蕭郎是路人。」或有嫉郊者，寫詩於于座。公（以上三字，《廣記》作「於座于」）覩詩，令召崔生，左右莫之測也。郊則憂悔而已，無處潛遁也。及見郊，握手曰：「『侯門一入深如海，從此蕭郎是路人。』便是公製作也？四百千小哉，何靳一書，不早相示？」遂命婢同歸，至於幃幌奩匣，悉爲增飾之，小阜崔生矣。

北宋王讜《唐語林》卷四《豪爽》、南宋計有功《唐詩紀事》卷五六《崔郊》亦載事略。此事又載於北宋詹玠《唐宋遺史》，《紺珠集》卷五《侯門深似海》云：「崔郊之姑，有婢甚美，郊嘗私之。未幾婢出，再入于頔家。郊因寒食出遊，於車中見之，立馬徘徊相顧，即爲詩貽之云：『公子王孫逐後塵，緑珠垂淚裛羅巾。侯門一入深如海從此蕭郎是路人。』頔見詩，以婢賜郊。」《類説》卷二七《唐宋遺史·侯門深似海》，文大同，「即爲詩貽之」作「爲詩密贈」。《詩話總龜》卷二六寄贈門引《唐史》，當即《唐宋遺史》，云：

唐末士子崔郊，始有婢端麗，郊竊愛之。他日，鬻婢於襄陽司空于頔，得錢四十萬。因寒食出遊，婢見郊立于柳陰下，郊因作詩，隨以贈之，曰：「公子王孫逐後塵，緑珠垂淚滴羅巾。侯門一入深如海。從此蕭郎是路人。」疾郊者録詩以示頔，頔召郊，執其手曰：「詩，公所作也，四十萬小哉，何不早言？」因以婢贈之。

《古今事文類聚》後集卷一六引《唐宋遺史》稍詳，云：

崔郊居漢上，其姑有婢，端麗善音律，郊嘗私之。既貧，鬻婢於連帥于頔家，給錢四十一萬，寵眄彌深。郊思慕無已。其婢因寒食來從事家，值郊立於柳陰，馬上漣泣，誓若山河。崔生贈之以詩，曰：「公子王孫逐後塵，緑珠垂淚濕羅巾。侯門一入深如海，從此蕭郎是路人。」或有嫉郊者，寫詩于座。公覩詩，令召崔生，左右莫之測也。及見郊，握手曰：「『侯門一入深如海，從此蕭郎是路人。』便是公作耶？」遂命婢同歸，至於帷幌奩匣，悉爲增飾之。

按：《事文類聚》所引，文句與《雲谿友議》大同，疑實出《雲谿友議》。而《緑窗新話》所記，文字近於《詩話總龜》，故疑《新話》此條出處當爲《唐宋遺史》，非徑取范書也。《一見賞心編》卷四重逢類《崔郊婢》，據《緑窗新話》，文字小有改易。

沙吒利奪韓翃妻〔一〕

韓翃，少負才名。鄰居有李生，攜妓柳氏至其居，邀韓同飲。柳窺韓往來皆名人，因謂李曰：「韓秀才必不久困。」李深然之。具酒邀韓，曰：「公當今名士，柳當今名色，名色配名士，不亦可乎？」遂命柳與韓。明年，韓擢第，淄青節度使侯希逸，辟爲從事。韓以世方擾，不敢〔二〕挈柳同行，置之都下，期至而迓之。三歲不果，寄詩曰：「章臺柳，章臺柳，昔日青青今在否？縱使長條拂地〔三〕垂，亦〔四〕應攀折他人手。」柳答曰：「楊柳枝，芳菲節〔五〕，所恨年年贈離別。一葉隨風忽報秋，縱使君來不堪〔六〕折。」後爲番將沙吒利所刼，寵之專房。翃從希逸入朝，自恨不樂。有虞候許俊〔七〕，乘馬徑〔八〕趨沙吒利之第，挾柳氏上馬而去。時沙吒利恩寵殊等，翃訴諸朝〔九〕，詔柳氏還翃。出《異志》

〔一〕沙吒利奪韓翃妻　「吒」原作「叱」，正文同，《書舶庸譚》著録作《沙吒利奪韓翃妻》，作「吒」。按：《類説》卷二八《異聞集·柳氏述》作「叱」，《虞初志》卷六《柳氏傳》等亦同。《太平廣記》卷四八五《雜傳記二》許堯佐《柳氏傳》、《新編醉翁談録》癸集卷二「重圓故事」之《韓柳氏遠離再會》等皆作「吒」。考《舊唐書》卷八四《劉仁軌傳》載：顯慶五年（六六〇），「高宗征遼，令仁軌監統水軍……百濟諸城皆復歸……先是，百濟首領沙吒相如、黑齒常之，自蘇定方軍迴後，鳩集亡散，各據險，以應福信，至是率其衆降唐。」又有將軍沙吒忠義，兩《唐書》多有記，《舊唐書》卷六《則天皇后紀》載：萬歲通天二年（六九七）五月，命右武威衛大將軍沙吒忠義爲前軍總管。沙吒一姓出百濟，百濟乃朝鮮半島古國，地域在今韓國西部。是則應作「吒」，今改。

〔二〕敢　清鈔本譌作「牧」。

〔三〕拂地　《柳氏傳》作「似舊」，周校本據改。按：《詩話總龜》前集卷二三引《古今詩話》亦作「拂地」。

〔四〕亦　周校本一九九一年版改作「也」，殊無謂也。《類説》卷二八《異聞集·柳氏述》作「也」，殆據此而改。

〔五〕楊柳枝芳菲節　原作「楊柳芳菲時節」，據《柳氏傳》改。

〔六〕不堪　周校本改作「豈堪」，乃據《柳氏傳》改。《詩話總龜》作「不堪」。

〔七〕許俊　「俊」原譌作「侯」，據《柳氏傳》改。

〔八〕徑　原作「往」，據清鈔本改。

〔九〕朝　清鈔本下有「翰」字，誤。

按：《異志》不知何書，疑有誤。本條文字，實參照《詩話總龜》卷二三寓情門。原無出處，周本淳校點本（人民文學出版社一九九八年版）據校本（明鈔本、清鈔本等）補作《異聞集》。然前「朱滔括兵」條注《古今詩話》，而此條以下第九條侯繼圖事注「並同前」，則此條疑亦出《古今詩話》，而取《異聞集》也。《詩話總龜》文同《本事詩》（詳後）而略，是則《古今詩話》蓋取自《本事詩》，而《本事詩》蓋取自《異聞録》也。《詩話總龜》文曰：

韓翊，少負才名。隣居有姓李者，每將倡妓柳氏至其居，必邀韓同飲。愈熟，柳每窺所往來皆名人，因乘暇語李曰：「韓秀才甚貧，然所與遊必時賢，是必不久困，宜假倚之。」李深然之，具酒邀韓至，謂韓曰：「公當今名士，柳當今名色，名色配名士，不亦可乎？」遂命柳與韓。韓懇辭，李曰：「大丈夫相遇盃酒間，一言道合，尚相許以死，一婦人何足辭？夫子貧，柳資數萬，可以取濟。」長揖而去。韓辭之，柳曰：「此豪達者，昨暮具言之矣。」俄就柳歸。來歲成名，淄青節度使辟爲從事。韓以世方擾，不敢以柳同行，置之都下，期至而迓之。三歲不果，寄之詩曰：「章臺柳，章臺柳，昔日依依今在否？縱使長條拂地垂，如今攀折他人手。」柳答曰：「楊柳枝，芳菲節，可惜年年贈離別。一葉隨風忽報秋，縱使歸來不堪折。」

《類説》卷二八《異聞集・柳氏述》文字不同，曰：

天寶中，韓翃有詩名。與富人李生友善，以幸姬柳氏與之。明年，翃擢上第，省家於青池。歲餘，盜覆二京，士女（原作夫，據嘉靖伯玉翁舊鈔本改）奔駭。柳氏以姿艷懼不免，乃剪髮于法雲寺。時侯希逸爲淄青節度，請翃爲書記。翃遣使間行，求柳氏，以練囊盛麩金，題曰：「章臺柳，章臺柳，昔日青青今在否？縱使長條似舊垂，也應攀折他人手。」柳氏答曰：「楊柳枝，芳菲節，所恨（原作怪，據舊鈔本改）年年贈離別。一葉隨風忽報秋，縱使君來豈堪（原作能，據舊鈔本改）折？」無何，蕃將沙吒利初立功，知其姿色，刼以歸第，寵之專房。翃從希逸入覲京師，至龍首崗，見柳氏在輜軿中，殆不勝情。有虞侯許俊曰：「當爲足下立致之。」乃衣縵胡，佩雙鞬，從一騎，徑造沙吒利之第。候其出，排闥大呼曰：「將軍中惡，使召夫人。」僕侍辟易，遂升堂挾柳氏，跨鞍馬逸塵而奔，倏忽乃至。時沙叱利恩寵殊等，翃懼禍，訴於希逸。以事聞諸朝，詔柳氏還翃。

《新編醉翁談録》癸集卷二《重圓故事》載《韓柳氏遠離再會》，不著出處，文同《類説》。

《異聞集》乃取唐許堯佐《柳氏傳》，《太平廣記》卷四八五《雜傳記二》引原文。文長不録。

《虞初志》卷六（凌性德刊七卷本卷五）、《艷異編》卷二三義俠部一、林近陽及馮夢龍增補《燕居筆記》卷九、《稗家粹編》卷一義俠部、《一見賞心編》卷一一豪俠類、《緑窗女史》卷一一妾婢部逸格門、《剪燈叢話》卷七、《五朝小説・唐人百家小説》傳奇家、《唐人説薈》第十一集、《龍威秘書》四集《晉唐小説暢觀》、《藝苑捃華》、《晉唐小説六十種》等亦載此傳。《緑窗女史》以下諸書改題《章臺柳傳》。《虞初志》八卷本、《艷異編》、《燕居筆記》、《稗家粹編》、《賞心編》不著撰人，餘皆題唐許堯佐。《稗家粹編》、《賞心編》刪去篇末議論。

孟棨《本事詩・情感第一》亦載韓柳事，李生作李將，詔判歸柳於韓者云是代宗，詩句小有異同。孟啓謂開成中聞於嶺外刺史趙唯，非據許傳，然情事相同。後半又記韓爲李勉幕吏，時有兩韓翃，德宗批以作「春城無處不飛花」之韓翃知制誥，皆爲許傳所無。茲將韓柳事録下：

韓翃少負才名，天寶末，舉進士。孤貞靜默，所與遊皆當時名士。然而華門主賓，室唯四壁。隣有李將失名妓柳氏，李每至，必邀韓同飲。韓以李豁落大丈夫，故常不逆，既久愈狎。柳每以暇日隙壁窺韓所居，即蕭然葭艾。聞客至，必名人。因乘間語李曰：「韓秀才窮甚矣，然所與遊必聞名人，是必不久貧賤，宜假借之。」李深領之。間一日，具饌邀韓。酒酣，謂韓曰：「秀才當今名士，柳氏當今名色，以名色配名士，不亦可乎？」遂命柳從坐接韓，韓殊不意，懇辭不敢當。李曰：「大丈夫相遇杯酒間，一言道合，尚相許以死，況一婦人，何足辭也？」卒授之，不可拒。又謂韓曰：「夫子居貧，無以自振。柳資數百萬，可以取濟。柳淑人也，宜事夫子，能盡其操。」即長揖而去。韓追讓之，顧恍然自疑曰：「此豪達者，昨已備言之矣，勿復致訝。」俄就柳居。來歲成名。後數干淄青節度侯希逸，奏爲從事。以世方擾，不敢以柳自隨，置之都下，期至而迓之。連三歲，不果迓，因以良金買練囊中寄之，題詩曰：「章臺柳，章臺柳，往日青青今在否？縱使長條似舊垂，亦應攀折他人手。」柳復書答詩曰：「楊柳枝，芳菲節，可恨年年贈離別。一葉隨風忽報秋，縱使君來豈堪折？」柳以色顯獨居，恐不自免，乃欲落髮爲尼，居佛寺。後翃隨侯希逸入朝，尋訪不得，已爲立功番將沙吒利所劫，寵之專房。翃悵然不能割。會入中書，至子城東南角，逢犢車，緩隨之。車中問曰：「得非青州韓員外邪？」曰：「是。」遂披簾曰：「某柳氏也，失身沙吒利，無從自脱。明日尚此路還，願更一來取別。」韓深感之。明日，如期而往，犢車尋至。車中投一紅巾，包小合子，實以香膏，嗚咽言曰：「終身永訣。」車如電逝。韓不勝情，爲之雪涕。

是日，臨淄大校致酒於都市酒樓，邀韓。韓赴之，悵然不樂。座人曰：「韓員外風流談笑，未嘗不適，今日何慘然邪？」韓具話之。有虞候將許俊，年少，被酒起曰：「寮嘗以義烈自許，願得員外手筆數字，當立置之。」座人皆激贊。韓不得已，與之。俊乃急裝，乘一馬，牽一馬而馳，逕趨沙吒利之第。會吒利已出，即以入曰：「將軍墜馬，且不救，遣取柳夫人。」柳驚出，即以韓札示之，挾上馬，絶馳而去。座未罷，即以柳氏授韓，曰：「幸不辱命。」一座驚歎。時吒利初立功，代宗方優借，大懼禍作。闔座同見希逸，白其故。希逸扼腕奮髯曰：「此我往日所爲也，而俊復能之。」立修表上聞，深罪沙吒利。代宗稱歎良久，御批曰：「沙吒利宜賜絹二千匹，柳氏却歸韓翃。」

《古今事文類聚》後集卷一七及《古今合璧事類備要》前集卷五三《章臺柳》，前書引作《異聞集》，後書作《異聞録》，覈其文字，實皆引自《本事詩》也。

陶奉使犯驛卒女

國初〔一〕，朝廷遣〔二〕陶穀使江南，以假書爲名，實使覘之。丞相李穀以書抵韓熙載云〔三〕：「五柳公甚驕〔四〕，宜〔五〕善待之。」穀至，果如李所〔六〕言。熙載曰：「陶奉使實非端介者〔七〕，其守可隳〔八〕。」因令宿留〔九〕，俟〔一〇〕寫六朝書畢，館泊〔一一〕半年。熙載密〔一二〕遣歌兒秦弱蘭，詐爲驛卒之〔一三〕女，敝衣竹釵，擁帚洒掃。穀見之而喜，遂犯慎獨〔一四〕之戒。乃作《風光好》一〔一五〕闋以贈之，曰：「好因〔一六〕緣，惡因緣，秖得郵亭一夜眠，别神仙。琵琶撥盡相思調，知音少〔一七〕。待得鸞膠續斷絃〔一八〕，是何年？」後數日，李主宴于清心堂，命玻璨巨鍾滿酌之，穀〔一九〕毅然不顧。乃出弱蘭於席，歌前闋以侑之。穀大慚而飲，倒載吐茵，尚〔二〇〕未許罷。後大爲主禮〔二一〕所薄。逮歸京師，鸞膠之曲已喧〔二二〕，因〔二三〕是卒不得大用。出《玉壺清話》

〔一〕國初　原作「唐時」，誤。《繡谷春容》私通類作「國初」，指宋初，亦不確。按：《類説》卷五五《玉壺清話》中摘《陶穀鸞膠曲》，亦作「國初」。本條蓋據《類説》，姑從改。

〔二〕遣　原作「遣使」，據《繡谷春容》及《類説》删「使」字。

〔三〕丞相李穀以書抵韓熙載云　「穀」原譌作「縠」，據北宋文瑩《玉壺清話》卷四改。《類説》作「榖」，字同。《繡谷春容》作「谷」，亦誤。按：《玉壺清話》下云：「吾之名從五柳公」。《舊五代史》卷一一一《周書·太祖紀二》：「（廣順元年六月）以户部侍郎、判三司李穀爲中書侍郎、同平章事，判三司。」此句《玉壺清話》作「李相密遺熙載書曰」，周校本據而改作「丞相李穀密遺韓熙載書曰」。此下周校本據《玉壺清話》改處甚多，不再出校。

〔四〕甚驕　《繡谷春容》及《類説》作「驕甚」。

〔五〕宜　《繡谷春容》及《類説》作「其」。

〔六〕所　此字原無，據《繡谷春容》及《類説》補。

〔七〕陶奉使實非端介者　《類説》「奉使」作「秀實」，陶穀字也。下無「實」字。

〔八〕隳　原作「隳」，據《繡谷春容》及《類説》改。按：《玉壺清話》亦作「隳」。隳，毀也。

〔九〕宿留　《類説》作「留宿」。

〔一〇〕俟　《類説》作「候」。按：《玉壺清話》作「俟」。

〔一一〕泊　原譌作「治」，《繡谷春容》同，據《玉壺清話》改。《類説》作「留」。

〔一二〕密　《類説》無此字。按：《玉壺清話》亦無此字。

〔一三〕之　此字原無，據《繡谷春容》及《類説》補。按：《玉壺清話》亦有此字。

〔一四〕慎獨　原作「謹獨」，《繡谷春容》同，據《類説》及《玉壺清話》改。按：《禮記·大學》：「此謂誠於中，形於外，故君子必慎其獨也。」

〔一五〕一　《類説》作「小」。

〔一六〕因　原作「婣」，同「姻」，《類説》作「姻」，據《繡谷春容》改，下同。按：《玉壺清話》亦作「因」。因緣，緣分，未必有婚姻關係。

〔一七〕少　《類説》作「鮮」，《四庫全書》本作「少」。

〔一八〕待得鸞膠續斷絃　類説「斷」作「鳳」，誤。按：《海内十洲記》：「鳳麟洲在西海之中央……洲上多鳳麟數萬，各爲群。又有山川池澤及神藥百種，亦多仙家。煮鳳喙及麟角合煎作膏，名之爲續絃膠，或名連金泥。此膠能續弓弩已斷之弦，刀劍斷折之金。」

〔一九〕穀　《繡谷春容》作「陶」。按：《類説》及《玉壺清話》亦作「穀」。

〔二〇〕尚　清鈔本尚衍一「當」字。

〔二一〕主禮　《繡谷春容》及《類説》作「李主」，誤。按：《玉壺清話》作「主禮」。主禮，謂主持接待使臣之官員。

〔二二〕喧　《繡谷春容》下有「布」字。按：《玉壺清話》及《類説》無此字，然作「喧布」亦不誤。

〔二三〕因　《繡谷春容》作「由」。按：《玉壺清話》及《類説》亦作「因」。

按：此條爲《玉壺清話》節録，《類説》卷五五《玉壺清話》亦有節文，題《陶穀鸞膠曲》，本條即取《類説》，唯《風光好》詞置前。《類説》云：

國初，朝廷遣陶穀使江南，以假書爲名，實使覘之。丞相李穀以書抵韓熙載云：「五柳公驕甚，其善待之。」穀至，果如李所言。熙載曰：「陶秀實非端介者，其守可隳。」因令留宿，候寫六朝書畢，館留半年。熙載遣歌兒秦弱蘭，詐爲驛卒之女，敝衣竹釵，擁篲洒掃。穀見之而喜，遂犯慎獨之戒，作小闋贈之。後數日，李主宴于清心堂，命玻璃巨鍾滿酌之，穀毅然不顧。出蘭於席，歌前闋以侑之。穀大慚，倒載吐茵，尚未許罷。大爲李主所薄。詞名《風光好》，云：「好姻緣，惡姻緣，只得郵亭一夜眠，別神仙。琵琶撥盡相思調，知音鮮，待得鸞膠續鳳絃，是何年？」逮歸京師，鸞膠之曲已喧，因是卒不大用。（按：《青泥蓮花記》卷一三記用《秦弱蘭》，文與此同，而末注《南唐遺事》。宋初鄭文寶撰有《南唐遺事》。）

北宋僧文瑩《玉壺清話》卷四載：

李丞相穀，與韓熙載少同硯席，分攜結約於河梁曰：「各以才命選其主。」廣順中，穀仕周爲中書侍郎、平章事。熙載事江南李先主，爲光政殿學士承旨。二公書問不絶。熙載戲貽穀曰：「江南果相我，長驅以定中原。」穀答熙載云：「中原苟相我，下江南如探囊中物爾。」後果作相，親征江南，賴熙載卒已數歲。先是，朝廷遣陶穀使江南，以假書爲名，實使覘之。李相密遺熙載書曰：「吾之名從五柳公，驕而喜奉，宜善待之。」至果爾，容色凛然，崖岸高峻，燕席談笑，未嘗啓齒。熙載謂所親曰：「吾輩緜歷久矣，豈煩至是邪？觀秀實公字也，非端介正人，其守可隳，諸君請觀。」因令留宿，俟寫六朝書畢，館泊半年。熙載遣歌人秦弱蘭者，詐爲驛卒之女以中之。弊衣竹釵，旦暮擁帚，灑掃驛庭。蘭之容止，宫掖殆無。五柳乘隙因詢其迹，蘭曰：「妾不幸夫亡無歸，託身父母，即守驛翁嫗是也。」情既濆，失慎獨之戒。將行，翌日又以一闋贈之。後數日，燕于澄心堂（按：中華書局點校本校：他本俱作「清心堂」，今從吴本），李中主命玻璃巨鍾滿酌之，穀毅然不顧，威不少霽。出蘭於席，歌前闋以侑之。穀慙笑捧腹，簪珥幾委，不敢不釂。釂罷復灌，幾類漏巵，倒載吐茵，尚未許罷。後大爲主禮所薄，還朝日，止遣數小吏攜壺漿薄餞於郊。迨歸京，鸞膠之曲已喧，陶因是竟不大用。其詞《春光好》云：「好因緣，惡因緣，奈何天。只得郵亭一夜眠，别神仙。　琵琶撥盡相思調，知音少。待得鸞膠續斷弦，是何年？」

此後，北宋僧惠洪《冷齋夜話》亦載此事，今本無，南宋張邦幾《侍兒小名録拾遺》引云：

國初，朝廷遣陶穀使江南，以假書爲名，實使覘之。丞國李獻（當作穀）以書抵韓熙載曰：「五柳公驕甚，其善待之。」穀至，果如李所言。熙載謂所親曰：「陶秀實非端介者，其守可隳，當使諸君一笑。」因令宿，竢謄六朝書，半年乃畢。熙載使歌姬秦蒻蘭，衣弊衣，爲驛卒女。穀見之而喜，遂犯慎獨之戒，作長短句贈之。明日，中主燕客，穀凜然不可犯。中主持觥立，使蒻蘭出，歌續斷絃之曲侑觴。穀大慙而罷。詞名《風光好》：「好因緣，惡因緣，秪得郵亭一夜眠，别神仙。　琵琶撥盡相思調，知音少，再把鸞膠續鳳絃，是何年？」

北宋鄭文寶《南唐近事》所記略同，云：「陶穀學士奉使，恃上國勢，下視江左，辭色毅然不可犯。韓熙載命妓秦弱蘭詐爲驛卒女，每日弊衣持帚掃地。陶悦之，與狎，因贈一詞名《風光好》，云：『好因緣，惡因緣，只得郵亭一夜眠，别神仙。　琵琶撥盡相思調，知音少。待得鸞膠續斷絃，是何年？』明日，後主設宴，陶辭色如前。乃命弱蘭歌此詞勸酒，陶大沮，即日北歸。」

北宋黄朝英《靖康湘素雜記》(《苕溪漁隱叢話》後集卷四〇引)亦謂陶穀使江南事,但不言妓爲何人,情事亦異:「周世宗時,陶尚書穀奉使江南,韓熙載遣家妓以奉盥匜。及旦,有書謝,略云:『巫山之麗質初臨,霞侵鳥道;洛浦之妖姿自至,月滿鴻溝。』舉朝不能領會其辭。熙載因召家妓訊之,云:『是夕忽當浣濯焉。』」

南唐龍袞《江南野史》乃謂曹翰事,清褚人穫《堅瓠九集》卷三《妓誘曹翰》引云:「曹翰使江南,惟事嚴重,累日不談笑,後主無以爲計。韓熙載因使官妓徐翠筠,爲民間妝飾,紅絲標杖,引弄花貓,以誘之。翰見,果問主郵者此女爲誰,僞對曰:『娼家。』翰因命之至。旦去,與金帛,一無所受,曰:『止願天使一詞,以爲世寶。』翰不得已,撰《春光好》詞遺之。及翰入謝,因留宴,使妓歌此詞。翰知見欺,乃痛飲數月而返。」

載此事者不止於上述諸書,《苕溪漁隱叢話》前集卷二四《五季雜記》云:「小説記事,率多舛誤,豈復可信。雖事之小者,如一詩一詞,蓋亦是爾。……小詞《春光好》『待得鸞膠續斷絃,是何年』之句,《江南野録》謂是曹翰使江南贈娼妓詞,《本事曲》謂是陶穀使錢唐贈驛女詞,《冷齋夜話》謂是陶穀使江南贈韓熙載歌姬詞,是一詞而有三説也。」(《本事曲》乃楊元素撰,已佚。)

北宋沈遼《雲巢編》卷八《雜文》載《任社娘傳》一篇,頗長,傳奇之體也。叙陶穀使吳越遇任社娘事,與諸説大不同。兹將全文録左備參:

吴越王時，有娼名社娘者，姓任氏。妙麗善歌舞，性甚巧。其以意中人，人輒不自解，蓋其夭媚者出於天資。乾興中，陶侍郎使吴越。陶文雅醞藉，有不羈之名，神宗深寵睠之。王知其爲人也，使使謂社曰：「若能爲吾蠱使者，我重賜汝。」社即謝王曰：「此在使者何如，然我能得之，必假王寵臣，使我居客館，然後可爲也。」王許諾。社即詐爲閽者女，居窮屋，服弊衣，就門中窺使者。使者時行屏間，社故爲遺其犬者，竊出捕之，悚懼，遷延户傍，陶一顧已心動。其莫出汲水，駐立觀客車騎甚久，陶復覘之，然而社未嘗敢少望使者也。明日，王遣使勞客，樂作，社少爲塗飾，雜群女往來。樂後以縱觀，陶故逸蕩且怪。既數目社，因劇飲爲歡笑。會且罷，使者休吏就舍。是時，客使左右非北吏，多知其事。吏既出，使者獨望廳事上，社繆爲不見使者，復出汲水。方陶意已不自持，乃呼謂社曰：「遺我一盃水來。」社四顧，已爲望見使者，乃大驚，投罌缾，拜而走。陶疾呼，謂社曰：「吾渴甚，疾持入來。」社爲羞澀畏人，久之方進。使者曰：「汝何爲乃自汲？」頦動不應。復問之，社又故作吴語曰：「王令國中，有敢邀使客語者，罪至死矣。」陶曰：「汝必死，復何憚我也？令汝不死。」迺强持其手曰：「我閨中故静，我與汝一觀。」社固辭不敢。即强引入閨中，排置榻上，曰：「敢動者死。」社即佯噤不敢語。陶即出呼吏，喜曰：「持燭來。」吏進奉燭，燭來已具，吏引闔其户而去。社曰：「我賤，不可，我歸矣。」比其就寢，甚艱難。已而晝漏且下，社曰：「我安從歸？」陶曰：「我送汝矣。然明日復來，我以金帛爲好也。」社曰：「我家貧，受使者金帛，是速我死。然我生平好歌，爲我度曲爲詞，使我爲好，足矣。」陶許諾，乃爲送至其家，然尚不知其爲娼也。使者明日見王，王勞之，語甚歡。既還館，爲作歌，自歌之，歌曰：「好因緣，惡因緣，奈何天。秪得郵亭幾夜眠，别神仙。琵琶撥斷相思調，知音少。待得鸞膠續斷絃，是何年？」是夕，書以贈之。明日，王召使者曲宴於山亭。命倡進，社之班在下，其服之褒博，陶頗不能别也。王既知之，從容謂陶曰：「昔稱吴越之女善歌舞，今殊無之，未知燕趙之下定何如也。」陶曰：「在北時聞有任氏者，今安在？」王曰：「公孰得之？」陶曰：「久矣。」王乃使社出拜，陶熟視而笑，知其爲王所蠱也，亦不以爲意。而社遂歌其詞，飲酒甚樂。社前謝王，王大悦，賜之千金。明年北使來，請見社於王。王命社出，使者曰：「昔謂何如，今乃桃符。」社應聲曰：「桃符正爲客厲所畏。」使者不悦。已而又嘲社曰：「社如龜莢，何客不鑽。」社曰：「客兆得遊魂，請眡其文。」使者大慙。明日，王賜千金。後社之家甚富。既老矣，將嫁爲人妻，迺以其所居第與其槖中金百萬，爲佛寺在通衢中。自請其榜於王，王賜之名，所謂仁王院者也。至于今，其寺甚盛。余初聞樂章事，云在胡中，蓋不信之。然其詞意可考者，宜在他國。及得仁王院近事，有客言其始終，頗異乎所聞，因爲叙之。寺爲沙門者多倡家，余所知凡數輩。（據《四部叢刊三編》影印明覆宋本《沈

氏三先生文集》）

南宋許景迂《野雪鍛排雜説》（《説郛》卷一二）云：「陶尚書穀奉使江南，邂逅驛女秦蒻蘭，犯謹獨之戒，作《春光好》詞。前人小説或有以爲曹翰者，疑以傳疑，本不足論也。僕比見括蒼所刻沈叡達遼《雲巢編》中所記，獨以爲陶使吴越惑娼女社娘，遂作此詞。又以求遺猫爲尋逸犬，且娼得陶詞後還落髮，創仁王院，與諸家之説大異。審如其實，則此娼亦不凡矣。睿達杭人，所聞當不謬。院不知何地，今城中吴山自有仁王院，建於近年，非也。」

元陸友《研北雜志》卷下亦云：「世傳陶學士《風光好》詞，是奉使江南日所作。近見《沈睿達集》，有《任杜（按：「社」字之譌）娘傳》，書其事甚詳，始知陶使吴越，非江南也。」

《青泥蓮花記》卷一下《任杜娘》（注：「杜」一作「社」），據《巢雲編》（當作《雲巢編》）略引其事。《野雪鍛排雜説》及《青泥蓮花記》皆云社娘後落髮，乃誤讀沈傳。

曹縣令朱氏奪權

曹圭妻朱氏剛狠，或勸其子誦《關雎》之篇，以規諷之。母曰：「《毛詩》何人作也？」子云：「周公所爲。」朱曰：「使周婆，必不作是詩也。」後圭爲縣令，凡男女訟于庭者，女人雖曲，朱使直焉。圭夫婦忽〔一〕病，二吏〔二〕攝至陰府。府君命紙，書斷曰：「婦强夫弱，内剛外柔，一妻不能制御〔三〕，百姓何由整齊？鞭背若干。」朱氏詞斷〔四〕云：「身爲女子，合處〔五〕閨門。奪夫權而在手，反曲直以從私。鞭背若干。」既覺，夫婦背〔六〕各有鞭迹存焉。出《青瑣高議》

〔一〕忽　原作「或」，據《繡谷春容》争奪類及《類説》卷四六《青瑣高議·周婆必不作是詩》改。

〔二〕二吏　「吏」原譌作「更」，據清鈔本、《繡谷春容》及《類説》改。《類説》前有「夢」字。

〔三〕制御　「制」原作「治」，《類説》作「制」，周校本同，今改。「御」，《類説》作「禦」。禦，通「御」。

〔四〕斷　《類説》無此字。

〔五〕處　《類説》作「治」。

〔六〕背　此字原無，據《繡谷春容》及《類説》補。

按：此條文同《類説》卷四六《青瑣高議·周婆必不作是詩》，當以爲據。明成祖皇后徐妙雲編《大明仁孝皇后勸善書》卷一亦載，結末有所改動，云：「宋曹圭妻朱氏剛狠，或勸其子誦《關雎》之篇以規諷之。母曰：『《毛詩》何人作也？』子云：『周公所作。』朱曰：『使周婆，必不作是詩也。』後圭爲縣令，凡男女訟於庭，婦人雖曲，朱則使直焉。圭夫婦忽病，見二使攝至陰府。府君命紙，書斷曰：『婦强夫弱，内强外柔，一妻不能制禦，百姓何由整齊？鞭背若干。』朱氏詞云：『身爲女子，合治閨門。奪夫權而在手，反曲直以從私。鞭背。』未幾即死。天報如此，何可不畏？」

陸郎中媚娘争寵

余媚娘，才婦也。本良家子，適周氏。夫亡，時年十九。以介潔自守，誓不再嫁。陸希聲爲正郎〔一〕，聞其容美而善書，使媒游説。媚娘曰：「陸郎中若必〔二〕侍巾櫛，當須立誓，不置側室及女奴，則可爲陸家新婦。」陸許諾。既娶二年，擘〔三〕牋沫墨，更唱迭和，動盈卷軸。媚娘又〔四〕能饌五色鱠，妙不可及。無何，陸又獲名妓柳舜英者，姿色姝麗，逾于媚娘。媚娘怨之。諭令入宅同處，陸以爲誠然。既共居，媚娘略無他説。俟陸他出，即召舜英，閉私室中，手刃殺之。碎其肌體，盛以〔五〕二大盒，封題云「送物歸別墅」。出城門，爲閽吏異〔六〕而察之。送京兆尹，媚娘遂就極典。出《麗情集》

評曰：孫遠稱媚娘守志妙年，不思再適，頗近〔七〕於貞。既遭誘言，遽然心動，晚虧素節〔八〕。余〔九〕既邀其誓盟，陸實負〔一〇〕其終始，遂使忿〔一一〕不顧命，手〔一二〕刃美人。引詞不及其夫，自持厥咎，哀哉！

〔一〕陸希聲爲正郎　「聲」原譌作「升」，據《繡谷春容》争奪類改。周校本據《天中記》卷一九引《麗情集・柳蕣英》「爲」上補「時」字。以下文字仍有補改者，如「五色鱠」譌作「玉色鱠」，不再出校，

〔二〕必　此字原無，據《繡谷春容》補。

〔三〕擘　周校本作「劈」。《繡谷春容》作「襞」。襞，折叠。

〔四〕又　原作「多」，據《繡谷春容》改。

〔五〕以　《繡谷春容》作「於」。

〔六〕異　清鈔本譌作「吴」。

〔七〕近　《繡谷春容》作「过」。清鈔本譌作「迅」。

〔八〕節　《繡谷春容》脱此字。

〔九〕余　《繡谷春容》譌作「不人」。按：「余」指余媚娘。

〔一〇〕負　原譌作「身」，據《繡谷春容》改。

〔一一〕忿　《繡谷春容》譌作「有」。

〔一二〕手　清鈔本譌作「乎」。

按：此條出《麗情集》。《類説》卷二九《麗情集》有《余媚娘》，較簡，舜英作「蕣英」。文曰：

余媚娘適周氏，夫亡，以介潔自守。陸希聲使媒游説，媚娘曰：「陸郎中不置側室及女奴，則可爲婦。」希聲諾之。娶二年，劈牋沫墨，更唱迭和。媚娘又能饌五色膾，妙不可及。無何，希聲納蕣英，媚娘許之，希聲以爲誠然。既共居，畧無他説。俟希聲它適，將蕣英閉室中，手刃殺之，碎其肌體，盛以二大合，封題云「送物歸別墅」。閽吏異之，送京兆獄，媚娘遂就極典。

《天中記》卷一九引《麗情集》，題《柳蕣英》，文曰：

余媚娘者，才婦也。適周氏，夫亡，以介潔自守。陸希聲時爲正郎，聞其容美而善書，巧智無比，使行人中善言者媒游説之。媚娘曰：「陸郎中必得兒侍巾櫛，須立誓，不置側室及女奴，則可爲陸家新婦。」希聲諾之。既娶二年，劈牋沫墨，更唱迭和。媚娘又能饌五色鱠，妙不可及。無何，希聲之獲名姬柳蕣英者，媚娘怨之。諭令入家同處。希聲以爲誠然。既共居，畧無它説。候希聲他適，即召蕣英，閉室中，手刃殺之。碎其肌體，盛以二大合，封題云「送物歸別墅」。閽吏異之，送京兆獄，媚娘遂就極典。

《麗情集》實取唐佚名《余媚娘叙録》，南宋温豫《續補侍兒小名録》有引，作舜英。《姬侍類偶》卷下《蕣英遭害》亦引，文同，而作蕣英。兹據《姬侍類偶》引録於下：

余媚娘者，才婦也。夫亡，以介潔自守。陸希聲時爲正郎，聞其容美而善書，巧智無比，俾行人中善言者游説之。媚娘乃約媒曰：「陸郎中若必得兒侍巾櫛，須立誓不置側室及女奴，則可爲陸家新婦。」希聲諾之。既歸二年，夫妻和（温書作「睦」）睦。無何，希聲又獲名姬柳蕣英者，姿色（温書無此字）殊麗，逾於媚娘。媚娘知而深怨之，密銜不發。異日，令迎入宅，與之同處。比間候希聲他出，即召蕣英，閉私室中，手刃殺之。

《南村輟耕録》卷一四《婦女曰娘》條亦引《余媚娘叙録》，甚略。

《勸善書》卷一九亦載此事，文云：「宋余媚娘，適周氏。夫亡，以介潔自守。陸希聲使媒游説，媚娘曰：『陸郎中不置側室及女奴，方可爲婦。』希聲諾之。既娶二年，擘牋沬墨，更唱迭和。媚娘又能饌五色膾，妙不可及。無何，希聲又獲名姬柳舜英者，媚娘怨之。諭令入家同處，希聲以爲誠然。既共居，略無他説。俟希聲他適，即召舜英，閉室中，手刃殺之。碎其肌體，盛以二大合，封題云『送物歸別墅』。閽吏異之，送京兆獄，媚娘遂就極典。後希聲夢媚娘告曰：『我以殺舜英，今在冥司受報，苦毒不勝，君幸作佛事垂救。』蓋懷妬忌者，無不受報，如媚娘者可鑒也。」以爲宋人，誤。末之媚娘託夢，當爲增飾者。

结末評曰引孫遠稱云云，孫遠不曉何人。其稱媚娘「引詞不及其夫，自持厥咎」，不見於《麗情集》及《余媚娘叙録》，似其得見原文而言之也。

漢成帝服謹䘏膠〔一〕

漢成帝爲趙昭儀作少嬪館〔二〕，爲露華殿、含〔三〕風殿、博昌殿、温室、凝缸〔四〕室、浴蘭室，曲房連檻，飭金玉爲表〔五〕，連遠條館，號通仙門。昭儀入浴，帝竊視之，令侍兒勿報。多袖金餅，逢侍兒輒賜，每一浴，或至百餅。帝病怯弱，得謹䘏膠，每一夕，一圓是幸〔六〕。一夕〔七〕，昭儀醉，進七圓。帝夜居九成帳，咲吃吃〔八〕不絶。抵明，精流不禁，陰長尺餘。須臾〔九〕，帝〔一〇〕崩。太后使治昭儀，昭儀曰：「吾持人主如嬰兒，貴寵傾天下，安能與争幃帳之事乎〔一一〕？」拊膺〔一二〕呼曰：「帝何往？帝何往？」遂歐血而死。出《趙后外傳》

評曰：昔唐憲帝〔一三〕嘗服柳泌藥，日加燥〔一四〕渴。起居舍人裴潾上言，以爲泌〔一五〕伺候權貴之門，以大言自衒〔一六〕，奇伎驚衆者，皆不軌狗利之人〔一七〕，豈可〔一八〕信其説而餌其藥耶？日和〔一九〕劑以求延年，猶曰不可，況伐〔二〇〕真氣以助强陽，焉〔二一〕得不弊者乎？觀成帝之事，不可不戒哉〔二二〕！

〔一〕漢成帝服謹卹膠　「謹卹膠」周校本一九五七年版據《趙飛燕外傳》改作「昚卹膏」（一九九一年本回改）。按：《顧氏文房小説》本作「昚卹膠」，《説郛》本（卷三二）作「昚卹膏」。昚，古「慎」字。周校本據《趙飛燕外傳》增補改動甚多，概不出校。

〔二〕少嬪館　清鈔本「館」上衍「餘」字。

〔三〕含　此字原無，據《繡谷春容》淫戲類及《趙飛燕外傳》補。

〔四〕缸　《説郛》本作「紅」，顧本作「缸」，疑作「紅」是。

〔五〕浴蘭室曲房連檻飭金玉爲表　以上十二字原無，據《繡谷春容》補。按：此條末有校：「出浴蘭室，曲方連檻，飾金玉爲璧（原鈔如此）」，清鈔本同。實應在此處，「出」字衍，「方」當作「房」。而「表」作「璧」者，《外傳》原文作「飾黃金白玉，以璧爲表」。

〔六〕每一夕一圓是幸　《繡谷春容》作「每一圓幸一夕」。

〔七〕一夕　《繡谷春容》無此二字。

〔八〕吃吃　原作「吃」，據《繡谷春容》補一字。按：《趙飛燕外傳》作「吃吃」。

〔九〕臾　原譌作「曳」，據清鈔本及《繡谷春容》改。

〔一〇〕帝　《繡谷春容》無此字。

〔一一〕安能與争幃帳之事乎　《繡谷春容》「安」作「此」。按：《趙飛燕外傳》作「安能斂手（《説郛》本有與字）掖庭，令争帷帳之事乎」。

〔一二〕膺　原作「臂」，據《趙飛燕外傳》改。

〔一三〕唐憲帝　《繡谷春容》作「唐憲宗」。

〔一四〕燥　清鈔本譌作「澡」。

〔一五〕泌　《繡谷春容》作「凡」。

〔一六〕衒　清鈔本譌作「術」。

〔一七〕人　《繡谷春容》作「徒」。

〔一八〕可　《繡谷春容》無此字。

〔一九〕日和　《繡谷春容》作「曰利」，當譌。

〔二〇〕況伐　「況」字下原有校語：「當有脱字」。「伐」原譌作「我」，據《繡谷春容》改。周校本作「竭」。

〔二一〕焉　《繡谷春容》作「烏」。

〔二二〕觀成帝之事不可不戒哉　《繡谷春容》作「成帝之事，可不戒哉」。

按：此條出《趙后外傳》，即《趙飛燕外傳》。前文《趙飛燕通燕赤鳳》亦出《趙后外傳》，引文止於「帝信之，大悦」。此爲後半節文，起於原文之「帝作少嬪舘」，亦爲節録。

唐明皇咽助情花

唐〔一〕明皇與妃子晝寢水殿，宫嬪争看雌雄二鸂鶒〔二〕戲於水中。帝曰：「爾等愛水中鸂鶒，争如我被底鴛鴦。」正寵妃子〔三〕，安禄山進助情花香。寢處之際〔四〕，含香一粒，筋力不倦。帝曰：「此漢之謹卹膠也。」出《天寶遺事》

評曰：人之溺於嗜慾，於智者猶有不免。韓文公嘗〔五〕勸人莫置侍姬，莫餌〔六〕煖藥。而〔七〕晚年寵二妾，服金石，卒以自斃。豈徒能言之，而不能行之者〔八〕耶？抑亦明知其然，而情有不能禁者〔九〕耶？明皇寵妃子而召〔一〇〕亂，蓋〔一一〕亦溺於嗜慾者乎？

〔一〕唐　《繡谷春容》淫戲類無此字。

〔二〕鶒　《繡谷春容》及後唐王仁裕《開元天寶遺事》卷下《天寶下·被底鴛鴦》作「鷘」，異體字也。下同。

〔三〕正寵妃子　周校本據《開元天寶遺事》前補「明皇」二字。

〔四〕際　周校一九九一年本改作「間」，無據。按：以下周校本删改文字，皆此類也。

〔五〕嘗　此字原無，據《繡谷春容》補。

〔六〕餌　清鈔本及《繡谷春容》作「鉺」。鉺，通「餌」。

〔七〕而　此字原無，據《繡谷春容》補。

〔八〕者　周校一九九一年本删此字。

〔九〕者　《繡谷春容》無此字。

〔一〇〕召　《繡谷春容》作「招」，義同。

〔一一〕蓋　原作「而」，《繡谷春容》作「蓋」，今從。周校本改作「其」。

按：此條乃紐合《開元天寶遺事》卷下《天寶下·被底鴛鴦》及卷上《天寶上·助情花》二事而成。《被底鴛鴦》云：「五月五日，明皇避暑遊興慶池，與妃子晝寢於水殿中。宮嬪輩凴欄倚檻，争看雌雄二鸂鶒戲於水中。帝時擁貴妃於綃帳内，謂宫嬪曰：『爾等愛水中鸂鶒，争如我被底鴛鴦。』」

《助情花》云：「明皇正寵妃子，不視朝政。安禄山初承聖睠，因進助情花香百粒，大小如粳米，而色紅。每當寢處之際，則含香一粒，助情發興，筋力不倦。帝祕之，曰：『此亦漢之慎卹膠也。』」

緑窗新話卷下

韓妓與諸生淫雜

韓熙載自高密奔江淮，先主大加進擢。後主即位，頗疑北人，往往賜死。熙載懼禍，肆情坦率，破財貨，售樂妓以百數。月俸至，散爲妓女所有〔一〕。既而不能給，遂衣弊縷，作瞽者，持獨絃琴，俾門生舒雅執板，隨房歌鼓求丐〔二〕，以足日膳。旦暮亦不禁其出入，竊與諸生淫雜。熙載過〔三〕之，咲曰：「不敢阻興而已。」及夜，奔客寢。其客有詩云：「最〔四〕是五更留不住，向人枕〔五〕畔着衣裳。」出《江南野録》

評曰：人之所以異於禽獸者，人道立焉耳。爲韓門之妓客，果與禽獸何異哉！子貢曰：「紂之不善，不如是之甚也。」信哉斯言〔六〕。

〔一〕散爲妓女所有　明嘉靖伯玉翁舊鈔本《類説》卷一五《江南野録·韓熙載》作「散與妓女，一無所有」。

〔二〕歌皷求丐　《江南野録》作「隨房歌舞求焉」。

〔三〕過　原作「遇」，據《繡谷春容》淫戲類及《類説》改。

〔四〕最　原作「若」，據《繡谷春容》改。《類説》天啓刊本卷一八作「最」，伯玉翁舊鈔本作「若」。

〔五〕枕　《類説》作「頭」。

〔六〕信哉斯言　《繡谷春容》下有「是也」二字。

按：《江南野録》即南唐龍衮《江南野史》。此條節取《類説》卷一五（明嘉靖伯玉翁舊鈔本）《江南野録》之《韓熙載》條前半，全文曰：

韓熙載自高密奔江淮，先主大加進擢。後主即位，頗疑北人，往往賜死。熙載懼禍，肆情坦率，破財貨，售樂妓以百數，月俸至，散與妓女，一無所有。既而不能給，遂弊衣襤褸，作瞽者，持獨絃琴，俾門生舒雅執板，隨房歌舞求焉，以足日膳。旦暮不禁其出入，竊與諸生淫雜。熙載過之，笑曰：「不敢阻興而已。」及夜，奔客寢，其客有詩云：「若是五更留不住，向人頭畔着衣裳。」時謂北齊徐之才，無以過之。月入不供，遂表後主曰：「家無盈日之儲，野乏百金之産。仲尼蔬食，平仲肫肩，未如也。今商飈已至，寒色漸加，挾纊授衣，未知何以。」後主批云：「熙載咄咄，意要出錢，支分破除，廣引岐路。如去年臨川一使，幣帛甚豐，未幾費盡，何措大無識也！且月俸五十餘千，謂之不足，則竭國家之産，不過養得百十個措大爾。」乃賜内庫綿絹，充時服。自是多不赴朝，爲左右所彈，分司南都。上表乞住曰：「諸佛慈悲，常容悔過，宣尼聖哲，亦許自新。臣無横草之功，有滔天之罪，羸形雖在，壯節全消。滿船稚子嬰兒，盡室行啼坐哭。勁風孤燭，病身那得長存；萬水千山，回首不堪永訣。」後主又批云：「既無遷善之心，遂掇自貽之咎。表陳悔過，覽之愴然，可得許本職住闕下。」

北宋黄朝英《靖康湘素雜記》亦載，《苕溪漁隱叢話》前集卷四〇引云：

韓熙載，本高密人。後主即位，頗疑北人，鴆死者多。而熙載且懼，愈肆情坦率，不遵禮法。破其財貨，售集妓樂，迨數百人，日與荒樂，蔑家人之法。所受月俸，至即散爲妓女所有，而熙載不能制之以爲喜。而日不能給，遂弊衣履，作瞽者，持獨絃琴，俾舒雅執板挽之，隨房歌鼓求丐，以足日膳。旦暮亦不禁其出入，或竊與諸生糅雜而淫。熙載見之，趨過而笑曰：「不敢阻興而已。」及夜，奔客寢者。其客詩云：「苦是五更留不住，向人頭畔着衣裳。」時人議謂北齊徐之才豁達，無以過之。故東坡詩云：「欲教乞食歌姬院，故與雲山舊衲衣。」蓋用熙載求丐事也。

又鄭文寶《南唐近事》云：「韓熙載，北人仕江南，致位通顯。不防閑婢妾，有北齊徐之才

風。侍兒往往私客，客賦詩有云『最是五更留不住，向人枕畔著衣裳』之句。熙載亦不介意。」

宋末周密《癸辛雜識》前集《乞食歌姬院》云：「韓熙載相江南，後主即位，頗疑北人，有鴆死者。熙載懼禍，因肆情坦率，不遵禮法。破其家財，售妓樂數百人，荒淫爲樂，無所不至。所受月俸，至不能給。遂敝衣破履，作瞽者，持絃琴，俾門生舒雅執板挽之，隨房乞丐，以足日膳。後人因畫《夜宴圖》以譏之，然其情亦可哀矣。」

楚兒遭郭鍛鞭打

楚兒，名妓也〔一〕。爲萬年捕賊官郭鍛所納〔二〕，置於他所。版使〔三〕鄭光業，道與之遇，楚兒招之，鍛曳至中衢，擊以馬箠，其聲甚冤〔四〕。光業明日過門，則已在窗下弄琵琶。使人送詩曰：「應是前〔五〕生有宿寃，不期今世惡因〔六〕緣。蛾眉欲〔七〕碎巨靈掌，雞肋難〔八〕勝子路拳。秪擬嚇〔九〕人傳鐵券，未應教我踏金蓮。曲江昨日君相遇，當下遭他〔一〇〕數十鞭。」光業和曰：「大開眼界莫〔一一〕言寃，畢世甘他也是緣〔一二〕。無計不煩乾〔一三〕偃蹇，有門須是疾連拳。據論當道加嚴譴〔一四〕，便合披緇念《法蓮》。如此性情殊不減〔一五〕，始知昨日是蒲鞭。」

評曰：女子之蕩〔一六〕劣，出於天性，有不可得其〔一七〕矯揉也。楚兒招光業，既爲〔一八〕郭鍛鞭擊，及鄭再過門，已在窗下弄琵琶，復使人挑以詩，亦其天性然耳。

〔一〕名妓也　此三字原無，據《繡谷春容》淫戲類補。
〔二〕納　《繡谷春容》作「約」。按：唐末孫棨《北里誌》作「納」。
〔三〕版使　「版」原譌作「叛」，據《繡谷春容》改。按：《北里誌》作「同版使」。
〔四〕寃　周校本據《北里誌》作「寃楚」。按：下文凡周校本據《北里誌》改動者不再出校。
〔五〕前　《繡谷春容》作「先」。按：《北里誌》作「前」。
〔六〕因　原作「姻」，據《繡谷春容》及《北里誌》改。
〔七〕欲　《説郛》卷一二《北里志》作「常」。
〔八〕難　《説郛》作「那」。
〔九〕嚇　清鈔本譌作「赫」。
〔一〇〕他　原作「答」，據《繡谷春容》及《北里誌》改。
〔一一〕莫　原作「咲」，據《繡谷春容》及《北里誌》改。
〔一二〕畢世甘他也是緣　原脱「是」字。校：「原鈔脱一字。」據《繡谷春容》及《北里誌》補。《説郛》全句作「必若遭伊也是緣」。

〔一三〕乾 《説郛》作「輕」。

〔一四〕譴 原作「遣」，據《繡谷春容》改。《北里誌》作「箠」。按：此字當爲仄聲，作「箠」誤。

〔一五〕如此性情殊不滅 「性」《北里誌》、《説郛》作「興」。「殊不」《説郛》作「都未」。

〔一六〕蕩 原作「薄」，據《繡谷春容》改。

〔一七〕其 原作「而」，據《繡谷春容》改。

〔一八〕爲 原作「而」，據《繡谷春容》改。

按：此條未注出處，乃節自唐末孫棨《北里誌·楚兒》，原文作：

楚兒，字潤娘。素爲三曲之尤，而辯慧，往往有詩句可稱。近以退暮，爲萬年捕賊官郭鍛所納，置於他所。潤娘在娼中，狂逸特甚，及被拘繫，未能悛心。鍛主繁務，又本居有正室，至潤娘館甚稀。每有舊識過其所居，多於窗牖間相呼。或使人詢訊，或以巾箋送遺。鍛乃親仁諸裔孫也，爲人異常兇忍且毒，每知必極笞辱。潤娘雖甚痛憤，已而殊不少革。嘗一日，自曲江與鍛行，前後相去十數步。同版使鄭光業昌國時爲補袞，道與之遇，楚兒遂出簾招之，光業亦使人傳語。鍛知之，因曳至中衢，擊以馬箠，其聲甚冤楚，觀者如堵。光業遥視之，甚驚悔，且慮其不任矣。光業明日特取路過其居偵之，則楚兒已在臨街窗下弄琵琶矣。駐馬使人傳語，已持彩箋送光業，詩曰：「應是前生有宿冤，不期今世惡因緣。蛾眉欲碎巨靈掌，雞肋難勝子路拳。秖疑嚇人傳鐵券，汾陽王有鉄券，免死罪，今則無矣。蓋恐嚇之辭。未應教我踏金蓮。曲江昨日君相遇，當下遭他數十鞭。」光業馬上取筆答之曰：「大開眼界莫言冤，畢世甘他也是緣。無計不煩乾偃蹇，有門須是疾連拳。據論當道加嚴箠，便合披緇念《法蓮》。如此興情殊不減，始知昨日是蒲鞭。」光業性疎縱，且無畏憚，不拘小節，是以敢駐馬報復，仍便送之，聞者爲縮頸。鍛累主兩赤邑捕賊，故不逞之徒，多所效命，人皆憚焉。

《青泥蓮花記》卷一〇外編二《楚兒》，引《北里誌》全文，未注出處。

五代王定保《唐摭言》卷三《慈恩寺題名遊賞賦詠雜記》亦記有楚娘，云：「鄭合敬先輩及第後，宿平康里，詩曰：『春來無處不閒行，楚閏相看別有情。好是五更殘酒醒，時時聞喚狀頭聲。』楚娘、閏娘，妓之尤者。」

明皇愛花奴羯鼓

羯鼓出自〔一〕外夷，以戎羯之鼓。其音太簇一均〔二〕，龜兹、高昌部〔三〕皆用之。㻌如〔四〕漆桶，承〔五〕以牙床，擊用兩杖，其聲焦急〔六〕，特異衆樂。唐明皇尤愛羯鼓、玉笛，云「八音之領袖〔七〕」。春雨始晴，景色明麗〔八〕，帝曰：「對此景物，豈可不與他判斷之乎？」命取羯鼓，臨軒縱擊，曲名《春光好》。回顧柳杏，皆已微坼〔九〕，上咲曰：「此一事，不喚我作天公可乎？」又製《秋風高》，至秋空洽〔一〇〕徹奏之，必遠風徐來，庭葉隨〔一一〕下。汝〔一二〕南王璡，甯王長子〔一三〕。常戴砑絹帽子打曲〔一四〕，上自摘紅槿花置帽上笪〔一五〕處，久〔一六〕之方安。遂奏《舞山香》一曲〔一七〕，花不墜〔一八〕。本色所謂定頭項，難在不動摇〔一九〕。帝曰：「花奴姿質明瑩，必神仙謫墮也。」甯王隨而短之，上曰：「大哥不在〔二〇〕過慮，阿瞞自是相師。帝王之相，須有英特之氣，深沉之候。花奴但端秀過人，當得公卿間令譽耳〔二一〕。」上不好琴，聽彈未畢，曰：「速召花奴，將羯鼓來，爲我解穢。」

此乃唐南卓〔二二〕《羯鼓録》

〔一〕自　周校本據南卓《羯鼓録》删此字。按：以下周校本所據改者甚多，不再出校。

〔二〕太簇一均　「太簇」《羯鼓録》（《守山閣叢書》本）「簇」作「蔟」。《類説》卷一三《羯鼓録・都曇答臘》作「簇」。按：太蔟，古樂十二律之第三律。《禮記・月令》：「孟春之月……律中大蔟。」鄭玄注：「律，候氣之管，以銅爲之。中，猶應也。孟春氣至則大蔟之律應。應謂吹灰也。」「一均」《繡谷春容》卷五《新話摭粹》樂藝類作「蒙均」。按：《羯鼓録》、《類説・都曇答臘》作「一均」。

〔三〕部　原譌作「都」，據《羯鼓録》改。《繡谷春容》作「都部」，「都」字衍。

〔四〕⿰壴桑如　「⿰壴桑」字原脱，據《繡谷春容》及《羯鼓録》、《類説・都曇答臘》補。⿰壴桑，音「嗓」，鼓框木也。「如」《繡谷春容》譌作「加」。

〔五〕承　原作「盛」，《類説・都曇答臘》同，據《繡谷春容》及《羯鼓録》改。

〔六〕急　《羯鼓録》作「殺」。《類説・都曇答臘》作「急」。

〔七〕袖　原譌作「神」，據清鈔本、《繡谷春容》及《羯鼓録》、《類説・羯鼓八音領袖》改。

〔八〕麗　《繡谷春容》作「艷」。

〔九〕坼　《繡谷春容》作「析」，《羯鼓録》、《類説・羯鼓八音領袖》作「拆」。「拆」同「坼」，開也。「析」亦開意。清鈔本譌作「折」。

〔一〇〕泠　原作「冷」，據《繡谷春容》改。泠，清也。《羯鼓録》、《類説・羯鼓八音領袖》作「迥」。

〔一一〕隨　原作「徐」，據《繡谷春容》、《羯鼓録》及《類説・羯鼓八音領袖》嘉靖伯玉翁舊鈔本改，天啓本作「徐」。

〔一二〕汝　清鈔本爲闕字。

〔一三〕甯王長子　「甯」原譌作「是」，據《羯鼓録》及《類説・花奴》改。《繡谷春容》無此句。

〔一四〕常戴砑絹帽子打曲　原作「常戴朱絹帽子打」，下校：「原鈔闕一字。」據《繡谷春容》改。《羯鼓録》作「常戴砑絹帽打曲」，無「子」字。《類説・花奴》作「嘗戴砑綃帽子打曲」。砑，碾磨。指對絹帛等物之加工工序，使之緊密光亮也。

〔一五〕笪　清鈔本作「笡」，《繡谷春容》作「苴」，並誤。笪，帽沿周邊突出之處。

〔一六〕久　此字原脱。原校：「原鈔闕一字。」據《繡谷春容》及《羯鼓録》、《類説·花奴》補。

〔一七〕遂奏舞山香一曲　「遂奏舞山香」五字原脱，《繡谷春容》、《類説·花奴》同，據《羯鼓録》補。

〔一八〕花不墜　《羯鼓録》下有「落」字。

〔一九〕本色所謂定頭項難在不動摇　原正文中只有「本色」二字，校：「疑有脱誤，句讀未明。」據《羯鼓録》補，此爲小字注。《類説·花奴》爲正文，作「本色所謂定頭項，難在不容摇動也」。《繡谷春容》無此注。

〔二〇〕大哥不在　「哥」清鈔本譌作「奇」。「在」《繡谷春容》及《羯鼓録》、《類説·花奴》並同。清錢熙祚《守山閣叢書》本據《太平廣記》卷二〇五《玄宗》引《羯鼓録》改作「必」。

〔二一〕當得公卿間令譽耳　原作「常得公卿聞令譽耳」，據《繡谷春容》改。《羯鼓録》作「當更得公卿間令譽耳」。

〔二二〕唐南卓　原倒作「南唐卓」，據清鈔本改。

按：此條節録自唐南卓《羯鼓録》，原爲二條，曰：

羯鼓出外夷，以戎羯之鼓，故曰羯鼓。其音主太蔟一均，龜兹部、高昌部、疏勒部、天竺部皆用之。次在都曇鼓、答臘鼓之下，都曇鼓似帶鼓而小，答臘鼓者，即揩鼓也。雞婁鼓之上。㖞如漆桶，山桑木爲之。下以小牙牀承之，擊用兩杖，其聲焦殺鳴烈，尤宜促曲急破，作戰杖連碎之聲。又宜高樓晚景，明月清風，破空透遠，特異衆樂。杖用黄檀、狗骨、花楸等木，須至乾緊，絶濕氣，而復柔膩。乾取發越響亮，膩取戰褭健舉。棬用剛鐵，鐵當精鍊，棬當至匀。若不剛即應條高下，撥捩不停。不匀即鼓面緩急，若琴徽之敉病矣。諸曲調如《太蔟曲》、《色俱騰》、《乞婆娑》、《曜日光》等九十二曲名，玄宗所製。其餘徵羽調曲，皆與胡部同，故不載。上洞曉音律，由之天縱，凡是絲管，必造奇妙。若製作諸曲，隨意即成，不立章度，取適短長，應指散聲，皆中點拍。至於清濁變轉，律吕呼召，君臣事物，迭相制使，雖古之夔、曠，不能過也。尤愛羯鼓、玉笛，玉笛之説見《遺事》。常云：「八音之領袖，諸樂不可爲比。」嘗遇二月初，詰旦巾櫛方畢，時當宿雨初晴，景色明麗，小殿内庭，柳杏將吐，覩而嘆曰：「對此景物，豈得不爲他判斷之乎？」左右相目，將命備酒，獨高力士遣取羯鼓。上旋命之，臨軒縱擊一曲，曲名《春光好》。上自製也。神思自得。及顧柳杏皆已發拆，上指而笑謂嬪御曰：「此一事，不喚我作天公可乎？」嬪御、侍官皆呼萬歲。又製《秋風高》，每至秋空迥徹，纖翳不起，即奏之，必遠風徐來，庭葉隨下。其曲絶妙入神，例皆如此。

汝南王璡，甯王長子也。姿容妍美，秀出藩邸，玄宗特鍾愛焉，自傳授之。又以其聰悟敏慧，妙達音旨，每隨游幸，頃刻不捨。璡常戴砑絹帽打曲，上自摘紅槿花一朵，置於帽上笪處。二物皆極滑，久之方安。遂奏《舞山香》一曲，而花不墜落。本色所謂定頭項，難在不動搖。上大喜笑，賜璡金器一厨，因誇曰：「花奴璡小字。姿質明瑩，肌髮光細，非人間人，必神仙謫墮也。」甯王謙謝，隨而短斥之。上笑曰：「大哥不必過慮，阿瞞自是相師。」上於諸親常自稱此號。夫帝王之相，且須有英特越逸之氣，不然有深沈包育之度。一作厚。若花奴，但端秀過人，悉無此相，固無猜也。而又舉止淹雅，當更得公卿間令譽耳。」甯王又笑曰：「若如此，臣乃輸之。」上笑曰：「若此一條，阿瞞亦輸大哥矣。」甯王又謙謝。上笑曰：「阿瞞贏處多，大哥亦不用撝挹。」衆皆歡賀。上性俊邁，酷不好琴，曾聽彈琴，正弄未及畢，叱琴者出曰：「待詔出去。」謂内官曰：「速召花奴，將羯鼓來，爲我解穢。」

《太平廣記》卷二〇五引《羯鼓録》二條，題《玄宗》，《唐語林》卷四《豪爽》及卷五《補遺》亦載此二事，文字大同，錢熙祚《守山閣叢書》本據而校勘，不再引録。

《類説》卷一三《羯鼓録》，摘録四條，分别題《都曇答臘》、《羯鼓八音領袖》、《花奴》、《羯鼓解穢》。《緑窗新話》文字與之大同而有節録。今將此四條録下，以作比照：

出自外夷樂，以戎羯之鼓，故曰羯鼓。其音太簇一均，龜兹、高昌皆用之，次在都曇鼓、答臈（當有鼓字）之下，雞樓（當作雞婁）鼓之上。都屢（當作曇）似鼓而亦（當作小），答臘即揩鼓也。鼜如漆桶，盛以繩床，擊用兩杖，其聲焦急。明月清風，特異衆樂。

明皇尤愛羯鼓、玉笛，爲八音之領袖。春雨始晴，景色明麗，帝曰：「對此景物，豈可不與他判斷之乎？」命取羯鼓，臨軒縱擊，曲名《春光好》（好字據嘉靖伯玉翁舊鈔本補）。回顧柳杏，皆已微拆，上笑曰：「此一事，不喚（原譌作換，據舊鈔本改）我作天公可乎？」又製《秋風高》，至秋空迥澈奏之，必遠風徐來，庭葉徐（舊鈔本作隨）下。

汝陽王璡，寧王長子。嘗戴研綃帽子打曲，上自摘紅槿花，至帽上笪處。二物極滑，久之方安。一曲，花不墜。本色所謂定頭項，難在不容搖動也。帝曰：「花奴資質明瑩，必神仙謫墜也。」寧王隨而短之，上曰：「大哥不在過慮（原作處，據舊鈔本改），阿瞞自是相師。帝王之像，須有英特之氣，深沉之候，花奴但端秀過人，常得公卿令譽耳（此三字據舊鈔本補）。

上不好琴，聽彈未畢，曰：「速召花奴，將羯鼓來，爲我解穢。」

劉濬喜楊娥杖鼓〔一〕

劉濬，潞洲人。最有才名，樂部中惟杖鼓鮮有能〔二〕工之者。京師官妓楊素娥最工，濬酷愛之，狀其〔三〕妍態，作《期夜月》詞曰：「金鈎花綬繫雙月〔四〕，腰枝〔五〕軟低折。揎皓腕，縈綉結。輕盈宛轉，妙若鳳鸞飛越。無別。香檀急叩轉清切。翻纖手飄瞥。

催畫鼓，追脆管，鏘〔六〕洋雅奏，尚與衆音爲節。　當時妙選舞袖，慧性雅質〔七〕，名爲殊絶。滿座傾心注目〔八〕，不甚窺回雪。纖怯〔九〕。逡巡一曲《霓裳》徹。汗透鮫綃濕〔一〇〕，教人與，傅香粉〔一一〕，媚容秀〔一二〕發。」素娥以此詞，名振京師。出《古今詞話》

〔一〕劉濬喜楊娥杖鼓　《書舶庸譚》著録誤作《劉濬喜花奴杖鼓》。

〔二〕能　此字原無，據《繡谷春容》樂藝類補。《花草稡編》卷二一《長調》劉濬《期夜月》附注亦有此字。趙萬里輯《古今詞話》亦據《花草粹編》補。

〔三〕狀其　原倒作「其狀」，據《繡谷春容》樂藝類乙改。

〔四〕金鈎花綬繫雙月　原校：「疑有訛誤。」「繫」原作「擊」，《繡谷春容》同，據趙輯本及《花草稡編》改。

〔五〕枝　《繡谷春容》同，清鈔本及趙輯本作「肢」。枝，通「肢」。

〔六〕鏘　《繡谷春容》作「鏗」。

〔七〕質　原作「資」，據《繡谷春容》及趙輯本、《花草稡編》改。

〔八〕滿座傾心注目　《花草稡編》作「滿坐傾心住目」，坐，義同「座」。

〔九〕纖怯　此二字原無，《繡谷春容》及趙輯本、《花草稡編》同。據《御定詞譜》卷三六劉濬《期夜月》補。按：依詞律，此處應有二字，入韻。

〔一〇〕汗透鮫綃濕　「濕」原作「肌潤」，《繡谷春容》及趙輯本、《花草稡編》同。據《詞譜》改。按：依詞律，此句應爲五字，入韻。

〔一一〕教人與傳香粉　「與」字原無，《繡谷春容》及趙輯本、《花草粹編》同。據《詞譜》補。「傳」原譌作「傅」，據《花草粹編》、《詞譜》補。「粉」字原無，據《繡谷春容》及《花草粹編》、《詞譜》補。

〔一二〕秀　此字原無，據《繡谷春容》及《花草粹編》補。

薛嵩重紅線撥阮

唐潞州節度使薛嵩，家有青衣曰紅線者〔一〕，善彈阮咸。又通經史，嵩乃俾掌其牋表，號曰内記室。至德後，兩河未甯，田承嗣有異志，募武勇三〔二〕千人，號外宅男。嵩憂之，紅線曰：「此易耳。某願往觀其形勢。初夜首途，三更可還。」出户，忽不見。未曉，取承嗣寢所金盒來。嵩乃遣使持金盒貽書曰：「有客從彼〔三〕來，云自元帥頭邊得〔四〕此金盒。」承嗣大懼，因散外宅男。河北以甯。袁郊《甘澤謡》〔五〕

《盧氏雜説》〔六〕云：「《晉書〔七〕》稱阮咸善彈琵琶。後有發咸墓者，得琵琶，以瓦爲之。時人不識，以爲於咸墓中所得，因名阮咸。近有能〔八〕者不少，以琴合調，故名之。」

《國史纂異》云〔九〕：「元行冲賓客爲太常少卿時，有人於古墓中得銅物，似琵琶而身正圓，莫有識之者。元視之曰：『此阮咸所造樂具。』乃令匠人改以木爲，其聲清妙，今呼爲阮咸是也。」

〔一〕家有青衣曰紅線者　《繡谷春容》樂藝類無「家」、「曰」二字。

〔二〕三　《繡谷春容》作「二」。按：袁郊《甘澤謡·紅綫》作「三」。

〔三〕彼　此字原無，據《繡谷春容》補。按：《紺珠集》卷一一《甘澤謡·紅線》及《類説》卷三六《甘澤謡·歌妓紅線》均有此字。

〔四〕得　《繡谷春容》作「有」。按：《紺珠集》、《類説》均作「得」。

〔五〕甘澤謡　原誤作「月譯」，今改。

〔六〕盧氏雜説　前原有「謂」字。據《繡谷春容》删。

〔七〕晉書　「晉」原譌作「普」，據清鈔本、《繡谷春容》及《太平廣記》卷二〇三《阮咸》引《盧氏雜説》改。

〔八〕能　此字原闕，原校：「原鈔闕一字。」據《繡谷春容》及《廣記》引《盧氏雜説》補。

〔九〕國史纂異云　《繡谷春容》無此節。按：《國史纂異》即劉餗《隋唐嘉話》，今見卷下。《廣記》卷二〇三《阮咸》引作《國史異纂》。

按：此條節自唐袁郊《甘澤謠·紅綫》。《甘澤謠》原書不存，今傳一卷本九篇，乃明楊儀校訂本。《太平廣記》卷一九五引有《紅綫》。《説郛》卷一九選録《甘澤謠》亦有此篇，今本文同《説郛》。《緑窗新話》所節，文字與《紺珠集》、《類説》多同，雖就原書摘録，蓋亦參照《類説》也。而《類説》當復節自《紺珠集》。今將二書所摘録下備參：

唐潞帥薛嵩，有妓曰紅線。當至德之後，兩河未寧。田承嗣有異圖，欲併潞州。募武勇超絶者三千人，號外宅男。嵩聞，以爲憂，每咄咄獨語。紅線因侍問之，嵩具告。紅線曰：「此易爾。某願到彼，觀其形勢。初夜首途，三更可還。」出户，忽不見。未曉果復來，取承嗣寢所金盒來。嵩遣使持送盒，詣承嗣書曰：「有客從彼來，云自元帥頭邊得此金盒。」承嗣大懼，散外宅男，河北遂寧。（《紺珠集》卷一一《甘澤謠·紅線》）

唐潞帥薛嵩，有歌妓曰紅線。當至德之後，兩河未寧，田承嗣有異志，募武勇三千人，號外宅男。嵩憂之，每咄咄獨語。紅線曰：「易耳。某願一往，觀其形勢。初夜首途，三更可還。」出户，忽不見。未曉復來，取承嗣寢所金合來。嵩遣使持合貽書曰：「有客從彼來，云自元帥頭邊得此金合。」承嗣大懊，散外宅男。河北以寧。（《類説》卷三六《甘澤謠·歌妓紅線》）

朝雲爲老嫗吹篪〔一〕

河間〔二〕王婢曰朝雲，善吹篪。諸羌叛，王令朝雲假爲老嫗吹篪〔三〕。羌皆〔四〕流涕，復降。時人爲之〔五〕語曰：「快馬健兒，不如老嫗吹篪。」楊衒〔六〕之《洛陽伽藍記》

《隋·音樂志》〔七〕云：「竹之屬有三：一曰簫，十六管，長二尺，舜所作。二曰〔八〕篪，長尺四寸，八孔，蘇成公所作。三曰笛，凡十二孔，漢武帝時丘仲所作。」

〔一〕朝雲爲老嫗吹篪　《繡谷春容》樂藝類「嫗」作「姬」，下同。按：北魏楊衒之《洛陽伽藍記》卷四《城西·法雲寺》作「嫗」。

〔二〕間　原譌作「聞」，據《繡谷春容》及《洛陽伽藍記》改。

〔三〕篪　《洛陽伽藍記》作「笛」。按：篪，似笛，八孔，横吹。

〔四〕皆　原譌作「羌」，據清鈔本及《繡谷春容》改。

〔五〕時人爲之　周校本據《洛陽伽藍記》改作「秦民」。

〔六〕衒　清鈔本譌作「衍」。

〔七〕隋音樂志　周校一九九一年本改作「《隋書·樂志》」。按：《隋書》實作《音樂志》。

〔八〕二曰　《繡谷春容》脱此二字。

按：《洛陽伽藍記》卷四《城西·法雲寺》云：

河間王琛，最爲豪首。常與高陽争衡，造文柏堂，形如徽音殿。置玉井金罐，以五色績爲繩。妓女三百人，盡皆國色。有婢朝雲，善吹篪，能爲《團扇歌》、《隴上聲》。琛爲秦州刺史，諸羌外叛，屢討之不降。琛令朝雲假爲貧嫗，吹篴而乞。諸羌聞之，悉皆流涕，迭相謂曰：「何爲棄墳井，在山谷爲寇也？」即相率歸降。秦民語曰：「快馬健兒，不如老嫗吹篪。」

《隋書》卷一五《音樂志下》云：

竹之屬三：一曰簫，十六管，長二尺，舜所造者也。二曰篪，長尺四寸，八孔，蘇公所作者也。三曰篴，凡十二孔，漢武帝時丘仲所作者也。京房備五音，有七孔，以應七聲。黄鍾之篴，長二尺八寸四分四釐有奇，其餘亦上下相次，以爲長短。

白公聽商婦琵琶

白樂天《琵琶行》序云：「予遷九江司馬，明年秋，送客湓浦口，聞舟中夜彈琵琶，聽之錚錚然，有京師聲。問其人，本長安娼女，嘗學琵琶於楊〔一〕、曹二善才。年長色衰。委身爲賈人婦。遂命酒，使彈數曲。曲罷憫然，自叙少時歡樂事，今漂淪憔悴，轉徙江湖。予感斯言，始覺有遷謫意，因爲長歌以贈之。」其略曰：「潯陽江頭夜送客，楓葉荻花秋瑟瑟〔二〕。主人下馬客在船，舉酒欲飲無管絃。醉不成懽慘將別，别時〔三〕茫茫江浸月。忽聞水上琵琶聲，主人忘歸客不發。」又云〔四〕：「曲終抽〔五〕撥當心畫，四絃一聲如裂帛。東舡西舫悄無言，惟有江心秋月白。今夜聞君琵琶語，如聽仙樂耳蹔明。莫辭便〔六〕坐彈一曲，爲君翻作琵琶行。」

唐段安節《琵琶録》云〔七〕：「琵琶本胡中馬上所鼓，推手前曰琵，却手後曰琶〔八〕。漢遣烏孫公主，念其行道思慕，馬上奏琵琶以慰之。」

〔一〕楊　白居易《琵琶引并序》(《四部叢刊初編》景印日本翻宋大字本《白氏長慶集》卷一二)作「穆」。周校本改作「穆」。

〔二〕瑟瑟　《琵琶行》作「索索」。

〔三〕别時　《繡谷春容》樂藝類作「烟水」。按：《琵琶行》作「别時」。

〔四〕又云　《繡谷春容》無此二字。

〔五〕抽　《琵琶行》作「收」。

〔六〕便　《琵琶行》作「更」。

〔七〕唐段安節琵琶録云　《繡谷春容》作「段安節」。

〔八〕却手後曰琶　「却手」二字原無，據《繡谷春容》補。按：《類説》卷一三《琵琶録·琵琶》亦有此二字。北宋晁載之編《續談助》卷一《琵琶録》無此二字，「後」作「引」。

按：此條正文無出處，乃節自白居易《琵琶行》，今録序如下：

元和十年，予左遷九江郡司馬。明年秋，送客湓浦口，聞舟船中夜彈琵琶者。聽其音錚錚然，有京都聲。問其人，本長安倡女，嘗學琵琶於穆、曹二善才。年長色衰，委身爲賈人婦。遂命酒，使快彈數曲。曲罷憫默，自叙少小時歡樂事，今漂淪憔悴，轉徙於江湖間。予出官二年，恬然自安，感斯人言，是夕始覺有遷謫意。因爲長句歌以贈之，凡六百一十二言，命曰《琵琶行》。

北宋晁載之《續談助》卷一摘録段安節《琵琶録》：

琵琶，法三才，象四時。《風俗通》云：「琵琶，近代樂家作，不知所起。長三尺五寸，法天地人、五行，四絃象四時。」《釋名》爲：「琵琶本胡中馬上所鼓，推手前曰琵，引曰琶，因以爲名。」漢遣烏孫公主，念其行道思慕，使知音者馬上奏琵琶以慰之。（按：東漢應劭《風俗通義·聲音第六·批把》：「謹按此近世樂家所作，不知誰也。以手批把，因以爲名。長三尺五寸，法天地人與五行，四絃象四時。」東漢劉熙《釋名》卷七《釋樂器》：「枇杷本出於胡中，馬上所鼓也。推手前曰枇，引手卻曰杷，象其鼓時，因以爲名也。」）

《類説》卷一三《琵琶録》：

琵琶，法三才，象四時。本胡中馬上所鼓，推手前曰琵，却手後曰琶。漢遣烏孫公主，念其行道思慕，使知音馬上奏琵琶以慰之。

李生悟盧妓箜篌〔一〕

有李生者，其舅姓盧。有道術，邀詣其居，曰：「求得一妓，善箜篌。」令侍飲，箜篌上有朱字，曰〔二〕：「雲中辨江樹，天際識歸舟〔三〕。」後娶陸長源女，乃所見於盧家者，果善箜篌，朱字宛然。李生具説舅〔四〕事，女曰：「往嘗夢爲仙官所追。」果如其言。出《逸史》

《唐韻》云：「師延所作靡靡之音，出桑間濮上。」《續漢書》云〔五〕：「靈帝作箜篌〔六〕。」

〔一〕李生悟盧妓箜篌　《繡谷春容》樂藝類「妓」譌作「岐」。

〔二〕令侍飲箜篌上有朱字曰　「令侍飲箜篌」及「曰」六字原無，據《繡谷春容》補。「有」字清鈔本譌作「曰」，《繡谷春容》無此字。

〔三〕雲中辨江樹天際識歸舟　《繡谷春容》「辨」譌作「下」。按：謝朓《謝宣城詩集》卷三《之宣城郡出新林浦向板橋》詩原作「天際識歸舟，雲中辨江樹」。

〔四〕舅　原作「舊」，據《繡谷春容》改。

〔五〕云　《繡谷春容》作「曰」。

〔六〕靈帝作箜篌　「靈帝」下原有「服」字，據《繡谷春容》删。按：《續漢書·五行志一》：「靈帝好胡服、胡帳、胡牀、胡坐、胡飯、胡空侯、胡笛、胡舞，京都貴戚皆競爲之，此服妖也。」疑「作」當作「好」。

按：此條節自《逸史》，唐盧肇撰，原書佚。《太平廣記》卷一七《盧李二生》，出《逸史》，即此條原文。文長不録。《紺珠集》卷一一《唐逸史》、《類説》卷二七《逸史》皆有《箜篌朱字》一節，此條文字同《類説》，當據《類説》也。其文曰：

有李生者，其舅姓盧。有道術，邀詣其居，曰：「求得一妓，善箜篌。」令侍飲，箜篌上有朱字，曰：「雲中辨江樹，天際識歸舟。」後取陸長源女，乃所見於盧家者，果善箜篌，朱字宛然。李生具説舊事，女曰：「往嘗夢爲仙官所追。」如生所言。

趙象慕非烟握秦

唐武公業，任河南府功曹參軍。愛妾曰非烟，姓步〔一〕氏，善秦聲，好詩筆。比隣趙象，窺見悦之，取薛濤牋題詩曰：「偶覩傾城貌，塵心只自猜。不隨蕭史去，擬學阿蘭來。」賂門媪達烟。烟寫金鳳牋答曰〔二〕：「緑慘雙娥不自持，只緣〔三〕幽恨在新詩。郎心應似琴〔四〕心怨，脉脉春情更促〔五〕誰？」。象啓緘，喜曰：「吾事諧矣。」以剡溪玉葉紙賦詩謝曰：「珍重佳人贈好音，綵牋芳翰兩情深。薄於蟬翼難供恨，密似蠅頭未寫心。疑是落花迷碧洞，只思輕雨滿幽襟。百迴消息十回夢，裁作長謡寄緑琴。」一日，門媪促步咲至，曰：「趙郎願見神仙否？」象驚，連問，傳非烟語曰：「今夜功〔六〕曹府直，可謂良時。妾家後庭，郎前垣也。專望來儀。」曛黑，象乘梯踰垣，見烟，相攜入室中，盡繾綣之意。明日，象送詩曰：「十洞三清雖路阻，有心還得傍瑶臺。瑞香風引思深夜，知是蘂宫仙馭來。」烟咲復贈詩曰：「相思只怕不相識，相見還愁却别君。願得化爲松上鶴，一雙飛去入行雲。」無何，烟以細故〔七〕撻女奴，女奴乘閒以告公業。公業縛之大柱，鞭楚流血，遂飲杯水而絶。出《麗情集》

〔一〕步　原譌作「武」，據皇甫枚《非煙傳》改。

〔二〕烟寫金鳳牋答曰　周校本據《三水小牘》改作「煙讀畢，寫于金鳳牋曰」。按：周校一九五七年本全據《三水小牘》增補，一九九一年本擇而增補。

〔三〕緣　原譌作「緑」，據《非煙傳》改。

〔四〕琴　原作「瑟」，據《非煙傳》改。

〔五〕促　《非煙傳》作「泥」，周校一九五七年本據改。按：以下周校本增改者不再出校。

〔六〕功　原譌作「工」，據清鈔本改。

〔七〕故　清鈔本作「過」。

按：《類説》卷二九《麗情集·非烟》亦節文，與此條互有詳略。今録於下：

武公業咸通中任河南功曹，愛妾曰非烟，善秦聲，好文學。北隣趙象者，窺見説之，因門媼題絶句寄非烟，以金鳳牋答詩。象又以玉葉紙賦詩，非烟又以連蟬錦香囊、碧苔牋贈詩。象夜登梯踰垣入堂中，盡繾綣之意。明日，象送詩曰：「十洞三清雖路阻，有心還得傍瑶臺。瑞香風引思深夜，知是蘂宫仙馭來。」烟復贈：「相思只怕不相識，相見還愁却别君。願得化爲松上鶴，一雙飛去入行雲。」無何，烟以細過捶女奴，女奴乘間以告公業。縛之大柱，鞭楚流血，但云：「生相親，死亦何恨！」乃飲楚（疑當作水）而絶。洛陽有崔、李二生，與武掾遊。崔詩云：「恰似傳花人飲散，空林池下最繁枝。」其夕，夢烟謝曰：「妾貌不迨桃李，而零落過之。」李詩云：「艷魄香魂如有在，還應羞見墜樓人。」夢烟曳手曰：「士有百行，君得全乎？何至苦相詆斥？當屈君於地下面證之。」數日而生卒。

《太平廣記》卷四九一《雜傳記八》載《非煙傳》，署皇甫枚譔，當據單行本。《説郛》卷三三選録《三水小牘》，中有此傳，明抄殘本題《非煙傳》，則作者在編纂《三水小牘》時又入於書中。《説郛》本係全文，《廣記》止於「時人異焉」。明清稗叢收此傳皆據《廣記》。

崔寶羨薛瓊彈箏

薛瓊瓊，唐開元宫中第一箏手。清明日，上令宫妓踏青，狂生崔懷寶〔一〕，切〔二〕窺瓊瓊，悦之。因樂供奉楊羔，潛得〔三〕之。羔令崔作小詞，方得見薛。崔乃吟曰：「今生無所願，願作樂中箏。近得玉人纖手子〔四〕，研羅裙上放嬌聲。便死也爲榮。」因各賜〔五〕薰肌酒一杯。崔後調補荆南司録參軍。瓊瓊因理箏，爲監軍所取赴闕，明皇賜瓊瓊爲崔妻。出《麗情集》

〔一〕狂生崔懷寶　《繡谷春容》樂藝類無「狂生」二字。「寶」原作「玉」，據《繡谷春容》、《類説》卷二九《麗情集·薛瓊瓊》及《歲時廣記》卷一七《清明·賜宮娥》引《麗情集》改。

〔二〕切　《繡谷春容》、《類説》及《歲時廣記》作「竊」。切，同「竊」。

〔三〕得　周校本誤作「待」。

〔四〕子　《繡谷春容》作「内」，當譌。

〔五〕因各賜　周校本據《類説》改作「羔飲懷寶以」，《類説》無「賓」字。

按：《類説》卷二九《麗情集·薛瓊瓊》，與此文字大同而稍詳，本條當删取之。《類説》云：

薛瓊瓊，開元宫中第一箏手。清明日，上令宫妓踏青。狂生崔懷寶，竊窺瓊瓊，悦之。因樂供奉楊羔，潛班中得之。羔令崔小詞，方得見薛，崔作詞云：「平生無所願，願作樂中箏。得近玉人纖手子，砑羅裙上放嬌聲。便死也爲榮。」羔飲懷以薰肌酒，曰：「此常春草所造，亦云千歲藟草，可令髮白變黑，致長生之道。」及崔爲刑（當作荆）南司録，瓊瓊理箏，爲吏所收赴闕，明皇因以賜之。

《歲時廣記》卷一七《清明》引《麗情集》，題《賜宫娥》，文詳，曰：

明皇時，樂供奉楊羔，以貴妃同姓，寵倖殊常，或謂之羔舅。天寶十三載，節屆清明，敕諸宫娥嬿，出東門恣遊賞踏青。有狂生崔懷寶，佯以避道不及，映身樹下。覘車中一宫嬪，斂容端坐，流眄於生。忽見一人，重戴黄緣衫，乃羔舅也。斥生曰：「何人在此？」生惶駭，告以竊窺之罪。羔笑曰：「爾是大憨漢，識此女否？乃教坊第一箏手。爾實有心，當爲爾作狂計。今晚可來永康坊東，問楊將軍宅。」生拜謝而去。晚詣之，羔曰：「君能作小詞，方得相見。」生吟曰：「平生無所願，願作樂中箏。得近玉人纖手子，砑羅裙上放嬌聲。便死也爲榮。」羔喜。俄而遣美人相見，曰：「美人姓薛，名瓊瓊。本良家女，選入宫爲箏長。今與崔郎永奉箕箒。」因各賜薰肌酒一杯，曰：「此酒千歲虆所造，飲之白髮變黑，致長生之道。」是日，宫中失箏手，敕諸道尋求之，不得。後旬日，崔因調補荆南司録，即事行李。羔曰：「瓊瓊好事崔郎，勿更爲本藝，恐驚人聞聽也。」遂感咽叙别。自是常以唱和爲樂。瓊有詩云：「黄鳥翻紅樹，青牛臥緑苔。諸宫歌舞地，輕霧鎖樓臺。」後因中秋賞月，瓊瓊理箏彈之，聲韻不常。吏輩異之，曰：「近來索箏手甚切，官人又自京來。」遂聞監軍，即收崔赴闕。事屬内侍司，生狀云：「楊羔所賜。」羔求救貴妃，妃告云：「是楊二舅與他，乞陛下留恩。」上赦之，下制賜瓊瓊與崔懷寶爲妻。

北宋有無名氏《北窗記異》一卷（佚），《情史》卷九情幻類《黄損》，引《北窗志異》，中亦言及薛瓊瓊。黄損所作詩，亦即崔懷寶所作者。中云：

秀士黄損者，丰姿韶秀，早有雋譽。……荆襄守帥慕生才名，聘爲記室。生應其聘，行至江渚，見一舟泊岸，篷窗雅潔，朱闌油幕。訊之，乃賈于蜀者，道出荆襄。生求附舟，主人欣然諾焉。抵暮，生方解衣假寐，忽聞箏聲悽惋，大似薛瓊瓊。瓊瓊狹邪女，箏得郝善素遺法，爲當時第一手，此生素所狎昵者也，入宫供奉矣。生急披衣起，從窗中窺伺，見幼女，年未及笄，衣杏紅輕綃，雲鬟半嚲，燃蘭膏，焚鳳腦，纖手撫箏，而嬌艷之容，婉媚之態，非目所睹。少選，箏聲闃寂，蘭銷篆滅。生視之，神魂俱蕩，情不自持，挑燈成一詞云：「生平無所願，願作樂中箏。得近佳人纖手子，呀羅裙上放嬌聲。便死也爲榮。」遂展轉不寐。

文君窺長卿撫琴

司馬長卿如臨邛，聞〔一〕富人卓王孫有女〔二〕文君，新寡，好音。長卿素與臨邛令王吉相善，時卓王孫門下僮客八百人，乃相謂〔三〕曰：「令〔四〕有貴客，爲具召之。」并召令，請長卿。酒酣，臨邛令前奏琴，曰：「切聞長卿好之，願以自娱。」長卿謬與令相重，而鼓琴以挑文君。歌曰：「鳳兮鳳兮歸故鄉，遨遊四海求其皇。時未通遇無所將，何悟今夕登斯堂？有艶淑女在此方，室邇人遐獨我傷，何緣交頸爲鴛鴦？」長卿時從車騎，雍容閒雅甚都。文君切從〔五〕户窺，心悦而好之。既罷〔六〕，長卿乃令侍人重賜文君侍者，通殷勤。文君奔長卿，遂相與馳歸成都。出《司馬相如傳》

〔一〕司馬長卿如臨邛聞　原作「司馬長卿相如聞臨邛」，據《繡谷春容》樂藝類改。按：《史記》卷一一七《司馬相如列傳》載，相如歸成都，家貧無以自業。臨邛令王吉邀之，於是相如往。

〔二〕女　《繡谷春容》作「女孫」，「孫」字衍。

〔三〕謂　原譌作「讓」，據《繡谷春容》改。按：《史記》作「謂」。

〔四〕令　原譌作「今」，據《繡谷春容》改。按：《史記》作「令」。

〔五〕從　原譌作「徒」，據《繡谷春容》改。按：《史記》作「從」。

〔六〕既罷　此二字原無，據《繡谷春容》補。按：《史記》亦有此二字。

按：《史記》卷一一七《司馬相如列傳》原文曰：

會梁孝王卒，相如歸，而家貧，無以自業。素與臨邛令王吉相善，吉曰：「長卿久宦遊不遂，而來過我。」於是相如往，舍都亭。臨邛令繆爲恭敬，日往朝相如。相如初尚見之，後稱病，使從者謝吉，吉愈益謹肅。臨邛中多富人，而卓王孫家僮八百人，程鄭亦數百人，二人乃相謂曰：「令有貴客，爲具召之。」并召令。令既至，卓氏客以百數。至日中，謁司馬長卿，長卿謝病不能往。臨邛令不敢嘗食，自往迎相如。相如不得已，彊往，一坐盡傾。酒酣，臨邛令前奏琴，曰：「竊聞長卿好之，願以自娱。」相如辭謝，爲鼓一再行。是時卓王孫有女文君，新寡，好音，故相如繆與令相重，而以琴心挑之。相如之臨邛，從車騎，雍容閒雅甚都。及飲卓氏，弄琴，文君竊從户窺之，心悦而好之，恐不得當也。既罷，相如乃使人重賜文君侍者，通殷勤。文君夜亡奔相如，相如乃與馳歸成都。

司馬貞《索隱》：「……其詩曰『鳳兮鳳兮歸故鄉，遊遨四海求其皇。有一艷女在此堂，室邇人遐毒我腸，何由交接為鴛鴦』也。又曰：『鳳兮鳳兮從皇栖，得托子尾永爲妃。交情通體必和諧，中夜相從別有誰？』」

《緑窗新話》中「時未通遇無所將，何悟今夕登斯堂」二句歌詞，《索隱》無。南朝梁徐陵編《玉臺新詠》卷九司馬相如《琴歌二首并序》有此二句。云：

司馬相如遊臨邛，富人卓王孫有女文君，新寡，竊於壁間窺之，相如鼓琴歌以挑之，曰：「鳳兮鳳兮歸故鄉，遨遊四海求其凰。時未通遇無所將，何悟今夕升斯堂？有艷淑女在此方，室邇人遐獨（一作「毒」）我腸（一作「傷」），何緣交頸爲鴛鴦？」「皇（一作「鳳」）兮皇（一作「鳳」）兮從我棲，得託字（一作「孳」）尾永爲妃。交情通體心和諧，中夜相從知者誰？雙興（一作「翼」）俱起翻高飛，無感我心使予悲。」（據世界書局本）

又《類説》卷二八《異聞集·相如挑琴》：

司馬相如遊臨邛，卓王孫有女文君，新寡。相如鼓琴（嘉靖伯玉翁舊鈔本作「以琴心挑之，其操」）曰：「鳳兮鳳兮歸故鄉，遨遊四海求其凰。時未通兮無所將，何悟（此字原脱，據《四庫全書》本補）今夕登斯堂？有艷淑女在此方（原作「室」，據舊鈔本改），室邇人遐獨我傷，何緣交頸爲鴛鴦？」文君聞之，夜奔相如（以上八字據舊鈔本補）。

錢起詠湘靈鼓瑟

《述異記》〔一〕云：「舜南巡狩〔二〕，葬于蒼梧〔三〕。堯之二女娥皇、女英，淚下沾竹，文〔四〕悉爲斑。」

唐錢起夜宿驛舍，聞窗外有誦聲云：「曲終人不見，江上數峰青。」起怪之。至天寶十載就舉〔五〕，座主李暐〔六〕試《湘靈鼓瑟》詩，遂賦曰：「善鼓〔七〕雲和瑟，嘗聞帝子靈。馮夷徒〔八〕自舞，楚客不堪聽。苦調悽〔九〕金石，清音發〔一〇〕杳冥。蒼梧來慕怨〔一一〕，白芷動芳馨。流水傳湘曲〔一二〕，悲風過洞庭。」至落句，意久不屬，遂以前一聯續之，乃中魁選。出《詩話》

《雲谿友議》云：「唐明皇幸岷山，伶官李龜年奔江潭，於湘中採訪使筵上唱罷，忽絶〔一三〕仆地。四日乃蘇，曰：『我遇二〔一四〕妃，令教侍女蘭茗唱祓禊〔一五〕畢，放還。』後李群玉過二妃廟，題詩曰：『小孤洲北〔一六〕浦雲邊，二女明粧共儼然。野廟向江春寂寂，古碑無字草芊芊。東風近暮〔一七〕吹芳芷，落日深〔一八〕山哭杜鵑。猶似含嚬望巡狩，九疑如黛隔湘川〔一九〕。』有二女郎見曰：『是娥皇、女英，二年後當與郎爲雲雨之遊。』俄而影滅。李至潯陽，太守見之〔二〇〕因戲曰：『不知足下今之辟陽侯也〔二一〕。』後二年李逝。」

〔一〕述異記　原作「《述異志》記」，據《繡谷春容》樂藝類改。

〔二〕巡狩　《繡谷春容》無「狩」字。按：梁任昉《述異記》卷上亦無「狩」字。巡狩，亦作「巡守」。《尚書·舜典》：「歲二月，東巡守，至於岱宗，柴。」孔傳：「諸侯爲天子守土，故稱守。巡，行之。」《孟子·梁惠王下》：「天子適諸侯曰巡狩。巡狩者，巡所守也。」

〔三〕梧　《繡谷春容》譌作「桐」。

〔四〕文　《繡谷春容》作「竹」。

〔五〕舉　原譌作「學」，據《繡谷春容》改。

〔六〕座主李暐　「主」原譌作「士」，據《繡谷春容》改。「暐」原作「偉」，《繡谷春容》作「暐」。《舊唐書》卷一六八《錢徽傳》亦作「暐」。按：清徐松《登科記考》卷九天寶十載「錢起」下按云：「李暐當作李麟。」《舊唐書》卷一一二《李麟傳》：「（天寶）七載，遷兵部侍郎。同列楊國忠專權，不悦麟同職。宰臣奏麟以本官權知禮部貢舉。俄而國忠爲御史大夫，麟復本官。十一載，遷銀青光禄大夫、國子祭酒。」按他書或亦作「暐」（詳附録），今從，據《繡谷春容》改。作「偉」則音譌也。

〔七〕鼓　周校本改作「撫」。按：《雲谿友議》卷中《賢君鑒》作「撫」，周校本據改。

〔八〕徒　周校本據《雲谿友議》改作「空」。按：《錢考功集》卷六（《四部叢刊初編》景印明活字本）《省試湘靈鼓瑟》作「空」。

〔九〕苦調悽　清鈔本「苦」爲闕字。《繡谷春容》作「雅調棲」，「棲」字譌。周校本據《雲谿友議》改作「逸韻諧」。按：錢集作「苦調淒」。

〔一〇〕發　錢集作「入」。

〔一一〕慕怨　「慕」原譌作「暮」，今改。周校本據《雲谿友議》改作「怨慕」。按：錢集亦作「怨慕」。

〔一二〕湘曲　周校本據《雲谿友議》改作「湘浦」。按：錢集作「瀟浦」。

〔一三〕絶　《繡谷春容》作「然」，《雲谿友議》作「悶絶」。

〔一四〕二　原譌作「上」，據《繡谷春容》改。按：《雲谿友議》卷中《雲中命》作「二」。

〔一五〕令教侍女蘭茗唱祓禊《雲谿友議》「茗」作「苕」。「祓」原作「祅」，《繡谷春容》同，據《雲谿友議》改。清鈔本譌作「祅禊」。祓禊，除災去邪之禮。

〔一六〕北　清鈔本譌作「比」。

〔一七〕暮　原譌作「墓」，據《繡谷春容》及《雲谿友議》改。

〔一八〕深　《繡谷春容》作「春」。按：《雲谿友議》作「深」。

〔一九〕九疑如黛隔湘川　「隔」原譌作「隅」，據清鈔本、《繡谷春容》及《雲谿友議》改。按：此下一節《繡谷春容》無。

〔二〇〕之　原作「二女」，譌。姑改作「之」，以其形近也。按：《雲谿友議》上下文作「潯陽太守段成式郎中，素爲詩酒之交，具述此事，段公因戲之曰」。

〔二一〕不知足下今之辟陽侯也　「辟」原譌作「潯」，《雲谿友議》作「不知足下是虞舜之辟陽侯也」，據改。按：辟陽侯乃漢初審食其封號。《漢書》卷四〇《王陵傳》載：「（王陵）十年而薨。陵之免，吕太后徙平（陳平）爲右丞相，以辟陽侯審食其爲左丞相。食其亦沛人也。漢王之敗彭城西，楚取太上皇、吕后爲質，食其以舍人侍吕后。其後從破項籍爲侯，幸於吕太后。」

按：《述異記》梁任昉撰，今存。卷上載：

湘水去岸三十里許，有相思宫、望帝臺。昔舜南巡，而葬於蒼梧之野。堯之二女娥皇、女英，追之不及，相與慟哭，淚下沾竹，竹文上爲之斑斑然。

正文出《詩話》，即《古今詩話》，北宋李頎撰（《宋史·藝文志》文史類著録李頎《古今詩話録》七十卷）。《詩話總龜》前集卷四八鬼神門引此事，無出處，下條「劉山甫」出《古今詩話》，郭紹虞《宋詩話輯佚》（中華書局一九八〇年版）輯《古今詩話》，謂此條亦出《古今詩話》，據《類説》本（卷五六）輯入。《類説》題《湘靈鼓瑟詩》，文曰：

錢起寓宿驛舍，窗外有人詠曰：「曲中人不見，江上數峰青。」及殿試，《湘靈鼓瑟》詩落句意久不屬，遂以此一聯續之，因中魁選。

《詩話總龜》文曰：

錢起寓宿驛舍，聞窗外有人曰：「曲終人不見，江上數峰青。」起怪之。十年後就試，座主李時試《湘靈鼓瑟》詩，落句意久不屬，遂以此一聯續之，乃中魁選。詩全篇云：「善鼓雲和瑟，常聞帝子靈。馮夷空自舞，楚客不堪聽。雅調悽金石，清音發杳冥。蒼梧來暮怨，白芷動芳馨。流水傳湘浦，悲風過洞庭。曲終人不見，江上數峰青。」

《舊唐書》卷一六八《錢徽傳》亦載此事，是則傳之已久。其云：

錢徽字蔚章，吴郡人。父起，天寶十年登進士第。起能五言詩。初從鄉薦，寄家江湖。嘗於客舍月夜獨吟，遽聞人吟於庭曰：「曲終人不見，江上數峰青。」起愕然，攝衣視之，無所見矣。以爲鬼怪，而志其一十字。起就試之年，李暐所試《湘靈鼓瑟》詩，題中有「青」字，起即以鬼謡十字爲落句。暐深嘉之，稱爲絶唱。是歲登第，釋褐秘書省校書郎。

《唐詩紀事》卷三〇《錢起》云：

天寶十年，試《湘靈鼓瑟》詩云：「善鼓雲和瑟，常聞帝子靈。馮夷徒自舞，楚客不堪聽。苦調淒金石，清音入杳冥。蒼梧來怨慕，白芷動芳馨。流水傳湘浦，悲風過洞庭。曲終人不見，江上數峰青。」起從鄉薦，居江湖客舍，聞吟於庭中曰：「曲終人不見，江上數峰青。」視之，無所見矣。明年，崔暐試《湘靈鼓瑟》詩，起即用爲末句，人以爲鬼謡。

元辛文房《唐才子傳》卷四《錢起》云：

起字仲文，吴興人。天寶十年李巨卿榜及第。少聰敏，承鄉曲之譽。初從計吏，至京口客舍，月夜閑步，聞户外有行吟聲。哦曰：「曲終人不見，江上數峰青。」凡再三往來，起遽從之，無所見矣。嘗怪之，及就試粉闈，詩題乃《湘靈鼓瑟》。起輟就，即以鬼謡十字爲落句。主文李暐深嘉美，擊節吟味久之，曰：「是必有神助之耳。」遂擢置高第，釋褐授校書郎。

正文所記原出《雲谿友議》卷中《賢君鑒》：

唐宣宗十二年，前進士陳玩等三人，應博學宏詞選，所司考定名第。及詩賦論進呈訖，上於延英殿，詔中書舍人李潘等對，上曰：「凡考試之中重用字如何？」中書對曰：「賦即偏枯叢雜，論即褒貶是非，詩即緣題落韻，只如白雲起封中，詩云「封中白雲起」是也。其間重用文字，乃是庶幾，亦非常有例也。」又曰：「孰詩重用字？」對曰：「錢起《湘靈鼓瑟》詩有二『不』字。詩曰：『善撫雲和瑟，常聞帝子靈。馮夷空自舞，楚客不堪聽。逸韻諧金石，清音發杳冥。蒼梧來怨慕，白芷動芳馨。流水傳湘浦，悲風過洞庭。曲終人不見，江上數峰青。』」上鑒錢公此年宏詞詩曰：「且一種重用文字，此詩似不及起。起則今之協律之字也，合於匏革宫商，即變鄭衛文奏，惟謝脁云『洞庭張樂地，瀟湘帝子遊。雲去蒼梧野，水還江漢流。』此若比《鼓瑟》一篇，摛藻姸華，無以加其前。進宏詞詩重用字者登科，更待明年考校。」起詩便付吏選。

《類説》卷四一《雲谿友議》亦摘録《湘靈鼓瑟詩》：「錢起《湘靈鼓瑟》詩曰：『善撫雲和瑟，常聞帝子靈。馮夷空自舞，楚客不堪聽。逸韻諧金石，清音發杳冥。蒼梧來怨慕，白芷動芳馨。

流水傳湘浦，悲風過洞庭。曲終人不見，江上數峰青。』」

附録節自《雲谿友議》卷中《雲中命》：

明皇幸岷山，百官皆竄辱，積屍滿中原。士族隨車駕也，伶官張野狐觱栗，雷海清琵琶，李龜年唱歌，公孫大娘舞劍。初，上自擊羯鼓而不好彈琴，言其不俊也。又寧王吹簫，薛王彈琵琶，皆至精妙，共爲樂焉。唯李龜年奔迫江潭，杜甫以詩贈之曰：「岐王宅裏尋常見，崔九堂前幾度聞。正值江南好風景，落花時節又逢君。」龜年曾於湘中採訪使筵上唱：「紅豆生南國，秋來發幾枝。贈君多綵纈（當作「採擷」），此物最相思。」又：「清風朗月苦相思，蕩子從戎十載餘。征人去日殷勤囑，歸鴈來時數附書。」此詞皆王右丞所製，至今梨園唱焉。歌闋，合座莫不望行幸而慘然。龜年唱罷，忽悶絶仆地，以左耳微暖，妻子未忍殯殮。經四日乃蘇，曰：「我遇二妃，令教侍女蘭苕唱祓禊，畢，放還。且言主人即復長安，而有中興之主也。謂龜年：『有何憂乎？』」後李校書群玉，既解天禄之任，而歸涔陽。經湘中，乘舟題二妃廟詩二首，曰：「小孤洲北浦雲邊，二女明粧共儼然。野廟向江春寂寂，古碑無字草芊芊。東風近暮吹芳芷，落日深山哭杜鵑。猶似含嚬望巡狩，九疑如黛隔湘川。」又：「黄陵廟前莎草春，黄陵女兒茜裙新。輕舟小檝唱歌去，水遠山長愁殺人。」後又題曰：「黄陵廟前春已空，子規滴血啼松風。不知精爽落何處，疑是行雲秋色中。」李君自以

第三篇「春空」便到「秋色」，踟蹰欲改之，乃有二女郎見曰：「兒是娥皇、女英也。二年後，當與郎君爲雲雨之遊。」李君乃悉具所陳，俄而影滅。遂掌其神塑而去。重涉湖嶺，至于潯陽。潯陽太守段成式郎中，素爲詩酒之交，具述此事，段公因戲之曰：「不知足下是虞舜之辟陽侯也。」群玉題詩後二年，乃逝於洪井。段乃爲詩哭李四校書曰：「酒裏詩中三十年，縱橫唐突世喧喧。明時不作禰衡死，傲盡公卿歸九泉。」又曰：「曾話黄陵事，今爲白日催。老無男女累，誰哭到泉臺。」

楊妃竊甯王玉笛

唐明皇舊置五王帳，長枕大被，與弟兄同處於其間。妃子竊甯王玉笛吹之，始亦不彰，因張祜〔一〕詩云：「梨花静院無人處〔二〕，閒把甯王玉笛吹。」因此忤明皇。明皇不懌，乃遣中使張韜光送歸楊銛宅〔三〕。妃子涕泣謂韜〔四〕光曰：「託以下情緻奏，妾罪固當萬死，衣服之外，皆聖恩所賜，惟髮與膚從父母〔五〕。今當即死，無以謝上。」乃引刀剪髮一結〔六〕，附韜光以獻。明皇見之大驚，遂命高力士就召以歸。出《詩話細覽》

評曰：世常傳云：欲人不〔七〕知，莫若不爲。既爲之，安得人之不知？夫至隱至密者，莫若中冓之事，豈欲人之知耶？然而不能使人不知。以此知凡事之不循理者，雖毛髮之細，不可爲也。妃子竊甯王玉笛吹之，使張祜不爲此語，事亦何由彰顯之如此？然張亦何從得此爲之説？以此可驗其欲人不知，莫若不爲，亦以名言也。

〔一〕張祜　「祜」原作「祐」，誤也。據北宋樂史《楊太真外傳》改。下同。

〔二〕梨花静院無人處　「梨」《類説》卷一《楊妃外傳·竊寧王玉笛吹》作「小」。「處」周校本改作「見」。按：《楊太真外傳》及《類説》作「見」，周校本當據改。《詩話總龜》前集卷二七書事門作「處」。

〔三〕乃遣中使張韜光送歸楊銛宅　「韜」、「楊」、「宅」原譌作「韜」、「揚」、「它」，據清鈔本及《詩話總龜》改。

〔四〕韜　此字原無，據清鈔本及《詩話總龜》補。

〔五〕從父母　周校本據《類説》改作「生從父母耳」。

〔六〕一結　原作「結」，《類説》及《詩話總龜》作「一結」，據補「一」字。一結，一束也。《楊太真外傳》作「一繚」。周校本改作「一綹」。

〔七〕不　此字原脱，據《詩話總龜》補。

按：此條注出《詩話細覽》，當即《詩話總龜》。正文評語俱見《詩話總龜》前集卷二七書事門，無出處，前後皆出《百斛明珠》，此條當亦出此書。《詩總》前有《集一百家詩話總目》，中有

《百斛明珠》，不知北宋何人作。今將《詩總》全文録左：

世常傳云：欲人不知，莫若不爲。以謂既爲之也，安得人之不知？夫至隱至密者，莫若中冓之事，豈欲人之知邪？然而不能使人不知。以此凡事之不循理者，雖毛髮之細，不可爲也。明皇舊置五王帳，長枕大被，與兄弟同處於其間。無何，妃子輒竊寧王笛吹之。始亦不彰，因張祐（祜）詩云：「梨花静院無人處，閑把寧王玉笛吹。」妃因此忤明皇。不懌，乃遣中使張韜光送歸楊銛宅。妃子涕泣謂韜光曰：「托以下情繳奏，妾罪固當萬死。衣服之外，皆聖恩所賜，惟髮與膚，生從父母爾。今當即死，無以謝上。」乃引刀剪髮一結，附韜光以獻。自妃之放逐，皇情憮然。妃髮至，張韜光取搭之肩上。明皇見之大驚惋，遂令高力士就召以歸。嗟乎！道路之言，亦可畏也。使張祐（祜）不爲此語，事亦何由彰顯之如此？然張亦何從得此爲之説？以此可驗其欲人不知，莫若不爲，亦名言也。

此事原載北宋樂史《楊太真外傳》卷上，曰：

（天寶）九載二月，上舊置五王帳，長枕大被，與兄弟共處其間。妃子無何竊寧王紫玉笛吹，故詩人張祜詩云：「梨花静院無人見，閑把寧王玉笛吹。」因此又忤旨，放出。時吉温多與中貴人善，國忠懼，請計於温。遂入奏曰：「妃，婦人，無智識。有忤聖顔，罪當死。既嘗蒙恩寵,只合死於宫中。陛下何惜一席之地,使其就戮?安忍取辱於外乎?」上曰:「朕用卿,蓋不緣妃也。」初,令中使張韜光送妃至宅,妃泣謂韜光曰:「請奏:妾罪合萬死。衣服之外,皆聖恩所賜,唯髮膚是父母所生。今當即死,無以謝上。」乃引刀剪其髮一繚,附韜光以獻。妃既出,上憮然。至是,韜光以髮搭於肩上以奏,上大驚惋,遽使力士就召以歸,自後益嬖焉。

《類説》卷一節録《楊妃外傳》,即《楊太真外傳》。中《竊寧王玉笛吹》一節云:

明皇舊置五王帳,與兄弟同處。妃子竊寧王玉笛吹,故張祐(祜)詩云:「小花静院無人見,閑把寧王玉笛吹。」因此忤旨放出。妃泣謂中使曰:「妾罪萬死,衣服之外,皆聖恩所賜,唯髻與膚生從父母耳。」引刀剪髻髮一結以獻,上遽召歸。

樂史《楊太真外傳》乃雜採諸書鳩聚而成,中採唐鄭處誨《明皇雜録》甚多,五王帳即採自鄭書,《孔帖》卷一四《五王帳》引曰:「帝友愛至厚,殿中設五幄,與諸王處,號五王帳。」

蕭史教弄玉鳳簫〔一〕

蕭史〔二〕,秦人,善吹簫。秦王穆公有女,名弄玉,好之,遂妻焉。教弄玉吹簫作鳳

鳴。有鳳至其室，乃作鳳臺居之。一夕，吹簫鳳集，乘之仙去。故秦人作鳳女祠於雍宮。出《列仙傳》〔三〕

評曰：南嶽鄧先生，隱衡山。神仙魏夫人乘雲而至，從少嫗〔四〕三十，年皆十七八。謂曰：「君有仙分，所以來尋。」後見二〔五〕青鳥，悉如鶴大，鼓翼鳴舞。謂弟子曰：「求之甚勞，得之甚逸。青鳥既來，期會至矣。」遂化去。此亦何異來〔六〕鳳昇仙者！

〔一〕蕭史教弄玉鳳簫　原作《蕭史教弄玉鳳蕭》，據《繡谷春容》樂藝類改。《書舶庸譚》著録誤作「簫史」。周校本改作《蕭史教弄玉吹簫》，乃不明「鳳簫」與下條「方響」相對而亂改。

〔二〕蕭史　「史」原譌作「吏」，據《繡谷春容》及西漢劉向《列仙傳》卷上《蕭史》改。

〔三〕列仙傳　清鈔本譌作《列女傳》。

〔四〕嫗　原作「姬」，據《繡谷春容》改。按：《南史》亦作「嫗」，見附録。

〔五〕二　原無此字，據《繡谷春容》及《南史》補。

〔六〕來　《繡谷春容》作「乘」。按：《南史》亦作「來」。

按：前節所引《列仙傳》實本《類説》卷三《列仙傳·弄玉吹簫》，文云：

簫（《四庫全書》本作蕭）史，秦人，善吹簫。秦王有女名弄玉，好之，遂妻焉。教弄玉吹簫作鳳鳴，有鳳至其室，乃作鳳臺居之。一夕，吹簫鳳集，乘之仙去。乃作鳳女祠。

西漢劉向《列仙傳》卷上《蕭史》原文作：

蕭史者，秦穆公時人也。善吹簫，能致孔雀、白鶴於庭。穆公有女字弄玉，好之，公遂以女妻焉。日教弄玉吹簫（此二字原無，據諸書補）作鳳鳴。居數年，吹似鳳聲，鳳凰來止其屋。公爲作鳳臺，夫婦止其上，不下數年。一旦（原作日，據諸書改），皆隨鳳凰飛去。故秦人爲作鳳女祠於雍宫中，時有簫聲而已。（據《郝氏遺書》清王照圓《列仙傳校正》本）

《列仙傳讚》曰：「蕭史妙吹，鳳雀舞庭。嬴氏好合，乃習鳳聲。遂攀鳳翼，參翥高冥。女祠寄想，遺音載清。」

《紺珠集》卷六《列仙傳·鳳女祠》、《類説》卷三《列仙傳·弄玉吹簫》皆爲節文。前書云：「蕭史，秦人，善吹簫。秦王有女名弄玉，好之，遂妻焉。教弄玉吹簫作鳳鳴，有鳳來止其室，乃作鳳臺居之。一夕，吹簫鳳集，乘之仙去，遂作鳳女祠以事之。」後書云：「簫（蕭）史，秦人，善吹簫。秦王有女名弄玉，好之，遂妻焉。教弄玉吹簫作鳳鳴，有鳳至其室，乃作鳳臺居之。一夕，吹簫鳳集，乘之仙去，乃作鳳女祠。」

蕭史、弄玉事流傳甚廣。《水經注》卷一八《渭水》云：

（雍縣）又有鳳臺、鳳女祠。秦穆公時，有簫史者善吹簫，能致白鵠、孔雀。穆公女弄玉好之，公爲作鳳臺以居之。積數十年，一旦隨鳳去，云雍宫世有簫管之聲焉。今臺傾祠毁，不復然矣。

前蜀杜光庭《墉城集仙録》卷六《弄玉》云：

弄玉者，秦繆公之女也，好吹簫。時有蕭史者善吹簫，公以弄玉妻之，築臺以居焉。弄玉吹簫十餘年，能作鳳鳴，鳳來止其臺上。夫婦居臺上數年不下，一旦隨鳳飛去。於是秦公於雍宫作鳳女祠，時有簫聲焉。

《太平廣記》卷四引《神仙傳拾遺》（杜光庭）云：

蕭史，不知得道年代，貌如二十許人，善吹簫作鸞鳳之響，而瓊姿煒爍，風神超邁，真天人也。混迹於世，時莫能知之。秦穆公有女弄玉，善吹簫，公以弄玉妻之，遂教弄玉作鳳鳴。居十數年，吹簫似鳳聲，鳳凰來止其屋。公爲作鳳臺，夫婦止其上，不飲不食，不下數年。一旦，弄玉乘鳳，蕭史乘龍，昇天而去。秦爲作鳳女祠，時聞簫聲。今洪州西山絶頂，有蕭史石仙壇、石室及巖屋真像存焉，莫知年代。

按：洪州，治今江西南昌市。清修《江西通志》卷三八《古蹟一·南昌府》載：「簫峰亭，《榆墩集》：簫峰有亭，祠簫史。弄玉峰爲西山最高。此山雲，則衆山雨矣。里語曰：『簫仙戴笠，鳳凰翅濕。簫仙著衣，烏雀淋漓。』」

南宋張邦畿《侍兒小名録拾遺》引《帝王世紀》（晉皇甫謐撰）云：「秦穆公女名弄玉，善吹簫，與簫史共登樓吹簫，作鳳凰音，感鳳凰從天而降，後升天矣。」

《歷世真仙體道通鑑》卷三鋪張其事，曰：

蕭受姓於殷。至周宣王時有蕭欽者，妻王氏，皆富好道，老君曾降其家。以宣王十七年五月五日生，即蕭仙也。生而不事家業，遊終南山，遇異人，授長生術，且教以吹簫。歸家告父母，願入道，父母强爲娶妻。蕭仙云：「異人教我勿娶，當得帝女。」父母聽之。宣王末，史籍散亂，蕭仙能文，著本末，以備史之不及，人以「史」目之，實無名也。行第三。浪迹，入秦孟明之師從軍。引敗歸，秦侯迓而哭之。史在孟明側立甚恭。秦侯問敗師狀，孟明不能答，史代對甚悉，孟明免罪，史之力也。孟明歸，史又放浪山水間。時秦侯有女名弄玉，善吹笙，無和者，求得吹笙者以配。孟明以代對故，薦史，因召見。秦侯問，史云：「善簫。」侯曰：「吾女好笙，子簫也，奈何？」史以不稱旨退。女在屏間呼曰：「試使吹之。」一聲而清風生，再吹而彩雲起，三吹而鳳凰來。女曰：「是吾夫也，願嫁之。」史曰：「女亦且吹笙，且三吹之。」如史所感。於是孟明爲媒，蹇叔爲賓，合宴於西殿。座中不奏他樂，惟二人自以簫笙間奏。曲未終，鳳凰來下，二仙乘之而去。秦侯憫然，咎孟明。孟明遣人四方尋之，至楚尾吴頭，有人見西山高舉，男女坐而吹笙簫，簫者鳳栖其傍。使者聞，急訪之，又沖昇矣。後不知其所之。此其大略也。

又後集卷二《嬴女》亦曰：

秦繆公女嬴氏，名弄玉，善吹笙，無和者，欲求得吹笙者以配。有蕭史者善吹簫，能感清風、彩雲、鳳凰，嬴女願嫁之。嬴女吹笙亦如史所感。於是孟明爲媒，蹇叔爲賓，約而成婚，宴於西殿座中。不奏他樂，惟二人自以笙簫間奏，遂致鳳凰來儀，二人乘之而去。秦人因作鳳女祠。

清修《陝西通志》卷六五《人物十一・釋道》引《盩厔縣志》云：「蕭史，周宣王時人。遊終南山，遇異人，授長生術，教以吹簫。歸告父母，願入道，父母聽之。宣王史籍散亂，蕭能文，著本末，以備史之不及，人以『史』目之，實無名。秦穆公有女名弄玉，善吹笙，無和者。孟明薦史，因召見。女呼試之，一吹而清風生，再吹而彩雲迎，三吹而鳳凰來。女亦三吹，如史所感，願嫁之。

於是合宴西殿，笙簫間奏。曲未終，鳳凰忽下，二仙乘之而去。」全本《歷世真仙體道通鑑》。

蕭史弄玉故事流傳中附會出多處遺迹，主要在秦地。除以上所涉及者外，所載尚多。唐釋道宣《續高僧傳》卷一四《釋童真傳》：「終南山仙遊寺，即古傳云秦穆公女名弄玉，習仙升雲之所也。」

宋初樂史《太平寰宇記》卷三〇《鳳翔府·寶雞縣》：「玉女祠，秦穆公女弄玉鳳臺之地也。又秦穆公陵在此。」

歐陽忞《輿地廣記》卷一五《鳳翔府·天興縣》：「天興縣，故雍縣……有鳳臺。秦穆公時有簫史者善吹簫，能致白鳳，穆公女弄玉好之。公爲作鳳臺，以居之，一旦乘鳳而去。」

《陝西通志》卷九《山川二·西安府·盩厔縣》引《縣志》：「玉女洞泉，在縣西南三十里，在中興寺下。玉女即秦弄玉也。洞有飛泉，甚甘冽，飲之者愈疾。蘇軾嘗愛其水，既致兩瓶，恐後復取，爲使者見紿，因破竹爲契，使寺僧藏其一，以爲往來之信，戲謂之調水符。」

又卷二八《祠祀一·鳳翔府·鳳翔縣》引《縣志》：「鳳女祠在城南五十里，其地有鳳女臺。相傳秦穆築，以居蕭史、弄玉者，後人因臺作祠以祀。」

唐沈亞之撰傳奇小説《秦夢記》，借弄玉舊聞而自創新事。謂大和初，沈亞之出長安，客橐泉邸舍，晝夢入秦，見秦穆公。公女弄玉婿蕭史死，令亞之尚之，居翠微宮。公主喜鳳簫，每吹簫，聲調遠逸。一年後公主無疾卒，葬咸陽原，亞之爲作挽歌、墓誌銘。悲而去之。

唐人又傳婦人飾面之粉乃蕭史爲之。《類説》卷二五《玉泉子·膩粉》云：「秦穆公女弄玉，善吹簫。蕭史降於宮掖，鍊飛靈丹，第一轉與弄玉塗之，名曰粉，今之水銀膩粉也。燕脂，本閼氏夫人以紅花爲之，中國人呼紅藍。」五代馬縞《中華古今注》卷中云：「自三代以鉛爲粉。秦穆公女弄玉有容德，感仙人簫史，爲燒水銀作粉與塗，亦名飛雲丹。傳以簫曲，終而同上昇。」五代馬鑑《續事始》(《説郛》卷一〇)引《二儀實録》，南宋李石《續博物志》卷一〇亦並載此事。北宋高承《事物紀原》卷三《冠冕首飾部十四·輕粉》云：「《實録》曰：蕭史與秦穆公鍊飛雲丹，第二轉與弄玉塗之，名曰粉，即輕粉也。此蓋其始也。」

本條附録評曰云云，節自《南史》卷七六《隱逸傳下·鄧郁》，原文作：

南嶽鄧先生，名郁，荆州建平人也。少而不仕，隱居衡山極峻之嶺，立小板屋兩間，足不下山，斷穀三十餘載，唯以澗水服雲母屑，日夜誦《大洞經》。梁武帝敬信殊篤，爲帝合丹，帝不敢服，起五嶽樓貯之供養。道家吉日，躬往禮拜。白日，神仙魏夫人忽來臨降，乘雲而至，從少嫗三十，並着絳紫羅繡袿襹，年皆可十七八許。色艷桃李，質勝瓊瑤。言語良久，謂郁曰：「君有仙分，所以故來，尋當相候。」至天監十四年，忽見二青鳥，悉如鶴大，鼓翼鳴舞，移晷方去。謂弟子等曰：「求之甚勞，得之甚逸。近青鳥既來，期會至矣。」少日，無病而終。山内唯聞香氣，世未嘗有。武帝後令周捨爲《鄧玄傳》，具序其事。

沈翹翹善敲方響

《樂府雜録》云〔一〕：「胡部無方響，緣直拔聲〔二〕，不應諸調。太宗内庫別收一片鐵〔三〕，有方響〔四〕，應二十八調。箏只有宫商角羽四調〔五〕。臨時移柱〔六〕，應二十八調。唐文宗朝〔七〕，命樂適情。時宫人沈翹翹舞《河滿子》〔八〕，詞云：「浮雲蔽白日。」上曰：「汝知書耶？此是《文選》古詩第一首。念君臣值奸邪所蔽，正是今日。」乃賜金臂環。遂問其從來，翹翹泣曰：「臣妾實吴元濟女〔九〕，自陷國，入臣〔一〇〕掖庭，易姓沈氏，得〔一一〕配樂籍。本藝方響，乃白玉也。以響犀爲槌〔一二〕，紫檀爲架。制度精妙，非中國所出，願賜臣妾。」勑取賜之。既至，上命奏《涼州曲》，音韻清越。因命翹翹曰：「卿欲住宫〔一三〕掖，欲他適？」翹翹不對。上知其意，爲選左金吾判官秦誠而聘焉〔一四〕。出降之夕，勑内人伴歸，花燭之盛，皆自天恩。數年，誠奉使日東。他〔一五〕夕，月皎如晝〔一六〕，將〔一七〕玉方響登樓，自撰〔一八〕一曲，名曰《憶秦郎》〔一九〕。出段安節

〔一〕樂府雜録云　周校本一九九一年版删此五字。

〔二〕緣直拔聲　「直拔」原譌作「宜板」，據《繡谷春容》樂藝類及段安節《樂府雜録・別樂識五音輪二十八調圖》（上海古典文學出版社一九五七年版）、《類説》卷一六段安節《樂府雜録・方響》改。

〔三〕鐵　周校本一九九一年版删此字，乃不明文意而枉施雌黄。按：《樂府雜録・琵琶》云：「忽有一物鏘然躍出池岸之上，視之，乃方響一片，蓋蕤賓鐵也。以指撥精妙，律吕相應也。」《樂府雜録・別樂識五音輪二十八調圖》亦有「鐵」字，詳附録。

〔四〕有方響　「有」《類説》作「名」。

〔五〕箏只有宫商角羽四調　「箏」上原有「足」字，《繡谷春容》同。《類説》「足」作「之」，嘉靖伯玉翁舊鈔本無「之」字。《樂府雜録》作「是」，古典文學出版社校點本據南宋高似孫《緯略》卷六删，今從。「羽」《類説》作「徵」，舊鈔本作「羽」。按：《樂府雜録》作「羽」。

〔六〕柱　《繡谷春容》譌作「住」，《樂府雜録》及《類説》作「柱」。

〔七〕唐文宗朝　按：此以下周校本作「唐文宗與宰相謀誅宦官」云云，乃據《類説》卷二九《麗情集・文宗詩》增補，不再出校。

〔八〕河滿子　原闕「滿」字，據《繡谷春容》及《類説》卷二九《麗情集・文宗詩》補。按：南宋王灼《碧雞漫志》卷四引《盧氏雜説》作「何滿子」。

〔九〕臣妾實吴元濟女　原作「妾實吴濟女」，據《繡谷春容》補「臣」、「元」二字，《繡谷春容》無「吴」字。按：吴元濟，彰義軍節度使吴少陽子。少陽死後興兵作亂，後兵敗被斬於長安，妻沈氏没入掖庭。見《舊唐書》卷一四五本傳。

〔一〇〕臣　《繡谷春容》無此字。
〔一一〕得　《繡谷春容》作「本」，當譌。
〔一二〕槌　《繡谷春容》及《類説·麗情集》作「椎」，字同。
〔一三〕宫　原譌作「居」，據《繡谷春容》改。
〔一四〕爲選左金吾判官秦誠而聘焉　「吾」、「秦」原譌作「吴」、「奏」，據《繡谷春容》改。《類説·麗情集》作「秦城」。按：唐禁軍十六衛有左右金吾衛。
〔一五〕他　原譌作「地」，據《繡谷春容》改。
〔一六〕晝　原譌作「畫」，《繡谷春容》作「昼」，據改。
〔一七〕將　原譌作「對」，據《繡谷春容》及《類説·麗情集》改。
〔一八〕撰　原譌作「選」，據《繡谷春容》及《類説·麗情集》改。
〔一九〕按：《繡谷春容》自「唐文宗朝」以下一整節皆爲低行小字注。此爲正文無疑也。

按：此條出唐段安節《樂府雜録》。前段原見《樂府雜録·别樂識五音輪二十八調圖·上平聲調》，原文作：

右件二十八調，琵琶八十四調，方得是五絃，五本共應二十八調本。笙除二十八調本外，别有二十八本中管調。初製胡部樂無方響，只有絲竹。緣方響有直拔聲，不應諸調。

太宗於内庫别收一片鐵方響，下於中吕調頭一運，聲名大吕，應高般涉調頭，方得應二十八調。箏只有宫商角羽四調，臨時移柱，應二十八調。

南宋高似孫《緯略》卷六《方響》云：

《禮圖》曰：「梁有銅磬，蓋今方響也。方響以鐵爲之，修九寸，廣二寸，圓上方下。架磬而不設，倚架上以代鍾聲。人間用者，纔三四寸。」《樂府雜録》曰：「胡部無方響，緣聲直拔，不應諸調。太宗内庫别收鐵方響一片，應二十八調。箏只有宫商角羽四調，臨時移柱，應二十八調。唐興慶宫龍池波湧，得古鐵一片，擊之乃宫架蕤賓鐵，此即方響也。」

《類説》卷一六《樂府雜録·方響》云：

胡部無方響，緣直板聲，不應諸調。□太宗内庫别收一片鐵，名方響，應二十八調。之（伯玉翁舊鈔本無此字）箏只有宫商角徵（舊鈔本作「羽」）四調，臨時移柱，應二十八調。

後段亦見北宋張君房《麗情集》，則取《樂府雜録》也。《類説》卷二九《麗情集·文宗詩》所云，不及其詳，則有删略。文曰：

文宗與宰相謀誅宦官，事洩，番爲内官所殺。上登臨游幸，未嘗爲樂，往往瞠目獨語。因題詩殿柱曰：「輦路生春草，上林花滿枝。凭高何限意，無復侍臣知。」明日便殿觀牡丹，云：「俯者如愁，仰者如悦，開者如笑，合者如咽。」吟罷，方省舒元輿詞也，歎息泣下，命樂適情。宮人沈翹翹舞《河滿子》，詞云：「浮雲蔽白日。」上曰：「汝知書耶？此是《文選》古詩第一首，念君臣値姦邪所蔽，正是今日。」乃賜金臂環。翹翹善玉方響，以響犀爲椎，紫檀爲架。後出宮歸秦城，奉使日東。翹翹將玉方響登樓，撰一曲，名《憶秦郎》。

其中沈翹翹事，南宋王灼《碧雞漫志》卷四引作《盧氏雜説》云：

　　甘露事後，文宗便殿觀牡丹，誦舒元輿《牡丹賦》，歎息泣下，命樂適情。宮人沈翹翹舞《何滿子》，詞云：「浮雲蔽白日。」上曰：「汝知書耶？」乃賜金臂環。

《盧氏雜説》，晚唐盧言撰。此後蘇鶚《杜陽雜編》卷中亦載此事，多有衍飾，翹翹作阿翹，云：

　　大和九年，誅王涯、鄭注後，仇士良專權恣意，上頗惡之。或登臨遊幸，雖百戲駢羅，未嘗爲樂，往往瞠目獨語，左右莫敢進問。因題詩曰：「輦路生春草，上林花滿枝。憑高何限意，無復侍臣知。」上於内殿前看牡丹，翹足憑欄，忽吟舒元輿《牡丹賦》云：「俯者如愁，仰者如語，合者如咽。」吟罷，方省元輿詞，不覺嘆息良久，泣下沾臆。時有宮人沈阿翹，爲上舞《河滿子》，調聲風態，率皆宛暢。曲罷，上賜金臂環。即問其從來，阿翹曰：「妾本吴元濟之妓女，濟敗，因以聲得爲宮人。」俄遂進白玉方響，云：「本吴元濟所與也。光明皎潔，可照十數步。」言其犀槌，即響犀也。凡物有聲，乃響應其中焉。架則雲檀香也，而文彩若雲霞之狀，芬馥着人，則彌月不散。制度精妙，固非中國所有。上因令阿翹奏《涼州曲》，音韻清越，聽者無不凄然。上謂之天上樂，乃選内人與阿翹爲弟子焉。

沈翹翹事，明胡震亨《唐音癸籤》卷一三《樂通二·唐曲》亦載，情事亦有增飾。云：「《憶秦郎》、《憶秦娥》，一名《秦樓月》，一名《雙荷葉》。文宗宫人阿翹善歌，出宫嫁金吾衛長史秦誠。誠出使新羅，翹思念，撰小詞名《憶秦郎》。誠亦於是夜夢傳其曲拍，歸日合之無異。後有《憶秦娥》，或即出此。」

張紅紅善記拍板

《樂府雜録》云〔一〕：「拍板本〔二〕無譜，黄幡綽〔三〕造譜，紙上畫兩耳進〔四〕曰：「但有耳〔五〕道，即無失節奏也〔六〕。」

唐大曆中，才人張紅紅〔七〕，本與其父唱歌，丐於道路，韋青〔八〕納爲姬。嘗有樂工，撰新聲未進，先印可於青。青潛令紅紅聽於屏後，以小豆數合記其拍。歌罷，青入問之，云：「已唱得矣。」青出給云：「某有女弟子，久曾唱此，非新曲也。」隔屏唱之，一聲不失。敬宗召入宫〔九〕，宫中號曲娘子〔一〇〕。韋青卒，紅紅奏云：「妾本風塵丐者，致身入内，不忍忘其恩。」因一慟而絶〔一一〕。出《樂府雜録》〔一二〕

〔一〕樂府雜録云　周校本一九九一年版删此五字。

〔二〕本　此字原無，據《繡谷春容》樂藝類及《樂府雜録·拍板》補。

〔三〕黄幡綽　「幡」原作「番」，《繡谷春容》作「翻」，據《樂府雜録·拍板》、《類説》卷一六《樂府雜録·拍板》改。

〔四〕進　周校本據《樂府雜録·拍板》上增「以」字。

〔五〕耳　此字原無，據《繡谷春容》及《樂府雜録·拍板》補。

〔六〕即無失節奏也　《樂府雜録》原作「無節奏也」，周校本據改，誤。古典文學出版社一九五七年校點本據《御覽》（卷五八四引《樂府雜録》）、《類説》、《文獻通考》（卷一三四《樂考七》）補作「則無失節奏也」。

〔七〕才人張紅紅　周校本據《樂府雜録·歌》改作「有才人張紅紅者」，以下所改不再出校。

〔八〕韋青　原作「韋有青」，「有」字衍，據《繡谷春容》及《樂府雜録·歌》、《類説》卷一六《樂府雜録·張紅紅》删「有」字。

〔九〕宫　此字原無，據及《類説》補。

〔一〇〕曲娘子　「曲」原作「歌」，據《繡谷春容》改。《樂府雜録·歌》及《類説·張紅紅》作「記曲娘子」。

〔一一〕絶　《繡谷春容》作「死」。按：「唐大曆中」至此，《繡谷春容》爲小字注文，不當。

〔一二〕樂府雜録　清鈔本脱「府」字。

按：此條兩段，均出《樂府雜録》。《類説》卷一六《樂府雜録》亦分作《拍板》、《張紅紅》兩段。本書當據《類説》。兹將此兩段録於下：

拍板本無譜，黄幡綽造譜，紙上畫兩耳，進曰：「俱（當作但）有耳道，即無失節奏也。」

大曆中，才人張紅紅，本與其父唱歌，丐於岐（原作其，據《四庫全書》本改）路，韋青納爲姬。嘗有樂工，撰新聲未進，先印可於青。青潛令紅紅聽於屏後，以小豆數合記其拍。歌罷，青入問之，云：「已唱得矣。」青出紿云：「某有女弟子，久（原作蚤，據伯玉翁舊鈔本改）曾唱此，非新曲也。」隔屏唱之，一拍不失（原作一座失色，據舊鈔本改）。敬宗召入宫，宫中號記曲娘子。韋青卒，紅紅奏曰：「妾本風塵丐者，致身入内，不忍忘其恩。」因一慟而絶。

《樂府雜録》原文，前節題《拍板》，後節在《歌》中，今據古典文學出版社一九五七年校點本録於下：

拍板本無譜，明皇遣黄幡綽造譜，乃於紙上畫兩耳以進，上問其故，對：「但有耳道，則無失節奏也。」

大曆中，有才人張紅紅者，本與其父歌於衢路丐食。過將軍韋青所居，在昭國坊南門裏。青於街牖中，聞其歌者喉音寥亮，仍有美色，即納爲姬。其父舍於後户，優給之。乃自傳其藝，穎悟絶倫。嘗有樂工自撰一曲，即古曲《長命西河女》也，加減其節奏，頗有新聲。未進聞，先印可於青，青潛令紅紅於屏風後聽之，紅紅乃以小豆數合記其節拍。樂工歌罷，青因入問紅紅如何，云：「已得矣。」青出紿云：「某有女弟子，久曾歌此，非新曲也。」即令隔屏風歌之，一聲不失。樂工大驚異，遂請相見，歎服不已。再云：「此曲先有一聲不穩，今已正矣。」尋達上聽，翊日召入宜春院，寵澤隆異，宫中號記曲娘子，尋爲才人。一日，内史奏韋青卒，上告紅紅，乃上前嗚咽奏云：「妾本風塵丐者，一旦老父死有所歸，致身入内，皆自韋青，妾不忍忘其恩。」乃一慟而絶。上嘉歎之，即贈昭儀也。

《青泥蓮花記》卷三《記義·張紅紅》亦引《樂府雜録》。

北宋張君房《縉紳脞説》採入此事，《碧雞漫志》卷五引曰：

《脞説》云：「張紅紅者，大曆初，隨父歌匄食。過將軍韋青所居，青納爲姬。自傳其藝，穎悟絶倫。有樂工，取古《西河長命女》，加減節奏，頗有新聲。未進間，先歌於青。青令紅紅潛聽，以小豆數合記其拍。紿云：『女弟子久歌此，非新曲也。』隔屏奏之，一聲不失。樂工大驚，請與相見，歎伏不已。兼云：『有一聲不穩，今已正矣。』尋達上聽，召入宜春院，寵澤隆異，宫中號記曲小娘子，尋爲才人。」按：此曲起開元以前，大曆間樂工加減節奏，紅紅又正一聲而已。

秦少游吊古鎛鐘〔一〕

嘉魚縣湖水涸，夜常有光。鄉人掘得古鎛鐘，施君謀獻太常〔二〕，未果，乃置〔三〕武昌庫中。會其守解秩，佐攝事見而惡之，命投於兵器之冶。秦少游乃作文吊之，曰：「嗚呼！衆方之生，謬形殊器〔四〕，或奇偶之相續，或九升〔五〕而一躓。嗚呼鎛鐘，質不呈剛。形不露奇，協律中度，渾如天資。爰有兩欒，三十六乳。厥音琅然，大小〔六〕隨叩。曷所挺之瓌偉，而偶沉於幽陋？謂貢庭〔七〕之是充，獲效鳴於金奏〔八〕。何夜光之暗投，卒按劍而莫售？嗚呼鐘乎！豈復爲〔九〕激宫流羽，以嗣其故乎？將憑化而遷，改服〔一〇〕易制，以周於用乎？豈爲錢爲鎛，以供耕稼之職乎？將爲鼎爲鼒〔一一〕，以效烹飪之功乎？豈爲浮圖老子之〔一二〕象，巍然瞻仰於緇素乎？將爲麟趾褭蹄之形〔一三〕，翕然玩於邦國乎？豈爲干〔一四〕越之劍，掃除妖氛〔一五〕於指顧之間乎？將爲百鍊之鑑，别妍醜於高堂之上乎？新故相代，必有一出，决不泯泯，草亡木卒〔一六〕。嗚呼鎛鐘，又將奚卹？出秦文

〔一〕秦少游吊古鎛鐘　原脱「古」字。據《繡谷春容》音樂類補。周校本妄補作「秦少游文吊鎛鐘」，與下條《白樂天辨華原磬》不協。清鈔本「鎛」譌作「鏄」，下同。按：《隋書·音樂志下》：「雅樂合二十器……金之屬二：一曰鎛鐘，每鐘懸一簨簴，各應律吕之音，即黄帝所命伶倫鑄十二鐘，和五音者也。」

〔二〕獻太常　「太常」原譌作「太守」，據《繡谷春容》及秦文改。周校本據秦觀《吊鎛鐘文》「獻」下補「之」字。按：太常即太常寺，唐官署，掌禮樂郊廟社稷之事，見《新唐書·百官志三》。

〔三〕置　原譌作「是」，據《繡谷春容》改。秦文作「輸」。

〔四〕之治秦少游乃作文吊之曰嗚呼衆方之生謬形殊器　以上二十一字《繡谷春容》脱。周校本「吊」上據秦文補「以」字。

〔五〕升　《繡谷春容》同。秦文（《四部備要》校刊明刊本）作「舛」，周校本據改。舛，差錯。徐培均《淮海集箋注》本（上海古籍出版社二〇一〇年版）作「升」。周校本以下所改不再出校。

〔六〕大小　秦文作「小大」。

〔七〕貢庭　秦文作「庭貢」。

〔八〕獲效鳴於金奏　「獲」原作「擭」，據《繡谷春容》及秦文改。「奏」字原校：「原鈔作殿。」《繡谷春容》作「獸」。秦文作「奏」。

〔九〕爲　《繡谷春容》無此字。秦文作「爲樂」。

〔一〇〕服　秦文作「象」。

〔一一〕爲鼎爲鼐　原作「爲鼐爲鼎」，據清鈔本及秦文改。《繡谷春容》脱「爲鼎」二字。

〔一二〕之　此字原無，據《繡谷春容》及秦文補。

〔一三〕將爲麟趾褭蹄之形　原作「豈爲麟趾鳥啼之形」，有誤，據秦文改。褭，音同「鳥」，駿馬名。《繡谷春容》作「馬」。

〔一四〕干　原譌作「千」，清鈔本作「十」，亦譌。據《繡谷春容》及秦文改。干，干將，春秋吴國鑄劍者。見東漢趙曄《吴越春秋・闔閭内傳》。

〔一五〕氛　原作「氣」，據清鈔本、《繡谷春容》及秦文改。

〔一六〕卒　清鈔本譌作「奔」。

按：此條節自秦觀《淮海集》卷三一《吊鎛鐘文》，原文曰：

嘉魚縣旁湖中，比歲大旱，水皆就涸，而夜常有光怪，赫然屬天。鄉人相與誌其處而掘之。得古鎛鐘焉。其形有兩欒，如合兩瓦面，左右九乳，總三十六牙，鼓、鉦、舞、衡、鏞、旋、斡之類，考之不與《禮》合者無幾。縣令施君識其寶，謀獻之太常。未果，乃輸武昌庫中。會其守解秩，佐攝事見而惡之，曰：「那得背時物，畜之不祥也。」亟命投於兵器之冶。嗚呼！物之不幸有如是邪？昔九江吏盗顔忠肅之碑材，寘其所述，歐陽詹聞而吊之以詞。予悲夫鎛鐘古樂之器，先王所以被功德而和人神，審音之士，至有振車鐸於空地而求之者，非若九江碑材因人而貴也。而辱於泥塗，無所自效，遇其非鑒，以觸廢毁。好古之士，焉得默默而已乎？乃作文以吊之，詞曰：嗚呼！衆方之生，謬形殊器，更首迭尾，雌雄相廢。朝爲姬姜，夕爲憔悴。或奇偶之相續，或九升而一躓。清餓和黜，刑王眇貴。生犢失明，得駿折髀。洞所遇之參差，莽循環於一氣。《傳》曰：「黄鐘毁棄，瓦缶雷鳴。」余始以爲不然，今乃信之矣。嗚呼鑄鐘，何世所爲？質不呈剛，形不露奇。協律中度，渾如天資。掩抑雖久，不見瑕疵。爰有兩欒，三十六乳。厥音琅然，小大隨叩。曷所挻之瓌偉，而偶沉於幽陋？辱泥塗之污漫，厭鱗鬣之腥臭。嗟筍虡之一辭，遽月絃之幾彀。幸陽愆而水涸，天日悦其復覩。謂庭貢之是充，獲效鳴於金奏。何夜光之暗投，卒按劍而莫售？嗚呼！赤刀大訓，天球河圖。秦璽漢劍，趙璧隋珠。犍爲之磬，汾陰之鼎，曲阜之履，天澤之弧，歷世相傳，以華國都。下至威斗錯刀，羯鼓之棬，破鏡缺符，遺簪墮珥，信無益於經綸，猶見收於好事。是鐘也，郊廟所薦，樂之紀綱，統和元氣，舞獸儀凰。令大河而更清，使左角其不芒。變化風俗，返乎羲皇。而乃廢於深淵，出而遇毁，殆藻盤之不如，矧牛鐸之敢企。此義夫志士所爲疾心而切齒也。然余聞之，陰精之純，燥氣之裔，雖從火革，其質不變，一晦一明，昔者既然，僨而復起，可無畢年。嗚呼鐘乎！今焉在乎？豈復爲樂，激宫流羽，以嗣其故乎？將憑化而遷，改象易制，以周於用乎？豈爲錢爲鎛，爲銍爲艾，以供耕稼之職乎？將爲鼎爲鼐，以效烹飪之功乎？豈爲浮圖老子之像，巍然瞻仰於緇素乎？將爲麟趾褭蹄之形，翕然觀玩於邦國乎？豈爲干越之劍，氣如虹霓，掃除妖氛於指顧之間乎？將爲百鍊之鑑，湛如止水，別妍醜於高堂之上乎？新故相代，未始云畢，紛然殊途，必有一出。決不泯泯，草亡木卒。嗚呼鑄鐘，又將奚邮？（據徐培均《淮海集箋注》，底本乃南宋乾道癸巳高郵軍學刻本）

白樂天辨華原磬

唐天寶中，始獻泗濱磬，用華原石代之。故白樂天作《華原磬》歌曰：「華原磬，華原磬，古人不聽今人聽。泗濱石，泗濱石〔一〕，今人不擊古人擊〔二〕。今人古人何不同〔三〕，用之舍之由樂工。樂工雖在耳如壁，不分清濁即爲聾。梨園弟子調律呂，知有新聲不如古〔四〕。古稱浮磬〔五〕出泗濱，立辯致死〔六〕聲感人，宮懸〔七〕一聽華原石，君心遂忘封疆臣。果然胡寇從燕起〔八〕，武臣少肯封疆死〔九〕。始知樂與時政通，豈聽〔一〇〕鏗鏘而已矣。磬襄〔一一〕入海去不歸，長安市人爲樂師。華原磬與泗濱石，清濁兩聲誰得〔一二〕知？

〔一〕泗濱石　此句原無，據《繡谷春容》音樂類及《白氏長慶集》卷三《新樂府・華原磬》補。

〔二〕今人不擊古人擊　周校本誤作「古人不擊今人擊」。

〔三〕今人古人何不同　「今人」原脱「人」字，據《繡谷春容》及白詩補。「同」清鈔本與下字「用」互倒。

〔四〕知有新聲不如古　《繡谷春容》「知」作「雖」，白詩作「知」，清鈔本譌作「如」。「如」原作「知」，據《繡谷春容》及白詩改，清鈔本脱此字。

〔五〕磬　原譌作「馨」，據《繡谷春容》及白詩改。

〔六〕立辯致死　「辯」《繡谷春容》作「辨」，白詩作「辯」。「死」字原校：「原鈔作命。」周校本一九九一年版改作「命」，誤也。

〔七〕懸　原作「縣」，古「懸」字。《繡谷春容》及白詩作「懸」，今改。

〔八〕起　清鈔本及《繡谷春容》作「趙」，白詩作「起」。

〔九〕武臣少肯封疆死　「肯」《繡谷春容》譌作「間」。「疆」原作「彊」，《繡谷春容》同。白詩作「疆」。彊，通「疆」，今改。

〔一〇〕聽　《繡谷春容》作「特」，白詩作「聽」。

〔一一〕襄　原上衍「衰」字，據《繡谷春容》及白詩删。

〔一二〕得　《繡谷春容》作「不」，白詩作「得」。

按：此條無出處，乃節自白居易《白氏長慶集》卷三《新樂府·華原磬》，原作：

華原磬，刺樂工非其人也。天寶中，始廢泗濱磬，用華原石代之。詢諸磬人，則曰：「故老云，泗濱磬下調之不能和，得華原石考之乃和，由是不改。

華原磬，華原磬，古人不聽今人聽。泗濱石，泗濱石，今人不擊古人擊。今人古人何不同，用之捨之由樂工。樂工雖在耳如壁，不分清濁即爲聾。梨園弟子調律吕，知有新聲不如古。古稱浮磬出泗濱，立辯致死聲感人。宫懸一聽華原石，君心遂忘封疆臣。果然胡寇從燕起，武臣少肯封疆死。始知樂與時政通，豈聽鏗鏘而已矣。磬襄入海去不歸，長安市人爲樂師。華原磬與泗濱石。清濁兩聲誰得知？

《新樂府》作於元和四年（八〇九）。元和二年丁亥歲劉肅撰《大唐新語》，卷一〇《釐革》言及華原磬，白詩蓋本之爲言。《新語》曰：

開元中，天下無事。玄宗聽政之後，從禽自娱。又於蓬萊宫側立教坊，以習倡優曼衍之戲。酸棗尉袁楚客，以爲天子方壯，宜節之以雅，從禽好鄭衛，將蕩上心。乃引由余、太康之議，上疏以諷，玄宗納之，遷下邽主簿，而好樂如初。自周衰，樂工師散絶。迨漢制，但紀其鏗鏘，不能言其義。晉末，中原板蕩，夏音與聲俱絶。後魏、周、齊，悉用胡樂奏西涼伎，慆心堙耳，極而不反。隋平陳，因清商而制雅樂，有名無實，五音虚懸而不能奏。國初，始採珽宫之義，備九變之節。然承衰亂之後，當時君子無能知樂。泗濱之磬，貯於太常。天寶中，乃以華原石代之。問其故，對曰：「泗濱聲下，調之不能和。得華原石考之乃和。」

因而不改。

宋初錢易《南部新書》己卷亦云：「永徽之理，有貞觀之遺風，製一《戎衣大定》樂曲。至永隆元年，太常丞李嗣真善審音律，能知興衰，云：『近者樂府有堂堂之曲，再言之者，唐祚再興之兆也。』後《霓裳羽衣》之曲，起於開元，盛於天寶之間。此時始廢泗濱磬，用華原石代之。至天寶十三載，始詔遺調法曲與胡部雜聲，識者深異之。明年果有禄山之亂。」

虜騎感劉琨胡笳

《晉書·樂志》〔一〕云：「胡笳即胡樂也。張騫入西域，傳其法於西京，惟得《摩訶兜勒》一曲。李延年因胡笳更造新聲二〔二〕十八解，乘輿以爲武樂。後二十八解不存，用者有〔三〕《出塞》、《入塞》等十曲。

晉劉琨字越石，中山魏昌人，漢中山靖王勝〔四〕之後也。琨少負志氣，有縱横之才，善交勝己，而頗浮誇。與范陽祖逖爲友，聞逖被用，與親〔五〕故書曰：「吾枕戈待旦，志梟逆〔六〕虜，常〔七〕恐祖生先吾着鞭。」其意氣相期〔八〕如此。在晉陽，嘗爲胡騎所圍數重，城中窘迫無計。琨乃乘月登樓清嘯〔九〕，賊聞之，皆悽然長嘆。中夜奏胡笳，賊皆涕流

歔欷，有懷土之切〔一〇〕。向曉復吹之，賊並棄圍而走。出《晉書》本傳

評曰：自古用兵，多用〔一一〕詭計。昔冒頓縱精兵三十餘萬騎，圍高祖於平城七日，漢兵中外不得相救。匈奴騎，西方盡白，東方盡駹〔一二〕，北方盡驪，南方盡騂。高祖用陳平計，造木偶人傀儡子爲女子，夜舞埤〔一三〕間，閼氏妬忌，望見謂是生人，慮下城之後冒頓必納，遂退軍引去。劉琨爲胡騎所圍，一時窘迫，豈減高祖平城之役？而胡笳一〔一四〕奏，賊皆流涕，其詭〔一五〕計又出陳平之上矣。

〔一〕晉書樂志　「晉書」原作「隋書」，誤。按：此出《晉書》卷二三《樂志下》，見附録。

〔二〕二　原作「一」，誤，據《繡谷春容》音樂類及《晉書》改。下同。

〔三〕有　原作「惟」，據《繡谷春容》及《晉書》改。

〔四〕漢中山靖王勝　「靖」原作「静」，據《繡谷春容》改。按：《漢書》卷五三有《中山靖王劉勝傳》。

〔五〕親　《繡谷春容》作「新」。按：《晉書》卷六二《劉琨傳》作「親」。

〔六〕逆　原謁作「迸」，據《繡谷春容》及《晉書》改。

〔七〕常　原作「嘗」，據《繡谷春容》及改。

〔八〕期　《繡谷春容》作「投」。按：《晉書》作「期」。期，合也。

〔九〕嘯　《繡谷春容》作「哨」。按：《晉書》作「嘯」。哨，同「嘯」。
〔一〇〕切　《繡谷春容》作「思」。按：《晉書》作「切」。
〔一一〕用　《繡谷春容》作「出」。
〔一二〕駹　原譌作「駝」，《繡谷春容》作「驪」。按：《史記》卷一一〇《匈奴列傳》作「駹」。《索隱》：「駹音武江反。案：青駹馬，色青。」《正義》：「鄭玄云：駹，不純也。《説文》云：面顙皆白。《爾雅》云黑馬面白也。」據改。
〔一三〕埤　《繡谷春容》作「堞」。段安節《樂府雜録·傀儡子》作「陴」，周校本據改。埤、陴、堞義同，城上矮牆。
〔一四〕一　此字原無，據《繡谷春容》補。
〔一五〕其詭　周校本删此二字，不當。

按： 本條首節節自《晉書》卷二三《樂志下》，文云：

胡角者，本以應胡笳之聲，後漸用之横吹。有雙角，即胡樂也。張博望入西域，傳其法於西京，惟得《摩訶兜勒》一曲。李延年因胡曲更造新聲二十八解，乘輿以爲武樂。後漢以給邊將，和帝時萬人將軍得用之。魏晉以來，二十八解不復具存，用者有《黄鵠》、《隴頭》、《出關》、《入關》、《出塞》、《入塞》、《折楊柳》、《黄覃子》、《赤之楊》、《望行人》十曲。

次節摘録《晉書》卷六二《劉琨傳》首尾而成：

劉琨字越石，中山魏昌人，漢中山靖王勝之後也。……琨少負志氣，有縱横之才。善交勝已，而頗浮誇。與范陽祖逖爲友，聞逖被用，與親故書曰：「吾枕戈待旦，志梟逆虜，常恐祖生先吾著鞭。」其意氣相期如此。在晉陽，嘗爲胡騎所圍數重，城中窘迫無計。琨乃乘月登樓清嘯，賊聞之，皆悽然長歎。中夜奏胡笳，賊又流涕歔欷，有懷土之切。向曉復吹之，賊並棄圍而走。

評曰云云節自《史記》卷一一〇《匈奴列傳》及段安節《樂府雜録·傀儡子》：

高帝先至平城，步兵未盡到。冒頓縱精兵四十萬騎，圍高帝於白登，七日，漢兵中外不得相救餉。匈奴騎，其西方盡白馬，東方盡青駹馬，北方盡烏驪馬，南方盡騂馬。高帝乃使使閒厚遺閼氏，閼氏乃謂冒頓曰：「兩主不相困。今得漢地，而單于終非能居之也。且漢王亦有神，單于察之。」冒頓與韓王信之將王黄、趙利期，而黄、利兵又不來，疑其與漢有謀，亦取閼氏之言，乃解圍之一角。於是高帝令士皆持滿傅矢外鄉，從解角直出，竟與大軍合，而冒頓遂引兵而去，漢亦引兵而罷，使劉敬結和親之約。

《傀儡子》，自昔傳云，起於漢祖在平城爲冒頓所圍，其城一面，即冒頓妻閼氏，兵强於三面。壘中絶食，陳平訪知閼氏妬忌，即造木偶人，運機關舞於陴間。閼氏望見，謂是生人，慮下其城，冒頓必納妓女，遂退軍。史家但云陳平以秘計免，蓋鄙其策下爾。後樂家翻爲戲，其引歌舞有郭郎者，髮正禿，善優笑，閭里呼爲郭郎，凡戲場必在俳兒之首也。

蚩尤畏黄帝鼓角

徐廣《車服儀制》曰：「角，前書所不載。或曰本出羌，欲以驚中國之馬也。」《晉書〔一〕·樂志》云：「鼓角横吹曲〔二〕。鼓，按《周禮》『以鼖鼓鼓軍事〔三〕』。」説者云，蚩尤氏師〔四〕魑魅，與黄帝戰於涿鹿，帝亦命吹角爲龍鳴以禦之。魏武征烏丸，越流沙漠，軍士思歸，於是减爲角鳴，亦悲。《隋書·樂志》云：「匏之屬有二：一曰笙，二曰〔五〕竽，並媧氏所作。笙列管十九，於匏内施簧而吹。竽大，三十六管。

〔一〕晉書　原誤作「隋書」，據《晉書》卷二三《樂志下》改，詳見附録。

〔二〕鼓角横吹曲　「曲」原誤作「笛」，據《晉書·樂志下》改。清鈔本倒作「鼓角吹横笛」。

〔三〕以鼖鼓鼓軍事　原作「以卉鼓□皷皷軍事」，據《晉書·樂志下》改。鼖，大鼓。

〔四〕師　《晉書·樂志下》作「帥」。師，通「帥」。

〔五〕曰　此字原無，據《晉書·樂志下》補。

按：此條取自三書：

《太平御覽》卷三三八《角》：「徐廣《車服儀制》曰：『角，前世書記所不載。或云本出羌胡，吹以驚中國之馬。或云本出吴越。』」

《晉書》卷二三《樂志下》：「鼓角横吹曲。鼓，按《周禮》『以鼖鼓鼓軍事』。角，説者云，蚩尤氏帥魑魅，與黄帝戰於涿鹿，帝乃始命吹角爲龍，鳴以禦之。其後魏武北征烏丸，越沙漠而軍士思歸，於是減爲中鳴，而尤更悲矣。」

《隋書》卷一五《音樂志下》：「匏之屬二：一曰笙，二曰竽，並女媧之所作也。笙列管十九，於匏内施簧而吹之。竽大，三十六管。」

王喬遇浮丘吹笙

劉向《列仙傳》云：「王子喬，周靈王太子晉也。好吹笙作鳳鳴。遇浮丘公得仙。

後語柏良〔一〕曰：『告我家，七夕待我於緱氏山。』果乘白鵠〔二〕而至。」

李太白《鳳笙歌》曰：「仙人十五愛吹笙，學得昆丘彩鳳鳴。始聞鍊氣飡金液，復道朝天赴玉京。玉京迢迢幾千里，鳳笙去去無窮已。欲嘆離聲發絳唇，更嗟別調流纖指。此時惜別詎堪聞，此地相看未忍分。重吟真曲和清吹，却奏仙歌響綠雲。綠雲紫氣向函關，訪道應尋緱氏山。莫學吹笙王子晉，一遇浮丘斷不還。」

〔一〕柏良　《列仙傳》卷上《王子喬》「柏」作「桓」，而《道藏》本作「栢」，《類説》卷三《列仙傳·吹笙作鳳鳴》同。按：《藝文類聚》卷九〇、《初學記》卷四、卷五，《太平御覽》卷三一、卷三九、卷九一六，《太平廣記》卷四等皆引作「桓」。

〔二〕鵠　《列仙傳》作「鶴」。鵠，天鵝。

按：正文所引劉向《列仙傳》，實據《類説》卷三《列仙傳·吹笙作鳳鳴》，文曰：

王子喬，周靈王太子晉也。好吹笙作鳳鳴。遇浮丘公得仙。後遇栢良曰：「告我家，七夕待我於緱氏山。」東（當作果）乘白鶴而至。

《列仙傳》卷上《王子喬》全文作：

王子喬者，周靈王太子晉也。好吹笙作鳳凰鳴。遊伊洛之間，道士浮丘公接以上嵩高山。三十餘年後，求之於山上，見栢良曰：「告我家，七月七日待我於緱氏山巔。」至時，果乘白鶴駐山頭，望之不得到。舉手謝時人，數日而去。亦立祠於緱氏山下及嵩高首焉。

《列仙傳讚》曰：「妙哉王子，神遊氣爽。笙歌伊洛，擬音鳳響。浮丘感應，接手俱上，揮策青崖，假翰獨往。」

後節引李太白《鳳笙歌》，原作《鳳笙篇》。所引係全詩，文同不録。

李太白《鳳笙歌》，《李太白集》卷五作《鳳笙篇》，文字全同。

麻奴服將軍觱篥

觱篥，或作篳〔一〕。許慎〔二〕《説文》作觱，云：「羌人所吹角屠觱，以驚馬也。」觱篥本龜茲國樂，亦曰悲篥。唐德宗朝，有尉遲青，官至將軍，善此技〔三〕。幽州有王麻奴，河北推爲第一手。或謂曰：「汝殊不知上國有尉遲將軍者，冠絶古今。」麻奴即往，定其優劣。青席地令坐，取銀字管，於平般涉〔四〕調自吹之。麻奴泣謝曰：「今日幸聞天樂，方悟前非。」乃辟樂器，自是不復吹也。《樂府雜録》

評曰：己有所長，在人更有所長。康崐崘琵琶號第一手，及見段師，撥聲如雷，妙絶入神，遂拜爲師。李牟吹笛，獨步當時，及見老父〔五〕始奏一聲，波浪摇動，遂知神遇。王麻奴豈可自恃其長，而不知有尉遲將軍者乎？出《琵琶録》

〔一〕觱篥或作篳　原作「觱篥飄或作篳」，「飄」字衍，據《繡谷春容》音樂類删。《繡谷春容》「篥」作「栗」。

〔二〕許慎　「慎」原譌作「謹」，《繡谷春容》同，今改。清鈔本「許」譌作「計」。

〔三〕善此技　周校本無此三字，乃據今本《樂府雜録・觱篥》删，不當。按：周校本所改尚多，頗乖原書，概不出校。

〔四〕平般涉　原校：「疑爲沙（按：疑當作抄）誤，或當作般涉。」原無「般」字，據《類説》卷一六《樂府雜録・銀字管》及《樂府雜録・觱篥》補。《繡谷春容》作「平步」。

〔五〕李牟吹笛獨步當時及見老父　以上十二字原脱，據《繡谷春容》補。按：李牟吹笛事見附録引《樂府雜録》。

按：所引《樂府雜録》，實取《類説》卷一六《樂府雜録·銀字管》，曰：

觱栗本龜兹國樂，亦曰悲栗。□（《四庫全書》本作「云」）德宗朝，有尉遲青，官至將軍，善此技。幽州有王麻奴，河北推爲第一手。或曰：「汝殊不知上國有尉遲將軍者，冠絶古今。」麻奴即往，定其優劣。青席地令坐，取銀字管，於平般涉調自吹之。麻奴泣謝曰：「今日幸聞天樂，方悟前非。」乃碎樂器，自此不復吹也。

《樂府雜録·觱篥》原文曰：

篳篥者，本龜兹國樂也，亦曰悲栗，有類於笳。德宗朝，有尉遲青，官至將軍。大曆中，幽州有王麻奴者，善此伎，河北推爲第一手。恃其藝，倨傲自負，戎帥外莫敢輕易請者。時有從事姓盧，不記名，臺拜入京，臨岐把酒，請吹一曲相送。麻奴偃蹇，大以爲不可。從事怒曰：「汝藝亦不足稱，殊不知上國有尉遲將軍，冠絶今古。」麻奴怒曰：「某此藝海内豈有及者耶？今即往彼，定其優劣。」不數月到京，訪尉遲青所居，在常樂坊。乃側近僦居，日夕加意吹之。尉遲每經其門，如不聞。麻奴不平，乃求謁見，閽者不納。厚賂之，方得見通。青即席地令坐，因於高般涉調中吹一曲《勒部羝曲》，曲終，汗浹其背，尉遲頷頤而已。謂曰：「何必高般涉調也？」即自取銀字管，於平般涉調吹之。麻奴涕泣愧謝曰：「邊鄙微人，偶學此藝，實謂無敵，今日幸聞天樂，方悟前非。」乃碎樂器，自是不復言音律也。（《太平御覽》卷五八四亦引《樂府雜録》，文字大同）

評中所引《琵琶録》康崑崙琵琶事，北宋晁載之《續談助》卷一摘録段安節《琵琶録》，中曰：

貞元中，有康崑崙第一手。始遇長安大旱，詔兩市祈雨。及至天門街，市人廣較勝負。及鬬聲樂，即街東有康崑崙琵琶最上，必謂街西無敵也。遂請崑崙登綵樓，彈一曲新翻羽調《録要》。即《六幺》是也。本自樂工進曲，上令録出要者。及以爲名，誤言《六幺》也。其街西亦建大綵樓，東市大誚之。及崑崙曲（原校：一本作度曲）罷，西市樓上出女郎，抱樂器，先云：「我亦彈此曲，兼移在楓香調中。」及下撥，聲如雷，其妙絶入神。崑崙即驚愕，乃拜請爲師。女郎遂更衣出見，乃僧也。蓋西市豪族賂莊嚴寺僧本善，姓段。以定西鄽之勝。翌日，德宗召入内，令陳本藝，異常佳（一本作嘉）奬。乃令教授崑崙，段師奏曰：「且請琵琶彈一調。」及彈，師曰：「本領何雜，兼帶邪聲。」崑崙曰：「段師神人也。臣少年初學藝時，偶於鄰家女巫授一品調，後乃易數師。師精鑒如此。」段師奏曰：「且遣崑崙不近樂器十餘年，忘其本態，然後可教。」詔許之。（據《十萬卷樓叢書》本）

此事《樂府雜録·琵琶》亦載，文同不録。《類説》卷一三《琵琶録·本領帶邪聲》，有所删略。

李牟吹笛事，見《樂府雜録·笛》：

笛者，羌樂也。古有《落梅花曲》。開元中，有李謨獨步於當時。後禄山亂，流落江東。越州刺史皇甫政，月夜泛鏡湖，命謨吹笛，謨為之盡妙。倏有一老父，泛小舟來聽，風骨冷秀。政異之，進而問焉。老父曰：「某少善此，今聞至音，輒來聽耳。」政即以謨笛授之。老父始奏一聲，鏡湖波浪摇動，數疊之後，笛遂中裂。即探懷中一笛，以畢其曲。政視舟下，見二龍翼舟而聽。老父曲終，以笛付謨。謨吹之，竟不能聲，即拜謝以求其法。頃刻，老父入小舟，遂失所在。（按：李牟或作李子牟、李謨、李謩，唐人頗傳其善笛事。）

盛小叢最號善歌

李訥尚書夜登越城樓，聞歌曰：「雁門山上〔一〕雁初飛。」其聲激切。公召至〔二〕，乃去籍〔三〕之妓盛小叢也。曰：「汝歌何善乎？」曰：「是梨園供奉南不嫌女甥〔四〕，所唱之音，乃不嫌授〔五〕之也。」時崔元範侍御赴闕，李公餞於鑑湖，命小叢歌餞，坐客各賦詩送之。尚書曰：「繡衣奔命去情多，南國佳〔六〕人歛翠娥。曾向教坊聽國樂，爲君重唱盛叢歌。」崔御史曰：「羊公留宴峴山亭〔七〕，洛浦高歌午夜清〔八〕。獨向栢臺爲老吏，可怜林木響餘聲。」楊判官曰：「燕趙能歌有幾人，落花回雪似含嚬。聲隨御史西歸去，誰伴文翁過九春〔九〕？」封察判〔一〇〕曰：「蓮府纔爲緑水賓〔一一〕，忽乘驄馬入咸秦。爲公〔一二〕唱作《西河》調，日暮偏傷去住人。」盧支使〔一三〕曰：「何郎戴豸別賢侯，更吐歌珠宴庾樓。莫道江南不同醉，即陪舟楫〔一四〕上京遊。出《古今詩話》

〔一〕上　《繡谷春容》音樂類作「下」。按：《詩話總龜》前集卷四一送別門引《古今詩話》及《雲谿友議》卷上《餞歌序》作「上」。

〔二〕公召至　「至」字原無，據《詩話總龜》補。《繡谷春容》及《雲谿友議》無「公」字。

〔三〕藉　《繡谷春容》及《詩話總龜》作「籍」。藉，通「籍」。

〔四〕是梨園供奉南不嫌女甥　「梨」原作「黎」，據《繡谷春容》及《雲谿友議》改。《詩話總龜》作「梁」，疑誤。按：梨園乃唐玄宗時教習宮廷藝人之所。梁園乃西漢梁孝王東苑。「南」原譌作「曲」，據《繡谷春容》及《詩話總龜》改。

〔五〕授　《繡谷春容》作「教」。《詩話總龜》及《雲谿友議》作「授」。

〔六〕佳　《繡谷春容》譌作「仕」。

〔七〕羊公留宴峴山亭　「羊」原作「楊」，《繡谷春容》同。《雲谿友議》亦作「楊」。《詩話總龜》及《唐詩紀事》卷五九《崔元範》作「羊」。按：此用西晉羊祜典。《晉書》卷三四《羊祜傳》載，晉初羊祜爲征南大將軍，駐襄陽。祜樂山水，每風景必造峴山，置酒言詠，終日不倦。卒後百姓於峴山祜游憩之所建碑立廟，歲時饗祭。望其碑者莫不流涕，杜預因名爲墮淚碑。今改。

〔八〕午夜清　《雲谿友議》及《唐詩紀事》卷五九《崔元範》作「五夜情」，周校本據改。《詩話總龜》作「午夜清」。

〔九〕誰伴文翁過九春　「文」原譌作「友」，據《繡谷春容》及《雲谿友議》、《詩話總龜》改。「過」《雲谿友議》及《唐詩紀事》卷五九《楊知至》作「怨」，周校本據改。按：文翁，《漢書》卷八九《循吏傳》有傳。

〔一〇〕封察判　原譌作「封察封」，據《繡谷春容》改。察判，即觀察使判官。《雲谿友議》作「觀察判官封彦冲」，《詩話總龜》作「彦升」，《唐詩紀事》卷五九作「封彦卿」，稱其爲浙東觀察判官。

〔一一〕蓮府纔爲緑水賓　「水」原譌作「衣」，據清鈔本、《繡谷春容》、《詩話總龜》及《雲谿友議》、《唐詩紀事》改。《雲谿友議》及《唐詩紀事》下有小字注：「庾杲之在王儉府，似芙蓉泛緑水，故有此句。」

〔一二〕公　周校本據《雲谿友議》、《唐詩紀事》改作「君」。

〔一三〕盧支使　《詩話總龜》作「盧業支使」，《雲谿友議》作「觀察支使盧鄴」，《唐詩紀事》卷五九作「盧鄴」。周校本改作「盧觀察使」，頗謬。支使乃節度使、觀察使屬官。《唐詩紀事》原作「爲浙東觀察使」，上海古籍出版社點校本據《全唐詩》補「副」字，乃副使也。

〔一四〕陪舟楫　「陪」清鈔本譌作「倍」。「楫」原譌作「揖」，據《繡谷春容》及《雲谿友議》、《詩話總龜》、《唐詩紀事》改。

按：此條出自《古今詩話》。《詩話總龜》前集卷四一送別門引《古今詩話》文詳，郭紹虞《宋詩話輯佚》卷上輯入《古今詩話》第三二八條，題《盛小叢》。《詩總》云：

李訥尚書夜登越城樓，聞歌曰：「鴈門山上鴈初飛。」其聲激切。公召至，乃去籍之妓盛小叢也。梁園供奉南不嫌女甥所唱者，乃不嫌昔所授也。崔元範自幕府拜侍御史，餞於鑑湖光侯亭，命小叢歌餞，坐客各賦詩送之。李尚書曰：「綉衣奔命去情多，南國佳人斂翠娥。曾向教坊聽國樂，爲公重唱盛叢歌。」崔御史曰：「羊公留宴峴山亭，洛浦高歌午夜清。獨向柏臺爲老吏，可憐林木響餘聲。」楊判官曰：「燕趙能歌有幾人，落花回雪似含嚬。聲隨御史西歸去，誰伴文翁過九春？」彦升曰：「蓮府纔爲緑水賓，忽乘驄馬入咸秦。爲公唱作《西河》調，日暮偏傷去住人。」盧業支使曰：「何郎戴豸別賢侯，更吐歌珠宴庾樓。莫道江南不同醉，即陪舟楫上京游。」舉子高湘曰：「謝安春渚餞名卿，千里仁風一扇清。歌黛慘時方酩酊，不知公子重飛觥。」盧溵處士曰：「烏臺上客紫髯公，共捧天書靜鑑中。桃葉不須歌《白苧》，耶溪日暮起樵風。」崔下句云「獨向柏臺爲老吏」，皆曰：「御史即其任也，何老於柏臺？」衆請改之，崔曰：「某但止於此任，寧望九遷乎？」是年秋，鞫獄譙中而卒，是終於柏臺之任也。

此事原載於《雲谿友議》卷上《餞歌序》，文曰：

李尚書訥夜登越城樓，聞歌曰：「鴈門山上鴈初飛。」其聲激切。召至，曰：「去籍之妓盛小藂也。」曰：「汝歌何善乎？」曰：「小藂是梨園供奉南不嫌女甥也，所唱之音，乃不嫌之授也。今色將衰，歌當廢矣。」時察院崔侍御元範自府幕而拜，即赴闕庭，李公連夕餞崔君於鏡湖光候亭，屢命小藂歌餞，在座各爲一絶句贈送之。亞相爲首唱矣，崔下句云「獨向柏臺爲老吏」，皆曰：「侍御鳳閣中書，即其程也，何以老於柏臺？」衆請改之。崔讓曰：「某但止於此任，寧望九遷乎？」是年秋，崔君鞫獄於譙中，乃終於柏臺之任矣。楊、封、盧、高數篇，亦其次也。《聽盛小叢歌送崔侍御浙東》，廉使李訥：「繡衣奔命去情多，南國佳人斂翠蛾。曾向教坊聽國樂，爲君重唱盛叢歌。」奉和亞台御史崔元範：「楊公留宴峴山亭，洛浦高歌五夜情。獨向柏臺爲老吏，可憐林木響餘聲。」團練判官楊知至：「燕趙能歌有幾人，落花廻雪似含嚬。聲隨御史西歸去，誰伴文翁怨九春？」觀察判官封彦冲：「蓮府纔爲緑水賓（原注：庾杲之在王儉府，似芙蓉泛緑水，故有此句），忽乘駿馬入咸秦。爲君唱作《西河》調，日暮偏傷去住人。」觀察支使盧鄴：「何郎戴豸别賢侯，更吐歌珠宴庾樓。莫道江南不同醉，即陪舟檝上京遊。」前進士高湘：「謝安春渚餞袁宏，千里仁風一扇清。歌黛慘時方酩酊，不知公子重飛觥。」處士盧溵：「烏臺上客紫髯公，共捧天書静鏡中。桃葉不須歌《白苧》，耶溪暮雨起樵風。」

永新娘最號善唱〔一〕

唐開元中，内人許子和〔二〕，永新縣樂伶〔三〕女也。入宫，因名永新。能變新聲。高秋明月，喉囀〔四〕一聲，響傳九陌。一日，大酺於勤政樓，萬衆〔五〕喧譁，莫得聞魚龍百戲之音。永新乃撩鬢舉袂，狂奏曼聲〔六〕，廣場寂寂〔七〕，若無一人。漁陽之亂，六宫星散，永新爲一士人所得。韋青避地廣陵，月夜凭闌，聞舟中唱《水調》者，曰：「此永新娘歌也。」登舟省之，相與對泣。後士人卒，遂落風塵。臨卒，謂其母曰：「阿母錢樹子倒矣。」《樂府雜録》

〔一〕永新娘最號善唱　「唱」原作「歌」，與上條《盛小叢最號善歌》重，據《繡谷春容》音樂類改。

〔二〕内人許子和　《類説》卷一六《樂府雜録・永新歌》同。《樂府雜録・歌》作「内人有許和子者」，周校本據改。按：周校本所改以下不再出校。

〔三〕伶　此字原無，據《繡谷春容》補。《類説》及《樂府雜録》作「家」。

〔四〕囀　《繡谷春容》及《類説》作「轉」，《樂府雜録》作「囀」。

〔五〕衆　原作「種」，據《繡谷春容》及《類説》、《樂府雜録》改。

〔六〕狂奏曼聲　「狂」《類説》及《樂府雜録》作「直」。「曼」原作「漫」，據《繡谷春容》及《類説》、《樂府雜録》改。

〔七〕寂寂　原作「寂寞」，據《繡谷春容》及《類説》、《樂府雜録》改。

按：此條取自《類説》卷一六《樂府雜録·永新歌》，文字幾同：

開元中，有（原空闕，據《四庫全書》本補），内人許子和，吉州永新縣樂家女也。入宫，因號永新。能變新聲。高秋朗月，喉囀一聲，響傳九陌。一日，大酺於勤政樓，萬衆諠譁，莫得聞魚龍百戲之音。永新乃撩鬢舉袂，直奏曼聲，廣場寂寂，若無一人。漁陽之亂，六宫（原譌作「軍」，據舊鈔本改）星散，永新爲一士人所得。韋青避地廣陵，月夜凭欄，聞舟中唱《水調》聲者，曰：「此永新歌也。」登舟省之，相與對泣。後士人卒，遂落風塵。臨卒，謂其母曰：「阿母錢樹子倒矣。」

原文見《樂府雜録·歌》：

開元中，内人有許和子者，本吉州永新縣樂家女也。開元末，選入宫，即以永新名之，籍於宜春院。既美且慧，善歌，能變新聲。韓娥、李延年殁後千餘載，曠無其人，至永新始繼其能。遇高秋朗月，臺殿清虚，喉囀一聲，響傳九陌。明皇嘗獨召李謨吹笛，逐其歌，曲終管裂，其妙如此。又一日，賜大酺於勤政樓，觀者數千萬衆，諠譁聚語，莫得聞魚龍百戲之音。上怒，欲罷宴。中官高力士奏請命永新出樓歌一曲，必可止諠，上從之，永新乃撩鬢舉袂，直奏曼聲，至是廣場寂寂，若無一人。喜者聞之氣勇，愁者聞之腸絕。洎漁陽之亂，六宫星散，永新爲一士人所得。韋青避地廣陵，因月夜憑闌於小河之上。忽聞舟中奏《水調》者，曰：「此永新歌也。」乃登舟，與永新對泣久之。青始亦晦其事。後士人卒，與其母之京師，竟殁於風塵。及卒，謂其母曰：「阿母錢樹子倒矣。」

《開元天寶遺事》卷下《天寶下·歌直千金》亦載永新事，云：「宫妓永新者善歌，最受明皇寵愛。每對御奏歌，絲竹之聲莫能遏。帝嘗謂左右曰：『此女歌直千金。』」

韓娥有繞梁之聲〔一〕

薛談學謳於秦青，未窮青之技〔二〕，自謂及之，遂辭去歸〔三〕。秦青弗止，餞於郊衢，撫節悲歌，聲振林木，響遏行雲。薛談謝求返〔四〕，終身不敢言歸。秦青顧謂其友曰：「昔韓娥東之〔五〕齊，匱粮，過雍門，鬻歌假食。既去而響繞〔六〕梁，三日不絕，左右以其人不去。過逆旅，逆旅人辱之。韓娥因曼聲哀哭，一里老幼，悲愁涕泣，三日不食，遽追而謝之。娥復曼聲長歌，一里老幼，喜懽抃〔七〕舞，不能自禁，乃厚賂而遣之。故雍門之人至今善歌善哭，效娥之遺聲也。出《博物志》

〔一〕韓娥有繞梁之聲　《繡谷春容》音樂類「聲」作「音」，與下條《秦青有遏雲之音》字重。

〔二〕技　清鈔本譌作「枝」。

〔三〕遂辭去歸辭　清鈔本「辭」譌作「亂」。周校本據《博物志》卷八《史補》删「去」字。

〔四〕薛談謝求返　「談」《繡谷春容》譌作「琰」。「求」清鈔本譌作「永」。

〔五〕之　周校本作「至」。按：《博物志》作「之」。

〔六〕繞　清鈔本譌作「統」。

〔七〕抃　《繡谷春容》作「忭」。按：《博物志》作「抃」，《四庫全書》本作「忭」，周校本改作「忭」。忭，高興。抃，拍手。

按：此條出《博物志》，西晉張華撰，見卷八《史補》：

薛譚學謳於秦青，未窮青之旨，於一日遂辭歸。秦青乃餞於郊衢，撫節悲歌，聲震林木，響遏行雲。薛譚乃謝求返，終身不敢言歸。秦青顧謂其友曰：「昔韓娥東之齊，匱糧，過雍門，鬻歌假食而去。餘響遶梁，三日不絕，左右以其人弗去。過逆旅，凡人辱之，韓娥因曼聲哀哭，一里老幼，悲愁垂淚相對。復爲曼聲長歌（以上十六字遽《稗海》本補），一里老幼，喜歡抃舞，弗能自禁，乃厚賂而遣之。故雍門人至今善歌哭，效娥之遺聲也。（據范寧《博物志校證》，底本爲康熙戊申汪士漢校刻《秘書二十一種》本。）

此事原出《列子・湯問篇》，晉張湛注。云：

薛譚學謳於秦青（注：二人竝秦國之善歌者），未窮青之技，自謂盡之，遂辭歸。秦青弗止，餞於郊衢，撫節悲歌，聲振林木，響遏行雲。薛譚乃謝求反，終身不敢言歸。秦青顧謂其友曰：「昔韓娥（注：韓國善歌者也）東之齊，匱糧，過雍門，鬻歌假食。既去，而餘音繞梁欐，三日不絶，左右以其人弗去。過逆旅，逆旅人辱之，韓娥因曼聲哀哭，一里（一本作十里）老幼，悲愁垂涕相對，三日不食。遽而追之，娥還，復爲曼聲長歌，一里老幼，喜躍抃舞，弗能自禁，忘向之悲也。乃厚賂發之（注：發猶遣也）。故雍門之人，至今善歌哭，放娥之遺聲。

西漢劉安《淮南子・氾論訓》亦言及「韓娥、秦青、薛談之謳」。此後記之尚多。《宋書》卷一九《樂志一》：

周衰，有秦青者善謳，而薛談學謳於秦青，未窮青之伎而辭歸。青餞之於郊，乃撫節悲歌，聲震林木，響遏行雲。薛談遂留不去，以卒其業。又有韓娥者，東之齊，至雍門，匱糧，乃鬻歌假食。既而去，餘響繞梁，三日不絕，左右謂其人不去也。過逆旅，逆旅人辱之，韓娥因曼聲哀哭，一里老幼，悲愁垂涕相對，三日不食。遽而追之，韓娥還，復爲曼聲長哥，一里老幼，喜躍抃舞，不能自禁，忘向之悲也。乃厚賂遣之。故雍門之人善哥哭，效韓娥之遺聲。

梁蕭繹《金樓子》卷五《志怪篇》：

秦青謂友人曰：「韓娥東之齊，至雍門，鬻歌。既去而餘響繞梁，三日不絕。過逆旅，人辱之，娥因舉聲哀哭。一哭老少悲愁，三日不食。娥復舉聲長歌，一里抃舞，不能自禁，乃厚賂發之。雍門人至今善歌。

唐沈亞之《沈下賢文集》卷五《歌者葉記》亦採此事，而誤薛談爲韓娥，云：「昔者秦青之子弟韓娥，從學久之，以爲能盡青之妙也，即辭去。青送之，將訣，且歌一歌，而林籟蕩，再歌，則行雲不流矣。娥心乃衰。然則韓娥亦能使逶迤之聲，環梁而凝塵奮飛，微舞上下者，三日不止。」

秦青有遏雲之音

沈存中《筆談》云：「古之善歌，聲中無〔一〕字，字中有聲。凡〔二〕曲止是一聲清濁高下如縈縷〔三〕耳，字則有喉唇齒舌等音不同。當使字字輕圓，悉入聲中，令轉换處無磊塊，此謂『聲中無字』。古人謂之『貫珠』，今人謂之『善過度』也。」若韓娥、秦青者，乃昔之善歌人乎？

〔一〕無　原作「有」，誤，據下文及沈括《夢溪筆談》卷五《樂律一》改。

〔二〕凡　原譌作「幾」，據清鈔本及《夢溪筆談》改。

〔三〕縷　原作「縷縷」，據《夢溪筆談》删一字。

按：此條實是上條之附録，標目《秦青有遏雲之音》亦就上條而言，而與《韓娥有繞梁之聲》爲對。

所引沈存中（沈括字）《筆談》係節文，原見《夢溪筆談》卷五《樂律一》：

古之善歌者有語，謂當使「聲中無字，字中有聲」。凡曲止是一聲清濁高下如縈縷耳，字則有喉唇齒舌等音不同。當使字字舉本皆輕圓，悉融入聲中，令轉换處無磊魂，此謂「聲中無字」。古人謂之「如貫珠」，今謂之「善過度」是也。如宫聲字，而曲合用商聲，則能轉宫爲商歌之，此「字中有聲」也。善歌者謂之「内裹聲」。不善歌者，聲無抑揚，謂之「念曲」；

聲無含韞，謂之「叫曲」。

楊貴妃舞霓裳曲

唐明皇天寶四載，册太真宫女道士楊氏爲貴妃。進見之日，奏《霓裳羽衣曲〔一〕》。玄宗宴諸王于木蘭殿，時木蘭花發，皇情不悦。妃醉中舞《霓裳羽衣》一曲，天顔大悦，方知迴雪流風，可以迴天轉地。一日，上在便殿，因覽《漢成帝内傳》。妃子後至，以手整上衣領，曰：「看何文書？」上笑曰：「乃是漢成帝獲飛燕，身輕欲不勝風。恐其飄翥，爲造水晶盤，令宫人掌之而歌舞。」上又曰：「爾則任吹多少。」蓋妃微有肌也，故以此語戲妃。妃曰：「《霓裳羽衣》一曲，可掩前古。」上曰：「我纔弄，爾便欲嗔乎〔二〕？」劉禹錫詩〔三〕云：「開元天子萬事足，惟恨〔四〕當時光景促。三鄉陌上望仙山〔五〕，歸作《霓裳羽衣曲》。仙心從此在瑶池，三清八景相追隨。」云云〔六〕。按《逸史》云：「天寶初，中秋時〔七〕夜，羅公遠曰：『陛下能從臣月中遊乎？』取桂枝擲空，爲大橋，色如〔八〕白金。上行至月宫，仙女數百，素衣飄然，舞於廣庭。上問何曲，曰：『《霓裳羽衣》也〔九〕。』」出《楊妃外傳》

《樂府雜録》云：「舞者，樂之容〔一〇〕。有大垂手、小垂手，或象驚鴻，或如飛燕。婆娑，舞態也。曼延，舞綴也。有健舞、軟舞、字舞、花舞、馬舞、衣舞〔一一〕。曲有《緑腰》、《蘇合〔一二〕香》、《屈柘胡〔一三〕》、《渭州》、《團乳旋〔一四〕》、《甘州》等。字舞以舞人亞身於地，布成〔一五〕字也。花舞着彩〔一六〕衣，偃身合成花也。馬舞者，攏〔一七〕馬人着彩衣，執鞭於牀上舞蹀躞〔一八〕，蹄皆應節奏也。又舞有骨塵舞、胡旋舞，俱於小圓毬子上縱横騰踏，兩足不離毬上〔一九〕。」

〔一〕曲　原譌作「由」，據《類説》卷一《楊妃外傳・霓裳羽衣曲》及樂史《楊太真外傳》改。按：開首至此，《繡谷春容》妙舞類無。

〔二〕「玄宗宴諸王于木蘭殿」至此　按：以上文字原無，《繡谷春容》有，姑據補。

〔三〕詩　此字原無，據《繡谷春容》補。

〔四〕恨　周校本據《楊太真外傳》改作「惜」。《類説》亦作「惜」。

〔五〕三鄉陌上望仙山　「鄉」原譌「卿」，據《楊太真外傳》及《類説》改。按：三鄉，地名，在洛陽西南福昌縣西南洛水北岸，設驛，隔水可南望女几山。女几山，相傳陳市酒婦女几隨仙人於此山成仙，故名，見《列仙傳》卷下及《太平廣記》卷五九引《女仙傳》。「仙山」即指女几山。《楊太真外傳》注：「《霓裳羽衣曲》者，是玄宗登三鄉驛，望女几山所作也。」

〔六〕仙心從此在瑶池三清八景相追隨云云　以上十六字《繡谷春容》無，

〔七〕時　《繡谷春容》無此字。

〔八〕如　此字下原空闕一字，《繡谷春容》、《類説》均不闕。

〔九〕按：「按《逸史》」云云，《繡谷春容》低兩格，小字附録，而前文「劉禹錫詩」云云在正文中。《類説》前文「劉禹錫詩」前有「注」字，接排「按《逸史》云」，自亦爲注文，與《楊太真外傳》同。今仍排爲正文。末節《樂府雜録》云云乃附録，低兩格排列。

〔一〇〕容　清鈔本譌作「客」。

〔一一〕衣舞　《樂府雜録·舞工》及《類説》卷一六《樂府雜録·舞》無此項。

〔一二〕合　《類説》作「谷」。

〔一三〕屈柘胡　《樂府雜録》作「屈拓」，《類説》作「掘柘胡」。周校本「胡」字與下文「渭州」相連，誤。

〔一四〕團乳旋　《樂府雜録》作「團圓旋」，周校本據改。

〔一五〕成　清鈔本譌作「城」。

〔一六〕彩　《樂府雜録》作「緑」，周校本據改。《類説》天啓刊本亦作「緑」，嘉靖伯玉翁舊鈔本作「綵」，下同。

〔一七〕攏　原作「擺」，據《類説》改。《樂府雜録》作「櫳」，周校本據改。

〔一八〕執鞭於牀上舞蹀躞　「牀」原譌作「體」，據《樂府雜録》及《類説》改。「蹀」字原脱，據《樂府雜録》及《類説》補。

〔一九〕兩足不離毬上　「兩」原作「而上」，據《樂府雜録・俳優》及《類説》卷一六《樂府雜録・胡旋舞》改。

按：末節《樂府雜録》云云《繡谷春容》無。

按：此條所引《楊妃外傳》三事，其第一事及《逸史》云云，蓋取《類説》卷一《楊妃外傳》之《霓裳羽衣曲》，其文云：

天寶四載，册太真宫女道士楊氏爲貴妃。進見之日，奏《霓裳羽衣曲》。注：劉禹錫詩云：「開元天子萬事足，惟惜當時光景促。三鄉陌上望仙山，歸作《霓裳羽衣曲》。仙心從此在瑶池，三清八景相追隨。天上忽乘白雲去，世間空有秋風詞。」按《逸史》云：「天寶初中秋，羅公遠曰：『陛下能從臣月中遊乎？』取桂枝擲空，爲大橋，色如白金。上行至月宫，女仙數百，素衣飄然，舞於廣廷。上問何曲，曰：『《霓裳羽衣》也。』」

第二事《類説》未有，第三事《類説》文略，云：

上覽《漢武内傳》（即《漢成帝内傳》），時妃後至，以手整上衣領，曰：「看何文書？」上笑曰：「莫問，知則又須人覓去。」乃飛燕身輕，爲造水精盤，令宫人掌上歌舞。又作七寶避風臺。上曰：「爾則任風吹多少。」蓋妃子微有肌故也。妃子曰：「《霓裳》一曲，可掩前古。」

此三事《楊太真外傳》均詳，今引録於下：

楊貴妃，小字玉環，弘農華陰人也。後徙居蒲州永樂之獨頭村。高祖令本，金州刺史。父玄琰，蜀州司户。貴妃生於蜀。嘗誤墜池中，後人呼爲落妃池，池在導江縣前。亦如王昭君生於峡州，今有昭君村；緑珠生於白州，今有緑珠江。妃早孤，養於叔父河南府士曹玄璬家。開元二十二年十一月，歸於壽邸。二十八年十月，玄宗幸温泉宫，自天寶六載十月復改爲華清宫。使高力士取楊氏女於壽邸，度爲女道士，號太真，住内太真宫。天寶四載七月，册左衛中郎將韋昭訓女配壽邸。是月，於鳳凰園册太真宫女道士楊氏爲貴妃，半后服用。進見之日，奏《霓裳羽衣曲》。《霓裳羽衣曲》者，是玄宗登三鄉驛，望女几山所作也。故劉禹錫有詩云《伏覩玄宗皇帝望女几山詩小臣斐然有感》：「開元天子萬事足，惟惜當時光景促。三鄉驛上望仙山，歸作《霓裳羽衣曲》。仙心從此在瑶池，三清八景相追隨。天上忽乘白雲去，世間空有秋風詞。」又《逸史》云：「羅公遠天寶初侍玄宗，八月十五日夜，宫中翫月，曰：『陛下能從臣月中游乎？』乃取一枝桂，向空擲之，化爲一橋，其色如銀。請上同登，約行數十里，遂至大城闕。公遠曰：『此月宫也。』有仙女數百，素練寬衣，舞於廣庭。上前問曰：『此何曲也？』曰：『《霓裳羽衣》也。』上密記其聲調，遂回橋，却顧，隨步而滅。旦諭伶官，象其聲調，作《霓裳羽衣曲》。」以二説不同，乃備録於此。

上又宴諸王于木蘭殿，時木蘭花發，皇情不悦。妃醉中舞《霓裳羽衣》一曲，天顔大悦，方知迴雪流風，可以迴天轉地。

上在百花院便殿，因覽《漢成帝内傳》，時妃子後至，以手整上衣領，曰：「看何文書？」上笑曰：「莫問，知則又殢人。」覓去，乃是：「漢成帝獲飛鷰，身輕欲不勝風。恐其飄翥，帝爲造水晶盤，令宫人掌之而歌舞。又製七寶避風臺，間以諸香，安於上，恐其四肢不禁也。」上又曰：「爾則任吹多少。」蓋妃微有肌也，故上有此語戲妃。妃曰：「《霓裳羽衣》一曲，可掩前古。」上曰：「我纔弄，爾便欲嗔乎？……」

末節引《樂府雜録》，亦本《類説》卷六《樂府雜録·舞》及《胡旋舞》：

舞者，樂之容。有大垂手、小垂手，或像驚鴻，或如飛燕。婆娑，舞態也。曼延，舞綴也。有健舞、軟舞、字舞、花舞、馬舞。舞曲有《緑腰》（嘉靖伯玉翁舊鈔本下有即《録要》三字）、《蘇谷香》、《掘柘胡》、《渭州》、《團乳旋》、《甘州》等。字舞以舞人亞身于地，布成字也。花舞着緑（舊鈔本作「綵」，下同）衣，偃身合成花也。馬舞者，攏馬人着緑（綵）衣，執鞭於牀上舞蹀躞，皆應節奏也。

舞有骨塵舞、胡旋舞，俱於小團（舊鈔本作「圓」）毬子上縱横騰踏，兩足不離毬上。

此兩段原文見《樂府雜録》之《舞工》及《俳優》：

舞者，樂之容也。有大垂手、小垂手，或如驚鴻，或如飛燕。婆娑，舞態也。蔓延，舞綴也。古之能者，不可勝記。即有健舞、軟舞、字舞、花舞、馬舞。健舞曲有《稜大》、《阿連》、《柘枝》、《劍器》、《胡旋》、《胡騰》，軟舞曲有《涼州》、《緑腰》、《蘇合香》、《屈拓》、《團圓旋》、《甘州》等。字舞以舞人亞身於地，布成字也。花舞著緑衣，偃身合成花字也。馬舞者，櫳馬人著綵衣，執鞭於牀上舞蹀躞，蹄皆應節奏也。開元中，有公孫大娘善舞劍器，僧懷素見之，草書遂長，蓋準其頓挫之勢也。

舞有骨鹿舞、胡旋舞，俱於一小圓毬子上舞，縱橫騰踏，兩足終不離於毬子上，其妙如此也。

蜀宮妓舞摇頭令〔一〕

蜀後主自裹小巾，宮妓多衣道服，簪蓮花冠。每侍宴酣醉，則免冠髽〔二〕髻，別爲一家之美〔三〕。因施脂粉夾蓮額〔四〕，號曰醉粧。國人哄歌云〔五〕：「這邊走，那邊走，只是尋花柳。那邊走〔六〕，這邊走，莫厭金樽酒。」又，嬖佞韓昭、顧珦、潘迎等爲狎客，競〔七〕扠手摇頭令。唐師入境，遏其報而遊幸，師至利州〔八〕方知。將士忿〔九〕然曰：「且打扠手摇頭令。」周宣帝歌曰〔一〇〕：「自知身命促，把燭夜間〔一一〕遊。」令宮女聯臂踏歌〔一二〕。出《瑣言》〔一三〕

〔一〕蜀宫妓舞摇頭令　「宫」原譌作「官」，《書舶庸譚》同，據《繡谷春容》妙舞類改。

〔二〕髻　原譌作「髽」，據《繡谷春容》改。

〔三〕每侍宴酣醉則免冠髻别爲一家之美　以上三句周校本一九九一年版删去，蓋因《類説》卷四三《北夢瑣言》無，頗謬。

〔四〕因施胭脂粉夾蓮額　《類説》作「因施胭脂夾臉」，周校本據改「蓮」爲「臉」。

〔五〕國人咲歌云　《繡谷春容》無「咲」字。按：周校本一九五七年版校：「《北夢瑣言》作『衍作醉粧詞云』。」此語不見於《類説》，乃見清徐釚《詞苑叢談》卷六或鄭方坤《五代詩話》卷一。

〔六〕走　清鈔本脱此字。

〔七〕競　原譌作「兢」，據《繡谷春容》改。

〔八〕利州　「利」原譌作「和」，據清鈔本、《繡谷春容》改。按：《舊五代史》卷三三《唐書·莊宗紀七》：「時王衍將幸秦州，以其軍五萬屯于利州，聞我師至，遣步騎三萬逆戰于三泉。延孝與李嚴以勁騎三千擊之，蜀軍大敗，斬首五千級，餘衆奔潰。王衍聞敗，自利州奔歸成都。」

〔九〕忿　原作「紛」，據《繡谷春容》改。

〔一〇〕周宣帝歌曰　周校一九五七本作「衍念周宣帝歌曰」，校：「『衍念』二字據《北夢瑣言》補。」按：此見《五代詩話》引《北夢瑣言》。

〔一一〕間　《詩話總龜》前集卷二二宴遊門引《北夢瑣言》及《五代詩話》作「行」，周校本據改。

〔一二〕聯臂踏歌　《繡谷春容》、《詩話總龜》「聯」作「連」。《詩話總龜》「踏歌」作「踏脚而歌」，周校本據改。

〔一三〕瑣言　原譌作「瓚言」，今改。乃《北夢瑣言》省稱。

按：孫光憲《北夢瑣言》今本（二十卷）無此條，亦不見於《太平廣記》所引佚文。前事見《類説》卷四三《北夢瑣言·這邊走那邊走》，云：

蜀後主裹小巾，其尖如錐。宮妓多衣道服，簪以蓮花冠，因施胭脂夾臉，號醉粧。作詞云：「這邊走，那邊走，只是尋花柳。那邊走，這邊走，莫厭金盃酒。」

後事見《詩話總龜》前集卷二二宴遊門引《北夢瑣言》。周校本據明鈔本及繆荃孫亦補入前事。云：

蜀後主自裹小巾，卿士皆同之。宮妓多衣道服，簪蓮花冠。每侍燕酣醉，則容其同輩免冠，髽然其髻，别爲一家之美。因施胭脂，粉頰蓮額，號曰醉粧，國人效之。又作歌詞云：「這邊走，那邊走，只是尋花柳。那邊走，這邊走，莫厭金樽酒。」又嬖佞韓昭、顧珣、潘迎等爲狎客，競扠手摇頭令。唐師入境，遏其報而遊幸。師至利州方知，將士紛然曰：「且打扠手摇頭令（原譌作念）。」周宣帝作歌曰：「自知身命促，把燭夜行遊。」令宫女連臂踏脚而歌，亦前歌之類。

韋中丞女舞柘枝

李八座翺，潭州席上有舞《柘枝》者，匪疾而顏色悽〔一〕怛。殷侍御堯藩當筵贈詩曰：「姑蘇太守青娥女，流落長沙舞《柘枝》。滿座綉衣皆不識，可憐紅粉〔二〕淚雙垂。」因問之，乃蘇州韋中丞愛姬所生女也〔三〕。曰：「妾以昆弟夭喪，無以從人，委身於樂部，恥辱先人。」言訖涕咽，情不能堪。亞相爲之吁嘆，且曰：「吾與韋〔四〕族，其媚舊矣。」速命更其舞衣，遂於賓榻中選士嫁之。舒侍郎元輿聞之，自京馳詩贈李公曰：「湘江舞罷忽成悲，便脱蠻靴出絳幃。誰是蔡邕琴酒客？魏公懷舊嫁文姬。」出《雲谿友議》

〔一〕悽　《繡谷春容》妙舞類作「慘」。

〔二〕粉　《雲谿友議》卷上《舞娥異》作「臉」，周校本據改。

〔三〕女也　《繡谷春容》無此二字。

〔四〕韋　清鈔本譌作「幸」。

按：此條節自《雲谿友議》卷上《舞娥異》，原文云：

李八座翺，潭州席上有舞《柘枝》者，匪疾而顔色憂悴。殷堯藩侍御當筵而贈詩曰：「姑蘇太守青蛾女，流落長沙舞《柘枝》。滿座繡衣皆不識，可憐紅臉淚雙垂。」明府詰其事，乃故蘇臺韋中丞愛姬所生之女也。夏卿之胤，正卿之姪。曰：「妾以昆弟夭喪，無以從人，委身於樂部，恥辱先人。」言訖涕咽，情不能堪。亞相爲之吁嘆，且曰：「吾與韋族，其姻舊矣。」速命更其舞服，飾以袿襦，延與韓夫人相見。夫人吏部之子。顧其言語清楚，宛有冠蓋風儀。撫念如其所賸，遂於賓榻中選士而嫁之也。舒元輿侍郎聞之，自京馳詩贈李公曰：「湘江舞罷忽成悲，便脱蠻靴出絳幃。誰是蔡邕琴酒客？魏公懷舊嫁文姬。」

文中蘇州韋中丞，即韋夏卿，《舊唐書》卷一六五、《新唐書》卷一六二有傳。夏卿字雲客，京兆萬年人。大曆中與弟正卿同舉賢良方正，皆策高等。曾爲常州及蘇州刺史、吏部侍郎、京兆尹、太子賓客、檢校工部尚書、東都留守，遷太子少保。卒贈尚書左僕射。

康居國女舞胡旋

唐天寶末，康居國獻胡旋女，白樂天作歌曰：「胡旋女，胡旋女〔一〕，心應絃，手應鼓。絃歌一聲雙袖舉〔二〕，回雪飄飄〔三〕轉蓬舞。左旋右轉不知疲〔四〕，千匝萬周無已〔五〕時。人間物類無可比，奔車輪緩〔六〕旋風遲。曲終再拜謝天子，天子爲之微啓齒。胡旋女，出康居，徒勞東來〔七〕萬里餘。中原自有胡旋者，鬥巧争能爾不如〔八〕。天寶季年時欲變，臣妾人人學圓轉。中有太真外禄山，二人最道能胡旋。梨花園中册作妃，金雞障〔九〕下養爲兒。禄山胡旋迷君眼，兵過黄河疑未反。貴妃胡旋惑〔一〇〕君心，死棄馬嵬念更深。從兹地軸〔一一〕天維轉，五十年來制不禁。」

〔一〕胡旋女　原誤作「胡女旋」，據《繡谷春容》妙舞類及《白氏長慶集》卷三《新樂府·胡旋女》改。

〔二〕絃歌一聲雙袖舉　原作「歌一聲雙袖舉」，據《繡谷春容》補「絃」字。白詩「歌」作「鼓」，周校本據改。

〔三〕飄飄　白詩作「飄颻」，周校本據改。

〔四〕疲　清鈔本譌作「瘦」。

〔五〕已　原譌作「幾」，據《繡谷春容》及白詩改。

〔六〕輪緩　原譌作「輔輪」，清鈔本作「轉緩」，據《繡谷春容》及白詩改。

〔七〕來　原譌作「西」，據《繡谷春容》及白詩改。

〔八〕鬥巧争能爾不如　「巧」白詩作「妙」，周校本據改。「如」《繡谷春容》譌作「知」，出韻。

〔九〕障　《繡谷春容》作「帳」。

〔一〇〕惑　原譌作「感」，據《繡谷春容》及白詩改。

〔一一〕從茲地軸　《繡谷春容》作「從今地動」，「動」字譌。

按：此條原無出處，節自《白氏長慶集》卷三《新樂府·胡旋女》，原作：

胡旋女，戒近習也。天寶末康居國獻之。

胡旋女，胡旋女，心應絃，手應鼓。絃鼓一聲雙袖舉，廻雪飄颻轉蓬舞。左旋右轉不知疲，千匝萬周無已時。人間物類無可比，奔車輪緩旋風遲。曲終再拜謝天子，天子爲之微啓齒。胡旋女，出康居，徒勞東來萬里餘。中原自有胡旋者，鬬妙争能爾不如。天寶季年時欲變，臣妾人人學圓轉。中有太真外禄山，二人最道能胡旋。梨花園中册作妃，金雞障下養爲兒。禄山胡旋迷君眼，兵過黄河疑未反。貴妃胡旋惑君心，死棄馬嵬念更深。從茲地軸天維轉，五十年來制不禁。胡旋女，莫空舞，數唱此歌悟明主。

吴絳仙娥緑畫眉

隋煬帝喜奢侈，堂殿樓觀，窮極華麗，後宫美人，動以數千。鳳舸殿脚女吴絳〔一〕

仙，善畫長眉。帝憐之，由是争爲長娥〔二〕。官吏日供螺子黛五斛，號娥緑。帝每倚簾視絳仙，移時不去，云：「古人言秀色若可飡，若絳仙者，可以療飢矣。」帝以合歡水果賜絳仙，絳仙以紅箋進詩謝，帝曰：「絳仙才調，女相〔三〕如也。」帝建迷樓，迷樓上設四寶帳，一曰「散春愁」〔四〕，二曰「愁忘歸」〔五〕，三曰「夜合花」〔六〕，四曰「延秋月」。常與宫女寢處其内。出《南部烟花記》

〔一〕絳　清鈔本《緑窗新話》譌作「降」，下同。

〔二〕長娥　《類説》卷六《南部烟花記·絳仙可療餓》作「長蛾」義同。娥蛾，女子眉也。

〔三〕相　清鈔本脱此字。

〔四〕散春愁　《類説》卷六《南部烟花記·迷樓》作「歌春愁」。周校本據改。按：《大業拾遺記》亦作「散春愁」。

〔五〕愁忘歸　《類説》作「忘醉歸」。《大業拾遺記》作「醉忘歸」，周校本據改。

〔六〕夜合花　《類説》天啓刊本作「夜含□」，闕一字，《四庫全書》本作「夜含風」。《大業拾遺記》作「夜酣香」。周校本改作「夜含香」。

按：開頭「隋煬帝喜奢侈，堂殿樓觀，窮極華麗，後宫美人，動以千數」二十二字，疑爲《緑窗新話》編者自加。《類説》卷六《南部烟花記》摘録《絳仙可療饑》、《女相如》、《迷樓》三節，與此文大同，云：

鳳舸殿脚女吴絳仙，善畫長蛾。帝怜之，由是（嘉靖伯玉翁舊鈔本有「殿脚女」三字）争爲長蛾。司宫吏日供螺子黛五斛，號蛾緑。帝每倚（原作「向」，據舊鈔本改）簾視絳仙，移時不去，云：「古人言秀色若可飡，若絳仙者，可以療飢矣。」

帝以合歡水果賜吴絳仙，絳仙以紅牋進詩謝，帝曰：「絳仙才調，女相如也。」

帝建迷樓，樓上設四寶帳，一曰歌春愁，二曰忘醉歸，三曰夜含□，四曰延秋月。

《南部烟花記》即《大業拾遺記》，又名《南部烟花録》、《隋遺録》等。文存宋末咸淳中左圭輯刊《百川學海》乙集，題《隋遺録》，二卷，署名唐顔師古撰，實唐宣宗大中中無名氏作也。《説郛》卷七八亦收之，題署並同，正文未分卷，只分作兩大段。明李栻輯刊《歷代小史》卷九所收同《説郛》。《艷異編》卷九宫掖部、《重編説郛》卷一一〇、蟲天子《香艷叢書》三集所收者皆題《大業拾遺記》，一卷，分二段。除《艷異編》依例不著撰人外，皆署唐顔師古。託名明楊循吉輯《雪窗談異》卷三亦同，然題作《隋遺録》。又《一見賞心編》卷九玩適類題《大業記》，止於「恍然不見」。

《類説》及《緑窗新話》此三節文字皆爲摘録，次序與原文有異。今將原文引録於左：

至汴，帝御龍舟，蕭妃乘鳳舸，錦帆綵纜，窮極侈靡。舟前爲舞臺，臺上垂蔽日簾。簾即蒲澤國所進，以負山蛟睫紉蓮根絲，貫小珠，間睫編成。雖曉日激射，而光不能透。每舟擇妙麗長白女子千人，執雕板鏤金檝，號爲「殿脚女」。一日，帝將登鳳舸，凭殿脚女吴絳仙肩。喜其柔麗，不與群輩齒，愛之甚，久不移步。絳仙善畫長蛾眉。帝色不自禁，回輦召絳仙，將拜婕妤。適值絳仙下嫁爲玉工萬郡妻，故不克諧。帝寢興罷，擢爲龍舟首檝，號曰「崆峒夫人」。由是殿脚女争效爲長蛾眉。司宫吏日給螺子黛五斛，號爲蛾緑。螺子黛出波斯國，每顆直十金。後徵賦不足，雜以銅黛給之，獨絳仙得賜螺黛不絶。帝每倚簾視絳仙，移時不去。顧内謁者云：「古人言『秀色若可飡』，如絳仙，真可療飢矣。」因吟《持檝篇》賜之，曰：「舊曲歌桃葉，新粧艷落梅。將身倚輕檝，知是渡江來。」詔殿脚女千輩唱之。時越溪進耀光綾，綾紋突起，時有光彩。越人乘樵風舟，泛於石帆山下，收野繭繰之。繰絲女夜夢神人告之曰：「禹穴三千年一開。汝所得野繭，即江淹文集中壁魚所化也。絲織爲裳，必有奇文。」織成果符所夢，故進之。帝獨賜司花女洎絳仙，他姬莫預。蕭妃恚妬不懌，由是二姬稍稍不得親幸。

帝嘗幸昭明文選樓，車駕未至，先命宫娥數千人昇樓迎侍。微風東來，宫娥衣被風綽，直泊肩項。帝覩之，色荒愈熾。因此乃建迷樓，擇下俚稚女居之，使衣輕羅單裳，倚檻望之，勢若飛舉。又爇名香於四隅，煙氣霏霏，常若朝霧未散，謂爲神仙境不我多也。樓上張四寶帳，帳各異名：一名「散春愁」，二名「醉忘歸」，三名「夜酣香」，四名「延秋月」。粧奩寢衣，帳各異製。

殿脚女自至廣陵，悉命備月觀行宫，由是絳仙等亦不得親侍寢殿。有郎將自瓜州宣事迴，進合歡水果一器。帝命小黄門以一雙馳騎賜絳仙，遇馬急摇解。絳仙拜賜私恩，因附紅牋小簡上進，曰：「驛騎傳雙果，君王寵念深。寧知辭帝里，無復合歡心。」帝省章不悦，顧黄門曰：「絳仙如何？何來辭怨之深也？」黄門懼，拜而言曰：「適走馬摇動，及月觀，果已離解，不復連理。」帝意乃解，因言曰：「絳仙不獨貌可觀，詩意深切，乃女相如也，亦何謝左貴嬪乎？」

壽陽主梅花粧額

宋武帝女壽陽公主，人日卧〔一〕於含章宫簷下，梅花落公主額上，成五出之花，拂之不去。後人效之，爲梅花粧。出《北户録》

評曰：昔人常云：「城中好廣〔二〕眉，四方且半額。城中好大袖，四方全疋帛。」言遠方〔三〕之所視傚，皆自貴近始也。昔楊貴妃與安〔四〕禄山嬉遊，安禄山醉，戲引手抓傷妃胸乳間。妃慮帝見痕，以金爲訶子遮之，後宫中皆效之。蜀後主自裹小巾，宫妓多衣道服〔五〕，簪蓮花冠，每侍宴酣醉，則免冠髽〔六〕髻，别爲一家之美。因施脂粉夾蓮額，號曰醉粧，後國人皆效之。因是二者，而知長娥之效絳仙，梅粧之〔七〕學壽陽，始於貴近，遠方視效，良可信云。

〔一〕卧　此字原無，據《繡谷春容》靚粧類補。

〔二〕廣　《繡谷春容》作「高」。按：《後漢書》卷二四《馬援列傳》附《馬廖傳》：「長安語曰：『城中好高髻，四方高一尺。城中好廣眉，四方且半額。城中好大袖，四方全匹帛。』」作「高」誤。

〔三〕方　此字原無，據《繡谷春容》補。

〔四〕安　《繡谷春容》無此字，下同。

〔五〕宫妓多衣道服　「宫」周校本一九九一年版譌作「官」。「衣」字原無，據《繡谷春容》補。

〔六〕髽　原譌作「髽」，據《繡谷春容》改。周校本未改。

〔七〕梅粧之　原乙作「之梅粧」，據《繡谷春容》改。周校本亦改。

按：正文注出《北户録》，文有增改。唐段公路《北户録》卷三《鶴子草》原文曰：「宋武帝壽陽公主，人日梅花落額上，成五出花，後效爲梅花粧也。」《類説》卷一三《北户録·壽陽粧》：「宋武帝壽陽公主，梅花落額上，成五出花。後人效之爲梅花粧。」

《太平御覽卷》三〇引《雜五行書》曰：「宋武帝女壽陽公主，人日卧於含章殿簷下，梅花落公主額上，成五出花，拂之不去。皇后留之，看得幾時。經三日，洗之乃落。宫女奇其異，競效之，今梅花粧是也。」《緑窗新話》蓋據此增補。《御覽》卷九七〇又引《宋書》曰：「武帝女壽陽公主，每日卧於含章簷下，梅花落公主額上，成五出之華，拂之不去。皇后留之。自後有梅花粧，後人多效之。」

評曰云云所引楊貴妃、蜀後主宫妓、絳仙三事，本書前皆有記。

茂英兒年少風流〔一〕

舉子某〔二〕乙，洛中人，與樂妓茂英相識，年甚小。及乙到江外，偶於飲席遇之〔三〕，因贈詩曰〔四〕：「憶昔當初過柳樓，茂英年少〔五〕尚嬌羞。隔窗未省聞高語，對鏡曾窺學上頭。一别中原俱老大，重來南國見風流。彈弦酌酒話前事，零落碧雲生暮愁。」舉子因謁〔六〕節使，留連數月。宴飲既頻，與酒糾諧戲頗洽〔七〕。一日告辭，帥厚以金帛贐行。

復〔八〕開筵送别，因暗留〔九〕絶句與糾曰：「少插花枝少下〔一〇〕籌，須防女伴妬風流。坐〔一一〕中若打占相令，除卻尚書莫點頭。」因設舞曲〔一二〕，遺詩，帥取覽之，即令人送付舉子。出《盧氏雜記》

〔一〕茂英兒年少風流　《書舶庸譚》著録作「□茂美年少風流」，文字有誤。
〔二〕某　此字原闕，原校：「原鈔闕一字。」《繡谷春容》艷色類亦無，據《太平廣記》卷二七三《洛中舉人》引《盧氏雜説》作「某」，據補。
〔三〕遇之　原倒作「之遇」，據《繡谷春容》及《盧氏雜説》改。
〔四〕曰　《繡谷春容》作「云」。
〔五〕少　《繡谷春容》及《盧氏雜説》作「小」。
〔六〕謁　《繡谷春容》此字空闕。
〔七〕洽　原譌作「合」，據《繡谷春容》及《盧氏雜説》改。
〔八〕復　《繡谷春容》作「後」，當譌。
〔九〕留　原譌作「單」，據清鈔本、《繡谷春容》及《盧氏雜説》改。
〔一〇〕下　此字原闕，原校：「原鈔闕一字。」據《繡谷春容》及《盧氏雜説》補。
〔一一〕坐　《繡谷春容》作「座」。坐，同「座」。

〔一二〕曲 《繡谷春容》作「陶」，疑譌。

按：此條注出《盧氏雜記》，即唐盧言《盧氏雜説》。《太平廣記》卷二七三《婦人四》有引，題《洛中舉人》，曰：

舉子某乙，洛中居人也，偶與樂妓茂英者相識，英年甚小。及乙到江外，偶於飲席遇之，因贈詩曰：「憶昔當初過柳樓，茂英年小尚嬌羞。隔窗未省聞高語，對鏡曾窺學上頭。一别中原俱老大，重來南國見風流。彈絃酌酒話前事，零落碧雲生暮愁。」舉子因謁節使，遂客遊留連數月，帥遇之甚厚。宴飲既頻，與酒糺諧戲頗洽。一日告辭，帥厚以金帛贐行。復開筵送别，因暗留絶句與糺曰：「少插花枝少下籌，須防女伴妬風流。坐中若打占相令，除却尚書莫點頭。」因設舞曲，遺詩，帥取覽之，當時即令人所在送付舉子。

《青泥蓮花記》卷一七《記從一》，亦引《盧氏雜記》，當取《廣記》。徐應秋《玉芝堂談薈》卷六《贈妾》，中亦有引，無出處，亦同《廣記》。《一見賞心編》卷四名姝類《茂英妓》亦載，無出處，蓋據《緑窗新話》，依例文有增飾，曰：

舉子劉乙，洛中人，與樂妓茂英相識，時年甚小。及乙到江南，偶於飲席遇之，因贈詩云：「憶昔當初過柳樓，茂英年小尚嬌羞。隔窗未省聞高語，對鏡曾窺學上頭。一别中原俱老大，重來南國見風流。彈絃酌酒話前事，零亂碧雲生暮愁。」舉子因謁節使，留連數月。宴飲既頻，與酒糾諧戲頗洽。一日告辭，糾厚以金帛贈行。後開筵送別，因暗留絶句與糾曰：「少插花枝少下籌，須防女伴妬風流。座中若孛占相令，除却尚書莫點頭。」翌日，糾登臺歌舞，袖詩偶遺，帥取覽之，即令人送英與舉子。

楚蓮香國色無雙

唐時，都下名妓楚蓮香，國色無雙。每出，則蜂蝶相隨，慕其香也。出《開中新録》〔一〕

評曰：人之好色，甚於蜂蝶之採花香者〔二〕。昔郭璞至廬江太守胡孟康家〔三〕，酷愛主人婢，無由而得，乃取小豆三升〔四〕，遶主人宅散之。主人晨見赤衣〔五〕人數千圍其家，甚惡之，請璞爲卦。璞曰：「君家不宜蓄此婢，可於東南二十里賣之，則〔六〕此妖可除。」主人從之。璞陰令人買〔七〕此婢，復爲符〔八〕投井中，數千赤衣人皆反縛，自投于井中〔九〕，主人大悦。顧愷之嘗悦一鄰女，挑之弗從，乃圖其形於壁，以棘針釘其心，女遂〔一〇〕心痛。愷之因致其情，從之〔一一〕，遂密去針而愈。自古賢人君子，心〔一二〕有所好，未免用術若此。嗚呼！以楚蓮香之國色無雙〔一三〕，蜂蝶尚且隨慕其香，使好事者令〔一四〕一見之，亦恨無郭、顧之妙術〔一五〕。

〔一〕按：所注出處原在「遂密去針而愈」下，當誤，今改置此處。

〔二〕香者　《繡谷春容》無此二字。

〔三〕家　此字原無，據《繡谷春容》補。

〔四〕乃取小豆三升　「乃」《繡谷春容》無此字。「升」周校本作「斗」，乃據《晉書》卷七二《郭璞傳》改。

〔五〕衣　《繡谷春容》脱此字，下文有。

〔六〕則　此字原無，據《繡谷春容》補。按：《晉書・郭璞傳》亦有此字。

〔七〕買　周校本據《晉書・郭璞傳》上增「賤」字，

〔八〕符　此字原脱，據《繡谷春容》及《晉書・郭璞傳》補。

〔九〕自投于井中　《繡谷春容》無「中」字。周校本據《晉書・郭璞傳》改作「一一自投于井」。

〔一〇〕遂　此字下周校本據《晉書》卷九二《顧愷之傳》增「患」字。

〔一一〕從之　周校本據《晉書・顧愷之傳》上增「女」字。

〔一二〕心　《繡谷春容》作「必」。

〔一三〕以楚蓮香之國色無雙　《繡谷春容》無「以」字。「楚」原謡作「此」，據《繡谷春容》改。「之」字原無，據《繡谷春容》補。

〔一四〕令　原作「今」，據《繡谷春容》改。周校本亦改。

〔一五〕亦恨無郭顧之妙術　《繡谷春容》作「恨無郭璞、顧愷之妙術」。

按：正文出《閒中新録》，撰人不詳。《文淵閣書目》荒字號第一厨書目雜附類著録《閒中新録》一部一册，《寶文堂書目》子雜類亦有《閒中新録》。清王初桐《奩史》卷一夫婦門引《閒中新録》：「楊億别家十餘年，鄉人傳已死，其妻自河北迎喪。會億送客，馬上見夫人纛綟，類其妻也，睇睨不已，妻亦如之。詰之，則是也，相持而哭。」楊億，《宋史》卷三〇五有傳，宋初人，則《閒中新録》出北宋。

本條所引《閒中新録》，事取自五代王仁裕《開元天寶遺事》卷上《蜂蝶相隨》，有删節，原文云：

都中名姬楚蓮香者，國色無雙，時貴門子弟争相詣之。蓮香每出處之間，則蜂蝶相隨，蓋慕其香也。

評中所記郭璞、顧愷之事，見《晉書》卷七二《郭璞傳》及卷九二《顧愷之傳》：

行至廬江，太守胡孟康被丞相召爲軍諮祭酒。時江淮清晏，孟康安之，無心南渡。璞爲占曰「敗」，康不之信。璞將促裝去之，愛主人婢，無由而得。乃取小豆三斗，繞主人宅散之。主人晨見赤衣人數千圍其家，就視則滅，甚惡之。請璞爲卦，璞曰：「君家不宜畜此婢，可於東南二十里賣之，慎勿争價，則此妖可除也。」主人從之。璞陰令人賤買此婢，復爲符投於井中，數千赤衣人皆反縛，一一自投於井，主人大悦。璞攜婢去。後數旬而廬江陷。……嘗悦一鄰女，挑之弗從，乃圖其形於壁，以棘針釘其心，女遂患心痛。愷之因致其情，女從之，遂密去針而愈。

薛靈芸容貌絶世〔一〕

魏文帝所愛美人薛靈芸，常山人也。父名業〔二〕，爲酇鄉亭長，母陳氏，隨業舍於亭傍。居生窮賤，至夜，每聚鄰婦績，以麻藁〔三〕自照。靈芸年十七，容貌絶世。谷習出守常山，聞亭傍有美女，堪以入宮〔四〕，習以千金聘之，以獻文帝。靈芸聞，别母，淚下沾衣。以〔五〕玉唾壺盛淚，壺中即如紅色。帝遣車十〔六〕乘以迎靈芸，車皆鏤〔七〕金爲輪，丹畫其轂，駕青色駢蹄之牛，日行三百里。未至京師十里，帝乘雕玉之輦，以望車從〔八〕之盛，因改靈芸名爲夜來。入宮承〔九〕寵。妙於針功，雖處於深幃重幄之内，不用燈燭，裁製〔一〇〕立成。非夜來所裁製，帝不服也。宮中號曰針神〔一一〕。出《王子年拾遺記》

〔一〕薛靈芸容貌絶世　《繡谷春容》艷色類作《薛凌雲容貌絶世》，名譌，下同。按：晉王嘉《拾遺記》卷七

《魏》作「靈芸」。

〔二〕業　《拾遺記》作「鄴」。

〔三〕麻稾　「稾」原作「稾」，《繡谷春容》作「藁」。按：當作「稾」或「藁」，從禾也。稾、藁又作「稿」，禾稈也。麻稾即麻稈，可點火照明。《拾遺記》作「蒿」，亦同「稾」。

〔四〕聞亭傍有美女堪以入宫　原作「聞亭傍美人以入宫」，據《繡谷春容》改。

〔五〕以　《繡谷春容》無此字。

〔六〕十　原誤作「千」，據《繡谷春容》及《拾遺記》改。

〔七〕鏤　原作「縷」，《繡谷春容》同，據《拾遺記》改。

〔八〕從　《拾遺記》作「徒」。

〔九〕承　原作「乘」，據《繡谷春容》改。

〔一〇〕製　原作「制」，《繡谷春容》作「製」。按：下文作「製」，據改，以求一致。

〔一一〕按：周校一九五七年本據《拾遺記》原文增補，一九九一年本偶亦從改。概不出校。

按：《王子年拾遺記》即王嘉《拾遺記》，嘉字子年。《晉書》卷九五《藝術傳》有傳。本條節自《拾遺記》卷七《魏》，全文如下：

文帝所愛美人，姓薛名靈芸，常山人也。父名鄴，爲鄮鄉亭長，母陳氏，隨鄴舍於亭傍。

居生貧賤，至夜，每聚鄰婦夜績，以麻蒿自照。靈芸年至十五，容貌絶世，鄰中少年夜來竊窺，終不得見。黄初（原作咸熙，據《四庫全書》本改）元年，谷習出守常山郡，聞亭長有美女而家甚貧。時文帝選良家子女，以入六宫。習以千金寶賂聘之，既得，乃以獻文帝。靈芸聞别父母，歔欷累日，淚下霑衣。至升車就路之時，以玉唾壺承淚，壺即紅色。既發常山，及至京師，壺中淚凝如血。帝以文車十乘迎之，車皆鏤金爲輪輞，丹畫其轂，軛前有雜寶爲龍鳳，銜百子鈴，鏘鏘和鳴，響於林野。駕青色駢蹄之牛，日行三百里。此牛尸屠國所獻，足如馬蹄也。道側燒石葉之香，此石重疊，狀如雲母，其光氣辟惡厲之疾。此香腹題國所進也。靈芸未至京師數十里，膏燭之光，相續不滅，車徒咽路，塵起蔽於星月，時人謂爲塵宵。又築土爲臺，基高三十丈，列燭於臺下，名曰燭臺，遠望如列星之墜地。又於大道之傍，一里一銅表，高五尺，以誌里數。故行者歌曰：「青槐夾道多塵埃，龍樓鳳闕望崔嵬。清風細雨雜香來，土上出金火照臺。」此七字是妖辭也。爲銅表誌里數於道側，是土上出金之義。以燭置臺下，則火在土下之義。漢火德王，魏土德王，火伏而土興，土上出金，是魏滅而晉興也。靈芸未至京師十里，帝乘雕玉之輦，以望車徒之盛，嗟曰：「昔者言『朝爲行雲，暮爲行雨』今非雲非雨，非朝非暮。」改靈芸之名曰夜來。入宫後，居寵愛。外國獻火珠龍鸞之釵，帝曰：「明珠翡翠尚不能勝，況乎龍鸞之重。」乃止不進。夜來妙於鍼工，雖處於深帷之内，不用燈燭之光，裁製立成。非夜來縫製，帝則不服。宫中號爲鍼神也。（據齊治平校注本，中華書局一九八一年版。）

越州女姿色冠代

唐宣宗時，越守獻美人〔一〕，姿色冠代。上初悦之，忽曰：「明皇以一楊貴妃〔二〕，天下怨之，我豈敢忘〔三〕。」召美人謂曰：「應留汝不得。」左右請放還，上曰：「放還我必思之。」令飲鴆而死。出《青瑣高議》

〔一〕人　《繡谷春容》艷色類作「女」。

〔二〕楊貴妃　《繡谷春容》作「楊妃」。

〔三〕忘　原譌作「忌」，據清鈔本、《繡谷春容》改。

按：此條《青瑣高議》今本無。原見唐柳玭《續貞陵遺事》。《新唐書·藝文志》雜史類著録柳玭《續貞陵遺事》一卷，《通志·藝文略》雜史類、《宋史·藝文志》故事類同。此事見引於《資治通鑑考異》卷二二二宣宗大中十三年，曰：

越守嘗進女樂，有絶色者，上初悦之，數月錫賚盈積。一旦晨興，忽不樂，曰：「玄宗只一楊妃，天下至今未平，我豈敢忘！」乃召美人曰：「應留汝不得。」左右或奏可以放還，上曰：「放還我必思之，可命賜酒一杯。」

《唐語林》卷七《補遺》亦載：

宣宗時，越守進女樂，有絶色，上初悦之，數日，錫予盈積。忽晨興不樂，曰：「明皇帝只一楊妃，天下至今未平，我豈敢忘。」召詣前曰：「應留汝不得。」左右奏可以放還，上曰：「放還我必思之，可賜酖一杯。」

越國美人如神仙

春秋時，越謀〔一〕滅吴，畜天下奇寶、美人、異味，以進於吴。得陰峰之瑶，古皇之驥，湘沅之鱓〔二〕。又有美人〔三〕，一名夷光，二〔四〕名修明，以貢於吴。吴處以椒華之房，貫細珠以爲簾幌，朝下以蔽〔五〕景，夕捲以待月。二人當軒並坐，理鏡靚粧於珠幌之内，莫不動魄驚魂，謂之神人。吴王夫差目之〔六〕，若雙鸞之在輕霧，沚水之漾秋蕖〔七〕。吴王妖惑既深，怠於國政，及越兵入，抱二女投吴苑。越軍既入，見二人在竹下，皆言神女〔八〕，望而不侵〔九〕。出《王子年拾遺記》

〔一〕謀　此字原脱，據《繡谷春容》艷色類及《拾遺記》卷三補。

〔二〕鱓　原作「嬋」，《繡谷春容》同，據《稗海》本《拾遺記》改。

〔三〕人　《繡谷春容》及《拾遺記》作「女」。

〔四〕二　《繡谷春容》及《拾遺記》作「一」。

〔五〕蔽　《繡谷春容》作「避」。《拾遺記》作「蔽」。

〔六〕吴王夫差目之　原譌作「乃差而目之」，據《太平廣記》卷二七二《夷光》引《王子年拾遺記》改。《拾遺記》今本無此句。

〔七〕沚水之漾秋蕖　「沚」清鈔本作「池」。沚，小渚。「蕖」原譌作「渠」，據《繡谷春容》及《拾遺記》改。蕖，芙蕖，荷花。

〔八〕女　清鈔本作「仙」。

〔九〕望而不侵　原倒作「望不而侵」，據《繡谷春容》改。

按：此條原見《拾遺記》卷三，今據《稗海》本引録原文如左：

越謀滅吴，蓄天下奇寶、美人、異味，以進於吴。得陰峰之瑤，古皇之驥，湘沅之鱓。又有美女二人，一名夷光，一名修明，即西施、鄭旦之别名。以貢於吴。吴處以椒華之房，貫細珠爲簾幌，朝下以蔽景，夕捲以待月。二人當軒並坐，理鏡靚粧於珠幌之内，竊窺者莫不動心驚魂，謂之神人。若雙鸞之在輕霧，沚水之漾秋蕖。吴王妖惑忘政，及越兵入國，乃抱二女以逃吴苑。越軍亂入，見二女在竹樹下，皆言神女，望而不敢侵。今吴城蚍門内有朽株，尚爲祠神女之處。

浙東舞女如芙蓉

唐寶曆二年，浙東貢舞女二人，一曰飛燕〔一〕，二曰輕鳳。修眉彩目，蘭氣融治〔二〕。冬不纊衣，夏不汗體。所食多荔枝、榧實、金屑、龍腦之類。載〔三〕輕金之冠，軿羅〔四〕之衣，無縫而成，其紋纖巧〔五〕，人未之識。輕金冠以金絲結之，爲鸞鶴之狀，仍飾以五彩細珠，玲瓏相續，可高一尺，秤之無二三分。上更琢玉芙〔六〕蓉，以爲二女歌舞臺〔七〕，每夜歌舞一發，如鸞鳳之音，百鳥〔八〕莫不翔集其上。及觀〔九〕於庭，舞態艷逸，非人間所

有。每歌罷，上令内人藏之金屋〔一〇〕寶帳，蓋恐風日也。宫中語曰：「寶帳香重重，一雙紅芙蓉。」出《杜陽雜編》

評曰：前輩花詩，多用美人〔一一〕比，如《海棠詩》曰〔一二〕「雨過温泉浴妃子」之類。吾謂以花比女猶可，以女比花，女豈特花也哉！

〔一〕燕　《杜陽雜編》卷中作「鸞」。按：下文云「如鸞鳳之音」，乃與另一女輕鳳並舉爲喻，作「鸞」是也。今存其舊。《太平廣記》卷二七二《浙東舞女》（出《杜陽雜編》）作「燕」。

〔二〕融冶　《繡谷春容》艷色類「冶」作「洽」。周校一九五七年本作「冶」，一九九一年本改作「洽」。按：融冶，和融。

〔三〕載　《杜陽雜編》作「戴」，載，通「戴」。《繡谷春容》作「帶」，戴也。

〔四〕軿羅　「羅」字原闕。原校在「軿」字上注：「原鈔闕一字。」實指「軿」字下之「羅」字。據《繡谷春容》及《杜陽雜編》補。《繡谷春容》作「駢羅」。

〔五〕纖巧　「纖」原作「織」，據《繡谷春容》改。按：《杜陽雜編》作「巧織」，周校本據改。

〔六〕芺　原譌作「笑」，據清鈔本、《繡谷春容》及《杜陽雜編》改。

〔七〕臺　《繡谷春容》無此字。按：《杜陽雜編》有此字。

〔八〕烏　原譌作「鳥」，據《繡谷春容》及《杜陽雜編》改。

〔九〕觀　此字原無，《繡谷春容》同。據《杜陽雜編》補。

〔一〇〕屋　原作「居」，據清鈔本、《繡谷春容》及《杜陽雜編》改。

〔一一〕人　《繡谷春容》作「女」。

〔一二〕曰　原誤作「詩」，據清鈔本、《繡谷春容》改。

按：此條原見《杜陽雜編》卷中，今録於下：

寶曆二年，淛東國貢舞女二人，一曰飛鸞，二曰輕鳳。脩眉黟（原作夥，據《四庫全書》本改，黟，黑色）首，蘭氣融冶。冬不纊衣，夏不汗體。所食多荔枝、榧實、金屑、龍腦之類。衣軿羅之衣，戴輕金之冠，表異國所貢也。軿羅衣無縫而成，其紋巧織，人未之識焉。輕金冠以金絲結之，爲鸞鶴狀，仍飾以五彩細珠，玲瓏相續，可高一尺，秤之無二三分。上更琢玉芙蓉，以爲二女歌舞臺。每歌聲一發，如鸞鳳之音，百鳥莫不翔集其上。及觀於庭際，舞態艷逸，更非人間所有。每歌罷，上令内人藏之金屋寶帳，蓋恐風日所侵故也。由是宮中語曰：「寶帳香重重，一雙紅芙蓉。」（《稗海》本）

《艷異編》卷一三宮掖部九有《淛東舞女》，無出處，文同《太平廣記》卷二七二引《杜陽雜編》。

薛瑤英香肌妙絶〔一〕

薛瑤英，京都佳麗也。母曰娟，姓趙氏，本岐王之愛妾。王薨，出爲薛氏妻〔二〕而生瑤英。幼以香屑雜飲飼啖之，故肌絶〔三〕香，又曰香兒。姿色妙絶。元載得之，寵惑尤甚，爲之建芸香堂〔四〕，金絲帳，却塵褥。瑤英衣龍綃衣，一襲無一二兩，摶〔五〕之不盈一握，蓋其體輕而不〔六〕勝也。賈侍郎至〔七〕贈詩曰：「舞怯銖衣重，笑凝桃臉開。方知漢成帝，人築避風臺。」楊尚書炎贈詩曰〔八〕：「雪面粉娥〔九〕天上女，鳳簫鸞照欲飛雲〔一〇〕。玉釵翹髻步無力〔一一〕，楚腰如〔一二〕柳不勝春。」出《杜陽雜編》

評曰：昔歐陽文忠公知潁州，有官〔一三〕妓盧媚兒，姿〔一四〕貌端秀，口中嘗作芙渠花香。有蜀僧曰：「此人前身爲尼，誦《法華經》二十年，一念之誤，乃至於此。」公後問妓：「曾聽〔一五〕《法華經》否？」妓曰：「失身於此，所不暇也。」公命取經示之，一覽輒誦，如素所熟者。易以他經，則不能也。由是觀之，薛瑤英之肌香，亦人物之不凡者也〔一六〕。

〔一〕薛瑶英香肌妙絶　「瑶」原作「瓊」，《書舶庸譚》著録同。《麗情集》亦作「瓊」，見附録。《繡谷春容》艷色類作《薛瑶英香肌妙絶》。按：《杜陽雜編》卷上作「瑶」，今改，下同。周校本亦改。又「妙絶」原作「絶妙」，正文中云薛瑶英「姿色妙絶」，據《繡谷春容》改。

〔二〕妻　此字原無，據《繡谷春容》補。《杜陽雜編》亦有此字。

〔三〕絶　《繡谷春容》作「艷」。

〔四〕芸香堂　《杜陽雜編》作「蕓輝堂」。

〔五〕搏　原譌作「摶」，據《繡谷春容》及《杜陽雜編》改。

〔六〕不　此字原無，據《繡谷春容》及《杜陽雜編》補。

〔七〕至　原譌作「云」，據《繡谷春容》改。

〔八〕舞怯銖衣重笑凝桃臉開方知漢成帝人築避風臺楊尚書炎贈詩曰　以上二十七原脱，據《繡谷春容》補。按：《杜陽雜編》「凝」作「疑」，「人」作「虚」。洪邁《萬首唐人絶句》卷一三賈至《贈薛瑶英》同。《類説》卷五六《古今詩話・賈至詠薛瑶英詩》作「凝」、「虚」。計有功《唐詩紀事》卷三二《楊炎》作「疑」、「空」。「漢成帝」原誤作「漢武帝」。據《類説》卷四四《杜陽雜編・瑶英啖香》、《古今詩話》、《唐詩紀事》、《萬首唐人絶句》、《全唐詩》卷二三五賈至《贈薛瑶英》改。趙飛燕乃西漢成帝皇后。《拾遺記》卷六《前漢下》：「帝常以三秋閒日，與飛燕戲於太液池，以沙棠木爲舟，貴其不沉没也。……帝每憂輕蕩，以驚飛燕，令佽飛之士，以金鎖纜雲舟於波上。每輕風時至，飛燕殆欲隨風入水。帝以翠纓結飛燕之裙，遊倦乃返。……今太液池尚有避風臺，即飛燕結裙之處。」

〔九〕粉娥　《杜陽雜編》作「澹娥」，《萬首唐人絶句》卷五一楊炎《贈薛瑶英》同，即淡眉也。《唐詩紀事》作「淡眉」。《四庫全書》本、《學津討原》本作「蟾娥」，周校本亦改作「蟾蛾」（一九九一年本又改作「蟾蛾」），則月中嫦娥也。

〔一〇〕鳳簫鸞照欲飛雲　《杜陽雜編》及《唐詩紀事》、《萬首唐人絶句》作「鳳簫鸞翅欲飛去」，周校一九九一年本據改，一九五七年本則只改「照」爲「翅」。按：照，鏡也。劉宋劉敬叔《異苑》卷三：「罽賓國王買得一鸞，欲其鳴，不可致，飾金繁，饗珍羞，對之愈戚。三年不鳴，夫人曰：『嘗聞鸞見類則鳴，何不懸鏡照之？』王從其言。鸞覩影，悲鳴冲霄，一奮而絶。」

〔一一〕玉釵翹髩步無力　《杜陽雜編》作「玉釵碧翠步無塵」，周校本據改。《唐詩紀事》作「玉山翹翠步無塵」，《萬首唐人絶句》作「玉釵翹碧步無塵」。

〔一二〕如　原譌作「以」，據清鈔本、《繡谷春容》及《杜陽雜編》改。

〔一三〕官　原作「宫」，據《繡谷春容》及《類説》卷四七《遯齋閑覽·口中芙渠花香》改。

〔一四〕姿　《繡谷春容》無此字。

〔一五〕聽　《遯齋閑覽》作「讀」。

〔一六〕亦人物之不凡者也　《繡谷春容》作「亦是人物之不凡者耳」。

按：《杜陽雜編》卷上所載文繁，與本條有關者係其中一段，文曰：

載（元載）寵姬薛瑤英，攻詩書，善歌舞，僊姿玉質，肌香體輕，雖旋波、摇光、飛鷰、緑珠，不能過也。瑤英之母趙娟，亦本岐王之愛妾也，後出爲薛氏之妻。生瑤英，而幼以香啗之，故肌香也。及載納爲姬，處金絲之帳，却塵之褥。其褥出自勾驪國，一云是却塵之獸毛所爲也。其色殷鮮，光軟無比。衣龍綃之衣，一襲無一二兩，摶之不盈一握。載以瑤英體輕，不勝重衣，故於異國以求是服也。唯賈至、楊公南與載友善，故往往得見歌舞。至因贈詩曰：「舞怯銖衣重，笑疑桃臉開。方知漢武帝，虚築避風臺。」《王子年拾遺記》：趙飛鷰體輕，恐暴風，帝爲築臺焉。公南亦作長歌褒美，其略曰：「雪面澹娥天上女，鳳簫鸞翅欲飛去。玉釵碧翠步無塵，楚腰如柳不勝春。」瑤英善爲巧媚，載惑之，怠於庶務。而瑤英之父曰宗本，兄曰從義，與趙娟遞相出入，以構賄賂，號爲關節。更與中書主吏卓倩等爲腹心，而宗本輩以事告者，載未嘗不領之。天下賫寶貨求大官職，無不恃載權勢，指薛卓爲梯媒。及載死，瑤英自爲俚妻矣。論者以元載喪令德，而崇貪名，自一婦人而致也。

本條所引，文句多不同，若「幼以香屑雜飲飼啖之，故肌絶香，又曰香兒」，即爲原文所無。考北宋張君房採唐宋傳奇歌行成《麗情集》一書，中採入薛瓊英事。《類説》卷二九《麗情集·香兒》云：「元載妓薛瓊英，幼以香屑雜飲食啖之，長而肌香，又曰香兒。」《紺珠集》卷一一張君房《麗情集·香兒》：「元載妓薛瑤英，幼以香雜飲食啖之，長而肌香。」《海録碎事》卷七下《香兒》

末注《麗情》，云：「元載妓薛瓊英，幼以香屑親飲啖之，長而肌香，故名香兒。」頗疑《緑窗新話》實據《麗情集》引録，而《麗情集》當標明出自《杜陽雜編》，故亦注出此書也。《麗情集》所引或作增飾，故與原書文字不盡相同。

《太平廣記》卷二三七《芸輝堂》引《杜陽編》全文。《豔異編》卷一六戚里部二《元載》據《杜陽雜編》原書載之。《勸善書》卷一六亦摘録芸暉堂一段。《一見賞心編》卷四名姝類《薛瑶英》據《緑窗新話》正文及評語録入。

評語中歐陽文忠公、盧媚兒事，取自《類説》卷四七北宋陳正叔《遯齋閑覽》中《口中芙渠花香》，云：

> 歐公知潁州，有官妓盧媚兒，姿貌端秀，口中常作芙渠花香。有蜀僧曰：「此人前身爲尼，誦《法華經》二十年，一念之誤，乃至於此。」公後問妓：「曾讀《法華經》否？」妓曰：「失身於此，所不暇也。」公命取經示之，一覽輒誦，如素所熟者。易以他經，則不能也。

麗娟娘玉膚柔軟

漢武帝所幸宮人麗娟，年十四歲〔一〕，玉膚柔軟，吹氣如蘭〔二〕。娟身輕弱，不欲衣纓拂，恐傷爲痕。每歌，李延年和之，於芝生殿旁，唱《回風》之曲，庭中樹爲之翻落。常致娟於琉璃帳〔三〕，恐垢汙〔四〕體也。常以衣帶繫娟袂，閉於重幙中，恐隨風起。娟潛以琥珀佩置衣中〔五〕，人言娟骨節自鳴〔六〕，相與爲神怪也。

〔一〕歲　《繡谷春容》艷色類無此字。
〔二〕蘭　原譌作「藺」，據清鈔本、《繡谷春容》及《洞冥記》卷四改。
〔三〕琉璃帳　「琉」周校本譌作「玻」。按：《洞冥記》作「明離之帳」，《太平廣記》卷二七二《麗娟》引《洞冥記》作「琉璃帳」。
〔四〕汙　原譌作「汗」，據清鈔本、《繡谷春容》及《洞冥記》改。
〔五〕娟潛以琥珀佩置衣中　周校本據《洞冥記》下增「不使人知」四字。
〔六〕人言娟骨節自鳴　「人」周校本據《洞冥記》改作「乃」。「節」字原無，據《繡谷春容》及《洞冥記》補。

按： 此條無出處，乃出東漢郭憲《漢武帝別國洞冥記》（簡稱《洞冥記》）卷四，原文曰：

帝所幸宮人名麗娟，年十四，玉膚柔軟，吹氣勝蘭，（《太平廣記》卷二七二下有「身輕弱」三字）不欲衣纓拂之，恐體痕也。每歌，李延年和之，於芝生殿唱《廻風》之曲，庭中花皆飜落。置麗娟於明離之帳，恐塵垢污其體也。帝常以衣帶繫麗娟之袂，閉於重幕之中，恐隨風而去也。麗娟以琥珀爲佩，置衣裾裏，不使人知，乃言骨節自鳴，相與爲神怪也。（《顧氏文房小説》本）

《情史》卷六情愛類採入，題《麗娟》，文句大同。

舊題元伊世珍《瑯嬛記》（《津逮祕書》）卷上引《採蘭雜志》云：「越嶲國有吸華絲，凡華着之，不即墮落，用以織錦。漢時，國人奉貢，武帝賜麗娟二兩，命作舞衣。春暮，宴于花下。舞時故以袖拂落花，滿身都着，舞態愈媚，謂之『百華之舞』。」又引《賈子説林》：「武帝與麗娟看花，而薔薇始開，態若含笑。帝曰：『此花絶勝佳人笑也。』麗娟戲曰：『笑可買乎？』帝曰：『可。』麗娟遂命侍者取黄金百斤，作賣笑錢奉帝，爲一日之歡。薔薇名賣笑花，自麗娟始也。」（按：《瑯嬛記》所注引書，大抵杜撰。）

虢夫人自有美艷

唐天寶七載，帝加楊貴妃從兄國忠御史大夫，銛鴻臚卿，女兄弟韓國，次虢國，次秦國三夫人，皆歲給粉翠千緡。虢國夫人不施粧粉〔一〕，自有美艷。杜甫詩云：「虢國夫人承主恩，平明上馬入宮門。却嫌脂粉涴〔二〕顔色，淡掃娥眉〔三〕朝至尊。」上賜虢國七葉〔四〕冠，國忠鎖子金帶，皆希代之寶〔五〕。出《楊貴妃外傳》

評曰：嘗觀王仁裕《開元天寶遺〔六〕事》云：「申王苦寒之際，使宮妓密圍坐之側〔七〕，以禦寒氣，呼爲『妓圍』。楊國忠冬月，選婢〔八〕妾肥大者，行列於前，以令遮風，謂之『肉障〔九〕』。」驕侈如此，皆自富貴中來。楊氏一門，皆因貴妃得寵〔一〇〕，而姊妹兄弟，皆享富貴。白樂天曰：「姊妹弟兄皆列土〔一一〕，可憐光彩生門户。」誠可驗也。

〔一〕粧粉　周校本改作「粉粧」，蓋據《類説》卷一《楊妃外傳·杜甫詩》改，其實粧粉、粉粧一義耳。

〔二〕涴　原作「污」，據《繡谷春容》艷色類改。涴，污也。按：樂史《楊太真外傳》及《類説》作「涴」。

〔三〕娥眉　《繡谷春容》及《類説》作「蛾眉」，義同。周校本改作「蛾眉」。

〔四〕葉　《類説》作「寶」，周校一九五七年本據改。

〔五〕皆希代之寶　《繡谷春容》作「希世之寶」。

〔六〕遺　原譌作「遣」，據清鈔本、《繡谷春容》改。

〔七〕使宮妓密圍坐之側　《繡谷春容》無「使」、「之」二字。

〔八〕婢　周校本作「妓」。按：《開元天寶遺事》卷下《天寶下·肉陣》作「婢」。

〔九〕肉障　《繡谷春容》「障」作「廩」，不詳何字。周校一九五七年本譌作「内障」。《開元天寶遺事》作「陣」，周校一九九一年本據改。

〔一〇〕皆因貴妃得寵　《繡谷春容》作「兄弟只因貴妃得寵」。

〔一一〕弟兄皆列土　《繡谷春容》作「兄弟皆裂土」。按：《長恨歌》作「弟兄皆列土」。列土、裂土指分封土地，此指封拜爵位。唐代不行裂土分封制度。

按： 此條注出《楊貴妃外傳》，實非據樂史《楊貴妃外傳》，而據《類説》卷一《楊妃外傳》，凡《給粉翠千緡》、《杜甫詩》二條：

七載，加貴妃從兄國忠御史大夫，銛鴻臚卿，女兄弟韓國，次虢國，次秦國，三夫人皆給粉翠千緡。

虢國夫人不施粉粧，自有美艷。杜甫詩云：「虢國夫人承主恩，平明上馬入宫門。却嫌脂粉涴顔色，澹掃蛾眉朝至尊。」上賜虢國七寶冠，國忠瑣子金帶，皆希代之寶。

《楊太真外傳》原文作：

七載，加釗御史大夫、權京兆尹，賜名國忠。封大姨爲韓國夫人，三姨爲虢國夫人，八姨爲秦國夫人，同日拜命，皆月給錢十萬，爲脂粉之資。然虢國不施粧粉，自衒美艷，常素面朝天。當時杜甫有詩云：「虢國夫人承主恩，平明上馬入宮門。却嫌脂粉涴顔色，淡掃娥眉朝至尊。」又賜虢國照夜璣，秦國七葉冠，國忠鏁子帳，蓋希代之珍，其恩寵如此。銛授銀青光禄大夫、鴻臚卿，將列棨戟，特授上柱國，一日三詔。

評曰引《開元天寶遺事》二條，分別見卷上《天寶上・妓圍》及卷下《天寶下・肉陣》。前條云：「申王每至冬月風雪苦寒之際，使宮妓密圍於坐側，以御寒氣，自呼爲『妓圍』。」後條云：「楊國忠於冬月常選婢妾肥大者，行列於前，令遮風。蓋藉人之氣相暖，故謂之『肉陣』。」

袁寶兒最多憨態

隋煬帝御女袁寶兒，最多憨態〔一〕。時洛陽令進合〔二〕蔕迎輦花，帝令持之，號司花女。帝謂虞世南〔三〕曰：「寶兒多憨態，卿試嘲之。」世南爲詩曰：「學畫鵶兒〔四〕半未成，垂肩嚲〔五〕袖大憨生。緣憨却得君王意，常〔六〕把花枝傍輦行。」出《南部烟花記》

評曰：昔王仁裕作《開元天寶遺事》有云〔七〕：「沉香亭前木芍藥花〔八〕，一枝兩頭，朝則深紅，午則深碧，暮則深黄，夜則粉白。晝夜之内，香艷各異。帝曰：『此花〔九〕木之妖，不足訝〔一〇〕也。』且花之呈艷，猶且多態，袁寶兒號司花女，其多〔一一〕態可知矣。

〔一〕最多憨態　《繡谷春容》艷色類作「駘冶多態」。《類説》卷六《南部烟花記·司花女》「駘」作「馱」，當譌，嘉靖伯玉翁舊鈔本作「駃」，《大業拾遺記》同。駃，呆傻。

〔二〕合　此字原無，據《繡谷春容》、《類説》補。

〔三〕虞世南　《繡谷春容》作「虞世基」，《類説》同，周校本一九五七年版改作「基」。按：《大業拾遺記》作「虞世南」。虞世基乃虞世南兄。世基煬帝時爲内史侍郎，與蘇威、宇文述、裴矩、裴蘊等參掌朝政。宇文化及兵變，被殺。世南大業初任祕書郎、起居舍人等，入唐爲弘文館學士等，官終祕書監。見《隋書》卷六七《虞世基傳》，《舊唐書》卷七二、《新唐書》卷一〇二《虞世南傳》。

〔四〕鵶兒　《大業拾遺記》作「鵶黄」，當是。鵶黄即額黄，女子塗額之淺色黄粉。

〔五〕軃　《繡谷春容》、《類説》及《大業拾遺記》作「嚲」，周校本改作「嚲」。軃、嚲音義皆同，下垂。

〔六〕常　原爲闕字，《繡谷春容》、《類説》及《大業拾遺記》作「常」，據補。

〔七〕開元天寶遺事有云　「天寶」二字原無，據《繡谷春容》補。「有云」原作「云有」，「有」字連下讀，據《繡谷春容》改。

〔八〕沉香亭前木芍藥花　「芍」字原脱，據《繡谷春容》補。按：《開元天寶遺事》卷上《花妖》作「有木芍藥植於沉香亭前」，周校本據改，惟「木芍藥」下增「花」字。

〔九〕花　原譌作「枝」，據《繡谷春容》、《開元天寶遺事》改。

〔一〇〕訝　原譌作「雅」，據《開元天寶遺事》改。《繡谷春容》作「評」，當爲「訝」字形譌。

〔一一〕多　此字原無，據《繡谷春容》補。

按：此條取《類説》卷六《南部烟花記·司花女》，原云：

帝御女袁寶兒，騃冶多態。時洛陽進合蔕迎輦花，帝令持之，號司花女。帝謂虞世基曰：「寶兒多憨態，卿試嘲之。」世基爲詩曰：「學畫鴉兒半未成，垂肩嚲袖大憨生。緣憨却得君王意，常把花枝傍輦行。」

《大業拾遺記》原文云：

帝離都旬日，幸宋何妥所進車。車前隻輪高廣，疏釘爲刃。後隻輪庳下，以柔榆爲之，使滑勁不滯，使牛御焉。車名見《何妥傳》。自都抵汴郡，日進御車女。車幰垂鮫綃網，雜綴片玉鳴鈴，行摇玲瓏，以混車中笑語，冀左右不聞也。長安貢御車女袁寶兒，年十五，腰支纖墮，騃冶多態，帝寵愛之特厚。時洛陽進合蔕迎輦花，云得之嵩山塢中，人不知名，採者異而貢之。會帝駕適至，因以「迎輦」名之。花外殷紫，内素膩菲芬，粉蕊心，深紅跗，爭兩苍。枝幹烘翠，類通草，無刺，葉圓長薄。其香氣穠芬馥，或惹襟袖，移日不散，嗅之令人多不睡。帝命寶兒持之，號曰「司花女」。時詔虞世南草《征遼指揮德音勅》於帝側，寶兒注視久之。帝謂世南曰：「昔傳飛鷰可掌上舞，朕常謂儒生飾於文字，豈人能若是乎！及今得寶兒，方昭前事。然多憨態。今注目於卿，卿才人，可便嘲之。」世南應詔爲絶句，曰：「學畫鴉黄半未成，垂肩嚲袖太憨生。緣憨却得君王惜，長把花枝傍輦行。」上大悦。

《開元天寶遺事》卷上《花妖》云：

初，有木芍藥植於沉香亭前，其花一日忽開，一枝兩頭，朝則深紅，午則深碧，暮則深黄，夜則粉白，晝夜之内，香艷各異。帝謂左右曰：「此花木之妖，不足訝也。」

李娃使鄭子登科

李娃，長安娼女也。天寶中，有滎陽公子應舉之長安〔一〕，見娃姿色絶代，情甚相慕。徐往叩門，娃整粧而出。見一姥，目生爲郎〔二〕。盡〔三〕徙囊橐，家于李氏之第。歲餘，貲賄蕩盡，姥曰：「女與郎相知一年，全無嗣。竹林神報應如響，薦酹〔四〕求子，可乎？」生與娃同詣，信宿，娃先歸，郎〔五〕繼至，舊宅扃鎖甚密。隣人曰：「姥移居矣。」生惶惑，抱疾。邸主令執繐幃，獲其直以自給。適遇生父來〔六〕京師，曰：「志行如此，汙辱吾門。」鞭之數百而去。經十旬而〔七〕起，披布〔八〕裘，持破甌，巡閭巷丐食。有一門獨啓左扉，即娃之第。娃聞其音，連步而出，抱其頸〔九〕，以繡袍〔一〇〕擁入，長慟曰：「此良家子，昔駈高車，持金蕩盡，母子設計逐之，令其失志。今當與此子別卜所詣〔一一〕。」姥許之。税一隙居，與生沐浴〔一二〕。娃曰：「可温習藝業，以志于學。」三歲〔一三〕而業大就，遂登甲科〔一四〕，授成都參〔一五〕軍。娃曰：「今日復子本軀矣〔一六〕，某不相負也〔一七〕。」送至劍門，生父拜成都府尹，生投刺謁之，具陳本末。曰：「娃送某至此，當令復〔一八〕還。」父曰：「不可。」築館備禮以迎之。娃婦道甚修，生累遷清〔一九〕顯，封汧〔二〇〕國夫人。

評曰：叛臣辱婦，每出于名門世族，而伶工賤女，乃有潔白堅貞之行。豈非秉彝之良有不間耶？娃之守志不亂，卒相其夫以底于榮美，則尤人所難。嗚呼！娼也猶然，士乎可以知所勉矣〔二一〕。

〔一〕有滎陽公子應舉之長安　「滎」《繡谷春容》賢行類及明天啓刊本《類説》卷二八陳翰編《異聞集·汧國夫人傳》譌作「榮」，明嘉靖伯玉翁舊鈔本作「滎」。「舉之」原作「科」，據《繡谷春容》及《類説》改。

〔二〕見一姥目生爲郎　周校一九九一年本删此七字，乃以原文無，誤。

〔三〕盡　清鈔本譌作「畫」。周校本前加「生」字。按：周校本據《李娃傳》所增改，以下不再出校。

〔四〕酹　《繡谷春容》及《類説》作「酧」。按：《李娃傳》作「酹」。酹。以酒澆地祭奠。酧，同「酬」，敬酒。

〔五〕郎　《繡谷春容》作「生」。

〔六〕來　《繡谷春容》作「至」，《類説》作「來」。

〔七〕而　《繡谷春容》及《類説》作「能」。

〔八〕布　原作「衣」，據《繡谷春容》、《類説》及《李娃傳》改。

〔九〕頸　原作「頭」，據《繡谷春容》、《類説》及《李娃傳》改。

〔一〇〕袍　原作「被」，據《繡谷春容》及《類説》改。按：《李娃傳》作「襦」。

〔一一〕今當與此子别卜所詣　原作「今當與此子下别□所詣」，清鈔本闕子作「下」，《繡谷春容》作「今當與此子别下所詣」，亦作「下」，譌也。《類説》作「當與此子别卜所諧」，「諧」字譌，《李娃傳》作「當與此子别卜所詣」。今改。

〔一二〕與生沐浴　《繡谷春容》前有「因」字，《類説》無。

〔一三〕歲　清鈔本作「載」。

〔一四〕甲科　原作「科甲」，據《繡谷春容》、《類説》及《李娃傳》改。

〔一五〕參　原譌作「忝」，據清鈔本、《繡谷春容》、《類説》及《李娃傳》改。

〔一六〕軀矣　「軀」《類説》作「體」。「矣」《繡谷春容》及《類説》無此字。

〔一七〕也　《繡谷春容》及《類説》作「矣」。

〔一八〕復　原作「送」，據《繡谷春容》、及《李娃傳》《類説》改。

〔一九〕清　《類説》作「甚」。《繡谷春容》及《李娃傳》作「清」。

〔二〇〕汧　原譌作「沂」，據《繡谷春容》及《類説》改。

〔二一〕按：「評曰」云云一節原無，據《繡谷春容》補。「評曰」二字《繡谷春容》例無，今加。

按：此條無出處。此即唐白行簡《李娃傳》，初載於《太平廣記》卷四八四《雜傳記一》，未注撰人，末稱「太原白行簡云」，注出《異聞集》。

《類説》卷二八陳翰《異聞集》有此傳之節録，題《汧國夫人傳》。《緑窗新話》即删節《類説》而成。《新編醉翁談録》癸集卷一《李亞仙不負鄭元和》，文句亦與《類説》幾同，知據《類説》，惟首云：「李娃，長安娼女也，字亞仙，舊名一枝花。有滎陽鄭生，字元和者，應舉之長安。」乃據宋人説話增飾。《新編醉翁談録》甲集卷一《小説開闢》著録小説話本名目傳奇類中有《李亞仙》。

今將《類説》本録於下：

李娃，長安娼女也。天寶中，滎（原譌作「榮」，據嘉靖伯玉翁舊鈔本改）陽公子（「子」上原有「一」字，據舊鈔本刪）應舉之長安。嘗遊東市，至鳴珂曲，見一宅門巖邃，有姬憑青衣而立，姿色絶代（原倒作「代絶」，據舊鈔本改），生停驂徘徊不能去。詐墜策於地，候其從者至，勑使取之。累眄，情甚相顧（《四庫全書》本作「洽」）。生訊於其友，曰：「此狹斜女李娃宅，其家頗贍，非累百萬不能動其志。」生曰：「但患不諧，百萬何所惜！」徐往扣門，侍兒馳（原作「記」，據舊鈔本改）入，大呼曰：「前時遺策郎來也。」娃整粧而出。見一姥，即娃母也，目生爲郎。及旦，生盡徙其囊橐，家于李氏之第。歲餘，資賄僕馬蕩盡，姥曰：「女與郎相知一年矣，而無孕嗣。竹林神報應如響，薦酎求子，可乎？」生大喜。與娃同詣，信宿而返。路出宣揚里，娃曰：「自此小曲，某姨宅也。」引生拜之。池館幽絶，竹樹芸窗。生曰：「此姨（原譌作「夷」，據舊鈔本改）私第耶？」娃笑而不答。食頃，一人控大宛馬，汗流（上三字原作「汗騮飛」，據舊鈔本改）馳至，曰：「姥暴疾，宜速歸。」娃謂姨曰：「方寸亂矣。某騎而前，當令返乘，與郎偕（原作「待」，據舊鈔本改）來。」日晚乘不至，姨曰：「郎其往覘之，某繼之（此三字據舊鈔本補）。」生至舊宅，扃鐍甚密。隣人曰：「姥移居再宿矣。」生馳赴宣揚，詰其姨氏，扣扉不應，有官（舊鈔本作「守」）者徐出曰：「此崔尚書宅。昨一婦人税其宅庭院，云遲（舊鈔本作「延」）中表遠至者，未暮而去。」生惶惑，因訪舊邸，抱疾甚困，邸主徙

（原作「送」，據舊鈔本改）之凶肆中。稍愈，令執繐幃，獲其直以自給。哀挽曲盡其妙，歌《薤露》之章，聞者掩耳。適生父來京師，有老竪見之，告其父曰：「歌者之貌酷似郎子。」父曰：「吾子以多藏爲盜所害，奚至是耶？」竪乃馳往，持其袪曰：「豈非某郎乎？」遂（原作「道」，據舊鈔本改）載以歸。父曰：「志行如此，污辱吾門。」乃將出至曲江杏園中，鞭至數百而斃，父棄去。其凶師告同黨往瘞焉，心下微温，經宿而活。十旬能起，披布裘，懸鶉百結，持破甌巡閭巷丐食。一旦大雪，乞食之聲甚苦。有一門獨啓左扉（原作「扇」，據舊鈔本改），即娃之第也。娃聞其音，連步而出，抱其頸，以綉袍擁入，長慟曰：「令子至此，我之罪也。」姥怒曰：「當逐出，奈何令至此？」娃曰：「此良家子，昔驅高車，持金蕩盡，母子互設詭計逐之，令其失志。不齒（原作「耻」，據《四庫全書》本改）人倫，欺天負人，神鬼不祐。今姥年六十，願計二十年衣食之用以贖身，當與此子别卜所諧（當作「詣」）。」姥感，許之。餘數百金，税一隙居，與生沐浴。先爲湯粥通其腸，次以酥乳潤其臟，徐薦水陸之饌。卒歲，遂愈如初。娃曰：「體已康矣，志已壯矣，可温習藝業，以志于學。」俾夜作晝，娃常偶坐。二歲而業大就，娃曰：「未也。」更一年，曰：「可行矣。」遂登甲科。又應直言極諫科，居第一，授成都府參軍。娃曰：「今日之事，復子本體，甚不相負矣。願歸養姥，君當結縭鼎族，無自黷也。送子至劍門當回。」既至劍門，生父拜成都府尹。浹日，父至，生投刺謁之。父見其祖父官銜，大驚慟哭曰：「吾與你父子如初。」生具陳本末。父問：「娃安在？」曰：「送某至此，當令復還。」父曰：「不可。」築別館以處，備六禮以迎之。娃婦道甚脩。後生父母没，持孝甚至。有靈芝生於倚廬，一莖三秀。又有白燕巢其甍。生累遷甚顯，娃封汧國夫人。

蒨桃諫寇公節用

寇萊公少時過大梁，宿邸中，夢至一處，翠峰流水。有女童引至盤石，與兩人對坐，共食蒨桃。女童曰：「人有分。」趍左右。公執其手，即覺。自汴向梁，再宿邸。有老姥曰：「孫女蒨桃出拜。」公悟向所夢，售女爲妾，言多補益。後公出鎮〔一〕北門，宴集無虚日。有善歌者，公贈之束綵，意尚未滿。蒨桃爲詩云：「一曲清〔二〕歌一束綾，美人猶自意嫌輕。不知織女螢窗下，幾度抛梭織得成。」

〔一〕鎮　清鈔本譌作「鎖」。

〔二〕清　原作「青」。按：諸書皆引作「清」，據改。詳見附録。

按：此條未注出處，乃出北宋劉斧《翰府名談》。原書不存。宋元明諸書引用此條甚多，詳略有別，今録於下：

《詩話總龜》前集卷二二宴遊門引《翰府名談》：

寇萊公有妾曰蒨桃，公因會贈歌者以束綾。蒨桃作二詩呈公曰：「一曲清歌一束綾，美人猶自意嫌輕。不知織女螢窗下，幾度抛梭織得成。」「風勁衣單手屢呵，幽窗軋軋度寒梭。臘天日短不盈尺，何似燕姬一曲歌？」公和曰：「將相功名終若何，不堪急景似飛梭。人間萬事何須問，且向尊前聽艷歌。」

吴幵《優古堂詩話·蒨桃贈歌者詩》引《翰府名談》：

寇萊公妾蒨桃，贈歌者詩云：「一曲清歌一束綾，美人猶似意嫌輕。不知織女寒窗下，幾度抛梭織得成。」

《類説》卷五二《翰府名談·萊公蒨桃》：

寇萊公夢得麗人蒨桃，後有姥携女，公造焉。姥曰：「女不見客。」公曰：「爾試呼之。」少選出拜，曰：「此吾主也。」公悟向所夢，遺姥銀百星，售女爲妾，語言多有補益。後公出鎮北門，宴集無虚日。有善歌者，公贈之束絲，意尚未滿。蒨桃爲詩曰：「一曲清歌一束綾，美人猶似意嫌輕。不知織女營窗下，幾度拋梭織得成。」後公南遷雷州，蒨桃泣曰：「妾無奇功，上昇於仙，有薄效，不入於鬼。前世師事仙人爲俠（嘉靖伯玉翁舊鈔本作「使」），嘗有巨官爲侍兒所鴆，妾往戮之，失詳審，孕已數月，是一戮而殺二人，受譴再入輪廻。宿根有契，爲公侍妾。今將别去，公當爲地下主者，乃閻浮提王。天符即下，宜即後事。」明日，蒨桃果卒，公不久亦亡。

《苕溪漁隱叢話》後集卷四〇《麗人雜記》：

余觀《古今詩話》、《翰府名談》皆載寇萊公侍兒倩桃詩二首，和章一首，並同。《翰府名談》仍益以怪辭，吾所不取。今但筆其詩云。公自相府出鎮北門，有善歌者至庭下，公取金鍾獨酌，令歌數闋，公贈之束綵，歌者未滿意。倩桃自内窺之，立爲詩二章呈公，云：「一曲清歌一束綾，美人猶自意嫌輕。不知織女螢窗下，幾度拋梭織得成。」其二云：「夜冷衣單手屢呵，幽窗軋軋度寒梭。臘天日短不盈尺，何似妖姬一曲歌！」公和云：「將相功名終若何，不堪急景似奔梭。人間萬事君休問，且向樽前聽艷歌。」

吴曾《能改齋漫録》卷八《沿襲・蒨桃贈歌者詩》引《翰府名談》：

寇萊公妾蒨桃贈歌者詩云：「一曲清歌一束綾，美人猶似意嫌輕。不知織女寒窗下，幾度拋梭織得成。」予嘗記南唐李詢贈織錦詩云：「札札機聲曉復晡，眼穿力盡意何如。美人一曲成千賜，心裏猶嫌花樣疏。」蒨桃詩意本此而不及也。

《錦繡萬花谷》前集卷二六《死作神·閻浮提王》：

寇萊公有妾蒨桃，隨南遷，再移光州。蒨桃泣曰：「妾前世師事仙人爲俠，今將别去，敢有所托，願葬杭州天竺寺。」萊公諾曰：「吾去非久也，何之？」桃曰：「吾向不言，恐泄陰理。今欲去。言亦無害。公當爲地下主者浮提王也。公不久亦亡。」有王克勤見公於曹州境上，擁驢北去，克勤詢後騎曰：「公何往？」曰：「閻浮提王交政也。」果爲閻羅王矣。

《侍兒小名録拾遺》引《翰府名談》：

寇萊公有妾曰蒨桃，公因會贈歌姬以束綾，蒨桃作二詩呈公曰：「一曲清歌一束綾，美人猶自意嫌輕。不知織女螢窗下，幾度拋梭織得成。」「風勁衣單手屢呵，幽窗軋軋度寒梭。臘天日短不盈尺，何似妖姬一曲歌！」公和曰：「將相功名終若何，不堪急景似奔梭。人間萬事何須問，且向樽前聽艷歌。」

《古今事文類聚》後集卷一六《蒨桃能詩》：

寇萊公有妾曰蒨桃，公因會贈歌者以束綾，蒨桃作二詩呈公曰：「一曲清歌一束綾，美人猶自意嫌輕。不知織女寒窗下，幾度拋梭織得成。」『風動衣單手屢呵，幽窗軋軋度寒梭。臘天日短不盈尺，何似妖姬一曲歌！」公和曰：「將相功名終若何，不堪急景似奔梭。人間萬事何須問，且向樽前聽艷歌。」

何汶《竹莊詩話》卷二二《閨秀・蒨桃》引《翰府名談》：

寇萊公有妾曰蒨桃，公因會贈歌者以束綾，蒨桃作二詩呈公云：「一曲清歌一束綾，美人猶自意嫌輕。不知織女螢窗下，幾度拋梭織得成。」「風勁衣單手屢呵，幽窗軋軋度寒梭。臘天日短不盈尺，何似妖姬一曲歌！」

《姬侍類偶》卷下《蒨桃束綾》引《翰府名談》：

寇萊公有妾曰蒨桃，公因會贈歌姬以束綾，蒨桃作二詩呈公曰：「一曲清歌一束綾，美人猶自意嫌輕。不知織女螢窗下，幾度拋梭織得成。」『風勁衣單手屢呵，幽窗軋軋度寒梭。臘天日短不盈尺，何似妖姬一曲歌！」公和曰：「將相功名終若何，不堪急景似奔梭。人間萬事何須問，且向樽前聽艷歌。」

《古今合璧事類備要》前集卷五四《蒨桃二詩》：

寇萊公鎮北門，有善歌者至庭，公取金鍾獨酌，令歌數闋，贈之束綾。侍兒蒨桃自內窺之，作二詩呈（原譌作「主」）公曰：「一曲清歌一束綾，美人猶自意嫌輕。不知織女寒窗下，幾度抛梭織得成。」「風動衣單手屢呵，幽窗軋軋度寒梭。臘天日短不盈尺，何似妖姬一曲歌！」公和曰：「將相功名終若何，不堪急景似奔梭。人間萬事何須問，且向博前聽艷歌。」

又卷六三《閻浮提王》引《翰府名談》：

寇萊公有妾蒨桃，隨南遷，再移光州。蒨桃泣曰：「妾前世師事仙人爲俠，今將别去，敢有所托，願葬杭州天竺寺。」萊公諾曰：「吾去非久也，何之？」桃曰：「吾向不言，恐泄陰理。今欲去，言非無害。公當爲地下主者浮提王也。公不久亦亡。」有王克勤見公於曹州境上，擁驢北去。克勤詢後騎曰：「公何往？」曰：「閻浮提王交政也。」果爲閻羅王矣。

《説郛》卷一七宋葉□□《愛日齋叢鈔・閻羅王》引《翰府名談》：

寇萊公南遷，再移光州。妾蒨桃泣曰：「妾前世師事仙人爲俠，今將别去，公當爲地下主者閻浮提王也。不久亦亡。」有王克勤見公曹州境上，擁驢北去。後騎曰：「閻浮提王交政也。」果爲閻羅王矣。

元闕名《群書通要》乙集卷九優賤門俳優類《蒨桃賦詩》：

萊公有妾曰蒨桃，公因會贈歌者以束綾，蒨桃作二詩呈公曰：「一曲清歌一束綾，美人猶自意嫌輕。不知織女螢窗下，幾度拋梭織得成。」「風動衣單手屢呵，幽窗軋軋度寒梭。臘天日短不盈尺，何似妖姬一曲歌！」公和曰：「將相功名終若何，不堪急景似奔梭。人間萬事何須問，且向樽前聽艷歌。」

《勸善書》卷一七亦略載：

宋寇公買一妾，名蒨桃。公遷雷州，妾泣曰：「妾前世師事仙人爲俠。嘗有達官爲侍兒所鴆，妾往戮之，失於詳審，娠已數月，一戮而殺二人，此妾所以受譴，今復輪廻至此也。

《永樂大典》卷一三一三六《夢女子相遇》引《翰府名談》，文字最詳：

寇萊公少時過大梁，宿邸中，夢至一處，翠峰流水。有女童引至磐石上，與兩人對坐，共食蒨桃。女童曰：「某有分。」趨左，公引執其手，即覺。自汴回梁，再宿舊邸。有老姥曰：「吾孫女小名蒨桃，衣冠家欲娶之，則女大罵，曰：『我已有夫。』」公曰：「爾試呼之。」少選出拜曰：「此吾主也。」公悟向所夢，遺姥銀百星，售女爲妾。語言多有補益。後公出鎮北門，燕集無虛日。有善歌者，公贈之束綵，意尚未滿。蒨桃爲詩云：「一曲清歌一束綾，美人猶似意嫌輕。不知織女螢窗下，幾度拋梭織得成。」後公南遷雷州，蒨桃泣曰：「妾無奇功，不升於仙；有薄劾，亦不入於鬼。前世師事仙人爲俠。嘗有官爲侍兒所鴆，妾往戮之，失於詳審，孕已數月，是一戮而殺二人，受譴再入輪迴。宿根有契，爲公侍妾。今將別去。公當爲地下主者，乃閻浮提王也。天符即下，宜集後事。」明日，蒨桃果卒。公不久亦逝。

今據《大典》及諸書綜合如下：

寇萊公少時過大梁，宿邸中，夢至一處，翠峰流水。有女童引至磐石上，與兩人對坐，共食蒨桃。女童曰：「某有分。」趨左，公引執其手，即覺。自汴回梁，再宿舊邸。有老姥曰：「吾孫女小名蒨桃，衣冠家欲娶之。出拜。」則女大罵，曰：「我已有夫。」公曰：「爾試呼之。」少選出拜曰：「此吾主也。」公悟向所夢，遺姥銀百星，售女爲妾。語言多有補益。後公自相府出鎮北門，燕集無虛日。有善歌者至庭下，公取金鍾獨酌，令歌數闋。公贈之束綵，意尚未滿。蒨桃自内窺之，立爲詩二章呈公云：「一曲清歌一束綾，美人猶似意嫌輕。不知織女螢窗下，幾度拋梭織得成。」其二云：「夜冷衣單手屢呵，幽窗軋軋度寒梭。臘天日短不盈尺，何似妖姬一曲歌。」公和曰：「將相功名終若何，不堪急景似奔梭。人間萬事君休問，且向樽前聽艷歌。」後公南遷雷州，蒨桃泣曰：「妾無奇功，不升於仙；有薄効，亦不入於鬼。前世師事仙人爲俠。嘗有巨官爲侍兒所鴆，妾往戮之，失於詳審，孕已數月，是一戮而殺二人。受譴再入輪迴，宿根有契，爲公侍妾，今將別去。敢有所托，願葬杭州天竺寺。」萊公諾，曰：「吾去非久也，何之？」桃曰：「吾向不言，恐泄陰理，今欲去，言亦無害。公當爲地下主者，乃閻浮提王也。天符即下，宜集後事。」明日，蒨桃果卒。公不久亦逝。有王克勤，見公於曹州境上，擁驢北去。克勤詢後騎曰：「公何往？」曰：「閻浮提王交政也。」果爲閻羅王矣。

《一見賞心編》卷一一賢節類《蒨桃女》，文字有增飾，此其體也。曰：

寇萊公少時過大梁，夜宿邸館，夢遊一佳境，層峰聳翠，絶澗交流。有女童引至磐石上，相與對坐，共食蒨桃。女童曰：「乘高履險，有危道焉。」迺執其手而下。須臾即覺。後公自汴回梁，再宿邸館。有老姥曰：「孫女蒨桃，可出拜。」及見之，大駭曰：「此曩昔之夜所夢者也。」厚爲之聘而納焉。嗣是公出鎮北門，宴集無虚日。有善歌，公贈之束綾，意尚未滿。蒨桃爲詩曰：「一曲清歌一束綾，美人猶似意嫌輕。不知織女寒窗下，幾度拋梭織得成。」又曰：「風動衣單手屢呵，幽窗軋軋動寒梭。吁嗟短日難盈尺，何似妖姬一曲歌。」公覽詩，悵然有感，乃和韻一首曰：「將相功名終若何，不堪急景似奔梭。人間萬士(事)何須問，且向樽前聽艷歌。」

《繡谷春容》禮集卷一《璣囊摭粹》亦載蒨桃事，題《蒨桃感贈綾有感》：

蒨桃，寇萊公妾也。姿色艷麗，靈淑能詩。公嘗設宴會，集諸妓，賞綾綺千數。蒨桃歌獻二絶，云：「一曲清歌一束綾，美人猶似意嫌輕。不知織女寒窗下，幾度拋梭織得成。」

「風動衣單手屢呵，幽窗札札動寒梭。臘天日短不盈尺，何似妖姬一曲歌。」公以詩和之曰：「將相功名終若何，不堪急景似奔梭。人間萬事何須問，且向尊前聽艷歌。」

元陳世隆《北軒筆記》亦載蒨桃事，乃後世傳聞，云：「寇萊公之謫嶺南，道出杭州。妾蒨桃疾作，謂公曰：『妾必不起，幸葬我天竺山下。』且云：『相公宜自愛，亦非久居人世者。』果老薨於雷州。夫萊公不必言，此女子亦豈塵埃中人耶？視戀戀世緣者，真霄壤矣。」

譚意哥教張氏子〔一〕

譚意哥，喪親，流落長沙。年八歲，寄養竹莊〔二〕張文家。有妓丁婉卿見之，乃厚遺文求得〔三〕。年未及〔四〕笄，獨步一時，車馬如市。尤工詩筆。會汝州張正字爲潭茶官〔五〕，相得甚懽，意乃歸〔六〕之。有情者贈詩云：「才色相逢方得意，風流會遇事尤佳〔七〕。牡丹移入仙宮〔八〕去，從此湘東無好花。」後張調官，意哥〔九〕餞别曰：「子乃名家，妾〔一〇〕乃娼類，今之分袂，決無後期。腹有君之息數月矣，君宜念之。」别後寄詩曰：「瀟湘江上探春回，消盡殘〔一一〕冰落盡梅。願得兒夫似春色，一年一度一歸來〔一二〕。」張内逼慈親，外爲物議，納孫殿丞之女爲姻，不敢作書報意。後三〔一三〕年，張妻孫氏謝世。有客自長沙來，云意哥掩户不出，買田百畝自給，親〔一四〕教其子。張乃如〔一五〕長沙，挈歸〔一六〕京師。其子後以進士登第。出《青瑣高議》

〔一〕譚意哥教張氏子　《繡谷春容》賢行類作《譚意歌教張氏子》，《書舶庸譚》著録作「譚意哥教張氏女」，「女」字誤。按：《類説》卷四六《青瑣高議·譚意哥記》作「哥」。《青瑣高議》别集卷二《譚意歌》，正文除首句作「歌」外以下皆作「哥」。

〔二〕竹莊　《類説》作「竹工」，《青瑣高議》作「小工」。按：《青瑣高議》下句云「文造竹器自給」，乃竹工。

〔三〕得　《類説》作「售」。

〔四〕及　此字原無，據《繡谷春容》、《類説》及《青瑣高議》補。

〔五〕張正字爲潭茶官　「張正字」《青瑣高議》「字」作「宇」，民國精刻本、《類説》均作「字」。按：正字，官名，屬祕書省，掌校讎典籍，判正譌謬。「潭」原譌作「譚」，「茶」原作「參」，當誤，《繡谷春容》、《類説》及《青瑣高議》均作「潭」、「茶」，據改。潭，潭州也。

〔六〕歸　原爲闕字，據《繡谷春容》、《類説》補。周校本補作「婿」，不當。

〔七〕風流會遇事尤佳　原作「風流□□會尤佳」，據《繡谷春容》、《類説》補改。《青瑣高議》作「風流相遇事尤佳」，「相」字與前句重，當誤。周校本一九五七年本據《青瑣高議》補作「相遇」。

〔八〕宫　《類説》及《青瑣高議》作「都」。

〔九〕哥　《繡谷春容》、《類説》無此字，下同。
〔一〇〕妾　《繡谷春容》、《類説》及《青瑣高議》作「我」。
〔一一〕殘　《繡谷春容》、《類説》及《青瑣高議》作「寒」。
〔一二〕歸來　原作「來歸」，據《繡谷春容》、《類説》及《青瑣高議》改。按：據《廣韻》，「歸」屬上平聲八微，「來」屬十六咍，「回」、「梅」屬十五灰，注「咍同用」，則「回」、「梅」、「來」同韻。
〔一三〕三　《繡谷春容》作「二」。按：《類説》及《青瑣高議》作「三」，「二」字譌。
〔一四〕親　原作「規」，據《繡谷春容》、《類説》及《青瑣高議》改。
〔一五〕如　原作「赴」，據清鈔本、《繡谷春容》、《類説》及《青瑣高議》改。
〔一六〕歸　清鈔本作「婦」。

按：此條摘録《類説》卷四六《青瑣高議·譚意哥記》而成，《類説》原作：

譚意哥，喪親，流落長沙。年八歲，寄養竹工張文家。官妓丁婉卿見意姿艷，偶念苟得之必盈（嘉靖伯玉翁舊鈔本作豐）吾屋，乃厚遺文求售。年未及笄，獨步一時，車馬如市。尤工詩筆，府公會客，鼜博士有故至府，公曰：「鼜博拜時鬚暬地。」意對曰：「郡侯宴處幙漫天。」半刺蔣田指意面曰：「冬瓜霜後頻添粉。」意執公裳袂曰：「木棗秋來也著緋。」會汝州張正字爲潭茶官，相得歡甚，意乃歸之。有情者贈詩云：「才色相逢方得意，風流會遇事尤佳。牡丹移入仙都去，從此湘東無好花。」後張調官，意餞别曰：「子本名家，我乃娼類，今之分袂，决無後期。腹有君之息數月矣，君宜念之。」别後寄詩曰：「瀟湘江上探春回，消盡寒冰落盡梅。願得兒夫似春色，一年一度一歸來。」張内逼慈親之教，外爲物議之非，約孫殿丞女爲姻，不敢作書報意。意爲書云：「妾之鄙陋，自知甚明。一入閨幃，克勤婦道。遽此見棄，致我失圖。求之人情，似傷薄惡。有義則合，佩服（舊鈔本作報）前言（舊鈔本作恩）。無故見離，自傷微弱。稚子三歲，期於成人，庇妾之身而已。」後三年，張妻孫氏謝世。有客自長（此字據舊鈔本補）沙來，云意掩户不出，買田百畝自給，親教其子。張乃如長沙，意不肯見，曰：「子已有室，宜去，無浼我。」張曰：「吾妻已亡矣。」意云：「通媒妁，行六禮，乃敢聞命。」張如其請，挈歸京師。意治閨門有禮法，其子以進士登第。

原文載《青瑣高議》别集卷二，題《譚意歌》，注「記英奴才華秀色」，題譙郡秦醇子復。文長不録。

聶勝瓊事李公妻〔一〕

李公之問儀曹，解長安幙〔二〕，詣京師改秩。都下聶勝瓊，名娼也，資〔三〕性慧黠，公見而喜之。李將行，勝瓊送之别，飲〔四〕於蓮花樓。唱一詞，末句曰：「無計留春〔五〕住，柰何無計隨君去！」李復留經月。爲細君督歸甚切，遂飲〔六〕别。不旬日，聶作一詞以寄之，名《鷓鴣天》，曰〔七〕：「玉慘花愁出鳳城，蓮花樓下柳青青。樽前一唱《陽關》後，别個人人第五〔八〕程。　尋好夢，夢難成，況誰知我此時情。枕前淚共簾前雨，隔個窗兒滴到明。」李在中路得之，藏於篋間。抵家，爲其妻所得，因問之，具以實告。妻喜其語句清健，遂出粧奩資，募役〔九〕往京師取歸。瓊至，即棄冠櫛，損其粧飾，奉承李公之室以主母禮，大和悦焉。出《古今詞話》

〔一〕聶勝瓊事李公妻　《書舶庸譚》著録本及清鈔本「瓊」作「璚」。璚，同「瓊」。
〔二〕幙　《繡谷春容》賢行類譌作「暮」。
〔三〕資　《繡谷春容》作「質」。
〔四〕飲　周校本一九九一年本遺增「餞」字，蓋據《青泥蓮花記》卷八記從二《聶勝瓊》。
〔五〕春　原作「君」，據《繡谷春容》改。趙萬里輯《古今詞話》作「君」。
〔六〕飲　此字原無，據《繡谷春容》補。
〔七〕曰　《繡谷春容》無此字。趙輯本有此字。
〔八〕五　此字原空闕，據《繡谷春容》、趙輯本及《花菴詞選》卷一〇、《花草粹編》卷一〇補。
〔九〕役　原譌作「後」，據《繡谷春容》改。

按：此條出《古今詞話》，趙萬里輯《古今詞話》據輯。南宋黄昇《花菴詞選》卷一〇收入聶勝瓊《鷓鴣天》，曰：「玉慘花愁出鳳城，蓮花樓下柳青青。尊前一唱《陽關曲》，別箇人人第五程。　尋好夢，夢難成，有誰知我此時情。枕前泪共堦前雨，隔箇窗兒滴到明。」《花草粹編》卷一〇聶勝瓊（注京師名妓）《鷓鴣天·寄李之問》：「玉慘花愁出鳳城，蓮花樓下柳青青。清樽一曲《陽關》後，別箇人人第五程。　尋好夢，夢難成，況誰知我此時情。枕前淚共芭蕉雨，隔箇窗兒滴到明。」文字皆與本條微異。

《青泥蓮花記》卷八記從二《聶勝瓊》、《一見賞心編》卷一一賢節類《勝瓊妓》，皆據本條，文字有所增改。

明徐熥《幔亭集》卷一四《題畫士女》，中詠聶勝瓊曰：「解將紈素卸花鈿，誰識新懽是舊緣。從此相思千點淚，不須和雨到窗前。」

楊愛愛不嫁後夫

愛愛楊氏，本錢唐娼家女〔一〕。年十五，尚垂鬟〔二〕，性喜〔三〕歌舞。初〔四〕學胡琴數曲，遂能緣其聲以通他調〔五〕。七月七日，泛舟西湖，採荷香，爲金陵少年張逞所調，遂相携潛遁，旅於京師。踰一〔六〕年，逞爲父捕去，不及與別。留於巷中，舍與予家〔七〕相鄰。吾母少寡居，性高嚴，憐愛愛艷麗，失於人，棄置〔八〕不收，而所爲不妄，時往與〔九〕語。一日，人傳逞已死，吾母往慰，問其歸〔一〇〕，愛愛摧然〔一一〕泣下曰：「是必虛語。若果然，亦不願他從，當死此舍下。」自爾素服蔬膳，日呱呱而泣，不復近拈樂器〔一二〕。好事有力者百計圖之，終不可及。明年清明，飲楚子之舍，偶聞〔一三〕居舍後壁隙，見雜花數樹盛開，二婦女以〔一四〕鞦韆之戲。詢于楚，即其妻〔一五〕與愛愛也。予登第後，再至都下，遂往楚舍，問其良苦。楚云：「愛愛念逞之勤，感疾而死，已終歲矣。我家爲藁葬〔一六〕國門之東郊。其節介高絶，至死無能侵亂之者。」蘇子美爲作傳

〔一〕本錢唐娼家女　「家」字原無。《類説》卷二九《麗情集·愛愛》作「錢塘娼家女也」，《侍兒小名録拾遺》引蘇子美《愛愛集》作「本錢唐倡家女」，《歲時廣記》卷二八《感舊念》引《麗情集》作「本錢塘倡家女」，均有「家」字，據補。錢唐即錢塘，本名錢唐，唐代加土作「塘」。

〔二〕鬟　《青泥蓮花記》卷五記節二《楊愛愛》引《麗情集》作「髻」。

〔三〕喜　《侍兒小名録拾遺》作「善」。

〔四〕初　《侍兒小名録拾遺》作「幼」。

〔五〕他調　「調」原作「詞」，當譌，據《侍兒小名録拾遺》、《歲時廣記》及《青泥蓮花記》改。《侍兒小名録拾遺》「他」作「其」。

〔六〕一　《類説》、《侍兒小名録拾遺》、《歲時廣記》作「二」。

〔七〕家　此字原無，據《侍兒小名録拾遺》補。

〔八〕置　此字原空闕，據《青泥蓮花記》補。清鈔本作「豊」（同豐），誤。

〔九〕與　此字清鈔本空闕。

〔一〇〕吾母往慰問其歸　《侍兒小名録拾遺》作「或往慰問其所」。《青泥蓮花記》作「吾母往慰，問其所歸」，周校本據補「所」字。

〔一一〕摧然　《侍兒小名録拾遺》作「愴然」。

〔一二〕不復近拈樂器　前原有「後」字，《侍兒小名録拾遺》、《青泥蓮花記》無，據删。「不」字下清鈔本衍「後」字。「拈」字原空闕，據《青泥蓮花記》補。清鈔本作「拓」，當爲「拈」字之譌。《侍兒小名録拾遺》作「不復親近樂器」，周校本據改。

〔一三〕聞　周校本改作「過」。

〔一四〕以　周校本改作「作」。

〔一五〕妻　此字原空闕，周校本補作「妻」，姑從之。

〔一六〕藁葬　「藁」原作「橐」，口袋也，據清鈔本改。《青泥蓮花記》作「槀」，字同。周校本改作「藁」，按：藁葬，草草埋葬。

按：本條末注「蘇子美爲作傳」，蘇子美即蘇舜欽，字子美。今存《蘇學士文集》無此文。北宋徐積《節孝集》卷一三《愛愛歌并序》云：「子美爲《愛愛歌》，已失之矣。又其辭淫漫，而序事不得愛愛本心，甚無以示後學。」知子美原文題《愛愛歌并序》，傳則序也。《侍兒小名録拾遺》引作《愛愛集》，《愛愛集》者似集子美及徐積《愛愛歌并序》而成，或亦有他人所作，亦未可知。《麗情集》曾採入歌并序，歌只存四句。《片玉集》卷九《月中行·怨恨》南宋陳元龍注引《麗情集·愛愛歌》：「帳虚膽怯夢易破。」又卷一《瑞龍吟》注引蘇子美：「常云癡小失所記，倚杜愔愔更有情。」《箋注妙選群英草堂詩餘》卷上周美成（邦彦字）《瑞龍吟》注亦引，文同。黄庭堅《山谷詩集注》卷一四《次韻石七三六言七首》其四南宋任淵注、南宋陳與義《箋注簡齋詩集》卷二四《正月十二日至邵州十三日夜暴雨滂沱》胡穉箋引蘇子美《愛愛歌》：「此樂亦可戕天公。」

《類説》卷二九《麗情集·愛愛》，《侍兒小名録拾遺》引蘇子美《愛愛集》，《歲時廣記》卷二八《感舊念》引《麗情集》，《青泥蓮花記》卷五記節二《楊愛愛》引《麗情集》，皆爲序文節録。《青泥蓮花記》當據《緑窗新話》，有所删節。今將四書引録於下：

愛愛，姓楊氏，錢塘娼家女也。七夕，泛舟西湖，採荷香，爲金陵少年張逞所調，相携潛遁於京師。餘二年，逞爲父捕去。後或傳逞已卒，□（《四庫全書》本作「致」）愛愛感念而亡。小婢錦兒，出其故綉手籍、香囊、纈履，郁然如新。（《類説》）

愛愛，姓楊氏，本錢唐倡家女。年十五，尚垂鬟，性善歌舞。幼學胡琴數曲，遂能緣其聲以通其調。泛舟西湖，採荷香，爲金陵少年張逞所調，遂相携潛遁於京師。逞家雄於財，雅亦曉音律。歲時嬉遊，以犢車同載。故鑾輅之幸，琳館之闢，雖遠必先，雖暄（疑當作喧）必前，京都偉麗之觀，無不及也。踰二年，逞爲父捕去，不及與愛別。留深巷中，舍與予家相隣。一日，人傳逞死，或往慰問其所。愛愴然泣下曰：「是必虚語。若果然，亦不願他從。故鄉道遠，出非以禮，必不能自還。當死此舍。」自爾素服蔬膳，日呱呱而泣，不復親近樂器。里之他婦欲往見之，即反關不納。好事有力者百計圖之，終不可及。愛姿體纖素艷發，不類人間人。後三年，念逞之勤，感疾而死。小婢子錦兒今尚在，出其繡手籍、香囊、纈履數物，香皆郁然而新。（《侍兒小名録拾遺》）

愛愛楊氏，本錢塘倡家女。年十五，尚垂鬟，性喜歌舞。初學胡琴數曲，遂能緣其聲以通他調。七月七日，泛舟西湖，採荷香，爲金陵少年張逞所調，遂相攜潛遁，旅於京師。二年，逞爲父捕去，不及與愛愛別。後傳逞已死，愛愛亦感疾而亡。其小婢錦兒，常出其故繡手藉、香囊、纈履等示人，皆郁然如新。（《歲時廣記》）

愛愛楊氏，本錢唐娼女也。垂髫，性喜歌舞。初學胡琴數曲，遂能緣其聲以通他調。七月七日，泛舟西湖，採荷香，爲金陵少年張逞所調，相携潛遁，旅於京師。逾年，逞爲父捕去，不及與愛别。留於巷中，舍與予相鄰。吾母少寡居，性高嚴，怜愛艷麗，失於人，棄置不收，而所爲不妄，時(原譌作「脉」)往與語。一日，人傳逞已死，吾母往慰，問其所歸，愛摧然泣下曰：「是必虛語。果然，亦當死此舍下。」自爾素服蔬膳，日呱呱而泣，不復近拈樂器。好事者百計圖之，終不可得。予登第後，再至都下，往楚子之舍，問其良苦。楚云：「愛愛念逞之勤，感疾而死，已終歲矣。我家爲槀葬國門之東郊。其節介高絶，至死無能侵亂之者。」(《青泥蓮花記》)

所引皆詳略不同，兹據《緑窗新話》及此四書綜合校録如左：

愛愛，姓楊氏，本錢塘倡家女。年十五，尚垂鬟，性善歌舞。初學胡琴數曲，遂能緣其聲以通他調。七月七日，泛舟西湖，採荷香，爲金陵少年張逞所調，遂相携潛遁，旅於京師。逞家雄於財，雅亦曉音律。歲時嬉遊，以犢車同載。故鑾輅之幸，琳館之闢，雖遠必先，雖喧必前，京都偉麗之觀，無不及也。踰二年，逞爲父捕去，不及與愛别。留於巷中，舍與予家相鄰。吾母少寡居，性高嚴，憐愛愛艷麗，失於人，棄置不收，而所爲不妄，時往與語。一日，人傳逞已死，吾母往慰，問其所歸，愛愴然泣下曰：「是必虛語。若果然，亦不願他從。故鄉道遠，出非以禮，必不能自還。當死此舍下。」自爾素服蔬膳，日呱呱而泣，不復親近樂器。里之他婦欲往見之，即反關不納。好事有力者百計圖之，終不可及。愛姿體纖素艷發，不類人間人。明年清明，飲楚子之舍，偶聞居舍後壁隙，見雜花數樹盛開，二婦女以鞦韆之戲。詢于楚，即其妻與愛愛也。予登第後，再至都下，遂往楚舍，問其良苦。楚云：「愛愛念逞之勤，感疾而死，已終歲矣。我家爲藁葬國門之東郊。其節介高絶，至死無能侵亂之者。」小婢子錦兒今尚在，出其故繡手藉、香囊、纈履數物示人，香皆郁然如新。

《節孝集》卷一三《愛愛歌并序》，全文如下：

子美爲《愛愛歌》已失之矣，又其辭淫漫，而序事不得愛愛本心，甚無以示後學。余欲爲子美抉去其文而易以此歌，以解學者之惑。其序曰：愛愛，吴女也。幼孤，託於嫂氏。其家即娼家也，左右前後亦娼家也。居娼家而不爲娼事者，蓋天下無一人，而愛愛以小女子能傑然自異，不爲其黨所汙，其已艱矣。然愛愛以小女子，顧其勢終不能固執，此其所以操心危慮患深之道，不得已而爲奔女之計也。於是與其人來京師，既數年，其人歸江南，遂死於江南。愛愛居京師，自以爲未亡人也，慨然有必死之計。故雖富貴百計萬方，卒不能動其心，以至於死。此固不得謂之小節，是奇女子也。古之所謂義烈之女者，心同而迹異。按愛愛所奔，即江寧富人張氏也。張氏納奔妾於外，棄父母而不歸，以至其父捕去，此乃不孝之大者，固不得齒爲人類，禽獸之行，所不足道也。故余之所歌，意有詳畧，事有取捨，文皆主於愛愛焉。歌曰：吴越佳人古云好，破家亡國可勝道。昨夜閒觀《愛愛歌》，坐中歎息無如何。愛愛乃是娼家女，渾金璞玉埋塵土。歌舞吴中第一人，緑髮雙鬟纔十五。耳聞眼見是何事，不謂其人乃如許。操心危兮慮患深，半夜燈前淚如雨。假如一笑得千金，不如嫁作良人婦。桃李不爲當路花，芙蓉開向秋風渚。忽然一日逢張氏，便約終身不相棄。山可磨兮海可枯，生唯一兮死無二。有如樗櫟叢中木，忽然化作瀟湘竹。又如黄鳥春風時，遷喬林兮出幽谷。文君走馬來成都，弄玉吹簫纔幾曲。不聞馬上琵琶聲，却在山頭望夫哭。去年春風還滿房，昨夜月明還滿床。行人一去不復返，不是江山岐路長。前年猶惜金縷衣，去年不畫深燕脂。今年今日萬事已，鮫綃翡翠看如泥。一女二夫兮妾之所羞，不忠於所事兮其將何求。蛾眉皓齒兮乃妾之讐，不如無生兮庶幾無尤。喓喓草蟲兮趯趯阜螽，靡不有初兮鮮克有終。鴛鴦于飛兮畢之羅之，人間此恨兮消何時。深山人迹不到處，病鸞斂翅巢空枝。

觀徐積文中「幼孤，託於嫂氏」云云，不見前文所輯，然則子美《愛愛歌序》當較此詳備，惜原文不存。

愛愛事宋人曾演爲話本，《新編醉翁談録》著録傳奇類話本中有《愛愛詞》一本。

張住住不負正婚

張住住，居〔一〕南曲，門甚寂寞。爲小舖席，貨草剉、薑果之類〔二〕。與龐佛奴爲隣，幼有結髮之約。住住將笄，佛奴力窘不能聘。有陳小〔三〕鳳，欲權聘，求其元〔四〕。住住因上巳其家踏青，以疾辭獨留，東牆梯過佛奴，以遂平生。曰：「我不負子，子其可以〔五〕負我乎？」佛奴乃髡鷄冠，取丹物，託〔六〕隣嫗致住住。既而小〔七〕鳳以爲獲元，甚喜，獻三緡于張氏。佛奴貧不能給，母兄喻之，住住終不捨佛奴，指井曰：「若逼我不已，骨動一聲即了〔八〕。」後小鳳知爲所欺，遂絶往來，佛奴竟娶之〔九〕。

〔一〕居　周校本誤作「住」。

〔二〕爲小舖席貨草剉薑果之類　原作「爲小舖貨席草倒薑果之類」，據《繡谷春容》守節類改。按：《北里誌·張住住》亦作「爲小舖席，貨草剉、薑果之類」。席，攤位。周校一九五七年本與「貨」連讀作「席貨」，誤。一九九一年本脱「爲小舖」三字。草剉，割草刀具。

〔三〕小　原作「之」，據《繡谷春容》及《北里誌》改。

〔四〕元　原作「兄」，據《繡谷春容》及《北里誌》改。按：下文「鳳以爲獲元」，亦有「元」字。元，似爲元吉之省，大吉也。《周易・坤》：「黄裳元吉。」孔穎達疏：「元，大也。以其德能如此，故得大吉也。」此指婚姻。

〔五〕可以　原作「不可以」，據《繡谷春容》删「不」字。《北里誌》作「可便」。

〔六〕託　清鈔本譌作「記」。

〔七〕小　此字原無，據《繡谷春容》及《北里誌》補。

〔八〕骨動一聲即了　「骨動」《北里誌》作「骨董」，周校本據改。按：「骨動」、「骨董」均爲象聲詞，今作「咕咚」。「即」《繡谷春容》作「就」。

〔九〕後小鳳知爲所欺遂絶往來佛奴竟娶之　以上十六字原無，據《繡谷春容》補。

按：此條無出處，乃節自唐末孫棨《北里誌・張住住》，《青泥蓮花記》卷七《記從一》亦引，題同。《北里誌》全文曰：

張住住者，南曲所居卑陋，有二女兄不振，是以門甚寂寞。爲小鋪席，貨草剉、薑果之類。住住，其母之腹女也。少而敏慧，能辨音律。鄰有龐佛奴，與之同歲，亦聰警，甚相悦慕。年六七歲，隨師於衆學中，歸則轉教住住，私有結髮之契。及住住將笄，其家拘管甚切，佛奴稀得見之，又力窘不能致聘。俄而里之南有陳小鳳者，欲權聘住住，蓋求其元，已納薄幣，約其歲三月五日。及月初，音耗不通，兩相疑恨。佛奴因寒食争毬，故逼其窗以伺之。忽聞住住曰：「徐州子，看看日中也。」佛奴，龐勛同姓，傭書徐邸，因私呼佛奴爲徐州子。日中，蓋五日也。佛奴甚喜，因求。住住云：「上巳日我家踏青去，我當以疾辭彼，即自爲計也。」佛奴因求其鄰宋嫗爲之地，嫗許之。是日，舉家踏青去，而嫗獨留，住住亦留。住住乃鍵其門，伺於東牆。聞佛奴語聲，遂梯而過。佛奴盛備酒饌，亦延宋嫗，因爲謾寢，所以遂平生。既而謂佛奴曰：「子既不能見聘，今且後時矣。隨子而奔，兩非其便。千秋之誓，可徐圖之。五日之言，其何如也？」佛奴曰：「此我不能也，但願保之他日。」住住又曰：「小鳳亦非娶我也，其旨可知也。我不負子矣，而子其可便負我家而辱之乎？子必爲我之計。」佛奴許之。曲中素有畜鬬雞者，佛奴常與之狎。至五日，因髠其冠，取丹物，托宋嫗致於住住。既而小鳳以爲獲元，甚喜，又獻三緡於張氏，遂往來不絶。復貪住住之明慧，因欲嘉禮納之。時小鳳爲平康富家，車服甚盛。佛奴傭於徐邸，不能給食，母兄喻之，鄰里譏之，住住終不捨佛奴，指堦井曰：「若逼我不已，骨董一聲即了矣。」平康里中素多輕薄小兒，遇事輒唱住住誑小鳳也，鄰里或知之。俄而復値北曲王團兒假女小福，爲鄭九郎主之，而私於曲中盛六子者。及誕一子，滎陽撫之甚厚。曲中唱曰：「張公喫酒李公顛，盛六生兒鄭九憐。舍下雄雞傷一德，南頭小鳳納三千。」久之，小鳳因訪住住，微聞其唱，疑而未察。其與住住昵者，詰旦告以街中之辭，曰：「是日前佛奴雄雞，因避鬬飛上屋，傷足。前曲小鐵鑪田小福者，賣馬街頭，遇佛奴父，以爲小福所傷，遂毆之。」住住素有口辯，因撫掌曰：「是何龐漢，打他賣馬街頭田小福？」街頭唱：『舍下雄雞失一足，街頭小福拉三拳。』且雄雞失德，是何謂也？」小鳳既不審且不喻，遂無以對。住住因大咍，遞呼家人，隨弄小鳳，甚不自足。住住因呼宋媪，使以前言告佛奴，奴視雞足且良，遂以生絲纏其鷄足，置街中，召群小兒共變其唱住住之言。小鳳復以住住家噪弄不已，遂出街中以避之。及見雞跛，又聞改唱，深恨向來誤聽，乃益市酒肉，復之張舍。一夕，宴語甚歡，至旦將歸，街中又唱曰：「莫將龐大作莜音翹團，龐大皮中的不乾。不怕鳳凰當額打，更將雞脚用筋纏。」小鳳聞此唱，不復詣住住。佛奴初傭徐邸，邸將甚憐之，爲致職名，竟裨邸將，終以禮聘住住，將連大第。而小鳳家事日蹙，復不侔矣。

姚玉京持志割耳

宋末，娼女姚玉京，美態而聰慧〔一〕。始笄歲，嫁襄陽小吏衛敬瑜〔二〕。三月，敬瑜溺漢水死〔三〕，姚之父逼迫令他適，玉京割耳自誓〔四〕，以此〔五〕獲免。所住户上有雙燕葺巢，一日爲鷙鳥所獲，其一孤飛〔六〕悲鳴，若依玉京。玉京嘆異之。數月，秋風忽興，群〔七〕燕將去，玉京以紅線〔八〕繫足，撫而祝曰：「新春定來，爲伴侶也。」明年，此燕果至，前縷猶存。玉京贈詩曰：「昔時無偶去，今春還獨歸〔九〕。故人恩義重，不忍更雙飛。」自爾七歲。其年秋燕去，玉京疾終。明年燕來，訝其無人，徘徊哀鳴。姚氏之舉〔一〇〕族泣曰：「玉京死矣，墳在南城。」燕遂悲鳴至墳所，亦死。姚氏族因瘞於墳側〔一一〕。其後有人〔一二〕見玉京與燕同遊於漢水之濱。

〔一〕美態而聰慧　原「慧」下有「歲」字，與下句重，當爲衍字，據《繡谷春容》守節類删。

〔二〕嫁襄陽小吏衛敬瑜　「吏」原作「史」，據清鈔本及《繡谷春容》改。清鈔本「瑜」譌作「踰」，下同。

〔三〕敬瑜溺漢水死　《繡谷春容》無「敬瑜」二字。周校本「死」上有「而」字，乃據《類説》卷二九《麗情集·燕女墳》補。按：周校本據《類説》增改處以下不再出校。

〔四〕割耳自誓　「割」《繡谷春容》作「斷」。按：《繡谷春容》亦題《姚玉京持志割耳》，疑「斷」字誤。「誓」下原有「曰」字，據《繡谷春容》删。

〔五〕以此　原作「曰」，據《繡谷春容》改。

〔六〕飛　原作「燕」，據《繡谷春容》改。

〔七〕群　原譌作「郡」，據清鈔本、《繡谷春容》改。

〔八〕線　下文作「縷」。

〔九〕還獨歸　原作「獨歸還」，據《繡谷春容》改。

〔一〇〕舉　《繡谷春容》無此字。

〔一一〕姚氏族因瘗於墳側　「氏」《繡谷春容》作「之」。「瘗」字原譌作「瘞」，據清鈔本、《繡谷春容》改。

〔一二〕有人　《繡谷春容》無此二字。

按：此條未注出處。《古今事文類聚》後集卷四五《燕女墳》，末注：「唐李公佐撰《燕女墳記》。」文曰：

宋末，娼家女姚玉京，嫁襄州小吏衛敬瑜，溺水而死，玉京守志養舅姑。常有雙燕巢梁間，一日爲鷙鳥所獲，其一孤飛，悲鳴徘徊。至秋，翔集玉京之臂，如告别然。玉京以紅縷繫足，曰：「新春復來，爲吾侶也。」明年果至，因贈詩曰：「昔時無偶去，今年還獨歸。故人恩義重，不忍更雙飛。」自爾秋歸春來，凡六七年。其年玉京病卒。明年燕來，周章哀鳴。家人語曰：「玉京死矣，墳在南郭。」燕遂（原作逐，據《類説》卷二九《麗情集·燕女墳》改）至墳所，亦死。每風清月明，襄人見玉京與燕同遊漢水之濱。

明王罃《群書類編故事》卷二四全取《事文類聚》，末注《燕女墳記》。又元闕名《群書通要》庚集卷七、《青泥蓮花記》卷四《記節一·姚玉京》所載文句亦同，前書末注：「唐李公佐《燕女墳記》。」後書末云：「至唐，李公佐譔《燕女墳記》。」《天中記》卷五八《燕女墳》、《廣博物志》卷二三末注「唐李公（脱佐字）撰《燕女墳記》」，亦本《事文類聚》。又《孔帖》卷九五《紅縷繫足》，引作宋李公佐《燕女墳記》，文簡。《錦繡萬花谷》後集卷四〇引《紅縷繫足》，《古今合璧事類備要》别集卷七三引《繫紅縷》，末並注「唐李公佐《燕女墳記》」，文同《孔帖》。《孔帖》卷六六引《燕女墳記》，文亦簡，《事類備要》前集卷六七《孤燕尋墳》（無出處）、明彭大翼《山堂肆考》卷三〇《燕尋》（無出處），文同之。

《麗情集》採入此事，《類説》卷二九《麗情集・燕女墳》，其文與《事文類聚》大同，疑《事文類聚》據此而録，而另注出處。文曰：

> 宋末，娼家女姚玉京，嫁襄州小校敬瑜。敬瑜溺水而死，玉京守志養姑舅。常有雙燕巢梁間，一日爲鷙鳥所獲，其一孤飛，悲鳴徘徊。至秋，翔集玉京之臂，如告别然。玉京以紅縷繫足，曰：「新春定來，爲吾侣也。」明年果至，因贈詩曰：「昔躊（當作疇）新偶（《四庫全書》本作「昔年無偶」）去，今年春又歸（《四庫》本作「今春猶獨歸」）。故人恩義重，不忍更雙飛。」自爾秋歸春來，凡六七年。其年玉京病卒，明年復來，周章哀鳴。家人語曰：「玉京死矣，墳在南郭。」燕遂至葬所，亦死。每風清月明，襄人見玉京與燕同遊漢水之上。

南宋羅泌《路史發揮》卷六《關龍逢》云：「乃若爛柯、流紅、燕女等事，説各不一。大抵文人説士，喜相倣撰。」羅苹注云：「鸗女墳在《麗情集》，以爲姚王(「玉」字之謁)京，《南史》乃王整之女、衛敬瑜之妻也。」(按：《南史》衛敬瑜妻乃王整之姊，非女。)《事文類聚》末按云：「《南史》載襄陽霸城王整之姊嫁衛敬瑜，瑜亡截耳守志，餘略同。」《群書類編故事》、《青泥蓮花記》亦有按語，皆指本事出《南史》。按《南史》卷七四《孝義傳下》云：

霸城王整之姊，嫁爲衛敬瑜妻，年十六而敬瑜亡。父母舅姑咸欲嫁之，誓而不許，乃截耳置盤中爲誓，乃止。遂手爲亡壻種樹數百株，墓前栢樹，忽成連理。一年許，還復分散。女乃爲詩曰：「墓前一株栢，根連復並枝。妾心能感木，頹城何足奇。」所住户有鸗巢，常雙飛來去。後忽孤飛，女感其偏栖，乃以縷繫脚爲誌。後歲，此鸗果復更來，猶帶前縷。女復爲詩曰：「昔年無偶去，今春猶獨歸。故人恩既重，不忍復雙飛。」雍州刺史西昌侯藻，嘉其美節，乃起樓於門，題曰「貞義衛婦之閭」，又表於臺。(按：雍州刺史西昌侯藻即蕭藻，《梁書》卷二三有傳。)

《太平廣記》卷二七〇引《衛敬瑜妻》(談本無出處，許自昌本注出《南雍州記》)，所載事同《南史》而文簡，未言衛妻姓氏，詩句微異：

衛敬瑜妻，年十六而夫亡。父母舅姑欲嫁之，乃截耳爲誓，不許。户有巢燕，常雙飛。

後忽孤飛，女感其偏栖，乃以縷繫脚爲誌。後歲，此燕果復來，猶帶前縷。妻爲詩曰：「昔年無偶去，今春又獨歸。故人恩義重，不忍更雙飛。」

《太平寰宇記》卷一四五《襄州·襄陽縣·貞女樓》亦引《南雍州記》：「王整之姊，適衛玠，十六而寡。父母欲嫁之，乃自截鼻誓以，墓前柏樹爲之連理。」《南雍州記》，《初學記》卷五、《御覽》卷四三引撰人作郭仲産；《隋書·經籍志》地理類著録六卷，鮑至撰；兩《唐志》地理類均作三卷，《舊唐志》作郭仲彦，《新唐志》作鮑堅。《南史》王整之姊事當取自《南雍州記》，而公佐此傳乃别有所本，是故事不在梁而在宋末，妻非王整之姊而乃娼女姚玉京。

《緑窗新話》所記未無出處，頗疑出《麗情集》，而《麗情集》取自李公佐原作。與《類説》相較，多割耳事，正同《南史》、《南雍州記》。疑公佐原傳當亦有，《類説》本《麗情集》無之，乃節引之故。《事文類聚》等引文轉自《類説》，故亦無割耳事。

《一見賞心編》卷一一賢節類《玉京妓》，蓋據《緑窗新話》，文字有所增飾：

宋末，娼女姚玉京，美艷而聰慧。始笄歲，嫁襄陽小吏衛敬瑜。方三月，衛溺漢水死，姚之父逼迫令他適，玉京斷耳自誓，以此獲免。所居户上有雙燕營巢，一日爲鷙鳥所博，其一孤飛悲鳴，若依玉京狀。玉京頻頻嗟嘆之，時對之欷歔泣下。數月，秋風忽興，群燕將去，玉京以紅線繫其足，撫而祝曰：「新春定來，爲孤婺侶。」明年，此燕果至，前縷猶存。玉京贈以詩曰：「昔時無偶去，今春還獨居。故人恩義重，不忍更雙飛。」自是往來七載不絶。其年秋燕去，而玉京以疾終。明年燕復來，訝其無人，徘徊審視，上下哀鳴。姚氏之族泣曰：「玉京死矣，墳在城南。」燕遂飛至至墳所，環繞數匝而死。姚氏之族因瘗於墳側。厥後鄉人見玉京與燕常棲游於漢水之濱焉。

《情史》卷二三情通類《燕》兼取王整妹（應作姊）及姚玉京二事，前事末注「事見《南史》」，末又云：「唐李公佐有《燕女墳記》。」下附姚事，略同《類説》等，漢水作灞水，誤。然所引《南史》，前半爲《南史》事，後半則取《燕女墳記》，而增飾以「號曰燕冢」之詞。此前萬曆中彭大翼《山堂肆考》卷九四《孤燕》引《南史》，叙衛敬瑜妻王氏事（亦誤爲王整之妹），亦摻合姚玉京事，云：「或曰王氏即姚玉京，玉京乃王氏乳名，加姚者，從母姓也。」

《古今詞話》亦有割耳明志事，《花草粹編》卷五引云：「蜀中有一寡婦，姿色絶美，父母憐其年少，欲議再嫁。歸家有喜宴，伶唱此詞（按：指《菩薩蠻·諷詞》）。婦聞之，泣涕於神前，欲割一耳以明志。其母速往止之，抱持而痛，遂不易其節。」《南部新書》丁卷載唐咸通六年滄州鹽院吏趙鏻犯死罪，女願代父死，詔哀之而減父死。女報君恩，誓落髮奉佛，亦有截耳示信之舉。

王凝妻守節斷臂

後周〔一〕虢州司户王凝妻李氏，家青、齊之間。凝卒于官，家貧子幼，李氏負其遺骸以歸。東〔二〕過開封，止〔三〕旅舍。主人〔四〕見其獨携一幼子，不許其宿。李氏顧天已暮，不敢去，主人牽其臂而出之。李氏仰天長慟曰：「我爲婦人，不能守節，而此手爲人執耶？不可以一手併污吾身。」即引斧自斷其臂。路人環聚嗟〔五〕之，或爲彈指，或爲泣下。開封府尹〔六〕聞之。白于朝，官爲賜藥封瘡，而厚恤之，笞其主人。出《五代史》

歐陽文忠公著《五代史〔七〕》，紀其事，嘆曰：「士不自愛其身，而忍辱以偷生者，聞李氏之風〔八〕，宜少知〔九〕媿哉！」

〔一〕周　原作「漢」，據《繡谷春容》守節類改。按：《新五代史》卷五四《雜傳》序論但云「五代時小説」，未言是漢是周，周爲五代之末，宋代之。司馬光《家範》卷八《妻上》載此事作「周」。

〔二〕東　原作「來」，當譌，據《繡谷春容》及《新五代史》改。

〔三〕止　原譌作「上」，據《繡谷春容》及《新五代史》改。

〔四〕主人　周校本據《新五代史》上補「旅舍」二字，甚無謂也。

〔五〕嗟　原作「嘆」，據《繡谷春容》及《新五代史》改。

〔六〕開封府尹　《繡谷春容》無「府」字，《新五代史》同，周校本據删。按：五代漢、周均以開封府爲東京，長官曰尹。

〔七〕五代史　原作「史記」，據《繡谷春容》改。

〔八〕聞李氏之風　《繡谷春容》末有「者」字。《新五代史》無。

〔九〕少知　《繡谷春容》作「大加」。《新五代史》作「少知」。

按：此條出自歐陽修《新五代史》卷五四《雜傳》序論，原文云：

予嘗得五代時小説一篇，載王凝妻李氏事。以一婦人猶能如此，則知世固嘗有其人而不得見也。凝家青、齊之間，爲虢州司户參軍，以疾卒于官。凝家素貧，一子尚幼，李氏攜其子，負其遺骸以歸。東過開封，止旅舍。旅舍主人見其婦人獨攜一子而疑之，不許其宿。李氏顧天已暮，不肯去，主人牽其臂而出之。李氏仰天長慟曰：「我爲婦人，不能守節，而此手爲人執邪？不可以一手并汚吾身。」即引斧自斷其臂。路人見者。環聚而嗟之，或爲彈指，或爲之泣下。開封尹聞之，白其事于朝，官爲賜藥封瘡，厚卹李氏，而笞其主人者。嗚呼！士不自愛其身，而忍耻以偷生者，聞李氏之風，宜少知愧哉！

司馬光撰《家範》卷八《妻上》亦據而記此事：

周虢州司户王凝妻李氏，家青、齊之間。凝卒於官，家素貧，一子尚幼。李氏攜其子，負其遺骸以歸。東過開封，止旅舍。主人見其婦人獨攜一子而疑之，不許其宿。李氏顧天已暮，不肯去，主人牽其臂而出之。李氏仰天慟曰：「我爲婦人，不能守節，而此手爲人執耶？不可以一手并污吾身。」即引斧自斷其臂。路人見者，環聚而嗟之，或爲之泣下。開封尹聞之。白其事於朝。官爲賜藥封瘡，卹李氏，而笞其主人。若此可謂能清潔矣。

明解縉《古今列女傳》卷二《五代·王凝妻》亦載，文同《新五代史》。

鄭小娘遇賊赴江

鄭路昆仲，有爲江外官者，維舟江渚。群偷奄至，以所有金幣羅列岸上〔一〕，恣賊運取。賊一不犯，曰：「但得侍御小娘子足矣〔二〕。」其女有美色，賊潛知之。骨肉相顧，不知所以答〔三〕。女欣然請行，其賊即具小舟載去。女〔四〕謂賊曰：「君雖爲偷，得無所居與親屬焉？吾家衣冠族也，既爲汝妻，豈以無禮見逼？若達汝所止，一會親族，以託好逑足矣〔五〕。」賊曰：「諾。」又指所偕來二婢曰：「君〔六〕既以偷爲名，此婢不當有。爲君計，不若〔七〕歸吾家。」賊以貌美，其言且順，即鼓棹〔八〕載二婢而去。女於是赴江而死。

出《玉泉子》

〔一〕以所有金幣羅列岸上　周校本前有「即」字，實無；又據《青瑣高議》改「幣」爲「帛」。以下周校不再出校。

〔二〕但得侍御小娘子足矣　原作「但得御小娘足矣」，據《繡谷春容》守節類補二字。《説郛》本《玉泉子真録》亦同，見附録。

〔三〕答　此字原無，據《繡谷春容》及《説郛》本補。

〔四〕女　《繡谷春容》無此字。《稗海》本有。

〔五〕以託好逑足矣　「託」原譌作「記」，據《繡谷春容》及《説郛》本改。「逑」原作「讎」，《繡谷春容》作「俅」，當作「逑」，據《説郛》本改。按：《詩經·周南·關雎》：「窈窕淑女，君子好逑。」毛傳：「逑，匹也。」

〔六〕君　《繡谷春容》作「公」，下同。

〔七〕若　原作「爲」，據《繡谷春容》及《説郛》本改。

〔八〕棹　原譌作「掉」，據清鈔本、《繡谷春容》及《説郛》本改。

按：《玉泉子》，唐末闕名撰，又作《玉泉子見聞真録》（《崇文總目》傳記類、《新唐書·藝文志》小説家類、《通志·藝文略》雜史類）、《玉泉筆端》（《直齋書録解題》小説家類）。原書五卷，不傳，今存《稗海》本，《四庫全書》等本皆出此，一卷，題《玉泉子》，係後人輯本，而中雜入他書條目頗夥，且輯録不全，其他佚文尚多（參見周勛初《唐代筆記小説叙録》，鳳凰出版社，二〇〇八年）。此條見《稗海》本，《太平廣記》卷二七〇亦引（題《鄭路女》），《説郛》卷一一唐無名氏《玉泉子真録》，首條即此。今據《説郛》引録於下，而校以《廣記》、《稗海》：

鄭公路昆仲，有爲江外官者，維舟江渚。群偷奄至，即以所有金幣（《廣記》作「帛」）羅列岸上，而恣賊運取（《稗海》作而「任盜賊自運取」）。賊一不犯，曰：「但得侍御小娘子（《稗海》下有「來」字）足矣。」其女有美（《稗海》作「姿」）色，賊（《廣記》、《稗海》下有「潛」字）知之矣。骨肉相顧，不知所以答。女欣然請行，其賊即具（《稗海》作「取」）小舟，載之而去。謂（《稗海》前有「女」字）賊曰：「君雖爲偷，得無所居與親屬焉？然吾（《廣記》、《稗海》下有「家」字）衣冠族也，既爲汝妻，豈以無禮見逼？若達女所（《稗海》「女」作「汝」，字同；「所」作「所止」，《廣記》同），出（《廣記》、《稗海》作「一」）會親族，以託好逑足矣。」賊曰：「諾。」又指所偕（《廣記》、《稗海》下有「來」字）二婢曰：「公既以偷爲名，此婢不當有。爲君（《廣記》、《稗海》作「公」）計，不若歸吾家。」賊以貌美，其言（《稗海》作「詞」）且順，顧已無不可者。即自鼓其棹，載二婢而去。女於是赴江而死。

《青瑣高議》前集卷三亦有《鄭路女》，題注「鄭路女以計脱賊」，文曰：

鄭路昆弟，有爲江外官者。一夕維舟江渚。群盜掩至。鄭以所有金帛列於岸上，而恣賊所取。賊一不犯，但求小娘子足矣。其女有美色，賊潛知之。骨肉相顧，無以爲答。女欣然請行，其賊具小舟載之而去。女謂賊曰：「君雖爲偷兒，得無所居與親族乎？然吾家衣冠族屬，既爲汝妻，豈可無禮見遇？若達汝家，一會親族，以託好逑足矣。」賊曰：「諾。」又指所偕來二婢曰：「公既以偷爲名，此婢不當有。我爲公計，不若歸吾家。」賊見女之貌美而且順，顧已無不可從，即棄二婢，挾女鼓棹而去。女即赴江死，時人賢之。

歌者婦拒姦斷頸

南中有大帥〔一〕，世襲爵位，然頗〔二〕恣横。有善歌者，與其夫自北而至，頗有容色。帥聞而召之。每入，輒與其夫偕，更唱迭和，曲有餘態〔三〕。帥欲私之，婦拒而不許。帥密遣人害其夫，而置婦於別室，多其珠翠，以悦其意。逾年往詣之，婦亦欣然接待，情甚婉孌。及〔四〕就榻，婦忽出白刃於袖中，擒帥而欲刺之，帥掣肘而逸〔五〕。婦逐〔六〕之，適有二奴居前，闔其扉，由是獲免。旋遣人執之，已自斷其頸〔七〕矣。

評曰：古之大丈夫，富貴不能淫，貧賤不能移，威武不能屈。杜子美怪朝廷之士，厲名節以自矜，一旦爲利所縛，戕親戡友〔八〕，向背頓於平日多矣。孰謂鄭小娘之赴江，歌者婦之斷頸〔九〕，而有古烈士之風哉！一婦人女子，尚知以節義自持，爲大丈夫者，當何如哉〔一〇〕？

〔一〕帥　下文或作「師」，今改。清鈔本作「師」，下同。師，通「帥」。

〔二〕頗　清鈔本譌作「顔」。

〔三〕態　朝鮮成任編《太平廣記詳節》卷二二《歌者婦》引《玉堂閑話》作「研」，當作「妍」。

〔四〕及　原作「乃」，據《繡谷春容》守節類及《太平廣記》卷二七〇《歌者婦》引《玉堂閑話》改。

〔五〕掣肘而逸　「肘」原譌作「附」，據清鈔本、《繡谷春容》及《玉堂閑話》改。「逸」原作「走」，據《繡谷春容》及《玉堂閑話》改。

〔六〕逐　原作「追」，據《繡谷春容》及《玉堂閑話》改。清鈔本譌作「遂」。

〔七〕頸　原作「頭」，據《繡谷春容》及《玉堂閑話》改。按：題目作「頸」。《太平廣記詳節》作「項」。

〔八〕 戕親戕友　原作「則親戕□」，據《繡谷春容》改補。

〔九〕 頸　原作「頭」，據《繡谷春容》改。

〔一〇〕 哉　此字原無，據《繡谷春容》補。

按： 此條無出處，查出後周王仁裕《玉堂閑話》，原書十卷，已佚，《太平廣記》引用一百六十餘條。此條見《廣記》卷二七〇引，題《歌者婦》，云：

南中有大帥，世襲爵位，然頗恣横。有善歌者，與其夫自北而至，頗有容色。帥聞而召之，每入，輒與其夫偕至，更唱迭和，曲有餘態。帥欲私之，婦拒而不許。帥密遣人害其夫，而置婦于别室，多其珠翠，以悦其意。逾年往詣之，婦亦欣然接待，情甚婉孌。及就榻，婦忽出白刃於袖中，擒帥而欲刺之，帥掣肘而逸。婦逐之，適有二奴居前，闔其扉，由是獲免。旋遣人執之，已自斷其頸矣。

《青泥蓮花記》卷四《記節一·歌者婦》引《太平廣記》，文同。《情史》卷一情貞類《歌者婦》亦載，文字有改動。

評中引杜子美語，今不見杜甫集。

馮燕殺主將之妻

沈亞之歌曰：魏中義士有馮燕，豪傑〔一〕幽并最少年。避讎偶作滑臺客，嘶風躍馬來翩翩。此時恰遇鶯花月，堤上軿車日不絶〔二〕。兩面高樓語笑聲，指點行人情暗結。傳道張嬰偏嗜酒，從此香〔三〕閨爲我有。梁間客燕正相〔四〕欺，屋上鳴鳩空自鬬。嬰歸醉臥非讎汝〔五〕，豈知負過人懷懼。燕依户扇欲潛逃〔六〕，巾在枕傍指令取。誰言狼戾心難忍〔七〕，待我情深恁〔八〕不隱。回身本謂〔九〕取巾難，倒柄方知授霜刃。馮君撫劍即遲〔一〇〕疑，自顧〔一一〕平生心不欺。爾能負彼必相負，假手令〔一二〕人復在誰。妻以刃與燕殺其夫，燕反殺妻。窗間紅艷猶可掬，孰〔一三〕視花鈿情不足。唯將大義斷胸襟〔一四〕，粉頸初過〔一五〕如切玉。新人藏匿舊人起，白晝喧呼駭隣里。誣執張嬰不自明，責免生前遭拷捶〔一六〕。官將赴市擁紅塵，掉臂人來擗看人〔一七〕。傳聲莫遣有寃濫，濫殺嬰家〔一八〕即我身。白馬〔一九〕賢侯賈相公，長懸金帛勸英雄〔二〇〕。持章請贖〔二一〕馮燕罪，萬古三河〔二二〕激義風。出《麗情集》

〔一〕豪傑　《文苑英華》卷三四九《雜歌中》司空圖《馮燕歌》作「遊俠」。

〔二〕堤上軿車日不絶　「軿」原作「駢」，據《繡谷春容》義勇類改。軿，有帷蓋之車。《馮燕歌》作「軒」。「日」《馮燕歌》作「晝」。

〔三〕香　《文苑英華》本作「春」，周必大、彭叔夏等校：「一作香。」胡震亨《唐音統籤》卷七〇四《戊籤》七十四《司空表聖詩集》卷一《馮燕歌》作「香」。

〔四〕燕正相　此三字原空闕，據清鈔本、《繡谷春容》及《馮燕歌》補。

〔五〕讎汝　原作「汝讎」，據《繡谷春容》及《馮燕歌》乙改。

〔六〕燕依户扇欲潛逃　原作「燕伊户扇欲潛遊」，《繡谷春容》作「燕仍户扇欲潛逃」，「仍」字疑誤，據《馮燕歌》改。

〔七〕誰言狼戾心難忍　原作「誰言狼戾必難悉」，《繡谷春容》作「誰知狼戾心難忍」，作「知」當譌，據改「心」、「忍」二字。《文苑英華》本作「誰言很戾心能（集作難）忍」，《司空表聖詩集》本作「誰言狼戾心能忍」。「很」同「狠」。狼戾，暴戾。

〔八〕恁　《馮燕歌》作「情」。恁，思也。

〔九〕謂　《繡谷春容》作「爲」，《文苑英華》本亦作「爲」，校：「集作謂。」《司空表聖詩集》作「謂」。爲，通「謂」，以爲，認爲。

〔一〇〕遲　《文苑英華》本作「持」，校：「集作遲。」《司空表聖詩集》本作「遲」。

〔一一〕顧　原作「願」，據《繡谷春容》及《馮燕歌》改。

〔一二〕令　此字原空闕，據清鈔本、《繡谷春容》補。《馮燕歌》作「他」。

〔一三〕孰　《繡谷春容》作「回」。《文苑英華》本作「孰」，《司空表聖詩集》本作「熟」，「孰」同「熟」。

〔一四〕唯將大義斷胸襟　「唯」原作「誰」，據《馮燕歌》改。「襟」《繡谷春容》作「中」，《馮燕歌》作「襟」。

〔一五〕過　《馮燕歌》作「廻」，《文苑英華》本校：「集作過。」

〔一六〕責免生前遭拷捶　「責」《馮燕歌》作「貴」，誤。責免，論罪免職。「拷捶」《繡谷春容》作「棰楚」，出韻。

〔一七〕看人　「看」原作「着」，《繡谷春容》作「著」，字同。據《馮燕歌》改。看人，看客、觀衆。

〔一八〕濫殺嬰家　「濫」《馮燕歌》作「盜」。「嬰」字原空闕，據《繡谷春容》及《馮燕歌》補。

〔一九〕白馬　《繡谷春容》「馬」譌作「臂」。按：白馬，縣名，滑州治所。《太平寰宇記》卷九《滑州》：「滑州靈川郡，今理白馬縣。」賈耽貞元二年至九年（七八六—七九三）任義成軍節度使、鄭滑等州觀察使。

〔二〇〕長懸金帛勸英雄　「長」《繡谷春容》作「常」。《馮燕歌》作「長懸金帛募才雄」。

〔二一〕持章請贖　《文苑英華》本作「拜章朗讀」，校：「集作清讀。」並譌。《司空表聖詩集》本作「拜章請贖」。

〔二二〕萬古三河　「萬」《馮燕歌》作「千」。「三」原作「山」，據《繡谷春容》及《馮燕歌》改。按：《史記》卷一二九《貨殖列傳》：「昔唐人都河東，殷人都河内，周人都河南。夫三河在天下之中，若鼎足，王者所更居也。」滑州在洛陽東北黃河南。

按：此條注出《麗情集》。《麗情集》收入唐沈亞之《馮燕傳》及《馮燕歌》。北宋李昉等編

《文苑英華》卷三四九《雜歌中》司空圖《馮燕歌》校：「《麗情集》作沈亞之。」又卷七九五《馮燕傳》校語中亦引《麗情集》。南宋王明清《玉照新志》卷二云：「《馮燕傳》見之《麗情集》。」《沈下賢文集》卷四《雜著》中有《馮燕傳》，無歌。歌實爲晚唐司空圖作。

《文苑英華》卷三四九司空圖《馮燕歌》，注云：「《麗情集》作沈亞之。歌中亦云『爲感詞人沈下賢，良歌更與分明説。』下賢，沈亞之字也。」彭叔夏《文苑英華辨證》卷五亦云：「司空圖《馮燕歌》，按《麗情集》乃沈亞之作，其歌云：『爲感詞人沈下賢，長歌更與分明説。』下賢，亞之字也。……嘗作《馮燕傳》，併作此歌，而《司空圖集》無之，則非圖作也。」《緑窗新話》引《麗情集》首云「沈亞之歌曰」，亦以歌屬亞之。按《馮燕歌》「爲感詞人沈下賢，長歌更與分明説」，非下賢語氣，乃謂有感沈下賢作《馮燕傳》，今再爲之作長歌，詳説分明也。明胡震亨《唐音統籤》卷七〇四《戊籤》七十四《司空表聖詩集》卷一收《馮燕歌》，胡氏於題下引《馮燕傳》，接云：「《麗情集》以此歌爲沈下賢作，注《文苑英華》者誤採之。下賢有其傳，未嘗作歌也，集可考。」説是。但張君房未必以歌爲沈作，頗疑《麗情集》載沈亞之傳文，又繫歌，而未署司空圖名，故周必大、彭叔夏等誤以併爲沈作耳。

《緑窗新話》所引《馮燕歌》係節録。《唐音統籤》之《司空表聖詩集》卷一亦收《馮燕歌》，與《文苑英華》本文字微異。今據《文苑英華》本録下（保留原校語），校以《司空表聖詩集》本，所加

魏中義士有馮燕，遊俠幽并最少年。避讐偶作滑臺客，嘶風躍馬來翩翩。此時恰遇鶯花月，堤上軒車晝不絶。兩面高樓語笑聲，指點行人情暗結。擲果潘郎誰不慕，朱門別見紅粧露。故故推門掩不開，似教歐軋傳言語。馮生敲鐙袖籠鞭，半拂垂楊半惹煙。樹間青（《詩集》作春）鳥知人意，的的心期暗與傳。傳道張嬰偏嗜酒，從此春（一作「香」。《詩集》作「香」）閨爲我有。梁間客鷰正相欺，屋上鳴鳩空自鬪。嬰歸醉卧非讐汝，豈知負過人懷懼。燕依户扇欲潛逃，巾在枕傍指令取。誰言很戾心能（集作「難」）忍，待我情深情不隱。回身本爲（集作「謂」。《詩集》作「謂」）取巾難，倒柄方知授霜刃。馮君撫劍即持（集作「遲」。《詩集》作「遲」）疑，自顧平生心不欺。爾能負彼必相負，假手他人復在誰。窗間紅艷猶可掬，孰（《詩集》作「熟」）視花鈿情不足。唯將大義斷胷襟，粉頸初迴（集作「過」）如切玉。鳳凰釵碎各分飛，怨魄嬌魂何處追（集作「歸」）？陵（《詩集》作「凌」）波如喚遊金谷，羞彼揶揄淚滿衣。新人藏匿舊人起，白晝喧呼駭隣里。誣執張嬰不自明，貴（按：當作「責」）免生前遭考捶。官將赴市擁紅塵，掉臂人來擗看人。傳聲莫遣有冤濫，盜殺嬰家即我身。初聞僚吏翻憂嘆（集作「憂翻疑」。《詩集》作「翻疑歎」），呵叱風狂詞不變。縲囚解縛自猶（集作「猶自」。《詩集》作「猶自」）疑，疑是夢中方（集作「云」）脱免。未死勸君莫浪言，臨危

校語標作「《詩集》」。

不顧始知難。已爲不平能割愛，更將身命救深寃。白馬賢侯賈相公，長懸金帛募才雄。拜章朗讀（集作「清讀」。《詩集》作「請贖」）馮燕罪，千古三河激義風。黄河東注無時歇，注盡波瀾名不滅。爲感詞人沈下賢，長歌更與分明説。此君精爽知猶在，長與人間留炯誡。鑄作金燕香作堆，焚香酧酒聽歌來。

《馮燕傳》載《沈下賢文集》卷四《雜著》，《太平廣記》卷一九五引《馮燕》，注出沈亞之《馮燕傳》，文句多有脱誤，删讚語。《情史》卷四情俠類收《馮燕》，即據《廣記》。《文苑英華》卷七九五《傳》選入，以《麗情集》爲校，校語凡三處。此外明賀復徵《文章辨體彙選》卷五三一、董斯張《吴興藝文補》卷一一、《全唐文》卷七三七、《唐人説薈》第十集、《龍威秘書》四集《晉唐小説暢觀》、《藝苑捃華》、《香艷叢書》八集卷一、《晉唐小説六十種》等皆收入此傳，皆爲全文，所據爲《英華》或沈集。

《玉照新志》卷二云：「《馮燕傳》見之《麗情集》，唐賈耽守太原（按：乃滑州，此誤）時事也。元祐中曾文肅帥并門，感歎其義風，自製《水調歌頭》以亞大曲，然世失其傳。近閲故書得其本，恐久而湮没，盡録於後。」曾布大曲凡七段，所詠兼據沈亞之傳與司空圖歌，蓋據《麗情集》也。

嚴武斃乃父之妾

唐武后朝，嚴挺之登歷臺省〔一〕，亦有聲〔二〕名。娶裴卿之女，纔三夕，其妻夢一人佩金紫，美鬚髯，曰：「諸葛亮也，來爲夫人兒。」既娠産子，其狀異常。挺之薄其妻，而厚其子〔三〕。嚴武八歲，詢其母曰：「大人常厚玄〔四〕英，玄英，定之妾也〔五〕。未嘗慰省阿母。」曰〔六〕：「汝父薄倖，嫌吾寢陋。枕席數宵，遂即懷汝，自後〔七〕相棄。」武候父出〔八〕，玄英方睡，武持鐵鎚擊其首〔九〕。及挺之歸，視之乃斃矣〔一〇〕。挺之〔一一〕呼武至，曰：「汝何戲之甚邪？」武曰：「焉有朝士厚其侍妾，困兒〔一二〕母乎？實擊殺之，非戲之也。」父曰：「真嚴挺之之子也。」武年二十三歲〔一三〕，爲黄門侍郎。出《雲〔一四〕溪友議》

〔一〕嚴挺之登歷臺省　「挺」原作「定」，《繡谷春容》義勇類同，唯末作「挺」。《雲谿友議》卷上《嚴黄門》亦作「定」。按：《稗海》本（卷二）、《四庫全書》本、《唐語林》卷四《豪爽》皆作「挺」。嚴武父名挺之，見《舊唐書》卷九九《嚴武傳》、《新唐書》卷一二九《嚴挺之傳》。今改。下同。「登」原作「位」，據《繡谷春容》及《雲谿友議》改。

〔二〕聲　《繡谷春容》作「詩」。按：《雲谿友議》作「時」，「詩」當爲「時」之譌。

〔三〕而厚其子　「子」原作「妾」，清鈔本、《繡谷春容》及《雲谿友議》作「子」，據改。《繡谷春容》及《雲谿友議》「厚」作「愛」。

〔四〕玄　原作「元」，據《繡谷春容》及《雲谿友議》改。下同。

〔五〕玄英定之妾也　原作「妾也」，據《繡谷春容》及《雲谿友議》補四字。周校本一九九一年版删此注，不當。

〔六〕曰　周校本一九九一年版脱此字。

〔七〕後　原譌作「從」，據《繡谷春容》及《雲谿友議》改。

〔八〕武候父出　周校本據《雲谿友議》改作「候父既出」。

〔九〕武持鐵鎚擊其首　「鎚」《繡谷春容》作「椎」，義同。周校本據《雲谿友議》「擊」下增「碎」字。

〔一〇〕乃斃矣　「乃」《繡谷春容》作「已」，《稗海》本、《四庫全書》本同。周校本改作「已」。《繡谷春容》無「矣」字。《嘉業堂叢書》本《雲谿友議》作「乃斃矣」。

〔一一〕挺之　此二字原無，據《雲谿友議》補。《繡谷春容》作「定之」。

〔一二〕兒　原作「吾」，據《繡谷春容》及《雲谿友議》改。

〔一三〕歲　《繡谷春容》無此字。

〔一四〕雲　原譌作「雪」，據清鈔本改。

按：此條節録自《雲谿友議》卷上《嚴黄門》，原文曰：

武后朝，嚴安之、定之昆弟也。安之爲長安戎曹，權過京尹，至今爲寮者，願得安之之術焉。定之則登歷臺省，亦有時名。娶裴卿之女，纔三夕，其妻夢一人佩服金紫，美鬚鬢，曰諸葛亮也，來爲夫人兒。既妊，而産嬰孩，其狀端偉，頗異常流。定之薄其妻，而愛其子。武年八歲，詢母曰：「大人常厚玄英，玄英，定之妾也。未常慰省阿母，何至於斯乎？」母曰：「吾與汝母子也，以汝尚幼，未之知也。汝父薄幸，嫌吾寢陋，枕席數宵，遂即懷汝。自後相棄，如離婦焉。」其母悽咽，武亦憤惋難處。候父既出，玄英方睡，武持小鐵鎚，擊碎其首。及定之歸，驚愕視之，乃斃矣。左右曰：「小郎君戲運鐵鎚而致之。」定之呼武至，曰：「汝何戲之甚矣！」武曰：「焉有大朝人士厚其侍妾，困辱兒之母乎？故須擊殺，非戲之也。」父曰：「真嚴定之之子。」而每抑遏，恐其非器。武年二十三，爲給事黄門侍郎。明年擁旄西蜀，累於飲筵對客，騁其筆札。杜甫拾遺乘醉而言曰：「不謂嚴定之有此兒也。」武恚目久之，曰：「杜審言孫子擬捋虎鬚。」合座皆笑，以彌縫之。武曰：「與公等飲饌謀歡，何至於祖考矣！」房太尉綰亦微有所誤，憂怖成疾。武母恐害賢良，遂以小舟送甫下峽。母則可謂賢也。然二公幾不免於虎口乎！李太白爲《蜀道難》，乃爲房、杜之危也。略曰：「劍閣峥嶸而崔嵬，一夫當門，萬夫莫開。所守或非人，化爲狼與豺。此謂武之酷暴矣。朝避猛虎，夕避長蛇。磨牙吮血，殺人如麻。錦城雖云樂，不如早還家。蜀道之難難於上青天，側身西望長咨嗟。」杜初自作《閬中行》：「豺狼當路，無地遊從。」或謂章仇大夫兼瓊爲陳拾遺雪獄，陳晃（《稗海》本、《四庫全書》本作「冕」）字子昂。高適侍御與王江寧昌齡申冤，當時用爲義士也。李翰林作此歌，朝右聞之，疑嚴武有劉焉之志。支屬刺史章彝，因小瑕，武遂杖殺。後爲彝外家報怨，嚴氏遂微焉。（《嘉業堂叢書》本）

曹大家高才著史

扶風曹世叔妻，乃同郡班彪之女〔一〕，名昭，字惠班〔二〕，博學高才。兄固，著《漢書》，其八袠〔三〕及《天文志》未及而卒，和帝詔大家踵而成之。又數召入宮，令皇后諸貴人師事焉，號〔四〕曰大家。每有貢獻異物，輒詔大家作賦頌。又〔五〕作《女誡》七章，卑弱第一，夫婦第二，敬慎〔六〕第三，婦行第四，專心第五，曲從第六，和〔七〕叔妹第七。馬融甚善〔八〕之，令妻女〔九〕從習焉。

〔一〕乃同郡班彪之女　周校本據《後漢書》卷八四《列女傳》改作「同郡班彪之女也」，甚無謂也。

〔二〕字惠班　《繡谷春容》文史類作「字惠姬」。按：《後漢書》卷八四《列女傳》：「字惠班，一名姬。」《文選》

卷九曹大家《東征賦》注云:「范曄《後漢書》曰:『扶風曹世叔妻者,同郡班彪之女也。名昭,字惠姬。……』」亦作字惠姬。周校本作「字惠」,誤。

〔三〕八袠　書一函,曰一袠。八袠即《漢書》之八表。《後漢書》卷八四《列女傳·曹世叔妻》:「扶風曹世叔妻者,同郡班彪之女也,名昭,字惠班,一名姬。博學高才。……固著《漢書》,其八表及《天文志》未及竟而卒,和帝詔昭就東觀臧書閣踵而成之。」

〔四〕號　《繡谷春容》文史類下有「之」字。

〔五〕又　清鈔本譌作「文」。

〔六〕敬慎　原作「敬」,《繡谷春容》作「敬謹」,今據《後漢書》改。

〔七〕和　此字原無,據《繡谷春容》及《後漢書》補。

〔八〕善　原作「喜」,據《繡谷春容》及《後漢書》改。

〔九〕妻女　《繡谷春容》無「女」字。《後漢書》作「妻女」。

按:此條無出處,乃節自《後漢書》卷八四《列女傳》。原文頗長,今省略如下:

扶風曹世叔妻者,同郡班彪之女也。名昭,字惠班,一名姬。博學高才,世叔早卒,有節行法度。兄固著《漢書》,其八表及《天文志》未及竟而卒,和帝詔昭就東觀臧書閣踵而成之。帝數召入宫,令皇后諸貴人師事焉,號曰大家。每有貢獻異物,輒詔大家作賦頌。及鄧太后臨朝，與聞政事。以出入之勤，特封子成關内侯，官至齊相。時《漢書》始出，多未能通者。同郡馬融，伏於閣下，從昭受讀。後又詔融兄續，繼昭成之。……作《女誡》七篇，有助内訓。其辭曰：……卑弱第一（略）。夫婦第二（略）。敬慎第三（略）。婦行第四（略）。專心第五（略）。曲從第六（略）。和叔妹第七（略）。馬融善之，令妻女習焉。昭女妹曹豐生，亦有才惠，爲書以難之，辭有可觀。昭年七十餘卒，皇太后素服舉哀，使者監護喪事。所著賦頌、銘誄、問注、哀辭、書論、上疏、遺令，凡十六篇。子婦丁氏爲撰集之，又作大家讚焉。

蔡文姬博學知音

陳留董祀妻，乃同郡蔡邕之女〔一〕。名琰，字文姬。博學有文〔二〕辯，又妙於音律。祀爲屯田都尉，犯法當死，文姬詣曹操，請贖夫罪。時公卿名士及遠方使驛，坐者〔三〕滿堂，操謂賓客曰：「蔡伯喈女在外，今爲諸君見之。」及文姬進，蓬首徒行，叩頭請罪，音辭清辯，旨甚哀酸，衆皆改容。操曰：「文狀已去，柰何？」文姬曰：「明公厩馬萬匹，虎士成林，何惜疾足一騎，而不濟垂死之命乎？」操感其言，乃追原祀罪。操因問之曰：

「聞夫人家先多墳籍，能憶識之否？」文姬答曰：「昔〔四〕亡父賜妾書四千卷，遭世流離，罔有存者。今所誦憶，纔四百餘篇。」操曰：「今當使書〔五〕吏，就夫人寫之。」文姬曰：「男女之別，禮不親授。乞給紙筆，真草惟命。」於是繕書〔六〕送之，文無遺誤〔七〕。出《列女傳》

〔一〕乃同郡蔡邕之女　周校本據《後漢書》卷八四《列女傳》改作「同郡蔡邕之女也」

〔二〕文　周校本據《後漢書》改作「才」。以下周校所改不再出校。

〔三〕坐者　原乙作「者坐」，據清鈔本、《繡谷春容》文史類及《後漢書》改。

〔四〕昔　清鈔本作「某」。

〔五〕書　《後漢書》作「十」。

〔六〕書　《繡谷春容》無此字。

〔七〕文無遺誤　原作「文遺談」，《繡谷春容》作「文無遺談」，據《後漢書》改。

按：此條節自《後漢書》卷八四《列女傳》。原文末載《悲憤詩》二章，今略之如下：

陳留董祀妻者，同郡蔡邕之女也。名琰，字文姬。博學有才辯，又妙於音律。適河東衛仲道。夫亡無子，歸寧于家。興平中，天下喪亂，文姬爲胡騎所獲，没於南匈奴左賢王，在胡中十二年，生二子。曹操素與邕善，痛其無嗣，乃遣使者以金璧贖之，而重嫁於祀。祀爲屯田都尉，犯法當死，文姬詣曹操請之。時公卿名士及遠方使驛，坐者滿堂，操謂賓客曰：「蔡伯喈女在外，今爲諸君見之。」及文姬進，蓬首徒行，叩頭請罪，音辭清辯，旨甚酸哀，衆皆爲改容。操曰：「誠實相矜，然文狀已去，奈何？」文姬曰：「明公厩馬萬匹，虎士成林，何惜疾足一騎，而不濟垂死之命乎？」操感其言，乃追原祀罪。時且寒，賜以頭巾履襪。操因問曰：「聞夫人家先多墳籍，猶能憶識之不？」文姬曰：「昔亡父賜書四千許卷，流離塗炭，罔有存者。今所誦憶，裁四百餘篇耳。」操曰：「今當使十吏，就夫人寫之。」文姬曰：「妾聞男女之别，禮不親授。乞給紙筆，真草唯命。」於是繕書送之，文無遺誤。後感傷亂離，追懷悲憤，作詩二章。其辭曰（略）。

張建封家姬吟詩

張建封節制〔一〕武寧，舞妓盼盼，公納之燕子樓。白〔二〕樂天使經徐，與詩曰：「醉嬌無氣力，風裊牡丹花。」公薨，盼盼誓不他適，多以詩代問答。有詩三百首，名《燕子樓〔三〕集》。嘗作三詩，一曰：「樓上殘燈伴曉霜，獨眠人起合懽牀。相思一夜情多少，地角天涯不是長。」二曰：「北邙松柏鎖愁烟，燕子樓中思悄然。自埋劍履歌塵散，紅軟香銷一十年。」三曰：「適看鴻雁岳陽回，又覩玄禽逼社來。瑶瑟玉簫無意緒，任從蟲網任從灰。」樂天和曰：「滿窗明月滿簾霜，被冷香銷拂臥牀〔四〕。燕子樓前清夜月〔五〕，秋來只爲一人長。」又曰：「鈿暈羅衫色似烟，一回看着一潸然〔六〕。自從不舞《霓裳曲》，疊在箱中得幾年〔七〕。」又曰：「今春〔八〕有客洛陽回，曾到尚書塚〔九〕上來。見説白楊堪作柱，争教紅粉不成灰！」又曰：「黄金不惜買娥眉，揀得如花四五枝。歌舞教成心力盡，一朝身去不相隨。」眄眄見詩泣曰：「妾非不能死，恐百載之後，人以我公重於色。」乃和白公詩云：「自守空樓斂恨眉，形同春後牡丹枝。舍人不會人深意，訝道泉臺不去隨。」出《麗情集〔一〇〕》

〔一〕制　原譌作「至」，據《類説》卷二九《麗情集·燕子樓》等改，詳見下引諸文獻。

〔二〕白　清鈔本譌作「曰」。

〔三〕樓　原譌作「摟」，據《類説》等改。

〔四〕被冷香銷拂臥牀　《白氏長慶集》卷一五《燕子樓三首》「香銷」作「燈殘」，周校本據改。《類説》「拂」作「獨」。

〔五〕燕子樓前清夜月　《類説》「清夜月」作「清月夜」。《白氏長慶集》作「鷰子樓中霜月夜」，周校本據改。

〔六〕一回看着一潸然　《白氏長慶集》作「幾迴欲著即潸然」，周校本據改。

〔七〕疊在箱中得幾年　《類説》「箱中」作「空箱」。《白氏長慶集》作「疊在空箱十一年」，周校本據改。

〔八〕春　《類説》作「年」。

〔九〕塚　《白氏長慶集》作「墓」，周校本據改。

〔一〇〕麗情集　原譌作「麗媚記」，今改。詳見下引諸文獻。

按：此條原注出《麗媚記》，乃《麗情集》之譌。實據《類説》卷二九《麗情集·燕子樓》而録，文字微異，寫刻所致也。其文曰：

張建封僕射節制武寧，舞妓盼盼，公納之燕子樓。白樂天使經徐，與詩曰：「醉嬌無氣力，風裊牡丹花。」公薨，盼盼誓不它適，多以詩代問答。有詩近三百首，名《燕子樓集》。嘗作三詩云：「樓上殘燈伴曉霜，獨眠人起合歡床。相思一夜情多少，地角天涯不是長。」「北邙松柏鏁愁烟，燕子樓中思悄然。自埋劍履歌塵散，紅軟香銷一十年。」「適看鳴鴈岳陽回，又覩玄禽過社來。瑶瑟玉簫無意緒，任從蟲網任從灰。」樂天和曰：「滿窗明月滿簾霜，被冷香銷獨卧床。燕子樓前清月夜，秋來只爲一人長。」「屡慰（《四庫全書》本作「鈿暈」）羅衫色似烟，一回看着一潸然。自從不舞《霓裳》曲，疊在空箱得幾年。」「今年有客洛陽回，曾到尚書塚上來。見説白楊堪作柱，争教紅粉不成灰。」又一絶云：「黄金不惜買（原譌作「賣」）蛾眉，揀得如花五四枝。歌舞教成心力盡，一朝身去不相隨。」眄眄泣曰：「妾非不能死，恐百載之後，人以我公（此字據《四庫》本補）重於色。」乃和白公詩云：「自守空樓斂恨眉，形同春後牡丹枝。舍人不會人深意，剛道泉臺不去隨。」

《紺珠集》卷一一《麗情集·燕子樓集》、《苕溪漁隱叢話》前集卷二七及南宋潘自牧《記纂淵海》卷一〇六《寵嬖》引《麗情集》，皆簡。

《緑窗新話》中引白樂天詩，見白居易《白氏長慶集》卷一五《鷰子樓三首并序》，然情事頗異，文句亦不合。今録全文於下：

徐州故張尚書有愛妓曰眄眄，善歌舞，雅多風態。予爲校書郎時，遊徐泗間，張尚書宴予。酒酣，出眄眄以佐歡。歡甚，予因贈詩云：「醉嬌勝不得，風嫋牡丹花。」一歡而去，邇後絶不相聞，迨兹僅一紀矣。昨日，司勳員外郎張仲素繢之訪予，因吟新詩，有《鷰子樓》三首，詞甚婉麗。詰其由，爲眄眄作也。繢之從事武寧軍累年，頗知眄眄始末。云：「尚書既殁，歸葬東洛，而彭城有張氏舊第，第中有小樓，名鷰子。眄眄念舊，愛而不嫁，居是樓十餘年，幽獨塊然，于今尚在。」予愛繢之新詠，感彭城舊遊，因同其題作三絶句。

滿窗明月滿簾霜，被冷燈殘拂卧牀。鷰子樓中霜月夜，秋來只爲一人長。

鈿暈羅衫色似煙，幾迴欲著即潸然。自從不舞《霓裳曲》，疊在空箱十一年。

今春有客洛陽迴，曾到尚書墓上來。見説白楊堪作柱，争教紅粉不成灰。

白序云徐州故張尚書有愛妓曰眄眄（按：《白香山詩集》、《全唐詩》卷四三八俱作盼盼），《新話》則云張建封僕射節制武寧（徐州），納舞妓昐昐（昐同盼），以張尚書誤爲張建封。陳振孫《白文公年譜》（《白香山詩集》附録）云：「燕子樓事，世傳爲張建封。按：建封死在貞元十六年（八〇〇），且其官爲司空，非尚書也。尚書乃其子愔，《麗情集》誤以爲建封爾。此雖細事，亦可以正千載傳聞之謬。」據《新唐書》卷一五八《張愔傳》及《舊唐書》卷一四《憲宗紀上》，徐州節度使張建封卒後，張愔授爲留後，俄進武寧軍節度使，元和元年（八〇六）被疾求代，召爲工部尚書，是年十二月卒，贈尚書右僕射。《白氏長慶集》卷一三有《感故張僕射諸妓》一詩，亦指張愔。白序云司勳員外郎張仲素爲眄眄作《鷰子樓》三首，白居易因同其題作三絶句，序中未引録張詩。此則謂昐昐自作三詩，並引録三詩全文，白作三詩以和。又贈一絶「黄金不惜買娥眉」云云，實即白詩《感故張僕射諸妓》（原詩云：「黄金不惜買蛾眉，揀得如花三四枝。歌舞教成心力盡。一朝身去不相隨。」）復又杜撰昐昐和詩一首。

《唐詩紀事》卷七八《張建封妓》，首云「樂天有《和燕子樓詩》，其序云」，末注「出《長慶集》」，其實事實多同《麗情集》，末又稱盼盼得白詩後旬日不食而卒，但吟詩云「兒童不識冲天物，謾把青泥污雪毫」，當亦在《麗情集》中。二者差異懸殊，非版本之異，北宋人喜摭拾唐事，而往往又自爲增飾，故疑此作乃宋人據白序改寫而成。《唐詩紀事》云：

樂天有《和燕子樓》詩，其序云：「徐州故張尚書，有愛妓盼盼，善歌舞，雅多風態。予爲校書郎時，遊淮泗間，張尚書宴予。酒酣，出盼盼佐歡。予因贈詩，落句云：『醉嬌勝不得，風嫋牡丹花。』一歡而去，爾後絶不復知，兹一紀矣。昨日，司勳員外郎張仲素繪之訪余，因吟詩新，有《燕子樓》詩三首，辭甚婉麗。詰其由，乃盼盼所作也。繪之從事武寧軍累年，頗知盼盼始末。云：『張尚書既歿，彭城有張氏舊第，中有小樓，名燕子。盼盼念舊愛而不嫁，居是樓十餘年，于今尚在。盼盼詩云：『樓上殘燈伴曉霜，獨眠人起合歡床。相思一夜情多少，地角天涯不是長。』又云：『北邙松柏鎖愁烟，燕子樓中思悄然。自埋劍履歌塵散，紅袖香銷一十年。』又云：『適看鴻雁岳陽迴，又覩玄禽逼社來。瑶瑟玉簫無意緒，任從蛛網任從灰。』余嘗愛其新作，乃和之云：『滿窗明月滿簾霜，被冷燈殘拂卧床。燕子樓中寒月夜，愁來衹爲一人長。』又云：『鈿暈羅衫色似烟，幾回欲著即潸然。自從不舞霓裳袖，疊在空箱一十年。』又云：『今春有客洛陽回，曾到尚書墓上來。見説白楊堪作柱，爭教紅粉不成灰。』又贈之絶句：『黄金不惜買娥眉，揀得如花四五枝。歌舞教成心力盡，一朝身去不相隨。』後仲素以余詩示盼盼，乃反覆讀之，泣曰：『自公薨背，妾非不能死，恐百載之後，人以我公重色，有從死之妾，是玷我公清範也，所以偷生爾。』」乃和白公詩云：「自守空樓斂恨眉，形同春後牡丹枝。舍人不會人深意，訝道泉臺不去隨。』盼盼得詩後，怏怏旬日不食而卒。但吟詩云：『兒童不識冲天物，謾把青泥汚雪毫。』」

《青泥蓮花記》卷四記節一《張建封妾盼盼》，末注出處爲《白氏長慶集》及《麗情集》，首段大略本《類説》，白樂天序則全襲《唐詩紀事》：

盼盼，姓關氏。張建封節制武寧，門下客皆詞人名士，至於歌舞姝必求知書者。盼盼乃徐府奇色也。初納之燕子樓，三日樂不輟。後別搆新樓貯寵之。公薨，盼盼感恩，誓不他適。或有問答，皆以詩。有《燕子樓集》三百首。白樂天有《和燕子樓詩》，其序云：「徐州張尚書，有愛妓盼盼，善歌舞，雅多風態。予爲校書郎時，遊淮泗間。張尚書宴予，酒酣，出盼盼佐歡，予因贈詩，落句云：『醉嬌勝不得，風嫋牡丹花。』一歡而去，爾後絶不復知，兹一紀矣。昨日司勳員外郎張仲素繪之訪余，因吟新詩，有《燕子樓》詩三首，辭甚婉麗。詰其由，乃盼盼所作也。繪之從事武寧累年，頗知盼盼始末，云張尚書既歿，彭城有張氏舊第，中有小樓，名燕子。盼盼念舊，愛而不嫁，居是樓十餘年，于今尚在。盼詩有云：『樓上殘燈伴曉霜，獨眠人起合歡床。相思一夜情多少，地角天涯不是長。』又云：『北邙松柏鎖愁烟，燕子樓中思悄然。自埋劍履歌塵散，紅袖香銷已十年。』又云：『適看鴻鴈岳陽廻，又覩玄禽逼社來。瑤瑟玉簫無意緒，任從蛛網任從灰。』余嘗愛其新作，乃和之云：『滿窗明月滿簾霜，被冷燈殘拂卧床。燕子樓中寒月夜，秋來秖爲一人長。』又云：『鈿帶羅衫色似烟，幾廻欲起即潸然。自從不舞霓裳袖，疊在空箱二十年。』又云：『今春有客洛陽回，曾到尚書墓上來。見説白楊堪作柱，争教紅粉不成灰。』又贈之絶句云：『黄金不惜買蛾眉，揀得如花三四枝。歌舞教成心力盡，一朝身去不相隨。』後仲素以余詩示盼盼，乃反覆讀之，泣曰：『自公薨背，妾非不能死，恐百載之後，人以我公重色，有從死之妾，是玷我公清範也，所以偷生爾。』」乃和白公詩云：『自守空樓斂恨眉，形同春後牡丹枝。舍人不會人深意，訝道泉臺不去隨。』」盼盼得詩後，往往旬日不食而卒，但吟詩云：「兒童不識冲天物，謾把青泥污雪毫。」

明代稗編多取燕子樓事，除《青泥蓮花記》外，又見《艷異編》卷二七妓女部《張建封妓》，《一見賞心編》卷一一賢節類《盼盼妓》，《稗家粹編》卷三妓女部《盼盼守節》，《情史》卷一情貞類《關盼盼》，《繡谷春容》禮集卷一《璣囊摭粹·盼盼燕子樓述懷》，《緑窗女史》卷一一妾婢部逸格門及《剪燈叢話》卷三《燕子樓傳》，後二書駕名宋王惲。

北宋秦觀《淮海長短詞》卷下《調笑令》詠盼盼（《彊村叢書》本）：

詩曰：百尺樓高燕子飛，樓上美人顰翠眉。將軍一去音容遠，只有年年舊燕歸。春風昨夜來深院，春色依然人不見。只餘明月照孤眠，唯望舊恩空戀戀。曲子：戀戀，樓中燕。

燕子樓空春日晚。將軍一去音容遠，空鎖樓中深怨。春風重到人不見，十二闌干倚徧。

毛滂《東堂詞》亦有《調笑令》詠眄眄（《四庫全書》本）：

（詩曰）武寧節度客最賢，後車擒藻争春妍。曲眉豐頰亦能賦，惠中秀外誰取憐。花嬌葉困春相逼，燕子樓頭作寒食。月明空照合懽床，霓裳罷舞猶無力。（曲子）無力，倚瑶瑟。罷舞霓裳今幾日。樓空雨小春寒逼，鈿暈羅衫煙色。簾前歸燕看人立，却趂落花飛入。

蘇軾《東坡樂府》（元延祐刊本）卷上《永遇樂·寄孫巨源》，其二題注：「彭城夜宿燕子樓，夢眄眄，因作此詞。一云徐州夢覺，此登燕子樓作。」詞云：

明月如霜，好風如水，清景無限。曲港跳魚，圓荷瀉露，寂莫無人見。紞如三鼓，鏗然一葉，黯黯夢雲驚斷。夜茫茫，重尋無處，覺來小園行遍。天涯倦客，山中歸路，望斷故園心眼。燕子樓空，佳人何在？空鎖樓中燕。古今如夢，何曾夢覺，但有舊歡新怨。異時對、黄樓夜景，爲余浩嘆。

南宋曾敏行《獨醒雜志》卷三，乃又附會出邏卒夜宿張建封廟，聞唱此詞之事。云：「東坡守徐州，作《燕子樓》樂章，方具稿，人未知之。一日，忽鬨傳城中，東坡訝焉。詰其所從來，乃謂發端於邏卒。東坡召而問之，對曰：『某稍知音律，嘗夜宿張建封廟，有歌聲，細聽之，乃此詞也，記而傳之，初不知何謂。』東坡笑而遣之。」

《苕溪漁隱叢話》前集卷二七引《桐江詩話》云：「陳舍人薦彦升，有《彭城八詠》，爲人所稱。多以《燕子樓》爲絶唱，殊不知《子房廟》詩最爲警絶。……燕子樓即張建封侍兒所居，其事具載《麗情集》。」

《新編醉翁談録》著録小説話本名目，中有《燕子樓》。《燕子樓》在煙粉類中，顯然寫到盼盼鬼魂，事有增飾。《警世通言》卷一〇《錢舍人題詩燕子樓》，前半據《麗情集》演關盼盼事，後半寫北宋中書舍人錢易（字希白）於燕子樓見關盼盼鬼魂，殆即本話本《燕子樓》也。

元明清戲曲亦多演盼盼事。有元戲文《許盼盼》（清徐于室《南曲九宫正始》），或題《燕子樓》）、元侯克中雜劇《關盼盼春風燕子樓》（曹寅刊本《録鬼簿》）、明竹林逸士傳奇《燕子樓》（明祁彪佳《遠山堂曲品・能品》）、清陳烺傳奇《燕子樓》（《玉獅堂十種曲》），葉奕苞雜劇《燕子樓》（《鋤經堂樂府》）。盼盼或姓關或姓許，皆後人增飾。

鄭康成家婢引書〔一〕

漢鄭玄字康成，其家奴婢，皆能讀書。嘗使一婢，不稱旨，康成將撻之，婢方自陳說。康成〔二〕大怒，使人曳其婢著泥中〔三〕。須臾，有一婢來，問：「胡爲乎泥中？」婢答曰：「薄言往愬，逢彼之怒。」出《啓顔録》

〔一〕鄭康成家婢引書　「婢」原譌作「婦」，據《繡谷春容》文史類、《書舶庸譚》著録改。《書舶庸譚》「書」作「詩」，周校本同。按：此條與前條《張建封家姬吟詩》相對，不宜亦作「詩」。其婢所引詩句固然出於《詩經》，然《詩經》亦書也。

〔二〕康成　原無「成」字，據《繡谷春容》補。

〔三〕曳其婢著泥中　原作「曳其著屠泥中」，清鈔本「屠」作「婢」。據《繡谷春容》改。

按：《啓顔録》，隋侯白撰，十卷，見《舊唐書·經籍志》及《新唐書·藝文志》小説家類。侯白事跡附《隋書》卷五八《陸爽傳》及《北史》卷八三《文苑·李文博傳》。白字君素，魏郡人。「好學有捷才，性滑稽，尤辯俊。舉秀才，爲儒林郎。通侻不恃威儀，好爲誹諧雜説，人多愛狎之。所在之處，觀者如市」。著《旌異記》十五卷。《啓顔録》已佚。《太平廣記》引《啓顔録》六十九條，王利器《歷代笑話集》（上海古籍出版社一九八一年版）輯録《啓顔録》六種，均無此條。

此條原出南朝劉宋劉義慶《世説新語·文學》：

鄭玄家奴婢皆讀書。嘗使一婢，不稱旨，將撻之，方自陳説。玄怒，使人曳箸泥中。須臾，復有一婢來，問曰：「胡爲乎泥中？」（注：衛《式微》詩也。毛公曰：「泥中，衛邑名也。」）答曰：「薄言往愬，逢彼之怒。」（注：衛、邶《柏舟》之詩。）

鄭都知醞藉巧談〔一〕

都知鄭舉舉〔二〕，巧談諧，常有名賢醵宴〔三〕。乾符中，狀元孫偓頗惑之，與同年數〔四〕人，多在其舍，他人或不盡〔五〕預。同年盧嗣業，訴醵罰錢，致詩狀元曰：「未識都知面，頻輸復分錢〔七〕。苦心親筆硯，得志助花鈿。徒步〔八〕求秋賦，持盂〔九〕給暮饘。力微多謝病，非不奉同年。」嗣業非舊知，又力窘不遵醵罰，故有此詩〔一〇〕。一日，同年宴，舉舉有疾不來，令同年李深之爲新郎。狀元吟曰：「南行忽見李深之，手舞如風〔一一〕令不疑。任你〔一二〕風流兼醞藉，天生不似鄭都知。」出孫棨《北里志》

〔一〕醞藉　「藉」原作「籍」，《繡谷春容》辭令類及《書舶庸譚》、周校本均作「藉」。按：「籍」通「藉」，「醞藉」又作「醞籍」。今改作「醞藉」，以其通行也。下同。

〔二〕舉　此字原空闕，據《繡谷春容》補。

〔三〕常有名賢　原作「嘗有賢士」，據《繡谷春容》、《北里志》及《唐語林》卷七改。

〔四〕數　此字原無，據《繡谷春容》、《北里志》及《唐語林》補。

〔五〕盡　此字原無，據《繡谷春容》、《北里志》及《唐語林》補。

〔六〕識　《繡谷春容》作「諳」。

〔七〕復分錢　「分」原作「本」，《繡谷春容》同，據《北里志》及《唐語林》改。按：《北里志・鄭舉舉》末注：「曲内妓之頭角者，爲都知，分管諸妓，俾追召匀齊。舉舉、絳真，皆都知也。曲中常價，一席四鐶，見燭即倍，新郎君更倍其數，故云復分錢。」

〔八〕步　原作「爾」，《繡谷春容》同，據《北里志》及《唐語林》改。按：此詩爲五律，「步」與下句「盂」相對。

〔九〕盂　《北里志》及《唐語林》作「盂」，周校本據改。盂，圓口食器，猶碗也。

〔一〇〕詩　原作「曲」，《繡谷春容》同。《北里志》作「篇」，《唐語林》作「詩」，據改。按：《唐語林》「詩」下接云「曲内妓之頭角者爲都知」，此條實删取《唐語林》，而脱「詩」字，承之以「曲」。

〔一一〕風　《北里志》作「蜚」，通「飛」。

〔一二〕你　《北里志》作「爾」，周校本據改。

按：此條原出唐孫棨《北里誌・鄭舉舉》。原文曰：

鄭舉舉者，居曲中，亦善令章，嘗與絳真互爲席糾，而充博非貌者，但負流品。巧談諧，亦爲諸朝士所眷。有名賢醵宴，辟數妓，舉舉者預焉。今左諫王致君調、右貂鄭禮臣轂、夕拜孫文府儲、小天趙爲山崇皆在席。時禮臣初入内庭，矜誇不已，致君已下，倦不能對，甚減歡情。舉舉知之，乃下籌指禮臣曰：「學士語太多。翰林學士雖甚貴甚美，亦在人耳。至如李隲、劉允承、雍章亦嘗爲之，又豈能增其聲價耶？」致君已下，皆躍起拜之，喜不自勝。致禮臣因引滿自飲，更不復有言。於是極歡，至暮而罷。致君已下，各取彩繒遺酬。孫龍光爲狀元，名偓，文府弟，爲狀元在乾符五年。頗惑之，與同年侯彰臣濬、杜寧臣彦殊、崔勛美昭愿、趙延吉光逢、盧文舉擇、李茂勳茂藹弟等數人，多在其舍，他人或不盡預。故同年盧嗣業訴醵罰錢，致詩於狀元曰：「未識都知面，頻輸復分錢。苦心親筆硯，得志助花鈿。徒步求秋賦，持盃給暮饘。力微多謝病，非不奉同年。」嗣業，簡辭之子。少有詞藝，無操守之譽。與同年非舊知聞，多稱力窮，不遵醵罰，故有此篇。曲内妓之頭角者，爲都知，分管諸妓，俾追召匀齊。舉舉、絳真皆都知也。曲中常價，一席四鐶，見燭即倍，新郎君更倍其數，故云復分錢也。今左史劉郊文崇及第年，亦惑於舉舉。同年宴，而舉舉有疾不來。其年酒糾，多非舉舉，遂令同年李深之，邀爲酒糾。坐久，覺狀元微哂，良久乃吟一篇曰：「南行忽見李深之，手舞如蜚令不疑。任爾風流兼蘊藉，天生不似鄭都知。」（按：《青泥蓮花記》卷三外編五記豪《鄭舉舉》節録《北里志》，止於「各取彩繒遺酬」。）

《唐語林》卷七《補遺》亦載，文略。《緑窗新話》此條即係《唐語林》之節録。《唐語林》曰：

翰林學士孫棨《北里志》云：「鄭舉舉，巧談諧，常有名賢醵宴。乾符中，狀元孫偓頗惑之，與同年數人，多至其舍，他人或不盡預。同年盧嗣業，訴醵罰錢，致詩狀元曰：『未識都知面，頻輸復分錢。苦心親筆硯，得志助花鈿。徒步求秋賦，持盃給暮饘。力微多謝病，非不奉同年。』嗣業同年非舊知，又力窮不遵醵罰，故有此詩。曲内妓之頭角者爲都知，舉舉、降真是也。曲中一席四鐶，見燭即倍，新郎更倍，故曰復分錢。一日，同年宴，舉舉有疾不來，令同年李深之爲酒糾。狀元吟曰：『南行忽見李深之，手舞如風令不疑。任你風流稱醖藉，天生不似鄭都知。』」

點酥娘精神善對

東坡初謫〔一〕黄州，獨王定國以大臣之子不能謹交游，遷置領表。後數年，召還京師。是時，東坡掌翰苑〔二〕。一日，王定國置酒，與東坡會飲，出寵人點酥侑樽。而點酥善談笑，東坡問曰：「嶺南風物，可噉〔三〕不佳？」點酥應聲曰：「此身安處是家鄉。」坡嘆其善應對，賦《定風波》一闋以贈之，其句全引點酥之語，曰：「堪羡人間琢玉郎，故教天賦點酥娘。自作清歌傳皓齒，風起〔四〕，雪飛炎海變清涼〔五〕。萬里歸來年愈少〔六〕，微笑〔七〕，笑中猶帶雪梅香〔八〕。試問嶺南應不好，卻道，此身安處是家鄉〔九〕。」點酥因是詞而名〔一〇〕，譽藉甚。出《古今〔一一〕詞話》

〔一〕謫　原作「調」，據清鈔本、《繡谷春容》辭令類、趙萬里輯《古今詞話》（據《綠窗新話》）改。

〔二〕翰苑　《繡谷春容》作「翰院」，義同，即翰林院。

〔三〕噭　原作「曒」，音現，日氣、日光也。據清鈔本、《繡谷春容》、趙輯本改。噭，用同「煞」，甚也。

〔四〕起　原作「逐」，《繡谷春容》同。清鈔本及趙輯本作「起」，《東坡樂府》卷中《定風波》、《苕溪漁隱叢話》後集卷四〇《麗人雜記》引《東皐雜録》（北宋孫宗鑑撰）並同。按：依詞律，「起」與上句「齒」押韻，作「逐」誤，據改。

〔五〕雪飛炎海變清涼　「飛」原作「花」，據《繡谷春容》及《東坡樂府》、《漁隱叢話》改。「海」《繡谷春容》譌作「梅」。「變」原作「起」，與上句重，據《東坡樂府》、《漁隱叢話》改。

〔六〕少　清鈔本作「小」。

〔七〕微笑　此二字原脱，《繡谷春容》同。據清鈔本及《東坡樂府》補。《漁隱叢話》作「微微笑」，衍一「微」字。

〔八〕笑中猶帶雪梅香　《東坡樂府》、《漁隱叢話》作「笑時猶帶嶺梅香」。

〔九〕此身安處是家鄉　《東坡樂府》、《漁隱叢話》作「此心安處是吾鄉」。

〔一〇〕而名　此二字原無，據《繡谷春容》補。

〔一一〕今　此字原脱，據《繡谷春容》補。

按：蘇詞《定風波》寫作背景，《東坡樂府》(《四庫全書》本作《東坡詞》)、《東皋雜録》所記皆有異。《東坡樂府》(元延祐刊本)卷中《定風波》序云：「海南歸，贈王定國侍兒寓娘。」詞曰：

長羡人間琢玉郎，天應乞與點蘇娘(原校：一本作「故教天與點蘇娘」)。自作清歌傳皓齒，風起，雪飛炎海變清涼。　萬里歸來年愈少，微笑，笑中猶帶雪梅香。試問嶺南應不好，却道，此心安處是家鄉。

《四庫全書》本《定風波》序云：「王定國歌兒曰柔奴，姓宇文氏，眉目娟麗，善應對，家世住京師。定國南遷歸，余問柔：『廣南風土應是不好？』柔對曰：『此心安處，便是吾鄉。』因爲綴詞云：『常羡人間琢玉郎，天教分付點酥娘。自作清歌傳皓齒，風起，雪飛炎海變清涼。　萬里歸來顔愈少，微笑，時時猶帶嶺梅香。試問嶺南應不好，却道，此心安處是吾鄉。』」

《苕溪漁隱叢話》後集卷四〇《麗人雜記》引《東皋雜録》云：

王定國嶺外歸，出歌者，勸東坡酒。坡作《定風波》，序云：「王定國歌兒曰柔奴，性宇文氏，眉目娟麗，善應對，家世在京師。定國南遷歸，余問柔：『廣南風土應是不好？』柔對曰：『此心安處，便是吾鄉。』因爲綴此詞云：『常羡人間琢玉郎，天教分付點酥娘。自作清歌傳皓齒，風起，雪飛炎海變清凉。萬里歸來年愈少，微微笑，笑時猶帶嶺梅香。試問嶺南應不好，却道，此心安處是吾鄉。』」

吴曾《能改齋漫録》卷八《沿襲·此心安處便是吾鄉》云：

東坡作《定風波》，序云：「王定國歌兒曰柔奴，姓宇文氏。定國南遷歸，余問柔：『廣南風土，應是不好？』柔對曰：『此心安處，便是吾鄉。』因用其語綴詞云：『試問嶺南應不好，却道此心安處是吾鄉。』」余嘗以此語本出於白樂天，東坡偶忘之耳。白《吾土》詩云：「身心安處爲吾土，豈限長安與洛陽？」又《出城留别》詩云：「我生本無鄉，心安是歸處。」又《重題》詩云：「心泰身寧是歸處，故鄉獨可在長安。」又《種桃杏》詩云：「無論海角與天涯，大抵心安即是家。」

清張宗橚《詞林紀事》卷五引「王定國歌兒曰柔奴」云云，注引《能改齋漫録》云云，按云：「柔奴或作寓娘。考《柳州志》，王鞏（按：鞏字定國）侍兒柔奴，與詞序同，當從詞序。」按：王定國寵妾點酥娘之名，當從蘇詞點蘇（同酥）娘或點酥娘化出。點酥，言肌膚白膩如點凝酥也。蘇軾《蠟梅一首贈趙景貺》：「天工點酥作梅花，此有蠟梅禪老家。」（《東坡先生詩集注》卷二五）陸游《月上海棠·成都城南有蜀王舊苑多梅皆二百餘年古木》：「淡淡宮梅，也依然點酥剪水。」（《放翁詞》）

薛濤妓滑稽改令

高駢鎮成都，命酒佐薛濤改一字令，曰：「須得一字象形，又須逐韻。」公曰：「口，有似没梁斗。」濤曰：「川，有似三條椽。」公曰：「奈〔一〕何一條曲？」濤曰：「相公爲西川節度使，尚使一没梁斗。至於窮酒佐，有三條椽，内一條曲〔二〕，又何足怪！」出《紀異録》

評曰：人情之皆愛者，必其物之甚美者也。昔元微之使蜀，見薛濤有才色，府公嚴司空〔三〕知元之情，遣濤往侍焉。後元登翰林，以詩寄濤曰：「錦江滑膩娥眉秀〔四〕，化〔五〕出文君與薛濤。言語巧偷鸚鵡舌，文章分得鳳皇毛。紛紛詞客皆停筆，個個公卿〔六〕欲夢刀，别後相思隔烟水，菖蒲花發五雲高。」若濤者，可謂角然者矣〔七〕。

〔一〕柰　《繡谷春容》辭令類作「如」。

〔二〕有三條椽内一條曲　原作「一條椽曲」，據《繡谷春容》補改。

〔三〕嚴司空　「空」原譌作「公」，據《繡谷春容》改。按：嚴司空即嚴綬，《舊唐書》卷一四六、《新唐書》卷一二九有傳。憲宗元和元年（八〇六），楊惠琳叛於夏州，劉闢叛於成都，綬表請出師討伐。蜀、夏平，加綬檢校尚書左僕射，尋拜司空，進階金紫，封扶風郡公。綬在鎮九年。

〔四〕秀　原譌作「禿」，據清鈔本及《繡谷春容》改。

〔五〕化　《繡谷春容》作「幻」，《錦繡萬花谷》前集卷一七同。《類説》卷二九《麗情集·蜀妓薛濤》作「毓」，生也。《唐詩紀事》卷三七《元稹》作「生」。

〔六〕卿　《繡谷春容》、《麗情集》作「侯」。

〔七〕若濤者可謂角然者矣　「角」原爲闕字，據清鈔本補。按：角宿爲東方蒼龍七宿第一宿。角，似第一角色之謂。周校本臆補作「信」。《繡谷春容》無此九字。

按：此條注出《紀異録》，即北宋秦再思《洛中紀異》，一題《洛中紀異録》、《紀異録》，原書十卷，已佚。此條取自《類説》卷一二《紀異録·口似没量斗》，《四庫全書》本「量」作「梁」，是也。文曰：

高駢鎮成都，命酒佐薛濤改一字令，曰：「須得一字象形，又須逐韻。」公曰：「口，有似没量（梁）斗。」濤曰：「川，有似三條椽。」公曰：「奈何一條曲？」濤曰：「相公爲西川節度使，尚使一没量（梁）斗，至於窮佐酒，有三條椽，内一條曲，又何足怪！」

《紀異録》記唐五代宋初徵應雜事，唐事大抵取自舊籍。此條即取自唐丁用晦《芝田録》。《崇文總目》傳記類、《新唐書·藝文志》小説家類著録《芝田録》一卷，不著撰人，《郡齋讀書志》小説類云：「記隋唐雜事，未詳何人。」《類説》卷一一摘録《芝田録》，天啓刊本無撰人，嘉靖伯玉翁舊鈔本題丁用晦撰，是也。《古今事文類聚》續集卷一五《薛濤改酒令》，即引自丁用晦《芝田録》，云：

高駢鎮成都，命酒佐薛濤改一字令，曰：「須得一字象形，又須逐韻。」公曰：「口，有似没梁斗。」濤曰：「川，有似三條椽。」公曰：「柰何一條曲？」濤曰：「相公爲西川節度，尚使一没梁斗。至於窮酒佐，有三條椽，内一條曲，又何足怪！」

《古今合璧事類備要》外集卷四四《一字令》，亦引丁用晦《芝田録》，文同，「梁」作「量」。評中所記元微之、薛濤事，出《麗情集》。《類説》卷二九《麗情集·蜀妓薛濤》云：

元微之元和中使蜀，籍妓薛濤者有才色。府公嚴司空知元之情，遣濤往侍焉。後登翰林，以詩寄曰：「錦江滑膩峨眉秀，毓出文君與薛濤。言語巧偷鸚鵡舌，文章奪得鳳凰毛。

紛紛詞客皆停筆，個個公侯欲夢刀。別後相思隔烟水，菖蒲花發五雲高。」

《古今事文類聚》後集卷一七《薛濤能詩》及《古今合璧事類備要》前集卷五三《贈妓以詩》引《麗情》，文字微異：

元微之元和中使蜀，籍妓薛濤者有才色。府公嚴司空知之，遣濤往侍焉。後登翰林，以詩寄曰：「錦江滑膩（《事類備要》作膩膩）娥眉秀，化出文君與薛濤。言語巧偷鸚鵡舌，文章分得鳳凰毛。紛紛詞客皆停筆，箇箇公侯欲夢刀。別後相思隔煙水，菖蒲花發五雲高。」

此事亦見《唐詩紀事》卷三七《元稹》：

稹聞西蜀薛濤有辭辯，及爲監察使蜀，以御史推鞫，難得見焉。嚴司空潛知其意，每遣薛往。洎登翰林。以詩寄曰：「錦江滑膩峨眉秀，生出文君與薛濤。言語巧偷鸚鵡舌，文章分得鳳凰毛。紛紛辭客多停筆，箇箇公侯欲夢刀。別後相思隔煙水，菖蒲花發五雲高。」

元辛文房《唐才子傳》卷六《薛濤》，亦載以上二事，云：

濤字洪度，成都樂妓也。性辨慧，調翰墨。居浣花里，種菖蒲滿門。傍即東北走長安道也，往來車馬留連。元和中，元微之使蜀，密意求訪。府公嚴司空知之，遣濤往侍。微之登翰林，以詩寄之曰：「錦江滑膩峨嵋秀，幻出文君與薛濤。言語巧偷鸚鵡舌，文章分得鳳皇毛。紛紛詞客皆停筆，箇箇公侯欲夢刀。别後相思隔烟水，菖蒲花發五雲高。」及武元衡入相，奏授校書郎。蜀人呼妓爲校書，自濤始也。後胡曾贈詩曰：「萬里橋邊女校書，枇杷樹下閉門居。掃眉才子知多少，管領春風總不如。」濤工爲小詩，惜成都牋幅大，遂皆製狹之，人以爲便，名曰薛濤牋。且機警閑捷，座間談笑風生。高駢鎮蜀門日，命之佐酒，改一字愜音令，且得形象，曰：「口似没梁斗。」答曰：「川似三條椽。」公曰：「奈一條曲何？」曰：「相公爲西川節度，尚用一破斗。況窮酒佐雜一曲椽，何足怪哉！」其敏捷類此特多，座客賞歎。其所作詩，稍欺良匠，詞意不苟，情盡筆墨，翰苑崇高，輒能攀附。殊不意裙裾之下，出此異物，豈得匪其人而棄其學哉！太和中卒。有《錦江集》五卷，今傳，中多名公贈答云。

《唐才子傳校箋》第三册《薛濤》（中華書局一九九〇年版）吴企明云：「按高駢鎮蜀，時在乾符二年（八七五），其時薛濤已死四十三年，時序不合。」吴氏謂駢祖高崇文授西川節度使，而誤屬之於高駢。《芝田録》既記及高駢鎮蜀，然則丁用晦當爲唐末人。

《唐語林》卷六《補遺》載薛濤作千字文令一事，與此相類，《類説》卷三二《語林·千字令》亦載。《唐語林》云：

西蜀官妓曰薛濤者，辯慧知詩。嘗有黎州刺史（原注：失姓名）作千字文令，帶禽魚鳥獸，乃曰：「有虞陶唐。」坐客忍笑不罰。至薛濤，云：「佐時阿衡。」其人謂語中無魚鳥，請罰。薛笑曰：「衡字尚有小魚子，使君『有虞陶唐』，都無一魚。」賓客大笑。刺史初不知覺。唐宋書記薛濤者頗多，《青泥蓮花記》卷九記藻一《薛濤》，即採録《唐語林》、《白氏長慶集》、《清異録》、《鑒戒録》、《紀異録》、《芝田録》、《唐詩紀事》而成。

趙才卿黠慧敏詞〔一〕

成都官妓趙才卿，性黠慧，有詞速敏。帥〔二〕府作會，以送都鈐〔三〕，帥命才卿作詞，應命立就《燕〔四〕歸梁》，曰：「細柳營中有亞夫〔五〕，華宴簇名姝〔六〕。雅歌長許佐投壺，無一日，不懽娱。　漢皇拓境思名將，捧飛詔，欲登途。從前密約盡成虚，空贏〔七〕得，淚流珠。」都鈐覽之，大賞其才，以飲器數百星遺之〔八〕，府帥〔九〕亦賞歎焉。出《古今詞話》

評曰〔一〇〕：《詞話》〔一一〕載：有時相本寒生，及登台〔一二〕位，嘗以措大自負。遇生日〔一三〕，都下皆獻壽。有一妓易《朝中措》數字爲壽，曰：「屏山欄〔一四〕檻倚晴空，山色有無中。手種庭前桃李〔一五〕，别來幾度春風。　文章宰相，揮毫萬字，一飲千鍾。行樂不須年少，目〔一六〕前看取仙翁。」時相不直怜其善〔一七〕改易，又愛《朝中措》之名，厚賞之。以一妓之識，而能承意順旨，而推賞如此，若才卿者，誠不易得也。

〔一〕趙才卿黠慧敏詞　「黠」原譌作「點」，據《書舶庸譚》著録及《繡谷春容》辭令類改。

〔二〕帥　清鈔本作「師」。下同。

〔三〕都鈐　「鈐」原譌作「鈴」，下同，趙萬里輯《古今詞話》亦譌，據《繡谷春容》改。按：都鈐，即兵馬都鈐轄。

〔四〕燕　此字原脱，據清鈔本、《繡谷春容》及趙輯本補。

〔五〕夫　清鈔本譌作「有」。

〔六〕名姝　此二字原空闕，據《繡谷春容》及趙輯本《古今詞話》補。

〔七〕空羸　「空」字原脱，據《繡谷春容》補。「羸」《繡谷春容》、趙輯本作「羸」。「羸」同「羸」。

〔八〕數百星遺之　「星」趙輯本作「厚」，周校本據改。按：星，細小之物。「之」字原無，據《繡谷春容》補。

〔九〕府帥　原作「帥府」，據《繡谷春容》改。

〔一〇〕評曰　清鈔本無此二字。《繡谷春容》依例亦無。

〔一一〕詞話　清鈔本下有「無名氏」三字。

〔一二〕台　此字原無，據《繡谷春容》補。

〔一三〕日　原作「旦」，據《繡谷春容》、趙輯本改。

〔一四〕欄　《繡谷春容》作「闌」。闌，欄也。

〔一五〕庭前桃李　《緑窗新話》原校：「一作亭前楊柳。」清鈔本作「亭前楊柳」。

〔一六〕目　原譌作「日」，據《繡谷春容》改。

〔一七〕善　原作「喜」，據《繡谷春容》改。

按：《青泥蓮花記》卷一二《紀藻四・趙才卿》，無出處。文大同《緑窗新話》：

成都官妓趙才卿，性黠慧，詩詞敏速。帥府與都鈐、帥會飲，命才卿佐酒作詞，應命立就《燕歸梁》，云：「細柳營中有亞夫，華宴簇名姝。雅歌長許佐投壺，無一日，不歡娱。　漢皇拓境思名將，捧飛詔，欲登途。從前密約盡成虛，空贏得，泪流珠。」都鈐大賞其才，以飲器數百星遺之，帥亦賞歎焉。

歐陽修《近體樂府》卷一《朝中措》：「平山欄檻倚晴空，山色有無中。手種堂前垂柳，別來幾度春風。　文章太守，揮毫萬字，一飲千鍾。行樂直須年少，樽前看取衰翁。」

《花草稡編》卷七歐陽永叔《朝中措（即照江梅）》：「平山欄檻倚晴空，山色有無中。手種堂前楊柳，別來幾度春風。　文章太守，揮毫萬字，一飲千鍾。行樂直須年少，樽前看取衰翁。」末注：「《古今詞話》妓獻壽時相，太守改作宰相，直須作不須，衰翁作仙翁。」

《山堂肆考》卷一一一《長佐歡娱》云：「宋成都官妓趙才卿，性黠慧。帥府與都鈐帥會飲，命才卿佐酒作詞，應命立就《歸梁燕》云：『細柳營中有亞夫，華宴簇名姝。雅歌長許佐投壺，無一日，不歡娱。　漢皇拓境思名將，捧飛詔，欲登途。從前密約盡成虛，空贏得，淚流珠。』」

《歷代詩餘》卷二三宋妓趙才卿《燕歸梁·即席送别》：「細柳營中有亞夫，華宴簇名姝。雅歌長許佐投壺，無一日，不歡娱。　漢王拓境思名將，捧飛詔，欲登途。從前密約盡成虛，空贏得，淚如珠。」

《詞苑叢談》卷七：「成都官妓趙才卿，性慧黠，能詞。值帥府作會送都鈐，帥令才卿作詞，應命立賦《燕歸梁》，云：『細柳營中有亞夫，華宴簇名姝。雅歌長許佐投壺，無一日，不歡娱。　漢王拓境思名將，捧飛詔，欲登途。從前密約盡成虛，空贏得，淚如珠。』帥大賞其才，盡以飲器遺之。」

黨家妓不識雪景〔一〕

陶穀學士，買〔二〕得黨太尉家故妓。遇雪，陶〔三〕取雪水烹團茶，謂妓曰：「黨太尉家應不識此。」妓曰：「彼粗人也〔四〕，安有此景？但能銷金煖帳下淺斟低唱，喫羊羔兒酒

爾〔五〕。」穀愧其言。出《湘江近事》

評曰：富貴家氣象，其與窮措大自是不同。嘗觀《玉局遺文》載：「趙伯成家有姝，甚麗，僕忝鄉人，不肯〔六〕開樽，徒吟春雪〔七〕，謹依元韻，以當一笑。云：『繡〔八〕簾朱户未曾開，誰見梅〔九〕花落鏡臺。試問高吟三十韻，何如低唱〔一〇〕兩三杯？莫嫌衰鬢聊〔一一〕相映，須得纖腰妙共回〔一二〕。知道文君隔青瑣〔一三〕，梁園賦客敢言才〔一四〕？』俗云檢驗雪壓死秀才，衣帶上有《雪詩三十韻》。」由是觀之，陶學士雪水烹茶，亦可謂塵俗矣。其視黨太尉之家風氣象爲如〔一五〕何？妓者之對，言婉旨〔一六〕深，聞者媿焉。

〔一〕黨家妓不識雪景《書船庸譚》著録「雪」譌作「雲」。

〔二〕買　周校本前增「嘗」字，

〔三〕遇雪陶　原譌作「過定陶」，《詩話總龜》前集卷三九引《玉局遺文》同，誤，據蘇軾詩改，見附録。

〔四〕也　《繡谷春容》滑稽類無此字。

〔五〕喫羊羔兒酒爾　《詩話總龜》同，蘇詩作「喫羊羔兒酒」。周校本妄改作「飲羊羔美酒耳」。

〔六〕肯　《繡谷春容》作「聞」。蘇詩及《詩話總龜》作「肯」。

〔七〕雪　周校本誤作「雲」。蘇詩及《詩話總龜》作「雪」。

〔八〕繡　原作「綃」，當誤。據蘇詩及《詩話總龜》改。

〔九〕誰見梅　「誰」原作「許」，據蘇詩及《詩話總龜》改。「梅」原作「楊」，《詩話總龜》同，蘇詩作「梅」，據改。

〔一〇〕唱　周校本改作「喝」，謬甚。唱謂唱歌侑酒也。蘇詩及《詩話總龜》作「唱」。

〔一一〕聊　《繡谷春容》作「來」。

〔一二〕須得纖腰妙共回　「須」原作「料」，據蘇詩及《詩話總龜》改。「妙」蘇詩作「與」，《詩話總龜》作「妙」。

〔一三〕文君隔青瑣　「隔」原作「共」，《詩話總龜》同，當譌，據蘇詩改。按：《史記》卷一一七《司馬相如列傳》：「是時，卓王孫有女文君，新寡，好音，故相如繆與令相重，而以琴心挑之。……及飲卓氏，弄琴，文君竊從户窺之，心悦而好之，恐不得當也。」

〔一四〕敢言才　「敢」蘇詩作「肯」，《詩話總龜》作「敢」。「才」原譌作「財」，據《繡谷春容》及蘇詩、《詩話總龜》改。

〔一五〕如　清鈔本譌作「姑」。

〔一六〕旨　清鈔本譌作「目」。《繡谷春容》作「意」。

按：此條正文注出《湘江近事》。本書卷上《張詵遊春得佳偶》出《湖湘近事》，疑即一書，宋初陶岳《荆湖近事》是也。周校本謂，李燾《續資治通鑑長編》亦曾載此事，内容大致相同，惟末句「穀愧其言」作「遂競傳爲笑柄」。未言《長編》卷次。經全文檢索，渺不可得。疑周氏誤記。《湘江近事》實本東坡詩及自注爲説。而評語引《玉局遺文》，亦即蘇軾文。南宋費衮《梁谿漫志》卷四《東坡録沿流館詩》云：「東坡在翰林，被旨作《上清儲祥宫碑》，哲宗親書其額。紹聖黨禍起，磨去坡文，命蔡元長别撰。《玉局遺文》中有詩云：『淮西功德冠吾唐，吏部文章日月光。千載斷碑人膾炙，不知世有段文昌。』其題云：『紹聖中，得此詩於沿流館中，不知何人作也。戲録之，以益篋笥之藏。』此詩乃東坡自作，蓋寓意儲祥之事，特避禍，故託以得之。味其句法，則可知矣。」蘇軾曾在成都任提舉玉局觀（《宋史》卷三三八《蘇軾傳》），人遂以玉局代稱蘇軾。

《東坡詩集注》卷二一《趙成伯家有麗人，僕忝鄉人，不肯開樽，徒吟春雪美句，次韻一笑》：

繡簾朱户未曾開，誰見梅花落鏡臺。試問高吟三十韻，何如低唱兩三杯？（世言檢死秀才，衣帶上有《雪詩三十韻》。又云：陶穀學士買得党太尉家妓，遇雪，陶收雪水烹團茶，謂妓曰：「党家應不識此。」妓曰：「彼麄人，安得此？但能於紅綃暖帳中淺斟低唱，喫羊羔兒酒。」陶嘿慙其言。）莫言衰鬢聊相映，須得纖腰與共回。知道文君隔青瑣，梁園賦客肯言才。（先生自注云：聊答來句，義取婦人而已，罪過罪過！）

《施注蘇詩》卷四〇《趙成伯家有麗人，僕忝鄉人，不肯開樽，徒吟春雪美句，次韻一笑》：

繡簾朱户未曾開，誰見梅花落鏡臺。試問高吟三十韻，何如低唱兩三杯？（公自注：世言檢死秀才，衣帶上有《雪詩三十韻》。又云：陶穀學士買得党太尉家妓，遇雪，陶收雪水烹團茶，謂妓曰：「党家應不識此。」妓曰：「彼麤人，安得此？但能於銷金暖帳中淺斟低唱，喫羊羔兒酒。」陶嘿然慙其言。）莫言衰鬢聊相映，須得纖腰與共回。知道文君隔青瑣，梁園賦客肯言才。（公自注：聊答來句，義取婦人而已，罪過罪過！）

《詩話總龜》前集卷三九引《玉局遺文》，《緑窗新話》評語文字多同之，其云：

趙成伯家有姝麗，僕忝鄉人，不肯開樽，徒吟春雪。謹依元韻，以當一笑。云：綉簾朱户未曾開，誰見楊花落鏡臺。試問高吟三十韻，何如低唱兩三杯？莫嫌衰鬢聊相映，須得纖腰妙共回。知道文君共青鎖，梁園賦客敢言才？俗云檢驗雪壓秀才，衣帶上有《雪詩三十韻》。又世傳陶穀學士買得党太尉家故妓，過定陶，取雪水烹團茶，謂妓曰：「党太尉應不識此。」妓曰：「彼粗人，安有此景？但能以銷金煖帳下，淺斟低唱，吃羊羔兒酒尔。」穀愧其言。答來句罪過之義，取貸而已。

《苕溪漁隱叢話》前集卷四云：「苕溪漁隱曰：東坡詩云：『試問高吟三十韻，何如低唱兩三盃？』世傳陶穀買得黨太尉故妓，取雪水烹團茶，謂妓曰『黨家應不識此。』妓曰：『彼粗人，安得有此景？但能銷金帳下淺斟低唱，飲羊羔兒酒耳。』陶愧其言。」

元蔡正孫《詩林廣記》後集卷三《蘇東坡》亦載蘇軾此詩，作《次趙伯成韻》，題云：「趙伯成家有麗人，僕忝鄉人，不肯開樽，徒吟春雪美句，次韻一笑。」以下爲詩。

明曹學佺《蜀中廣記》卷一〇三《詩話記第三》亦載「東坡云趙伯成家有麗人」云云，末注出《古今詩話》（北宋李頎撰），則《古今詩話》曾採入。

又《歲時廣記》卷四《飲羔酒》引《提要録》亦云：「世傳陶穀學士買得黨太尉家故妓，遇雪，陶取雪水烹團茶，謂妓曰：『黨家應不識此。』妓曰：『彼粗人，安有此景？但能于銷金帳下淺酌低唱，飲羊羔酒耳。』陶默然愧其言。東坡詩云：『試問高吟三十韻，何如低唱兩三杯？』」南宋史鑄《百菊集譜》卷三引有南宋陳欽甫《提要録》。

柳家婢不事牙郎

柳仲郢僕射，有婢失意，鬻於成都。蓋巨源使君欲之，取其家〔一〕。一日，有鬻綾羅者從窗下過，蓋公於束縑〔二〕内選擇卷舒，酧酢可否。柳婢失聲而仆〔三〕，似中風。蓋命扶起〔四〕。翌日瘳，對曰〔五〕：「某〔六〕雖賤人，曾爲柳家細婢。死則死矣，安能事賣絹牙郎〔七〕乎？」出《北夢瑣言》〔八〕

評曰〔九〕：嘗觀柳仲塗〔一〇〕爲叔母穆夫人墓誌曰：「皇考治家孝且嚴〔一一〕，月旦及望，諸叔母拜堂下畢，即上堂〔一二〕低面，聽我皇考訓誡曰：『人家兄弟，無不義者，盡〔一三〕因娶婦入門，異姓相聚，争長競短，分門割户，皆汝婦人所作。』」嗚呼！以柳家〔一四〕一婢，尚且得體〔一五〕，可見其家法之嚴〔一六〕。

〔一〕蓋巨源使君欲之取其家　《繡谷春容》滑稽類作「蓋巨源相公欲取之其家」。

〔二〕縑　原譌作「嫌」，據《繡谷春容》改。

〔三〕仆　此字原脱，據《類説》卷四三《北夢瑣言・柳家細婢事賣絹牙郎》補。

〔四〕起　《類説》作「出」。

〔五〕翌日瘳對曰　「瘳」原空闕，據《類説》補。《繡谷春容》無「翌日瘳」三字。「對曰」原無，據《繡谷春容》補。《類説》作「曰」。

〔六〕某　此字原無，據《繡谷春容》及《類説》補。

〔七〕賣絹牙郎　周校本改「賣」作「買」，誤。按：牙郎即牙人，買賣雙方之中間人，從中撮合，成交後收取佣金。婢言蓋巨源翻看縑絹，酧酢價錢，行同牙郎，故鄙視之。

〔八〕北夢瑣言　原作「雲谿友議」，誤，《雲谿友議》無此條。按：當出《北夢瑣言》，今改。詳見後附文獻。

〔九〕評曰　《永樂大典》卷七三二八《柳家婢不事牙郎》云「《緑窗新語》評曰」。

〔一〇〕柳仲塗　周校本改作「柳仲郢」，大謬。《大典》亦作「柳仲塗」。按：柳仲塗即宋初柳開，字仲塗，詳見附録柳開《河東先生集》卷一四《宋故穆夫人墓誌銘并序》。

〔一一〕皇考治家孝且嚴　「孝」原作「教」，誤，據《繡谷春容》、《大典》及《河東先生集》改。《大典》作「皇考訓家孝而且嚴」。《河東先生集》「皇考」作「烈考」，均謂亡父。

〔一二〕堂　原譌作「手」，據《大典》改。

〔一三〕盡　《繡谷春容》作「蓋」。按：《大典》及《河東集》作「盡」。

〔一四〕以柳家　「以」原譌作「似」，據《繡谷春容》改。《大典》作「柳公家」。

〔一五〕得體　《大典》作「惜身」。

〔一六〕家法之嚴　「法」字原脱，據《繡谷春容》及《大典》補。「嚴」《大典》作「正」。

按：此條注出《雲谿友議》，誤。實出《北夢瑣言》，而其文乃取《類説》卷四三《北夢瑣言·柳家細婢事賣絹牙郎》：

柳仲郢僕射，有婢失意，鬻於成都。蓋巨源使君欲之，取致其家。一日，通衢有鬻綾羅者從窗下過（原作窺，據嘉靖伯玉翁舊鈔本改），蓋公於東縑内選擇舒卷，酧酢可否。柳婢失聲而仆，似中風。蓋命扶出。翌日瘳，曰：「某雖賤人，曾爲柳家細婢。死則死矣，安能事賣絹牙郎乎？」

孫光憲《北夢瑣言》卷四原文云：

唐柳僕射仲郢鎮郪城，有一婢失意，將婢於成都鬻之。蓋巨源使君乃西川大校，累典雄郡，宅在苦竹溪。女儈具以柳婢言導，蓋公欲之，乃取歸其家，女工之具悉隨之，日夕賞其巧技。或一日，蓋公臨街窺窗，柳婢在侍。通衢有鬻綾羅者從窗下過，召俾就宅。蓋公於東縑内選擇邊幅，舒卷揲之，第其厚薄，酬酢可否。柳婢失聲而仆，似中風恙，命扶之而去，一無言語，但令輿還女儈家，翌日而瘳。詰其所苦，青衣曰：「某雖賤人，曾爲柳家細婢。死則死矣，安能事賣絹牙郎乎？」蜀都聞之，皆嗟歎也。清族之家，率由禮門，蓋公暴貴，未知士風，爲婢僕所譏，宜矣哉！（按：亦見《太平廣記》卷二六一《柳氏婢》引《北夢瑣言》。）

南宋馬永卿《嬾真子》卷二亦載，情事有異，傳聞異辭耳。文云：

唐世，士大夫崇尚家法，柳氏爲冠，公綽唱之，仲郢和之。其餘名士，亦各修整。舊傳柳氏出一婢，婢至宿衛韓金吾家。未成券，聞主翁於廳事上買綾，自以手取視之，且與駔儈議價。婢於窗隙偶見，因作中風仆地。其家怪問之，婢云：「我正以此疾故，出柳宅也。」因出外舍，問曰：「汝有此疾幾何時也？」婢曰：「不然。我曾伏事柳家郎君，豈忍伏事賣絹牙郎也？」其標韻如此。想是柳家家法清高，不爲塵垢卑賤，故婢化之，乃至如此。雖今士大夫妻，有此見識者少矣。哀哉！聞之於田亘元邈。

又元陳世隆《北軒筆記》亦本《嬾真子》，曰：

唐世，士大夫崇尚家法，柳氏爲冠。舊傳柳氏出一婢，婢至宿衛韓金吾家。未成券，聞主翁於廳事上買綾，自以手取視之，且與駔儈議價。婢於窗隙偶見，因作中風仆地。其家怪問之，婢云：「我正以此疾故，出柳宅也。」因出外舍，人問：「汝有此疾幾何時？」婢曰：「不然。我曾伏侍柳郎君，豈肯伏侍買絹牙郎也？」蓋柳宅家法清高，不爲塵垢卑賤，故婢化之如此。今士大夫妻，有此識者少矣。古婢妾亦知雅俗，陶穀妾淺斟低唱與雪水烹茶，趣味自別。誰謂習俗不能移人乎？

《永樂大典》卷七三二八《柳家婢不事牙郎》引作《聞見善善録》。《宋史·藝文志》儒家類著録《聞見善善録》一卷，注「不知作者」。《大典》所引，略同《嬾真子》，曰：

唐柳仲郢家法，爲士大夫之冠。偶出一婢，婢至宿衛韓金吾家。未成券間，主翁於廳事上買綾，自以手取視之，且與駔儈議償。婢於囪隙偶見，因作中風狀仆地。其家怪問之，婢云：「我正以此疾故，出柳宅也。」因出問其疾，婢曰：「不然。我曾伏事柳家郎君，豈忍伏事賣絹牙郎也？」其標韻如此。家家法清高，不爲塵垢卑賤，故婢化之，乃至如此。雖今士大夫妻，有此見識者少矣。哀哉！聞之於田亘元邈。

評語引柳仲塗爲叔母穆夫人墓誌，全文見柳開《河東先生集》卷一四《宋故穆夫人墓誌銘并序》，略云：

晉開運元年，開叔父諱承贊卒，叔母穆，年二十有七，嫠居四十五年。歲己丑五月，歿于家。後七年，葬叔父墓中。……開爲兒時，見我烈考治家孝且嚴，視叔母二子，常先開與閏。我母萬年君，愛叔母猶己，勤勤循循，常懼有闕。乃叔母至老，我二兄至成人，不類諸孤兒寡婦。月旦望，諸叔母拜堂下畢，即上手低面，聽奉我皇考誡告之曰：「人之家，兄弟無不義，盡因娶婦入門，異姓相聚，争長競短，漸漬日聞，偏愛私藏，以至背戾，分門割户，患若賊仇，皆汝婦人所作。男子有剛腸者，幾人能不爲婦人言所役，吾見多矣。若等寧是乎？」退則惴惴屏息，恐然如有大誅責，至死不敢道一語，爲不孝事。抵開輩賴之，得全其家也如此。嗚呼！君子正已直其言，居上其善也，家國治焉。小人枉己私爲言，居上不善也，家國亂焉。旨哉，君子也。（據《全宋文》校改。）

翠鬟以玉篦結主

陳子雍奉使浙江，沈可勳正叔留飲，出家妓侑觴。有翠鬟者，與子雍目色相授，以玉篦〔一〕密贈子雍。未幾，辭沈而去，逕往子雍之宅。子〔二〕雍未得翠鬟，有《沁園春》以念之，曰：「小雪初晴，畫舫明月，强飲未眠。念翠鬟雙〔三〕聳，舞衣半捲，琵琶催拍，促柱〔四〕危絃。密意雖具，懽期難偶，遣我離情愁緒牽〔五〕。追思處，奈溪橋道窄，無計留連。　天天，莫是〔六〕前緣，自別後深誠誰爲傳？想〔七〕玉篦偷付，珠囊暗解，兩心長〔八〕在，須合金鈿。淺淡精神，温柔情性，記我疎狂應痛憐。空腸斷，奈衾寒漏永，終夜〔九〕如年。」子雍既見翠鬟，又作《清平樂〔一〇〕》曰：「鬢雲斜墜，蓮步彎彎細。笑臉雙娥生多媚，百步蘭麝香噴〔一一〕。　從前萬種愁煩，枕邊未可明言。好是藍橋再渡，玉篦還勝金鈿。」出《古今詞話》

〔一〕篦　原譌作「篦」，據《繡谷春容》滑稽類改。

〔二〕子　《繡谷春容》無此字。

〔三〕雙　此字原闕，據《繡谷春容》補。

〔四〕柱　此字原闕，《繡谷春容》亦闕，趙萬里輯《古今詞話》作□。周校本補作「管」。按：《藝文類聚》卷三二引陳張正見《賦得佳期竟不歸》詩：「促柱繁絃還亂曲，時忿年移竟不歸。」北宋劉攽《彭城集》卷八《高樓》：「紅簾翠幕深沉居，危絃促柱鳴笙竽。」今補作「柱」。柱，絃樂器上之繫絃木，琴瑟琵琶等有之。

〔五〕牽　此字原闕，趙輯本作□。今據《繡谷春容》補。

〔六〕是　原作「不是」，「不」字衍，據《繡谷春容》及趙輯本删。

〔七〕想　原譌作「牋」，趙輯本作□，據《繡谷春容》補。

〔八〕長　《繡谷春容》作「常」。

〔九〕夜　原作「日」，據《繡谷春容》及趙輯本改。

〔一〇〕樂　《繡谷春容》作「歌」。

〔一一〕嘖　《繡谷春容》同。趙萬里校：「案嘖字疑譌。」

按：北宋沈括《補筆談》卷上記及陳子雍，云：「舊制，侍從官學士以上方腰金。元豐初，授陳子雍以館職使高麗，還除集賢殿修撰，賜金帶。館職腰金出特恩，非故事也。」本條云陳子雍奉使浙江，當爲一人。

任昉以木刀誑妓

太學生任昉，字少明。眷〔一〕一官妓，五〔二〕夜未嘗暫離。昉既善限所拘〔三〕，而妓以老嫗間隔，妓曰：「吾二人情意若此，莫若〔四〕尋一利刃共死處。」昉姑諾之。後以一木刀裹以銀紙，密卷紙數重，置於枕下，擇日就行，妓深諾之。昉遂遷延時日，妓乃生疑。開紙觀之，乃一木刀也，遂大慟絶昉。昉懷惓惓，遂作《雨中花》以貽妓，曰：「事往人離，還似暮峽歸雲，隴上流泉〔五〕。奈向〔六〕分羅帶，已斷么〔七〕絃。長記歌時酒畔〔八〕，難忘月夕花前。相携手處，瓊樓朱户〔九〕，觸目依然。　從來慣共，錦衾屏枕，長效比翼紋鴛。誰念我、而今清夜，長是孤眠。入户〔一〇〕不如飛絮，傍懷争及爐煙〔一一〕。這回休也，一生心性，爲你縈牽〔一二〕。」妓得歌之〔一三〕，遂復如初。出《古今詞話》

〔一〕眷　原作□，趙萬里輯《古今詞話》同。周校本補作「惓」字。清張貴勝《遣愁集》卷一二《一集情癡》作「眷」，姑據補。

〔二〕五　原作□，趙輯本作「王」，當爲「五」字，今補。

〔三〕昉既善限所抱　趙校：「案句有脱誤。」按：「善限」似當作「喜諧」。

〔四〕若　此字原無，據趙輯本補。

〔五〕隴上流泉　「隴」原作「壠」，據趙輯本改。按：隴，隴山。《太平御覽》卷五〇《隴山》：「《説文》：『隴山，天水大坂也。《辛氏三秦記》引俗歌云：『隴頭流水，鳴聲幽咽，遥望秦川，肝腸斷絶。』」

〔六〕奈向　「奈」字原無，趙輯本據《花草稡編》（卷一九）補，今從。「向」原作「何」，據趙輯本改。

〔七〕么　原譌作「公」，據趙輯本改。

〔八〕畔　原作「伴」，當譌，據趙輯本改。

〔九〕瓊樓朱户　原作「瓊□户」，趙輯本闕字作「朱」，又據《玉照新志》（卷一）補「樓」字，今從。

〔一〇〕入户　原作「□夜」，趙輯本據《新志》《稡編》改，今從。

〔一一〕傍懷争及爐煙　原作「傍□懷及爐煙」，據趙輯本改。

〔一二〕爲你縈牽　原作「爲作縈絆」，據趙輯本改。

〔一三〕之　原作「詞」，據趙輯本改。

按：《花草稡編》卷一九《長調》輯任昉《雨中花慢》，詞曰：

事往人離，還似暮峽歸雲，壠上流泉。奈向分圓鏡，已斷么絃。長記酒闌歌罷，難忘月夕花前。相攜手處，璚樓珠户，觸目依然。　從來慣共，繡幃羅帳，鎮效比翼文鴛。誰念我、而今清夜，常是孤眠。入户不如飛絮，傍懷争及爐烟。這回休也，一生心事，爲你縈牽。（注：《玉照新志》云，此得廉宣仲有所記，謂饒州舉子張生事也，或云即知常之子功肅也。）

此事後傳爲饒州舉子張生事，南宋王明清《玉照新志》卷一載：

元符中，饒州舉子張生游太學，與東曲妓楊六者好甚密。會張生南宫不利，歸，妓欲與之俱，而張不可，約半歲必再至，若渝盟一日，則任其從人。張偶以親之命，後約幾月，始至京師。首訪舊游，其鄰僦舍者迎謂曰：「君非饒州張君乎？六娘每恨君失約，日託我訪來期於學舍，其母痛折之，而念益切。前三日，母以歸洛陽富人張氏，遂偕去矣。臨發涕泣，多與我金錢，令候君來，引觀故居畢，乃僦後人。」生入觀，則小樓奥室，歡館宛然，几榻猶設不動，知其初去，如所言也。生大感愴，不能自持，跡其所向，百計不能知矣。作《雨中花》詞，盛傳於都下云。或云即知常之子子功肅也。其詞云：「事往人離，還似暮峽歸雲，隴上流泉。强分鸞鏡，枉斷哀絃。曾記酒闌歌罷，難忘月底花前。舊攜手處，層樓朱户，觸目依然。

從來嬾向，繡幃羅帳，鎮傚比翼文鴛。誰念我、而今清夜，常是孤眠。入户不如飛絮，傍懷争及爐烟。這回休也，一生心事，爲爾縈牽。」此得廉宣仲布所記云。（按：《宋史》卷三五六《張根傳》：「張根，字知常，饒州德興人。」又卷三八二《張燾傳》：「張燾，字子公，饒之德興人，祕閣修撰根之子也。」）

張才翁欲動邛守

張才翁風韻不羈。初任臨邛秋官，張公庠待之不厚。會有白鶴之遊，郡守率屬官同往，才翁不預〔一〕。密語官妓楊皎〔二〕曰：「老子到彼，必有詩詞，可速寄來。」公庠既到白鶴，便留題曰：「初眠官柳未成陰，馬上聊爲擁鼻吟〔三〕。遠宦情懷銷壯志，好花時節負歸心。別離長〔四〕恨人南北，會合休論〔五〕酒淺深。欲把春愁閒抖擻，亂山高處一登臨。」皎録寄才翁。才翁增減作《雨中花》，曰：「萬縷青青，初眠官柳，向人猶未成陰。據征鞍無語，擁鼻微吟。遠宦情懷誰問〔六〕，空勞壯志銷凝〔七〕。好花時節，山城留滯，又負歸心。　別離萬里，飄蓬無定，誰〔八〕念會合難憑。相聚裏、莫〔九〕辭金盞，酒淺還深。欲把春愁抖擻，春愁轉更難禁。亂山高處，憑闌垂袖，聊寄登臨。」公庠再坐〔一〇〕，皎歌於公庠之側。公庠怪問之，皎前稟曰：「張司理恰寄來，令皎歌之，以獻台座。」公庠遂青顧才翁尤厚。出《古今詞話》

〔一〕預　原作「顧」，《繡谷春容》滑稽類同。趙萬里輯《古今詞話》、《歲時廣記》卷九《人日・括新詞》引

《古今詞話》及《能改齋漫録》卷一六《張才翁以張公庠詩爲詞》作「預」，據改。

〔二〕密語官妓楊皎　「密」《繡谷春容》作「客」，《青泥蓮花記》同，譌也。「皎」原作「佼」，據《繡谷春容》、趙輯本及《歲時廣記》改。下同。

〔三〕擁鼻吟　周校一九九一年本改作「齆鼻吟」，下文亦改作「齆」。齆鼻謂鼻孔堵塞而發音不清，作「齆」誤。按：《晉書》卷七九《謝安傳》：「安本能爲洛下書生詠，有鼻疾，故其音濁。名流愛其詠而弗能及，或手掩鼻以效之。」後以「擁鼻吟」指曼聲吟詠。如唐韓偓詩《雨》：「此時高味在誰論，擁鼻吟詩空佇立。」（《韓内翰別集》）北宋林逋詩《春夕閒詠》：「屐齒偏庭深，時爲擁鼻吟。」（《林和靖集》卷一）

〔四〕長　《繡谷春容》作「遠」。

〔五〕論　《歲時廣記》及《能改齋漫録》作「辭」。

〔六〕問　《繡谷春容》譌作「門」。

〔七〕凝　《歲時廣記》及《能改齋漫録》作「沈」。《花草粹編》卷一九張才翁《雨中花慢》作「凝」。

〔八〕誰　《繡谷春容》作「曾」。《歲時廣記》及《能改齋漫録》作「誰」。

〔九〕莫　《能改齋漫録》作「休」。

〔一〇〕坐　原作「座」，據《繡谷春容》及《歲時廣記》、《能改齋漫録》改。

按：《青泥蓮花記》卷一三《外編五・記用・楊皎》，無出處，當據《繡谷春容》。

《歲時廣記》卷九《人日》亦引《古今詞話》，題《括新詞》，文較詳，曰：

白雲先生之子張才翁，風韻不羈，敏於詞賦。初任臨邛秋官，邛守張公庠不知之，待之不厚。臨邛故事，正月七日有白鶴之遊，郡守率屬官同往，而才翁不預焉。才翁密語官妓楊皎曰：「此老子到彼，必有詩詞，可速寄來。」公庠既到白鶴，登信美亭，便留題曰：「初眠官柳未成陰，馬上聊爲擁鼻吟。遠宦情懷銷壯志，好花時節負歸心。别離長恨人南北，會合休辭酒淺深。欲把春愁閑抖擻，亂山高處一登臨。」楊皎録此詩以寄，才翁得詩，即時增減作《雨中花》一闋，以遺楊皎，使皎調歌之，曰：「萬縷青青，初眠官柳，向人猶未成陰。據征鞍無語，擁鼻微吟。遠宦情懷誰問，空勞壯志銷沈。好花時節，山城留滯，又負歸心。　别離萬里，飄蓬無定，誰念會合難憑。相聚裏、莫辭金盞，酒淺（此字原無）還深。欲把春愁抖擻，春愁轉更難禁。亂山高處，憑欄垂袖，聊寄登臨。」公庠再坐晚筵，皎歌於公庠側。公庠怪而問，皎進稟曰：「張司理恰寄來，令楊皎歌之，以獻台座。」公庠遂青顧才翁，尤加禮焉。

《能改齋漫録》卷一六《樂府·張才翁以張公庠詩爲詞》亦載，曰：

張才翁風韻不羈，初仕臨邛秋官，郡守張公庠待之不厚。會有白鶴之遊，郡守率屬官同往，才翁不預。乃語官妓楊皎曰：「老子到彼，必有詩詞，可速寄來。」公庠既到白鶴，便留題云：「初眠官柳未成陰，馬上聊爲擁鼻吟。遠宦情懷消壯志，好花時節負歸心。別離長恨人南北，會合休辭酒淺深。欲把春愁閑抖擻，亂山高處一登臨。」皎録寄才翁，才翁增減作《雨中花》詞寄皎，云：「萬縷青青，初眠官柳，向人猶未成陰。據雕鞍馬上，擁鼻微吟。遠宦情懷誰問，空勞壯志銷沈。好花時節，山城留滯，又負歸心。　別離萬里，飄蓬無定，誰念會合難憑。相聚裏、休辭金盞，酒淺還深。欲把春愁抖擻，春愁轉更難禁。亂山高處，憑欄垂袖，聊寄登臨。」公庠再坐，皎歌于側。公庠問之，皎前稟曰：「張司理恰寄來，令皎歌之，以獻台座。」公庠遂青顧才翁尤厚。

按：《能改齋漫録》所載未云所出。《漫録》約作於紹興癸酉（二十三年，一一五三）後至二十七年間，有吴曾子吴復紹興二十七年十月一日序。此條文字與《新話》幾同，惟「據雕鞍馬上」《新話》作「據征鞍無語」。疑《能改齋漫録》亦採録《古今詞話》而成也。

《花草稡編》卷一九張才翁《雨中花慢》，末有注，文皆同《緑窗新話》：

萬縷青青，初眠官柳，向人猶未成陰。據征鞍無語，擁鼻微吟。遠宦情懷誰問，空勞壯志銷凝。好花時節，山城留滯，又負歸心。　別離萬里，飄蓬無定，誰念會合難憑。相聚裏、莫辭金盞，酒淺還深。欲把春愁抖擻，春愁轉更難禁。亂山高處，凭欄垂袖，聊寄登臨。

（末注）才翁風韻不羈，初任臨邛秋官，張公庠待之不厚。會有白鶴之游，郡守率屬官同往，才翁不預。乃語官妓楊皎曰：「老子到彼，必有詩詞，可速寄來。」公庠既到白鶴，便留題曰：「初眠官柳未成陰，馬上聊爲擁鼻吟。遠宦情懷銷壯志，好花時節負歸心。别離長恨人南北，會合休論酒淺深。欲把春愁閑抖擻，亂山高處一登臨。」皎録寄才翁，才翁增減作此詞寄皎。公庠再坐，皎歌于公庠之側。公庠問之，皎前稟曰：「張司理恰寄來，令皎歌之，以獻台座。」公庠遂青顧才翁尤厚。

黄庭堅《山谷外集詩注》卷一五有《送張才翁赴秦僉》詩。秦僉指秦州簽書節度判官廳公事，爲節度使幕職。其父白雲先生，疑即張俞。《宋詩紀事》卷一七《張俞》：「俞字少愚，益州郫人。屢舉不第，用薦除祕書省校書郎。願以授父顯忠，而自隱於家。文彦博治蜀，爲築室青城山白雲溪以處之，號白雲先生。」

柳耆卿欲見孫相

柳耆卿與孫相何爲布衣交。孫知杭〔一〕，門禁甚嚴，耆卿欲〔二〕見之不得，作《望海潮》曰：「東南形勝，三吴都會，錢塘自古繁華。烟〔三〕柳畫橋，風簾翠幕〔四〕，參差十〔五〕

萬人家。雲樹遶堤沙〔六〕。怒濤卷霜雪〔七〕，天塹〔八〕無涯。市列珠璣，户盈羅綺，競〔九〕豪奢。　重湖疊巘清佳〔一〇〕。有三秋桂子，十里荷花。羌管弄晴，菱歌泛夜，嬉嬉〔一一〕釣叟蓮娃。千騎擁高牙。乘醉聽簫鼓，吟賞烟霞。異日圖將好景，歸去鳳池誇。」往謁名妓楚楚，曰：「欲見孫相，恨無門路，若〔一二〕因府會，願借朱唇，歌於孫〔一三〕之前。若問誰爲此詞，但説柳七〔一四〕。」中秋夜會，楚楚〔一五〕宛轉歌之，孫即日迎耆卿預坐。出《古今詞話》

〔一〕杭　《歲時廣記》卷三一《中秋上·借妓歌》引《古今詞話》作「杭州」。按：趙萬里輯《古今詞話》，即據《歲時廣記》。

〔二〕欲　《歲時廣記》作「卻」，趙輯本據《緑窗新話》改。

〔三〕烟　原譌作「姻」，據清鈔本、《繡谷春容》滑稽類及《歲時廣記》、趙輯本改。

〔四〕翠幕　原作□，清鈔本作「幓」，誤，據《繡谷春容》及《歲時廣記》、趙輯本補。

〔五〕十　原作「千」，據《繡谷春容》及《歲時廣記》、趙輯本改。

〔六〕堤沙　《歲時廣記》作「沙堤」，誤。依律，「沙」字爲韻脚。

〔七〕霜雪　《歲時廣記》及趙輯本作「雪屋」，疑誤。柳永《樂章集》作「霜雪」，見後附文獻。

〔八〕塹　原譌作「暫」，據《繡谷春容》及《歲時廣記》、趙輯本改。

〔九〕競　《歲時廣記》脱此字。

〔一〇〕重湖疊巘清佳　原譌作「重重湖疊巘清桂」，據《繡谷春容》及《歲時廣記》、趙輯本改。

〔一一〕嬉嬉　原譌作「娃娃」，據《繡谷春容》及《歲時廣記》趙輯本改。

〔一二〕若　原譌作「者」，據《繡谷春容》及《歲時廣記》、趙輯本改。

〔一三〕孫　《歲時廣記》及趙輯本作「孫相公」。按：相公、相以稱宰相。孫何未曾爲相，《宋史》卷三〇六本傳載：「景德初，代還，判太常禮院。俄與晁迥、陳堯咨並命知制誥，賜金紫。掌三班院。」此蓋後世傳聞耳。

〔一四〕柳七　「七」原作「士」，《繡谷春容》同。據《歲時廣記》及趙輯本改。按：柳永行七。唐宋人習慣以排行稱呼。

〔一五〕楚楚　原作「楚」，據《歲時廣記》及趙輯本補一「楚」字。

按：《青泥蓮花記》卷一三《外編五·記用·楚楚》，無出處，當據《繡谷春容》。《歲時廣記》卷卷三一《中秋上·借妓歌》引《古今詞話》，曰：

柳耆卿與孫相何爲布衣交。孫知杭州，門禁甚嚴，耆卿卻見之不得。作《望海潮》之詞，往謁名妓楚楚，曰：「欲見孫相，恨無門路，若因府會，願借朱唇，歌於孫相公之前。若問誰爲此詞，但説柳七。」中秋府會，楚楚宛轉歌之，孫即日迎耆卿預坐。詞曰：「東南形勝，三吴都會，錢塘自古繁華。煙柳畫橋，風簾翠幕，參差十萬人家。雲樹遶沙堤，怒濤卷雪屋，天塹無涯。市列珠璣，户盈羅綺豪奢。　重湖叠巘清佳。有三秋桂子，十里荷花。羌管弄晴，菱歌泛夜，嬉嬉釣叟蓮娃。千騎擁高牙。乘醉聽簫鼓，吟賞煙霞。異日圖將好景，歸去鳳池誇。」

柳永《樂章集·望海潮》原詞曰：

東南形勝，三吴都會，錢塘自古繁華。煙柳畫橋，風簾翠幙，參差十萬人家。雲樹遶堤沙。怒濤捲霜雪，天塹無涯。市列珠璣，户盈羅綺，競豪奢。　重湖疊巘清嘉。有三秋桂子，十里荷花。羌管弄晴，菱歌汎夜，嬉嬉釣叟蓮娃。千騎擁高牙。乘醉聽簫鼓，吟賞煙霞。異日圖將好景，歸去鳳池誇。

《花草粹編》卷二三柳耆卿《望海潮·京都》：

東南形勝，江湖都會，錢塘自古繁華。烟柳畫橋，風簾翠幙，參差十萬人家。雲樹遶堤沙。怒濤捲霜雪，天塹無涯。市列珠璣，户盈羅綺，競豪奢。　重湖疊巘清佳。有三秋桂子，十里荷花。羌管弄晴，菱歌汎夜，嬉嬉釣叟蓮娃。千騎擁高牙。乘醉聽簫鼓，吟賞烟霞。異日圖將好景，歸去鳳池誇。（末注：耆卿與孫相何爲布衣交。孫知杭，門禁甚嚴，耆卿欲見之不得。作此詞往詣名妓楚楚，曰：「欲見孫相，恨無門路，若因府會，願借朱唇，歌於孫之前。若問誰爲此詞，但説柳七。」中秋夜會，楚宛轉歌之，孫即日迎耆卿預坐。）

南宋羅大經《鶴林玉露》丙編卷一《十里荷花》，記柳詞傳聞，并議云：

孫何帥錢塘，柳耆卿作《望海潮》詞贈之，云：「東南形勝，三吴都會，錢塘自古繁華。烟柳畫橋，風簾翠幙，參差十萬人家。雲樹繞隄沙。怒濤卷霜雪，天塹無涯。市列珠璣，户盈羅綺，競豪奢。重湖疊巘清佳。有三秋桂子，十里荷花。羌管弄晴，菱歌泛夜，嬉嬉釣叟蓮娃。千騎擁高牙。乘醉聽簫鼓，吟賞煙霞。異日圖將好景，歸去鳳池誇。」此詞流播，金主亮聞歌，欣然有慕於「三秋桂子，十里荷花」，遂起投鞭渡江之志。近時謝處厚詩云：「誰把杭州曲子謳，荷花十里桂三秋。那知草木無情物，牽動長江萬里愁。」余謂此詞雖牽動長江之愁，然卒爲金主送死之媒，未足恨也。至於荷艷桂香，粧點湖山之清麗，使士夫流連於歌舞嬉遊之樂，遂忘中原，是則深可恨耳。因和其詩云：「殺胡快劍是清謳，牛渚依然一片秋。却恨荷花留玉輦，竟忘煙柳汴宫愁。」蓋靖康之亂，有題詩于舊京宫牆云：「依依煙柳拂宫牆，宫殿無人春晝長。」（按：南宋何士信《草堂詩餘》卷四、元劉一清《錢塘遺事》卷一《十里荷花》取此。）

宋玉辨己不好色

大夫登徒子，侍楚襄王，因短宋玉爲人體貌閑麗，口多微辭，又性好色，願王勿與出入後宫。王問玉，玉曰：「體貌閑麗，受於天也；口多微辭，學〔一〕於師也。至於好色，臣無有也。」王曰：「子不好色，亦有説乎？」玉曰：「天下佳人之麗者，莫若臣東家之子。增一分則太長，減一分則太短。着粉則太白，施朱則太赤。眉如翠羽，肌如白雪〔二〕，腰如束素，齒如含貝。然此女登牆闚臣三年，至今未許也。登徒子則不然，其妻蓬頭攣耳，齞脣歷齒〔三〕，旁行踽僂〔四〕，又疥且痔。登徒子悦之，使有五子。王孰察之，誰爲好色者矣。」於是楚王稱善。出《文選》宋

〔一〕學　《繡谷春容》滑稽類作「受」。按：《文選》宋玉《登徒子好色賦》作「學」，見後附文獻。

〔二〕白雪　《繡谷春容》作「凝脂」。按：《文選》作「白雪」。

〔三〕齞脣歷齒　「齞」《繡谷春容》作「缺」。《文選》李善注：「《説文》曰：齞，張口見齒也。牛善切。」齞脣，謂脣不掩齒，齙齒也。「歷」字原脱，據《繡谷春容》及《文選》補。李善注：「歷，猶踈也。」

〔四〕旁行蝺僂　「蝺」《繡谷春容》及《文選》作「踽」，通「傴」，曲背，駝背。蝺僂，義同。此四字《繡谷春容》作「膀行踽倭」，「膀」、「倭」二字譌。

按：此條節録《文選》卷一九宋玉《登徒子好色賦一首并序》，全文曰：

大夫登徒子侍於楚王，短宋玉曰：「玉爲人體貌閑麗，口多微辭，又性好色，願王勿與出入後宫。」王以登徒子之言問宋玉，玉曰：「體貌閑麗，所受於天也。口多微辭，所學於師也。至於好色，臣無有也。」王曰：「子不好色，亦有説乎？有説則止，無説則退。」玉曰：「天下之佳人，莫若楚國；楚國之麗者，莫若臣里；臣里之美者，莫若臣東家之子。東家之子，增之一分則太長，减之一分則太短。著粉則太白，施朱則太赤。眉如翠羽，肌如白雪，腰如束素，齒如含貝。嫣然一笑，惑陽城，迷下蔡。然此女登牆闚臣三年，至今未許也。登徒子則不然，其妻蓬頭攣耳，齞脣歷齒，旁行踽僂，又疥且痔。登徒子悦之，使有五子。王孰察之，誰爲好色者矣。」是時，秦章華大夫在側，因進而稱曰：「今夫宋玉盛稱鄰之女，以爲美色。愚亂之邪臣，自以爲守德謂不如彼矣。且夫南楚窮巷之妾，焉足爲大王言乎？若臣之陋目所曾覩者，未敢云也。」王曰：「試爲寡人説之。」大夫曰：「唯唯。臣少曾遠遊，周覽九土，足歷五都，出咸陽，熙邯鄲，從容鄭衛溱洧之間。是時向春之末，迎夏之陽，鶬鶊喈喈，群女出桑。此郊之姝，華色含光，體美容冶，不待飾裝。臣觀其麗者，因稱《詩》曰：『遵大路兮攬子袪，贈以芳華辭甚妙。』於是處子怳若有望而不來，忽若有來而不見，意密體疏，俯仰異觀，含喜微笑，竊視流眄。復稱《詩》曰：『寤春風兮發鮮榮，絜齋俟兮惠音聲。贈我如此兮，不如無生。』因遷延而辭避，蓋徒以微辭相感動，精神相依憑，目欲其顔，心顧其義。揚《詩》守禮，終不過差，故足稱也。」於是楚王稱善，宋玉遂不退。

譚銖譏人偏重色

真娘者，吴國之佳人也，時人比於蘇小小。死葬吴宮之側。行客感〔一〕其華麗，競爲題詩於墓林〔二〕。有舉子譚銖者，吴門秀逸之士，因書絶句以貽後來。後來覩其題處，經遊之士，稍息筆矣。詩曰：「虎丘〔三〕山下塚纍纍，松柏蕭條盡可悲。何事世人偏重色，真〔四〕娘墓上獨題詩？」出《雲谿友議》

評曰：嘲風詠月，吾儕常事。昔白樂天《題真娘墓》詞曰：「真娘墓，虎丘道。不識真娘鏡中面，惟見真娘墓頭草。霜摧桃李風折蓮，真娘死時猶少年。脂膚美豐不牢固，世間有物難留連。難留連，易銷歇，塞北花，江南雪。」白公名賢，猶且留情，況他人乎！嗚呼！詠真娘之墓者，自譚銖一詩，而題者稍息，亦可謂之有特見者矣。

〔一〕感　周校本譌作「慕」。

〔二〕競　清鈔本譌作「兢」。此句《雲谿友議》卷中《譚生刺》作「競爲詩題於墓樹」，周校本據改，又據而下增「櫛比鱗臻」四字。以下文字猶多增改者，不再出校。

〔三〕虎丘　原作「武丘」。《唐詩紀事》卷五六《譚銖》、《萬首唐人絶句》卷三九譚銖《題真娘墓》亦作「武丘」。按：唐初避唐高祖李淵祖父李虎諱，改虎爲武。如《晉書》即改「虎賁」作「武賁」。《雲谿友議》卷中《譚生刺》作「虎」，據改。

〔四〕真　清鈔本譌作「其」。

按：此條注出《雲谿友議》，有删節。《雲谿友議》卷中《譚生刺》原文云：

真娘者，吴國之佳人也，時人比於蘇小小。死葬吴宫之側。行客感其華麗，競爲詩題於墓樹，櫛比鱗臻。有舉子譚銖者，吴門秀逸之士也，因書絶句，以貽後之來者。覩其題處，經遊之者，稍息筆矣。詩曰：「虎丘山下塚壘壘，松柏蕭條盡可悲。何事世人偏重色，真娘墓上獨題詩？」（《太平廣記》卷一九九引《雲谿友議》，題《譚銖》。）

《詩話總龜》前集卷一五留題門上亦引(無出處,然前條「三鄉題」出《雲谿友議》):

吴門女郎真娘,死葬虎丘山,時人比之蘇小小,行客題墓多矣。舉子譚銖題云:「虎丘山下塚壘壘,松柏蕭條盡可悲。何事世人唯重色,真娘墓上獨留詩?」

《唐詩紀事》卷五六《譚銖》載:「銖,吴人。登會昌進士第。」中亦載真娘事,云:

真娘者,葬吴宫之側,行客賦詩多矣。銖書一絶,題者遂止。詩曰:「武丘山下冢壘壘,松柏蕭條盡可悲。何事世人偏重色,真娘墓上獨題詩?」

南宋范成大《吴郡志》卷三九《冢墓》載:

真娘墓,在虎丘寺側。《雲谿友議》云:吴門女郎真娘,死葬虎丘山,時人比之蘇小小。行客題墓甚多。

注:唐舉子譚銖題云:「虎丘山下冢壘壘,松柏蕭條盡可悲。何事世人唯重色。真娘墓上獨留詩?」白居易:「真娘墓,虎丘道。不識真娘鏡中面,唯見真娘墓頭草。霜摧桃李風折蓮,真娘死時猶少年。脂膚荑手不牢固,世間尤物難留連。難留連,易銷歇,塞北花,江南雪。」李紳詩序云:「真娘,吴之妓人,歌舞有名者。死葬虎丘寺前,吴中少年從其志也。墓多花草。以蔽其上。嘉興縣前亦有吴妓人蘇小小墓,風雨之夕,或聞其上有歌吹之音。」詩云:「一株繁艷春

城盡，雙樹慈門忍草生。愁態自隨風燭滅，愛心難逐雨花輕。黛消波月空蟾影，歌息梁塵有梵聲。還似錢塘蘇小小，祇應迴首是卿卿。」王禹偁：「女命在于色，士命在于才。無才無色者，未死如塵灰。虎丘真娘墓，止是空土堆。香魂與膩骨，銷散如黄埃。何事千百年，一名長在哉？吴越多婦人，死即藏山隈。無色故無名，丘冢空崔嵬。唯此真娘墓，客到情徘徊。我是好名士，爲爾傾一杯。我非好色者，後人無相咍。」楊備：「冰肌玉骨有遺姸，粉作嬌雲黛作烟。知有香魂埋不得，夜深岩底月中仙。」

元高德基《平江記事》載：

真娘，唐時名妓也，墓在虎丘劍池之西。往來遊士多著篇詠，惟王黄州（按：王禹偁曾知黄州）題刻甚佳，其詩云：「女命在乎色，士命在乎才。無才無色者，未死如塵灰。虎丘真娘墓，止是空土堆。香魂與膩骨，消散隨黄埃。何事千百年，一名長在哉？吴越多婦人，死即藏山隈。無色固無名，丘塚空崔嵬。惟有真娘墓，客到情徘徊。我是好名士，爲爾傾一杯。我非好色者，後人無相咍。」後來題詠甚多。至德中，舉子譚彦良題一絶云：「虎丘山下塚纍纍，是處松楸盡可悲。何事世人偏重色，真娘墓上獨題詩？」後人由是閣筆云。（按：稱譚彦良若不誤，則彦良譚銖之字也。然銖晚唐人，云至德誤。）

唐以降歷代詩人題真娘墓或詠真娘者極多，《吴郡志》引有唐人白居易、李紳詩。白詩見

《白氏長慶集》卷一二《真娘墓》。又卷一九《寄李蘇州兼示楊瓊》亦及真娘，云：「真娘墓頭春草碧，心奴鬢上秋霜白。爲問蘇臺酒席中，使君歌笑與誰同？就中猶有楊瓊在，堪上東山伴謝公。」李紳詩見《追昔遊集》卷下《真娘墓》。又者，劉禹錫《劉夢得外集》卷二《和樂天題真娘墓》：「薝蔔林中黄土堆，羅襦繡黛已成灰。芳魄雖死人不怕，蔓草逢春花自開。幡蓋向風疑舞袖，鏡燈臨曉似妝臺。吴王嬌女墳相近，一片行雲應往來。」沈亞之《沈下賢文集》卷一《虎丘山真娘墓》：「金釵淪劍壑，兹地似花臺。油壁何人值，錢塘度曲哀。翠餘長染柳，香重欲薰梅。但道行雲去，應隨魂夢來。」李商隱《李義山詩集》卷下《和人題真娘墓》（真娘吴中樂妓，墓在虎丘山下寺中）：「虎丘山下劍池邊，長遣遊人歎逝川。罥樹斷絲悲舞席，出雲清梵想歌筵。柳眉空吐效顰葉，榆莢還飛買笑錢。一自香魂招不得，祇應江上獨嬋娟。」張祜《題真娘墓》（在虎丘西寺内）：「佛地葬羅衣，孤魂此是歸。舞爲蝴蝶夢，歌謝伯勞飛。翠髮朝雲在（一作斷），青蛾夜月微。傷心一花落，無復怨（一作戀）春輝。」（《全唐詩》卷五一〇）羅虬《比紅兒詩》百首，其八十三亦言及真娘：「三吴時俗重風光，未見紅兒一面妝。好寫妖嬈與教看，便應休更話真娘。」（《全唐詩》卷六六六）宋初《崇文總目》總集類曾著録《虎丘寺題真娘墓詩》一卷。至南宋，猶有周弼《端平詩雋》卷四《真娘墓》、林景熙《霽山文集》卷二《真娘墓》等詩，而逮乎元明清猶不衰也。按：真娘事跡頗晦，因蘇州有其墓，自白居易等人以下詠之不絶，譚銖故有「世人偏重色」

之譏。范攄云自譚銖題詩後「經遊之者稍息筆矣」，實不然也。

徐令女干陳太師

陳太師〔一〕任西川，有愛姬徐氏，郫〔二〕城令之女也。令將求彭牧，以紅綃〔三〕數寸，作二十八字詩，遣其妻〔四〕私示其女，曰：「深宮富貴事風流，莫忘生身〔五〕老骨頭。因共〔六〕太師歡笑處，爲吾方便覓彭州。」

評曰：孟子有言：「古之人未嘗不欲仕，惡不由其道也。」郫城徐令，與西川陳太師夤緣姻妾〔七〕，使其人果賢耶〔八〕，雖非親故，亦在所當用；使其人非賢耶，雖爲親故，亦〔九〕有所不可私。令〔一〇〕欲求一彭牧，而爲是諂媚，籍〔一一〕女以干謁，果何躁進之甚耶？昔張易之專權，宋之問等傾心媚附〔一二〕，爲奉溺器。魏元忠有疾，郭洪霸〔一三〕隨僚屬省候，請嘗便液。孰知徐令之諂媚，又有甚於二子哉！徐令尚爾，孤寒者當如何〔一四〕耶？

〔一〕陳太師　《繡谷春容》滑稽類作「陳某太師」，《詩話總龜》前集卷四八佞媚門引《鑑戒録》作「陳瑄太師」，並誤。按：後蜀何光遠《鑑誡録》卷八《非告勒》「陳太師」下小字注敬瑄。《新唐書》卷二二四下有《陳敬瑄傳》。僖宗朝陳敬瑄進檢校太師。

〔二〕郫　原譌作「脾」，《繡谷春容》同，下同，據《鑑誡録》及《詩話總龜》改。

〔三〕綃　原作「絹」，《詩話總龜》同，據《繡谷春容》及《鑑誡録》改。

〔四〕遺其妻　「遺」原作「遣」，據《繡谷春容》及《鑑誡録》、《詩話總龜》改。「其」清鈔本譌作「某」。

〔五〕身　原作「前」，《繡谷春容》同，當譌，據《鑑誡録》及《詩話總龜》改。

〔六〕共　原作「爲」，據《繡谷春容》及《鑑誡録》改。周校本改作「與」。按：《詩話總龜》作「與」，疑據此而改。

〔七〕姻妾　原譌作「姬淫」，據《繡谷春容》改。

〔八〕使其人果賢耶　「果」《繡谷春容》作「誠」。「耶」周校一九九一年本改作「也」，無據，下同。按：此處句末「耶」字表停頓。

〔九〕亦　原作「入」，周校本改作「人」，並誤，據《繡谷春容》改。

〔一〇〕令　周校本誤作「今」。令，指徐令。

〔一一〕籍　《繡谷春容》作「藉」。籍，通「藉」。

〔一二〕附　《繡谷春容》作「奉」。

〔一三〕郭洪霸　《新唐書》「洪」作「弘」，見附録。

〔一四〕如何　《繡谷春容》作「何如」。

按：此條未注出處，正文取自《詩話總龜》前集卷四八佞媚門引《鑑戒録》，云：

陳瑄太師任西川，有愛姬徐氏，郫城令之女也。令欲求彭牧，以紅絹數寸作二十八字，遣其妻私示其女曰：「深宫富貴事風流，莫忘生身老骨頭。因與太師歡笑處，爲吾方便覓彭州。」人皆鄙之。

原文見後蜀何光遠《鑑誡録》卷八《非告勒》：

陳太師敬瑄任西川日，有愛姬徐氏，甚有美色，即徐令長女也失名。其父自郫城宰欲求彭牧，以紅綃數寸書二十八字，遣其妻私示其女。議者以徐習進而乖父子之道。其詩曰：「深宫富貴事風流，莫忘生身老骨頭。因共太師歡笑處，爲吾方便覓彭州。」又合州石境宰馬彦珪者，本遂州長江縣富庶之子也。晚親文筆，未識風騷，謬學滑稽，語多譏誚。因聘女自爲内相，醉酬新郎催妝之詩，詩意風艷之甚。親族聞者，莫不笑之。其詩曰：「莫飛篇翰苦相煎，款款容人帖翠鈿。不是到來梳洗晚，却憂玉體未禁憐。」唐末，盧拾遺議與鄭中舍延休作贅，三年不歸陝下。其兄誥以詩讓之，詩意甚乖昆仲之禮。盧議呈其太山中舍，并女遣之。誥寄弟詩曰：「三年作贅在京城，著箇緋衫倚勢行。夜夜貪憐紅粉女，朝朝渾忘白頭兄。親情别後饑寒死，僕使歸來氣宇生。世上可能容此事？算來天道不分明。」

評語所言宋之問、郭洪霸諂媚事，見《新唐書》卷二〇二《文藝傳中·宋之問傳》、卷二〇九《酷吏傳·郭弘霸傳》。宋傳云：「于時張易之等烝昵寵甚，之問與閻朝隱、沈佺期、劉允濟傾心媚附。易之所賦諸篇，盡之問、朝隱所爲，至爲易之奉溺器。」郭傳云：「再遷右臺侍御史，大夫魏元忠病，僚屬省候。弘霸獨後入，憂見顏間，請視便液，即染指嘗，驗疾輕重，賀曰：『甘者病不瘳，今味苦，當愈。』喜甚。元忠惡其媚，暴語于朝。」

李令妻干歸評事〔一〕

渚宫〔二〕李令，自宰延安，本狡獪之徒〔三〕。有歸評事者，掌江陵鹺〔四〕院，常懷〔五〕恤士之心。李令既識歸君〔六〕，累求貸而悉允諾。李令又云：「欲往湖外尋親，輒假舍以安妻妾。」歸許之，李且〔七〕乘舟而去。不旬日，其妻又告丐糇〔八〕糧，主人拯〔九〕其乏絶。李忽寄書於歸，中有贈其室家一絶，意欲組織歸君。歸君怏恨，而不能自明，與江陵之務，以糊其口。李令《寄妻》詩曰：「有人教我向衡陽，一度思歸欲斷腸。爲報艷妻并〔一〇〕少女，與吾覓取〔一一〕朗州場。」出唐范攄《雲谿友議》

〔一〕李令妻干歸評事　清鈔本「干」譌作「于」。

〔二〕渚宮　「渚」《繡谷春容》滑稽類譌作「諸」。按：渚宮，指江陵。渚宮原爲春秋楚國宮名，故址在江陵縣。唐余知古有《渚宮舊事》一卷。《劉夢得文集》卷三《元和癸巳歲仲秋，詔發江陵偏師，問罪蠻徼，後命宣慰，釋兵歸降，凱旋之辰，率爾成詠，寄荆南嚴司空》：「蠻水阻朝宗，兵符下渚宮。」

〔三〕本狡獪之徒　原無「本」字，據《繡谷春容》及《雲谿友議》卷上《哀貧誡》補。「狡獪」《繡谷春容》及《雲谿友議》作「狡猾」，義同。

〔四〕鹺　原譌作「齷」，據《繡谷春容》滑稽類改。《雲谿友議》作「醝」。鹺、醝義同，鹽也。

〔五〕常懷　原乙作「懷常」，據清鈔本、《繡谷春容》及《雲谿友議》改。

〔六〕君　《繡谷春容》無此字。《雲谿友議》亦有此字。

〔七〕且　原作「旦」，據《繡谷春容》及《雲谿友議》改。且，即也。

〔八〕糇　《繡谷春容》及《雲谿友議》作「餱」，義同，糧食。

〔九〕拯　原作「極」，據《繡谷春容》及《雲谿友議》改。

〔一〇〕并　《雲谿友議》作「兼」，周校本據改。并，兼義同。

〔一一〕與吾覓取　《繡谷春容》作「爲余收取」。

按：此條節取《雲谿友議》卷上《哀貧誡》，原云：

余以曾子廻車不入勝母之閭，吕不韋有桐輪之媚，是乃曾參立孝行之名，不韋抱淫邪之責。邇之進退者，豈以二子而隲是非乎？渚宫有李令者，自宰延安，本狡猾之徒也，强爲篇章，而干謁時貴。有歸評事，任江陵醝院，常懷卹士之心。李令既識歸君，累求救貸，而悉皆允諾。又云：「某欲尋親湖外，輒假舍而安家族。」歸君亦敏諾之，李且乘舟而去。不二旬，其妻遣僕使告丐餱粮，主人拯其乏絶。李忽寄書於醝院，情況欵密，且異尋常，書中有《贈家室等》詩一首，意欲組織歸君。歸君怏恨，悔而不能明，與率武陵渠江之務，以糊其口焉。舉士沈擢，既達名路，從知長沙，每述於同院衆賓，用兹戒慎也。李令《寄妻》詩曰：「有人教我向衡陽，一度思歸欲斷腸。爲報艷妻兼少女，與吾覓取朗州場。」（《太平廣記》卷二六四《李令》，出《雲谿友議》。）

崔女怨盧郎年幾〔一〕

盧家有子弟，年暮而爲校書郎。晚娶崔氏，崔有詞翰。結褵之後，微有嫌色。盧因請詩，以述懷爲戲，崔立成曰：「不怨檀郎年幾大，不怨檀郎官職卑。自恨妾身生較晚，不見盧郎年少時。」出《南部新書》

評曰：昔東坡在豐城，有老人生子，爲具召之，且求一詩。東坡問：「翁年幾何？」曰：「七十。」又問：「妻年幾何？」曰：「三十。」東坡即席賦詩曰：「聖善方當而立歲，賢尊已及古稀年。」嗚呼！女少〔二〕老翁，自古而然。枯楊生稊〔三〕，大《易》有詞。況崔、盧二姓，望族相當，官職雖卑，其德可取。崔女之賢，亦何怨言之有！

〔一〕崔女怨盧郎年幾　《書舶庸譚》著録、周校本「幾」作「紀」。按：年幾即年紀，「幾」通「紀」。《玉臺新詠》卷九南朝梁劉孝威《擬古應教》：「美人年幾可十餘，含羞轉笑斂風裾。」下同。

〔二〕女少　周校本改作「少女」。

〔三〕稊　清鈔本譌作「梯」。《周易·大過》：「枯楊生稊。」王弼注：「稊者，楊之秀也。」孔穎達疏：「稊者，楊柳之穗，故云楊之秀也。」

按：此條出《南部新書》卷丁，原文曰：

盧家有子弟，年已暮，而猶爲校書郎。晚取崔氏子，崔有詞翰。結褵之後，微有嫌色。盧因請詩，以述懷爲戲，崔立成詩曰：「不怨盧郎年紀大，不怨盧郎官職卑。自恨妾身生較晚，不見盧郎年少時。」

《詩話總龜》前集卷三九詼諧門下引《南部新書》，文大同：「盧家有子弟，年暮而猶爲校書郎，晚娶崔氏女，崔有詞翰。結褵之後，微有嫌色。盧因請詩，以述懷爲戲，崔立成曰：『不怨檀郎年紀大，不怨檀郎官職卑。自恨妾身生較晚，不見盧郎年少時。』」《唐詩紀事》卷七八《崔氏》亦載：「盧校書年暮，取崔氏。結褵之後，爲詩曰：『不怨盧郎年紀大，不怨盧郎官職卑。自恨妾身生校晚，不及盧郎年少時。』」

評語所引東坡賦詩事，見《詩話總龜》後集卷四八麗人門引《遯齋閑覽》：

> 東坡在豐城，有老人生子，爲具召東坡，且求一詩。東坡問：「翁年壽幾何？」曰：「七十。」「翁之妻幾何？」曰：「三十。」東坡即席戲作八句，其警聯云：「聖善方當而立歲，乃翁已及古希年。」

《苕溪漁隱叢話》前集卷六〇《麗人雜記》亦引《遯齋閒覽》，文同。《類説》卷四七《遯齋閑覽·而立歲古稀年》（《四庫全書》本），文略。《遯齋閑覽》，北宋陳正叔撰。

又北宋趙令時《侯鯖録》卷三所記有異，云：「東坡再謫惠州日，一老舉人年六十九爲隣，其妻三十歲誕子，爲具邀公，公欣然而往。酒酣乞詩，公戲一聯云：『令閤方當而立歲，賢夫已近古希年。』」

張公嫌李氏醜容

張郎中又新，與楊虔州友善。楊妻李氏，有德無容，楊未嘗介意。張嘗與楊曰：「我少年成名，惟有美室，平生望足。」曰〔一〕：「必求是，但與我同好，定諧佳偶，以愜君心。」張信之。既婚，殊不愜心。楊曰：「君何太痴？」張曰：「與君無間，以情告君者，君誤我如是，何謂痴？」楊歷數求名從宦之由，曰：「豈不與君皆同耶？」曰〔二〕：「然。」「然則我得醜婦〔三〕，君詎可不同我耶？」張問：「君室何如〔四〕？」楊曰：「特甚〔五〕。」張大笑，遂交如初。張既成〔六〕家，爲詩曰：「牡丹一朵直千金，將謂從來色最深。今日滿闌開似雪，一生辜負看花心。」出《古今詩話》〔七〕

〔一〕曰　周校本據《本事詩》上增「楊」字。

〔二〕曰　周校本上增「張」字。《本事詩》無。

〔三〕然則我得醜婦　周校本上增「楊曰」二字。《本事詩》無。「然」原作「此」，據《類説》卷五一《本事詩・張楊醜婦》及《本事詩》改。

〔四〕何如　周校本據《本事詩》改作「如何」，殊無謂也。

〔五〕特甚　前原有「白」字，當涉上字「曰」而衍，據《類説》及《本事詩》删。

〔六〕成　原譌作「歲」，據《類説》及《本事詩》改，「歲」字形譌也。周校本臆改作「歸」，蓋以前已言張既婚，不知此爲補叙之法。

〔七〕古今詩話　原作「古今詞話」，誤，此條有詩無詞也，趙萬里《古今詞話》輯本未輯。《詩話總龜》引作《古今詩話》，是也，據改。詳後附。

按：《詩話總龜》前集卷四二怨嗟門引《古今詩話》，乃節録，文云：

張又新郎中，與楊虔州友善。楊妻李氏，即鄘相之女，有德無色，楊未嘗介意。張嘗語楊曰：「我少年擅美名，不復仕宦，惟得美室，平生足矣。」既成婚，殊失所望，乃作《牡丹》詩云：「牡丹一朵直千金，將爲從來色最深。今日滿園開似雪，一生辜負看花心。」（郭紹虞《宋詩話輯佚·古今詩話》據輯。）

《緑窗新話》此條實參照《類説》卷五一《本事詩·張楊醜婦》而記，《類説》云：

張又新郎中，與楊處（當作虔）州友善。楊妻李氏，有德無容，楊未嘗介意。張嘗語楊曰：「我少年成名，惟得美室，平生望足。」楊曰：「必求是，但與我同好，定諧君心。」張信之。既婚，殊不惬心。楊曰：「君何太痴？」張曰：「與君無間，以情告君，君誤我如是，何謂痴？」楊歷數求名從官之由（原作「自」，據嘉靖伯玉翁舊鈔本改），曰：「豈不與君皆同耶？」曰：「然。」「然則我得醜婦，君詎可（原作「何」，據舊鈔本改）不同我耶？」張君問：「君室何如？」楊（原作「我」，據舊鈔本改）曰：「特甚。」張大笑，遂如初。張既成家，爲詩曰：「牡丹一朶直千金，將謂從來色最深。今日滿欄開似（舊鈔本作「白」）雪，一生辜負看花心。」（按：楊虔州即楊虞卿，唐文宗大和九年自京兆尹貶虔州司馬，再貶虔州司户，卒於貶所。見《舊唐書》卷一七六本傳。）

原文見《本事詩·情感第一》，記張又新二事：

李相紳鎮淮南，張郎中又新罷江南郡，素與李搆隙，事在别録。時於荆溪遇風，漂没二子，悲慼之中，復懼李之讎己，投長牋自首謝。李深憫之，復書曰：「端溪不讓之詞，愚罔懷怨；荆浦沈淪之禍，鄙實愍然。」既厚遇之，殊不屑意。張感銘致謝，釋然如舊交。與張宴飲，必極歡盡醉。張嘗爲廣陵從事，有酒妓，嘗好致情，而終不果納。至是二十年，猶在席，目張悒然，如將涕下。李起更衣，張以指染酒，題詞盤上，妓深曉之。李既至，張持杯不樂。李覺之，即命妓歌以送酒，遂唱是詞曰：「雲雨分飛二十年，當時求夢不曾眠。今來頭白重相見，還上襄王玳瑁筵。」張醉歸，李令妓夕就張郎中。張與楊虔州齊名友善，楊妻李氏，即鄜相之女，有德無容，楊未嘗意，敬待特甚。張嘗謂楊曰：「我少年成美名，不憂仕矣。唯得美室，平生之望斯足。」楊曰：「必求是，但與我同好，必諧君心。」張深信之。既婚，殊不愜心。楊以笏觸之曰：「君何大癡！」言之數四。張不勝其忿，迴應之曰：「與君無間，以情告君，君誤我如是，何謂癡？」楊歷數求名從宦之由，曰：「豈不與君皆同邪？」曰：「然。」「然則我得醜婦，君詎不聞我邪？」張色解，問：「君室何如？」曰：「特甚。」張大笑，遂如初。張既成家，乃詩曰：「牡丹一朵直千金，將謂從來色最深。今日滿闌開似雪，一生辜負看花心。」（《太平廣記》卷二五一引《本事詩》，題《楊虞卿》。）

《唐詩紀事》卷四〇《張又新》亦載，頗略：「又新與楊虔州善。楊妻李，有德無容。又新求婚於楊曰：『得美室足矣。』楊曰：『但與我同好，定諧君心。』又新既成婚，殊失望，乃爲詩曰：『牡丹一朵直千金，將謂從來色最深。今日滿欄開似雪，一生辜負看（「看」一作「惜」）花心。』」

陳處士暫寄師叔〔一〕

江南〔二〕處士陳貺，有詩〔三〕名。年〔四〕五十方娶，自喜得偶，謂人曰：「僕少處山谷，莫預世事，不知衣裾之下，有此珍美。」未幾，王以幣帛召之，或問：「處士赴召將行，細君宜置之何地？」對曰：「暫寄〔五〕師叔寺中。」或曰：「婦人年少，何不防閑？」答曰：「鎖之矣。」或曰：「其如水火？」晛曰：「鎖匙已付之矣。」出《江南埜記》

評曰：人置一物，必有一累。嘗見世之士夫，或置寵妾，不敢挈歸正宅，輒置他〔六〕所，慮事者猶以爲非〔七〕，況寄妻子於僧寺乎〔八〕？昔趙嘏家于浙西，有姬姝〔九〕麗，嘏甚惑之。洎預計偕〔一〇〕，將攜西上，爲母阻，且留之鶴林寺。中元齋會，居人士女，競〔一一〕遊其間，趙姬亦往。浙帥〔一二〕窺見，乃强致去，因爲奄有。嘏知之，亦無奈何。明年登第，乃以一詩箴之，曰：「寂寞堂前日又曛，陽臺去作不歸雲。當時聞説沙吒利〔一三〕，今日青娥〔一四〕屬使君。」浙帥得詩，乃遣歸。向使嘏不成名，則其姬終爲他人所有，今縱獲歸，所失亦多矣。陳處士留心意于〔一五〕詩筆，未諳世故，言行一差，貽笑千古，惜乎無以趙嘏之事語之者。後之君子，當以是爲戒〔一六〕。

〔一〕陳處士暫寄師叔　《繡谷春容》恢諧類「處」作「居」。正文仍作「處」。處士、居士一義也。《禮記・玉藻》：「居士錦帶。」鄭玄注：「居士，道藝處士也。」

〔二〕江南　《繡谷春容》作「淮南」，誤。按：陳晛載於《江南野史》。又北宋馬令《南唐書》卷一四《儒者傳下》載：「劉洞，廬陵人也。少遊廬山，學詩於陳晛。」又載：「江爲，其先宋州人，避亂建陽，遂爲建陽人。遊廬山白鹿洞，師事處士陳貺，居二十年。」廬山在江州。清鈔本「江」譌作「注」。

〔三〕詩　原作「詞」，據《繡谷春容》及北宋龍袞《江南野史》卷六改。

〔四〕年　《繡谷春容》無此字。

〔五〕寄　《繡谷春容》下有「於」字。

〔六〕他　原作「生」，當譌，據《繡谷春容》改。

〔七〕非　原爲空闕，據《繡谷春容》補。

〔八〕乎　原作「呼」，據《繡谷春容》改。

〔九〕姝　《繡谷春容》作「殊」。姝，美也。

〔一〇〕預計偕　周校本删「預」字，誤。預，參預。計偕，舉子入京參加省試。《唐詩紀事》卷六五《袁郊》：「與温庭筠酬唱，庭筠有《開成五年抱疾不得預計偕》詩，寄郊云『逸足皆先路，窮蛟獨向隅』是也。」

〔一一〕競　清鈔本譌作「兢」，據《繡谷春容》改。

〔一二〕帥　原作「師」，下文作「帥」，據《繡谷春容》改。

〔一三〕當時聞説沙吒利　「聞」原作「聲」，據清鈔本及《繡谷春容》改。「吒」原作「咤」，據清鈔本及《繡谷春容》改。按：唐許堯佐《柳氏傳》作「吒」。

〔一四〕青娥　《繡谷春容》作「青蛾」，義同。青蛾，黛眉，代指美人。

〔一五〕意于　此二字原無，據《繡谷春容》補。

〔一六〕「向使嘏不成名」至此　周校本一九九一年版删去，或遺漏，一九五七年版有。

按：《江南埜記》即南唐龍衮《江南野史》。此條見卷六，原文曰：

處士陳貺者，閩中人。少孤貧，好學。遊廬山，刻苦進修，詩書蓄數千卷。有詩名，聞於四方。慵於取仕，隱於山麓，歲時伏臘慶弔人事，都不暫往。時輩多師事之。有季父爲桑門，每賴其給。有詩數百首，務强骨鯁，超出常態，頗有閬仙之致，膾炙人口。其詠《景陽臺懷古》有云：「景陽六朝地，運極自依依。一會皆同是，到頭誰論非。酒濃沈遠慮，花好失前機。見此尤宜戒，正當家國肥。」嗣主聞之，以幣帛徵之，乃幞巾縧帶，布裘鹿鞾，引見宴語。因授以官，貺苦辭不受。嗣主見其言語樸野，翔集疏遠，不却其志，因錫以粟帛，放還舊居。又十餘年而卒，時及七十矣。貺年五十方娶，有慶之者曰：「處士新郎，燕爾安乎？」貺答曰：「呵呵！僕少處山谷，莫預世事，不知衣裾之下。有此珍美。」乃更咍。及就徵。或問：「處士細君，置之何所？」對曰：「暫寄師叔寺中。」或曰：「婦人年少，爲德不一，何不防閑？」答曰：「鎖之矣。」或曰：「其如水火何？」貺曰：「鑰匙亦付之矣。」其淳質如此。名士過其故居，多著詠焉。

評語所述趙嘏事，乃取自《麗情集》。《歲時廣記》卷二九《歸舊姬》引《麗情集》云：

進士趙嘏，家於浙西，有姬纖麗，嘏甚惑之。洎預計偕，將攜西上，爲母氏阻而不行，且留鶴林寺。值中元齋會，居人仕女，競遊賞之，趙姬亦往。浙帥窺之，乃强致去，因爲掩有。

嘏知之，亦無奈何。明年登第，乃以一絶箴之，曰：「寂寞堂前日又曛，陽臺去作不歸雲。當時聞説沙吒利，今日青娥屬使君。」浙帥得詩不自安，乃遣歸。

《類説》卷二九《麗情集·趙嘏姬》文簡，云：

進士趙嘏，有姬纖麗。迫與計偕，將携之西上，爲母氏所沮，乃留之鶴林寺。因中原（按：當作元）齋會，浙帥窺之，强致去奄有。明年嘏登第，以詩箴之，曰：「寂寞堂前日又曛，陽臺去作不歸雲。當時聞説沙吒利，今日青娥屬使君。」帥得詩甚慚，乃遣歸之。

趙嘏姬事，《唐摭言》卷一五《雜記》已載，實一悲劇：

趙渭南嘏嘗有詩曰：「早晚粗酬身事了，水邊歸去一閑人。」果渭南一尉耳。嘏嘗家于浙西，有美姬，嘏甚溺惑。洎計偕，以其母所阻，遂不攜去。會中元，爲鶴林之遊。浙帥不知姓名窺之，遂爲其人奄有。明年嘏及第，因以一絶箴之，曰：「寂寞堂前日又曛，陽臺去作不歸雲。當時聞説沙吒利，今日青娥屬使君。」浙帥不自安，遣一介歸之於嘏。嘏時方出關，途次横水驛，見兜舁人馬甚盛。偶訊其左右，對曰：「浙西尚書差送新及第趙先輩娘子入京。」姬在舁中亦認嘏，嘏下馬揭簾視之，姬抱嘏慟哭而卒，遂葬於横水之陽。

《唐詩紀事》卷五六《趙嘏》亦載云：

嘏曾有詩曰：「早晚粗酬身事了，水邊歸去一閑人。」果卒於渭南尉。嘏嘗家于浙西，有美姬，惑之。洎計偕，會中元鶴林之遊，浙帥窺其姬，遂奄有之。明年嘏及第，因以一絶箴之，曰：「寂寞堂前日又曛，陽臺去作不歸雲。當時聞説沙吒利，今日青娥屬使君。」浙帥不自安，遣一介歸之。嘏方出關，逢於横水驛，姬抱嘏慟哭而卒。遂葬於横水之陽。

《唐才子傳》卷七《趙嘏》亦載入此事，事有演飾：

嘏字承祐，山陽人。會昌二年鄭言榜進士。……先嘏家浙西，有美姬溺愛。及計偕，留侍母。會中元遊鶴林寺，浙帥窺見悦之，奪歸。嘏明年及第，自傷賦詩曰：「寂寞堂前日又曛，陽臺去作不歸雲。當時聞説沙吒利，今日青娥屬使君。」帥聞之，殊慘慘，遣介送姬入長安。時嘏方出關，途次横水驛，於馬上相遇，姬因抱嘏痛哭，信宿而卒，遂葬於横水之陽。嘏思慕不已，臨終日有所見，時方四十餘。

李太監傳語縣君〔一〕

李載仁性迂〔二〕緩，非禮勿動。娶閻氏，年甚少，與之異室，私約曰：「有興〔三〕則見。」忽一夕叩户聲，小童報曰：「縣君欲見太監。」載仁遽取《百忌曆》，燈下看之，大驚

曰：「今夜河魁在房，不宜行事，傳語縣君謝到。」閻氏慚怒而去。出陶岳《荆湖近事》

〔一〕李太監傳語縣君　《繡谷春容》恢諧類作《李戴仁傳語縣君》。按：「太監」又作「大監」，「大」同「太」。周校本謂「太監」疑譌，當爲「大監」，説非。太監乃將作監首長，掌土木工匠。見《新唐書・百官志三》。「戴」通「載」。北宋周羽翀《三楚新録》卷三載：「有李載仁者，唐室之後也。唐末避亂於江陵，季興（按：即荆南節度使高季興，後唐封南平王）署爲觀察推官。載仁自負文學，常感季興見知，每從容接待，不爲少禮。然爲性迂緩。一日，將赴季興召，方上馬，無何部曲相毆。載仁怒，且命急於厨中取餅并諸肉，令相毆者對飡之，仍令軍將戒之曰：『如敢再犯，必當以猪肉中加之以酥。』聞者無不笑之。」清吴任臣《十國春秋》卷一〇三《荆南四・李載仁》載：「李載仁，唐室之遠裔也。開平初，避亂來江陵，武信王署爲觀察推官。自負才學，深爲王所嘉賞，從容接待，禮遇有加。然性迂緩，頗不厭衆心。文獻王時，稍遷至郎中。」

〔二〕迂　原譌作「遷」，據《繡谷春容》及《類説》卷二二陶岳《荆湖近事・傳語縣君謝到》改。

〔三〕興　清鈔本譌作「與」。

按：此條出陶岳《荆湖近事》。陶岳宋初人。《宋史・藝文志》霸史類著録陶岳《荆湘近事》十卷，一書也。原書已佚，此條取《類説》卷二二陶岳《荆湖近事・傳語縣君謝到》，文曰：

李戴仁性迂緩，非禮勿動。娶閻氏，年少，與之異室，私約曰：「有興則見。」忽一夕，聞扣户聲，小豎報云：「縣君欲見大監。」戴仁遽取《百忌曆》，燈下看之，大驚曰：「今夜河魁在房，不宜行事，傳語縣君謝到。」閻氏慚怒而去。

《海録碎事》卷七上《河魁在房》引《荆南近事》，《古今事文類聚》後集卷一四《河魁在房》引《荆湖遺事》，《古今合璧事類備要》前集卷二八《河魁在房》引《荆湖近事》亦載，皆爲一書，均作「李戴仁」，《海録碎事》較簡。《十國春秋》亦略載之。

却要燃燭照四子

湖南觀察使李庾之女奴，曰却要，巧媚才捷，能承順顔色。李四子皆年少，咸欲私却要。嘗遇清明夜，時纖月娟娟，庭花影轉，中堂垂繡幙，背銀釭〔一〕。大郎與却要遇於櫻桃花影中，乃持之求偶。却要取裀〔二〕席授之，給曰：「可於廳東南隅立待，候堂前眠熟當至。」大郎既去，又逢二郎調之，却要復取裀席授之，曰「可於廳東北隅相待。」二郎既去〔三〕，又逢三郎求〔四〕之，却要復取裀席授之，曰：「可於廳中西南隅相待。」三郎既去，又遇四郎〔五〕，却要又〔六〕取裀席授之，曰：「可於廳西北隅相待。」四人皆去，却要乃燃燭向廳照之，謂四子曰：「阿堵〔七〕貧兒，争敢〔八〕向這裏覓宿處？」皆棄所攜，掩面而

走。自是四子，皆不敢失敬。出《三水小牘》

〔一〕缸　《繡谷春容》恢諧類作「燈」。缸，同「釭」，燈也。

〔二〕裀　《繡谷春容》作「茵」。下同。裀，通「茵」，鋪墊之物。

〔三〕又逢二郎調之却要復取裀席授之曰可於廳東北隅相待二郎既去　以上一節原脱，據《繡谷春容》補。

〔四〕求　原譌作「束」，據《繡谷春容》改。

〔五〕又遇四郎　《繡谷春容》作「又與四郎遇」。

〔六〕又　《繡谷春容》作「復」，與上文同。

〔七〕堵　清鈔本譌作「堵」。

〔八〕敢　此字原無，據《繡谷春容》補。

按：《三水小牘》，唐末皇甫枚撰，原書二卷，今存二卷本不全，收在清盧文弨所刻《抱經堂叢書》中。中無《却要》，而見於《説郛》卷三三《三水小牘》，《太平廣記》卷二七五亦引。《艷異編》卷二五徂異部《却要》，據《廣記》輯入。又《緑窗女史》卷一一妾婢部徂異門、《剪燈叢話》卷二題闕名之《却要傳》，亦出《廣記》。《合刻三志》志奇類載僞書《俊婢傳》，中亦有《却要》，同《緑窗女史》。《錦繡萬花谷》前集卷一七、《歲時廣記》卷一七、《姬侍類偶》卷上、《古今事文類聚》後集卷一六、《古今合璧事類備要》前集卷五四等亦有引。

原文較長，不録。周校本一九五七年本據《三水小牘》補綴，一九九一年本文字或亦據一九五七年本增改，而又依《新話》原文脱二郎之事，遂成非驢非馬之本。

李福虚嚥溺一甌〔一〕

李福妻裴氏〔二〕，性妬忌。鎮滑臺日。有以女奴獻之者，福欲私之而未果。一日，乘間言於妻曰：「某官已至節度使，所指使者〔三〕，率不過老僕。夫人待某〔四〕，得無薄乎？」裴曰：「不知公意所屬何人。」福指所獻女奴，裴許諾。李戒左右：「夫人沐，必告。」會裴方沐，左右以告，李即稱腹痛，趨召〔五〕女奴。既往，左右即告以福所疾〔六〕，裴以爲信然，遽出髮〔七〕盆中，跪〔八〕問福所苦。福不免以疾爲言，即若不可忍狀。裴極憂之，以藥投兒溺中進之。明日，監軍及從事悉來問候，福具以事告之，因笑曰：「一事無成，固當其分，所苦者，虚咽一甌溺耳。」聞者大笑。出《玉泉子》

〔一〕李福虚嚥溺一甌　《繡谷春容》恢諧類「甌」作「盌」。

〔二〕氏　原譌作「民」，據《繡谷春容》恢諧類改。

〔三〕某官已至節度使所指使者　「使」字原脱，據《繡谷春容》補。按：《群居解頤》作「某官已至節度使矣，然其所指使者」，見後附。周校本據改。以下周校所改不再出校。

〔四〕某　《繡谷春容》作「其」，當譌。

〔五〕裴許諾李戒左右夫人沐必告會裴方沐左右以告李即稱腹痛趨召　以上二十七字原脱，據《繡谷春容》補。

〔六〕即告以福所疾　《繡谷春容》作「即以福所疾告裴」。

〔七〕髪　《繡谷春容》作「髮」，字同。

〔八〕跪　《稗海》本《玉泉子》等作「跣」，赤足。見附録。

按：此條出《玉泉子》，係節文。今據《稗海》本引録全文，校以《四庫全書》本及《太平廣記》卷二七五《李福女奴》引《玉泉子》：

李相福妻裴氏，性妬忌。姬侍甚多，福未嘗敢屬意。鎮滑臺日，有以女奴獻之者，福（《廣記》下有「意」字）欲私之而未果。一日，乘間言於妻曰：「某官已至節度使矣，然所指使者，不過老僕。夫人待某，無乃薄乎？」裴曰：「然不能知公意所屬何人。」福即指所獻之女奴也，裴許諾。爾後不過執衣侍膳，未嘗一得繾綣。福又囑妻之左右曰：「設夫人沐髮，必遽來報我。」既而果有以夫人沐髮來告者，福即僞言腹痛，且召其女奴。既往，左右以裴方沐，不（《廣記》作「難」）可遽已，即白以所疾。裴以爲信然，遽出髮盆中，跣問福所苦。福既紿（《廣記》作「業」）以疾爲言，即若不可忍狀。裴極憂之，由是以藥投兒溺中進之。明日，監軍使及從事悉來候問，福即具以事告之，因笑曰：「一事無成，固其分，所苦者，虛咽一甌溺耳。」聞者莫不大笑。

《類說》卷三二《語林》之《腹痛召女奴》條，即此事，知北宋王讜《唐語林》亦取之，今本無，周勛初《唐語林校證》輯入。《類說》云：

李福妻裴氏（此字據嘉靖伯玉翁舊鈔本補）忌妬，福鎮滑臺，有以女奴獻者。福曰：「吾官至節度使，指使者不過奴隸，夫人得無甚乎？」裴曰：「未知公所欲者。」福指所獻奴，裴許諾。福賂左右：「夫人沐髮，必來告。」既告，福乃佯爲腹痛，促召女奴。既往，左右亦以白裴。裴遽出髮盆中，跣問所苦。福業（舊鈔本作「遂」）以病爲言，即若不可忍狀。裴乃以藥投（此字據舊鈔本補）小便中進之。明日，監軍從事來問候，福具告之，皆（此字據舊鈔本補）大笑。

北宋高懌《群居解頤》（《説郛》卷三二題唐高擇，誤，《宋史》卷四五七《隱逸傳上》有《高懌傳》）亦載，文字大同，云：

李福妻裴氏，性妬忌。姬侍甚多，福未嘗敢屬意。鎮滑臺日，有以（此字原無，據《避暑漫抄》引補）女奴獻之者，福意欲私之而未果。一日，乘間言于妻曰：「某官已至節度使矣，然其所指使者，率不過老僕。夫人待某，無乃薄乎？」裴曰：「然不知公意所屬何人。」即指所獻女奴，裴許諾。爾後不過執衣侍膳，未嘗得一繾綣。福又囑妻之左右曰：「設夫人沐髮，必遽來報我。」既而果有以沐髮來告者，福即僞言腹痛，且召其女奴。既往，左右以裴方沐，不可遽已，即告以福所疾。裴以爲信然，遽出髮盆中，跣問福所苦。既業以疾爲言，即若不可忍狀。裴極憂之，由是以藥投童溺中進之。明日，監軍及從事悉來候問，福即具以告之，因言曰：「一事無成，固當分，所苦者，虚咽一甌溺耳。」聞者莫不大笑。

《古今説海》説纂部九散録家三陸游《避暑漫抄》引《解頤》，文同不録。

蘇東坡攜妓參禪

東坡居士在錢塘，無日不遊西湖。嘗攜妓謁大通禪師，仲殊師見之，頗有愠色〔一〕。坡作《南柯子》〔二〕，使妓歌之，曰：「師唱誰家曲？宗門是阿誰〔三〕？借公拍板與鉗鎚〔四〕，我也逢場作戲、莫相疑。　谿女方偷眼，山僧已皺眉。莫嫌〔五〕彌勒下生遲，不見老〔六〕婆三五、少年時。」禪師〔七〕聞之，和其韻曰：「解舞《清平樂〔八〕》，而今〔九〕説向誰？紅爐片雪上鉗鎚，打就〔一〇〕金毛獅子，也堪疑。　已信身如夢〔一一〕，何如眼似眉〔一二〕？蟠桃因甚結花遲〔一三〕，不向風前〔一四〕一笑，待何時？」涪翁見而賞之曰：「此檀越并阿〔一五〕門僧，非取次者所爲爾。」出《冷齋夜話》

〔一〕仲殊師見之頗有愠色　《詩話總龜》前集卷四〇樂府門引《冷齋夜話》作「大通愠色」，《苕溪漁隱叢話》前集卷五七《戲詞》引《冷齋夜話》作「愠形於色」，周校本改作「師愠形於色」，皆謂愠色者大通禪師也，疑誤。按：南宋范成大《吴郡志》卷四二《浮屠》云：「仲殊字師利，承天寺僧也。初爲士人，嘗預鄉薦。其妻以藥毒之，遂棄家削髮。時食蜜以解藥毒。蘇文忠公與之還往甚厚，號之曰蜜殊。殊工於詩詞，有《寶月集》行於世。其長短句間有奇作，非世俗詩僧比也。後自經於枇杷木下。」

〔二〕南柯子　《繡谷春容》作「南歌子」。按：詞牌《南柯子》又名《南歌子》。

〔三〕宗門是阿誰　《詩話總龜》作「宗風有阿誰」，《漁隱叢話》作「宗風嗣阿誰」，周校本據《漁隱叢話》改。以下據改猶多，不再出校。

〔四〕借公拍板與鉗鎚　拍板與鉗鎚，《繡谷春容》作「借公檀板與鉗椎」，下文「鎚」亦作「椎」。「椎」同「鎚」，又作「槌」、「錘」。《詩話總龜》、《漁隱叢話》作「借君拍板與門搥」，《漁隱叢話》作「槌」。

〔五〕莫嫌　「嫌」字原脱，據《繡谷春容》及《詩話總龜》、《漁隱叢話》補。《漁隱叢話》「莫」作「却」。

〔六〕老　《漁隱叢話》作「阿」。

〔七〕師　《繡谷春容》作「僧」。

〔八〕樂　《詩話總龜》作「曲」。

〔九〕而今　《詩話總龜》「今」作「令」。《漁隱叢話》作「如今」。

〔一〇〕就　《詩話總龜》作「孰」。

〔一一〕已信身如夢　「身」字原空闕，據《繡谷春容》及《詩話總龜》補。《漁隱叢話》作「木女明開眼」。

〔一二〕何如眼似眉　《繡谷春容》作「何知眼共眉」，《詩話總龜》作「何須眼似眉」，《漁隱叢話》作「泥人暗皺眉」。

〔一三〕因甚結花遲　《詩話總龜》作「已是結花遲」，《漁隱叢話》作「已是着花遲」。

〔一四〕風前　《漁隱叢話》作「春風」。

〔一五〕阿　原譌作「何」，據《繡谷春容》改。阿，名詞前綴。

按：此條注出《冷齋夜話》。《冷齋夜話》，北宋僧惠洪撰，十卷。《四庫全書總目》提要謂今本「蓋已經後人删削，非其完本。」此條今本無，《詩話總龜》前集卷四〇樂府門引《冷齋夜話》，較《緑窗新話》文簡，云：

東坡携妓謁大通禪師，大通愠色。坡作長短句曰：「師唱誰家曲？宗風有阿誰？借君拍板與門搥，我也逢場作戲、莫相疑。　溪女方偷眼，山僧已皺眉。莫嫌弥勒下生遲，不見老婆三五、少年時。」僧仲殊和曰：「解舞清平曲，而令説向誰？紅爐片雪上鉗搥，打孰金毛師子、也堪疑。　已信身如夢，何須眼似眉。蟠桃已是結花遲，不向風前一笑、待何時？」

《苕溪漁隱叢話》前集卷五七《戲詞》亦引《冷齋夜話》，文字多異同，云：

東坡鎮錢塘，無日不在西湖。嘗携妓謁大通禪師，愠形於色。東坡作長短句，令妓歌之，曰：「師唱誰家曲？宗風嗣阿誰？借君拍板與門槌，我也逢場作戲、莫相疑。　溪女方偷眼山僧莫皺眉。却嫌彌勒下生遲，不見阿婆三五、少年時。」時有僧仲殊在蘇州，聞而和之曰：「解舞清平樂，如今説向誰？紅爐片雪上鉗鎚，打就金毛獅子、也堪疑。　木女明開眼，泥人暗皺眉。蟠桃已是着花遲，不向春風一笑、待何時？」

清張貴勝撰《遣愁集》卷一《一集解頤》全取《緑窗新話》。

舊題陶珽《説郛》卷三四有宋蘇軾《調謔編》，僞書也，中《莫相疑》，實全同明嘉靖中田汝成《西湖遊覽志餘》卷一四《方外玄蹤》所載，云：

大通禪師者，操律高潔，人非齋沐，不敢登堂。東坡一日挾妙妓謁之，大通愠形于色。公乃作《南歌（《調謔編》作柯）子》一首，令妙妓歌之，大通亦爲解頤。公曰：「今日參破老禪矣。」其詞云：「師唱誰家曲？宗風嗣阿誰？借君拍板與門搥，我也逢場作戲、莫相疑。溪女方偷眼，山僧莫眨眉。却愁彌勒下生遲，不見老婆三(《調謔編》譌作二)五、少年時。」

明釋大壑《南屏浄慈寺志》卷一〇《靈異》亦載：

浄慈大通本禪師，操律高潔，人非齋沐，不敢登堂。蘇子瞻一日挾妓謁之，師愠形於色。公乃作《南歌子》一首，令妓歌之，師亦爲解頤。公曰：「今日參破老禪矣。」其詞云：「師唱誰家曲？宗風嗣阿誰？借君拍板與門槌，我也逢場作戲、莫相疑。溪女方偷眼，山僧莫眨眉。却愁彌勒下生遲，不見老婆三五、少年時。」其時有仲殊名揮，姓張氏，安州進士，後棄家爲僧，住吴山寶月寺，聞而和之云：「解舞《清平樂》，而今説向誰？紅罏片雪上鉗鎚，打就金毛獅子也堪疑。已信身如夢，何知眼共眉。蟠桃因甚結花遲，不向風前一咲待何時？」黄涪翁一見大賞。

又明吴之鯨《武林梵志》卷八《宰官護持》載：

蘇長公在錢塘，無日不遊西湖。嘗攜妓謁大通禪師，大通愠形於色。公乃作《南歌子》一首，令妓歌之，大通亦爲解頤。公曰：「我已今日勘破老禪矣。」其詞云：「師唱誰家曲？宗風嗣阿誰？借君拍板與鉗槌，我也逢場作戲、莫相疑。溪女方偷眼，山僧已皺眉。

莫嫌彌勒下生遲，不見老婆三五、少年時。」仲殊聞而和之曰：「解舞清平樂，而今說向誰？紅爐片雪上鉗槌，打就金毛獅子、也堪疑。　已信身如夢，何知眼共眉。蟠桃因甚結花遲，不向風前一笑、待何時？」黄涪翁一見大賞。

史君實贈尼還俗〔一〕

詩人史君實，見一老尼〔二〕還俗。贈詩曰：「脱却羅裙〔三〕著繡裙，仙凡從此路岐分。蛾眉再畫當時緑〔四〕，蟬鬢重梳昔日雲。玉貌緩將鸞鏡照，錦衣〔五〕兼把麝香薰。帡幃乍得輝光寵〔六〕，更没心情念〔七〕老君。」出《紀異録》

評曰：爲尼〔八〕還俗者，十有七八；厭俗爲尼者，十無〔九〕二三。《湘山野録》〔一〇〕云：「申國公主爲尼，掖庭隨出者二十餘人〔一一〕，詔兩禁〔一二〕送至寺，賜齋傳旨，令各賦詩。惟陳文僖公彭年〔一三〕詩曰：『盡此〔一四〕花鈿散寶津，雲鬟齊剪向殘春。因驚風燭難留世，遂作蓮池不染身。貝葉乍翻疑軸錦，梵音初學誤梁塵。從兹艷質成空後，湘浦都〔一五〕無解佩人。』都下好事者，以《鷓鴣天》歌之。」嗚呼！

以老尼還俗爲是耶，則以申主爲尼非矣；以申主爲尼爲是耶，則以〔一六〕女真還俗非矣。識者必能辨之。

〔一〕史君實贈尼還俗　《書舶庸譚》著録「尼」譌作「己」。

〔二〕老尼　《類説》卷一二《紀異録·更没心情憶老君》作「女真」，即女冠、女道士。按：觀詩云「仙凡從此路岐分」，「更没心情念老君」，明爲女冠，非尼。評語云「老尼還俗」，而後文「則以女真還俗非矣」乃又作「女真」。淆亂如此，無可校正，姑存。

〔三〕羅裙　《類説》作「霞裾」。

〔四〕蛾眉再畫當時緑　「再」《繡谷春容》恢諧類作「載」。載，通「再」。「緑」《類説》作「月」。按：「月」與下句「雲」相對，當是。

〔五〕衣　《類説》作「衾」。

〔六〕幈幃乍得輝光寵　「幈」《繡谷春容》及《類説》作「屏」。幈，同「屏」，屏風也。「輝光寵」《類説》作「蕭郎愛」，嘉靖伯玉翁舊鈔本「愛」作「寵」。

〔七〕情念　「情」清鈔本譌作「愔」。「念」《繡谷春容》作「恋」，《類説》作「憶」。

〔八〕尼　原譌作「老」，據《繡谷春容》改。

〔九〕無　原作「有」，據《繡谷春容》改。

〔一〇〕湘山野録　原作「湘江語録」，誤，據《繡谷春容》改。

〔一一〕掖庭隨出者二十餘人　「掖庭隨出者」原作「掖庭隨者出者」，據《繡谷春容》改。「二十餘人」《繡谷春容》「餘」作「二」，誤。按：北宋釋文瑩《湘山野録》卷下作「三十餘人」。

〔一二〕兩禁　「兩」原作「内」，據《繡谷春容》及《湘山野録》改。按：兩禁指翰林院。北宋翰林學士直舍在皇宫北門兩側，故稱。北宋宋祁《景文集》卷一五有詩《監中會兩禁諸公飲餞，吴舍人、梁正言、富修撰、葉龍圖以訃省不赴作詩見寄》。

〔一三〕彭年　原作「彭喬年」，《繡谷春容》同。《湘山野録》作「彭年」。按：《宋史》卷二八七《陳彭年傳》載，陳彭年字永年，謚曰文僖。「喬」字衍，據删。

〔一四〕此　《繡谷春容》作「把」。《湘山野録》作「出」。

〔一五〕都　《繡谷春容》及《湘山野録》作「應」。

〔一六〕以　《繡谷春容》無此字。

按： 此條正文注出《紀異録》，宋初秦再思撰。取自《類説》卷一二《紀異録》，題《更没心情憶老君》，然作女真（女冠、女道士），非老尼，疑《緑窗新話》文字有誤。《類説》云：

詩人史君實，見一女真還俗。贈詩曰：「脱却霞裾着綉裙，仙凡從此路岐分。蛾眉再畫當時月，蟬鬢重梳舊日雲。玉貌緩將鸞鏡照，錦衾兼把麝香薰。屏幃乍得蕭郎愛（嘉靖伯玉翁舊鈔本作「寵」)，更没心情憶老君。」

明查應光《靳史》卷二七《國朝》（按：指明朝，誤），清褚人穫《堅瓠集》補集卷一《女冠還俗》亦載，詩句微異。

評語引《湘山野録》，見北宋釋文瑩《湘山野録》卷下：

初，中國長公主爲尼，掖庭嬪御隨出家三十餘人，詔兩禁送於寺，賜齋饌。傳宣各令作詩送，惟陳文僖公彭年詩尚有記者，云：「盡出花鈿散寶津，雲鬟初翦向殘春。因驚風燭難留世，遂作池蓮不染身。貝葉乍翻疑軸錦，梵聲纔學誤梁塵。從兹艶質歸空後，湘浦應無解佩人。」或云作詩之説恐非。好事者能於《鷓鴣天》曲聲歌之。

《類説》卷一八《湘山野録·掖庭嬪御出家》云：「中國長主爲尼，掖庭嬪御隨出家者三十餘人。太宗詔兩禁各以詩送之，陳彭年詩云：『盡出花鈿散寶津，雲鬟初剪向殘春。因驚風燭難留世，遂作池蓮不染身。貝葉乍翻疑軸錦，梵聲才學悮（嘉靖伯玉翁舊鈔本作「没」）梁塵。從兹艶質歸空後，湘浦應無解佩人。』」

《詩話總龜》前集卷四一送別門引《湘山録》云：「中國長公主爲尼，掖庭隨出者二十餘人。詔兩禁送至寺，賜齋傳旨，令各賦詩，惟陳文僖公彭年詩尚有記者，云：『盡出花鈿散寶津，雲鬟齊剪向殘春。因驚風燭難留世，遂作蓮池不染身。貝葉乍翻疑軸錦，梵音初學誤梁塵。從茲艷質成空後，湘浦都無解珮人。』都下好事者以《鷓鴣天》歌之。」

南宋江少虞《宋朝事實類苑》卷四三《仙釋僧道》（上海古籍出版社一九八一年版）之《中國長公主入道》，無出處，云：

初，申國長公主爲尼，掖廷嬪御隨出家者二十餘人，詔兩禁送於寺，賜齋饌，傳宣各令作詩送，惟文僖公彭年詩尚有記者，云：「盡出花鈿散寶津，雲鬟初剪向殘春。因驚風燭難留世，遂作池蓮不染身。貝葉乍翻疑軸錦，梵聲纔舉誤梁塵。從茲艷質歸空後，湘浦應無解佩人。」或云作詩之説恐非，都下好事者，能於《鷓鴣天》曲聲歌之。

陳彭年詩句唐已有之，吴曾《能改齋漫録》卷三《辨誤・妓人出家詩》云：「唐顧陶大中丙子，編《唐詩類選》，載陽郇伯作《妓人出家》詩：『盡出花鈿與四鄰，雲鬟剪落向殘春。暫驚風燭難留世，便是池蓮不染身。貝葉欲翻迷錦字，梵聲初學誤梁塵。從今艷色歸空後，湘浦應無解佩人。』《湘山野録》乃謂本朝申國長公主爲尼，掖廷嬪御隨出家者三十餘人。太宗詔兩禁各以詩送之，陳彭年作詩八句。今考其詩，與陽郇伯所作一同，首句『盡出花鈿散玉津』一句不同。豈後人改郇伯詩，託以彭年之名，而文瑩又不考之過耶？」《苕溪漁隱叢話》後集卷一七《唐人雜紀下》引《復齋漫録》同，即《能改齋漫録》也。

陳沆嘲道士啗肉〔一〕

盧山道士，體貌魁偉，飲酒啗肉，居九天使者廟〔二〕。一日，有鶴因風所飄，憩于庭。道士大喜，自謂當赴上天命，命令山童控而乘之。羽儀清弱，不勝其載，毛傷骨折而斃。次日〔三〕，馴養者知，訴于公府。處士陳沆嘲之曰：「啗肉先生欲上昇，黄雲踏破紫雲崩。龍腰鶴背無多力，傳語麻姑借大鵬。」出《南唐近事》

〔一〕陳沆嘲道士啗肉　《書舶庸譚》著録「沆」譌作「沅」。按：北宋鄭文寶《南唐近事》卷二作「沆」。唐末釋齊己《白蓮集》卷五有《貽廬岳陳沆秀才》詩。

〔二〕九天使者廟　《繡谷春容》恢諧類無「者」字。按：北宋樂史《太平寰宇記》卷一一一《江州·德化縣》：「使者廟，在州南。唐玄宗夢神人曰：『吾九天使者，請于廬山立廟。』時開元十九年辛未歲立。」陳舜俞《廬山記》卷二《叙山北篇第二》：「由雲溪二里亦至太平觀，唐號九天使者真君廟。」按：周校本無此句。周校一九五七年本據《南唐近事》原文删補，一九九一年本又據一九五七年本删改，殊失原貌。

〔三〕次日　《繡谷春容》作「時有」。

按：此條出《南唐近事》，乃節文。《詩話總龜》前集卷三六譏誚門中引《南唐近事》亦節文，《新話》本條文字大同，當取爲參考。《詩話總龜》云：

盧山道士，體貌魁偉飲酒啗肉，居九天使者廟。有雙鶴因風所飄，憩于廟庭。道士驚喜，自謂當赴上天命，令山童控而乘之。羽儀清弱，不勝其載，毛傷骨折而斃。翌日，馴養者知，訴于公府。處士陳沆嘲之曰：「啗肉先生欲上升，黄雲踏破紫雲崩。龍腰鶴背無多力，傳語麻姑借大鵬。」

原文見北宋鄭文寶《南唐近事》卷二（《四庫全書》本），曰：

盧山九天使者廟有道士，忘其姓名。體貌魁偉，飲啗酒肉，有兼人之量。晚節服餌丹砂，躁於沖舉。魏王之鎮潯陽也，郡齋有雙鶴，因風所飄，憩於道館，迴翔嘹唳，若自天降。道士且驚且喜，焚香端簡，前瞻雲霓，自謂當赴上天之召，命山童控而乘之。羽儀清弱，莫勝其載，毛傷背折，血洒庭除。仰接久之，是夕皆斃。翌日，馴養者詰知其狀，訴於公府，王不之罪。處士陳沆聞之，爲絶句以諷，云：「啗肉先生欲上昇，黄雲踏破紫雲崩。龍腰鶴背無多力，傳語麻姑借大鵬。」

《類説》卷二一鄭文寶《南唐近事》，此條標目《啗（原作害，據嘉靖伯玉翁舊鈔本改，下同）肉先生》，云：

廬山有道士，體貌魁偉，飲啗酒肉。忽有雙鶴，因風飄颻，道士跨之，不久（原作道館若自天下，據舊鈔本改）皆斃。陳沆爲詩曰：「啗肉先生欲上升，黄雲踏綻紫雲崩。龍腰鶴背無多力，傳語（原作與，據舊鈔本改）麻姑借大鵬。」

蔣氏嘲和尚戒酒〔一〕

唐湖州參軍陸蒙妻蔣氏，善屬文，然嗜酒。姊妹勸節酒强食，蔣應之曰：「平生偏好飲，勞汝勸吾飡。但得樽中滿，時光度不難。」僧知業有詩名，與蒙善〔二〕。一日，訪蒙談玄，蔣使婢奉酒勸〔三〕知業。知業曰：「受戒不飲。」蔣氏嘲之曰：「祇如上〔四〕人詩云：『接岸橋通〔五〕何處路，倚樓〔六〕人是阿誰家？』觀此風韻，得不飲乎？」知業慚而退〔七〕。出《詩史》

評曰〔八〕：酒不可不飲，亦不可不戒。嘗觀劉伶妻謂其夫曰：「君酒太過，非攝生之道，宜斷之。」伶曰：「善。吾不能自止，當祝鬼神以誓，便可具酒肉。」妻從之。伶乃誓曰：「天生劉伶，以酒爲名〔九〕。一飲一石，五斗解酲。婦人之言，慎勿可聽。」乃酌酒御肉，兀然〔一〇〕而醉。又，東坡先生嘗云：「蘇州有僧〔一一〕，好飲，以醉死。將死，自〔一二〕祭文云：『惟靈生在閻浮提，不貪不妬，愛喫酒子，倒街臥路〔一三〕。想汝有待生兜率律陀天〔一四〕，爾時方斷得。何以故？净土之中，無酒得酤。』」若此者，是皆不知戒酒者也。陸參軍妻蔣氏，平生貪飲，令使婢奉酒挑〔一五〕知業，既不能遠其嫌疑，吁此禿衆，平昔愛風情，而今乃詐云受戒不欲飲，得非奸人之雄者乎？是皆可誅也。

〔一〕蔣氏嘲和尚戒酒　《書舶庸譚》著録「戒」譌作「解」。

〔二〕與蒙善　《繡谷春容》恢諧類無此三字。

〔三〕知業有詩名與蒙善一日訪蒙談玄蔣使婢奉酒勸　以上二十字清鈔本脱。

〔四〕祇如上　原作「古」，據《繡谷春容》補改。

〔五〕接岸橋通　「岸」《繡谷春容》作「壘」。按：《葆光録》卷二作「壘。《詩話總龜》前集卷三五譏誚門上引作「岸」。並見附録。「通」清鈔本譌作「道」。

〔六〕樓　《繡谷春容》作「闌」。《葆光録》作「欄」。

〔七〕知業慚而退　《繡谷春容》作「業慚怍，遂起而退」，同《葆光録》，作「業公」。《詩話總龜》作「知業慚而退」。

〔八〕按：《繡谷春容》無「評曰」一段。

〔九〕以酒爲名　原作「以爲酒名」，據《世説新語·任誕》及《晉書》卷四九《劉伶傳》改。

〔一〇〕兀然　周校一九九一年本妄改作「頹然」。《世説》及《晉書》作「隗然」，頹倒貌。按：《文選》卷四七劉伶《酒德頌》：「兀然而醉，豁爾而醒。」兀然，昏沉貌。

〔一一〕僧　原譌作「曾」，據《侯鯖録》卷四改，詳後附。

〔一二〕自　周校本下增「撰」字。

〔一三〕愛喫酒子倒街臥路　周校本妄改作「愛喫酒，醉倒臥街路」。

〔一四〕有待生兜率律陀天　清鈔本「生」作「主」。周校本「陀」改作「羅」。

〔一五〕挑　清鈔本譌作「桃」。

按：此條出《詩史》，乃據《詩話總龜》前集卷三五譏誚門上引《詩史》，云：

唐湖州參軍陸蒙妻蔣氏，善屬文，然嗜酒。姊妹勸節酒强飡，蔣應聲曰：「平生偏好飲，勞爾勸吾飡。但得尊中滿，時光度不難。」僧知業有詩名，與蒙善。一日，訪蒙談玄，蔣使婢奉酒。知業云：「受戒不飲。」蔣隔簾謂曰：「上人詩云：『接岸橋通何處路，倚樓人是阿誰家？』觀此風韻，得不飲乎？」知業慚而退。（此條末未注出處，然前兩條注《詩史》，此條省耳。郭紹虞《宋詩話輯佚》輯入《詩史》，題《蔣氏詩》。）《詩史》，《宋史·藝文志》文史類著録蔡寬夫《詩史》二卷，已佚。《宋史》卷三五六《蔡居厚傳》云蔡居厚字寬夫，北宋末人。

宋初陳纂《葆光録》卷二已載此事，云：

陸濛爲湖州司法參軍，妻蔣氏，即疑之女也，善屬文而耽酒。後染邪氣，心神不恒。姊妹憂之，勸節飲強飱，應聲吟曰：「平生偏好酒，勞爾勸吾飱。但得尊中滿，時光度不難。」有聖保寺僧知業，性高古，有詩名。偶訪司法，談玄之次，蔣氏遽自内遞一杯酒與知業。公免云：「業不曾飲。」蔣氏隔簾對曰：「秖如上人詩云：『接壘橋通何處路，倚欄人是阿誰家？』觀此風韻，得不飲乎？」業公慚怍，起而退。

《合刻三志》志怪類、《重編説郛》卷一一七、《五朝小説·唐人百家小説》瑣記家等書收題作唐于逖《聞奇録》，中《蔣氏》，全取《葆光録》，僞書也。《聞奇録》，唐末闕名撰。

評語中劉伶事，原見《世説新語·任誕》，《晉書》卷四九《劉伶傳》亦載。《世説》曰：

劉伶病酒，渴甚，從婦求酒。婦捐酒毁器，涕泣諫曰：「君飲太過，非攝生之道，必宜斷之。」伶曰：「甚善。我不能自禁，唯當祝鬼神，自誓斷之耳。便可具酒肉。」婦曰：「敬聞命。」供酒肉於神前，請伶祝誓。伶跪而祝曰：「天生劉伶，以酒爲名。一飲一斛，五斗解酲。婦人之言，慎不可聽。」便引酒進肉，隗然已醉矣。（末注見《竹林七賢論》。）

東坡所云，見南宋趙令畤《侯鯖録》卷四，亦見《類説》卷一五《侯鯖録·醉僧祭文》。趙書曰：

東坡云：近在蘇州，有一僧曠達好飲，以醉死。將瞑，自作祭文云：「惟靈生在閻浮提，不貪不妬，愛喫酒子，倒街卧路。想汝直待生兜率天，爾時方斷得住。何以故？淨上之中，無酒得沽。」

《緑窗新話》疑似佚文

雍伯設漿得美婦

陽雍伯〔一〕嘗設義漿給行旅。一日，有一人就飲訖，懷中取石子一升與之，曰：「種此生美玉，并得好婦。」如言種之。有徐氏女極美，求之，徐公曰：「得白璧一雙即可。」乃於所種處得璧，遂娶之。《新話摭粹》遇仙類

〔一〕陽雍伯　「陽」原作「楊」，據《類説》等改，詳見附録。

按：此條取《類説》卷七《搜神記·設義漿》（嘉靖伯玉翁舊鈔本卷八作晉干寶撰《搜神記·種玉》），文曰：

陽雍伯常設義漿以給行旅。一日，有人飲訖，懷中出石子一升與之，曰：「種此可生美

玉，并得好婦。」如言種之。有徐氏女極美，試求之，徐公曰：「得白璧一雙即可。」乃於所（此字據舊鈔本補）種處得璧，遂娶之。

《錦繡萬花谷》前集卷一八《種玉得婦》引《搜神記》、《古今事文類聚》後集卷一三《種玉得婦》（無出處），文同《類説》，但作「楊雍伯」。

《山谷詩集注》卷一《送劉季展從軍鴈門二首》其二任淵注引《搜神記》文略，作「陽雍伯」。

《古今合璧事類備要》前集卷六一《玉田種璧》引《搜神記》曰：

楊公字雍伯，嘗設義漿給行旅。一日，有一人飲訖，懷中取石子一升與之，曰：「種此生美玉，并得好婦。」如言種之。有徐氏女極美，求之，徐公曰：「得白璧一雙即可。」乃於所種玉田，果得五雙以聘，徐氏大驚，遂以女妻之。

《施注蘇詩》卷二一《過建昌李野夫公擇故居》注引作徐鉉《搜神記》，撰人誤，文曰：

陽公子雍伯，嘗設義漿，以給行旅，經三年。有一人就公飲，出石子一升與之，曰：「種此可得美玉，并得好婦。」如言種之。後求徐氏婚，徐笑曰：「得白璧一雙乃可。」公於所種玉田果得玉，徐氏乃以女妻之。

《類説》等書所引皆爲節文，兹將筆者所校輯《搜神記》此條文字迻録於下：

後漢陽公字雍伯，雒陽縣人。少以儈賣爲業。至性篤孝，父母終歿，葬之於無終山，遂家焉。陽公以爲人生於世，當思入有思，故常爲人補履，終不取價。山高八十餘里，而上無水。公以往返辛勤，乃行車汲水，作義漿於阪頭，以給行路。行者皆飲之。居三年，有一人就飲之，飲訖，懷中出石子一升與公，使至高平好地有石處種之，謂曰：「種此可生好玉。」公未娶，又語云：「汝後當得好婦。」言畢忽然不見。公乃種其石。數歲，時時往視，見玉子生石，人莫知之。時有徐氏者大富，爲右北平著姓。有好女，甚有名行，時人多求之，不許。公有佚氣，乃試求焉。徐氏笑之，以爲狂，然聞其好善，乃戲媒人曰：「雍伯能得白璧一雙來，當聽爲婚。」媒者致命。公至所種石中，索得五雙白璧，以贄徐氏。徐氏大驚，遂以女妻公。天子聞而異之，拜爲大夫。乃於種玉處，四角作大石柱，各一丈。中央一頃之地，名曰「玉田」。至今相傳云：玉田之揭，起於此矣，而今不知所在。北平陽氏，即其後也。（《搜神記輯校》卷八《陽雍伯》）

趙進士獲畫遇仙姬

進士趙顔，於畫工家得軟障，圖一婦人甚麗。顔欲得如此妻，畫工曰：「余神畫也。

此名貞貞〔一〕，呼其名百日，晝夜不歇，必應，應則以百家綵灰酒灌之，遂活。」顔如其言，果下障。善笑，飲食如常。踰年，生一子。其友曰：「此妖也。余有神劍，可斬之。」貞貞泣曰：「妾南嶽地仙也。君忽疑妾，不可更住。」携其子却上軟障〔二〕，嘔出前酒。畫上添一子。《新話摭粹》遇仙類

〔一〕貞貞　《類説》等作「真真」，下同。詳見後附。

〔二〕障　原作「帳」，據《類説》改。

按：此條節取《類説》卷五〇《縉紳脞説·南岳地仙》。《古今事文類聚》後集卷一二亦引《縉紳脞説》，文字稍減。《縉紳脞説》北宋張君房撰，原書佚。《類説》曰：

進士趙顔，於畫工處得軟障，圖一婦人甚麗。顔曰：「如何令生？願納爲妻。」畫工曰：「予神畫也。此名真真，呼其名百日，晝夜不歇，即必應，則以百家綵灰酒灌之，遂活。」顔如其言，果下障，言笑飲食如常。踰年，生一子。其友曰：「此妖也。予有神劍，可斬之。」其夕，真真泣曰：「妾南岳地仙也，爲人畫形，君又見呼。既不奪君志，今忽疑妾，不可更住。」携其子却上軟障，嘔出前飲百綵灰酒。覩其上，惟添一兒子，皆是畫焉。

此事原載於唐末闕名《聞奇録》，《太平廣記》卷二八六有引，題《畫工》：

唐進士趙顔，於畫工處得一軟障，圖一婦人甚麗。顔謂畫工曰：「世無其人也，如何令生？某願納爲妻。」畫工曰：「余神畫也。此亦有名，曰真真。呼其名百日，晝夜不歇，即必應之。應則以百家綵灰酒灌之，必活。」顔如其言，遂呼之百日，晝夜不止。乃應曰：「諾。」急以百家綵灰酒灌，遂活。下步言笑，飲食如常。曰：「謝君召妾，妾願事箕帚。」終歲，生一兒，兒年兩歲。友人曰：「此妖也，必與君爲患。余有神劍，可斬之。」其夕，乃遺顔劍。劍纔及顔室，真真乃泣曰：「妾南嶽地仙也，無何爲人畫妾之形，君又呼妾名。既不奪君願，君今疑妾，妾不可住。」言訖，攜其子却上軟障，嘔出先所飲百家綵灰酒。覩其障，唯添一孩子，皆是畫焉。

《説郛》卷四題唐杜荀鶴《松窗雜録》（僞書）據《廣記》載入此條。

楚王感巫山神女

楚襄王與宋玉遊雲夢之臺，望高唐之觀，見其上有雲氣，王曰：「此爲何雲？」玉曰：「昔先王常遊高唐，晝寢，夢一婦人曰：『妾巫山之女也。聞君遊高唐，願薦枕席。』

王因幸之。去而辭曰：『妾在巫山之陽，朝爲行雲，暮爲行雨。朝朝暮暮，陽臺之下。』因號曰朝雲。」《新話摭粹》神遇類

按：此條原見《文選》卷一九宋玉《高唐賦并序》，曰：

昔者楚襄王與宋玉遊於雲夢之臺，望高唐之觀，其上獨有雲氣，崪兮直上，忽兮改容。須臾之間，變化無窮。王問玉曰：「此何氣也？」玉對曰：「所謂朝雲者也。」王曰：「何謂朝雲？」玉曰：「昔者先王嘗遊高唐，怠而晝寢，夢見一婦人曰：『妾巫山之女也，爲高唐之客。聞君遊高唐，願薦枕席。』王因幸之。去而辭曰：『妾在巫山之陽，高丘之阻。旦爲朝雲，暮爲行雨，朝朝暮暮，陽臺之下。』旦朝視之如言，故爲立廟，號曰朝雲。」王曰：「朝雲始出，狀若何也？」玉對曰：「其始出也，曃兮若松榯。其少進也，晰兮若姣姬。揚袂鄣日，而望所思。忽兮改容，偈兮若駕駟馬，建羽旗，湫兮如風，淒兮如雨。風止雨霽，雲無處所。」王曰：「寡人方今可以遊乎？」玉曰：「可。」王曰：「其何如矣？」玉曰：「高矣，顯矣，臨望遠矣，廣矣，普矣，萬物祖矣。上屬於天，下見於淵，珍怪奇偉，不可稱論。」王曰：「試爲寡人賦之。」玉曰：「唯唯。」（下略）

《太平御覽》卷八節引宋玉《高唐賦》敘曰云云，疑本條有所參照。《御覽》曰：

楚襄王與宋玉遊雲夢之臺，高唐之觀，上有雲氣，須臾之間，變化無窮。問曰：「此何氣也？」玉曰：「朝雲也。昔者先王嘗遊高唐，怠而晝寢，夢見婦人曰：『妾巫山之女也，爲高唐之客。聞君遊高唐，願薦枕席。』王因幸之。去而辭曰：『妾在巫山之陽，高丘之岨，旦爲朝雲，暮爲行雨。朝朝暮暮，陽臺之下。』旦朝視之如言，故爲立廟，號曰朝雲。」

賈生遇曾城夫人

賈知微寓居洞庭，因吟《懷古詩》曰：「極目煙波是九疑，吟魂愁逐暮雲低。二妃有恨君知否？何事南遊去不歸？」即岳陽，因賦詩曰：「湖平天遺草如茵，偶泊巴陵舊水濱。可惜仙娥差用意，張碩不是有才人。」俄見蓮舟，有三女郎鼓瑟而下。生目送之，舟通賈云：「是曾城夫人京兆君宅。」生趍堂，見設酒饌。有三女郎，一稱曾城夫人，一稱祇君〔一〕，一稱湘夫人。酒行，各請吟詩。生曰：「偶棹偏舟泛渺茫，不期有幸入仙鄉。玉堂久待星辰聚，雪扇雙開日月光。豈只追陪爲上客，又容懽笑宴中堂。預愁明發分飛去，衣上人聞有異香。」祇君曰：「南望蒼梧慘玉容，九疑山色互重重。須知暮雨朝雲處，不獨巫山十二峰。」湘夫人曰：「夜唱蓮歌入浪津，採蓮人旋著青蘋。長歌一棹空回别首，自把蓮花讓主人。」京兆君曰：「一逐飛鴻下蓼汀，偶隨仙馭返曾城。傷心〔二〕輕别張生去，翻得人間薄倖名。」詩畢，二人别去，京兆君留生止宿。明日，以秋羅帕服〔三〕定年丹五十粒貺生。生既受，吟詩謝曰：「丹是曾城定年藥，貺我織女秋雲羅。慇懃爲贈東行客，聊表相思恩愛多。」乃拜别去。離岸百步，回視夫人宅，已失矣。《新話摭粹》神遇類

〔一〕祇君　《異聞總録》卷二作「湘君」，見附録。按：屈原《九歌》作湘君，不知此何以作「祇君」。

〔二〕傷心　此二字明刻《繡谷春容》原難辨認，姑據《異聞總録》改。

〔三〕服　《紺珠集》卷一一《麗情集·秋雲羅帕》作「裹」，《類説》卷二九《麗情集·黄陵廟詩》作「覆」。服，包裹。

按：此條原出《麗情集》，《類説》卷二九《麗情集·黄陵廟詩》即此事，文多删略，云：

開寶中，賈知微遇曾城夫人杜蘭香及舜二妃於巴陵。二妃誦李群玉《黄陵廟》詩曰：「黄陵廟前青草春，黄陵女兒茜裙新。輕舟短棹唱歌去，水遠天長愁殺人。」賈與夫人别，命青衣以秋雲羅帕覆定命丹五十粒，曰：「此羅是織女繅玉蠶織成，遇雷雨密收之。其仙丹

每歲但服一粒，則保一年。」後大雷雨，見篋間一物如雲烟騰空而去。

《歲時廣記》卷七《服歲丹》引《麗情集》文同。《紺珠集》卷一一《麗情集·秋雲羅帕》、《片玉集》卷七《解語花》陳元龍注引《麗情集》、《古今合璧事類備要》外集卷六四《杜蘭香帕》引《麗情集》及《方輿勝覽》卷二九《岳州·山川·洞庭湖》引小説，文字並簡略。元闕名《異聞總録》卷二亦載此事，當取自《麗情集》，然亦有删略，文曰：

賈知微寓舟洞庭，因吟《懷古詩》云：「極目煙波是九嶷，吟魂愁見暮鴻肥。二妃有恨君知否？何事經旬去不歸？」即岳陽，因賦詩曰：「湖平天遣草如雲，偶泊巴陵舊水濱。可惜仙娥差用意，張碩不是有才人。」俄見蓮舟，有數女郎鼓瑟而下。生目送之，舟通西岸，即曾城夫人京兆君宅。生趍堂，見備筵饌。有三女郎，一稱曾城夫人，一稱湘君夫人，一稱湘夫人。酒行，各請吟詩。生曰：「偶棹扁舟泛渺茫，不期有幸跡仙鄉。玉堂久照星辰聚，雪扇雙開日月長。豈只恩憐爲上客，又容懽笑宴中堂。預愁明發分飛去，衣上人聞有異香。」湘君曰：「南望蒼梧慘玉容，九嶷山色互重重。須知暮雨朝雲處，不獨陽臺十二峰。」湘夫人曰：「夜唱蓮歌入洞庭，採蓮人旅著青蘋。長歌一棹空歸去，莫把蓮花讓主人。」京兆君曰：「一解征鴻下蓼汀，便隨仙馭返曾城。傷心遠别張生去，翻得人間薄倖名。」詩畢，二湘夫人别去，京兆君邀生止宿。明日，以秋雲羅帕裹定年丹五十粒贈生。生既受，吟詩謝曰：「丹是曾城定年藥，帕爲織女秋雲羅。勤奉致贈東行客，以表相思恩愛多。」乃拜别去。離岸百步，回視夫人宅，已失矣。

今據《新話摭粹》、《異聞總録》、《類説》等輯録如下：

開寶中，賈知微寓居洞庭，因吟《懷古詩》曰：「極目煙波是九疑，吟魂愁逐暮雲低。二妃有恨君知否？何事南遊去不歸？」即岳陽，因賦詩曰：「湖平天遣草如茵，偶泊巴陵舊水濱。可惜仙娥差用意，張碩不是有才人。」俄見蓮舟，有三女郎鼓瑟而下。生目送之，舟通賈云：「是曾城夫人京兆君宅。生趍堂，見設酒饌。有三女郎，一稱曾城夫人杜蘭香，一稱湘君夫人，一稱湘夫人。二妃誦李群玉《黄陵廟》詩曰：「黄陵廟前青草春，黄陵女兒茜裙新。輕舟短棹唱歌去，水遠天長愁殺人。」酒行，各請吟詩。生曰：「偶棹扁舟泛渺茫，不期有幸入仙鄉。玉堂久待星辰聚，雪扇雙開日月光。豈只追陪爲上客，又容懽笑宴中堂。預愁明發分飛去，衣上人聞有異香。」湘君曰：「南望蒼梧慘玉容，九疑山色互重重。須知暮雨朝雲處，不獨巫山十二峰。」湘夫人曰：「夜唱蓮歌入浪津，採蓮人旋著青蘋。長歌一棹空回首，自把蓮花讓主人。」京兆君曰：「一逐飛鴻下蓼汀，偶隨仙馭返曾城。傷心輕别張生去，翻得人間薄倖名。」詩畢，二湘夫人别去，京兆君留生止宿。明日，賈與夫人别，命青衣以秋雲羅帕裹定年丹五十粒貺生，曰：「此羅是織女繰玉蠶繭織成，遇雷雨密收之。其仙丹每歲但服一粒，則保一年。」生既受，吟詩謝曰：「丹是曾城定年藥，帕爲織女秋雲羅。慇懃爲贈東行客，聊表相思恩愛多。」乃拜别去。離岸百步，回視夫人宅，已失矣。後大雷雨，見篋間一物如雲烟，騰空而去。

李群玉《黄陵廟》詩，乃借自《雲谿友議》卷中《雲中夢》，云：

後李校書群玉既解天禄之任，而歸涔陽。經湘中乘舟。題二妃廟詩二首，曰：「小孤洲北浦雲邊，二女明粧共儼然。野廟向江春寂寂，古碑無字草芊芊。東風近暮吹芳芷，落日深山哭杜鵑。猶似含嚬望巡狩，九疑如黛隔湘川。」又：「黄陵廟前莎草春，黄陵女兒茜裙新。輕舟小檝唱歌去，水遠山長愁殺人。」後又題曰：「黄陵廟前春已空，子規滴血啼松風。不知精爽落何處，疑是行雲秋色中。」李君自以第三篇「春空」便到「秋色」，踟蹰欲改之。乃有二女郎見曰：「兒是娥皇、女英也，二年後當與郎君爲雲雨之遊。」李君乃悉具所陳，俄而影滅，遂掌其神塑而去。重涉湖嶺，至于潯陽。潯陽太守段成式郎中，素爲詩酒之交，具述此事。段公因戲之曰：「不知足下是虞舜之辟陽侯也。」群玉題詩後二年。乃逝於洪井。段乃爲詩《哭李四校書》曰：「酒裏詩中三十年，縱横唐突世喧喧。明時不作禰衡死，傲盡公卿歸九泉。」又曰：「曾話黄陵事，今爲白日催。老無男女累，誰哭到泉臺？」

鄭生遇湘浦龍女

鄭生乘曉月渡洛橋，聞橋下哭聲。尋之，見一美女，蒙袂而泣曰：「妾家本巨商，父母俱亡，身依兄嫂。今當議婚，而兄嫂略不留意，悮妾芳年，是以哀苦，不若赴水而死。」生曰：「我本寒儒，未諧伉儷。如不嫌卑賤，平生幸甚。」女曰：「倘荷哀怜，敢不從命。但無媒妁，得居下妾足矣。」生詰姓氏，答曰：「祖居汜水，但以汜人爲名。」生遂携之同返。兩情好合，月下星前，同歌同酌，畧無少間。自此日漸貧困，汜人乃取輕繒一端，謂生曰：「非千金莫易。」偶遇胡生，以千金易之，曰：「此乃鮫綃也，非水府真仙，必無此物。」生得其貲，用稍豐。居無何，汜人辭曰：「我非人，鮫室之妹也。謫而從君，今歲滿，當歸。」生泣，緊抱其身共寢，不容去。俄清風拂面，孤枕空閑，已失汜人所在。《新話摭粹》神遇類

按：《一見賞心編》卷八神女類《湘浦龍女》，與此事同，云：

鄭生乘曉月渡洛橋，聞橋下哭聲。覓之，見一美女，蒙袂而泣曰：「妾家本巨商，父母

俱亡，身依兄嫂。今當議婚，而兄嫂畧不留意，悮妾芳年，哀控無門，不若赴水而死。」生曰：「我本儒生，未諧伉儷。如不鄙寒素，願託蘋蘩。」女曰：「倘荷矜憐，敢不從命。但無媒妁，得居下妾足矣。」生詰姓氏，答曰：「祖居汜水，即以汜爲名。」遂携之同返。兩情好合，月下星前，同歌共酌，畧無間隙。久之，生爲色迷，家務不理，生計日益蕭索，汜人乃取輕繒一端，贈生曰：「非千金莫易。」偶遇胡僧，曰：「乃鮫綃也，非水府真仙，必無此物。」生得其貲，用稍豐焉。居無何，汜人辭曰：「我非人間女，乃湘浦鮫室之妹也。謫而從君，今數滿，當歸。」生悽然泣下，緊抱共寢，不容解去。俄而清風拂面，孤枕空幃，已失汜人所在矣。

《一見賞心編》內閣文庫藏本刊於萬曆三十三年（一六〇五），《繡谷春容》刊於萬曆二十六年後（見陳國軍《明代志怪傳奇小說叙録》，商務印書館國際有限公司，二〇一五，第三二八、第二八七頁）。對照二文，文字多異，當各有所本，非承襲也。此條原取何書不詳。

此事即沈亞之《湘中怨解》，然事文均不同，兹據《沈下賢文集》卷二《雜著》引録全文如下：

《湘中怨》者，事本怪媚，爲學者未嘗有述。然而淫溺之人，往往不寤。今欲概其論，以著誠而已。從生韋敖，善譔樂府，故牽而廣之，以應其詠。垂拱年中，駕幸上陽宫。太學進士鄭生，晨發銅駝里，乘曉月渡洛橋，聞橋下有哭聲甚哀。生下馬，循聲索之。見有艷女，翳然蒙袖曰：「我孤，養於兄，嫂惡，常苦我。今欲赴水，故留哀須臾。」生曰：「能遂我歸之乎？」應曰：「婢御無悔。」遂與居，號曰氾人。能誦楚人《九歌》、《招魂》、《九辯》之書，亦常擬其調，賦爲怨句。其詞麗絶，世莫有屬者。因譔《光風詞》曰：「隆佳秀兮昭盛時，播薰緑兮淑華歸。顧室荑與處萼兮，潛重房以飾姿。見稚態之韶羞兮，蒙長靄以爲幃。醉融光兮渺瀰，迷千里兮涵洇湄。晨陶陶兮暮熙熙，舞婑娜之穠條兮，騁盈盈以披遲。酡遊顔兮倡蔓卉，縠流蒨電兮石髮隨旎。」生居貧，氾人嘗解篋，出輕繒一端與賣，胡人酬之千金。居數歲，生遊長安。是夕，謂生曰：「我湘中蛟宫之娣也，謫而從君，今歲滿，無以久留君所，欲爲訣耳。」即相持啼泣。生留之，不能，竟去。後十餘年，生之兄爲岳州刺史。會上巳日，與家徒登岳陽樓，望鄂渚，張宴。樂酣，生愁吟曰：「情無垠兮蕩洋洋，懷佳期兮屬三湘。」聲未終，有畫艫浮漾而來。中爲綵樓，高百餘尺，其上施帷帳，欄籠畫飾。帷褰，有彈弦鼓吹者，皆神仙娥眉，被服烟霓，裙袖皆廣長。其中一人起舞，含嚬凄怨，形類氾人，舞而歌曰：「泝青山兮江之隅，拖湘波兮裊緑裾。荷拳拳兮未舒，匪同歸兮將焉如？」舞畢，歛袖，翔然凝望。樓中縱觀方怡，須臾風濤崩怒，遂迷所往。元和十三年。余聞之於朋中，因悉補其詞，題之曰《湘中怨》蓋欲使南昭嗣《烟中》之志，爲偶倡也。

此事《異聞集》亦載，見《太平廣記》卷二九八引，改題《太學鄭生》，删去首尾。《類説》卷二八《異聞集・湘中怨》，乃節文。《文苑英華》卷三五八《湘中怨解并序》，有周必大、彭叔夏校文，乃據本集及《麗情集》而校，則亦爲《麗情集》所採也。

蕭曠遇洛浦龍女

蕭處士曠，善鼓琴。夜憇於雙美亭，取琴彈之。俄聞洛水上有長嘆聲，漸近，覩一女子，雲髻仙衣。蕭問何人，荅曰：「我洛浦神女也。」俄有雙鬟携尊席，具酒餚而至。女曰：「適聆郎君琴韻清雅，願一聽之。」曠乃撫琴，彈《悲風》、《三峽流泉》，調幽韻逸。女嘆曰：「真蔡中郎之儔侶也。」俄有青衣引一女子至，神女曰：「此洞庭龍君之女也，善織綃。」神女遂命左右酌酒傳杯，情況狎昵，姿色動人。曠居其間，若左瑶枝而右玉樹。繾綣永夕。曠曰：「遇二仙女，真謂雙美。」二女曰：「非特雙美，乃四并之夕。」忽聞鷄唱而起，神女出明珠、翠羽贈之，龍女乃出輕綃贈之，曠俱接受。執手而别，二女遂超然躡虚而去。《新話摭粹》神遇類

按：此條取自何書不詳。原即《太平廣記》卷三一一引《傳奇·蕭曠》，情事有所不同。文長不録。

《類説》卷三二《傳奇·洛浦神女感甄賦》即其節文，今引録於下：

蕭曠彈琴洛水之上，有女子曰洛浦神女也。曠曰：「或聞洛神即甄后，后謝世，陳思王遇其魄洛濱，爲《感甄賦》，改爲《洛神賦》，託於宓妃，有之乎？」女曰：「有之，妾即甄后也。性好鼓琴，每彈《悲風別鶴操》，未嘗不玉箸滴乾，金缸耗盡，庭月色苦，壁蛩吟悲。」曠曰：「思王今在何處？」女曰：「見爲遮須國王。」俄有一女，曰織綃娘子，洛浦龍君之愛女也。曠問龍之作用，且畏鐵，是乎？女曰：「亢龍，世之老聃，惡鐵者乃蛟螭輩。」又曰：「龍好睡，大則千年，小則數百載。」女命左右酌醴傳觴，華艷動人，左瓊枝而右玉樹，永夕暢懷。

趙文韶清溪得偶

趙文韶爲東宮扶侍，秋夜佳月，悵然思歸，倚門唱《西夜烏飛》，聲甚哀怨。忽有青衣婢前曰：「王家娘子聞君歌聲，遣相聞耳。」亟邀相過。女年十七八，行步容色可憐。問家在何處，舉手指王尚書宅，曰：「是。」文韶即爲歌《草生盤石》，音韻清暢。又深會女心，乃曰：「但令有瓶，何患不得水！」顧婢子取箜篌，爲酌兩三彈，泠泠更增楚絶。乃令婢子歌《繁霜》，自鮮裙帶繫箜篌腰，叩之以倚歌。歌曰：「日暮風吹，葉落依枝。

丹心寸意，愁君未知。」「歌繁霜，侵曉幕，何意空相守？坐待繁霜落。」遂相佇燕寢。既明別去。文韶偶至清溪廟，見女姑神像、青衣婢，皆夜所見也。遂絶。《新話摭粹》神遇類

按：此條節自南朝梁吴均《續齊諧記》。原文曰：

會稽趙文韶，爲東宫扶侍。坐清溪中橋，與尚書王叔卿家隔一巷，相去二百步許。秋夜嘉月，悵然思歸，倚門唱《西夜烏飛》，其聲甚哀怨。忽有青衣婢，年十五六，前曰：「王家娘子白扶侍，聞君歌聲，有闕人者。逐月遊戲，遣相聞耳。」時未息，文韶不之疑，委曲答之，亟邀相過。須臾女到，年十八九，行步容色可憐，猶將兩婢自隨。問家在何處，舉手指王尚書宅，曰：「是。聞君歌聲，故來相詣，豈能爲一曲邪？」文韶即爲歌《草生盤石》，音韻清暢。又深會女心，乃曰：「但令有瓶，何患不得水！」顧謂婢子：「還取箜篌，爲扶侍鼓之。」須臾至，女爲酌兩三彈，泠泠更增楚絶。乃令婢子歌《繁霜》，自解裙帶繫箜篌腰，叩之以倚歌。歌曰：「日暮風吹，葉落依枝。丹心寸意，愁君未知。」「歌繁霜，侵曉幕，何意空相守？坐待繁霜落。」歌闋夜已久，遂相佇燕寢。竟四更别去，脱金簪以贈文韶，文韶亦答以銀椀、白琉璃匕各一枚。既明，文韶出，偶至清溪廟歇。神坐上見椀，甚疑而委悉之，屏風後則琉璃匕在焉，箜篌帶縛如故。祠廟中惟女姑神像，青衣婢立在前。細視之，皆夜所見者。於

是遂絶。當宋元嘉五年也。

《類説》卷六《續齊諧記·青溪神傳》(嘉靖伯玉翁舊鈔本卷四作《青溪神女》)係節略，云：

趙文韶住青溪，月夜唱《栖夜烏西飛》。忽有青衣曰：「王家娘子傳語，聞君歌聲，有關人者。」須臾女至，容色可怜。文韶爲歌，深契女心，乃曰：「但令有瓶，何患無水！」取箜篌鼓之，令婢歌《繁霜》，自解裙帶縛箜篌歌曰：「日暮風吹，葉落依枝。丹心寸意，愁君未知。」寢竟别去。明日，至青溪廟中，女姑神像、青衣立前，皆夜所見者。

《一見賞心編》卷八神女類《青溪廟女》，所據即《新話摭粹》，唯文有增飾，今亦録下：

趙文韶爲東宫扶侍，秋夜佳月，悵然思歸，倚門唱《西夜烏飛》，聲甚哀怨。忽有青衣婢前曰：「王家娘子聞君歌聲，遣相問耳。」須臾，諸婢扶女至，年十七八，行步容色可憐。叩其家何在，舉手指王尚書宅，曰：「此即家也。」文韶因爲歌《草生盤石》，音韻清暢。深會女心，乃曰：「但令有瓶，何患不得水！」顧婢子取箜篌，爲酌兩三彈，泠泠更增楚絶。復令婢子歌《繁霜》，自解裙帶繫箜篌於腰，叩之以歌。歌曰：「日暮風吹，葉落依枝。丹心寸意，愁君未知。」又歌曰：「繁霜侵曉幕，何意空相守？坐待繁霜落。」歌畢，遂相與燕寢，備極歡洽。既明别去，香風飄洒，猶馥馥在衣袂間。數日後，文韶偶至清溪廟，見女姑神像、青衣婢，皆夜所見也。遂絶往焉。

李湜遇華岳神女

趙郡李湜，以開元中謁華岳廟。過三夫人院，忽見神女悉是生人，邀入帳中，備極歡洽。三夫人迭與結歡，臨訣語湜曰：「每年七月七日至十二日，岳神上訴於天，至時相迎，無宜辭讓。」自爾每至其日，奄然氣盡。家人守之，三日方寤。説云：「靈帳玳筵，綺席羅薦，玉珮清冷，香風飄灑。候湜之至，莫不笑開星靨，花媚玉顔。叙離異則涕零，論親歡則情洽。三夫人皆其有也。湜嫪毐〔一〕於器，尤爲所重，各盡其歡情。及還家，莫不惆悵嗚咽，延景惜别。」後有術者見，云：「君有邪氣。」爲書一符。後雖相見，不得相近。二〔二〕夫人一姓王，一姓杜，駡云：「酷無行，郎何以帶符爲？」小夫人姓蕭，恩義特深，涕泣相顧，誡湜：「三年勿言，言之非獨損君，亦當損我。」湜問以官，云：「合進士及第，終小縣令。」皆如其言。《新話摭粹》神遇類

〔一〕嫪毐　唐戴孚《廣異記》作「才偉」。見後附。按：嫪毐，本爲吕不韋舍人，與秦始皇母私通受寵。

《史記·秦始皇本紀》《索隱》：「王劭云：賈侍中説秦始皇母予嫪毐淫坐誅，故世人罵淫曰嫪毐也。」

〔二〕二　原作「三」，據《廣異記》改。

按：此條節録唐戴孚《廣異記·李湜》（《太平廣記》卷三〇〇引），原文曰：

趙郡李湜，以開元中謁華岳廟。過三夫人院，忽見神女悉是生人，邀入寶帳中，備極歡洽。三夫人迭與結歡，言終而出。臨訣謂湜曰：「每年七月七日至十二日，岳神當上計於天。至時相迎，無宜辭讓。今者相見，亦是其時，故得盡歡爾。」自爾七年，每至（原譌作「悟」，據孫潛校本改，《歲時廣記》卷二八引《廣異記》作「遇」）其日，奄然氣盡。家人守之，三日方悟。説云：「靈帳瑇筵，綺席羅薦。搖月扇以輕暑，曳羅衣以縱香。玉珮清冷，香風斐亹。候湜之至，莫不笑開星靨，花媚玉顔。叙離異則涕零，論新歡則情洽。三夫人皆其有也。湜才偉於器，尤爲所重，各盡其歡情。及還家，莫不惆悵嗚咽，延景惜别。」湜既悟，形貌流浹，輒病十來日而後可。有術者見湜，云：「君有邪氣。」爲書一符。後雖相見，不得相近。二夫人一姓王，一姓杜，罵云：「酷無行，何以帶符爲？」小夫人姓蕭，恩義特深，涕泣相顧，誡湜：「三年勿言，言之非獨損君，亦當損我。」湜問以官，云：「合進士及第，終小縣令。」皆如其言。

《歲時廣記》卷卷二八亦引《廣異記》，題《謁嶽廟》，文同。

任氏女題詩紅葉

任氏，尚書侯繼圖妻也。圖嘗寓大慈寺，有詩題大桐葉飄墜，拾之，其詩云：「拭翠斂蛾眉，爲鬱心中事。搦管下庭除，書成相思字。此字不書石，此事不書紙。書向秋葉上，願逐秋風起。天下有心人，盡解相思死。天下負心人，不識相思字。有心與負心，不知落何地。」數年後，卜婚任氏，始知前拾桐葉，即所題也。《新話摭粹》奇遇類

按： 此事原載後蜀金利用《玉溪編事》。《太平廣記》卷一六〇《侯繼圖》引曰：

侯繼圖尚書，本儒素之家，手不釋卷，口不停吟。秋風四起，方倚檻於大慈寺樓。忽有木葉飄然而墜，上有詩曰：「拭翠斂雙蛾，爲鬱心中事。搦管下庭除，書成相思字。此字不書石，此字不書紙。書向秋葉上，願逐秋風起。天下負心人，盡解相思死。」後貯巾篋，凡五六年。旋與任氏爲婚，嘗念此詩。任氏曰：「此是書葉詩，時在左綿書，争得至此？」侯以今書辨驗，與葉上無異也。

《錦繡萬花谷》前集卷一八《飄葉題詩》引《玉溪編事》，文略：

唐侯繼圖微時，方倚檻於大慈寺樓。忽有木葉飄然而下，有詩曰：「淺拭翠娥悲，爲鬱心中事。搦管下庭除，書成相思字。」後貯巾篋五六年，與任氏爲姻，常念此詩。任氏曰：「此是某作，在左綿時書。此争得至此？」如今書辨之無異。

《詩話總龜》前集卷二三寓情門引《古今詩話》云：

《五溪論事》（當作《玉溪編事》）云：蜀尚書侯繼圖，本儒士。一日，秋風四起，偶倚欄於大慈寺，樓有大桐葉飄然而墜，上有詩云：「拭翠斂雙蛾，爲鬱心中事。搦管下庭除，書成相思字。此字不書石，此字不書紙，書向秋葉上，願逐秋風起。天下有心人，盡解相思死。天下負心人，不識相思意。有心與負心，不知落何地。」侯貯小帖。凡五六年，方卜任氏爲婚，嘗諷此事，任氏曰：「此是妾書葉時詩，争得在公處？」曰：「向在大慈寺閣上，倚欄得之。即知今日聘君，非偶然也。」侯以今書較之，與葉上無異。

《新編分門古今類事》卷一六婚兆門引《蜀異志》（北宋闕名撰）亦載，題《繼圖飄葉》，文同《廣記》。

《縉紳脞説》亦採此事，《類説》卷五〇《縉紳脞説·桐葉上詩》云：

蜀侯繼圖倚大悲寺樓，風飄大桐葉，上有詩曰：「拭翠斂雙蛾，爲鬱心中事。搦管下庭除，畫成相思字（原作事，據嘉靖伯玉翁舊鈔本改）。此字不書石，此字不書紙。書向秋葉上，願逐秋風起。天下有心人，盡解相思死。天下負心人，不識相思意。有心與負心，不知落何地。」後數年，繼圖卜任氏爲婚。乃云：「是妾所書葉也。」

《緑窗新話》此條文字與以上諸書均不同，所據不詳。

張生元宵會帥妾

京師宦子張生，因元宵遊乾明寺。拾得紅綃帕，裹一香囊，有細書絶句，云：「囊裹真香誰見竊？絞綃滴淚染成紅。殷勤遺下輕綃意，好與情郎懷袖中。」詩尾書曰：「有情者若得此，欲與妾一面，請來年正月十五夜，於相藍後門，車前有雙鴛鴦燈者是也。」生嘆賞久之，乃和其韻：「自覩佳人遺贈物，書窗終日獨無聊。未能會得真仙面，時賞香囊與絳綃。」如期生往候〔一〕，果見雕輪綉轂，掛雙鴛鴦燈一盞，但騶衛甚衆，無計可就，乃誦詩於車後。女至寺，令尼約生，次日與之歡合。生問之，女告曰：「妾乃節度使李公寵姬也。奈公老邁，誤妾芳年。」遂與侍婢彩雲隨生逃隱。《新話摭粹》奇遇類

〔一〕候　原作「後」，據《一見賞心編》卷四奇逢類《落霞女》改。

按：此條節録北宋闕名《鴛鴦燈傳》，原文頗長。《歲時廣記》卷一二《約寵姬》引《蕙畝拾英集》云：「近世有《鴛鴦燈傳》，事意可取。第綴緝繁冗，出於閭閻，讀之使人絶倒。今一切略去，掇其大概而載之。」下略述其事。《蕙畝拾英集》不詳何人作。《鴛鴦燈傳》事在仁宗天聖中，而《蕙畝拾英集》稱「近世有《鴛鴦燈傳》」，殆出北宋後期也。《新編醉翁談録》壬集卷一負心類《紅綃密約張生負李氏娘》所載遠詳於《歲時廣記》所引。

《一見賞心編》卷四奇逢類《落霞女》，與《新話摭粹》文句大同而有增飾，今録以爲參：

京師宦子張生，因元宵觀燈，遊乾明寺。偶拾紅綃帕，裹一香囊，上細書絶句，云：「囊裹真香誰見竊？鮫綃滴淚染成紅。慇懃遺下芬芳意，好入情郎懷袖中。」詩尾書曰：「有情者若得此，欲與妾一面，請來年正月十五夜，於伽藍後門，車前有雙鴛鴦燈是也。」生嘆賞久之，乃吟詩一絶云：「自覩佳人遺贈物，書齋終日獨無聊。未能會得真仙面，時賞香囊與絳綃。」如期生往候，果見雕輪繡轂，有雙鴛燈一槃，但騶衛甚衆，無計可就，乃誦詩於車後。女聞之，潛出邀生至寺内幽僻處，與生歡合。生問之，女告曰：「妾乃節度使李公寵姬落霞也。李公老邁，誤妾芳年。」是夕，遂携婢彩雲隨生逃隱。

崔生踰垣會紅綃

唐大曆中，有崔生者，問學淵源，容貌如玉。承父命，問疾於一品勳臣家。一品見生恢然，令紅綃妓進生飲食。席徹，命妓送生出院。妓立三指，又反掌者三，然後指胷前鏡子云：「記取。」餘更無言。生歸，神思恍迷，自吟詩曰：「悮到蓬山頂上遊，明璫玉女動星眸。朱扉半掩深宫月，應照瓊枝雪艶愁。」有崑崙磨勒老奴，强達其意，生以實告。勒曰：「此小事耳，何不早言！立三指，第三院也。反掌三，應十五數也。指鏡者，十五夜月員，令郎君來耳。」生喜甚。勒以計負生踰十重垣，入第三院。妓綉户不扃，長嘆吟詩曰：「深洞鶯啼恨阮郎，偷來花下鮮珠璫。碧雲飄斷音書絶，空倚玉簫愁鳳凰。」忽見生大喜，曰：「郎君有何神術能至此？」生以勒謀告。勒三更屨負生與妓并資奩出重垣。一品次日大駭，持兵圍殺勒。勒持匕首，飛出高垣。後崔家有人見勒賣藥於洛陽市中。《新話摭粹》奇遇類

按：此條節録《傳奇·崑崙奴》，文長不録。《一見賞心編》卷一一豪俠類《紅綃女》，即此

篇，文字或有改易。《類説》卷三二《傳奇·崔生》文略：

崔生者，其父與勛臣一品者熟，命生省一品疾。一品愛其清雅，令紅綃妓送出。妓立三指，又反掌者三，指胸前小鏡云：「記取，記取。」生歸，凝思莫曉其意。家有崑崙奴磨勒曰：「三立（此字原空闕，今補）指者，一品十院歌妓，此第三院。反掌指鏡者，十五夜月滿如鏡，令郎君來。」生喜曰：「奈何？」磨勒曰：「此細事耳。一品家有猛犬如虎，守歌妓院，當爲撾殺之。」是夜，携鍊鎚往。食頃回，曰：「犬斃矣。」負生而往，姬大慰悦。遅明，負生與姬飛出峻垣，遂歸學院匿之。後遊曲江，一品家人潛認紅綃，召崔生詰之，生不敢隱。一品命甲士擒磨勒，三持之，頃刻不知所向。後有人見賣藥於番市。

李章武會王子婦

李章武，中山人。出行華州，於市北見一婦人甚美，遂僦舍於美人之家。主人姓王，此則其子婦也，乃悦而私焉。兩心克諧，相思彌切。無何，章武繫事告歸，留交頸錦綺一端，仍贈詩曰：「鴛鴦綺，知結幾千絲。别後尋難見，翻傷未别時。」婦答以白玉指環，曰：「念指環，相思重相憶。願君永持玩，循環無終極。」一别八年，後復過其處，則門無人迹，但外有賓榻而已。就問於東鄰之婦，婦曰：「君非某乎？」章武曰：「是也。」婦泣告曰：「王氏子婦殁已再周〔一〕矣。妾素與相善，臨死曾見托，曰：『頃歲有李十八郎曾舍於我家，私侍枕席，實蒙歡愛。今别累年矣，感念成疾，自料不治。萬一來至，乞留〔二〕止此，冀神會於彷佛之中。』章武乃開門，治食物，具裀席。二更許，如有人形，冉冉而至，乃主人子婦也。章武倍與狎暱，問無他異。至五更，泣下床，鮮鞢鞨寳，以贈章武。吟詩曰：「河漢已傾斜，神魂欲超越。願郎更廻抱，終天從此别。」章武取玉簪酬之，答詩曰：「分從幽顯隔，豈謂有佳期！寧辭重重别，所欲去何之？」因相持泣。良久，子婦復爲詩曰：「昔辭懷復會，此别更終天。新悲與舊恨，千古閉重泉。」章武答曰：「後期杳無約，前恨已相尋。别路行無信，何因得寄心？」欸曲叙别，天欲明，即不見。章武乃促裝歸，道中感懷，賦詩曰：「水不西歸月暫圓，令人悵望古城邊。蕭條明早分岐路，知更相逢何歲年。」忽聞空中有歎賞音，問之，乃王氏子婦也。云：「於此聞郎高詠，知郎思眷，故冒陰司之責，遠來奉送。千萬自珍！」遂絶。《新話摭粹》情好類

〔一〕周　原刻本此字辨認不清，今據《李章武傳》。周，周年。

〔二〕留　此字辨認不清，今據《李章武傳》。

按： 此條節録唐李景亮《李章武傳》(《太平廣記》卷三四〇)，原文頗長。陳翰《異聞集》曾收此作，《紺珠集》卷一〇《異聞集》、《類説》卷二八《異聞集》之《碧玉槲葉》即此傳摘録。《一見賞心編》卷一一魂交類《王子婦》，文同《新話摭粹》而有改易，兹録之：

李章武，中山人。出行華州，於市北見一婦甚美，遂僦舍於美人之家。主人姓王，此則其子婦也，乃悦而私焉。兩心克諧，相戀彌切。無何，章武係事告歸，贈以交頸錦綺一端，仍賦詩曰：「鴛鴦綺，知結幾千絲。別後尋難見，翻傷未別時。」婦答以白玉指環，亦賦詩曰：「念指環，相思重相憶。願君永持玩，循環無終極。」自此一別，遂經八載。後復過其處，則門無人迹，但外有賓榻而已。遂問於東鄰之婦，婦曰：「君非某乎？」章武曰：「是也。」婦泣告曰：「王氏子婦歿已兩周矣。妾素與相善，臨死曾見託，曰：『頃歲有李十八郎曾舍於我家，私侍枕席，實蒙歡愛。今別累年矣，感念成疾，自料不治。萬一重至，乞留止此，冀神會於彷彿之中。」章武乃開門，治食物，具裀席。二更許，月影朦朧，倏有姬冉冉而至，凝視之，真主人子婦也。章武倍與狎昵。至五更，泣下，手解靺鞨寶以贈章武，且吟詩曰：「河漢已傾斜，神魂欲超越。願郎更迴抱，終天從此別。」章武取玉簪酬之，答詩曰：「分從幽顯隔，豈謂有佳期！寧辭重重別，所去欲何之？」因相持泣。子婦復爲詩曰：「昔辭懷復會，此別更終天。新悲與舊恨，千古閉重泉。」章武復泣答曰：「後期杳無約，前恨已相尋。别路行無信，何因得寄心？」欸曲叙别。天將明，子婦辭去。章武乃促裝歸，道中感懷，賦詩曰：「水不西歸月暫圓，令人悵望古城邊。蕭條明早分岐路，知更相逢何歲年。」忽聞空中有嘆賞聲，問之，乃王氏子婦也。云：「於此聞郎高詠，知郎思眷，故冒陰司之責，遠來奉送。千萬自珍！」遂絶。

楊娼善媚南越侯

楊娼家於都下，公卿宴樂，必置楊席前。南越侯爲貴家子，且妻戚里中女，甚悍。侯幼貴，淫喜，内苦其妻，乃潛出緡錢，去楊里中籍，默置他舍。楊善用色事侯，侍婢與侯笑，即令與侯寢，侯益嬖之。一旦病且極，獨曰：「得見美人，入地亦無恨。」中貴人知侯旨，因請於侯之室，曰：「將軍病甚，果得善奉侍者，視之必瘥。今有婢，善媚貴人，願以安將軍。」夫人命婢來，中貴人即命楊冒爲婢以見。計洩，侯之室命婢俟楊至，將折其腕，侯急語中貴人止楊來。侯自度必死，即命僕持金珠翠犀，榜舡載楊〔一〕北去。後侯死，楊哭曰：「將軍因我死，吾寧負將軍！」乃出侯所俾金珠翠犀，爲將軍設位，致奠畢，乃大哭而死。

夫娼以色事人者也，非其利則不合矣。楊能報侯以死，義也；却侯之賂，廉也。雖爲娼，差足多乎！《新話摭粹》情好類

〔一〕楊　原譌作「陽」，今改。

按：此條原見唐房千里《楊娼傳》（《太平廣記》卷四九一《雜傳記八》），唯文句删改頗劇。然末小字評語，全取《楊娼傳》。兹將原傳全文録左（略有校改），以資比對。

楊娼者，長安里中之殊色也，態度甚都，復以冶容自喜。王公鉅人豪客，競邀致席上。雖不飲者，必爲之引滿盡歡。長安諸兒，一造其室，殆至亡生破産而不悔。由是娼之名，冠諸籍中，大售於時矣。嶺南帥甲，貴遊子也。妻本戚里女，遇帥甚悍。先約：「設有異志者，當取死白刃下。」帥幼貴，喜婬，内苦其妻，莫之措意。乃陰出重賂，削去娼之籍，而挈之南海，館之他舍，公餘而同，夕隱而歸。娼雅有慧性，事帥尤謹。平居以女職自守，非其理不妄發。復厚帥之左右，咸能得其歡心。故帥益嬖之。會間歲，帥得病，且不起。思一見娼，而憚其妻。帥素與監軍使厚，密遣導意，使爲方略。監軍乃紿其妻，曰：「將軍病甚，思得善奉侍煎調者視之，瘳當速矣。某有善婢，久給事貴室，動得人意。請夫人聽以婢安將

軍四體，如何？」妻曰：「中貴人信人也。果然，於吾無苦耳。可促召婢來。」監軍即命娼冒爲婢以見帥。計未行而事洩。帥之妻乃擁健婢數十，列白挺，熾膏鑊於廷而伺之矣。須其至，當投之沸鬲。帥聞而大恐，促命止娼之至。且曰：「此自我意，幾累於渠。今幸吾之未死也，必使脱其虎喙，不然，且無及矣。」乃大遺其奇寶，命家僮榜輕舠，衛娼北歸。自是，帥之憤益深，不踰旬而物故。娼之行適及洪矣，問至，娼乃盡返帥之賂，設位而哭，曰：「將軍由妾而死。將軍且死，妾安用生爲？妾豈孤將軍者耶？」即撤奠而死之。夫娼以色事人者也，非其利則不合矣。而楊能報帥以死，義也；却帥之賂，廉也。雖爲娼，差足多乎！

真珠乞離萬通受

中丞陽公有一官妓，名真珠，甚有姿色，公甚寵之，歌舞絶倫。偶會盧參議同飲，出妓真珠佐歡。酒闌〔一〕，盧善詞章，極美，陽公重其文藝，復延於中寢。會珠沐髮，方以手加額，公曰：「此盧公也。」同復歸西院。公曰：「此珠也，何惜一詠？」盧曰：「神女初離碧玉階，彤雲低擁牡丹鞋。只道相公憐玉腕，强將纖手整金釵。」公稱賀之。自後，公溺愛尤甚。公薨，珠有它志，携粧奩數百萬出其第。遂就不逞之徒，委身於潼關閽者萬通受。既爲之妻，又更張紛拏。會盧參議有事於潼關，珠泣訴前事，陳狀乞離。參批其牒云：「謝安山上娉婷女，馬季樓前縹緲人。何事潼關萬通受，不生知感得相親？」通受得詩，而謝過焉。《新話摭粹》情好類

〔一〕 闌　原作「蘭」，今改。

按：真珠事原見唐人記載，乃牛僧孺妾。《姬侍類偶》卷下《真珠絶倫》引《真珠敘録》（按：唐闕名撰），云：「牛丞相鎮襄陽，納婢曰真珠，有殊色，歌舞之態，時號絶倫。」《唐摭言》卷一〇云：「皇甫松著《醉鄉日月》三卷，自敘之矣。或曰松丞相奇章公表甥，然公不薦。因襄陽大水，遂爲《大水辨》，極言誹謗，有『夜入真珠室，朝遊瑇瑁宫』之句。公有愛姬名真珠。」《唐詩紀事》卷五二《皇甫松》亦載之，又卷五五《盧肇》云：「肇初計偕至襄陽，奇章公方有真珠之惑。肇賦詩曰：『神女初離碧玉堦，彤雲猶擁牡丹鞋。知道相公憐玉腕，强將纖手整金釵。』」

唐劉軻《牛羊日曆》（《續談助》卷三）載，大和九年（八三五），李愿晚得真珠，聽楊漢公計，以

爲凡尤物必能禍人，乃送於宰相僧孺。

明楊愼《升菴全集》卷六八《弓足》(《譚苑醍醐》卷三)以爲乃章仇兼瓊事，云：「《麗情集》載章仇公鎮成都，有真珠之惑。或上詩以諷云：『神女初離碧玉階，彤雲猶擁牡丹鞋。應知子建憐羅襪，顧步褰衣拾墜釵。』」《升菴詩話》卷五作何兆《章仇公席上詠真珠姬》，詩曰：「神女初離碧玉階，彤(注：一作「彩」)雲猶擁牡丹鞋。應知子建憐羅襪，顧步徘徊拾翠釵。」《全唐詩》卷三一一録入《章仇公(兼瓊)席上詠真珠姬》，以爲范元凱詩。

《升菴全集》引《麗情集》作章仇公，然《施注蘇詩》卷六《五月十日與吕仲甫、周邠、僧惠勤、惠思、清順、可久、惟肅、義詮同汎湖游北山》注引《麗情集》：盧諫議批牛相婢真珠牒後詩云：「謝安山下娉婷女，馬季紗前縹緲人。」又卷一九《四時詞》注引《麗情集》：「牛丞相婢曰真珠，盧肇賦詩曰：『知道相公憐玉腕，强將纖手整玉釵。』」(見《程毅中文存·〈麗情集〉考》，中華書局二〇〇六年版，第二二七—二二八頁。引書作《施顧注蘇詩》)又卷七《遊東西巖》注引《麗情集》：「謝安山上娉婷女，馬季紗前縹緲人。」按奇章公、章仇公相近，疑由牛奇章而譌爲章仇。其詩與盧肇詩極似，實一詩之譌傳。

此條云盧參議參批其牒「謝安山上娉婷女」云云，與《麗情集》盧諫議批牛相婢真珠牒後詩「謝安山下娉婷女」云云相合，似此條原出《麗情集》。然此條作中丞陽公，不詳何人，疑誤。參議即參議官，乃宋官。《麗情集》作盧諫議，則爲諫議大夫而失名，若爲盧肇，肇未嘗任斯職。而真珠後嫁潼關閽者萬通受，尤不見他書有記。凡此皆疑不能明也。

山陰主戲褚彦回

宋孝武帝〔一〕山陰公主，適駙馬都尉何戢，淫恣。嘗謂帝曰：「妾與陛下男女雖殊，俱托體先帝。陛下六宫數百，而妾惟駙馬一人，太不均。」帝乃爲置首面〔二〕左右三十人。吏部郎褚彦回貌美，公主窺見悦之。白帝，召彦回西上閤宿。公主夜就之，彦回不爲移志。公主曰：「君鬚髯如戟，何無丈夫意？」彦回曰：「回雖不敏，何敢首爲亂階？」《新話摭粹》淫戲類

〔一〕宋孝武帝　原作宋文帝。按：山陰公主係宋孝武帝劉駿長女。《宋書》卷四一《后妃傳》：「孝武文穆王皇后諱憲嫄，琅邪臨沂人。元嘉二十年，拜武陵王妃。生廢帝、豫章王子尚、山陰公主楚玉、臨淮康哀公主楚佩、皇女楚琇、康樂公主脩明。」宋文帝劉義隆係宋武帝劉裕第三子，孝武帝係文帝第三子。今改。

〔二〕首面　《宋書》卷七《前廢帝紀》、《南史》卷二《宋本紀中》作「面首」。按：面首、首面義同，皆謂頭面

美麗，特指貴族婦女男寵，亦指男子之男寵。《資治通鑑》卷二九〇《後周紀一》太祖廣順元年：「小門使謝彦顒，本希蕚家奴，以首面有寵於希蕚。」胡三省注：「首面，龍陽之色也。」

按：此條取自《南史》。《南史》卷三〇《何戢傳》：

戢字慧景，選尚宋孝武長女山陰公主，拜駙馬都尉。累遷中書郎。景和世，山陰主就帝求吏部郎褚彦回侍己，彦回雖拘逼，終不肯從。

《南史》卷二《宋本紀中》：

山陰公主淫恣過度，謂帝曰：「妾與陛下雖男女有殊，俱託體先帝。陛下後宮數百，妾惟駙馬一人。事不均平，一何至此！」帝乃爲立面首左右三十人，進爵會稽郡長公主，秩同郡王，湯沐邑二千户，給鼓吹一部，加班劍二十人。帝每出，公主與朝臣常共陪輦。

《南史》卷二八《褚彦回傳》：

景和中，山陰公主淫恣，窺見彦回悦之，以白帝。帝召彦回西上閤宿十日，公主夜就之，備見逼迫，彦回整身而立，從夕至曉，不爲移志。公主謂曰：「君鬚髯如戟，何無文夫意？」彦回曰：「回雖不敏，何敢首爲亂階？」

《宋書》亦有記，卷七《前廢帝紀》：

山陰公主淫恣過度，謂帝曰：「妾與陛下雖男女有殊，俱託體先帝。陛下六宮萬數，而妾唯駙馬一人。事不均平，一何至此！」帝乃爲主置面首左右三十人，進爵會稽郡長公主，秩同郡王，食湯沐邑二千户，給鼓吹一部，加班劍二十人。帝每出，與朝臣常共陪輦。主以吏部郎褚淵（按：褚淵當字彦回）貌美，就帝請以自侍，帝許之。淵侍主十日，備見逼迫，誓死不回，遂得免。

卷八〇《豫章王子尚傳》：

楚玉，山陰公主也。廢帝改封爲會稽郡長公主，食湯沐邑二千户，給鼓吹一部，加班劍二十人。未及拜受而廢帝敗。楚玉肆情淫縱，以尚書吏部郎褚淵貌美，請自侍十日，廢帝許之。淵雖承旨而行，以死自固，楚玉不能制也。

唐許嵩《建康實録》卷一三《少帝》亦載：

甲戌，進帝姊山陰公主。主性淫泆，無禮甚。嘗謂帝曰：「妾與陛下男女雖殊，俱托體先帝。陛下六宫萬數，妾唯一駙馬。事不均平，乃何如此！」帝爲主置面首左右三十人。朝士袁愍孫、吏部褚淵等美於貌，公主常請帝求十夕，淵等奉詔往，而終不渝。帝促愍孫，迫之使走。愍孫雅步如常，顧而言曰：「風雨如晦，鷄鳴不已。」公主出就淵，淵竦立。主曰：「觀君髭鬚乃丈夫，何無男子之氣？」淵曰：「不敢以爲亂階。」

賈皇后喜洛南吏

晉惠帝賈后，荒淫放恣。洛南尉部小吏，端麗美容止。忽有非常衣服，衆疑其竊，尉嫌而辨〔一〕之。小吏云：「行逢一嫗，説家有疾病者，云宜得城南少年厭之，欲暫相煩。即隨上車，内簏箱中。行可十餘里，過六七門限，開簏箱。見樓闕好屋，問此是何處，答云是天上。即以香湯見浴，將入。見一婦人，年三十五六，短形青黑色，眉後有疵。共寢數夕，贈此衣物。」聽者知是賈后，慙笑而去。時它人入者皆死，此吏后愛之，得全而出。《新話摭粹》淫戲類

〔一〕辨《晉書》卷三一《惠賈皇后》作「辯」。辨、辯義同，治也。

按： 此條節録《晉書》卷三一《后妃傳上·惠賈皇后》：

惠賈皇后諱南風，平陽人也，小名旹。……惠帝即位，立爲皇后。……后遂荒淫放恣，與太醫令程據等亂彰内外。洛南有盜尉部小吏，端麗美容止。既給廝役，忽有非常衣服，衆咸疑其竊盜，尉嫌而辯之。賈后疏親欲求盜物，往聽對辭。小吏云：「先行逢一老嫗，説家有疾病，師卜云宜得城南少年厭之，欲暫相煩，必有重報。於是隨去，上車下帷，内簏箱中。行可十餘里，過六七門限，開簏箱，忽見樓闕好屋。問此是何處，云是天上。即以香湯見浴，好衣美食將入。見一婦人，年可三十五六，短形青黑色，眉後有疵。見留數夕，共寢歡宴。臨出贈此衆物。」聽者聞其形狀，知是賈后，慚笑而去，尉亦解意。時他人入者多死，惟此小吏，以后愛之，得全而出。

《古今事文類聚》後集卷一五及《古今合璧事類備要》前集卷三〇《賈后求少》文同，當取《緑窗新話》。《事文類聚》云：

晉惠帝賈后，荒淫放恣。洛南尉部小吏，端麗美容止。忽有非常衣服，衆疑其竊，尉嫌而辨之。小吏云：「行逢一嫗，説家有疾病，卜者云宜得城南少年厭之，欲暫相煩。即隨上車，内簏箱中。行可十餘里，過六七門限。開簏箱，樓闕好屋。問此是何處，云是天上。即以香湯見浴，將入。見一婦人，年三十五六，短而形青黑色，眉後有疵。共寢數夕。贈此衆物。」聽者知是賈后，慙笑而去。時他人入者多死，此吏后愛之，得全而出。

梁冀妻善作妖態

梁冀妻孫壽，封襄城君。色美而善爲妖態，作愁眉、嗁粧、墮馬髻、折腰步、齵齒笑，以爲媚惑。冀嬖愛監奴秦宫，官至太倉令，得出入壽所。壽見宫，輒屏御者，托以言事，因與私焉。宫内外兼寵，威權大震。《新話摭粹》淫戲類

按：此條節録《後漢書》卷三四《梁冀傳》：

詔遂封冀妻孫壽爲襄城君，兼食陽翟租，歲入五千萬。加賜赤紱，比長公主。壽色美，而善爲妖態，作愁眉、嗁粧、墯馬髻、折腰步、齵齒笑，以爲媚惑。……壽性鉗忌，能制御冀，冀甚寵憚之。……冀愛監奴秦宫，官至太倉令，得出入壽所。壽見宫，輒屏御者，託以言事，因與私焉。宫内外兼寵，威權大震，刺史二千石皆謁辭之。（按：李賢注引《風俗通》曰：「愁眉者，細而曲折。嗁粧者，薄拭目下若啼處。墯馬髻者，側在一邊。折腰步者，足不任體。齵齒笑者，若齒痛不忻忻。始自冀家所爲，京師翕然皆放效之。」）

永年妻奉蓮花盃

王永年娶宗女，監金耀書庫。時竇卞、楊繪有權，永年阿之，與之結爲弟兄，往來無間。嘗置酒延卞、繪於室，出其妻間坐。妻以左右手掬酒以飲卞、繪，謂之「白玉蓮花盃」。後永年盗庫書下獄，引卞、繪受饋，俱落職。甚哉，人之趨利也！奴顔婢膝，昏夜乞哀，君子猶以爲大辱，何至以妻子獻媚取悦，無耻甚矣！鶉奔孤乞，卒以俱傾，哀哉！《新話摭粹》淫戲類

按：此條節自北宋魏泰《東軒筆録》卷七：

有王永年者，娶宗室女，得右班殿直，監汝州税。時竇卞通判汝州，與之接熟。爾後，卞知深州，永年復爲州監押，益相親暱，遂至通家。既而卞在京師，永年求監金曜門書庫，卞爲干提舉監司楊繪，繪遂薦之。永年置酒延卞、繪於私室，出其妻間坐。妻以左右手掬酒以飲卞、繪，謂之「白玉蓮花盃」，其褻狎至是。後永年盗賣庫書，事發下獄。永年引卞、繪嘗受其饋送，及嘗納璣貝於兩家。方窮治未竟，而永年死獄中。朝議以兩制交通匪人，

至爲姦利。落繪翰林學士知制誥，降爲荊南副使。落卞待制，降監舒州靈仙觀。明年，卞卒於貶所。繪性少慎，無檢操，居荊南，日事遊宴，往往與小人接。一日，出家妓延客夜飲，有選人胡師文預會，師文本鄂州豪民子，及第爲荊南府學教授，尤少士檢。半醉，狎侮繪之家妓，無所不至。繪妻自屏後窺之，大以爲耻，叱妓入，撻於屏後。師文離席排繪，使呼妓出，繪媿於其妻，遽欲徹席。師文狂怒，奮拳毆繪，賴衆客救之，幾至委頓。近臣不自重，至爲小人凌暴，士論尤鄙之。

南宋張邦基紹興中所撰《墨莊漫録》卷二亦略述此事，云：

> 嘉祐中，有王永年者，娶宗女。求舉於竇卞、楊繪，得監金耀門書庫。永年嘗置酒延卞、繪，出其妻間坐。妻以左右手掬酒以飲卞、繪，謂之「白玉蓮花盞」。

又，《宋史》卷三三〇《竇卞傳》亦採入：

> 竇卞字彦法，曹州冤句人。進士第二，通判汝州。……始卞官汝時，與殿直王永年者相接頗厚。及在京師，永年求監金曜門庫，卞爲禱提舉楊繪，繪薦爲之。永年置酒于家，延繪、卞至，出其妻侑飲，且時致薄餉。永年以事繫獄死，御史發其私，卞坐奪職，提舉靈仙觀。卒，年四十五。

任氏妻寧死亦妬

兵部尚書任瓌，賜二艷姬。妻妬，爛其髮，禿盡。太宗聞之，賜金瓶酒，云：「飲之立死，不妬即不須飲。」柳氏拜敕曰：「妾與瓌俱出微賤，更相輔翼，遂至榮宦。今多嬖，誠不如死。」乞飲盡，無他。帝謂瓌曰：「人不畏死，不可以死恐。朕尚不能禁，卿其柰何？」二姬令別宅安置。《新話摭粹》妬忌類

按：此條疑據南宋初孔傳編《後六帖》（即《白孔六帖》之《孔帖》）卷一七引《朝野僉載·不可以死恐》，文同，云：

兵部尚書任瓌，賜二艷姬。妻妬，爛其髮，禿盡。太宗聞之，賜金餅酒，曰：「飲之立死，不妬即不須飲。」柳氏拜敕曰：「妾與瓌俱出微賤，更相輔翼，遂致榮官。今多內嬖，誠不如死。」乞飲盡，無他。帝謂瓌曰：「人不畏死，不可以死恐。朕尚不能禁，卿其奈何？」其二女令別宅安置。

陳振孫《直齋書録解題》類書類著録《後六帖》三十卷，云：「知撫州孔傳世文撰。以續白氏之後也。」孔傳尚撰《東家雜記》二卷，自序末署：「時巨宋三月辛亥，四十七代孫、右朝議大夫、知撫州軍州事兼管内勸農使、仙源縣開國男、食邑三伯户、借紫孔傳序。」紹興甲寅乃四年（一一三四），《孔帖》亦當撰於此時前後，《緑窗新話》得以採之也。

《古今事文類聚》後集卷一五及《古今合璧事類備要》前集卷三〇《寧死亦妬》引《朝野僉載》，文亦同，當本《孔帖》。

原載唐張鷟《朝野僉載》卷三：

初，兵部尚書任瓌，敕賜宫女二人，皆國色。妻妬，爛二女頭髮，秃盡。太宗聞之，令上官齎金壺缾酒賜之，云：「飲之立死。瓌三品，合置姬媵。爾後不妬，不須飲，若妬即飲之。」柳氏拜敕訖，曰：「妾與瓌結髮夫妻，俱出微賤，更相輔翼，遂致榮官。瓌今多内嬖，誠不如死。」飲盡而卧，然實非酖也，至半夜睡醒。帝謂瓌曰：「其性如此，朕亦當畏之。」因詔二女令別宅安置。（《太平廣記》卷二七二《任瓌妻》，出《朝野僉載》）

《類説》卷四〇《朝野僉載·賜妬妻酒》，亦係節文而文字稍詳，云：

兵部尚書任瓌(原作環,今改,下同),太宗賜宫女二人,皆國色。妻柳氏妬,爛二女髮,秃盡。上令賜金缾酒,云:「飲之立死。爾後不妬,不須飲,若妬即飲之。」柳氏拜敕曰:「妾與瓌結髮夫妻,俱出微賤,遂至榮官。瓌今多内嬖,誠不如死。乞飲盡。」覆被睡醒,了無他故。帝謂瓌曰:「人不畏死,不可以死恐。朕尚不能禁,卿其奈何?」其二女令别宅安置。(據嘉靖伯玉翁舊鈔本校改)

唐劉餗《隋唐嘉話》卷中所記房玄齡事,與此相類,云:

梁公夫人至妬,太宗將賜公美人,屢辭不受。帝乃令皇后召夫人,告以媵妾之流,今有常制。且司空年暮,帝欲有所優詔之意。夫人執心不迴,帝乃令謂之曰:「若寧不妬而生,寧妬而死?」曰:「妾寧妬而死。」乃遣酌卮酒與之,曰:「若然,可飲此酖。」一舉便盡,無所留難。帝曰:「我尚畏見,何況於玄齡!」(《太平廣記》卷二七二引作《國史異纂》,即《隋唐嘉話》)

梁武獲鶬鶊置膳

梁武平齊,盡有其内,獲侍兒十餘輩,頗娱於目。爲郗后所察,動止皆有隔礙。帝憤恚，殆將成疹。左右識其情者，進言曰：「臣嘗讀〔一〕《山海經》，云以鶬鶊爲膳，可以療其妬。陛下盍試諸？」帝從之。郗茹之後，妬減大半。帝愈神其事。左右復言曰：「陛下廣羞諸，以偏賜群臣，使不才者無妬於有才，挾私者不妬其奉公，濁者不妬其清，貪者不忌其廉。俾其惡去善勝，忌者皆知革心，亦助化之一端也。」帝深然其言，將詔虞人廣捕之。會方崇内典，誡於血生，其議遂寢。《新話摭粹》妬忌類

〔一〕讀　原譌作「獨」，據楊夔《止妬》改。

按：此條節録唐末楊夔《止妬》（《文苑英華》卷三七八），原文曰：

梁武平齊，盡有其内，獲侍兒十餘輩，頗娱於目。俄爲郗后所察，動止皆有隔抑，拗其憤恚，殆欲成疹。左右識其情者，進言曰：「臣嘗讀《山海經》，云以鶬鶊爲膳，可以療其事，使不忌。陛下盍試諸？」梁武從之。郗茹之後，妬減殆半。帝愈神其事。左右復言曰：「願陛下廣羞諸，以遍賜群臣，使不才者無妬於有才，挾私者不妬於奉公，濁者不妬其清，貪者不忌其廉。俾其惡去勝忌，前（疑當作則）皆知革心，亦助化之一端也。」帝深然其言，將詔虞人廣捕之。會方崇内典，誡於血生，其議遂寢。

文中稱《山海經》云以鶬鶊爲膳，可以療其妬。按：《山海經·北山經》云：「又東北二百里，曰軒轅之山。其上多銅，其下多竹。有鳥焉，其狀如梟而白首，其名曰黄鳥，其鳴自詨，食之不妒。」並無此語，郭璞注亦無，疑後人注也。清吴任臣《山海經廣注》：「案：倉庚亦名黄鳥，倉庚即鸎也。李氏《本草》于鸎條下云『食之不妒』，且引《經》文爲證。又楊夔《止妒論》云：『梁武帝郗氏性妒，或言倉庚爲膳療忌。遂令治之，妒果減半。』合觀二説，明以此鳥爲倉庚矣。然《經》云狀如梟，白首，與倉庚不甚類，疑亦同名異物者也。」

劉瑱妹夫死猶妬

齊劉瑱妹，爲鄱陽王妃。王爲明帝所誅，妃追傷成疾。瑱令人畫鄱陽王與寵姬照鏡，如欲偶狀，以示妃。妃唾之，罵[一]曰：「故宜早死！」於是病亦徐瘥。《新話摭粹》妬忌類

〔一〕罵　此字原模糊不清，據《南史》卷三九《劉瑱傳》補。

按：此條節録《南史》卷三九《劉瑱傳》：

瑱字士温，繪弟也。少有行業，文藻、篆隸、丹青並爲當世所稱。……瑱妹爲齊鄱陽王妃，伉儷甚篤。王爲齊明帝所誅，妃追傷遂成痼疾，醫所不療。有陳郡殷蒨善寫人面，與真不别，瑱令蒨畫王形像，并圖王平生所寵姬共照鏡狀，如欲偶寢。瑱乃密使媪嬭示妃，妃視畫乃唾之，因駡云：「故宜其早死！」於是恩情即歇，病亦除差。此姬亦被廢苦，因即以此畫焚之。

《册府元龜》卷八六九總録部《圖畫》亦載：

殷蒨，陳郡人。劉瑱妹爲鄱陽王妃，伉儷甚篤。王爲明帝所誅，妃追傷遂成錮疾，醫所不療。蒨善寫人，與真不别，瑱令蒨畫王形像，并圖王平生所寵姬共照鏡狀，如欲偶。瑱乃密使媪妳示妃。妃視畫竟，乃唾之，因駡云：「故宜其蚤死！」於是恩情即歇，病亦除瘥。此姬亦被廢苦，因即以此畫焚之。

《古今事文類聚》後集卷一五《夫死猶妬》，文句與此條大同而稍詳，疑本《緑窗新話》。較本條稍詳，或《新話摭粹》文字有闕耳。《事文類聚》云：

齊劉瑱妹，爲鄱陽王妃。王爲明帝所誅，妃追傷成疾。瑱令陳郡殷蒨畫鄱陽王與寵姬照鏡狀，如欲偶寢。以示妃，妃唾之，駡曰：「故宜早死！」於是病亦徐差。

《古今合璧事類備要》前集卷三〇《夫死猶妬》，乃據《事文類聚》，然有字誤。

王導驅犢車遠辱

王導妻曹氏性妬，導憚之，乃密置衆妾於别館以處之。曹氏知而將往，導恐被妻辱，遽命駕，猶恐遲，以所執麈尾柄驅牛而進。司徒蔡謨聞之，戲導曰：「朝廷欲加公九錫。」導遜謝不敢。謨曰：「不聞餘物，惟有短轅犢車，長柄麈尾。」導大怒，謂人曰：「吾往與群賢共遊洛中，何曾聞有蔡充兒也〔一〕！」《新話摭粹》妬忌類

〔一〕蔡充兒也　「充」《晉書》卷六五《王導傳》作「克」。《晉書》卷七七《蔡謨傳》亦載：「父克，少好學，博涉書記，爲邦族所敬。」劉宋虞通之《妒記》作「充」，見後附。「也」字模糊不清，據《晉書·王導傳》補。

按：此條節録自《晉書》卷六五《王導傳》，原云：

初，曹氏性妬，導甚憚之，乃密營别館，以處衆妾。曹氏知，將往焉。導恐妾被辱，遽令命駕，猶恐遲之，以所執麈尾柄驅牛而進。司徒蔡謨聞之，戲導曰：「朝廷欲加公九錫。」導弗之覺，但謙退而已。謨曰：「不聞餘物，惟有短轅犢車，長柄麈尾。」導大怒，謂人曰：「吾

往與群賢共游洛中，何曾聞有蔡克兒也！」

此事原見劉宋虞通之《妒記》。《世說新語·輕詆》：「王丞相輕蔡公，曰：『我與安期、千里共遊洛水邊，何處聞有蔡充（景宋本作「克」，下同）兒？』」梁劉孝標注引《妒記》曰：

丞相曹夫人性甚忌，禁制丞相，不得有侍御。乃至左右小人亦被檢簡，時有妍妙，皆加誚責。王公不能久堪，乃密營別館，衆妾羅列，兒女成行。後元會日，夫人於青疎臺中，望見兩三兒騎羊，皆端正可念。夫人遥見，甚憐愛之，語婢：「汝出，問是誰家兒。」給使不達旨，乃答云：「是第四王等諸郎。」曹氏聞，驚愕大恚，命車駕，將黄門及婢二十人，人持食刀，自出尋討。王公亦遽命駕，飛轡出門，猶患牛遲，乃以左手攀車蘭，右手捉麈尾，以柄助御者打牛，狼狽奔馳，劣得先至。蔡司徒聞而笑之，乃故詣王公，謂曰：「朝廷欲加公九錫，公知不？」王謂信然，自叙謙志。蔡曰：「不聞餘物，唯聞有短轅犢車，長柄麈尾。」王大愧。後貶蔡曰：「吾昔與安期、千里共在洛水集處，不聞天下有蔡充兒。」正忿蔡前戲言耳。

（《太平廣記》卷二七二《王導妻》引《妬記》，稍略。）

《古今事文類聚》後集卷一五《密置妓館》、《古今合璧事類備要》外集卷五九《惟短轅》，文與此條幾同，疑本《緑窗新話》。其云：

王導妻曹氏性妬。導憚之，乃密置衆妾於別館以處之。曹氏知而將往，導恐被妻辱，遽命駕，猶恐遲，以所執麈尾柄驅牛而進。司徒蔡謨聞之，戲導曰：「朝廷欲加公九錫。」導弗之覺，但謙退而已。謨曰：「不聞餘物，惟有短轅犢車，長柄麈尾。」導大怒。謂人曰：「吾往與群賢共遊洛中，何曾聞有蔡克兒也！」

楊妃教宮人琵琶〔一〕

開元中，有中官白秀貞〔二〕，自蜀使廻，得琵琶以獻。其槽邏檀爲之，温潤如玉，光耀可鑒。有金縷紅紋，影〔三〕成雙鳳。楊妃每抱是琵琶奏於梨園，音韻淒清，飄如雲外。諸王貴主嬪妃之姐妹，皆師妃爲琵琶弟子。每一曲徹，廣有獻遺。妃又善擊磬，拊搏之音泠泠然，多新聲。雖太常梨園之技，莫能及之。上命採藍田緑玉，琢成磬。上方造簴，流蘇之屬以金鈿珠翠餙之，鑄金爲二獅子，以爲趺。綵繪縟麗，一時無比。《新話摭粹》樂藝類

〔一〕楊妃教宮人琵琶　《新話摭粹》目録「人」作「女」。

〔二〕中官白秀貞　「官」原譌作「宫」，據《施注蘇詩》卷五《宋叔達家聽琵琶》注引《楊妃外傳》(即《楊太真外傳》)改。《楊太真外傳》「秀」作「季」。《施注蘇詩》及《太平廣記》卷二〇五《楊妃》引《譚賓録》(唐胡璩撰)乃作「白秀貞」。

〔三〕影　《楊太真外傳》及《施注蘇詩》作「蹙」。《譚賓録》作「影」。

按：此條蓋據《楊太真外傳》，又參照《太平廣記》卷二〇五《楊妃》引唐胡璩《譚賓録》。《楊太真外傳》云：

妃子琵琶邏沙檀，寺人白季貞使蜀還獻。其木温潤如玉，光耀可鑒，有金縷紅文，蹙成雙鳳。絃乃末訶彌羅國永泰元年所貢者，渌水蠶絲也，光瑩如貫珠琴瑟。紫玉笛乃姮娥所得也。禄山進三百事管色，俱用媚玉爲之。諸王郡主，妃之姊妹，皆師妃爲琵琶弟子，每一曲徹，廣有獻遺。妃子是日問阿蠻曰：「爾貧，無可獻師長，待我與爾爲。」命侍兒紅桃娘取紅粟玉臂支賜阿蠻。妃善擊磬，拊搏之音泠泠然，多新聲，雖太常梨園之妓，莫能及之。上命採藍田(原譌作「曰」)緑玉，琢成磬。上方造簴，流蘇之屬以金鈿珠翠飾之，鑄金爲二獅子，以爲趺。綵繪縟麗，一時無比。

《譚賓録》云：

開元中，有中官白秀貞自蜀使廻，得琵琶以獻。其槽邏皆杪檀爲之，温潤如玉，光耀可鑒。有金縷紅文，影成雙鳳。楊妃每抱是琵琶奏於梨園，音韻淒清，飃如雲外。而諸王貴主自虢國已下，競爲貴妃琵琶弟子。每受曲畢，皆廣有進獻。

《施注蘇詩》卷五《宋叔達家聽琵琶》注引《楊妃外傳》云：

開元中，中官白秀貞自蜀回，得琵琶以獻。其槽以邏逤檀爲之，温潤如玉，光明可鑒，有金縷紅紋，蹙成雙鳳。以龍香板爲撥。絃乃拘彌國所貢，緑冰蠶絲也。

唐人他書亦有記，《太平御覽》卷五八三引《明皇雜録》（鄭處誨撰）曰：

天寶中，上命宫女子數百人爲梨園弟子，皆居宜春北院。上素曉音律，時有馬仙期、李龜年、賀懷智洞知律度。安禄山自范陽入覲，亦獻白玉簫管數百事，皆陳於梨園，自是音響殆不類人間。有中官白秀貞，自蜀使廻，得琵琶以獻。其槽以邏逤檀爲之，温潤如玉，光輝可鑒。有金縷紅文，蹙成雙鳳。貴妃每抱是琵琶，奏於梨園，音韻淒清，飄如雲外。而諸王貴主洎虢國已下，競爲貴妃琵琶弟子。每授曲畢，皆廣有進獻。其後龜年流落江南，每遇良辰勝景，常爲人歌數闋。坐客聞之，莫不掩泣罷酒。

《孔帖》卷六二《羅沙檀槽》引《明皇雜録》曰：

天寶中，中官白秀正自蜀使回，得琵琶以獻。其羅以沙檀槽爲之，温潤如玉，光燿可鑒。有金縷紅文，蹙成雙鳳。貴妃每抱琵琶奏之，音韻淒清，飄出雲外。諸貴主洎虢國夫人，號爲貴妃琵琶弟子。每授曲畢，皆廣爲獻。

鄭綮《開天傳信記》曰：

太真妃（《太平廣記》卷二〇四《太真妃》引《開天傳信記》下有多曲藝三字）最善於擊磬，拊搏之音，泠泠然（《廣記》下有「多」字）新聲，雖太常梨園之能人，莫能加也。上令採藍田緑玉琢爲器（《廣記》作「磬」），上（《廣記》作「尚方」）造簨簴，流蘇之屬皆以金鈿珠翠珍怪之物雜飾之。又鑄二金師子，作拏攫騰奮之狀，各重二百餘斤，以爲趺。其他綵繪縟麗，製作精妙，一時無比也。上幸蜀回京師，樂器多忘失，獨玉磬偶在。上顧之悽然，不忍置於前，促令載送太常，至今藏於太樂署正樂庫。

蔡琰以識琴知名

蔡琰，邕之女。年六歲，邕夜彈琴，絃絶，試問之，曰：「第一絃也。」復斷，問之，曰：「第四絃。」邕曰：「偶中耳。」琰曰：「昔季札觀風，知四國興衰；師曠吹律，知南風不競。由是言之，何得不知？」

昔蔡邕在陳留，鄰人有以酒食召邕者。客彈琴于屏，邕至門聽之，即返。主人遽自追問其故，邕曰：「吾向者聽琴，有殺心，故返。」彈琴者曰：「我向鼓琴，見螳螂方向鳴蟬，將去而未飛，螳螂爲之一前一却。吾心聳然，惟恐螳螂之失也。豈此爲殺心形于聲乎？」邕笑曰：「是矣。」然則文姬之識絃斷，殆家授耶？何夙慧如是？惜乎失身虜庭，再嫁董祀。《胡笳思子歌》至今傳之，可謂才有餘而德不足矣。《新話摭粹》樂藝類

按：本條正文疑本《孔帖》卷六一《蔡琰聞絃絶》。文云：

蔡琰文姬，邕之女也。邕夜彈琴，絃絶。琰年六歲，聞之曰：「第一絃絶。」復鼓，斷一絃，問之，曰：「第四絃。」邕曰：「偶中耳。」琰曰：「昔季札觀風，知四國興衰；師曠吹律，知南風不競。由是言之，何得不知也？」

《錦繡萬花谷》前集卷三四《蔡琰知絶絃》引《後漢》、《古今事文類聚》續集卷二二《女知絶絃》引本傳、《古今合璧事類備要》前集卷五七《蔡琰辨琴》引《後漢》。皆不見《後漢書·列女傳》，實本《孔帖》。《萬花谷》云：

蔡琰，邕之女。年六歲，邕夜彈琴，絃絶。琰聞之，曰：「第一絃也。」復故斷一絃，問之，曰：「第四絃。」邕曰：「偶中耳。」琰曰：「昔季札觀風，知四國興衰；師曠吹律，知南風不競。由是言之，何得不知？」

又，《後漢書》卷八四《列女傳》：「陳留董祀妻者，同郡蔡邕之女也。名琰，字文姬。博學有才辯，又妙於音律。」李賢注引劉昭《幼童傳》曰：「邕夜鼓琴，絃絶，琰曰：「第二絃。」邕曰：「偶得之耳。」故斷一絃，問之，琰曰：「第四絃。」並不差謬。

又，《太平御覽》卷五一九引《蔡琰別傳》曰：

琰，邕之女。年六歲，邕中夜鼓琴，絃絶，琰曰：「第二絃。」邕乃故絶一絃，琰曰：「第四絃。」邕曰：「汝偶得中之。」琰曰：「昔吴季札觀樂，知國之興亡。師曠吹律，識南風之不競。由此言之，何得不知？」邕奇之。

評語所記蔡邕事，見《後漢書》卷六〇下《蔡邕傳》，曰：

初，邕在陳留也。其鄰人有以酒食召邕者，比往而酒以酣焉。客有彈琴於屏，邕至門試潛聽之，曰：「憘！以樂召我而有殺心，何也？」遂反。將命者告主人曰：「蔡君向來，至門而去。」邕素爲邦鄉所宗，主人遽自追而問其故，邕具以告，莫不憮然。彈琴者曰：「我向鼓弦，見螳蜋方向鳴蟬，蟬將去而未飛，螳蜋爲之一前一卻。吾心聳然，惟恐螳蜋之失之也。此豈爲殺心而形於聲者乎？」邕莞然而笑曰：「此足以當之矣。」

《孔帖》卷六二《殺心形於聲》亦引，無出處，曰：

蔡邕在陳留，隣人以酒食召邕。比往，有客彈琴，邕至屏聽之，曰：「以樂召我，而有殺心，何也？」遂反。使者具告，主人自追問邕，邕以告，莫不憮然。琴者曰：「我向見螳蜋方捕鳴蟬，蟬將去而未飛，恐螳蜋之失蟬也。此豈爲殺心形於聲乎？」

劉麗華善彈箜篌

晉王敬伯，會稽人。少好學，善鼓琴。年十八，仕於東宫，爲衛佐。休假還鄉，過吴，維舟中渚，登亭望月，悵然有懷，乃倚琴歌《泫露》之詩。俄聞户外有嗟賞聲，見一女子，甚有容色，謂敬伯曰：「女郎悦君之琴，願共撫之。」既而女郎至，姿質婉麗，綽有餘態，從以二少女。乃撫琴揮絃，調韻哀雅。復命大婢酌酒，小婢彈箜篌，作《宛轉歌》，女郎脱頭上金釵，叩琴絃而和之，歌曰：「月既明，西軒琴復清。寸心斗酒争芳夜，千秋萬歲同一情。歌宛轉，宛轉悽以哀。願爲星與漢，光影〔一〕共徘徊。」「悲且傷，參差淚成行。低紅掩翠方無色，金徽玉軫爲誰鏘？歌宛轉，宛轉情復悲。願爲烟與霧，氤氳對容姿。」音韻繁諧。將去，留錦卧具數物，以遺敬伯，敬伯報以牙火籠、玉琴軫。至虎牢，吴令劉惠明有愛女早世，舟中亡卧具，於敬伯船獲焉。敬伯具以告，果於帳中得火籠、琴軫。女郎名妙容，字麗華，與二婢俱善箜篌，相繼卒。《新話摭粹》樂藝類

〔一〕影　此字原模糊。據《續齊諧記》補，或作「景」，字同。見後附。

按： 此事原出南朝梁吴均《續齊諧記》（今本脱載），諸書多見徵引。北宋後期郭茂倩《樂府詩集》卷六〇《琴曲歌辭》，中載晉劉妙容《宛轉歌二首》，正文云「一曰《神女宛轉歌》」，下引《續齊諧記》曰，此條即其節録。歌二曲原提出附末，今改入句中。其文曰：

晉有王敬伯者，會稽餘姚人。少好學，善鼓琴。年十八，仕於東宮，爲衛佐。休假還鄉，過吴，維舟中渚，登亭望月，悵然有懷，乃倚琴歌《泫露》之詩。俄聞户外有嗟賞聲，見一女子，雅有容色，謂敬伯曰：「女郎悦君之琴，願共撫之。」敬伯許焉。既而女郎至，姿質婉麗，綽有餘態，從以二少女，一則向先至者。女郎乃撫琴揮弦，調韻哀雅，類今之登歌。

曰：「古所謂《楚明君》也，唯嵇叔夜能爲此聲，自兹已來，傳習數人而已。」復鼓琴，歌《遲風》之詞，因歎息久之。乃命大婢酌酒，小婢彈箜篌，作《宛轉歌》。女郎脱頭上金釵，扣琴弦而和之，意韻繁諧。歌凡八曲，敬伯唯憶二曲。「月既明，西軒琴復清。寸心斗酒争芳夜，千秋萬歲同一情。歌宛轉，宛轉凄以哀。願爲星與漢，光影共徘徊。」「悲且傷，參差淚成行。低紅掩翠方無色，金徽玉軫爲誰鏘？歌宛轉，宛轉情復悲。願爲烟與霧，氛氲對容姿。」將去，留錦卧具、繡香囊并佩一雙，以遺敬伯，敬伯報以牙火籠、玉琴軫。女郎悵然不忍别，且曰：「深閨獨處，十有六年矣。邂逅旅館，盡平生之志，蓋冥契，非人事也。」言竟便去。敬伯船至虎牢戍，吴令劉惠明者，有愛女早世，舟中亡卧具，於敬伯船獲焉。敬伯具以告，果於帳中得火籠、琴軫。女郎名妙容，字雅華。大婢名春條，年二十許，小婢名桃枝，年十五，皆善彈箜篌及《宛轉歌》，相繼俱卒。

《永樂琴書集成》卷一二《曲調下》載《宛轉歌二首》，注「晉劉妙容」，云「一曰《神女宛轉歌》」。下引《續齊諧記》曰。乃全取《樂府詩集》，唯「晉有王敬伯者」下多「字子升」三字，疑爲《樂府詩集》原有。明梅鼎祚《才鬼記》卷一《劉妙容》引《續齊諧記》，亦據《樂府詩集》。

《樂府詩集》所引《續齊諧記》乃節録，《永樂琴書集成》卷一七《雜録》引吴均《續齊諧記》，小字注「欽伯琴遇」，又注：「《山河例記》内作王恭伯、劉惠基。」「欽」、「恭」皆宋人避宋太祖趙匡胤祖父敬諱所改。正文頗長，曰：

王欽伯者，字子升，會稽餘姚人也。少好學術，妙於綴文，性解音樂，尤善鼓琴。容色絶倫，聲擅邦邑。少入仕，爲東宫扶持。赴役還都，行至吴通波亭，維舟中流。因昇亭翫月憑闌，獨悵然有懷，乃秉燭理琴而行歌曰：「低露下深幕，明月照孤琴。空絃兹獨泛，誰憐此夜心？」歌畢，便聞外有嗟歎之聲。欽伯乃抗音而問：「嘆者爲誰？清音婉麗。深夜寂寥，無以相悦，既演其聲，何隱其貌？」便聞簾外有環珮之聲。俄見一女子，披幃而入，麗服香華，姿貌閑美，鏘金微妙，雅有容則。曰：「女郎悦君之琴聲，踟躕楹户，頗有攀松之志。且閑於聲論，善於五絃，欲前共撫，子可之乎？」欽伯乃釋琴整服，殊有祇肅之容。答曰：「僕從役，暫休假托當，幸寄憩此亭。屬風天爽麗，獨月易流，孤宵難曉，深心無寧，聊以琴歌自懽，不謂謬留賞愛。向聞清婉之音，又襲芬芳之氣，因魂腸雙斷，情思兩飛。脱一接容光，並觴共軫，豈不事等朝聞，甘同夕死？」女默受而出，便聞簾外笑聲。於是振玉曳綃，開軒徐入。笑逐盼流，芳隨步舉，容韻姿制，綽有餘華。二少女從焉，一則向先至者。命施錦席於東床，欽伯乃就坐。良久，笑而不言。欽伯常以舉動自高，又以機辯難匹。自女至後，卷褰缺然。女乃言曰：「向翫子鳴琴，覺情高志遠。及乎見也，意阻容慙。何期倏忽傾變，一至於此！冰霜之志，亦難與言。」答曰：「以木訥之姿，瞻解環之辨；以如寄之狀，值傾國之華。得不臨對要期，當醉慮別也？女郎脱若優以容接，借以歡顔，使得宣懷抱，用寫心曲，雖復爲菌爲蟪，亦謂與椿與鵠齊齡矣。」女推琴曰：「向雖髣髴清聲，未窮其聽，更乞華手，再爲一撫。」欽伯薦琴曰：「僕此好自幼至長，無相聞受，泛濫何成？以明鮮臨，彌深愧靦。願請一彈，道其蔽懵。難事請申，固非望内。」女取琴而笑曰：「誠不惜一彈，久廢次第耳。」反覆視之，良久而揮絃，乃曰：「此琴殊美，愧無其能，如何？」乃調之，其聲哀雅，有類今之登歌（原譌作「孫登」）。乃曰：「子識此聲否？」欽伯答曰：「未曾聞。」女曰：「所謂《楚明光》也，唯嵇叔夜能爲此聲，自兹以來，傳數人而已。」欽伯曰：「情欲受之。」女曰：「此最楚媛，非艷俗所宜，唯嵓栖谷隱，所以自娱耳。當爲一彈，幸（原作「耳」）復聽之。」女乃鼓琴且歌曰：「凉風窈窕夜襟清，宵館寂寞曉琴鳴。對佳人兮未極情，惜河漢兮將已傾。」歌畢，長歎數聲。謂欽伯曰：「過隙逝川，光陰易盡。對此良久，彌復哽然。安得遊天之姿，一頓嫦娥之轡？」因掩泣久之。乃命婢曰：「夜已久矣，不久當曙。還取少酒，與王郎共飲。」欽伯亦收淚而言曰：「鄙俗寒微，未審何因，得陳高慮。女郎貴氏，可得聞乎？」女曰：「方事綢繆，何論氏族耶？君深意，必當不患不知。」欽伯亦不敢更問。須臾，婢將緑榼、織成襻，并一銀鐺，雜果一盤。女命羅綰縘者酙酒相獻。可至三更許，賓主咸有暢容。女命大婢酙酒，小婢取箜篌。俄頃而返，將箜篌至。女便彈之，令婢作《婉轉歌》。婢甚羞，低回殊久，云：「昨宵在霧氣中眠，即日聲不能唱。」女逼之，乃解衣，中出綬帶，長二尺許，以掛箜篌，狀如調脱。女脱金釵，扣琴絃和之，音用繁諧，聲製婉轉。歌凡八曲，欽伯惟憶其二。曰：「片月既以明，南軒琴又清。寸心斗酒事芳夜，千秋萬歲同一情。歌婉轉，婉轉淒以哀。願爲星與漢，光景相徘徊。」「且復共低昂，參差淚成行。紅粧綉褥芳無艷，金徽玉軫爲誰鏘？歌婉轉，婉轉情復悲。願爲烟與霧，氛氳映芳姿。」歌畢，命取卧具，俄然自來。仍令撤角枕，同衾盡情密焉。天明即别，各懷纏綿。女留錦四段，卧具、綉腕囊并佩各一雙與欽伯，欽敬伯以牙籠、玉琴爪答之。携手出門庭，悵然不忍别。謂欽伯云：「交疎吐誠至難，昔日傾蓋如舊，頓驗今晨。深閨不出户，十有六年矣。邂逅於逆旅之館，而頓盡平生之志，所由冥運，非人事也。飲宴未窮，而别離便始，莫不悲驚白日，思繞行雲。直以遊溱涉洧之見親，勿以桑間濮上而相待也。岐阻之後，幸無見哂。一分此袖，終天永絶。欲寄相思，瞻雲眺月耳。」言竟便去。欽伯嗚咽而已。望回，欻然而滅。下船至虎牢（此字原缺）戍，吴令劉惠明愛女未嫁，於縣亡。惠明痛惜，有過於常。遂都部伍，自邏諸大船檢搜，公私商旅，悉不得渡。云昨夜吴九里埭，且於女郎靈船中，先有錦四端及女郎常所卧具、綉腕（原譌作「婉」）囊并佩皆失。遍搜諸船，並無所見。末至欽伯船而獲之，遂執欽伯。令見欽伯風貌閑華，乃無懼色，令亦竊異之。既而問欽伯，欽伯乃説女儀狀，及從者容質，并陳所贈物。令便檢之，於帳後得牙火籠，巾箱内奩中得玉琴爪以呈。乃慟哭曰：「真吾女壻也。」乃待以壻禮，甚厚加遺贈而别焉。同旅者咸爲悽惋。欽伯乃訪部伍人，云：「女郎年十六，字稚華，去冬遇疾而逝。未亡之前，有婢名春條，年二十許，一婢名桃枝，能彈箜篌，又善《婉轉歌》。不幸相繼而死，並有姿容。昨所從者，即此婢也。」欽伯悵然，婉異不能已。兼歎不可再遇，麗色復難重覩，恍惚積旬，如有遺失。慊慕之志，寢寤莫逢，唯悵恨而已。

他書引《續齊諧記》猶夥，皆簡略，兹引録如左。

《太平御覽》卷五七九、卷七五七、卷七六一引吴均《續齊諧記》，卷五七九較詳，作王彦伯，其餘作王敬伯。作王彦伯當誤。《御覽》卷五七九引曰：

王彦（敬）伯，會稽餘姚人也。善鼓琴，仕爲東宫扶侍。赴告還都，行至吴郵亭，維舟中渚。秉燭理琴，見一女子，披幃而進，二女從焉，先施錦席於東床，乃就坐。女取琴調之，似琴而聲甚哀雅，有類今之《登歌》。女子曰：「子識此聲否？」彦伯曰：「所未曾聞。」女曰：「此曲所謂《楚明光》者也，唯嵇叔夜能爲此聲。自此以外，傳習數人而已。」彦伯欲受之，女曰：「此非艷俗所宜，唯岩栖谷隱可以自娱耳。當更爲子彈之，幸復聽之。」乃皷琴且歌。歌畢，止於東榻。遲明將别，各深怨慕。女取四端錦、卧具、繡臂囊一，贈彦伯爲别，彦伯以大（當作「火」）籠并玉琴以答之而去。

卷七五七引《續齊諧記》曰：「王敬伯夜見一女子，命婢取酒，須臾持一銀酒鎗。」卷七六一引《續齊諧記》曰：「王敬伯夜見一女，命婢取酒，提一渌沉漆榼。」皆片斷。

北宋吴淑《事類賦注》卷一一《琴》引吴均《續齊諧記》曰：「王彦伯嘗至吴郵亭，維舟理琴。見一女子披帷而進，取琴調之，似琴而非，聲甚哀。彦伯問何曲，答曰：『此曲所謂《楚明光》也，唯嵇叔夜能爲此聲。自此以外，傳者數人而已。』彦伯欲請受，女曰：『此非艷俗所宜，唯岩棲谷隱可以自娱爾。』鼓琴且歌。歌畢，止於東榻，遲明辭去。」當據《御覽》卷五七九。

北宋陳暘《樂書》卷一三六《樂圖論·玉琴》：「吴均《續齊諧記》述王彦伯善鼓琴，嘗至吴郵亭，維舟中渚。秉燭理琴，見一女子坐於東牀。取琴調之，似琴而非其聲，甚哀雅，類今之登歌，迺《楚光明曲》也，唯嵇叔夜能爲此聲。自此以外，傳習數人而已。彦伯蓋所未聞，請欲受之，女更爲彈之。遲明，女取錦繡等物贈别，彦伯以玉琴答之而去。」《永樂琴書集成》卷五《玉琴》亦引《樂圖論》。

南宋周守忠《姬侍類偶》卷下《桃枝爲怪》，引《續齊諧記》，文字較詳：

王敬伯，年十八，仕爲東宫扶侍。赴假還都，行至吴通波亭，維舟中流。月夜理琴，有一美女子，從二少女，披幃而入。施錦席於東床，設雜果，命綰髮者酌酒相獻酬，令小婢取箜篌，作《宛轉歌》。婢甚羞，低回殊久，云：「昨宵在霧氣中彈，今夕聲不能暢。」女迫之，乃鮮裙，中出黄帶，長二尺許，以掛箜篌，彈弦作歌。女脱頭上金釵，扣琴和之。歌曰：「月既明，西軒琴復清。寸心斗酒争芳夜，千秋萬歲同一情。歌宛轉，宛轉妍以哀。願爲星與漢，光景共徘徊。」又曰：「悲且傷，參差淚成行。低紅掩翠芳無色，金徽玉軫爲誰鏘？歌宛轉，宛轉情復悲。願爲烟與霧，氤氳共容姿。」天明，女留錦四端，卧具、綉枕、腕囊并佩各一雙贈敬伯，生以牙火籠、玉琴爪答之。來日，聞吴令劉惠明亡女船中失錦四端，及女郎卧具、綉枕、腕囊、珮等，檢括諸同行。至敬伯船而獲之，敬伯具言夜來之事，及女儀狀，從者容質，并所答贈物。令使檢之，於帳後得牙火籠，箱内篋中得玉琴爪。令乃以婿禮敬伯，厚加贈遺而别。敬伯訪部伍人，云：「女郎年十六，字麗華，去冬遇疾而逝。未亡之前，有婢名春條，年十六，婢名桃枝，年十五，皆能彈箜篌，又善《宛轉歌》。相繼而死，並有姿容。昨者即此也。」

《永樂大典》卷七三二八《月夜逢女郎》，引《續齊諧記》，全據《姬侍類偶》，文字小異。《續齊諧記》之外，此事他書亦有載。《太平廣記》卷三一八《王恭伯》引北齊邢子才（名邵）云：

晉世王恭伯，字子升，會稽人。美姿容，善鼓琴。爲東宫舍人，求假休吴。到閶門郵亭，望月鼓琴。俄有一女子，從一女，謂恭伯曰：「妾平生愛琴，願共撫之。」其姿質甚麗，恭伯留之宿。向曉而别，以錦褥香囊爲訣，恭伯以玉簪贈行。俄而天曉，聞鄰船有吴縣令劉惠基亡女，靈前失錦褥及香囊。斯須，有官吏遍搜鄰船，至恭伯船獲之。恭伯懼，因述其言：「我亦贈其玉簪。」惠基令檢，果於亡女頭上獲之。惠基乃慟哭，因呼（明鈔本作「待」）恭伯以子壻之禮。其女名稚華，年十六而卒。

或又引作《世説》、《晉書》、《異苑》等，疑皆有誤。《事類賦注》卷一一《琴》引《世説》曰：「王敬伯嘗泊洲渚中，升亭而宿。是夜月華露輕，敬伯泠然鼓琴，感劉惠明亡女之靈。須臾女至，就體如平生。敬伯撫琴歌曰：『低露下深幕，垂月照孤琴。空絃益宵淚，誰憐此夜心？』女和之曰：『歌宛轉，情復哀。願爲煙與霧，氛氳君子懷。』」劉宋劉義慶《世説新語》及梁劉孝標注，皆無王敬伯事。

《太平御覽》卷五七七引作《晉書》，曰：「王敬伯，會稽餘姚人。洲渚中昇亭而宿。是夜月華露輕，敬伯鼓琴，感劉惠明亡女之靈告敬伯，就體如平生。從婢二人。敬伯撫琴而歌曰：『低露下深幕，垂月照孤琴。空絃益宵淚，誰憐此夜心。』女乃和之曰：『歌宛轉，情復哀，願爲煙與霧，氛氳同共懷。』」

《才鬼記》卷一引作王隱《晉書》，曰：「王敬伯，會稽餘姚人。爲衛佐，休暇還鄉。過吴，維舟渚中，昇亭而宿。是夜月華露輕，敬伯鼓琴，感劉惠明亡女告敬伯，就體如平生。敬伯撫琴而歌：『低露下深幕，垂月照孤琴。空絃益宵淚，誰憐此夜心。』女乃和之曰：『歌宛轉，情復哀，願爲烟與霧，氛氲同共懷。』」

《才鬼記》卷一又引《異苑》，文字與《姬侍類偶》、《永樂大典》所引《續齊諧記》大同。《廣博物志》卷一五亦引《異苑》，實是删取《樂府詩集》而成。

唐初句道興《搜神記》亦載此事，情事頗異，乃民間演化也，云：

昔有王景伯者，會稽人也。乘船向遼水興易。時會稽太守劉惠明當官孝滿，遂將死女屍靈歸來，共景伯一處。上宿憂思，月明夜静，取琴撫弄，發聲哀切。時太守死女聞琴聲哀怨，起屍聽之，來於景伯船外，發弄釵釧。聞其笑聲，景伯停琴曰：「似有人聲，何不入船而來？」鬼女曰：「聞琴聲哀切，故來聽之，不敢輒入。」景伯曰：「但入，有何所疑？」向前便入，並將二婢，形容端正，或(惑)亂似生人。便即賜坐，温凉以訖，景伯問曰：「女郎因何單夜來至此間？」女曰：「聞君獨弄哀琴，故來看之，女亦小解撫弄。」即遣二婢取其氈被，並將酒肉飲食來，共景伯宴會。既訖，景伯還琴撫弄，出聲數曲，即授與鬼女。鬼女得琴，即嘆哀聲甚妙。二更向盡，亦可綢繆。鬼女歌訖還琴，景伯遂與彈。作詩曰：「今夜嘆孤愁，哀怨復難休。嗟娘有聖德，單夜共綢繆。」女郎云：「實若愁妾恩，當別報道得。」停琴煞(然)燭，遣婢出船，二人盡飲，不異生人。向至四更，其女遂起梳頭，悲傷泣淚，更亦不言。

景伯問曰：「女郎是誰家之女？姓何字誰？何時更來相見？」女曰：「妾今泉壤，不覩已來，今經七載。聞君獨弄哀琴，故來解釋。如今一去，後會難期。」執手分别，忽然不見。景伯雙淚銜目，慷慨畏辭，思憶花容，悲情哽咽。良久歎訖，即入船中而坐。漸欲天明，惠女屍邊遂失衣裳雜物。尋覓搜求，遂向景伯船上得。即欲論官，景伯曰：「昨夜孤愁夜静，月下撫弄。忽有一女郎，並將二婢，來入我船，鼓琴戲樂。四更辭去，即與我行帳一具，縷繩一雙，錦被一張，與我爲信。我與他牙梳一枚，白骨籠子一具，金釧一雙，銀指環一雙。願女屍邊檢看，如無此物，一任論官。」惠明聞夫婦之禮，於後吉凶逆牙相追。聞者皆稱異哉。」

又傳爲晉劉安世事。《永樂琴書集成》卷五云：「雲泉琴者，乃晉劉安世所作也。於項兩邊作半月勢，五絃。常遊大江，月夜鳴琴，有女子就聽。安世琴畢，以辭調之曰：『低露下深幕，垂月照孤琴。空絃益宵淚，誰憐此夜心？』女和曰：『泣露下，月侵來，願爲煙與霧，氤氳君子懷。』傳安世《江南春》、《塞上曲》二曲，後數不至。以衣物狀貌訪之，所遇乃劉惠明亡女也。」注：「出《琴異録》。《續齊諧記》、《晉書紀》爲王欽伯之事。」

唐李端有《王敬伯歌》（《樂府詩集》卷六〇），云：「妾本舟中客，聞君江上琴。君初感妾歎，妾亦感君心。遂出合歡被，同爲交頸禽。傳杯唯畏淺，接膝猶嫌遠。侍婢奏箜篌，女郎歌《宛轉》。《宛轉》怨如何，中庭霜漸多。霜多葉可惜，昨日非今夕。徒結萬里歡，終成一宵客。王敬伯，淥水青山從此隔。」

元高德基《平江記事》云：「皇慶改元，有張三郎者，善弄笛。八月五日夜，在鶴橋上作《伊州曲》。夜静，有老人來，同坐石闌上，語曰：『爾笛固清，未能脱去塵俗。爲爾釐正之，當熟記心，毋忘可也。』乃指教其孔，换易數字，曲益清峻。張更求别教一曲，老人取笛自吹，超出塵俗。張問：『曲内云何？』老人歌曰：『月既明，西軒琴復清。寸心斗酒争芳夜，千秋萬歲同此情。歌宛轉，宛轉凄以哀。願爲星與漢，光景共徘徊。』再歌曰：『悲且傷，參差淚成行。低紅掩翠方無色，金徽玉軫爲誰鏘。歌宛轉，宛轉怨復悲。願爲烟與霧，氛氲共容姿。』張問：『何人所作？』答曰：『仙姝劉妙容歌也。』張叩何人記指，答曰：『妙容傳我。』復請授其指調，老人笑而起曰：『子凡心易忘，我豈能教爾耶？』去數步，不知其處。張後以指尋其曲，終不能得其高古之趣。」此好事者杜撰，亦有意趣也。

念奴有出雲之音

玄宗宫人念奴者，有姿〔一〕色，善歌唱，未嘗一日離帝左右。每執板，當席顧眄。帝謂妃子曰：「此女妖麗，眼色媚人。」每囀聲歌喉，則聲出于朝霞之上，雖鍾鼓笙竽嘈雜，

而莫能遏。宮妓中帝之鍾愛也。《新話摭粹》音樂類

〔一〕姿　原譌作「恣」，據《開元天寶遺事》卷上改。

按：此條取《開元天寶遺事》卷上《眼色媚人》，原文云：

念奴者，有姿色，善歌唱，未嘗一日離帝左右。每執板當席，顧眄左右。帝謂妃子曰：「此女妖麗，眼色媚人。」每囀聲歌喉，則聲出於朝霞之上，雖鐘鼓笙竽嘈雜，而莫能遏。宮妓中，帝之鍾愛者。

元稹《元氏長慶集》卷二四《連昌宮詞》詠及念奴，云：

初過寒食一百六，店舍無烟宮樹緑。夜半月高弦索鳴，賀老琵琶定場屋。力士傳呼覓念奴，念奴潛伴諸郎宿。須臾覓得又連催，特勑街中許然燭。春嬌滿眼睡紅綃，掠削雲鬟旋裝束。飛上九天歌一聲，二十五郎吹管逐。逡巡大遍《凉州》徹，色色《龜兹》轟録續。李謩擪笛傍宮牆，偷得新翻數般曲。念奴，天寶中名倡，善歌。每歲樓下酺宴，累日之後，萬衆喧隘。嚴安之、韋黄裳輩闢易不能禁，衆樂爲之罷奏。玄宗遣高力士大呼於樓上曰：「欲遣念奴唱歌，邠二十五郎吹小管逐，看人能聽否？」未嘗不悄然奉詔。其爲當時所重也如此。

詞牌《念奴嬌》得名於念奴。南宋袁文《甕牖閑評》卷五云：「曲名有《念奴嬌》者，初謂愛念之念，是不然。唐明皇時，宫中有念奴善歌，未嘗一日離帝之左右，其寵幸可知。能製新詞，疑因此創名也。」

吴夫人傷額益妍

吴孫和悦鄧夫人，嘗置膝上，和弄水精如意，誤傷夫人頰，血涔袴帶。醫者曰：「得白獺髓，雜玉與琥珀屑，當滅痕。」及瘥，有赤點，更益其妍。諸嬖人更以丹脂點頰以要寵。《新話摭粹》靚粧類

按：此條蓋節録自《拾遺記》卷八《吴》。《類説》卷五《拾遺記·白獺髓》係節文，本條似有參考。《拾遺記》云：

孫和悦鄧夫人，常置膝上。和於月下舞水精如意，誤傷夫人頰，血流汙袴，嬌姹彌苦。自舐其瘡，命太醫合藥。醫曰：「得白獺髓，雜玉與琥珀屑，當滅此痕。」即購致百金，能得白獺髓者，厚賞之。有富春漁人云：「此物知人欲取，則逃入石穴。伺其祭魚之時，獺有鬭

死者，穴中應有枯骨。雖無髓，其骨可合玉春爲粉，噴於瘡上，其痕則滅。」和乃命合此膏，琥珀太多，及差而有赤點如朱。逼而視之，更益其妍。諸嬖人欲要寵，皆以丹脂點頰而後進幸。妖惑相動，遂成淫俗。

《類説》云：

孫和月下舞水精如意，悮傷鄧夫人頰。大醫曰：「得白獺髓，雜玉與琥珀屑，當滅痕。」富春漁人云：「此物知人欲取，則入石洞。伺其祭魚有鬭死者，穴中有枯骨，可合玉，舂爲粉，歕瘡上。」和乃合此膏。琥珀太多，及差，有赤點，更益其妍。諸嬖人更以丹脂點頰以要寵。

《古今事文類聚》後集卷一二及《古今合璧事類備要》前集卷二一《丹脂點頰》引《拾遺記》，文同此條，疑據《緑窗新話》：

吴孫和悦鄧夫人，嘗置膝上，和弄水精如意，誤傷夫人頰，血污袴帶。醫者云（《事類備要》作「曰」）：「得白獺髓，雜玉與琥珀屑，當滅痕。」及差，有赤點，更益其妍。諸嬖人更以丹脂點頰而（《事類備要》作「以」）要寵。

《酉陽雜俎》前集卷八《黥》亦載此事：

近代粧尚靨，如射月，曰黄星靨。靨鈿之名，蓋自吴孫和鄧夫人也。和寵夫人，嘗醉舞如意，誤傷鄧頰，血流，嬌婉彌苦。命太醫合藥，醫言：「得白獺髓，雜玉與琥珀屑，當滅痕。」和以百金購得白獺，乃合膏。琥珀太多，及差痕不滅，左頰有赤點如痣，視之，更益甚妍也。諸婢欲要寵者，皆以丹點頰，而後進幸焉。

馬皇后美髮創髻

明德馬皇后美髮，爲四起大髻，但以髮成尚有餘，繞髻三匝。眉不施黛，獨眉角小缺，補之如粟。

髻者，繼也。女子必有繼于人。女媧氏以羊毛繩之，向後係之，以荆木、竹爲之笄，貫髮。赫連氏造梳，二十四齒，取疏通之義。堯舜以銅爲笄，加〔一〕女人首飾，釵梳雜以象牙、玳瑁爲之。周文王髻上加翠花〔二〕，傅之鉛粉，其高者名鳳髻，又有雲髻，加之步步而摇，故曰步摇。始皇宫中梳望仙髻。漢宫有迎春髻。漢武帝時，諸仙從王母下降，皆梳飛仙髻、蟠龍髻，貫以鳳首釵、孔雀搔頭，雲頭篦，掃八字眉。漢明帝宫人梳同心髻，掃青黛蛾眉。魏武宫人掃連頭眉。晉惠帝宫人梳芙蓉髻，通草五色花子，掃黑墨眉，一畫連心細長，曰仙娥粧。隋文帝宫中梳九真髻。唐武德中梳平蕃髻，開元中梳双

鬟望仙髻，貞元作偏髻子。《新話摭粹》靚粧類

〔一〕加　《類説》卷二五《玉泉子·髻名》及《古今事文類聚》後集卷一二《原髻之始》前有「舜」字。

〔二〕翠花　《類説》作「朱翠翹花」，《古今事文類聚》作「翠翹花」。

按：此條正文乃節録東漢班固等撰《東觀漢記》卷六《明德馬皇后》，曰：

明德皇后嘗久病，至卜者家爲卦，問咎祟所在。卜者卦定，釋蓍仰天歎。問之，卜者乃曰：「此女雖年少，後必將貴遂爲帝妃，不可言也。」后長七尺二寸，青白色，方口美髮，爲四起大髻，但以髮成尚有餘，繞髻三匝。眉不施黛，獨左眉角小缺，補之如粟。常稱疾，而終身得意。

《古今事文類聚》後集卷一二《四起大髻》，文字全同此條，蓋據《緑窗新話》。文末附「髻者繼也」云云，文字與《類説》卷二五《玉泉子·髻名》大同而微略，蓋據《類説》。文字不同者，或《類説》版本之别耳。《類説》曰：

髻者，繼也。女子必有繼於人。女媧氏以羊毛繩之，向後繫之，以荆木、竹爲之笄，貫髮，赫連氏造梳，二十四齒，取疎通之義。堯舜以銅爲笄，舜加女人首飾，釵梳雜以象牙、玳

瑁爲之，間以玉髻，上加朱翠翹花，傅之鉛粉，其商（疑當作「高」）髻名鳳髻，又有雲髻，加之步步而摇，故曰步摇。始皇宫中梳望仙髻。漢宫有迎春髻。漢武時，諸仙從王母下降，皆梳飛仙髻。盤龍髻，貫以鳳首釵、孔雀搔頭、雲頭篦，掃八字眉。漢明帝宫人梳百合分稍髻、同心髻，掃青黛蛾眉。魏武宫人掃連頭眉。晋惠帝宫人梳芙蓉髻，通草五色花子，掃黑墨眉，一畫連心細長，曰仙蛾粧。隋文帝（原譌作「華」）宫中梳九貞髻。唐武德中梳平蕃髻、長樂髻，開元（原譌作「化」）中梳雙鬟望仙髻，貞元作偏髻子。

《古今事文類聚》後集卷一二《原髻之始》，末注作《炙轂子》（唐王叡撰）。按《類説》卷二五前爲《炙轂子》，疑《事文類聚》有誤。《原髻之始》曰：

髻者，繼也。女子必有繼於人。女媧氏以羊毛繩之，向後繫之，以荊木、竹爲之笄，貫髮。赫連氏造梳，二十四齒，取疎通之義。堯、舜以銅爲笄（原譌作「等」），舜加女人首飾，釵梳雜以象牙、玳瑁爲之。周文王髻上加翠翹花，傅之鉛粉，其高髻名鳳髻，又有雲髻，加之步步而摇，故曰步摇。始皇宫中梳望仙髻。漢宫有迎春髻。漢武時，諸仙從王母下降，皆梳飛仙髻、盤龍髻，貫以鳳首釵、孔雀搔頭、雲頭篦，掃八字眉。漢明帝宫人梳百合分梢髻、同心髻，掃青黛蛾眉。魏武宫人掃連頭眉。晋惠帝宫人梳芙蓉髻，通草五色花子，掃黑墨眉，一畫連心細長，曰仙蛾粧。隋文帝宫中梳九真髻。唐武德中梳平蕃髻，開元中梳雙鬟望仙髻，貞元作偏髻子。

《事文類聚》同《類説》，唯「周文王髻上加翠翹花」不同於《類説》之「間以玉髻，上加朱翠翹花」，可證《類説》之誤。

扈戴被水香勸盞

扈戴畏内特甚，未仕時，欲出則謁假于細君，細君滴水於地，指曰：「不乾須前歸。」若去遠，則燃香印，掐至某所，以爲還家之驗。因筵聚，方三行酒，戴色欲逃遁。朋友默曉，譁曰：「扈君恐砌水隱痕〔一〕，香印過界耳，是當罰也。吾徒人撰新句一聯，勸請酒一盞。」衆以爲善，乃俱起。一人捧甌吟曰：「鮮禁〔二〕香三令，能遵水五申。」逼戴飲盡。别云：「細彈防事水，短爇戒時香。」别云：「戰兢思水約，匍匐赴香期。」别云：「出佩香三尺，歸防水九章。」别云：「命係逡巡水，時牽決定香。」戴連沃六七巨觥，吐嘔淋漓。既上馬，群譟曰：「若夫人怪遲，但道被水香勸盞留住。」《新話摭粹》恢諧類

〔一〕恐砌水隱痕　「恐」原作「欲」。據陶穀《清異録》卷上《水香勸盞》改。「痕」《清異録》作「形」。

〔二〕禁　《清異録》作「稟」。

按：此條即宋初陶穀《清異録》卷上女行門《水香勸盞》，曰：

扈戴畏内特甚，未仕時，欲出則謁假于細君，細君滴水於地，指曰：「不乾須前歸。」若去遠，則燃香印，掐至某所，以爲還家之驗。因筵聚，方三行酒，戴色欲逃遁。朋友默曉，譁曰：「扈君恐砌水隱形，香印過界耳，是當罰也。吾徒人撰新句一聯，勸請酒一盞。」衆以爲善，乃俱起。一人捧甌吟曰：「解稟香三令，能遵水五申。」逼戴飲盡。別云：「細彈防事水，短爇戒時香。」別云：「戰兢思水約，匍匐赴香期。」別云：「出佩香三尺，歸防水九章。」別云：「命繫逡巡水，時牽決定香。」戴連沃六七巨觥，吐嘔淋漓。既上馬，群譟曰：「若夫人怪遲，但道被水香勸盞留住。」

魏處士嘲妓生梗〔一〕

北都有妓女美色，而舉止生梗，人謂之「生張八」。因府會，寇忠愍令乞詩於魏處士野。野贈之曰：「君爲北道生張八，我是西州熟魏三。莫怪尊前無笑語，半生半熟未相諳。」座客大發一噱。

女人以柔順爲美，而使人命之曰「生」，可乎？魏公之言，雖出于戲，然世豈啻一張八哉！《新話摭粹》恢諧類

〔一〕魏處士嘲妓生梗　「梗」原作「硬」，正文作「梗」，今改。按：《夢溪筆談》卷一六作「梗」，《宋朝事實類苑》卷三六同，唯《墨客揮犀》卷三作「硬」。見後附。

按：此條節自北宋沈括《夢溪筆談》卷一六《藝文三》，舊題北宋彭乘《墨客揮犀》卷三及南宋江少虞《宋朝事實類苑》卷三六《魏野》亦載，皆據《夢溪筆談》。《筆談》曰：

蜀人魏野，隱居不仕宦，善爲詩，以詩著名。卜居陝州東門之外，有《陝州平陸縣》詩云：「寒食花藏縣（《事實類苑》作「院」），重陽菊遶灣。一聲離岸櫓，數點别州山。」最爲警句。所居頗蕭灑，當世顯人多與之游。寇忠愍尤愛之，嘗有《贈忠愍》詩云：「好向上天辭富貴，却來平地作神仙。」後忠愍鎮北都，召野置門下。北都有妓女美色，而舉止生梗（《墨客揮犀》作「硬」），土（《墨客揮犀》《事實類苑》作「士」）人謂之「生張八」。因府會，忠愍令乞詩于野，野贈之詩曰：「君爲北道生張八，我是西州熟魏三。莫怪（《事實類苑》作「惜」）尊

前無笑語，半生半熟未相諳。」吴正憲《憶陜郊》詩曰：「南郭迎天使，東郊訪(《墨客揮犀》、《事實類苑》作「詔」)隱人。」隱人謂野也。野死，有子閑，亦有清名(《墨客揮犀》作「譽」)，今尚居陜中。

大壯作補闕燈檠

冀時儒李大壯，畏服小君，萬一不遵號令，則叱令正坐，爲綰匾髻，中安燈盌，燃燈火。大壯屏氣定體，如枯木、土偶人。諢目之曰「補闕燈檠」。又一日，妻偶病，求烏鴉爲藥，而積雪未消，難以網捕。妻大怒，欲加捶楚。大壯畏懼，涉泥出郊，用粒食引致之，僅獲一枚。友人戲之曰：「聖人以鳳凰來儀爲瑞，君獲此免禍，可謂黑鳳凰矣。」《新話摭粹》恢諧類

按：此條取《清異録》卷上女行門《補闕燈檠》及禽名門《黑鳳凰》，原爲二事，《黑鳳凰》乃禮部郎康凝事，此合入李大壯事中。《清異録》原文曰：

冀時儒李大壯，畏服小君，萬一不遵號令，則叱令正坐，爲綰匾髻，中安燈盌，燃燈火。

大壯屏氣定體，如枯木、土偶人。諢目之曰「補闕燈檠」。

禮部郎康凝，畏妻，甚有聲。妻嘗病，求烏鴉爲藥，而積雪未消，難以網捕。妻大怒，欲加捶楚。凝畏懼，涉泥出郊，用粒食引致之，僅獲一枚。同省劉尚賢戲之曰：「聖人以鳳凰來儀爲瑞，君獲此免禍，可謂黑鳳凰矣。」

李端端被譽得名

崔涯、張祜〔一〕齊名，每題詩倡肆，譽之則車馬盈門，毀之則杯盤失錯。嘲李端端云：「黃昏不語不知行，鼻似烟囱耳似鐺。愛把薑芽梳掠鬢，崑崙山上月初生。」端往見二子，乞憐請更之，乃更贈曰：「覓得黃騮被細鞍，善和坊裏取端端。揚州近日渾成異，一朵能行白牡丹。」於是賓客競臻其户。或曰：「李家娘子纔出墨池，便登雪嶺，何其一日黑白不均！」《新話摭粹》恢諧類

〔一〕崔涯張祜　原譌作「崔崖張祐」，據《雲谿友議》卷中《辭雍氏》改。《類説》卷四一《雲谿友議・娼肆題詩》作「崔涯張祐」，「祐」字亦譌。按：張祜之「祜」古籍常誤作「祐」，説見《唐才子傳校箋》卷六《張祜》（中華書

局一九九〇年版第三册第一六二二頁)。崔崖應作崔涯，唐末嚴子休《桂苑叢談・崔張自稱俠》云「進士崔涯」。《古今事文類聚》後集卷一七《娼詩毀譽》引《雲谿友議》亦作「崔崖張祐」，文同此條，見後附。

按：此條疑節録《類説》卷四一《雲谿友議・娼肆題詩》，唯文字有異，最著者乃「薑芽」作「象牙」，或所據《類説》版本有別耳。《類説》云：

崔涯、張祐(祜)齊名，每題詩娼肆，譽之則車馬繼來，毀之則盃盤失錯。嘲曰：「惟得蘇子面，猶貪玳瑁皮。懷胎十個月，生下崑崙兒。」「布袍披襖火燒氈，帋被箜篌麻接絃。更着一雙皮靴子，紇蹄紇蹋出門前。」又嘲李端端曰：「黄昏不語不知行，鼻似烟窗耳似鐺。獨把象牙梳插髮，崑崙山上月初生。」端端道旁見二子，再拜曰：「端端祇(原譌作低，據《四庫全書》本改)候三郎、六郎，伏望哀之。」乃重贈曰：「覓得黄騮鞴綉鞍，善和坊裏取端端。揚州近日渾成差，一朵能行白牡丹。」於是賓客競臻其户。或曰：「李家娘子纔出墨池，便登雪嶺，何其一日黑白不均！」

《古今事文類聚》後集卷一七《娼詩毀譽》引《雲谿友議》，文同此條而稍詳，疑删別本《類説》。《事文類聚》引云：

崔崖、張祐齊名，每題詩倡肆，譽之則車馬盈門，毀之則杯盤失錯。嘲李端端云：「黄昏不語不知行，鼻似煙窗耳似鐺。愛把薑芽梳掠鬢，崑崙山上月初生。」端遂往見二子，再請曰：「端端衹候三郎、六郎，伏望哀之。」乃更贈曰：「覓得黄騮被繡鞍，善和坊裏取端端。揚州近日渾成異，一朵能行白牡丹。」於是賓客競臻其户。或曰：「李家娘子纔出墨池，便登雲嶺，何其一日黑白不均！」

《古今合璧事類備要》前集卷五三《嘲妓無貌》引《雲谿友議》，與《事文類聚》文字微異，云：

崔崖、張祐齊名，每題詩倡律(肆)，譽之則車馬盈門，毁之則杯盤失錯。嘲李端端云：「黄昏不語不知行，鼻似烟窗耳似鐺。愛把薑牙梳掠鬢，崐崙山上月初生。」端遂往見二子，再請曰：「端端衹候三郎、六郎，伏望哀之。」乃更贈曰：「覓得黄騮被繡鞍，善和坊裏取端端。揚州近日渾成夢，一朵能行白牡丹。」於是賓客競臻其户。或曰：「李家娘子纔出墨池，便登雪嶺，何其一日墨洒不均！」

此事原載《雲谿友議》卷中《辭雍氏》。原文所記較繁，兹將相關部分録下：

崔涯者，吴楚之狂生也，與張祜齊名。每題一詩於倡肆，無不誦之於衢路。譽之則車馬繼來，毁之則盃盤失錯。嘲曰：「雖得蘇方木，猶貪玳瑁皮。懷胎十箇月，生下崑崙兒。」又，「布袍披襖火燒氈，紙補箜篌麻接絃。更着一雙皮屐了，紇梯紇榻出門前。」又嘲李端端：「黄昏不語不知行，鼻似煙窗耳似鐺。獨把象牙梳插鬢，崑崙山上月初生。」端端得此詩，憂心如病。使院飲廻，遥見二子躡屐而行，乃道傍再拜兢灼，曰：「端端祇候三郎、六郎，伏望哀之。」又重贈一絶句粉飾之，於是大賈居豪競臻其户。或戲之曰：「李家娘子纔出墨池，便登雪嶺，何期一日黑白不均！」紅樓以爲倡樂，無不畏其嘲謔也。祜、涯久在維揚，天下宴清，篇詞縱逸，貴達欽憚，呼吸風生，暢此時之意也。贈詩曰：「覓得黄騮被繡鞍，善和坊裏取端端。揚州近日渾成差，一朵能行白牡丹。」

謝師厚嘲胥宿妓

元微之貶江陵士曹，少年氣俊，過襄陽，夜召名妓劇飲。將别，作詩云：「花枝臨水復臨池，也照清江也照泥。寄語東風好擡舉，夜來曾有鳳凰棲。」謝師厚作襄倅，聞營妓與二胥相好。此妓乞書扇，遂改下句云：「寄語東風好㩳舉，夜來曾有老鴉棲。」《新話摭粹》恢諧類

按：此條取自南宋初期趙令畤《侯鯖録》卷三，原云：

元微之貶江陵府士曹，少年氣俊，過襄陽，夜召名妓劇飲。將别，作詩云：「花枝臨水復臨堤，也照清江也照泥。寄語東風好擡舉，夜來曾有鳳凰棲。」謝師厚作襄倅，聞營妓與二胥相好，此妓乞書扇子，遂改二句云：「寄語東風好擡舉，夜來曾有老鴉棲。」

《古今事文類聚》後集卷一七《二胥宿妓》及《古今合璧事類備要》前集卷五三《嘲妓納胥》引《侯鯖録》，文同。

《全唐詩》卷五五六馬戴《襄陽席上呈于司空》，注「一作元稹詩」。詩曰：「花枝臨水復臨堤，也照清江也照泥。寄語東君好擡舉，夜來曾伴鳳皇棲。」

蘇東坡嘲妓肉體

東坡嘗飲一豪士家，每出侍姬十餘，皆有美色。内有一善歌舞者，容質雖麗，而軀幹甚偉，尤豪所鍾愛者。乞坡詩，公戲爲四句云：「舞袖蹁躚，影摇千尺龍蛇動；歌喉宛轉，聲撼半天風雨寒。」妓赧然不悦而去。《新話摭粹》恢諧類

按：此條節録北宋陳正叔《遯齋閑覽》。《詩話總龜》後集卷四七麗人門引《遯齋閑覽》云：

東坡嘗飲一豪士家，出侍姬十餘人，皆有姿伎。其間有一善舞者，名媚兒，容質頗麗，而軀幹甚偉。豪士特所寵愛，命乞詩於公，公戲爲四句云：「舞袖翩𫌇，影摇千尺龍蛇動；歌喉宛轉，聲撼半天風雨寒。」妓赧然不悦而去。

《苕溪漁隱叢話》前集卷六〇《媚兒》引《遯齋閑覽》云：

東坡嘗飲一豪士家，出侍姬十餘人，皆有姿伎。其間有一善舞者，名媚兒，容質雖麗，而軀幹甚偉。豪士特所寵愛，命乞詩於公，公戲爲四句云：「舞袖蹁躚，影摇千尺龍蛇動；歌喉宛轉，聲撼半天風雨寒。」妓赧然不悦而去。

又《古今事文類聚》後集卷一六《侍姬肥偉》、《古今合璧事類備要》前集卷五四《詩戲歌姬》亦引。